로빈 후드의 모험

현대지성 클래식 17

로빈 후드의 모험

THE MERRY ADVENTURES OF ROBIN HOOD

하워드 파일 지음 | 서미석 옮김

현대
지성

차례 Contents

이 책을 읽는 독자들에게

여러분 가운데 여러 가지 심각한 일들을 겪고 있는 사람들은 비록 짧은 순간이나마 상상의 세계에서 환희와 기쁨을 맛보는 것을 부끄럽게 생각할 수도 있을 것이다. 또한, 아무런 해가 없는 순수한 웃음은 인생과 아무 관련이 없다고 생각할 수도 있을 것이다. 그렇게 생각하는 사람이 있다면 이쯤에서 책을 덮고 더 이상 읽지 말기 바란다. 자신 있게 말하건대, 그런 독자들이 만일 이 책을 더 읽게 된다면 실제 역사 속에 존재했던 훌륭하고 건실한 사람들이 다채로운 색채를 띤 채 까불고 장난하는 모습을 보면서 분개하게 될 것이며, 여러분은 그들에게 붙여진 이름을 제외하고는 그들을 알지 못하리라고 장담하기 때문이다.

여기에는 성질은 조급하지만 그럼에도 불구하고 아무런 해도 끼치지 않는 건장한 사내가 등장하는데 그는 헨리 2세(Henry II)라는 이름으로 통할 것이다. 그리고 모든 사람들이 복종하는 엘레오노르 왕비(Queen Eleanor)라고 부르는 귀부인도 등장한다. 성직자들이 입는 종류의 호사스러운 주교복을 입은 살찐 악당도 등장하는데 선량한 양민들은 그를 헤리퍼드의 주교(Lord Bishop of Hereford)라고 부른다. 심술궂은 성격과 냉혹한 외모를 지닌 어떤 사람도 등장하는데 그는 바로 고명하신 노팅엄 주 장관(Sheriff of Nottingham)이다. 그리고 무엇보다도 범법자들의 푸른 숲을 쏘다니며 소박한 여흥을 함께 하고, 흥겨운 연회에서는 노팅엄 주 장관의 옆에 앉는 장신의 우람한 몸집을 지닌 사내가 등장하는데 그는 플랜태저넷 왕가(The Plantagenets)가 가장 자랑하는 사람이라는 칭호를 지닌 사자심 왕 리처드(Richard of the Lion's Heart)다. 이들 외에 기사, 사제, 귀족, 중산시민, 지방의 자유민, 수습기사, 귀부인, 처녀, 지주, 거지, 행상인 등의 여러 인물들이 등장하는데 이들은 옛 민요에서 기묘한 인연(수많은 인연의 끈으로 갈라지기도 하고 다시 묶이기도 하는)으로 한데 묶여 있다. 길을 가며 노래를 부르는 이 유쾌한 인물들은 옛 민요 속에서 여기저기에 묘사되어 있다.

또한 이 책에서 독자 여러분은 단조롭고 소박하고 밋밋한 장소들이 환상의 옷을 입은 채, 온갖 꽃들로 꾸며져 있어 아무도 쉽사리 알아챌 수 없다는 것을 깨닫게 될 것이다. 또한 이 책에는 익히 잘 알려진 이름을 지니고 있는 고장도 등장한다. 이곳에서는 음산한 안개가 우리의 영혼을 압박하지도 않으며, 비조차도 매끄러운 수오리의 등을 스치고 지나는 4월의 소나기 정도로밖에 내리지 않으며, 꽃들은 늘 피어 있으며 새들은 언제나 즐겁게 지저귄다. 또한 모든 사람들은 길을 가면서 즐거운 노래 한 곡 정도는 늘 흥얼거리며 맥주와 포도주는 (정신을 취하게 만들지는 않을 정도로) 시내의 물처럼 늘 흘러 넘친다.

이 고장은 동화 속 나라가 아니다. 그렇다면 어디인가? 이곳은 바로 상상의 세계이거나 그와 같은 종류의 세계이므로 여러분이 싫증을 느낄 때면 언제든지 휙 하고 덮어 버릴 수 있다! 그러면 이 세계는 곧 사라져 버리고 여러분은 일상의 삶으로 되돌아갈 수 있을 것이다.

자, 그럼 이제 현실과 그 어느 누구의 세계도 아닌 나라에 드리워져 있는 커튼을 걷어올리겠다. 사랑하는 독자 여러분, 나와 함께 떠나지 않겠는가? 자, 그럼 손을 내밀길.

숲을 통과하여 로빈후드가

활쏘기 대회에 가다.

프롤로그

로빈 후드와 왕의 삼림 감독관들이 벌인 모험이 소개된다.
또한 어떻게 해서 그를 따르는 무리들이 모여들게 되었는지,
그리고 로빈이 훌륭한 오른팔, 유명한 리틀 존을 얻게 되는 과정인
흥겨운 모험이 전개된다.

선한 왕 헨리 2세가 통치하던 옛날 옛적에 흥겨운 잉글랜드의 도시 노팅엄 근처 셔우드(Sherwood) 숲의 푸른 공터에는 로빈 후드라는 이름의 유명한 범법자가 살고 있었다. 누구도 그를 능가할 만큼 재빠르고 능숙한 궁술을 지닌 궁사는 없었으며, 그와 함께 나무 그늘을 활보하고 다니던 140여 명의 용사들 중에서도 그를 능가할 자는 아무도 없었다. 그들은 셔우드 숲 속 깊은 곳에서 아무런 근심 걱정도 없이 즐겁게 살아가면서 왕의 사슴고기를 먹고 10월에 우려낸 맥주를 마시며 활쏘기 시합과 육척봉 시합을 하며 유쾌한 시간을 보냈다.

　로빈 후드 자신뿐만 아니라 그의 모든 무리들이 추방자들이었으며 다른 사람들과는 외따로 떨어져 살았음에도 불구하고 그들은 그 고장 일대에 사는 사람들로부터 사랑을 받았다. 그 이유는 도움의 손길이 필요해서 즐거운 로빈 후드를 찾은 사람은 누구나 빈손으로 돌아간 적이 없었기 때문이다.

　자, 그럼 이제 로빈 후드가 어떻게 해서 법을 어기게 되었는지 이야기하겠다.

　로빈 후드가 건장한 육체와 용감한 마음을 지닌 열여덟 살 청년이었을 때 노팅엄 주 장관이 활쏘기 대회를 선포하고 노팅엄 주(Nottinghamshire)에서 활을 가장 잘 쏜 사람에게 줄 상으로 맥주 한 통을 내걸었다. 그 소식을 전해 들은 로빈 후드는 중얼거렸다. "그렇다면 나도 가야지. 아름다운 그녀의 빛나는 눈을 즐겁게 해 주기 위해, 10월에 빚은 좋은 술 한 통을 위해서 말이야." 그래서 준비를 마치고 주목으로 만든 탄탄한 활과 스무 개가 넘는 적당한 길이의 화살을 챙겨 록슬리(Locksley) 시를 출발한 로빈 후드는 셔우드 숲을 통과하여 노팅엄으로 가게 되었다.

때는 일렬로 늘어선 관목들이 푸른 옷으로 갈아입고, 아름다운 꽃들이 초원을 수놓는 흥겨운 5월 어느 날의 새벽이었다. 데이지 꽃들이 여기저기 피어 있고, 노란색 새끼 뻐꾸기들은 점점 자라고, 아름다운 앵초들은 가시덤불 울타리들을 따라 싹을 틔우고 있었다. 사과나무가 꽃을 피우고 새벽 종달새들과 뻐꾸기를 비롯한 새들은 달콤하게 노래부르고 있었다. 처녀 총각들은 달콤한 생각에 젖어 서로를 바라보고 아낙네들은 푸른 풀밭 위에 린넨 천을 하얗게 표백하려고 펼쳐 너느라 분주한 시간이었다. 그 좁은 오솔길과 밝고 푸르게 살랑거리는 잎새 사이로 걸어가노라니 숲 속은 향기로 가득했다. 처녀 마리안(Marian)과 그녀의 빛나는 눈을 생각하며 터벅터벅 걷는 동안 행복해진 로빈은 휘파람을 불었다. 그 또래의 젊은이라면 으레 생각이 자신이 가장 사랑하는 처녀에게로 기쁘게 향하기 마련이었으므로.

그렇게 상쾌하게 발걸음을 옮기며 흥겹게 휘파람을 불며 가는 동안 로빈은 커다란 참나무 아래에 앉아 있던 삼림 감독관들과 갑자기 마주쳤다. 그들은 모두 열다섯 명이었는데 커다란 고기 파이를 가운데에 두고 둘러앉아 각기 한 사람씩 파이에 손을 밀어넣어 한 조각씩 떼어먹고 근처에 있던 거품이 이는 맥주 통에서 커다란 술잔으로 맥주를 퍼내어 목을 쓸어내리며 즐겁게 만찬을 벌이고 있었다. 모두 링컨(Lincoln) 초록색 옷을 입고 있었던 사람들은 근사한 복장을 하고 있었으며 가지가 늘어진 그 근사한 나무 아래에서 칼을 바닥에 놓고 그 위에 앉아 있었다. 그때 갑자기 한 사람이 음식을 입에 잔뜩 문 채 로빈을 불렀다.

"이봐, 젊은이, 한 푼짜리 화살과 서 푼짜리 활을 들고 어디로 가는 길인가?"

그 또래의 젊은이라면 그런 식으로 조롱거리가 되는 것을 좋아하지 않았으므로 로빈은 그 소리를 듣고 화가 치밀었다.

"이봐요, 내 활과 화살은 당신들 것만큼 좋다고요. 게다가 나는 지금 고매하신 노팅엄 주의 주 장관이 선포한 활쏘기 대회에 가는 중이고요. 승자에게는 상으로 커다란 맥주 한 통이 주어진다니까 나는 거기서 다른 건장한 용사들과 겨룰 거예요."

그러자 손에 술잔을 들고 있던 한 남자가 말했다. "오호! 저 애송이 말하는 것 좀 들어봐! 아직 입술에는 어미젖도 마르지 않은 주제에 노팅엄 양궁장에서 건장한 사내들과 서겠다고 지껄이는 거야, 활시위조차 제대로 당기지도 못할 주제에 까불기는."

"성모 마리아의 도움을 받아 300미터 거리에 있는 표적을 당신들보다 잘 맞히는데 20마르크 걸겠어요."

그 말에 삼림 감독관들은 모두 폭소를 터뜨렸고 그 중에 한 사람이 받아쳤다. "어린 녀석이 허풍 하나는 제법이군, 제법이야! 네 녀석이 말한 대로 표적이 될 만한 것이 이 근처에는 없다는 것을 알고 하는 소리지."

그 말에 또 다른 사람이 응수했다. "다음엔 엄마젖에 곁들여 맥주도 마신다고 하겠는걸."

이 말을 들은 로빈은 격분했다. "내 말 잘 들어요! 저기 공터 끝에, 비록 300미터도 더 떨어졌지만 사슴 떼가 보이는군요. 우리 수호 여신의 허락을 받고 저 무리 중 가장 훌륭한 수사슴을 죽이는데 20마르크 걸겠어요."

그러자 제일 처음에 말을 꺼낸 남자가 로빈의 말을 받았다. "좋아, 어디 해 보라고! 자, 여기 20마르크 있다. 나는 네 녀석이 성모 마리아의 도움을 받든 안 받든 어떤 짐승도 죽이지 못하는 쪽에 걸겠다."

그러자 로빈은 자신의 훌륭한 주목 활의 끝이 발등으로 가도록 손에 들고 능숙하게 시위를 꿰었다. 그런 다음 화살을 시위에 잰 후, 활을 들어올리며 회색 거위 깃털이 달린 화살을 귀까지 잡아당겼다. 다음 순간 활의 시위가 울렸고 화살은 마치 북풍에 매가 스쳐 날 듯 공터를 향해 빠르게 날아갔다. 갑자기 사슴 무리 중에서 제일 당당하던 수사슴이 펄쩍 뛰어오르더니 심장에서 흘러내리는 피로 초록빛 오솔길을 적시며 쓰러져 죽었다.

그 모습을 지켜본 로빈이 소리쳤다. "하! 어떠십니까? 제가 쏜 것이 마음에 드셨나요? 자, 내기한 돈은 제 것이라는 것을 알겠군요, 3백 파운드죠."

그러자 삼림 감독관들은 벌컥 화를 냈고, 그 중에서도 제일 처음에 말을 꺼냈고 내기한 돈을 잃은 사람이 가장 격분하여 외쳤다.

"무슨 소리야, 그 돈은 네 것이 아냐. 그리고 어서 썩 꺼져. 안 그랬다가는 하늘의 모든 성인들을 걸고 맹세하는데 네 녀석이 다시는 걷지도 못하도록 흠씬 두들겨 패 주겠다."

그 소리에 다른 사람이 맞장구쳤다. "네 녀석은 지금 왕의 사슴을 죽였다는 사실을 알고나 있나? 우리의 고귀하신 군주 헨리 왕의 법에 의하면 네 녀석은 양 귀가 싹둑 잘리게 될 거라는 사실을 알고 있느냐 말이다."

그 말에 또 다른 사람이 외쳤다. "어서, 저 녀석을 잡아라!"

네 번째 사람이 끼어들었다. "아냐, 아직 어린 나이를 생각해서 그냥 보내 주자고."

그 사이 로빈은 한 마디도 하지 않고, 굳은 얼굴로 삼림 감독관들을 노려보고 있었다. 그러다 갑자기 발길을 돌려 숲 속의 공터를 따라 그들에게서 멀어졌다. 하지만 그의 가슴은 말할 수 없는 분노로 가득 찼다. 그의 피는 젊고 뜨거웠으며 쉽게 끓어올랐기 때문이다.

자, 여기서 만약 처음에 말을 꺼냈던 그 남자가 로빈 후드를 혼자 가게 내버려 두었더라면 별일 없이 끝났을 것이다. 하지만 그 남자 역시, 내기에서 지기도 했고, 좀 전에 벌컥벌컥 들이마신 술로 인해 오른 취기로 보통 화가 난 것이 아니었다. 그래서 그 남자는 아무런 경고도 없어 갑자기 벌떡 일어나더니 활을 잡고 화살을 시위에 겠다. "야, 네 녀석을 곧 줄행랑을 치게 만들어 주마." 그러더니 로빈의 뒤로 화살을 날렸다.

그 삼림 감독관의 머리가 술기운으로 인해 빙빙 돌았던 것이 로빈으로서는 천만다행이었다. 그렇지 않았다면 로빈은 한 발자국도 걸어가지 못했을 것이다. 그도 그럴 것이 삼림 감독관이 날린 화살은 로빈의 머리로부터 반 뼘도 채 벗어나지 않은 채 날아갔기 때문이다. 귓전을 가르는 화살 소리를 들은 로빈은 고개를 돌리더니 재빨리 활을 잡아당겨 보복의 화살을 날리며 외쳤다.

"내가 궁사가 아니라고 했지, 하지만 어디 한 번 더 지껄여보시지 그래!"

로빈이 쏜 화살이 곧장 날아가자, 로빈에게 화살을 쏘았던 삼림 감독관은 비명을 지르며 그 자리에서 앞으로 고꾸라졌다. 그의 머리는 땅바닥에 처박혔으며, 화살은 화살통에서 덜그럭거리며 빠져 나왔고, 회색 거위 화살 자루는 가슴에서 흘러나온 피로 흥건히 젖어들었다. 그러자 다른 사람들이 미처 정신을 차리기도 전에 로빈 후드는 숲 속 깊은 곳으로 사라져 버렸다. 삼림 감독관들 일부가 그를 뒤쫓았지만 자신들도 죽은 동료의 신세가 될까봐 두려워 전력을 다하지는 않았다. 얼마 안 있어 그들은 모두 되돌아왔고, 죽은 동료를 들어올려 시신을 노팅엄 시로 운반했다.

그 사이 로빈 후드는 녹음 사이를 달리고 있었다. 사람을 죽였다는 자책감이 영혼 위로 솟아올라 마음이 고통스러웠으므로 그 모든 것에 아무런 즐거움도 기쁨도 느낄 수 없었다.

"아, 내가 그대의 아내를 남편 잃은 고통에 몸부림치게 만들 궁사라는 사실을 그대가 알아채기만 했더라도! 그대가 내게 단 한 마디도 하지 않았더라면, 아니면 내가 그대들 있는 곳으로 지나치지만 않았더라도, 아니면 이 일이 일어나기 전 내 오른쪽 집게손가락이 뻣뻣하게 굳기만 했더라도! 성급하게 일을 저질러 놓고, 두고두고 통탄하게 생겼구나!" 그때, 고통 중에서도 로빈은 옛 속담을 기억해 냈다. "이미 지나간 일은 돌이킬 수 없다. 한 번 엎지른 물은 주워 담을 수 없는 법."

그래서 로빈은 앞으로 수 년 동안 자신의 집이 될 푸른 숲에서 살게 되었고, 록슬리 시의 처녀 총각들과 지내는 행복한 시절을 다시는 맛보지 못하게 되었다. 그는 이제 사람을 죽였을 뿐 아니라 왕의 사슴을 밀렵한 것이 되었으므로 범법자로 낙인찍혔기 때문이었다. 누구든 로빈을 왕의 궁정으로 데리고 오는 자에게 주는 현상금으로 로빈의 목에는 2백 파운드가 걸렸다.

그런데 노팅엄 주 장관은 두 가지 이유에서 자신이 직접 이 무뢰한 로빈 후드를 법에 의해 처단하고야 말겠다고 맹세했다. 그 이유는 로빈의 목에 걸린 2백 파운드의 현상금이 탐이 나기도 했지만, 로빈 후드가 죽인 삼림 감독관이 바로 자신의 친척이었기 때문이다.

그러나 로빈 후드는 일 년 동안 셔우드 숲에 숨어 있었고, 그 일 년 동안 이런저런 이유로 로빈처럼 다른 사람들로부터 추방된 많은 사람들이 그 주위로 몰려들었다. 배고픈 겨울 동안 먹을 것이 없어 사슴을 잡아먹다 삼림 감독관들에게 들켰지만 다행히 도망침으로써 겨우 목숨만 부지한 사람도 있었고, 상속권을 박탈당한 채 농장은 셔우드 숲에 있는 왕의 땅 소유로 편입된 사람들도 있었고, 지체 높은 귀족이나 돈 많은 수도원장 혹은 막강한 대지주들로부터 약탈당한 사람들도 있었다. 모두 이런저런 이유로 폭정과 압제를 피해 셔우드 숲으로 올 수밖에 없었던 사람들이었다.

그래서 그 한 해 동안, 100여 명이 넘는 건장한 용사들이 로빈 후드 주위로 몰려들어 로빈을 자신의 지도자이자 대장으로 선택했다. 그리고 그들은 귀족이든 수도원장이든 기사든 대지주든 개의치 않고 자신들이 약탈당한 대로 압제자들을 약탈하겠다고, 그들이 부당한 세금, 혹은 소작료, 혹은 부정한 벌금 등의 명목으로 가난한 사람들로부터 쥐어 짜낸 것들을 도로 빼앗겠다고 맹세했다. 그러나 가난한 사람들에 대해서는 도움이 필요하거나 곤경에 빠졌을 때에는 언제든지 도움의 손길을 내밀 것이며 부당하게 빼앗긴 것들을 되돌려 주겠다고 맹세했다. 이 외에도 처녀든, 부인이든, 과부든 여인과 아이들에게는 절대로 해를 끼치지 않을 것을 서약했다. 그래서 결국 로빈 일행이 자신들에게 아무런 해도 끼치지 않으며, 수많은 가난한 사람들에게 돈이나 음식을 나누어 준다는 사실을 사람들이 깨닫기 시작하자 로빈과 그의 유쾌한 일행들을 칭송하고, 로빈에 대해서 셔우드 숲에서의 그의 행적에 대해서 많은 이야기를 나누게 되었다. 사람들은 로빈 후드를 자신들 중의 한 사람이라고 느꼈기 때문이었다.

* * *

모든 새들이 나뭇잎 사이에서 즐겁게 지저귀는 어느 화창한 날 아침 로빈은 잠에서 깨어났다. 쾌활한 부하들 역시 모두 일어나 돌멩이 틈 사이로 흥겹게 웃으며 흘러내리는 상쾌한 시냇가에서 손과 얼굴을 씻고 나자 로빈이 말했다. "지난 2주 동안은 특별히 재미있는 일이 없었다. 그래서 말인데 지금 당장이라도 모험을 찾아 밖으로 나가려고 한다. 하지만 자네들은 모두 여기 푸른 숲에 그대로 머물러 있게. 내가 부르는 소리나 잘 들도록 주의하고 위급한 상황이 되면 나팔을 세 번 불 테니 즉시 달려오도록 하라. 내가 자네들의 도움이 필요하다는 의미니까."

그렇게 말하고 로빈 후드는 셔우드 숲가에 이를 때까지 잎이 무성한 빈터 사이로 성큼성큼 걸어갔다. 숲가에 이르러서는 큰길과 샛길 사이로, 어두컴컴한 작은 골짜기와 산자락 사이로 정처 없이 돌아다녔다. 나무 그늘 우거진 오솔길에서 통통한 처녀와 마주치자 유쾌한 인사말을 나누고는 지나쳤고, 터벅터벅 걸어가는 말을 탄 귀부인을 보면 모자를 벗어들고 인사했다. 귀부인은 답례로 잘생긴 이 젊은이에게 차분하게 인사했다. 때로는 큰 광주리를 진 나귀를 타고 가는 살찐 수도사를 만나기도 했고, 햇빛을 받아 번쩍이는 창과 방패와 갑옷 복장을 한 씩씩한 기사를 만나기도 했고, 진홍빛 옷을 입은 수습 기사, 신중하게 발걸음을 옮기는 노팅엄 시에서 온 건장한 시민 등을 만났다. 이 모든 광경들을 보았지만 로빈은 아직 모험이라고 생각할 만한 것은 발견하지 못했다. 이윽고, 로빈은 산자락에 있는 한 길로 접어들었다. 그 길은 통나무로 만들어진 좁은 다리가 놓인 자갈 투성이의 넓은 시내로 뻗어 있는 샛길이었다. 로빈이 다리에 가까이 다가가노라니 맞은편에서 키가 큰 나그네가 오는 것이 보였다. 로빈은 발걸음을 재빨리 서둘렀고, 상대방 역시 로빈과 같은 행동을 취했다. 두 사람 다 자신이 먼저 다리를 건너려고 생각하고 있었던 것이다.

그 모습을 본 로빈이 먼저 외쳤다. "자네는 뒤로 물러서도록 하게. 더 훌륭한 사람이 먼저 다리를 건너가는 것이 마땅하니까."

그 말에 나그네도 지지 않고 맞받아쳤다. "무슨 소리를, 그렇다면 네가 물러서라. 내가 너보다야 더 훌륭한 사람이라는 것을 알고 있으니까."

"그야 이제 곧 알게 될 테지. 그때까지 그 자리에 꼼짝 말고 서 있거라. 안 그랬다가는 앨프리다 성인(Saint Alfrida)의 밝은 얼굴을 걸고 네 녀석의 늑골에 이 노팅엄의 활 맛을 따끔하게 보여줄 테니."

"그래? 네 녀석이 손에 들고 있는 그 활을 수없이 대담하게 만졌다면, 나 역시 네 녀석의 살가죽이 거지의 누더기 외투처럼 알록달록해지도록 무두질해 주마."

"나귀처럼 잘도 지껄이는구나. 내가 마음만 먹으면, 성 미카엘 축일에 구운 거위를 앞에 둔 탁발수사가 감사 기도를 미처 올릴 수 없을 정도로 눈 깜짝할 사이에 네 녀석의 자만에 찬 심장을 이 화살로 깨끗이 뚫어놓을 수도 있다."

"흥, 비겁한 녀석처럼 입으로만 잘도 지껄이는구나. 네 녀석이 내 심장을 겨눌 훌륭한 주목 활을 들고 그곳에 서 있다면 내 손에는 네 녀석과 대적해 싸우기에 손색이 없는 순 산사나무로 만든 육척봉이 있다."

"내 마음을 걸고 맹세하는데 내 생애에서 이제껏 비겁하다는 소리는 한 번도 들어본 적이 없었다. 믿을 만한 내 이 활과 화살은 여기 내려놓겠다. 내가 갈 때까지 감히 각오하고 기다리겠다면 네 녀석의 힘을 시험해 보기 위해 나도 가서 육척봉을 꺾어오겠다."

"아, 그거 잘 됐군. 네 녀석이 오기만을 기다리고 있겠다. 그것도 아주 즐겁게 말이다." 나그네는 그렇게 응수하고 로빈을 기다리기 위해 육척봉에 기대 서 있었다.

그러자 재빨리 다리 밖으로 걸어 나간 로빈 후드는 땅 가까이 자라 있는 흠 하나 없이 곧은 참나무를 1.8미터 정도 길이로 잘라냈다. 그리고 육척봉에 기대어 주위를 바라보던 나그네가 휘파람을 불며 자신을 기다리고 있는 동안 참나무의 연한 잔가지를 쳐내며 되돌아왔다. 가지를 쳐내면서 곁눈질로 슬쩍 상대방의 머리부터 발끝까지 훑어본 로빈은 이제껏 그렇게 몸집이 좋은 사내는 보지 못했다고 생각했다. 로빈도 키가 꽤 컸지만, 상대는 족히 2미터 10센티는 넘어 보였으므로 자신보다도 머리와 목 하나는 더 컸다. 로빈의 어깨도 꽤 넓게 벌어졌지만 상대는 로빈보다도 두 뼘은 더 넓어 보였다. 적어도 허리 둘레가 1미터는 되는 것 같았다.

로빈은 혼자 중얼거렸다. "흥, 그렇더라도 네 녀석 살갗을 신나게 두들겨 주마." 그러고 나서 상대가 듣도록 크게 외쳤다. "자, 이제 나도 여기 탄탄하고 억센 육척봉이 생겼다. 이제 내가 갈 때까지 기다려라. 겁먹지 말고 나와 어디 겨루어보자고. 우리 둘 중에 누구 하나가 얻어맞고 물 속으로 처박힐 때까지 싸워보자고."

아서 왕의 원탁의 기사들도 이 두 사람보다 용감하게 싸우지는 못했다. 순식간에 로빈은 낯선 사내가 서 있는 다리 위로 잽싸게 올라갔다. 처음에는 속임수를 쓰다가 상대의 머리를 가격했는데 만일 정통으로 맞혔더라면 금세 물 속으로 처넣을 수 있었을 것이다. 하지만 상대는 로빈의 가격을 매우 능란하게 피했다. 그리고 이번에는 그가 공격해 왔지만 로빈 역시 상대가 그랬던 것처럼 잘 피해 냈다. 두 사람은 그렇게 각자의 자리에 서서 한 치도 물러서지 않은 채 족히 한 시간이 넘게 서로 타격을 주고 받았다. 맞은 자리의 뼈가 욱씬욱씬 쑤셔왔고, 여기저기 혹이 돋았지만 두 사람은 결코 "이제 그만 됐어!"라고 소리칠 생각을 하지 않았다. 그렇다고 쉽사리 한 사람이 다리 아래로 떨어질 것 같지도 않았다. 그저 중간 중간에 잠시 쉬면서 두 사람은 각기 이제껏 그렇게 육척봉을 잘 다루는 상대는 처음 본다고 생각했다. 드디어 로빈이 상대의 옆구리를 힘껏 내리쳤는데 어찌나 세게 쳤는지 사내의 겉옷 자락에서 햇빛에 널린 축축한 밀짚처럼 연기가 일었다. 정확하게 적중한 로빈의 타격을 맞은 상대는 거의 다리에서 떨어질 뻔했지만 이내 정신을 차리고는 민첩하게 로빈에게 한 방 날렸다. 머리를 정통으로 얻어맞은 로빈은 피를 흘렸다. 그러자 화가 나 발끈해진 로빈도 온 힘을 다해 상대방을 내리쳤다. 그러나 상대는 로빈의 공격을 교묘히 피하고 다시 한 번 로빈을 때렸다. 그리고 이번에는 아주 정통으로 얻어맞았으므로 로빈은 마치 볼링 게임에서 여왕 핀이 쓰러지듯이 발뒤꿈치가 위로 향한 채 물 속으로 처박히고 말았다.

"훌륭한 청년, 어디 계시나?" 로빈의 맞수는 큰 소리로 웃으며 외쳤다.

"아, 여기 강물에 처박혀 물살에 떠내려가고 있어!" 로빈은 자신의 어처구니없는 곤경에 스스로도 웃음을 참을 수 없었다. 물살에서 벌떡 일어선 로빈이 강둑으로 걸어가자 그 텀벙거리는 발걸음에 작은 치어들이 놀라서 일제히 이리저리 도망쳤다.

강둑에 도착한 로빈이 말했다. "손을 좀 내밀어 주게. 나는 자네처럼 강인하고 용감하면서도 육척봉을 잘 다루는 사람이 필요해. 어쨌든 내 머리는 뜨거운 오뉴월의 벌 떼가 윙윙거리는 것처럼 띵 하군."

그리고 로빈이 나팔을 입에 대고 불자 나팔 소리는 숲 속의 오솔길들을 따라 감미롭게 퍼져나갔다. 나팔을 분 후 로빈이 다시 말했다. "아, 자네는 덩치도 우람할 뿐 아니라 정말로 용감한 사람이로군. 이곳과 캔터베리 시에서는 자네처럼 나를 때려눕힌 사람이 아직 아무도 없었기 때문이지."

그러자 낯선 사내도 웃으며 로빈의 말을 받았다. "자네도 용감하고 건장한 용사처럼 잘 싸웠네."

그러나 멀리서 사람들이 다가옴에 따라 나뭇잎과 잔가지가 살랑거리더니 링컨 초록색 옷을 차려입은 마흔 명이나 되는 로빈의 부하들이 숨어 있던 곳에서 뛰쳐나왔고 그 선봉에는 쾌활한 윌 스튜틀리(Will Stutely)가 서 있었다.

로빈 후드가 물 속으로 처박히다.

"대장님, 아니 이게 대체 어찌된 일입니까? 정말로 머리꼭대기부터 발끝까지 온 몸이 흠뻑 젖었군요."

"그러게 말이야. 저기 저 건장한 사내가 나를 느닷없이 물 속에 처박은 데다 육척봉으로 두들겨 팼다네."

"그렇다면 그 자신도 물 속에 처박히고 흠씬 두들겨 맞기 전에는 갈 수가 없죠! 얘들아, 저 녀석을 잡아라!"

월 스튜틀리의 말에 로빈의 부하들은 일제히 그 낯선 사내에게 덤벼들었다. 그들이 재빠르게 달려들었지만 사내 역시 어느 틈에 그들을 대적할 준비를 마친 후 육척봉을 이리저리 휘둘렀다. 그래서 비록 그가 압도적인 다수에게 굴복하긴 했지만 로빈의 부하들 중에도 그를 제압하기 전에 그에게서 얻어맞은 정수리를 문지르는 사람이 꽤 있었다.

로빈은 얻어맞은 옆구리가 다시 아플 정도로 웃어대며 외쳤다. "이제 그만 멈추어라! 그는 정말로 훌륭하고 진실한 사람이니 다치게 해서는 안 된다. 여보게, 훌륭한 청년, 내 말을 듣게나. 나와 함께 지내며 우리 일행 중 한 사람이 되지 않겠나? 자네는 일 년에 세 벌의 링컨 초록색 옷과 봉급으로 40마르크를 받게 될 것이며 우리에게 생기는 것은 무엇이든지 함께 나누게 될 걸세. 또한 살살 녹는 사슴 고기도 먹을 수 있으며 독한 술도 실컷 마실 수 있네. 그리고 이제껏 자네처럼 육척봉을 잘 휘두르는 사람은 아직 보지 못했으므로 자네를 내 오른팔로 삼겠네. 자, 어서 말해 보게! 내 부하가 되지 않겠나?"

낯선 사내는 물 속에 처박힌 데 대해 아직 화가 풀리지 않았으므로 심드렁하게 대답했다. "잘 모르겠소. 만일 당신이 주목나무 활과 사과나무로 만든 화살을 참나무 육척봉보다도 더 잘 다루지 못한다면 당신이 우리 고장에서 향사(鄕士)로 불리기엔 적당치 않다는 것을 알고 있소. 하지만 만일 여기 있는 사람 중에서 누구라도 나보다 더 활을 잘 쏘는 사람이 있다면 당신 부하가 되기로 마음을 정하겠소."

"맹세코, 자네는 꽤나 건방진 사내로군. 하지만 이제껏 어느 누구에게도 했던 적이 없었지만 자네에게는 한 번 굽혀주기로 하지. 스튜틀리, 저기 가서 손가락 넓이의 하얀 나무 껍질을 잘라 내어 80미터 떨어진 저 참나무 위에 놓게. 자, 보게, 회색 거위 깃털 화살로 과녁을 잘 맞추어 보게나. 그리고 스스로 궁사라 불러보시지."

"그야 물론 기꺼이. 내게 좋은 주목 활과 넓은 화살을 주시오. 만일 내가 제대로 맞추지 못하면 나를 발가벗긴 후 활의 현으로 피멍이 들도록 때리시오."

그런 다음 낯선 사내는 로빈의 부하들이 가지고 있던 활들 중에서 로빈의 것 다음가는 좋은 활과 근사하고 매끈한 회색 거위 깃털이 달린 곧은 화살을 고른 후 과녁을 향해 섰다. 로빈의 부하들이 풀밭 위에 앉거나 혹은 서서 지켜보는 가운데 사내는 화살을 자신의 볼까지 힘껏 잡아당긴 후 매우 능숙하게 손에서 놓았다. 화살은 길을 따라 곧장 날아가더니 표적의 한가운데에 정확히 꽂혔다. 그러자 사내는 로빈에게 외쳤다. "아하, 어디 할 수 있다면 이 상황을 바꾸어 보시지 그래요." 그 사이 로빈의 부하들은 그가 활을 잘 쏜 데 대해 박수를 쳐 주었다.

"정말 예리하게 잘 쏘았군. 나는 아마 상황을 바꾸지는 못할 것 같고 자네의 화살을 망쳐놓을 수는 있겠군."

로빈은 자신의 훌륭한 주목 나무 활을 집어들고 조심스럽게 화살을 활시위에 잰 뒤, 대단히 노련하게 화살을 쏘았다. 곧장 날아간 화살은 아주 정확히 상대의 화살 위에 꽂혔고, 그 바람에 상대의 화살은 산산조각이 났다. 그러자 로빈의 부하들은 모두 풀쩍 뛰어 오르며 자신들의 대장의 뛰어난 실력을 축하하는 환호성을 질렀다.

그러자 로빈의 상대가 외쳤다. "그야말로 위톨드 성인(Saint Withold)의 탄탄한 주목나무 활에서나 나올 법한 실력이군, 이제껏 이렇게 활을 잘 쏘는 사람은 보지 못했소! 그래서 하는 말인데 지금부터 영원히 당신의 진실한 부하가 되겠소. 대단한 애덤 벨(Adam Bell)도 명궁이었지만 당신처럼 잘 쏘지는 못했소!"

"자, 그럼 오늘 그대처럼 훌륭한 오른팔을 얻었으니 이름부터 알려 주어야지."

"사람들은 내 출신지를 따서 나를 존 리틀(John Little)이라고 부르지요."

그러자 농담을 무척 즐기는 윌 스튜틀리가 말했다. "그건 안 되지. 나는 자네의 그 이름이 마음에 들지 않으니 내가 기꺼이 다른 이름으로 바꾸어주겠네. 자네는 정말 작으니까, 골격도 근육도 작디 작으니까 리틀 존(Litttle John)으로 개명하여 세례를 받아야겠어. 그리고 내가 자네의 대부가 되어주지."

그 소리를 듣고 로빈과 부하들이 일제히 크게 웃는 바람에 화가 치밀기 시작한 나그네는 윌 스튜틀리에게 대꾸했다.

"자네가 나를 가지고 놀았으니 단시간 내에 그 대가를 톡톡히 치르게 될줄 알아."

그러자 로빈 후드가 끼어들었다. "아니, 여보게 좋은 친구, 그 이름이 자네에게 썩 어울리니 그만 화를 접게. 앞으로 자네를 리틀 존이라고 부르게될 걸세. 자, 여보게들, 모두 모이게. 이 새로 태어난 어린양을 위해서 어서가서 세례식을 준비해야지."

그 말에 로빈 일행은 모두 시내를 등진 채 다시 숲 속으로 들어갔고, 왔던길을 되밟아 숲 속 깊숙한 곳에 있는 장소로 돌아갔다. 그곳 은신처에 그들은 나무껍질과 잔가지로 오두막을 지어 놓았고, 부드러운 골풀로 만든 침상에는 연한 황갈색 사슴 가죽을 덮어 놓았다. 그들의 은신처인 이곳에는 넓게가지를 드리운 거대한 참나무가 한 그루 있었는데, 그 나무 아래에는 로빈 후드가 부하들에게 둘러싸여 만찬이나 술잔치를 벌일 때면 즐겨 앉던, 푸른 이끼로 덮인 의자가 하나 있었다. 이곳에 당도하여 그들은 남아 있던 다른 동료들과 만났고, 그들 중 일부는 살찐 암사슴을 안고 있었다. 그들은 함께 커다란 불을 피워 올렸고 잠시 후 암사슴을 그 불에 구워내고 거품이 이는 맥주통에 구멍을 뚫었다. 이제 연회 준비가 끝나자 그들은 모두 앉았다. 하지만 로빈 후드는 리틀 존을 자신의 오른쪽에 앉혔다. 이제부터는 그가 그들 무리 중에서 제2인자였기 때문이다.

이윽고 흥겨운 연회가 끝나자 윌 스튜틀리가 말했다. "자, 이제 우리의 사랑스러운 아기에게 세례를 베풀 시간이 된 것 같은데, 그렇지 않나, 친구들?" 그 말에 시끌벅적한 소리가 숲에 메아리칠 때까지 모두 웃음을 터뜨리며 외쳤다. "그럼, 물론이고 말고!"

윌 스튜틀리가 다시 동료들에게 말했다. "그러면 후견인 일곱 명이 있어야겠네." 스튜틀리는 무리들을 헤치고 다닌 끝에 가장 건장한 일곱 사람을 골라냈다.

리틀 존이 갑자기 벌떡 일어나더니 외쳤다. "둔스탄 성인(Saint Dunstan)에 대고 맹세하는데 내 몸에 손가락 하나라도 댔다가는 후회하게 만들어주겠어."

그러나 뽑힌 일곱 사람은 아무 대꾸도 하지 않은 채 일시에 리틀 존에게 덤벼들었고, 리틀 존이 발버둥쳤지만 그들은 그의 두 발과 두 손을 단단히 잡아 모든 사람들이 둘러서서 그 광경을 지켜보는 동안 앞으로 데리고 나갔다. 그리고 순전히 정수리 머리가 벗어진 덕분에 사제의 역할을 하도록 뽑힌 남자가 앞으로 나왔는데 그의 두 손에는 거품이 이는 맥주가 담긴 주전자가 들려 있었다. "누가 이 어린양을 데려왔는가?" 남자는 꽤 엄숙한 어조로 물었다.

"접니다." 윌 스튜틀리가 물음에 답했다.

"그렇다면 그대는 이 자의 이름을 무엇으로 하겠는가?"

"리틀 존이라고 부르겠습니다."

그 말에 가짜 사제가 천연덕스럽게 대꾸했다. "자, 리틀 존, 그대는 이제까지 세상에서 그냥 시간을 보냈을 뿐 진정으로 살았다고 할 수 없었으나 이제부터는 진정으로 살게 될 것이다. 그대가 진정으로 살지 않았던 이전에는 존 리틀로 불렸으나 이제 진정으로 살게 된 지금부터는 리틀 존으로 부르게 될 것이니라. 그러므로 그대에게 세례를 베푸노라." 그리고 이 마지막 말과 함께 그는 리틀 존의 머리에 맥주 주전자를 들이부었다.

갈색 맥주가 수염 위로 흘러내리고, 코와 턱에서는 맥주 방울이 뚝뚝 떨어지는 가운데 쓰린 눈을 깜빡거리는 리틀 존을 바라보며 모든 사람들이 폭소를 터뜨렸다. 리틀 존도 처음에는 화가 나려고 했으나 다른 사람들이 너무 즐거워했으므로 화를 낼 수 없다는 것을 깨달았다. 그래서 결국은 그도 다른 사람들과 함께 웃고 말았다. 그러자 로빈이 이 사랑스럽고 훌륭한 어린양을 데리고 가서 머리꼭대기부터 발끝까지 링컨 초록색으로 된 새 옷으로 갈아 입힌 뒤 근사한 주목나무 활을 하나 선사하고 그를 자신의 일원으로 만들었다.

로빈 후드가 추방자가 된 사연은 이러했다. 그리고 그 주위로 흥겨운 동료들이 모여들게 된 사연과 리틀 존이라는 오른팔을 얻게 된 사연도 이러했고, 이제 프롤로그는 이렇게 막을 내린다. 이제부터는 노팅엄의 주 장관이 로빈 후드를 세 번이나 잡으려고 무진 애를 썼지만, 어떻게 해서 번번이 실패하게 되었는지 이야기하겠다.

노팅엄 주 장관이 로빈 후드를 잡으려고 링컨으로 사람을 보내다.

제 1 부

노팅엄 주 장관이 로빈 후드에게 비애감을 맛보게 해 주겠다고 맹세한 사연과,
그에 따라 로빈 후드를 세 차례나 잡으려고 시도했지만
번번이 간발의 차로 놓치게 된 사연이 소개된다.

제 1 장
로빈 후드와 땜장이

로빈 후드의 목에 어떻게 해서 2백 파운드의 현상금이 걸리게 되었는지, 그리고 그 2백 파운드가 탐나기도 했지만, 로빈 후드의 손에 죽은 사람이 자신의 친척이라는 이유로 해서 노팅엄 주 장관이 직접 로빈을 잡고야 말겠다고 맹세한 사연은 이미 앞에서 이야기했다. 그런데 주 장관은 로빈 후드가 셔우드 숲에서 얼마만 한 힘을 지니고 있는지는 아직 알지 못했으므로, 법을 어긴 다른 사람들에게 그랬듯이 로빈에게도 쉽게 체포령을 발동할 수 있을 것으로 생각했다.

그래서 누구든 로빈을 체포하는 사람에게는 금화 40냥을 주겠다고 제안했다. 그러나 로빈 후드와 그의 행적에 대해서 주 장관보다도 특별히 더 알고 있었던 노팅엄 시민들은 로빈을 체포하려 들었다가는 아마도 머리통이 박살나기 십상일 것이라는 사실을 잘 알고 있었으므로 로빈처럼 그렇게 대담한 범법자를 체포하려는 생각을 품는다는 것 자체에 코웃음을 쳤다. 그 때문에 어느 누구도 그 일을 직접 맡으려고 나서는 사람이 없었다. 그리하여 누구 하나 주 장관의 일에 끼어드는 사람이 없는 가운데 2주일이 흘러갔다. 아무리 기다려도 별 소득이 없자 주 장관은 그 상황을 한탄했다.

"누구든 로빈 후드를 잡아오는 자에게는 꽤 많은 액수의 포상금을 내리겠다고 제안했는데도 어느 누구도 그 일을 떠맡으려 하는 자가 없으니 참으로 놀라운 일이로구나."

그 소리를 들은 부하들 중 곁에 있던 한 사람이 말했다. "주 장관님, 로빈 후드가 자신의 주위에 세력을 키웠으며 그가 왕이나 주 장관의 체포령 따위는 전혀 두려워하지 않는다는 사실을 모르십니까? 그래서 이 일을 맡으려고 나섰다가는 머리가 박살나고 뼈가 으스러질까 두려워 아무도 나서길 원치 않는 것입니다."

"정말 그렇다면 나는 노팅엄 사람들을 겁쟁이로 간주하겠다. 그럼 어디 우리의 군주이신 헨리 왕의 권능에 감히 불복종할 사람이 있는지 알아 보세나. 만일 그런 놈이 있다면 에드먼드 성인(Saint Edmund)의 성소 옆에다 2백 미터도 넘게 높이 매달아 버릴 테니까! 하지만 만일 노팅엄에서 누구도 나서지 않겠다면 다른 곳으로도 사람을 보내겠다. 이 땅 어딘가에 그런 용기를 가진 사람이 분명히 있을 테니까 말이다."

그리고는 신임하고 있던 전령을 불러 안장에 말을 얹고 자신의 명령을 수행하여 링컨 시로 가서 포상금을 받을 사람이 있는지 알아보라고 지시했다. 그래서 그날 아침 전령은 임무를 수행하러 당장 떠났다.

온 언덕과 골짜기에 새하얗게 뻗어 있는, 노팅엄에서 링컨으로 이르는 먼지투성이의 대로 위로는 햇살이 밝게 내리쬐고 있었다. 큰길에는 흙먼지가 일고 있었고, 목구멍 역시 먼지가 낀 듯 깔깔했으므로 전령은 여정의 반이 훨씬 지났을 무렵, 블루 보어 여관(Blue Boar Inn)이 눈에 들어오자 마음속으로 무척 기뻤했다. 그의 눈에 여관은 몹시 근사하게 비쳤으며, 여관 주위로 늘어서 있는 참나무 그늘은 서늘하면서도 쾌적해 보였으므로 전령은 갈증난 목을 시원한 맥주로 달래며 잠시 쉬어갈 요량으로 말에서 내렸다.

전령은 문 앞 잔디밭에 그늘을 드리우고 있는 무성한 참나무 아래에 앉아 있던 유쾌한 무리를 보았다. 그들 무리는 땜장이 한 사람, 맨발의 탁발수사 두 사람, 링컨 초록색의 옷을 입고 있던 왕실 삼림 감독관 여섯 사람으로서 그들은 모두 거품이 이는 맥주를 벌컥벌컥 들이켜며 옛 노래를 즐겁게 흥얼거리고 있었다. 노래 중간중간에 농담이 곁들여졌으므로 삼림 감독관들은 크게 웃어젖혔으며 탁발수사들의 웃음소리는 더욱 크게 들렸다. 두 사람은 모두 검은 숫양의 털처럼 곱슬곱슬 말린 턱수염을 지닌 건장한 체격이었다. 그러나 그 모든 사람들 가운데서도 가장 웃음소리가 컸던 사람은 바로 땜장이였다. 그리고 다른 사람들보다 제일 감미롭게 노래를 부른 것도 바로 그였다. 그의 가방과 망치는 참나무 가지 위에 걸려 있었고 근처에는 그의 손목만큼이나 굵고 끝에 옹이가 박힌 단단한 육척봉이 세워져 있었다.

삼림 감독관들 중 한 사람이 피곤에 지친 전령에게 외쳤다. "이리 와서 좀 쉬었다 가시죠. 이봐, 주인장! 여기 각자에게 시원한 맥주 한 병씩 드리게나."

전령은 온 사지가 지칠 대로 지쳐 있었고 맥주는 보기에도 훌륭했으므로 그곳에 있던 그들과 함께 앉는 것만으로도 마음이 흡족했다.

무리 중 한 사람이 전령에게 물었다. "무슨 소식을 가지고 그렇게 황급히 어디로 가는 길입니까?"

그런데 전령은 떠벌리는 것을 매우 좋아하는 데다 쑥덕공론을 아주 좋아하는 사람이었다. 게다가 맥주로 기분까지 거나해졌으므로 여관 벤치의 안락한 구석에 자리잡고 앉아, 느긋하게 자신이 가져온 소식 보따리를 풀어냈다. 여관 주인은 문간에 기대 서고 여주인은 두 손을 앞치마 아래로 늘어뜨린 채 서서 듣고 있는 동안 전령은 처음부터 하나도 빼놓지 않고 상세하게 말해 주었다. 어떻게 해서 로빈 후드가 삼림 감독관을 죽이게 되었는지, 그리고 법망을 피해 푸른 숲 속으로 어떻게 숨어들게 되었는지 설명했다. 신만이 아시겠지만, 로빈 일행은 그 숲에서 왕실의 사슴들을 죽이고 뚱뚱한 수도원장이나, 기사, 수습기사들에게 통행세를 받는 등 법을 어기며 살아가고 있으므로 사람들은 로빈 일행이 두려워 대로인 와틀링 가도(Whatling Street)나 포스 가도(Foss Way)조차 감히 지나갈 엄두를 내지 못하고 있다고 말해 주었다. 그리고 자기는 그다지 법을 준수하는 사람은 아니었으므로 왕이나 주 장관의 체포령에는 크게 개의치 않지만, 전령인 자신에게 매주 토요일 저녁 왕의 얼굴이 인쇄된 넉넉한 지폐로 6펜스를 지급하고 추가로 미카엘 성인 축일에는 맥주와, 크리스마스제 때에는 살찐 거위 한 마리를 보너스로 주는 고매하신 주 장관이 로빈에 대한 왕의 체포령을 수행할 계획이라는 것도 밝혔다. 그런데 온 노팅엄 시를 통틀어도 다들 로빈에게 머리가 깨지고 뼈가 으스러질까봐 두려워하며 이 체포령을 수행하겠다고 선뜻 나서는 사람이 없었으므로 링컨 사람들의 기개는 어떠한지, 그곳에는 이 체포령을 수행할 만한 사람이 있는지 알아보기 위해 지금 링컨 시내로 가고 있는 중이라고 이야기해 주었다. 그런 이유로 자신이 이제껏 본 중에서 가장 근사한 사내들 틈에 지금 앉아 있게 된 것이며, 조금 전에 맛본 맥주는 일생 동안 마셔 본 것 중 최고였다고 말해 주었다.

전령의 말에 여관에 있던 사람들은 모두 입과 눈을 크게 벌린 채 넋을 놓고 들었다. 전령의 이야기는 대단한 화젯거리가 아닐 수 없었던 까닭이다. 드디어 전령이 이야기를 모두 마치자 땜장이가 침묵을 깼다.

"노팅엄에서 가깝지도 않고, 셔우드에서도 가깝지 않은 그 경계선쯤에 있는 밴베리(Banbury) 시에서 온 나도 육척봉을 휘두를 정도의 힘은 있지요. 거 왜, 허트퍼드(Hertford) 시의 그 유명한 장날, 레슬리의 로버트 경(Sir Robert of Leslie) 부부가 참석한 경기장에서 미친 까불이 녀석, 엘리의 시몬(Simon of Ely)을 내가 때려눕히지 않았습니까? 그런데 전에 한 번도 들어본 적이 없는 이 로빈 후드라는 작자가 지금 듣고 보니 꽤 호방한 사나이라는 것은 알겠군요. 하지만 그가 강하다면, 내가 그보다 못하리란 법 있겠습니까? 그가 영리하다면 내가 더 영리하지 못할 이유가 없겠지요? 물방앗간의 예쁜 난(Nan)의 밝은 눈에 걸고, 내 자신의 이름을 걸고, 내 어머니의 아들인 나, 육척봉의 대가인 와트(Wat)가 직접 그 건장한 사내를 상대해 주지요. 그가 우리의 빛나는 군주이신 헨리 왕의 봉인과 훌륭하신 노팅엄 주 장관의 권능조차 전혀 두려워하지 않는다면 내가 그 녀석을 흠씬 두들겨 주겠소. 그래서 다시는 손가락 하나 발가락 하나 움직이지 못하도록 해 주겠어요. 여보시오, 내 말 듣고 있는 건가요? 한바탕 신나게 다시 마셔보자고요!"

그 소리를 들은 전령이 외쳤다. "아, 자네야말로 내가 찾던 바로 그 사람이로군. 나와 함께 노팅엄으로 돌아가세."

그런데 땜장이는 고개를 가로로 천천히 저으며 대답했다. "아니요. 내 마음이 내키기 전에는 나는 그 누구와도 함께 가지 않습니다."

"그건 당치도 않네. 용감한 사내인 자네의 뜻을 거스르며 억지로 가게 할 사람은 노팅엄 주에서는 아무도 없다네."

"내가 용감한 사내라고요?"

"아, 그야 물론 자네는 용감한 사내지. 하지만 우리의 주 장관 나리께서는 로빈 후드 체포령을 수행하는 사람에게는 최소한 금화 40냥을 주겠다고 하셨네."

"그렇다면 당신과 함께 가겠어요. 내 가방과 망치와 육척봉을 챙길 때까지 좀 기다려 주세요. 내가 그 로빈을 상대하고 그가 정말로 왕의 체포령 따위는 하등 신경 쓰지 않는지 어디 알아보겠어요." 그래서 술값을 계산한 후 전령은 자신의 말 옆에서 활보하는 땜장이를 데리고 다시 노팅엄으로 돌아갔다.

한편, 이 일이 있고 난 직후의 어느 화창한 날 아침, 로빈 후드는 노팅엄 시에서 무슨 일이 벌어지고 있는지 알아보러 출발했다. 데이지와 어우러져 상큼한 풀잎이 돋아난 길을 따라서 즐겁게 걷는 동안 그의 눈은 이곳저곳을 두리번거렸고 생각 역시 분주히 오갔다. 뿔피리는 엉덩이에, 활과 화살은 등에 걸쳐 맨 채, 손에 들고 있던 단단한 참나무 육척봉을 손가락으로 빙빙 돌리며 걸어갔다.

그렇게 그늘진 오솔길을 걸어내려가고 있노라니 한 땜장이가 즐거운 노래를 흥얼거리며 맞은편에서 걸어오고 있었다. 땜장이의 등에는 가방과 망치가 걸려 있었고, 손에는 2미터 가까이 되는 기다란 육척봉이 들려 있었으며 다음과 같은 노래를 흥얼거리고 있었다.

> "수사슴이 죽을 때까지 귀를 곧추 세우고
> 쫓아다니는 완두콩 파종기가 되면,
> 곡식 줄기를 든 어린 소년들은
> 들판에 풀어놓은 짐승들을 돌보며 앉아 있다네."─

그 소리를 듣고 로빈이 먼저 외쳤다. "여보게, 안녕하신가!"

> "딸기를 따러 갔었다네."─

"안녕하신가!" 로빈이 다시 외쳤다.

> "나무와 잡목들은 빼곡히 들어차고"─

"안녕하냐고 묻고 있잖아, 여보게, 자네 귀머거린가?"

그제야 땜장이도 노래를 멈추고 대꾸했다. "멋진 노래를 중간에 막아설 정도로 대담한 자네는 도대체 누군가? 자네가 좋은 사람이든 아니든 상관없이, 그래 안녕하신가. 하지만 자네, 대담한 자에게 말해 주는데, 만일 자네가 좋은 사람이라면 우리 둘에게는 다행한 일이지. 하지만 만일 별 볼일 없는 사람이라면 자네에게는 안된 일이지."

"그렇다면 우리 좋은 친구가 되자고. 나처럼 자네도 그 육척봉을 잘 휘두른다면 그건 불상사일 테니까. 그러니 우리 좋은 친구 사이로 지내자."

"아, 그렇다면 그렇게 하기로 하지. 하지만, 이보게, 자네는 혀를 너무도 빨리 놀리니 내 아둔한 머리로는 따라잡기가 힘드는군. 나는 그렇게 영리한 사람이 아니네. 그러니 좀 천천히 말해 주겠는가?"

"그래, 체격도 건장한 자네는 어디 출신인가?"

"나는 밴베리에서 왔다네."

"아, 이럴 수가! 바로 화창한 오늘 아침에 그곳에 안 좋은 소식이 있다고 들었네."

"아, 그 말이 정말인가?" 땜장이가 로빈의 말을 듣고 진지한 표정으로 외쳤다. "그렇다면 어서 빨리 말해 주게나. 자네도 보다시피 나는 직업이 땜장이라네. 그리고 나는 내 일에 열심일 뿐 아니라 사제가 돈을 꽤나 밝히듯이 화젯거리가 될 만한 이야기를 좋아한다네."

"그렇다면 내가 말해 줄 테니 잘 듣게나. 하지만 내가 아는 한 안 좋은 소식이니 마음 단단히 먹고 듣게나. 사연인즉 이렇다네. 내가 듣기로, 땜장이 두 사람이 맥주를 들이켰다고 해서 족쇄가 채워졌다지 뭔가!"

"이런 망할 녀석 같으니라고, 그걸 지금 농담이라고 하고 있는 거야! 선량한 사람을 흠잡고 있잖아. 하지만 건장한 두 사내가 족쇄를 차고 있다면 그건 정말로 안 좋은 소식이군."

"아니, 자네는 요점을 파악하지 못하고 엉뚱한 것에 슬퍼하고 있군. 그 소식이 안 좋은 것은 족쇄에 채인 땜장이가 두 사람이라는 데 있지 않단 말이야. 나머지 땜장이들은 대부분 전국을 활보하며 떠돌아다니고 있으니까."

"둔스탄 성인의 백랍 접시에 걸고 맹세하는데, 네 녀석이 그 같잖은 농담을 하니 흠씬 두들겨 패 주고 싶은 마음이 생겼다! 하지만 만일, 맥주를 마셨다는 이유로 사람들이 갇힌다면 네 녀석이 사지 일부를 잃지 않게 될지 나도 장담할 수는 없다."

그 소리를 듣고 로빈이 큰 소리로 웃으며 소리쳤다. "좋아, 땜장이, 이제 그만 하자고! 자네의 머리는 정말 맥주 같아서, 쉴 때 생겨나는 거품처럼 부글부글 잘도 끓어오르는군! 하지만 나는 맥주를 꽤나 좋아하니까 맥주 같은 자네가 마음에 드네. 그러니 우리 같이 블루 보어 여관 간판이 보이는 곳으로 곧장 가세나. 자네 모습이 변하지 않을 것으로 알고 있는데, 자네처럼 생긴 맥주를 마셔볼 생각이 있다면 드넓은 노팅엄 주에서 양조한 그 어떤 술보다도 기가 막힌 술로 목을 실컷 축이게 해 주겠네."

"자네는 천박한 농담에도 불구하고 괜찮은 녀석이군. 나는 자네가 아주 마음에 들어. 내가 만일 자네를 따라 그 블루 보어 여관에 가지 않는다면 자네는 나를 이교도 유대인이라고 부를 테지."

드디어 함께 터벅거리며 걸어가게 되자 로빈이 물었다. "여보게 친구, 자네가 알고 있는 소식 좀 말해 주게나. 내가 알기로 땜장이들은 그야말로 소식통들이니까."

"여보게 친구, 자네가 내 친 동기간 같이 마음에 들어서 해 주는 말이네. 안 그랬더라면 절대로 말해 주지 않았을 걸세. 나는 영리한데다, 내 온 지혜를 총동원해야 할 만큼 막중한 임무를 수행 중이기 때문이거든. 나는 지금 사람들이 로빈 후드라고 부르는 대담한 범법자를 이 근방에서 찾으러 왔다네. 내 주머니 안에는 양피지 위에 잘 쓰여진 후에 붉은 인장으로 효력을 입증한 체포 영장이 들어있지. 내가 그 로빈 후드라는 작자를 만나기만 한다면 나는 이 영장을 그 녀석 몸에 들이댈 거야. 그런데도 그 녀석이 순순히 응하지 않는다면 그 녀석의 모든 늑골들이 아멘을 외칠 때까지 작살을 내 주겠어. 하지만, 자네는 이 부근에 살고 있으니까 묻는 말인데, 혹시 그 로빈 후드라는 작자를 알고 있는가?"

"아, 그야 물론 알고 있지. 오늘 아침에도 보았는걸. 하지만, 이봐. 사람들은 그가 그저 착실하고 꾀많은 도둑이라고 말하던데. 그러니 자네도 그 영장을 잘 간수해야 할 걸. 안 그랬다가는 언제 그가 자네의 주머니에서 영장을 훔쳐갈지도 모르니까 말이야."

"흥, 어디 해 볼 테면 해 보라고 하지! 그 녀석이 아무리 꾀가 많다고 해도 나 역시 만만치는 않다고. 지금 당장이라도 일 대 일로 그 녀석과 상대할 수 있다고!" 땜장이는 묵직한 육척봉을 다시 돌리며 물었다. "하지만 그 녀석은 어떻게 생겨 먹었지?"

그 물음에 로빈이 웃으며 대답했다. "나와 많이 비슷하다네. 그리고 키와 골격과 나이는 나와 같지. 또한 나처럼 푸른 눈이라네."

"그럴 리가. 자네는 새파란 청년이잖아. 나는 로빈이라는 그 작자가 수염을 무성하게 기른 노인일 것으로 생각했는데. 그러니까 노팅엄 사람들이 그자를 그렇게 두려워하지."

"정말이라네. 그는 자네처럼 그리 건장하지도, 나이가 많이 들지도 않았다네. 하지만 사람들은 육척봉 휘두르기의 달인이라고들 부르지."

땜장이는 완고하게 대꾸했다. "그럴지도 모르겠지만 내가 육척봉 휘두르기는 한 수 위야. 내가 허트퍼드 시에서 벌어진 경기에서 엘리의 시몬을 때려눕힌 것을 보면 모르겠는가? 하지만 친구, 만일 자네가 그 녀석을 안다면 나를 그 녀석에게 데려다 주거나 그 녀석을 내게 데려오지 않겠는가? 그 악당을 사로잡아 온다면 금화 80냥을 주겠다고 주 장관께서 내게 약속하셨거든. 자네가 만일 내게 그 녀석이 누구인지 알려준다면 내가 받을 포상금 중 10분의 1을 자네에게 주겠네."

"아아 좋네, 하지만 먼저 자네의 그 체포영장을 보여 주게. 그러면 그게 정말 좋은 건지 나쁜 건지 알 수 있을 테니까."

"그건 안 될 말이지, 우리 형이라 해도 안 돼. 내가 그 녀석을 직접 체포할 때까지 체포영장은 누구에게도 보여줄 수 없어."

"사정이 그렇단 말인가. 자네가 그것을 내게 보여 주지 않겠다니 누구에게 보여 줄 지 알 수 없구만. 하지만 저기에 블루 보어 여관의 간판이 보이니 잠시 들어가 그 기막힌 술맛이나 좀 보고 가세."

노팅엄 주 전체를 통틀어서 블루 보어 여관보다도 더 아늑한 곳은 찾아볼 수 없었다. 블루 보어 여관처럼 그 주위에 멋진 나무들이 들어서 있는 곳도 없었고, 휘휘 늘어진 클레마티스와 담쟁이덩굴로 시원하게 뒤덮인 곳도 없었다. 그토록 질 좋은 맥주와 거품이 이는 에일 맥주가 있는 곳도 없었다. 게

다가 북풍이 몰아치고 산울타리 주위로 눈발이 휘날리는 겨울이 되면 벽난로 위에서는 이글거리는 불빛이 따뜻하게 타올랐다. 겨울에는 벽난로 재받이 돌 위에 놓은 냄비 속에서 게가 탁탁거리며 구워지는 동안 타오르는 난로 주위에 둘러앉아 서로 유쾌한 농담을 주고받는 향사나 마을 사람들의 무리가 흔히 눈에 띄었다. 로빈 후드 역시 숲 속이 눈으로 온통 뒤덮이면 리틀 존이나 월 스튜틀리 혹은 젊은 돈커스터의 데이비드와 같은 즐거운 일행들과 잘 어울렸으므로 로빈과 그의 무리들에게도 블루 보어 여관은 잘 알려져 있었다. 그리고 여관 주인으로 말할 것 같으면, 그는 어느 쪽이 자신에게 유리한 편인지 잘 알고 있었으므로 혀를 신중하게 놀려야 한다는 사실과 말을 삼가야 할 때를 잘 알고 있었다. 그에게는 로빈 후드 무리가 최고의 고객이었는데 그 이유는 그들이 결코 외상을 긋는 법 없이 꼬박꼬박 셈을 잘 치렀기 때문이었다. 그래서 지금 막, 로빈 후드가 땜장이와 함께 여관 안으로 들어와 에일 맥주 두 잔을 큰 소리로 시켰을 때도 주인이 로빈을 바라보는 눈빛이나 언행에서 그가 범법자라는 낌새를 사람들이 눈치 챌 만한 기색은 전혀 없었다.

로빈은 술을 주문한 뒤 땜장이에게 말했다. "자네는 여기 남아 있게나. 나는 가서 주인이 최고급 에일 맥주를 제대로 내리고 있는지 볼 테니까. 내가 알기로 여기 주인은 톰워스의 위톨드(Withold of Tomworth)가 빚은 술을 가지고 있다네." 그렇게 말하며 안으로 들어간 로빈은 여관 주인에게 질 좋은 영국 맥주에 플랑드르 독주를 적당히 섞어 달라고 속삭였다. 주인은 로빈이 시킨 그대로 따랐고 그렇게 만든 술을 내왔다.

여관 주인이 내온 맥주를 길게 쭉 들이켠 다음 땜장이가 말했다. "우리 성모 마리아를 걸고 맹세하는데, 저기 톰워스의 위톨드, 흠 위톨드라 … 훌륭한 색슨족 이름이군, 내가 위톨드 당신을 알았더라면. 어쨌든 당신은 이제껏 나, 육척봉의 달인이 맛본 맥주 중에서 가장 최고급의 맥주를 빚었군."

로빈은 그 사이 입술만 살짝살짝 축이며 외쳤다. "마시게, 친구, 실컷 마시라고. 오호, 저기 주인을 보게! 내 친구에게 또 한 잔을 가져오고 있잖아.

블루 보어 여관에서의
로빈 후드와 땜장이

이봐 친구, 어디 이번엔 노래나 한 곡조 뽑아보지 그러나."

"아, 그렇다면 내가 자네에게 한 곡조 불러주지. 이제껏 이렇게 맛있는 맥주는 처음 맛보니 말이야. 성모 마리아께 맹세하건대, 지금까지도 머리가 띵 하다네! 이봐요, 안주인, 이리 와서 들어요. 내가 부르는 노래를 들을 수 있을 테니. 그리고, 거기 아가씨도. 아가씨의 밝은 눈이 바라봐 주는 동안은 내가 노래를 제일 잘 부르거든."

그리고 나서 땜장이는 선왕 아서 왕 시절의 오래된 민요인 거윈 경의 결혼식(Marriage of Sir Gawaine)이라고 불리는 노래를 한 곡 불렀는데, 초기의 강건한 영어로 쓰여진 이 곡조는 여러분도 읽은 적이 있을 것이다. 땜장이가 노래를 부르는 동안 사람들은 고귀한 기사들과 왕에 대한 그들의 충성심을 읊은 숭고한 이야기에 모두 귀를 기울였다. 하지만 맥주에 섞은 독한 술의 기운 때문에 곧 땜장이는 노래의 마지막 시구를 미처 읊기도 전에 혀가 꼬부라지고 머리가 끄덕거리기 시작했다. 처음엔 말이 헛나오더니 점차 소리가 둔탁해졌다. 그리고 이내 고개가 옆으로 흔들리더니 급기야는 다시는 깨어나지 않을 것처럼 깊은 잠에 빠져들고 말았다.

그 모습을 지켜 본 로빈 후드는 크게 웃어젖히더니 능숙한 손놀림으로 땜장이의 주머니에서 체포영장을 재빨리 꺼냈다. "자네가 영리한지는 몰라도 진짜 영리한 도둑, 로빈 후드를 쫓아오려면 아직도 한참 멀었다고 생각하네."

그리고 나서 로빈 후드는 주인을 불러 말했다. "주인장, 당신이 오늘 우리에게 베풀어준 여흥에 대한 보답으로 여기 10실링 주겠소. 그리고 저기 저 손님을 잘 보고 있다가 깨어나거든 그에게도 10실링을 받도록 하시오. 만일 그가 돈이 없으면 술값으로 대신 가방이나 망치, 필요하다면 외투까지 받아 내도록 하시오. 내게 고통을 안겨 주려고 푸른 숲으로 찾아온 자들에게는 그런 식으로 벌을 내리고 있소. 당신 역시 두 곱절로 술값을 받아낼 수 있다면 굳이 그렇게 하지 않을 이유가 없겠지."

로빈의 이 말에 여관 주인은 마치 자신에게 "까치에게 달걀 빨아먹는 것 가르치기"라는 시골 속담이라도 중얼거리듯 교활하게 웃었다.

한편 땜장이는 오후가 지날 때까지 늘어지게 자다가 그림자가 산 가장자리를 따라 길어질 무렵에야 잠에서 깨어났다. 무슨 영문인지 모르던 땜장이는 처음에는 위를 보았다가, 다음엔 아래를, 그리고 나서는 동쪽을, 그리고 다시 서쪽을 보았다. 마치 바람에 흩어져 날아간 보릿짚단처럼 정신을 집중하고 있는 중이었다. 우선 떠올린 것은 자신의 즐거운 동행이 있었다는 사실이었으나 그는 이미 사라지고 없었다. 그 다음엔 자신의 탄탄한 육척봉을 살펴보았더니 그것은 손 안에 그대로 있었다. 그리고 나서는 체포 영장과 로빈 후드를 실제로 체포했을 때 얻게 될 금화 80냥에 대해 생각했다. 그 생각에 손을 호주머니 안으로 밀어넣어 보았지만 주머니 안에는 동전 한 닢 없었다. 그러자 땜장이는 화를 벌컥 내며 벌떡 일어나 주인에게 외쳤다.

"이봐, 주인장! 나와 함께 있던 그 악당 녀석 어디로 사라졌지?"

"악당 녀석이라니요, 나리?" 여관 주인은 자칫 잘못하면 끓는 물에 기름을 붓는 격이 될 수도 있으므로 땜장이를 나리라고 부르며 진정시켰다.

"나리, 저는 어떤 악당도 보지 못했는데요. 그 이유는, 셔우드 숲 가까이 사는 사람들은 누구도 그 사람을 감히 악당이라고 부를 엄두를 내지 못하거든요. 나으리, 제가 본 사람은 용감한 용사였지만요, 저는 나으리도 그 사람을 알고 있는 것으로 생각했는 뎁쇼. 이 근처에 사는 사람치고 그를 모른 체 지나치는 사람은 거의 없기 때문이죠."

"네 녀석의 이 더러운 소굴에서 놀아본 적이 없는데 이곳에 있는 더러운 돼지 같은 놈들을 내가 무슨 수로 다 안단 말이냐? 그렇다면 너는 그 녀석을 아주 잘 알고 있다는 말인데, 그 녀석이 대체 누구란 말이냐?"

"그야 이 근방의 사람들이 로빈 후드라고 부르는 건전하고 용감한 향사랍니다. 그 사람이 바로 …"

그 소리를 듣자마자 땜장이는 성난 황소처럼 깊은 목소리로 소리를 버럭

질렀다. "뭐라고, 맙소사! 나같이 성실하고 정직한 장인이 네 녀석의 여관에 들어오는 것을 보고도 그리고 그 녀석이 누구인지 잘 알고 있었으면서도 내게 말을 하지 않았단 말이야. 좋아, 네 녀석의 골통을 박살내 주고야 말겠다!" 땜장이는 육척봉을 집어들어 선 자리에서 당장이라도 주인을 내려칠 듯이 노려보았다.

그러자 주인은 맞을까봐 두려워 팔꿈치를 들어올리며 애원했다. "아아, 아닙니다. 나리께서 그 사람을 모른다는 것을 제가 어떻게 알았겠습니까?"

"내가 참을성 많은 사람인데다 네 녀석의 벗겨진 머리를 살려두는 것에 정말로 감사하거라. 안 그랬으면 네 녀석은 다시는 손님을 속여먹지는 못하게 되었을 테니까. 하지만 로빈 후드 그 녀석에 대해서는 지금 당장 그 녀석을 찾으러 떠나겠다. 만일 내가 그 녀석의 골통을 빠개놓지 못하면 내 육척봉을 장작거리로 쪼개고 나를 여자라고 불러도 좋다." 땜장이는 그렇게 말하며 주섬주섬 떠날 채비를 차렸다.

그러자 여관 주인이 갑자기 땜장이의 앞을 막아서며 거위를 모는 거위치기 마냥 땜장이의 팔을 잡고 늘어졌다. 돈 때문에 대담해진 것이었다. "술값을 내기 전에는 가실 수 없습니다."

"하지만 아까 그 녀석이 내지 않았더냐?"

"겨우 동전 몇 푼 낸 걸요. 하지만 오늘 손님이 드신 맥주는 족히 10실링은 된답니다. 그러니 돈도 내지 않고 그냥 가신다니 말도 안되죠. 그랬다가는 고매하신 우리 주 장관님께서 알게 될 테니까요."

"하지만 이봐, 나는 네 녀석에게 한 푼도 줄 필요가 없어, 친구."

"흥, 친구 좋아하네. 10실링을 잃게 된 판국에 친구라니! 어서 빨리 현금으로 술값을 내라고, 아니면 당신 외투와 가방과 망치를 두고 가거나. 물론 그것들 다 합해야 10실링도 안 되니까 그래도 내가 손해이긴 하지만. 하지만 당신이 말을 안 듣고 소란을 피우면 집안에 있는 큰 개를 풀어놓을 테야. 마켄(Maken), 이 자가 한 발자국이라도 움직이면 문을 열고 브라이언

(Brian)을 들여놓아."

그러자 이곳저곳을 떠돌며 개들이 어떤 존재인지 익히 알고 있던 땜장이가 말했다. "아니, 아니 그러지마. 갖고 싶은 것은 다 가지라고. 저 망할 개는 자네가 데려가고 나는 조용히 떠나게 해 달라고. 하지만, 이봐 주인! 내 그 악당 녀석을 반드시 잡아서 그 녀석이 마땅히 내야 할 것을 이자까지 쳐서 내도록 만들겠다고 맹세함세."

그렇게 말하고 땜장이는 혼자 중얼거리며 숲을 향해 성큼성큼 걸음을 옮겼다. 그 사이 여관 주인과, 어디에 내놔도 손색이 없는 아내와 마켄은 땜장이를 바라보고 서 있다가 그가 아주 멀리 가고 나자 웃음을 터뜨렸다.

그제야 여관 주인이 한 마디 했다. "로빈과 내가 저 멍청이에게서 중요한 짐 보따리를 교묘하게 빼앗았어."

* * *

한편 그 시간에 로빈 후드는 포스 가도로 이르는 숲을 가로질러 가고 있었다. 보름달이 떠서 온통 훤히 비추려 하고 있었으므로 눈에 띄는 것이 있는지 알아보러 가는 중이었다. 손에는 단단한 참나무 육척봉을 들고 옆구리에는 뿔나팔을 차고 있었다. 휘파람을 불며 그렇게 숲길을 걸어 내려가고 있노라니 맞은편 길에서 혼자 뭐라고 중얼거리며 성난 황소처럼 고개를 흔들며 땜장이가 내려오고 있었다. 그러다 갑자기 구부러진 길에서 두 사람은 서로 얼굴을 맞닥뜨렸다. 두 사람은 잠시 동안 얼어붙은 듯이 서 있었다. 이윽고 먼저 침묵을 깨뜨린 사람은 로빈이었다.

로빈은 즐겁게 웃으면서 말을 걸었다. "안녕, 친구, 그래 맥주는 맛이 어떻던가? 나한테 노래 한 곡조 더 불러 주겠는가?"

땜장이는 처음에는 아무 말도 하지 않고 냉엄한 표정으로 로빈을 바라보며 서 있었다. 그러다 마침내 입을 열었다. "이게 누구야. 네 녀석을 이 자리에서 이렇게 만나다니. 내 오늘로 네 녀석 살가죽 속에 든 골통을 박살내지 못하면 네 녀석이 내 목에 발을 올려놓도록 허락하지."

그 말에 로빈이 소리쳤다. "어디 할 수 있으면 내 뼈를 박살내 보시지." 그렇게 말하며 로빈은 자신의 육척봉을 움켜쥐고 수비 자세를 취했다. 그러자 땜장이도 손에 침을 퉤퉤 뱉은 후 육척봉을 잡고는 로빈에게 곧바로 달려들었다. 땜장이는 두세 대를 내리쳤지만 자신의 상대가 만만치 않다는 사실을 곧 깨달았다. 로빈은 모든 타격을 교묘하게 요리조리 피한 후 땜장이가 미처 생각하기도 전에 갈비뼈에 반격을 퍼부었다. 그리고 로빈이 크게 웃음을 터뜨리자 이에 몹시 화가 치민 땜장이는 온 힘을 긁어모아 다시 세차게 로빈을 내려쳤다. 이번에도 로빈은 땜장이의 타격을 두 차례 피했지만 땜장이의 엄청난 세 번째 공격에 육척봉이 그만 부러지고 말았다. 부러진 육척봉이 손에서 떨어져나가는 동안 로빈이 소리쳤다. "아, 이 못된 육척봉 같으니라고! 내가 곤경에 처한 순간에 나를 이렇게 궁지에 몰아넣다니. 망할 놈의 몽둥이 같으니라고!"

"네 녀석은 내 포로가 되었으니 이제 그만 항복하시지. 항복하지 않는다면 네 녀석 골통을 푸딩이 되도록 빠개 줄 테다."

이 말에 로빈은 아무런 대답도 하지 않은 채 뿔 나팔을 입술에 갖다 댄 후 크고 분명하게 세 번을 불었다.

"아, 네 녀석이 아무리 나팔을 불더라도 나와 함께 노팅엄 시에 갈 수밖에 없을걸. 주 장관께서 네 녀석을 기꺼이 보고 싶어하시니까. 자, 이제 그만 항복하겠느냐, 아니면 머리통이 산산이 부서지고 싶으냐?"

"맛이 쓴 술은 먹으라면 먹겠지만, 이제껏 누구에게도 항복해 본 적이 없다. 더구나 몸에 상처 하나 입지 않은 상태에서는 더욱이. 그러니 추호도 항복할 생각은 없다. 오호, 이봐 친구, 덤벼보라고, 어서!"

바로 그때 리틀 존과 링컨 초록색 옷을 입은 사내들이 숲에서 뛰쳐나왔다.

리틀 존이 로빈 후드를 보자 소리쳤다. "나팔을 그렇게 크게 불어 대다니 도대체 무슨 일입니까, 대장?"

"이 땜장이가 나를 노팅엄으로 끌고 가서 그곳의 교수대에 매달려고 하는구만."

"그렇다면 그 녀석 먼저 교수대에 매달아야겠군요." 리틀 존의 외침에 그와 나머지 사내들은 땜장이를 붙들기 위해 달려들려고 했다.

그러자 로빈 후드가 말렸다. "아니, 그는 제법 쓸모가 많으니 손대지 말게. 그는 쇠를 다루는 직업을 지녔고 본디 혈기 왕성한 사람이야. 게다가 아름다운 노래까지 부를 줄 안다고. 이봐, 친구, 어때 우리 패거리에 들어오지 않겠는가? 자네는 일 년에 세 벌의 링컨 초록색 옷과 봉급으로 40마르크를 받게 될 것이네. 우리와 모든 것을 함께 나눌 것이며, 수사슴도 잡고 살살 녹는 사슴 고기와 향기로운 참나무 케이크와 응유(curd, 우유를 응고시킨 것)와 꿀도 먹을 수 있는 셔우드 숲의 그늘 아래에서 살아가노라면 아무런 근심도 불행도 닥치지 않을 것이라네. 그러니 푸른 숲에서 즐겁게 살아갈 수 있을 거야. 어떤가, 나와 함께 가겠는가?"

그 말에 땜장이는 조금도 주저하지 않고 대답했다. "아아, 그렇다면 기꺼이 따라가고 말고요. 저 역시 즐거운 삶을 무엇보다 좋아하고, 또 훌륭한 대장인 당신이 마음에 들기 때문이지요. 비록 당신이 내 갈비뼈를 후려치고 나를 속이긴 했지만요. 당신이 나보다도 강인하고 꾀가 많다는 것을 기꺼이 인정합니다. 그러니까 당신에게 복종하고 당신의 진실한 충복이 되겠어요."

그래서 그곳에 있던 모든 사람들은 발길을 돌려 깊은 숲으로 돌아갔고 땜장이도 함께 살아가게 되었다. 그로부터 그 유명한 앨런 어 데일이 로빈 후드 무리에 합류하게 되기 전까지는 땜장이가 로빈 후드 일행에게 노래를 불러 주었다. 모든 사람들이 듣기에 이전에는 그렇게 감미롭게 들리던 땜장이의 목소리가 앨런 어 데일이 나타난 후로는 갑자기 갈까마귀의 음성처럼 거칠게 느껴지긴 했지만. 앨런 어 데일에 대해서는 추후에 듣기로 하자.

제 2 장
노팅엄에서 열린 활쏘기 대회

나쁜 소식이 늘 그랬듯이 이번에도 그 소문이 주 장관의 귀에 들어가자 로빈 후드를 체포하는데 실패했다는 사실 때문에 주 장관은 몹시 화가 났고 사람들은 주 장관이 로빈 후드처럼 대담하기 이를 데 없는 범법자를 체포하겠다는 생각을 품은 것을 두고 비웃으며 놀려대기 시작했다. 그리고 누구든 놀림거리가 되는 것만큼 치욕적인 일은 없었으므로 주 장관은 이렇게 말했다.

"우리의 고매하신 주군이자 왕께서는 이 사실을 아셔야만 한다. 이 범법자 무리들이 어떻게 법을 유린하고 하찮게 여기는지 말이다. 그 반역자 땜장이 녀석, 내 그 녀석을 잡기만 하면 노팅엄 주에서 제일 높은 나무에 매달아 교수형시킬 테다."

그리고 나서 주 장관은 왕을 알현하여 고하기 위해서 하인들과 가신들에게 런던 시로 갈 채비를 하라고 명령했다.

주 장관의 명령에 성에서는 사람들이 이리저리 뛰어다니며 이 일 저 일에 바쁘게 매달렸고, 그 사이 노팅엄의 대장간에서 이는 불꽃은 반짝이는 별처럼 밤을 뚫고 멀리 빨갛게 비쳐나갔다. 주 장관 호위대를 위한 갑옷을 만들고 수선하느라 시내의 모든 대장간들이 분주했기 때문이다. 이 작업은 이틀 동안 지속됐고, 사흘째 되던 날 드디어 모든 여행 준비가 끝났다. 주 장관 일행은 눈부신 햇빛 속에서 노팅엄 시를 떠나 포스 가도를 거쳐 와틀링 가도로 향했다. 이틀 동안 여행한 후에 마침내 그들은 거대한 런던 시의 첨탑들과 성채들을 보았다. 그들이 여행하는 동안 많은 사람들이 가던 길을 멈춰 서서 빛나는 갑옷과 화려하게 펄럭이는 깃 장식과 마구들로 무장한 채 달리는 주 장관 일행이 연출하는 행렬을 지켜보았다.

한편, 런던에서는 헨리 왕과 아름다운 엘레오노르 왕비가 비단과 벨벳, 황금 천을 걸친 명랑한 귀부인들과 용맹한 기사들과 당당한 조신들에게 알현식을 베풀고 있었다. 그곳으로 간 주 장관은 왕의 면전에 모습을 나타냈다.

주 장관은 무릎을 바닥에 꿇으며 말했다. "폐하께 은총이."

"그래 무슨 일로 이렇게 나타났는가? 그대가 원하는 바가 무엇인지 어디 말해 보구려."

"고매하신 주군이자 왕이시여, 저희 훌륭한 노팅엄 주의 셔우드 숲에 로빈 후드라는 이름을 지닌 뻔뻔한 범법자가 살고 있사옵니다."

"정말, 그자의 소행은 심지어 우리 왕실에까지 전해졌노라. 그자는 불손하고도 반역적인 악당이기는 하지만, 그럼에도 불구하고 나는 그자가 또한 유쾌한 인물이라는 것을 인정하지 않을 수 없군."

"하지만, 위대하신 군주시여, 제 말 좀 들어보십시오. 저는 전하의 봉인이 부착된 체포 영장을 건장한 한 사내를 통해 보냈으나 로빈 후드는 그 사내를 때려 눕히고 체포 영장을 훔쳐 갔습니다. 그리고 그자는 폐하의 사슴을 죽이고 심지어 대로에서 폐하의 신하들에게까지 강도짓을 일삼고 있사옵니다."

그 소리를 듣자 왕은 벌컥 화를 냈다. "그래서 지금 뭘 어쩌라는 건가? 그대야말로 이곳에 무장한 군사들과 신하들을 이끌고 이렇게 오지 않았는가. 그런데도 그대의 관할 지역에서 가슴에 갑옷 하나 걸치지 않은 그 무리들을 잡지 못하다니! 그러고도 내가 뭘 어떻게 해 주길 바라는가? 그대는 주 장관이 아니던가? 노팅엄 주에서는 내 법이 시행되지 않는다는 말인가? 그대의 백성들에게 해를 끼치거나 법을 어기고 다니는 그 작자들에 대항해 자네의

런던에 와서 왕을 알현하는 노팅엄 주 장관

길조차도 가지 못한단 말인가? 물러가게, 돌아가란 말일세. 그리고 잘 생각하게나. 머리를 써서 좋은 계획을 짜고 더 이상 나를 귀찮게 하지 말란 말이네. 하지만 주 장관, 명심해 두게나. 내 왕국 안에서는 모든 사람들이 내 법에 복종하도록 할 테니 만일 그대가 법을 집행하지 못한다면 자네는 더 이상 나를 위해 존재하는 주 장관이 아닐 걸세. 내 분명히 말하는데, 그대가 해야 할 일을 제대로 하라는 말이네, 안 그랬다가는 노팅엄 주의 그 도적들 무리뿐 아니라 그대에게도 벼락이 떨어질 줄 알게나. 홍수가 닥치면 왕겨뿐 아니라 낟알까지 모두 쓸어간다는 사실을 명심해야 할 것일세."

그러자 주 장관은 쓰리고 아픈 마음으로 수행 행렬을 너무 근사하게 이끌고 온 것을 뼈저리게 후회했다. 왕이 그렇게 분노하는 이유는 자신이 주위에 너무 많은 부하들을 거느리고 왔으면서도 법을 제대로 집행하지 못했기 때문이라는 것을 누구보다도 잘 알고 있었기 때문이다. 그래서 노팅엄으로 천천히 말을 몰아 돌아가는 동안 주 장관은 근심으로 가득 차 생각에 잠겼다. 누구에게도 한 마디도 하지 않았고, 그의 부하들 역시 주 장관에게 아무 말도 걸지 않았다. 그 시간 내내 주 장관은 로빈 후드를 잡을 묘책을 짜내느라 바빴다.

그러다 주 장관은 갑자기 손으로 무릎을 탁 치며 외쳤다. "아하! 바로 그거야! 여봐라, 어서들 서둘러라. 되도록 빨리 노팅엄 시내로 돌아가자. 그리고 내 말을 명심해서 들거라. 2주일이 채 지나기도 전에 그 사악한 악당 로빈 후드 녀석은 반드시 노팅엄 감옥에 처박히게 될 것이다."

하지만 주 장관의 계획은 과연 무엇이었을까?

모든 수행원들이 애처롭게 천천히 노팅엄으로 돌아가고 있는 동안, 유대인이 사람들에게서 은화 자루를 하나씩 받을 때마다 동전의 모서리가 깎여 나갔는지 그렇지 않은지 알아내려고 만지작거리듯이 주 장관은 묘안은 안 떠오르고 그 가장자리에서만 빙빙 도는 것처럼 느껴졌다. 생각에 생각을 거듭한 끝에 주 장관은 드디어 사람들에게는 어떤 결점이 있게 마련이라는 사실을 깨달았다. 그리고 자신도 알고 있듯이, 로빈이 노팅엄 성 안에까지 자주 들어올 정도로 대담하다는 사실을 기억해 냈다.

그리고 생각했다. "이번에는 내가 찾아낼 수 있을 정도로 로빈 그 녀석이 노팅엄 시내 안으로 가까이 들어오도록 만들 수 있어. 이번에야말로 그 녀석이 다시는 빠져나가지 못하도록 확실히 잡아야지." 그러던 중 대규모의 활쏘기 대회를 개최하여 큰 상을 내걸어야겠다는 생각이 섬광처럼 뇌리를 스쳤다. 그렇게 하면 로빈 후드는 기질상 틀림없이 시합장에 나올 것이 분명했다. 그리고 바로 그러한 생각 때문에 주 장관은 "아하!" 하고 자신의 무릎을 내려쳤던 것이었다.

그래서 노팅엄으로 무사히 돌아오기 무섭게 주 장관은 동서남북으로 전령을 보내어 이 마을에서 저 마을로, 온 동네를 훑고 다니며 대규모 활쏘기 대회가 열린다는 사실을 알리게 했다. 또한 누구든지 그 대회에 참가할 수 있다는 사실과 상으로는 순금으로 만든 화살도 걸려 있다는 것을 공포하게 했다.

마침 링컨 시내에 있다가 그 소식을 전해들은 로빈 후드는 황급히 셔우드 숲으로 돌아가 부하들을 모두 불러 모아 놓고 말했다.

"자, 지금부터 내가 오늘 링컨 시내에서 가져온 소식을 말해 줄 테니 잘 들도록. 우리의 친구인 노팅엄 주 장관이 활쏘기 대회를 개최하기로 했으며 그 사실을 온 마을에 알리도록 전령을 보냈다고 한다. 그리고 상으로는 순금으로 만든 화살이 걸려있다고 한다. 나는 물론 상이 탐나기도 하지만 그 상은 다름 아닌 우리 주 장관이 내건 상금이므로 우리 가운데 한 사람이 그 상을 탔으면 싶다. 그래서 우리도 활과 화살을 챙겨서 그곳에 참가하러 떠났으면 하네. 아주 즐거운 일이 벌어지리라는 것은 말 안 해도 잘 알 테지. 자, 자네들 의견은 어떠한가?"

그러자 젊은 돈커스터의 데이비드가 일어나 말했다. "훌륭하신 우리 대장이여, 제가 하는 말을 잘 들어주십시오. 저는 블루 보어 여관의 우리 친구 이

돔(Eadom)에게서 곧장 오는 길입니다. 그리고 그곳에서 저도 이 대회에 대해서 소상히 들었습니다. 하지만, 대장, 이돔이 주 장관의 부하인 랄프 오브 더 스카(Ralph o' the Scar)에게서 들은 말에 의하면 그 못된 주 장관이 이 대회에서 대장을 잡을 함정을 파놓고 걸려들기만을 바라고 있다고 합니다. 그러니, 대장, 가지 말고 그냥 숲에 머물러 있으세요. 우리 모두는 대장이 불행한 일을 당하게 될까봐 걱정스럽습니다."

"자네는 사려 깊은 청년이지만 현명하고 영리한 나무꾼이 그렇듯 귀만 활짝 열어 놓고 입은 다물었군. 하지만 노팅엄 주 장관이 온 잉글랜드에 있는 궁사들만큼이나 뛰어나고 대담한 로빈 후드와 그의 140명의 부하들에게 으름장을 놓았다는 말이 떠돌도록 놔두어야 할까? 아니야, 훌륭한 데이비드, 자네가 내게 해 준 말이 오히려 그 상을 더욱 타고 싶도록 만드는군. 우리의 훌륭한 가퍼 스완톨드 성인(Gaffer Swanthold)께서 뭐라고 말했나? '성급한 사람은 입을 데기 마련이고 눈을 감고 다니는 바보는 구덩이에 떨어지기 마련'이라고 하지 않던가? 그 말대로 정말로 우리는 음모에는 음모로 맞서야 한다고. 자네들 중 일부는 떠돌이 탁발수사로 변장하고, 일부는 시골 농부로, 일부는 땜장이나 거지로 변장하게. 하지만 모두들 필요할 때를 대비해서 잊지 말고 활과 넓적한 칼들을 가져가도록 하게. 나는 상금인 황금 화살을 타기 위해서 직접 대회에 참가해 활을 쏘겠다. 그리고 내가 그 상을 탄다면 우리 모든 일행의 기쁨을 위해 이곳 푸른 숲에 있는 나무의 가지에 걸어두겠네. 자, 내 계획이 어떤가, 모두들 마음에 드는가?"

로빈의 물음에 모든 부하들이 진심으로 외쳤다. "좋아요, 좋아!"

활쏘기 시합 당일 노팅엄 시는 그야말로 근사한 전경이었다. 시 아래로 깔린 푸른 초원을 따라서 기사들과 귀부인들과 수습기사들, 그들의 부인들, 부유한 중산층 시민들과 아내들을 위해서 기다란 의자의 행렬이 차례차례 놓여졌다. 그곳에는 오로지 높은 계급과 신분을 갖춘 사람들만이 앉을 수 있었다. 구역 끝의 과녁 가까운 곳에는 노팅엄 주 장관과 그의 부인을 위해서 리본과 스카프와 화관으로 장식된 좌석이 세워졌다. 구역의 넓이는 20보폭 정도 되었다. 한 쪽 끝에는 과녁이 서 있었고 다른 한 쪽에는 줄 쳐진 캔버스 천막이 서 있었다. 천막의 기둥에서는 다채로운 깃발과 장식이 펄럭이고 있었다. 그 천막에는 갈증을 해소하고 싶은 궁사들이 자유롭게 마실 수 있도록 맥주통이 준비되어 있었다.

고귀한 신분의 사람들을 위한 좌석이 있는 구역 너머로는 미천한 군중들이 과녁 앞에 몰리는 것을 막기 위해 울타리가 설치되어 있었다. 아직 이른 시간이었음에도 불구하고 벌써 좌석들은 고귀한 신분의 사람들로 들어차기 시작했다. 이들은 작은 마차나 고삐에 달린 은종을 딸랑딸랑 울리며 경쾌하게 달리는 말을 타고 속속 도착했다. 그에 질세라 서민들 역시 구역으로부터 자신들을 분리시키는 울타리 근처의 푸른 풀밭에 앉거나 서 있었다.

커다란 천막 안에는 궁사들이 삼삼오오 모여 있었다. 각자 자신이 최고였던 시절 쏘았던 근사한 활 솜씨에 대해 떠드는 사람도 있었고, 활을 잘 살펴보고 아무런 이상이 없는지 손가락으로 시위를 당겨 보거나 화살을 점검하는 사람도 있었다. 화살이 곧고 똑바른지, 휘지나 않았는지 한 쪽 눈을 감고 화살대를 내려다보는 사람들도 있었다.

그런 대회에서 그토록 큰 상을 타기 위해서는 화살대에 이상이 있어서는 안 되었기 때문이다. 그리고 내로라하는 잉글랜드의 훌륭한 궁사들 역시 그 활쏘기 대회에 참가하러 왔으므로 그날 노팅엄 시에 모인 사내들 무리보다 더 즐거운 무리는 없었다. 주 장관의 제일가는 궁수인 붉은 모자 길(Gill o' the Red Cap)도 있었고, 링컨 시에서 온 디콘 크룩생크(Diccon Cruikshank), 톰워스(Tomworth)에서 온 애덤 오브 더 델(Adam o' the Dell)도 있었다. 특히 애덤은 현재 60세도 더 되었지만 여전히 활기차고 원기왕성했으며 한창 때는 우드스톡(Woodstock)에서 벌어진 유명한 활쏘기 시합에서 그 유명한 궁사 클림 오브 더 클러프(Clym o' the Clough)를 보기 좋게 때려눕힌 적도 있었다. 그리고 긴 활을 지닌 많은 유명한 사람들이 모여 있었고, 그들의 이름은 옛 민요들 속에 남아 후세에 이르도록 전해온다.

그러나 모든 좌석들은 손님들과 귀족들과 귀부인들, 중산층 시민 부부들로 꽉 찼고, 마침내 주 장관도 아내를 데리고 나타났다. 그 자신은 우유처럼 하얀 말을 타고, 그의 아내는 갈색 암말을 타고 뽐내며 나타났다. 주 장관은 머리 위에 자줏빛 벨벳으로 된 모자를 썼고, 입고 있는 옷 역시 값비싼 흰 담비의 털로 장식을 단 자줏빛 벨벳이었다. 상의와 긴 양말은 바다의 푸른색을 띤 비단이었고 신발은 검은 벨벳 천으로 만든 것이었으며 뾰족한 발끝은 황금 사슬로 양말 대님에 고정되어 있었다. 목에는 황금 목걸이를 걸었고, 목깃 부분에는 붉은 금으로 세공한 홍옥 세트가 있었다. 주 장관의 아내는 백조의 가슴 털로 장식을 단 푸른 색 벨벳 드레스를 입고 있었다. 그래서 나란히 함께 말을 타고 오며 화려한 광경을 연출하는 주 장관 부부를 보자 높은 신분의 사람들로부터 떨어진 공간에서 북적거리던 사람들은 모두 환호성을 질렀다. 주 장관 부부는 갑옷과 창으로 무장한 병사들이 자신들을 기다리며 서성이던 자리로 그렇게 다가갔다.

주 장관은 아내와 자리에 앉은 후 전령에게 은나팔을 불라고 명령했다. 이에 전령은 세 번 크게 나팔을 불었고, 그 소리는 노팅엄의 회색 성벽으로부터 낭랑하게 반사되어 돌아왔다. 그러자 궁사들이 서 있던 곳에서 앞으로 걸어 나왔고 사람들은 각기 자신이 제일 좋아하는 궁사의 이름을 소리쳐 부르며 환호성을 질렀다. "붉은 모자!"를 외치는 사람도 있었고, "크룩섕크!"를 외치는 이들도 있었다. 또한 "이봐 윌리엄 오브 레슬리(William o' Leslie)!"라고 외치는 사람들도 있었다. 그 사이 귀부인들은 궁사들이 최선을 다하도록 격려하기 위해 비단 스카프를 흔들었다.

전령이 앞으로 나와 경기의 규칙을 큰 소리로 발표했다.

"과녁으로부터 150여 미터 떨어진 저쪽 사대(射臺)에서 한 사람씩 활을 쏘도록 하시오. 우선 한 사람이 한 발씩 쏘고 나면, 모든 궁사들 중에서 가장 잘 쏜 사람 열 명을 선발하여 다시 쏘도록 할 것이오. 이 열 사람이 각기 두 발씩 쏘게 될 것이고 그 중에 제일 잘 쏜 사람 세 명을 선발하여 다시 쏘게 할 것이오. 이 세 사람은 각기 세 발씩 쏘게 될 것이고 그 중에서 가장 잘 쏜 사람이 상을 거머쥐게 될 것이오."

그 사이, 주 장관은 몸을 앞으로 내밀어 로빈 후드가 그 틈에 끼여 있는지 찾아내기 위해 궁사들 무리를 예의 주시했다. 하지만 그곳에는 로빈과 그의 일당이 즐겨 입는 링컨 초록색을 입은 사람이 단 한 명도 없었다. 주 장관은 혼자 중얼거렸다.

"그렇더라도 그 녀석이 분명히 저 중에 있을 거야. 다른 사람들에 가려서 안 보이는 걸 거야. 하지만 열 사람이 쏠 때는 분명 찾을 수 있을 거야. 그 녀석이 그 열 사람 가운데 들 것이 분명할 테니. 안 그러면 그 녀석을 찾아내지 못할 거야."

이제 궁사들이 나서서 한 사람씩 차례로 활을 쏘기 시작했고, 사람들은 그날 쏜 활솜씨보다도 더 훌륭한 것은 보지 못했다. 여섯 발은 과녁 한가운데에 명중했고, 네 발은 검은 원 안에, 그리고 두 발만 바깥의 원을 맞혔을 뿐이다. 그래서 마지막 선수가 화살을 쏘고나자 모든 사람들은 일제히 소리를 질렀다. 그야말로 최고의 기량을 보여준 활 솜씨였기 때문이다.

이제 활쏘기 대회에 출전한 모든 사람들 가운데서 열 명의 궁사가 추려졌다. 이 열 사람 중에 여섯 사람은 그 고장 밖으로도 널리 이름을 떨치고 있었으므로 그곳에 모인 대부분의 사람들이 그들을 잘 알고 있었다. 그 여섯 명의 궁사는 붉은 모자 길버트, 애덤 오브 더 델, 디콘 크룩생크, 윌리엄 오브 레슬리, 휴버트 오브 클라우드(Hubert of Cloud), 허트퍼드의 스위딘(Swithin o' Hertford) 등이었다. 나머지 사람들 가운데 두 사람은 요크 주(Yorkshire) 출신의 궁사였고, 한 사람은 푸른 색 옷을 입은 키 큰 이방인이었는데 그 자신의 말로는 런던 시에서 왔다고 했다. 그리고 마지막 한 사람은 진홍색 누더기를 걸친 이방인이었는데 한쪽 눈에는 안대를 하고 있었다.

주 장관은 자신의 근처에 서 있던 병사에게 물었다. "저 열 명 중에서 로빈 후드가 보이느냐?"

"아니요, 나리, 누구인지 찾을 수 없는 데요. 저들 중 여섯 사람은 저도 잘 아는 사람들입니다. 저기 요크 주 출신의 궁사 중에서 그 대담한 악당이라고 하기에는 한 사람은 키가 너무 크고, 한 사람은 너무 작습니다. 로빈의 수염은 황금처럼 노란 색인데 비해, 저기 진홍색 누더기를 걸친 거지는 갈색 수염이 난 데다 한쪽 눈은 애꾸지 않습니까? 그리고 저기 푸른 옷을 걸친 이방인으로 치자면 제가 알기로 저자의 어깨보다 로빈의 어깨가 8센티 가량은 너 넓을 것입니다."

그러자 주 장관은 화가 나 무릎을 내리치며 말했다. "그렇다면 그 녀석은 악당이면서 동시에 겁쟁이로군. 선남선녀들 틈에 감히 얼굴을 내밀 엄두를 못 내니 말이야."

잠깐 동안 휴식을 취한 후, 선발되었던 열 명의 궁사들이 다시 활을 쏘기 위해 앞으로 나왔다. 열 사람은 제각기 두 발씩 쏘았다. 그들이 활을 쏘는 동안 주위에서는 말소리 하나 들리지 않았고 모든 군중들이 숨소리조차 내지 않고 지켜보았다. 그러나 드디어 마지막 선수가 다시 한 번 대단한 솜씨를 발휘하자 많은 사람들은 그토록 놀라운 솜씨에 기뻐하며 모자를 높이 던져 올렸다.

여든이 훨씬 넘은 나이로 허리가 굽은 아미아스 오브 더 델 경(Sir Amyas o' the Dell)이 주 장관 옆에 앉아 있다가 그 광경을 지켜본 후 말했다. "성모 마리아께 대고 맹세하는데 지난 60여 년 동안 긴 활의 달인들을 많이 보았지만 제 평생 저렇게 훌륭한 궁술은 처음 봅니다."

그리고 이제 그 열 명 중에서 단 세 사람만이 남았다. 한 사람은 붉은 모자 길버트였고, 한 사람은 진홍빛 누더기를 걸친 이방인, 그리고 나머지 한 사람은 톰워스 시에서 온 애덤 오브 더 델이었다. 그러자 사람들이 제각기 소리 쳤다. "잘 해라, 붉은 모자 길버트!"라고 외치는 사람이 있는가 하면, "힘내라, 애덤 오브 톰워스!"라고 외치는 사람들도 있었지만 진홍색 누더기를 걸친 이방인을 응원하는 사람은 단 한 사람도 없었다.

주 장관은 붉은 모자 길버트에게 격려의 말을 해 주었다. "길버트, 잘 쏘거라. 만일 그대가 최고로 잘 쏜다면 원래의 상 외에도 은화로 100냥을 더 하사하겠노라."

그러자 길버트가 자신만만하게 대답했다. "주 장관님, 정말로 최선을 다 하겠습니다. 모두 각자 최선을 다 하겠지만 저야말로 오늘 혼신의 노력을 다 할 것입니다." 그렇게 말하며 길버트는 넓은 깃털이 달린 근사한 화살을 하나 꺼내어 활시위에 능숙하게 재고는 조심스럽게 시위를 잡아당긴 후 화살을 쏘았다. 화살은 곧바로 날아가 중심점으로부터 한 손가락 정도 떨어진 지점의 과녁에 정확히 꽂혔다. "길버트, 길버트!" 관중들은 소리쳤고 주 장관도 손뼉을 치며 외쳤다. "바로 그거야! 정말 훌륭한 솜씨야!"

이제 자신의 순서가 된 누더기를 걸친 이방인이 앞으로 걸어나왔다. 활을 쏘려고 팔꿈치를 들어올리는 순간 팔 아래로 노란색 누더기를 드러낸 채 그가 한 쪽 눈으로 과녁을 조준하는 것을 보고 사람들은 모두 웃음을 터뜨렸다. 그러나 이방인은 사람들의 비웃음에도 아랑곳하지 않은 채 재빨리 주목으로 만든 활을 당겨 화살을 쏘았다. 그의 행동이 얼마나 민첩했던지 사람들이 미처 숨을 갈아 쉬기도 전에 활을 당기고 쏘는 일이 이루어졌다. 그래도 그가 쏜 화살은 길버트의 화살보다도 중심에 일 센티나 더 가까이 꽂혔다.

그 광경을 지켜본 주 장관이 외쳤다. "천국에 계신 모든 성인들에 걸고 맹세하건대, 정말로 절묘한 솜씨로군!"

마지막으로 애덤 오브 더 델이 조심스럽고 신중하게 활을 쏘았고, 그의 화살은 이방인이 쏜 화살에 가깝게 꽂혔다. 그리고 잠시 동안 휴식을 취한 후 세 사람은 다시 활을 쏘았고, 이번에도 모두 과녁 안에 명중되었다. 하지만 이번에는 애덤 오브 더 델의 화살이 중앙에서 가장 멀었고 누더기를 걸친 이방인이 가장 잘 쏘았다. 그리고 나서 다시 한 번 휴식을 취한 후, 세 사람은 세 번째로 다시 활을 쏘았다. 이번에 길버트는 주의 깊게 과녁과의 거리를 잰 후 최대한 조심스럽게 조준한 후 시위를 놓았다. 화살은 곧장 날아 갔고, 사람들은 모두 환호성을 질렀다. 산들바람에 살랑이던 깃발들마저 함 성에 흔들렸고, 까마귀와 갈까마귀들도 오래된 회색 종루 지붕 위를 깍깍거리며 날아다녔다. 길버트가 쏜 화살이 중심점이 찍힌 지점 바로 옆에 꽂혔기 때문이다.

그러자 주 장관이 몹시 기뻐하며 외쳤다. "아주 잘 했어, 길버트! 상은 그대 것이라고 믿고 싶구나. 자, 누더기를 걸친 사내여, 자네가 어디 저보다 더 잘 쏠 수 있는지 보자꾸나."

이방인은 그 말에 아무런 대꾸 없이 자신의 자리를 지켰고, 그동안 사람들은 모두 입을 다문 채 한 마디도 하지 않았으며 심지어 숨조차 제대로 쉬지 못했다. 그 이방인이 어떻게 할지 몹시 궁금해했으므로 침묵은 그만큼 컸다. 한편, 이방인 역시 다섯을 셀 수 있을 정도로 손에 활을 든 채 꼼짝도 않고 서 있었다. 그리고는 믿음직스러운 자신의 주목나무 활시위를 당겨, 잠시 동안 당긴 채로 있다가 드디어 화살을 놓았다. 화살은 곧장 날아가 정말 말 그대로 길버트의 화살대로부터 회색 깃털을 쳐냈다. 그래서 이방인의 화살이 붉은 모자 길버트의 화살 바로 옆의 중심점에 꽂히는 사이 길버트의 화살에서 깃털이 햇빛이 내리쬐는 허공으로 팔랑거리며 떨어져 내렸다. 잠시 동안 아무도 아무 말도 못했으며, 소리도 치지 못한 채 모두 놀라 옆 사람의 얼굴만 멍하니 바라보았다.

이윽고 늙은 애덤 오브 더 델이 긴 한숨을 내쉬고 고개를 설레설레 내저으며 말했다. "아니, 이럴 수가. 저도 40여 년이 넘게 활을 쏘았고, 매번 그리 나쁘지 않았지만 오늘은 더 이상 쏘지 않겠습니다. 저 이방인이 누구이든 아무도 그를 능가하지 못할 테니 말입니다." 그리고는 화살을 도로 화살통에 밀어넣고는 덜그럭거리며 한 마디도 하지 않고 활에서 시위를 풀어냈다.

그러자 주 장관이 연단에서 내려와 누더기를 걸친 이방인이 활에 기댄 채 서 있는 곳으로 비단과 벨벳으로 된 옷을 질질 끌며 다가갔고, 그 사이 선량한 사람들은 그렇게 놀라울 정도로 활을 잘 쏜 사람을 보기 위해 그의 주위로 몰려들었다. 이방인에게 다가간 주 장관이 말을 걸었다. "여보게, 자 이 상을 받게나. 그대가 공정하게 상을 획득했다고 믿네. 그대의 이름은 무엇이며 어디서 왔는가?"

"사람들은 저를 테비오트데일(Teviotdale)의 자크(Jock)라고 부른답니다. 저는 바로 그 테비오트데일에서 왔습니다."

"그렇다면 우리 성모 마리아께 걸고 말하는데, 그대는 이제껏 내가 본 중에서 가장 훌륭한 궁사니라. 그대가 만일 내 휘하로 들어오겠다면 지금 그대가 걸치고 있는 것보다 더 좋은 외투를 주겠다. 그리고 가장 좋은 음식과 술을 들 수 있으며 매번 크리스마스에는 봉급으로 80마르크를 받게 될 것이다. 나는 그대가 저 겁쟁이 악당 로빈 후드보다도 훨씬 활을 잘 쏜다는 것을 알고 있다. 그 녀석은 오늘 감히 이곳에 얼굴을 내밀지 못했노라. 여보게, 대답하라, 나를 섬기겠는가?"

그런데 이방인은 거친 어조로 대답했다. "아니요, 싫습니다. 저의 주인은 저 자신뿐입니다. 잉글랜드 땅에서는 아무도 저의 주인이 될 수 없습니다."

그러자 주 장관은 고함을 질렀고 음성은 분노로 부들부들 떨렸다. "그렇다면 어서 썩 꺼지거라, 이 망할 놈아! 맹세코 말하는데, 네 녀석의 그 시건방진 태도를 보니 흠씬 두들겨주고 싶은 마음이 굴뚝같다!" 그렇게 말하고 주 장관은 발길을 돌려 성큼성큼 돌아가 버렸다.

바로 그날, 셔우드 숲 깊은 곳에 자리한 고귀한 푸른 나무 둘레에는 온갖 무리들이 다 모여들었다. 스무 명도 넘는 맨발의 탁발수사도 있었고, 땜장이로 보이는 사람들도 있었고, 건장한 거지들과 촌구석의 시골뜨기처럼 보이는 사람들도 있었다. 그리고 이끼 낀 의자 위에는 온통 진홍빛 누더기를 걸치고 한 쪽 눈에는 안대 조각을 걸친 한 사내가 앉아 있었다. 사내는 대규모 활쏘기 대회에서 승자가 차지한 상이었던 황금 화살을 손에 쥐고 있었다. 사람들이 떠드는 말소리와 웃음소리가 왁자지껄한 가운데 갑자기 그가 눈에서 안대를 떼어내고 진홍색 넝마를 벗어 던진 후 깨끗한 링컨 초록색 옷을 입은 원래의 모습을 드러내며 말했다. "이런 것들이야 쉽사리 벗어 던질 수 있지 만 노란 수염에 들인 호두 염료는 그리 빨리 빠지지 않는군." 그러자 그곳에 모여있던 사람들은 전보다도 더욱 호방하게 웃어젖혔다. 주 장관의 손에서 그 날의 상을 받아든 사람은 바로 다름 아닌 로빈 후드였던 것이다.

이제 모든 사람들은 숲 속의 연회석에 자리를 잡고 앉아 주 장관을 골려주 었던 일과, 자신들이 각자 변장하고 겪은 모험들에 대해 서로 흥겨운 얘기를 나누었다. 그러나 연회가 끝날 무렵 로빈 후드는 리틀 존을 따로 불러내어 말했다. "오늘 주 장관이 한 말 때문에 정말 피가 들끓어 참을 수가 없네. 그 자가 '나는 그대가 저 겁쟁이 악당 로빈 후드보다도 훨씬 활을 잘 쏜다는 것 을 알고 있다. 그 녀석은 오늘 감히 이곳에 얼굴을 내밀지 못했노라'라고 말 했거든. 자신의 손에서 상을 거머쥔 사람이 누구였는지 주 장관이 기꺼이 알 게 하여 내가 자기의 생각처럼 겁쟁이가 아니라는 것을 알게 해 주고 싶네."

그러자 리틀 존이 대답했다. "대장, 저와 월 스튜틀리를 보내 주세요. 주 장관이 감히 생각하지도 못할 방법으로 전령을 보내어 이 소식을 똥보 주 장 관에게 알려 주도록 하겠습니다."

바로 그날, 주 장관은 노팅엄 시내에 있는 자신의 저택의 큰 홀에서 식사 를 하고 있었다. 홀을 따라 기다란 식탁들이 놓여 있었고, 80여 명이 넘는 병사들과 집안의 가신들이 모여 함께 식사하고 있었다. 그들은 음식을 들고 맥주를 단숨에 들이켜며 그 날의 활쏘기 대회에 대해 이야기를 나누었다. 주 장관은 식탁 제일 윗 부분, 차양 아래에 한층 높이 올린 좌석 위에 앉아 있었 고, 바로 옆에는 아내가 앉아 있었다.

"이건 참말인데, 나는 그 악당 로빈 후드 녀석이 오늘 그 대회에 있었을 것으로 생각해. 나는 그자가 그렇게 겁쟁이는 아니라는 것을 알고 있거든. 하지만 그 건방진 악당 녀석이 그렇게 용감하게 내 면전에 맞설 거라고 누가 생각이나 하겠어? 그 녀석을 잡아서 혼내 주지 않은 것이 이상하군. 하지만 누더기 말고도, 다른 것에 대해 지껄인 그 거지에 대해서는 분명히 뭔가 수상쩍은 것이 있어."

그런데 주 장관이 미처 말을 끝내기도 전에 식탁 위에 있던 접시 사이로 뭔가 툭 떨어졌다. 가까이 앉아 있던 사람들은 그것이 무엇인지 몹시 궁금해졌다. 잠시 후 병사들 중에서 한 사람이 용기를 내어 그것을 집어 주 장관에게 가지고 갔다. 사람들은 떨어진 그 물건이 회색 거위 깃털이 달린 무딘 화살이라는 것을 알았다. 그런데 화살대의 머리 부분에는 거위 깃대 너비만한 두루마리가 묶여 있었다. 그 두루마리를 펼쳐 본 순간 주 장관의 이마에는 혈관이 불쑥 솟아올랐고, 내용을 읽어 내려가는 동안 그의 얼굴은 분노로 붉으락푸르락 바뀌었다. 그가 본 것은 다름아니라 이런 내용이었기 때문이다.

"오늘 그대가 베푼 호의에 신의 은총이 있길,
　　즐거운 셔우드 숲에 사는 사람들은 모두 그렇게 말하지,
　　그 이유는 오늘 그대가 바로 다름 아닌 로빈 후드에게
　　상을 주었기 때문이라네."

그것을 본 주 장관은 엄청난 괴성을 지르며 외쳤다. "이것이 도대체 어디서 날아든 것인가?"

그러자 화살을 전해 준 병사가 대답했다. "창문으로 들어왔습니다, 나리."

제3장
월 스튜틀리, 선량한 동료들에게 구출되다

이제 법망으로도, 간교한 꾀로도 로빈 후드를 능가할 수 없다는 사실을 깨달은 주 장관은 매우 초조해져서 중얼거렸다. "이런 멍청이 같으니라고! 내 스스로 왕에게 로빈 후드에 대해 지껄이지만 않았더라면 이런 궁지에 빠지진 않았을 텐데. 하지만 내 입으로 떠벌렸으니 이제 로빈 후드 그 녀석을 생포하든가 아니면 고귀하신 왕의 분통이 내 머리 위로 쏟리는 것을 감수하든가 해야 해. 법으로도 녀석을 잡으려고 해 보았고, 계략을 써 보기도 했지만 둘 다 실패하고 말았어. 그러니 이제는 할 수 있는 방법은 모두 동원해 보아야 해."

그렇게 혼자 중얼거린 후, 주 장관은 관리들을 불러 모아 마음속에 품고 있던 생각을 말해 주었다. "이제 그대들은 각자 네 사람씩 완전 무장한 병사들을 데리고 숲으로 가서, 각각 다른 지점에 자리를 잡고 로빈 후드를 기다리도록 하라. 하지만 혼자 대적하기에 너무 벅찬 적들을 만나면 나팔을 불어서 아군들이 전속력으로 달려와 도울 수 있도록 하라. 내 생각엔, 그렇게 하면 그 악당 녀석을 사로잡을 수 있을 것 같다. 그리고, 생포하거나 죽이거나 상관없이 만일 로빈 후드를 내게 데려온다면 처음으로 그 녀석과 대적한 자에게는 은화로 100파운드를, 그 녀석과 대적한 부대의 부대원들에게는 각각 40파운드씩 하사하겠다. 그러니 겁내지 말고 머리를 잘 쓰도록 하라."

그래서 주 장관의 부하들은 다섯 명으로 구성된 60여 개의 부대로 편성

되어 셔우드 숲으로 로빈 후드를 잡으러 떠났고 그들은 각기 자신이 그 대담한 악당을 찾아내거나 아니면 최소한 자신의 부대원이 로빈 후드를 발견하기를 바랐다. 그들은 이레 밤낮 동안 온 숲을 다 헤집고 다녔지만 링컨 초록색 옷을 입은 사람은 한 명도 발견하지 못했다. 그 이유는 블루 보어 여관의 믿을 만한 소식통 이돔을 통해 이 모든 소식이 이미 로빈 후드에게 전해진 뒤였기 때문이다.

그 소식을 처음 접한 로빈이 말했다. "만일 주 장관이 무력으로 우리에게 대항해 맞서려고 한다면 유혈 사태가 벌어질 것이므로 그 자신뿐 아니라 무고한 많은 사람들에게도 불행이 닥치고 고통이 뒤따를 것이다. 많은 사내들이 목숨을 잃을 것이 뻔하므로 나는 할 수만 있다면, 여인들에게 슬픔만 안겨 주게 될 이 유혈 사태와 싸움을 피하고 싶다. 나는 예전에 이미 사람을 한 번 죽인 적이 있었다. 그 후 나는 그 일을 생각하는 것만으로도 가슴이 무척이나 쓰리므로 더 이상 살인은 하고 싶지 않다. 그러므로 나는 셔우드 숲에 조용히 머물러 있겠다. 그렇게 하는 길이 모두를 위해 좋을 것이다. 하지만 우리 자신이나 우리 일행을 방어해야 할 상황이 된다면 각자 힘껏 활과 칼을 집어들기 바란다."

이 말에 무리들 중 많은 사람들이 고개를 흔들며 중얼거렸다. "그렇다면 주 장관이 우리를 겁쟁이라고 생각하고 온 고장의 사람들도 우리가 그들과 대적하기를 두려워한다고 말하며 비웃을 텐데." 하지만 부하들은 그 말을 입 밖으로 내지는 않고 속으로 삼킨 채, 로빈이 명령한 대로 따랐다.

그래서 그들은 일주일 동안 밤낮으로 꼬박 셔우드 숲 깊은 곳에 숨어서 단 한 번도 얼굴을 내밀지 않았던 것이다. 하지만 여드레째 되던 날 아침 로빈 후드는 자신의 온 무리를 불러 말했다. "주 장관의 군대가 아직도 여기에 있는지 누가 가서 알아보겠는가? 그들이 셔우드 숲에 영원히 머물러 있지는 않을 테니 말이다."

이 말에 일제히 커다란 함성이 일며 사람들은 각자 자신의 활을 높이 쳐들며 서로 자기가 가겠다고 외쳤다. 자신의 이 건장하고 용감한 부하들을 둘러보며 로빈 후드는 마음이 뿌듯해지는 것을 느끼며 말했다. "자네들은 정말로 용감하고 진실하며 정의로운 사내들이다. 하지만 자네들 전부가 갈 수는 없으므로 내가 그대들 중에서 한 사람을 고르겠다. 윌 스튜틀리를 보내도록 하겠다. 그는 셔우드 숲에 사는 늙은 여우보다도 더 꾀가 많기 때문이다."

그 소리를 듣자 윌 스튜틀리는 펄쩍 뛰어오르며 무리들 중에서 자신이 선택되었다는 순수한 기쁨에 젖어 손뼉을 치며 크게 웃어젖혔다. "감사합니다, 훌륭하신 대장님. 만일 제가 대장님께 그 악한들의 소식을 가져오지 못한다면 더 이상 저를 당신의 꾀 많은 윌 스튜틀리라고 부르지 않으셔도 됩니다."

스튜틀리는 곧 탁발수사의 겉옷을 걸치고, 겉옷 아래 자락의 손이 쉽게 닿을 수 있는 곳에 날이 넓은 큰 칼을 찼다. 그렇게 차려 입고는 자신의 임무를 수행하러 떠난 스튜틀리는 곧 숲 가장자리를 지나 대로에 이르렀다. 주 장관의 부하들과 마주친 스튜틀리는 좌우로 피할 생각을 하지 않은 채 고깔을 머리 위로 바싹 잡아당기고 명상에 잠긴 듯이 두 손을 포개었다. 그리고 마침내 블루 보어 여관의 간판이 보이는 곳까지 당도하자 중얼거렸다. "우리의 좋은 친구 이톰이 모든 소식을 내게 말해 주겠지."

그런데 블루 보어 간판이 있는 곳에서도 주 장관의 부하들이 흥겹게 술을 마시고 있는 광경이 눈에 들어왔다. 그래서 스튜틀리는 아무에게도 말을 걸지 않고, 손에는 육척봉을 쥐고 여전히 명상 중인 양 머리를 앞으로 숙인 채 멀찍이 떨어진 의자에 가서 앉았다. 스튜틀리는 여관 주인을 따로 볼 수 있을 때까지 그렇게 앉아 있었지만, 여관 주인 이톰은 스튜틀리를 알아보지 못하고 그를 그저 가난하고 지친 탁발수사 정도로만 알았다. 그래서 비록 스튜틀리가 걸친 옷이 마음에 들진 않았지만 그에게 말을 걸거나 귀찮게 구는 법 없이 그냥 앉아 있게 내버려 두었다. 속으로 이런 생각이 들었기 때문이었다. '그나마 문지방에 앉아 있는 절름발이 개를 차 버린다는 것은 너무 몰

인정한 처사지.'

스튜틀리가 그렇게 앉아 있노라니 여관의 커다란 집 고양이 한 마리가 다가와 그의 겉옷 자락을 손바닥 한 뼘만큼 들어올리고 그의 무릎에 비벼댔다. 스튜틀리는 잽싸게 겉옷 자락을 내렸지만 주 장관의 부하들을 지휘하고 있던 관리가 우연히 그 광경을 목격했다. 주 장관의 부하는 또한 탁발수사의 겉옷 자락 바로 아래에 있던 링컨 초록색 옷을 놓치지 않고 보았다. 당시는 아무 말도 않은 채 입을 다물고 있었지만, 속으로는 생각을 굳히고 있었다. '저기 저자는 회색 수도복을 입은 탁발수사가 아니야. 그렇다고 정직한 사람이 사제의 복장을 걸치고 돌아다닐 리도 없고, 도둑이 아무것도 없이 배회하고 다닐 리도 없지. 그러니까 저자는 로빈 후드 일당 가운데 한 놈이 틀림없어.' 그렇게 결론을 내린 관리는 큰 소리로 말했다.

"오 거룩하신 수사님, 갈증난 목이라도 축일 겸, 3월에 빚은 맛있는 술 한 잔 맛보시지 않겠소?"

하지만 스튜틀리는 속으로 '아마도 이 중에 내 목소리를 아는 자가 있을 거야'라고 생각하여 조용히 고개를 가로젓기만 했다.

그러자 관리가 다시 말했다. "그래 수사님, 이 더운 여름날 어디로 가시는 길이오?"

스튜틀리는 아무도 자신의 음성을 알아듣지 못하도록 거친 음성으로 대답했다. "캔터베리 시로 순례를 가는 길입니다."

그러자 관리가 세 번째로 물었다. "그렇다면 거룩하신 수사님, 어디 대답해 주시구려. 캔터베리로 순례를 가는 사람들은 겉옷 자락 아래에 링컨 초록색 옷을 걸치고 다니오? 하! 맹세코 나는 네 녀석이 도둑이 틀림없다고, 로빈 후드의 일당 중 한 놈이 틀림없다고 생각한다! 자, 성모 마리아의 은총에 대고 맹세하는데 만일 한 발자국이라도 움직였다가는 내 이 칼로 네 녀석 몸뚱이를 갈라놓고 말 테다!"

그러면서 관리는 윌 스튜틀리가 미처 알아채지 못하는 사이에 잡을 수 있을 것으로 생각하며 빛나는 칼을 앞으로 번쩍 뽑아들어 그에게 덤벼들었다. 그러나 이미 겉옷 아래로 손을 넣어 자신의 칼을 단단히 움켜쥐고 있던 스튜틀리도 관리가 자신에게 덤벼들기 전에 칼을 뽑아들었다. 건장한 관리가 힘껏 스튜틀리를 내리쳤다. 하지만 더 이상 전력을 다해 내리치지는 못했다. 그의 타격을 교묘하게 피해내며 스튜틀리가 힘껏 되받아쳤기 때문이다. 관리는 도망칠 수도 있었지만 상처로 현기증이 나고 피를 흘리고 있었으면서도 다른 사람들을 위해서 그럴 수는 없었다. 비록 비틀거리며 쓰러지고 있었지만 관리는 두 팔로 스튜틀리의 무릎을 움켜잡았다. 그러자 다른 병사들이 스튜틀리에게 일제히 덤벼들었고, 스튜틀리는 주 장관의 다른 부하들 중 한 사람을 다시 쳤다. 비록 칼의 날이 깊이 서긴 했지만 칼끝이 살짝 스쳤으므로 스튜틀리는 그를 죽일 수 없었다. 그 사이 관리는 의식을 잃고 있었지만 스튜틀리를 아래로 잡아당겼고 다른 사람들은 스튜틀리가 잠시 움찔하는 것을 보고는 다시 그에게 덤벼들었다. 그 중에 한 사람이 스튜틀리의 정수리를 정통으로 내려쳤고 머리를 맞은 스튜틀리는 얼굴에서 피가 흘러내려 앞을 볼 수 없었다. 그러자 비틀거리며 스튜틀리는 쓰러졌고 그가 하도 용맹하게 발버둥치는 바람에 단단히 붙드는 것이 힘들기는 했지만 주 장관의 부하들은 일제히 그를 내리 덮쳤다. 그런 다음 스튜틀리가 손도 발도 꼼짝못하게 질긴 대마 밧줄로 꽁꽁 묶고 나서야 그를 제압할 수 있었다. 그러나 그 날의 업적은 주 장관의 부하들 중 두 사람에게는 고통스러운 영광이었다. 관리는 심하게 부상을 당했고, 스튜틀리에게 정수리를 얻어맞은 또 다른 사람은 이 유명한 결투 전의 건장한 상태로 되돌아가기까지 꽤 오랜 날을 병상에 누워 있어야만 했기 때문이다.

한편, 숲 속에서는 로빈 후드가 푸른 나무 아래에 서서 윌 스튜틀리가 잘 해내고 있는지 궁금해하고 있는데 갑자기 숲길을 따라 자신의 건장한 두 부하가 내려오고 있는 것이 보였다. 두 사람 사이에는 블루 보어 여관의 건강하고 쾌활한 아가씨 마켄이 함께 달려오고 있었다. 그 광경을 본 로빈의 가슴이 철렁 내려앉았다. 그들이 나쁜 소식을 가져오고 있다는 사실을 직감적으로 알았기 때문이다.

로빈이 서 있던 곳으로 다가온 부하들이 외쳤다. "윌 스튜틀리가 잡혀갔답니다."

"그 서글픈 소식을 가져온 사람이 아가씨인가?" 로빈이 마켄에게 물었다.

그 물음에 처녀는 마치 산토끼가 사냥개들의 추격을 벗어났을 때 헐떡이는 것처럼 숨을 헐떡이며 외쳤다. "아, 예. 제가 다 보았는걸요. 그리고 스튜틀리가 정수리를 정통으로 얻어맞았기 때문에 심하게 다친 것 같아서 걱정돼요. 주 장관의 부하들이 그를 꽁꽁 묶어 노팅엄 시내로 데려갔답니다. 그리고 그들이 블루 보어를 떠나기 전에 내일 그를 교수형시킨다고 하는 말을 들었어요."

"내일 교수형 당하다니, 그런 일은 절대 없어. 만일 그렇다면 수많은 사람들이 그 올가미를 갉아먹고 그 날을 통탄하게 만들고 말겠다!"

로빈 후드는 재빨리 뿔나팔을 입술에 가져다 대더니 세 번 힘차게 불었다. 그러자 얼마 지나지 않아 그의 부하들이 숲 속을 달려와 금세 건장한 사내 140여 명이 주위로 모여들었다.

로빈은 그들에게 외쳤다. "모두 잘 듣기 바란다! 우리의 소중한 동료, 윌 스튜틀리가 저 사악한 주 장관 부하들에게 잡혀갔다. 그러니 그를 다시 데려오기 위해 활과 칼을 드는 것이 우리 의무일 것이다. 그가 우리를 위해 목숨을 걸고 큰 위험을 감수했듯이 우리도 그를 위해 목숨을 걸고 위험을 무릅쓰는 것이 당연하다고 생각하기 때문이다. 그렇지 않은가, 여러분?" 그러자 모두 한 목소리로 크게 외쳤다. "맞습니다!"

"그래서 말인데 만일 여기 있는 사람 중에서 위험을 무릅쓰고 싶지 않은 사람이 있다면 셔우드 숲 속에 그대로 남아 있어도 좋다. 누구에게도 내 뜻을 강요하고 싶은 생각이 추호도 없기 때문이다. 하지만 나는 내일 반드시 윌 스튜틀리를 데려오겠다. 그렇게 하지 못한다면 그와 함께 죽을 것이다."

그러자 리틀 존이 로빈의 말을 받아서 외쳤다. "고통에 빠진 동료를 위해 목숨을 걸고 위험을 무릅쓰지 않을 자가 우리 중에 있다고 생각하는 겁니까? 만일 그런 자가 있다면 우리 모든 일행을 용감한 사내들이라고 할 수 있을지 모르겠습니다. 아니, 만일 그런 자가 있다면 저는 그 자의 옷을 벗기고 두들겨 팬 후 우리 숲 속에서 내쫓아 버리겠습니다. 그렇지 않은가, 친구들?"

그 말에 모든 부하들은 이구동성으로 그렇다고 대답했다. 그곳에 모여 있는 사람들 중에서 곤경에 처한 동료를 위해 위험을 무릅쓰지 않을 사람은 아무도 없었기 때문이다.

그래서 다음날, 그들은 모두 셔우드 숲을 떠나 길을 나섰다. 하지만 모두들 영리했으므로 각기 다른 길을 통해서 숲을 빠져나갔다. 그래서 로빈의 부하들은 두서너 명씩 흩어져 숲을 빠져나간 뒤 노팅엄 시내에서 가까운 복잡한 작은 골짜기에서 다시 만나기로 약속했다. 드디어 숲을 빠져 나와 합류 지점에 모이자 로빈이 말했다.

"우리의 친구 윌 스튜틀리를 주 장관의 손아귀에서 빼내오기 위해서는 몹시 노련하고 신중하게 행동하지 않으면 안 되니 소식을 얻을 때까지 이제부터 이곳 덤불 속에 숨어 있기로 하자."

그래서 그들은 해가 중천에 뜰 때까지 오랫동안 숨어 있었다. 날은 따뜻했고 흙먼지 이는 길에는 나이 든 순례자 한 사람을 제외하고는 지나가는 나그네조차 없었다. 순례자는 노팅엄 시내의 회색 성벽 옆으로 바짝 나 있는 대로를 따라서 천천히 걸어오고 있었다. 다른 나그네가 더 이상 눈에 띄지 않자 로빈은 몇 년 동안 빈틈없는 실력을 보여준 젊은 돈커스터의 데이비드를 불러 말했다. "데이비드, 저기 성벽을 따라 걸어내려오고 있는 저 순례자에게 다가가서 말을 걸어보게. 그는 지금 노팅엄 시내에서 오는 길이니 아마도 스튜틀리에 대한 소식을 알고 있을지 모르니까."

그래서 데이비드는 앞으로 성큼성큼 걸어가 순례자와 마주치자 인사를 하며 말을 걸었다. "안녕하십니까, 수사님. 윌 스튜틀리가 언제 교수대에 걸리게 될지 말씀해 주실 수 있으십니까? 저는 그렇게 건장한 악당이 교수형 당하는 것을 구경하러 멀리서 온 터라 결코 그 구경거리를 놓치고 싶지 않거든요."

그 말을 듣자 순례자는 목청을 높였다. "젊은이, 어서 썩 꺼지게. 아무 죄 없는 선량한 젊은이가 자신의 목숨을 지키려고 하다가 교수형을 당하게 되었는데 그런 말을 하다니!" 그리고는 화가 나서 지팡이로 땅을 툭툭 내리치며 말을 이었다. "아, 이런 일이 일어나다니, 애석하기 그지없군! 바로 오늘, 저녁 무렵, 해가 낮게 내려 앉으면 스튜틀리는 노팅엄 시내의 커다란 성문에서 500미터 떨어진 삼거리에서 교수형 당하게 될 거라네. 주 장관이 노팅엄 주에 있는 모든 범법자들에 대한 경고로 스튜틀리를 그곳에서 죽이기로 언약했다고 하네. 하지만, 여전히 애석하군! 비록 로빈 후드와 그의 일당이 범법자이기는 하지만 그는 부자나 권력 있고 부정직한 사람들에게서만 재물을 빼앗고, 셔우드 숲 가까이 사는 가난한 과부나 농부나 많은 어린아이들에게는 일 년을 먹고 살기에도 충분할 만큼의 보릿가루를 주었는데 말이야. 이 스튜틀리처럼 씩씩한 청년이 죽는 것을 보아야 하다니 내 마음이 찢어지는군. 내가 순례자가 되기 전, 소싯적 훌륭한 색슨족 용사였을 때 나도 잔인한 노르만 족이나 불룩한 돈 자루를 지닌 거만한 수도원장을 혼내주는 사내를 잘 알고 있었기 때문이지. 스튜틀리의 대장이 그가 지금 얼마나 위험에 처해 있는지 알고 있다면 그를 적들의 수중에서 구해 오도록 원군을 보낼 텐데."

"아, 어르신. 그건 정말 그렇습니다. 만일 로빈과 그의 부하들이 이곳 가까이 있다면 스튜틀리를 위험에서 구해 내도록 노력할 것이라는 것을 저는 잘 알고 있습니다. 하지만 훌륭하신 수사님, 잘 가십시오. 그리고 제 말을 믿으십시오. 만일 윌 스튜틀리가 죽는다면 그의 원수는 꼭 갚게 될 거예요."

그 말만을 남긴 채 데이비드는 뒤돌아 급히 걸어가 버렸다. 하지만 순례자는 사라지는 데이비드의 뒤를 바라보며 중얼거렸다. "저 청년은 선량한 사

나이 든 순례자가 젊은 돈커스터의 데이비드에게
스튜틀리가 교수형 당할 것이라고 전해주다.

람이 죽는 것을 구경하려고 온 시골뜨기는 아닌 것 같은데. 맞아, 맞아. 로빈 후드가 분명히 그리 멀지 않은 곳에 있을 거고, 오늘 분명히 뭔가 대담한 일을 저지를 거야." 수사는 그렇게 중얼거리며 자신이 가던 길로 계속 갔다.

돈커스터의 데이비드가 수사에게서 전해들은 말을 로빈 후드에게 해 주자 로빈은 부하들을 자신의 주위로 불러놓고 말했다.

"지금 곧장 노팅엄 시로 들어가 그곳에 있는 사람들 틈으로 섞여 들어가기로 한다. 하지만 주 장관 일행이 성벽 밖으로 나오면 서로 눈에 띄는 곳에 있도록 조심하며 될 수 있는 한 수비대와 스튜틀리 사이를 압박해 들어가도록 하자. 되도록 유혈 사태는 피하고 싶으니까 꼭 필요한 경우가 아니면 공격하지 마라. 하지만 만일 공격해야 한다면 다시 내려칠 필요가 없게 확실히 공격하도록 하라. 그리고 셔우드 숲으로 다시 돌아갈 때까지 서로 잘 보호하면서 단 한 사람도 무리를 떠나지 않도록 조심하라."

해가 서쪽 하늘로 낮게 가라앉자 성벽으로부터 뿔 나팔 소리가 울려 퍼졌다. 그러자 노팅엄 시에서는 모든 사람들이 부산하게 움직이기 시작했고 이내 군중들로 거리가 가득 메워졌다. 그날 그 유명한 윌 스튜틀리가 교수형 당하기로 되어 있다는 것을 모두들 알고 있었기 때문이다. 이윽고 성문이 활짝 열리자 대규모 병사들의 행렬이 무기를 덜그덕거리는 소리를 내며 앞으로 나왔고 그 선봉에는 빛나는 미늘 갑옷을 걸친 주 장관이 말을 탄 채 행렬을 이끌고 있었다. 수비대 한가운데에는 목에 밧줄이 매인 채 윌 스튜틀리가 수레에 실려 나왔다. 상처 때문에 피를 많이 흘린 스튜틀리의 얼굴은 마치 대낮에 뜬 달처럼 창백했고, 흘러내린 피가 굳은 이마에는 머리카락이 여기저기 엉켜 있었다. 성에서 나오는 동안 스튜틀리는 위 아래로 살펴보았다. 자신에게 동정심을 보여주거나 친밀감을 보여주는 얼굴들은 볼 수 있었지만 아는 얼굴은 전혀 찾아볼 수 없었다. 그러자 그의 마음은 낚싯대 줄에 매달린 납덩어리처럼 철렁 내려앉았지만 그럼에도 불구하고 대담하게 내뱉었다.

"주 장관이여, 내 손에 칼을 한 자루 주시오. 비록 내가 부상당하기는 했지만 난 당신과 당신의 부하들에 맞서서 내 목숨과 힘이 다할 때까지 싸우겠소."

그러자 주 장관은 고개를 돌려 윌 스튜틀리를 매우 냉혹하게 쏘아보며 대답했다. "아니, 이 하찮은 악당 녀석아. 네 녀석은 칼은커녕 비참하게 죽음을 당할 것이다. 그 편이 너 같은 사악한 도둑에게 어울린다."

"그렇다면 내 손을 풀어 주시오. 난 무기도 없이 맨주먹으로 당신과 당신의 부하들과 싸우겠소. 더 이상 무기를 달라고 청하지는 않겠소. 다만 비참하게 교수형 당하지 않게만 해 주시오."

그러자 주 장관은 크게 웃어젖히며 말했다. "하하, 어떻게 해서 네 녀석의 그 자만에 찬 용기가 꺾이게 되었지? 이제 마지막 고해나 해 두지, 이 사악한 악당아. 바로 오늘 네 녀석을 삼거리에서 교수형시킬 테니까. 그래서 모든 사람들이 네 녀석이 교수형 당하는 것을 보게 만들겠다. 그리고 네 녀석의 시체는 까마귀와 갈까마귀들이 쪼아먹도록 하겠다."

그러자 윌 스튜틀리는 주 장관에게 이를 박박 갈며 외쳤다. "오, 이 비열한 자여! 겁쟁이야! 만일 우리 대장이 너를 상대한다면 오늘의 이 행위에 대해 톡톡히 대가를 치르게 할 것이다! 우리 대장은 너를 조롱하고 모든 용감한 사람들 역시 그럴 것이다. 당신의 이름이 모든 용감한 사내들의 입에서 조롱거리로 오르내리는 것을 모르는가? 그렇게 비열한 겁쟁이니 당신은 결코 용감한 로빈 후드를 당해내지 못할 것이다."

그러자 주 장관은 벌컥 화를 내며 외쳤다. "하, 그런가? 네 녀석이 대장이라고 부르는 그 녀석에게 내가 놀림거리라고? 그렇다면 이제 내가 네 녀석을 놀림거리로, 그것도 아주 비참한 조롱거리로 만들어 주마. 네 녀석의 목을 매달고 난 후에 사지를 잘라 줄 테니 말이다." 그런 다음 주 장관은 스튜틀리에게 더 이상 아무 말도 않고 말에 박차를 가해 앞으로 달려갔다.

마침내 그들은 큰 문이 있는 곳에 도착했고 그 문을 통해 스튜틀리는 그 너머에 있는 아름다운 풍경을 바라보았다. 언덕과 골짜기는 온통 푸른 신록으로 갈아입고 있었고 저 멀리로 셔우드 숲 자락이 어슴푸레 보였다. 그리고 오두막집과 농가 위로 점점이 붉게 빛나며 들판과 밭 위로 비스듬히 기울어 가는 햇빛도 보았다. 새들이 감미롭게 부르는 저녁 노래와 산허리 위에서 매 애 하고 우는 양들의 소리를 들으며, 밝은 공기를 가로질러 날아다니는 제비 들을 보노라니 스튜틀리는 가슴속으로 커다란 것이 메어 고인 눈물 때문에 눈에 보이는 모든 것들이 흐릿해졌다. 자신의 눈에 고인 눈물을 보고는 사람 들이 자신을 남자답지 못하다고 생각할까봐 스튜틀리는 고개를 숙였다. 스 튜틀리는 행렬이 성문을 통과해 성벽 밖으로 나갈 때까지 그렇게 고개를 숙 이고 있었다. 그러나 다시 고개를 들었을 때 스튜틀리는 가슴이 뛸 듯이 벅차 오르며 순수한 기쁨으로 우뚝 솟는 것을 느꼈다. 즐거운 셔우드 숲의 소중한 동료들 중 한 사람의 얼굴을 보았기 때문이었다. 그래서 재빨리 주위를 둘러 보자 자신을 지키고 있던 병사들을 온 사방에서 가까이 압박해 오고 있는 반 가운 얼굴들이 보였다. 그러다 갑자기 스튜틀리의 얼굴에 화색이 돌았다. 군 중들 틈에서 훌륭한 대장의 얼굴을 갑자기 발견한 순간 로빈 후드와 그의 모 든 부하들이 그곳에 있다는 것을 알아챘기 때문이었다. 그러나 여전히 스튜 틀리와 로빈 후드 일행 사이에는 병사들의 행렬이 있었다.

갑자기 군중들이 온 사방에서 압박해 오자 주 장관이 우렁찬 목소리로 외 쳤다. "어서들 물러서라! 우리를 이렇게 밀치고 들어오다니 이 악당 녀석들 무슨 짓들이냐? 어서 물러서라고 하지 않았느냐!"

그때 갑자기 야단법석과 소란한 소리가 들려왔고, 한 사람이 짐수레에 다 가가기 위해 병사들 사이를 밀치며 나아가려 하고 있었다. 스튜틀리는 그 혼 란을 야기한 사람이 바로 리틀 존이라는 것을 알았다.

"뒤로 물러나는 것이 너희들 신상에 좋을 것이다." 리틀 존은 이렇게 말 하며 자신의 머리 옆에 있던 남자를 한 대 휘갈겨 황소가 염소를 쓰러뜨리듯 이 가볍게 쓰러뜨린 다음, 스튜틀리가 앉아 있는 짐수레 위로 뛰어올라갔다.

"여보게, 윌, 죽기 전에 먼저 친구들의 허락을 받아야 할 것 아닌가. 그렇지 않고, 자네가 죽어야만 한다면 나도 자네와 같이 죽을 걸세. 자네보다 더 훌륭한 친구는 없기 때문이지.” 그리고는 단 한 번에 스튜틀리의 손과 발을 묶고 있던 오랏줄을 끊어 주었고, 스튜틀리는 곧장 수레에서 뛰어내렸다.

그 광경을 본 주 장관이 소리쳤다. “나는 저 녀석이 반역자라는 것을 아주 잘 알고 있다! 너희 모두에게 명령하니, 어서 저 녀석을 잡아라! 절대 놓쳐서는 안 된다!”

그렇게 외친 주 장관이 말에 박차를 가해 리틀 존에게 덤벼들며 등자의 가죽끈을 있는 힘껏 쳐들었지만 리틀 존이 말의 배 아래로 재빨리 숨어들어가는 바람에 채찍은 아무런 해도 입히지 못하고 그의 머리 위로 휙 소리만 내고 지나갔다.

무사히 타격을 피한 후, 다시 뛰어오르며 리틀 존이 외쳤다. “아니, 주 장관 나리, 그렇게는 안 되지요. 당신의 그 고명하신 칼 좀 빌려야겠는뎁쇼.” 그리고는 즉시 주 장관의 손에서 능숙하게 칼을 휙 잡아챘다. “스튜틀리, 자 어서 받아! 주 장관 나리께서 자신의 칼을 그대에게 빌려 주셨네! 자, 어서 나와 등을 대고 자신을 방어하게나. 곧 원군이 도착할 거야!”

주 장관은 성난 황소와 같은 음성으로 고래고래 소리를 질러댔다. “어서 내려가 저 자들을 잡아라!” 그리고는 분노하여 자신을 방어할 무기가 전혀 없다는 사실도 잊은 채 이제 서로 등을 맞댄 채 방어 자세를 취하고 있는 두 사람을 향해서 말에 박차를 가했다.

“주 장관, 뒤로 물러나시지!” 리틀 존이 외치는 사이 갑자기 뿔나팔이 날카롭게 울려 퍼졌고, 주 장관의 머리에서 불과 손가락 마디 하나 정도 떨어진 옆으로 1미터짜리 화살이 휙 하며 날아갔다. 그리고는 갑자기 여기저기서 혼란이 야기되었다. 욕설과 함성과 신음 소리와 쇠끼리 부딪히는 소리가 들려왔고 칼들이 지는 해 속에서 번쩍이고 수십 발의 화살이 허공을 가르며 날아다녔다. 여기저기서 “도와 줘!”, “구해 줘!” 외치는 소리가 들려왔다.

그러자 주 장관이 큰 소리로 외쳤다. “모반이다! 후퇴하라! 후퇴하라! 안 그러면 우린 모두 죽은 목숨이다!" 그리고는 자신의 말고삐를 돌려 혼잡한 군중 틈으로 후퇴했다.

이제 로빈과 부하들은 하려고 마음만 먹었다면 주 장관의 부하들을 반 이상 죽일 수도 있었으나 그들을 군중으로부터 밀어내어 도망가게 내버려 두었다. 그저 빨리 도망가도록 그들 뒤에 대고 화살이나 한 다발 날릴 뿐이었다.

"거기 서라!" 윌 스튜틀리는 주 장관의 뒤에 대고 외쳤다. "대담한 로빈 후드와 일 대 일로 맞서지 않는다면 절대 그를 잡을 수 없을 것이다." 하지만 주 장관은 말 등 위에 고개를 푹 숙인 채 아무런 대답도 않고 더 빨리 박차를 가하기만 했다.

그러자 윌 스튜틀리도 주 장관 쪽은 포기하고 리틀 존에게로 몸을 돌려 눈에서 눈물이 흘러내릴 때까지 그의 얼굴을 바라보았다. 그리고는 큰 소리로 울면서 친구의 볼에 입을 맞추었다. "오, 리틀 존, 내 진정한 친구여, 이 세상에서 그 어떤 남자와 여자보다도 사랑하는 내 친구여! 오늘 그대의 얼굴을 다시 보게 되거나 이러한 천국을 맛보리라고는 조금도 생각하지 못했네." 그러자 리틀 존 역시 아무런 대답도 하지 못한 채 함께 눈물만 흘릴 뿐이었다.

좁은 간격의 열로 부하들을 불러 모은 로빈 후드는 윌 스튜틀리를 제일 가운데에 놓고 셔우드 숲을 향해 천천히 이동하기 시작했다. 얼마 후 그들은 마침내 폭풍이 내륙을 휩쓴 지점에서 폭풍우가 사라지듯이 숲으로 사라졌다. 그러나 그들은 부상당한 채 누워 있는 주 장관의 부하들 열 사람을 땅 위에 남겨 놓았다. 그들 중에는 상처가 심한 사람도 있었고, 경미한 사람도 있었지만 누가 자신들을 그렇게 때려 눕혔는지 알 수 없었다.

노팅엄의 주 장관은 그렇게 세 번이나 로빈 후드를 잡으려고 시도했지만 번번이 실패하고 말았다. 그리고 마지막 세 번째에는 까딱하면 목숨을 잃을 뻔했다고 생각했기 때문에 겁이 났다. 그래서 이런 생각이 들었다. "이 녀석들은 신도, 인간도, 왕도, 왕의 관리들도 전혀 두려워하지 않는군. 이러다가는 관직보다도 내 목숨이 위태롭겠어. 그러니 더 이상 그들을 건드리지 말아야지." 그래서 주 장관은 며칠 동안 성 안에만 틀어박힌 채 집 밖으로 얼굴 내밀기를 주저했다. 그리고 그 날 일어난 일 때문에 몹시 창피했으므로 내내 침울한 표정을 지은 채 누구와도 말하려 들지 않았다.

제 2 부

로빈 후드가 어떻게 푸줏간 주인으로 변장하여
주 장관에게 원수를 갚는지 소개된다.
또한, 노팅엄의 활쏘기 대회에서 리틀 존에게 일어났던 유명한 모험과
그가 주 장관의 휘하에 들어가게 된 사연도 전개된다.

제 1 장
로빈 후드, 푸줏간 주인으로 변신하다

이 모든 일들이 일어나자, 어떻게 주 장관이 세 번이나 자신을 잡으려고 했는지 마침내 알게 된 로빈은 속으로 생각했다. '만일 기회가 닿는다면 그 주 장관이 내게 한 처사에 대해 톡톡히 대가를 치르게 하고야 말겠어. 언젠가는 그 자를 셔우드 숲으로 데려와 우리와 함께 즐거운 연회를 벌이게 할 수도 있겠지.' 그 이유는 로빈 후드가 귀족이나 기사, 혹은 뚱뚱한 수도원장이나 주교를 붙잡으면, 그들을 푸른 나무로 데려간 후 지갑을 털기 전에 만찬을 대접해 주었기 때문이었다.

하지만 한동안 로빈 후드와 그의 부하들은 바깥 세상에 얼굴을 내밀지 않은 채 셔우드 숲에서 조용히 지냈다. 지금쯤 당국이 자신들에게 몹시 격노하여 있을 것이므로 노팅엄 근처에는 나타나지 않는 것이 현명하리라는 것을 잘 알고 있었기 때문이었다. 하지만 비록 밖으로 나오지는 않았지만 그들은 공터 끝의 버드나무 과녁 위에 걸린 화관에 활을 쏘며 숲 속에서 즐겁게 지냈고 나뭇잎 사이로는 늘 즐거운 농담과 웃음소리가 퍼져 나갔다. 누구든 그 화관을 맞추지 못한 사람은 한 방 얻어맞았기 때문인데, 특히 리틀 존에게 벌칙으로 얻어맞은 불운한 사람은 반드시 넘어지지 않고는 못 배겼다. 활쏘기가 끝나면 그들은 레슬링을 한판 벌이고 육척봉 시합을 열었으므로 매일매일 실력과 힘이 향상되어 갔다.

그들은 거의 일 년 동안 그렇게 살았고, 그 사이 로빈 후드는 주 장관에게 어떻게 복수하면 좋을지 마음속으로 여러 방안을 궁리했다. 마침내 그는 더 이상 숲에만 틀어박혀 있기가 근질근질해지기 시작했다. 그래서 어느 날 로빈은 단단한 육척봉을 집어들고는 드디어 모험을 찾아 나섰다. 숲길을 따라 즐겁게 거닐다 셔우드 숲 자락에 이른 후 태양이 환히 내리쬐는 길을 따라 한가하게 거닐던 로빈은 근사한 암말을 몰며 온통 고기가 주렁주렁 매달린 탄탄한 새 수레를 끌고 가던 젊고 건장한 푸줏간 주인과 마주쳤다. 푸줏간 주인은 길을 따라 내려오며 즐겁게 휘파람을 불고 있었다. 날은 상쾌하고 공기는 부드러운데다 마침 장에 가고 있는 중이었으므로 마음속은 행복감으로 뿌듯했기 때문이었다.

젊은 푸줏간 주인에게 로빈이 말을 걸었다. "안녕하신가, 유쾌한 젊은이. 이 아침에 그대는 무척 기분이 좋은가 보군."

"그야 물론이지요. 그렇지 않을 이유가 없지 않습니까? 저야 혈기가 한창이지 않습니까? 그리고 노팅엄 주에서 가장 예쁜 처녀를 가진 걸요? 다음 주 목요일이면 그 처녀와 아름다운 록슬리 시에서 결혼하기로 되어 있답니다."

"아하, 그대는 록슬리 시 출신이로군? 나야말로 그 아름다운 고장 일대를 잘 알고 있지. 잡목 숲 하며, 고요하게 흐르는 조약돌 투성이 시냇물과 그 속에서 노니는 빛나는 작은 물고기들도 잘 알고 있지. 나도 바로 그곳에서 태어나 자랐기 때문이라네. 그런데 젊은 친구, 고기를 그렇게 잔뜩 싣고 어디로 가는 길인가?"

"그야 이 쇠고기와 양고기를 팔러 노팅엄 시내에 있는 시장으로 가는 길입니다. 하지만 록슬리 시에서 오셨다는 당신은 누구십니까?"

"여보게나 친구, 나는 그저 평범한 향사라네. 사람들은 나를 로빈 후드라고 부르지."

"아, 성모 마리아의 이름을 걸고 맹세하는데 저도 당신의 이름을 잘 알고 있답니다. 그리고 당신의 행적이 노래나 이야기로 회자되는 것을 많이 들었습니다. 하지만 하늘이 금하셨으니 제발 제게서 아무것도 앗아가지 마십시오! 저는 정직한데다 그 어떤 사람에게도 해를 입힌 적이 없기 때문이죠. 훌륭한 대장님, 제가 당신에게 아무런 문제도 일으키지 않았으니 제게 아무런 해를 가하지 마십시오."

"아닐세, 자네처럼 선량한 사람에게서 무엇을 빼앗다니, 그야말로 하늘이 금하신 일이지! 그대에게서는 동전 한 닢 빼앗지 않을 테니 걱정하지 말게. 나는 자네처럼 잘생긴 색슨 족 얼굴을 무척 좋아한다네. 특히 록슬리 시 출신은 더구나. 게다가 다음 주 목요일에 아름다운 처녀와 결혼한다고 털어놓는 사람은 더더욱 마음에 든다네. 하지만, 이리 와서 그대가 가진 고기 전부와 말과 수레를 얼마 주면 팔지 말해 보게나."

"고기와 수레와 말을 합하면 모두 4마르크는 되지만, 만일 제가 고기를 다 팔지 못하면 4마르크 값어치는 안 되지요."

그러자 로빈 후드는 두말 않고 허리춤에서 지갑을 꺼내며 말했다. "자 여기 이 지갑에는 모두 6마르크 들어 있네. 그리고 나는 하루 동안 푸줏간 주인이 되어 노팅엄 시에서 고기를 팔고 싶다네. 그러니 지금 자네가 가진 장비를 넘겨주는 대가로 6마르크를 받고 나와 거래를 끝맺지 않겠는가?"

"아, 당신의 공정한 머리 위에 모든 성인들의 축복이 함께 하기를!" 로빈의 제안을 들은 푸줏간 주인은 뛸듯이 기뻐하며 외치고 당장 수레에서 뛰어내려 로빈이 내민 지갑을 받아들었다.

그러자 로빈도 크게 웃으며 대답했다. "아니야, 나를 좋아하고 내게 복을 빌어준 사람은 많았지만 이제껏 나를 공정하다고 부른 사람은 거의 없었다네. 자, 이제 그대의 처녀에게로 돌아가서 내가 보내는 달콤한 입맞춤을 전해 주게나." 그렇게 말하며 푸줏간 주인의 앞치마를 몸에 두르고 수레 위로 기어올라간 로빈은 손에 고삐를 쥐고는 숲을 지나 노팅엄 시내로 향했다.

드디어 노팅엄에 도착하자 시장에서 푸줏간들이 늘어서 있는 구역으로 곧장 들어간 로빈은 눈에 띄는 곳에서 가장 좋은 곳에 자리를 잡았다. 그런 다음 노점을 열고는 가판 위에 고기들을 펼쳐 놓았다. 그리고는 식칼과 쇠숫돌을 함께 들고 쨍그랑거리며 낭랑한 음색으로 노래하기 시작했다.

> "자, 어서들 오세요, 아가씨들, 부인들,
> 내게서 고기를 사 가세요.
> 단돈 일 페니만 받고
> 삼 페니어치를 드릴 테니까요.
>
> 저는 비록 하찮은 것을 먹인 새끼 양을 가지고 있지만
> 알록달록 화사한 데이지 꽃과,
> 향기로운 제비꽃과 수선화는
> 아름다운 시냇가 옆에 피어난다네.
>
> 히스 무성한 곳에서 키운 쇠고기와,
> 온통 푸르른 골짜기에서 자란 양고기와,
> 어머니의 비단옷을 걸친
> 처녀의 이마처럼 새하얀 송아지 고기랍니다.
>
> 그러니 어서들 오세요, 아가씨들, 부인들,
> 어서 와서 제게서 고기를 사 가세요.
> 단돈 일 페니만 받고
> 삼 페니어치를 드릴 테니까요."

그렇게 즐겁게 노래 부르고 있노라니 근처에 서 있던 사람들은 모두 놀라서 듣고 있었다. 노래를 마친 로빈은 식칼과 쇳덩이를 딸그랑거리며 더욱 큰 소리로 외쳤다. "자, 누가 사시렵니까? 누가 사시겠어요? 자, 제가 정한 가

격은 네 가지입니다. 뚱뚱한 탁발수사나 사제에게는 6페니를 받고 3페니 어치의 고기를 팝니다. 그들에게는 별로 팔고 싶은 마음이 없기 때문이죠. 건장한 시의원에게는 3페니를 받으렵니다. 그들이 사거나 말거나 제게는 대수로운 일이 아니기 때문이죠. 통통한 부인들께는 3페니어치를 단돈 1페니만 받고 팔겠습니다. 저는 그런 손님이 좋기 때문이죠. 하지만 성실한 푸줏간 주인을 좋아하는 예쁜 아가씨에게는 뽀뽀 한 번만 해 주면 거저 드리겠습니다. 저는 그런 손님을 가장 좋아하기 때문이죠.”

그러자 그 주위로 몰려들며 웃음 짓던 사람들은 로빈을 응시하며 의아해했다. 온 노팅엄 시를 통틀어 이제껏 그렇게 고기를 파는 사람은 처음 보았기 때문이다. 그러나 물건을 사러 온 사람들은 로빈이 한 말이 거짓이 아니라는 것을 알았다. 선량한 부인이나 아낙네가 나타나면 다른 곳에서는 3페니나 주어야 살 만한 양을 1페니만 받고 팔았고, 과부나 가난한 여인이 오면 아무것도 받지 않고 그냥 고기를 내 주었기 때문이다. 그리고 유쾌한 처녀가 나타나 정말로 입맞춤을 해 주면 한 푼도 받지 않고 고기를 팔았다. 로빈의 눈은 6월의 하늘만큼이나 파랬고, 흥겹게 웃으며 사람들에게 고기를 듬뿍 내 주고 있었으므로 많은 사람들이 로빈의 노점으로 몰려들었다. 그 근처에 서 있던 다른 푸줏간 주인들은 고기를 한 점도 팔지 못할 동안 로빈은 그렇게 재빨리 고기를 다 팔아치웠다.

그러자 푸줏간 주인들은 서로 모여 수군거리기 시작했다. “이 자는 수레와 말과 고기를 훔친 도둑임에 틀림없어”라고 떠드는 사람도 있었지만 “아니야, 도둑이 자기의 물건을 저렇게 즐겁게 거저 나눠 주는 거 본 적 있어? 이 사람은 아버지에게서 물려받은 땅을 팔아 돈이 있는 한 즐겁게 살려는 한량이 분명하다고” 하고 반박하는 사람도 있었다. 대체적으로 로빈을 씀씀이가 헤픈 한량 정도로 생각하는 사람들이 많았고, 그 외에도 다른 사람들이 와서 차례로 자신들의 생각을 털어놓았다.

그러다가 푸줏간 주인 몇 사람이 로빈에게 다가와 아는 체를 했다. 그들

로빈은 처녀가 나타나 입맞춤을 해주면
한 푼도 받지 않고 고기를 팔았다.

중에서 제일 우두머리인 듯한 사람이 말을 꺼냈다. "여보시오, 우리 모두 같은 직업에 종사하고 있으니 우리와 함께 식사하러 가지 않겠소? 바로 오늘 주 장관이 조합 회관에서 푸줏간 조합원들과 함께 연회를 하겠다고 했소. 맛있는 음식도 많이 나올 것이고 마실 것도 충분할 거요. 당신도 마음에 들어 할 것이오, 아니라면 내가 당신을 잘못 본 것이고."

"푸줏간 주인의 초대를 거절하는 자는 제정신이 아니죠. 나는 친절한 그대들과 기꺼이 식사하러 갈 거요. 최대한 서두르겠소." 고기를 모두 팔아치운 후였으므로 로빈은 노점을 닫고 푸줏간 주인들과 함께 조합 회관으로 향했다.

연회장에 도착해 보니 주 장관은 이미 성장한 채 입회해 있었고 그 옆에는 많은 푸줏간 주인들이 함께 했다. 로빈의 농담에 웃음을 터뜨리며 로빈 일행이 들어오자 주 장관 옆에 앉아 있던 푸줏간 주인들이 주 장관에게 귀엣말로 알려 주었다. "저기 저 청년은 제정신이 아닌 것이 분명합니다. 오늘 저 친구는 우리가 보통 3페니를 받고 팔 고기를 단 돈 1페니만 받고 판 데다, 즐겁게 입맞춤을 해준 처녀에게는 한 푼도 받지 않고 거저 주었답니다." 그러자 다른 사람이 나서서 거들었다. "저 자는 분명히 물려받은 땅을 팔아 버린 후에 즐겁게 몽땅 써 버릴 작정을 한 한량이 분명합니다."

푸줏간 주인의 옷으로 변장하고 있는 로빈을 알아보지 못한 주 장관은 그 말에 로빈을 불러들여 자신의 오른쪽에 가까이 앉혔다. 탐욕스러웠던 주 장관은 부유하고 젊은 한량을 매우 좋아했기 때문이었다. 특히 자신이 그 젊은 이의 지갑에 든 돈을 자신의 영예로운 지갑으로 덜어낼 수 있다고 생각할 때 더욱 그랬다. 그래서 주 장관은 그 어떤 사람보다도 이야기를 많이 나누고 함께 웃는 등 로빈을 총애했다.

드디어 만찬이 준비되자 주 장관은 로빈에게 식전 감사 기도를 드리라고 명령했고 로빈은 자리에서 일어나 말했다. "하느님, 저희 모두를 축복해 주시고 이 집에 훌륭한 고기와 부대 자루마다 재물이 가득하게 해 주소서. 그리고 모든 푸줏간 주인들이 저처럼 정직한 사람들이 되게 해 주소서."

로빈의 그 말에 모두들 웃음을 터뜨렸다. 그 중에서도 웃음소리가 가장 컸던 주 장관은 속으로 생각했다. '아마도 이 자는 한량임에 틀림없어. 이처럼 멍청이가 거저 뿌려대는 돈을 내가 좀 긁어모을 수 있겠지.' 그런 다음 로빈에게 커다랗게 말했다. "그대는 정말 유쾌한 젊은이로군. 그대가 무척 마음에 드노라." 그리고는 로빈의 어깨를 두드렸다.

그러자 로빈 역시 큰 소리로 웃었다. "그야 물론 나리께서 유쾌한 젊은이를 좋아한다는 것을 잘 알고 있습니다. 나리께서 주최한 활쏘기 대회에서 유쾌한 로빈을 기꺼이 받아들인 데다 나리 손으로 손수 빛나는 황금 화살을 상으로 주지 않았습니까?"

그 말에 주 장관의 얼굴 표정은 심각하게 변했고 푸줏간 조합원들 역시 안색이 변하여 로빈을 제외하고는 아무도 웃지 않은 채 서로 몰래 눈을 깜빡거리기만 했다.

"자, 어서들 듭시다! 즐길 수 있을 때 실컷 즐기자고요. 우리의 개똥철학자 스완톨드께서 말했듯이 인간은 한 줌 먼지에 불과하고, 벌레가 갉아먹을 때까지는 이 생에서 잠시 스쳐가는 삶 아니겠어요. 그래서 살아 있을 때 열심히 즐겨야 한다고 말하고 싶군요. 주 장관 나리, 그렇게 심각하실 필요 없습니다. 지금은 좋은 셰리주와 맘지 백포도주를 조금 드시고 계시지만 언젠가는 로빈 후드를 잡을 날이 있을지, 배에는 기름진 음식을 가득 채우고 머리에서 금덩이를 빼내게 될지 누가 안답니까? 그러니 즐기세요."

그 농담이 썩 마음에 든 것은 아니었지만 주 장관은 다시 웃음을 터뜨렸고, 그 사이 다른 푸줏간 주인들은 서로 수군거렸다. "아이고 세상에, 저렇게 정신나간 천방지축 젊은이는 처음 봐. 아마 주 장관을 돌게 만들겠군."

"자, 여러분 실컷 즐기라니까요! 지갑에 든 돈이나 세면서 소심하게 굴지 말고요. 경비가 200파운드가 나온다고 해도 오늘 이 연회는 제가 한 턱 낼테니까요. 그러니 입술이나 빨면서 지갑을 만지작거리지 마시라구요. 오늘

이 연회에 대해 주 장관 나리나 다른 푸줏간 주인은 단 한 푼도 쓰지 못하게 하겠다고 제가 맹세했잖아요."

그러자 주 장관이 물었다. "자네는 정말 호방한 친구로군. 자네가 그렇게 돈을 호탕하게 쓰는 것을 보니 자네는 가축과 소유한 땅이 꽤 많은가 보네."

로빈이 다시 크게 웃으며 대답했다. "그야 물론이죠. 제가 가진 가축만 5백 마리가 넘고 저와 형제들이 공동으로 가진 것은 그보다 훨씬 많죠. 하지만 아직 그것들을 살 사람은 찾지 못했답니다. 안 그랬다면 제가 이렇게 푸줏간 주인이 될 필요도 없었겠죠. 그리고 제가 소유한 땅으로 말하자면 구체적으로 얼마나 되는지 저희 집사에게 아직 한 번도 물어보지 않았답니다."

이 말에 주 장관은 눈을 반짝반짝 빛내며, 속으로 쾌재를 불렀다. 하지만 겉으로는 시치미를 뚝 떼고 말했다. "젊은 친구, 그렇긴 하네만, 만일 자네가 가축을 팔 수 없다면 그것들을 자네 손에서 벗어나게 해 줄 사람을 내가 찾아줄 수 있을 거야. 그 장본인은 바로 나라네. 나는 유쾌한 젊은이를 좋아하는 데다 특히 일이 꼬여 안 풀리는 사람을 기꺼이 도와주고 싶어하기 때문이지. 그래 그 가축의 값으로 얼마를 원하는가?"

"글쎄요, 아마 못 받아도 500파운드는 될 겁니다."

주 장관은 마치 생각에 잠기기라도 한 듯이 천천히 대답했다. "그런가. 내가 자네를 몹시 좋아하고 기꺼이 도와주고 싶기는 하지만 500파운드는 적지 않은 액수지. 게다가 지금 당장은 마련할 수가 없다네. 하지만 전부 합해서 300파운드는 내겠네, 그것도 전부 금화와 은화로 말이야."

"아, 이런 늙은 수전노 같으니라고요! 그렇게 많은 가축을 사려면 아무리 적게 친다고 해도 700파운드는 더 나간다는 것을 누구보다 잘 알고 있으면서요. 백발 머리에 한 발은 무덤에 담그고 있는 나이의 당신이 철없는 젊은이의 어리석음을 이용해 거래를 하려 들다니요."

그 말에 주 장관은 로빈을 험악하게 노려보았다. 그러자 로빈이 잽싸게 말을 이었다. "아니요. 입에 쓴 맥주라도 물고 있는 것처럼 그런 표정으로 보지 마세요. 저와 형제들은 한시라도 돈이 급하니까 나리의 제안을 받아들이겠어요. 우리는 즐겁게 살고 싶거든요. 그리고 돈이 없으면 즐거운 생활은 누릴 수 없으니까 나리와 거래를 끝내겠어요. 하지만 그렇게 약삭빠르게 거래를 추진하는 사람은 쉽게 믿지 못하니까 잊지 말고 틀림없이 300파운드를 가져오도록 하세요."

"그 점은 걱정 말게, 돈을 가져올 테니. 하지만 젊은 친구, 그대의 이름은 무엇인가?"

"사람들은 저를 록슬리의 로버트라고 부른답니다." 로빈은 대담하게 대답했다.

"그렇다면 훌륭한 록슬리의 로버트, 자네의 가축들을 살펴보러 오늘 내가 직접 가겠네. 그러나 자네가 틀림없이 가축을 팔기로 했다고 확인하는 계약서를 내 서기가 먼저 기안할 걸세. 자네의 가축을 받기 전에 돈을 먼저 내어줄 수는 없으니 말이야."

그러자 다시 웃음을 터뜨린 로빈은 주 장관의 손을 손바닥으로 치며 외쳤다. "좋으실 대로요. 나리께서 돈을 지불하면 제 형제들이 진심으로 고마워할 걸요."

그렇게 해서 로빈과 주 장관 사이의 거래는 끝이 났다. 그러나 많은 푸줏간 주인들은 그 거래는 단지 돈을 헤프게 쓰는 철없는 젊은이를 주 장관이 야비하게 속여먹은 계략에 불과하다고 수군거리며 흉을 보았다.

말에 올라탄 주 장관이 로빈과 합류했을 때는 어느덧 오후가 되어 있었다. 로빈은 말과 수레를 이미 어떤 상인에게 2마르크를 받고 팔아버린 후였으므로 포장된 안뜰의 출입구 옆에 서서 주 장관을 기다리고 있던 터였다. 주 장관은 말을 탄 채, 로빈은 그 옆에서 달리며 두 사람은 함께 길을 떠났다. 그렇게 노팅엄 시를 떠난 두 사람은 마치 오래된 친구처럼 서로 농담과 웃음을 주고받으며 먼지 이는 대로를 따라 여행했다. 그러나 그동안 내내 주 장관의 머릿속에는 한 가지 생각뿐이었다. '로빈 후드에 대해 네 녀석이 내게 한 농담에 대해서는 4백 파운드를 내는 한이 있어도 톡톡히 되갚아 주고 말겠다, 이 멍청한 녀석.' 그렇게 생각한 데는 그가 그 거래에서 최소한 4백 파운드까지는 낼 용의가 있었기 때문이었다.

그래서 두 사람은 셔우드 숲자락에 도착할 때까지 계속 앞으로 나아갔다. 이윽고 주 장관은 상하좌우를 이리저리 살피더니 점차 입을 다물고 웃음도 뚝 그쳤다. "오늘은 하느님과 성인들께서 사람들이 로빈 후드라고 부르는 그 악당 녀석으로부터 우리를 지켜 주시는가 보네."

그러자 로빈은 호탕하게 웃음을 터뜨렸다. "아니요, 오늘은 마음 푹 놓으셔도 될 겁니다. 전 로빈 후드와 아주 잘 알고 있는 데다 오늘은 저와 함께 있는 이상 로빈 후드 걱정은 하지 않으셔도 된다는 것을 잘 알고 있기 때문이죠."

그 말에 주 장관은 로빈을 곁눈질로 훔쳐보며 속으로 생각했다. '그 대담한 범법자 녀석과 잘 알고 있다니 이 녀석이 마음에 안 드는군. 어서 셔우드 숲을 벗어났으면 좋겠어.'

그러나 그들은 오히려 숲의 그늘 속으로 더욱 깊이 들어갔고, 안으로 깊이 들어갈수록 주 장관은 점점 조용해졌다. 마침내 길이 갑자기 구부러지는 지점에 이르렀을 때 그들 앞으로 암갈색 사슴 떼가 경쾌하게 뛰어서 길을 건너갔다. 로빈 후드는 주 장관에게 가까이 다가가 손가락으로 사슴 떼를 가리키며 말했다. "친애하는 주 장관 나리, 이 녀석들이 바로 제 가축들이랍니다. 어떤가요, 마음에 드십니까? 비둔하지도 않고 보기에도 근사해 보이지 않습니까?"

그 말에 기겁을 한 주 장관은 고삐를 재빨리 당기며 말했다. "여보게, 나는 자네 일행이 별로 마음에 들지 않으니 그만 빨리 이 숲에서 벗어나고 싶네. 젊은 친구, 자네는 자네 길을 가고 나는 내 길을 가게 해 주게나."

그러나 로빈은 단지 웃기만 했다. 그리고는 주 장관의 말고삐를 붙들며 외쳤다. "안 될 말씀이죠. 잠시만 더 계셔요. 이 가축들을 저와 공동으로 소유하고 있는 저희 형제들을 만나보고 가셔야죠." 그렇게 말하며 로빈은 뿔 나팔을 입에 가져다 대고, 세 번 흥겹게 불어 젖혔다. 그러자 순식간에 리틀 존을 선두로 100여 명이나 되는 건장한 사내들이 길 위로 뛰어올라왔다.

로빈 후드를 보자 리틀 존이 물었다. "대장님, 어쩐 일로 부르셨습니까?"

"너희들은 오늘 우리와 만찬을 함께 하기 위해 내가 모시고 온 손님이 보이지 않느냐? 에잇, 부끄러운 줄 알아라! 너희들 눈에는 우리의 고명하신 노팅엄 주 장관 나리가 보이지 않느냐? 리틀 존, 어서 나리의 고삐를 받아 쥐게. 나리께서는 오늘 우리와 만찬을 즐기러 이렇게 몸소 왕림하셨느니라."

그러자 모두들 농담이 아닌 듯 웃음을 거둔 채 공손히 모자를 벗어들었고, 그 사이 리틀 존은 말고삐를 받아 쥐고 숲 속으로 말을 더욱 깊숙이 몰고 들어갔다. 모두 질서정연하게 열을 맞추어 앞으로 나아갔고 로빈 후드는 주 장관 옆에서 손에 모자를 벗어든 채 걸었다.

그동안 내내 주 장관은 한 마디도 하지 않은 채, 갑자기 잠에서 깨어난 사람처럼 주위를 두리번거리기만 할 뿐이었다. 그러나 셔우드 숲 속으로 더욱 깊숙이 들어가고 있는 자신을 발견하고는 가슴이 철렁 내려앉았다. 속으로 이런 생각이 들었던 것이다. '설령 저들이 내 목숨을 앗아가지는 않더라도 3백 파운드는 날릴 것이 분명해. 내가 한두 번도 아니고 저들의 목숨을 빼앗으려고 음모를 꾸며왔으니 나를 절대로 그냥 내버려 두지 않을 거야.' 그러나 모든 사람들은 공손하고 온순해 보였고 주 장관의 목숨이나 돈에 대해서 위협적인 말은 단 한 마디도 하지 않았다.

마침내 그들은 웅장한 참나무가 가지를 넓게 드리우고 서 있는 셔우드 숲의 한가운데에 도착했다. 나무 아래에는 이끼로 만들어진 의자가 하나 있고, 로빈은 주 장관을 자신의 오른편에 앉히고는 자신도 그 의자 위에 앉았다. "자, 친애하는 동료들이여, 어서들 치우고 우리가 가진 것 중에서 가장 좋은 고기와 술을 내오도록 하라. 우리의 고매하신 주 장관 나리께서 오늘 노팅엄 조합 회관에서 나를 대접하셨으니 나도 나리를 빈손으로 되돌려보내고 싶지 않다.”

그때까지도 돈에 대해서는 아무런 언급이 없었으므로 이윽고 주 장관의 마음속에서는 일말의 희망이 고개를 쳐들기 시작했다. ‘아마도, 로빈 후드가 돈에 대해서는 잊어버리고 있기 때문에 아무 말도 않는 것인지도 몰라.’

밝은 불이 탁탁거리며 타오르고 사슴 고기와 통통한 수탉을 굽는 구수한 냄새가 숲의 공터를 가득 메우며 노릇노릇한 고기 파이가 불꽃 옆에서 데워지는 동안, 로빈 후드는 주 장관을 극진히 대접했다. 우선 처음에는, 육척봉을 든 몇 쌍이 나와서 노련하게 실력을 선보였다. 서로 매우 민첩하게 공격하고 방어했으므로 모든 종류의 스포츠를 관람하는 것을 좋아하던 주 장관은 지금 자신이 어디에 있는지도 잠시 잊고 손뼉을 치며 큰 소리로 외쳤다. “좋아, 좋아, 거기 검은 수염을 기른 친구, 아주 잘했어!” 주 장관은 자신이 칭찬한 그 사람이 바로 체포 영장을 주고 로빈 후드를 검거하도록 시킨 그 땜장이인 줄은 꿈에도 몰랐다.

로빈의 무리들 중에서 가장 뛰어난 궁사들이 160보 거리에 근사한 화관을 세우고는 가장 능숙한 솜씨로 활을 쏘았다. 그러자 주 장관의 얼굴은 점차 심각한 표정으로 변했다. 노팅엄 시에 있는 양궁장에서 벌어졌던 저 유명한 활쏘기 대회의 기억이 아직도 기억에 생생한데다 그날의 승자에게 주었던 황금 화살이 그의 옆에 가까이 걸려 있었으므로 궁술 시범은 마음에 들지 않기 때문이다. 주 장관이 마음속으로 무슨 생각을 하고 있는지 알아챈 로빈은 활쏘기 시범을 중지시키고 부하들 중 몇 사람을 불러 일부는 하프로 반주를 하게 하고, 일부는 즐거운 노래를 부르게 했다.

노래가 끝나자 몇몇 사람이 앞으로 나와 푸른 풀밭 위에 천을 펼쳐 놓고 훌륭한 만찬을 준비했다. 다른 사람들은 세리주와 맘지 백포도주와 독한 에일 맥주 통에 구멍을 뚫어 주전자에 받은 후 천 위에 올려놓았고 그 옆에는 술잔들을 함께 놓았다. 만찬 준비가 끝나자 모두들 자리를 잡고 앉아 즐겁게 먹고 마시는 사이 어느덧 태양은 낮게 기울고 머리 위의 나뭇잎 사이로는 반달이 떠서 희미하게 반짝이고 있었다.

그러자 주 장관이 일어나 말했다. "자네들 모두에게 감사하네. 오늘 나를 이렇게 즐겁게 환대해 주어서. 우리의 영예로운 왕과 노팅엄 주의 왕의 대리인을 대단히 존경하고 있다는 사실을 보여 주며 나를 이렇게 정중히 대접해 주었군. 하지만 이제 그림자도 점점 길게 늘어지고 있으니 숲 속에서 길을 잃지 않으려면 어두워지기 전에 서둘러 돌아가야 할 것 같네."

그러자 로빈 후드와 그의 유쾌한 부하들도 자리에서 일어섰다. 그리고 마침내 로빈이 주 장관에게 말했다. "고매하신 나리, 꼭 가야겠다면 가셔야지요. 하지만 한 가지 잊은 것이 있군요."

그 말을 듣자 주 장관은 가슴이 철렁 내려앉으면서도 겉으로는 딴청을 피웠다. "아니, 잊다니, 무슨 말인가. 그런 것 없네."

"아니, 분명 잊은 것이 있습니다. 우리는 여기 푸른 숲 속에서 즐거운 주막을 열고 있습니다. 하지만 누구든 우리의 손님이 되신 분은 마땅히 셈을 치르고 가셔야죠."

그러자 주 장관은 겉으로는 웃었지만 그 웃음은 공허한 웃음이었다. "좋아, 친구들. 비록 내게 의향을 물어보지는 않았다 하더라도 우리는 오늘 어쨌든 즐거운 시간을 함께 보냈으니 내게 베풀어 준 환대에 대한 대가로 20파운드를 내지."

로빈은 심각하게 대답했다. "아니요, 그렇다면 당신의 명성에 먹칠을 하는 것밖에 안 되죠. 주 장관 나리, 진심으로 하는 말인데, 만일 내가 왕의 대리인인 당신에게서 3백 파운드를 받아내지 못한다면 창피해서 얼굴을 들고 다닐 수 없을 거요. 여보게들, 그렇지 않은가?"

"그야 물론 당연하죠!" 로빈의 부하들은 이구동성으로 외쳤다.

그러자 주 장관이 고함을 쳤다. "아니, 뭐 3백 파운드라고! 이런 불한당들 같으니! 너희들이 내게 해 준 그 거지 같은 연회가 3백 파운드는 고사하고 3파운드의 값어치나 있다고 생각하는 거냐?"

그 말에 로빈이 심각하게 대답했다. "그렇게 함부로 말하지 마시오, 나리. 오늘 당신이 노팅엄 시에서 내게 베풀어 준 그 훌륭한 연회로 인해 나는 당신이 마음에 들었소. 하지만 여기엔 당신을 그리 탐탁지 않게 여기는 사람들도 있소. 만일 당신이 저 천 아래로 내려다보면 윌 스튜틀리가 당장 눈에 띌 것이오. 지금 그의 눈에는 당신에 대한 호의라고는 눈곱만큼도 보이지 않소. 그리고 당신이 알지 못하는 건장한 다른 사내 둘도 있소. 그들은 얼마 전 노팅엄 시 가까운 곳에서 벌어진 싸움에서 다친 사람들이오. 당신도 언제적 일인지 알고 있을 거요. 한 사람은 한쪽 팔에 심한 부상을 입었지만 다시 쓰는 데는 문제없소. 그러니 훌륭하신 주 장관 나리, 내 충고를 받아들이시오. 더 이상 법석 떨지 말고, 조용히 돈을 내놓으란 말이오. 안 그러면 신상에 해로울 거요."

로빈이 말하는 동안 주 장관은 불그스레하던 볼이 점차 창백하게 변하더니 더 이상은 아무런 말도 못한 채 땅만 뚫어져라 내려다보며 아랫입술을 깨물었다. 그러더니 천천히 불룩한 지갑을 꺼내어 앞에 있던 천 위로 집어던졌다.

"자, 리틀 존, 지갑을 집어서 금액이 맞는지 확인해 보아라. 우리가 주 장관 나리를 의심하는 것은 아니지만 혹시라도 돈을 다 지불하지 않은 것으로 안다면 좋아하지 않을 테니 말이다."

그러자 리틀 존이 주 장관의 지갑에 든 돈을 세기 시작했고, 그 안에 은화와 금화로 정확히 3백 파운드가 들어있는 것을 확인했다. 그러나 빛나는 돈이 매번 떨그렁 하고 떨어질 때마다 그 소리가 주 장관에게는 마치 자신의 혈관에서 핏방울이 떨어지는 것처럼 느껴졌다. 나무 쟁반을 가득 채우며 한 무더기 쌓여 있는 금화와 은화의 금액을 전부 센 것을 보자 주 장관은 돌아서서 조용히 말에 올랐다.

"이제껏 우리는 이렇게 고명하신 손님을 모셔본 적이 없소! 그리고 날이 늦었으니 당신이 숲 속에서 무사히 빠져나갈 수 있도록 내 부하 중 한 사람을 보내 길 안내를 하겠소."

"아니, 아니, 그럴 필요 없다! 아무런 도움 없이도 나 혼자서 충분히 길을 찾을 수 있다."

"그렇다면 내가 직접 길 안내를 해 주겠소." 그렇게 말하고는 로빈은 말고삐를 잡고 큰길로 주 장관을 이끌었다. 그리고 보내주기 전에 한 마디 했다. "자, 이제 잘 가도록 하시오. 그리고 다음번에 불쌍한 한량을 등쳐먹으려고 할 때는 셔우드 숲에서의 만찬을 기억하길 바라오. 우리의 훌륭한 스완톨드 선생께서 이렇게 말씀하셨소. '먼저 말의 입 속을 들여다보기 전에는 결코 말을 사지 마라.' 자, 그리고 마지막으로 다시 작별 인사요, 잘 가시오." 그리고는 말의 궁둥이를 손으로 힘껏 쳐서 주 장관을 태운 말이 숲의 공터를 통과하여 앞으로 달려가게 했다.

그 날 이후로 주 장관은 로빈 후드의 일에 처음으로 말려들게 된 날을 몹시 유감으로 생각했다. 모든 사람들이 그를 비웃었고, 주 장관이 순진한 젊은이를 홀랑 벗겨 먹으려다가 오히려 자신이 어떻게 호되게 당하고 돌아왔는지 노래한 수많은 민요들이 사람들 입에 오르내렸기 때문이다. 사람은 모름지기 탐욕을 부리고 교활한 수를 쓰려들면 자기 꾀에 넘어가는 법이다.

제 2 장

리틀 존, 노팅엄 시의 장에 가다

지금부터는 노팅엄에서 벌어진 활쏘기 대회에 참가한 리틀 존에게 일어난 즐거운 모험들과, 시내에 있는 유명한 육척봉 시합장에서 그가 어떻게 해서 링컨의 에릭을 이기게 되었는지에 대해서 이야기할 것이다. 그리고 리틀 존이 어떻게 해서 주 장관의 휘하에 들어가게 되었는지, 주 장관의 요리사와 벌인 즐거운 대결에 대해서도 이야기할 것이다. 그러니 다음 이야기에 귀 기울이기 바란다.

주 장관이 셔우드 숲에서 만찬을 벌인 후 봄이 지나갔고, 여름도 지났으며 드디어 풍요로운 10월이 되었다. 공기는 선선하고 상쾌했고, 농작물들은 집으로 거두어들였으며 어린 새들은 깃털이 완전히 자라 보금자리에서 나왔고, 맥주를 만드는 홉 열매도 수확했으며 사과들은 탐스럽게 익어갔다. 그러나 주 장관이 사려고 했던 가축들에 대해 사람들이 더 이상 아무런 말도 하지 않을 정도로 시간이 모든 것을 무디게 만들었음에도 불구하고 주 장관은 그 일만 생각하면 여전히 속이 쓰렸고 자신의 면전에서 누가 로빈 후드의 이름을 말하면 참을 수가 없었다.

10월이 되면서 노팅엄 시에서 5년마다 열리는 대규모 축제 시기가 되었으므로 사람들은 그 축제에 참가하기 위해 온 고장을 통틀어 그 근방은 물론

먼 곳에서까지 모두 모여들었다. 그 시기에는 궁술이 항상 주 종목이었다. 노팅엄 향사들이 온 잉글랜드를 통틀어 긴 활의 명궁수들이었기 때문이다. 그러나 이번 해에는 로빈과 그 일당들이 올까봐 두려워 주 장관은 축제의 개최를 선포하기 전에 오랫동안 주저했다. 처음에 주 장관은 축제를 선포하지 않고 싶은 마음이 간절했지만, 사람들이 자신을 비웃으며 로빈 후드를 두려워하고 있다고 수군거릴 것이라는 생각이 들었고, 그 생각은 점차 커져갔다. 마침내, 주 장관은 궁여지책으로 사람들이 굳이 활을 쏘고 싶어할 만큼 탐내지 않는 그런 상을 내걸기로 마음을 굳혔다. 그 당시에는 상으로 10마르크나 에일 맥주를 큰 통으로 한 통을 주는 것이 상례였지만 이번 해만은 최고의 궁사에게 통통한 수송아지 두 마리를 상금으로 내걸었던 것이다.

한편 주 장관이 무엇을 상금으로 내걸었는지 전해 들은 로빈 후드는 몹시 불쾌해하며 말했다. "시골뜨기 목동이나 좋아할 만한 그런 상금을 내걸다니 빌어먹을 주 장관! 즐거운 노팅엄 시에서 한판 승부를 겨루는 것은 그 어느 것보다도 좋아하지만 내가 이 상을 탄다고 해도 득이 되거나 전혀 기쁠 일이 없겠군."

그러자 리틀 존이 나서서 말했다. "아니요, 대장. 제 말을 잘 들어보세요. 오늘, 윌 스튜틀리와 젊은 돈커스터의 데이비드와 제가 블루 보어 여관에 있었는데 그곳에서 이 축제에 대한 소식을 들었습니다. 주 장관이 이런 상금을 내건 것은 저희가 그 축제에 가고 싶은 마음이 들지 않도록 하기 위해서라는 말을 들었습니다. 그러니 대장, 당신 뜻이 정 그렇다면 빈약한 상금이 걸렸지만 저라도 노팅엄 시에서 여러 건장한 궁사들을 제치고 우승을 거머쥐고 싶습니다."

"아니, 리틀 존, 자네는 매우 건장한 사내지만 훌륭한 스튜틀리처럼 영리하지는 못하네. 그리고 나는 자네가 노팅엄 주에서 안 좋은 일을 당하길 원치 않네. 그런데도 굳이 가야겠다면 아무도 자네를 알아보지 못하도록 변장을 하고 가게나."

"그렇게 하지요, 대장. 하지만 제가 원하는 변장복은 이 링컨 초록색 복장 대신 진홍색 옷 한 벌이면 충분합니다. 제 갈색머리와 수염을 숨길 수 있도록 상의에 달린 고깔을 깊이 눌러쓰겠어요. 그러면 아무도 저를 알아보지 못할 거예요, 믿으세요."

"내 마음이 썩 내키는 것은 아니지만 자네가 그렇게 원한다면 가도 좋네. 하지만 조심하게, 리틀 존. 자네는 내 오른팔이니 자네에게 무슨 일이 생긴다면 참을 수 없으니까."

그래서 리틀 존은 온통 진홍색 옷으로 갈아입고, 노팅엄 시에서 벌어지는 축제에 참가하기 위해 출발했다.

커다란 성문 앞에 펼쳐진 잔디 위로 노점들이 점점이 줄지어 늘어섰고 다양한 색채의 캔버스 천으로 만들어진 천막도 눈에 띄고, 갖가지 현수막과 화관들이 내걸리자 노팅엄에서 벌어지는 축제는 본격적으로 흥이 오르기 시작했고 귀족, 평민 가릴 것 없이 전국에서 사람들이 모여들었다. 노래에 맞추어 흥겹게 춤을 추는 천막도 있었고, 맥주가 지천으로 넘쳐흐르는 천막도 있는가 하면 달콤한 케이크나 보리 설탕을 파는 천막도 있었다. 그리고 노점들 바깥에서는 음유시인이 오래된 민요를 부르거나 하프를 연주하는 가운데 운동 경기가 진행되고 있었고, 톱밥이 깔린 원형 경기장 안에서는 씨름꾼들이 서로 격투를 벌이고 있었다. 그러나 사람들이 제일 많이 모여든 곳은 건장한 사내들이 육척봉을 휘두르며 시합을 벌이고 있던 높은 연단이었다.

이윽고 리틀 존도 축제장에 나타났다. 그가 신은 긴 양말과 짧은 상의와 옆에 진홍색 깃털이 꽂혀 있던 고깔 형태의 모자 역시 온통 진홍색이었다. 그의 어깨 위로는 주목으로 만든 단단한 활이 걸려 있었고 등뒤로는 멋진 화살이 담긴 화살통이 걸려 있었다. 모두들 그토록 훤칠하고 건장한 사내를 돌아보았다. 리틀 존의 어깨는 그곳에 있던 다른 사내들보다 손바닥 한 뼘만큼 더 넓었으며 키는 다른 사람들보다도 머리 하나가 더 올라와 있었기 때문이다. 처녀들 또한 곁눈질로 흘끗흘끗 훔쳐보며 그토록 우람한 청년은 처음 본다고 생각했다.

리틀 존은 우선 맛있는 맥주를 팔고 있는 천막으로 갔고 의자 위에 높이 서서 가까이 다가와 함께 마시자고 사람들을 불러 모았다. "이봐요, 청년들, 건장한 용사와 함께 술을 들 사람이 누구요? 모두들 와요, 어서! 실컷 즐기자구요. 날은 상쾌한데다 맥주는 톡 쏘는군요. 자, 어서들 오라니까요, 당신 말이에요, 거기 당신도요! 당신들은 오늘 동전 한 닢 낼 필요가 없어요. 거기 건장한 거지 양반, 이리 오라니까요, 거기 흥겨운 땜장이 양반, 와서 같이 즐기자니까요."

그렇게 소란스럽게 외치자 사람들이 모두 웃으며 그 주위로 몰려들었고 갈색 맥주는 거품을 내며 흘러내렸다. 사람들은 각기 리틀 존을 자신의 형제처럼 좋아한다고 떠벌리며 그를 용감한 사내라고 불렀다. 누구든 거저 대접을 받게 되면 자신에게 한 턱 낸 사람을 좋아하게 마련이었다.

다음으로 리틀 존이 들른 장소는 춤을 추는 곳으로, 그곳에서는 세 사람이 백파이프로 연주되는 감미로운 음악에 맞춰 춤을 추고 있었다. 리틀 존도 활과 화살을 한 쪽으로 내려놓고 그 무리 속으로 뛰어들어가 아무도 그에게 버티지 못할 정도로 오래 춤을 추었다. 스무 명이나 되는 처녀들이 차례로 와서 그를 지치게 만들어 단상 아래로 끌어내리려 했지만 아무도 성공하지 못했다. 리틀 존이 어찌나 높이 뛰어오르고 손가락을 탁탁 치며 크게 외치는지 모든 처녀들은 이제껏 그처럼 근사한 청년은 보지 못했다고 혀를 휘둘렀다.

그렇게 오랫동안 춤을 춘 뒤에 리틀 존은 육척봉 시합이 벌어지고 있던 연단으로 다가갔다. 고기와 술을 좋아하는 만큼이나 육척봉으로 벌이는 시합을 좋아했기 때문이다. 그리고 바로 여기서 며칠 동안 전국에서 노래로 불려지게 될 굉장한 사건이 벌어지게 된다.

그곳에는 모자를 벗어 던지고 시합장 안으로 들어서는 모든 사람들의 머리통을 깨어놓던 한 남자가 있었다. 이 남자는 그 유명한 링컨의 에릭(Eric o'

Lincoln)으로서 그의 이름은 방방곡곡에서 불려지던 노래 속에도 등장했다. 리틀 존이 마침 시합장에 도착했을 때는 아무도 싸우는 사람이 없었고, 대담한 에릭 혼자서 육척봉을 휘두르고 크게 소리치며 연단을 오르락내리락거리고 있었다. "자, 누가 나서서 훌륭한 링컨의 용사와 대적해 자신이 가장 사랑하는 처녀를 위해서 한판 벌이겠는가? 누구 나설 사람 없는가? 자, 어서들 나오라고, 나오라니까! 안 그러면 이 부근의 아가씨들의 눈빛이 그리 밝지 못할 텐데, 아니면 노팅엄 젊은이들의 혈기는 다 어디로 사라져 버렸는가. 자, 이제는 링컨 대 노팅엄이다! 오늘은 링컨에 사는 우리가 육척봉 선수라고 부를 만한 자들이 아무도 앞으로 나서지 않으니 하는 말이다."

그 말에 사람들은 옆의 사람을 팔꿈치로 슬쩍 찌르며 "네드, 자네가 나가게!" 혹은 "자네가 나가라니까, 토머스!" 하는 말은 들렸지만 겁 없이 나섰다가 괜히 머리통이 깨지는 불상사를 당하고 싶어하는 사람은 아무도 없었다.

얼마 후 에릭은 사람들 틈에 끼어 리틀 존이 서 있던 쪽을 보게 되었고 다른 사람들보다도 머리와 어깨가 위로 올라와 있던 그를 발견하고는 큰 소리로 불렀다. "이봐, 자네 진홍색 옷을 걸친 긴 다리 말이야! 자네 어깨는 널찍하고 머리는 단단하구만. 자네가 흠모하는 아가씨는 그녀를 위해서 기꺼이 손에 육척봉을 잡을 만큼 아름답지 않단 말인가? 노팅엄 사내들은 용기도 기개도 없는 것을 보니, 모두 허수아비들만 모인 것 같군! 자, 어떤가, 이 촌뜨기, 노팅엄을 위해 육척봉을 휘둘러보지 않겠나?"

"아, 좋다! 지금 내게 괜찮은 육척봉만 있다면 내 기꺼이 네 녀석의 골통을 날려 주겠다, 이 건방진 허풍선아! 네 녀석의 그 거만한 기를 팍 꺾어 주고야 말겠다!" 리틀 존은 행동이 굼떴으므로 처음에는 천천히 말을 받았다. 그러나 마치 언덕에서 구르는 커다란 돌처럼 이내 분노가 몰려들었고 마침내는 분노가 온 몸을 휘감았다.

그러자 링컨의 에릭은 크게 웃었다. "나와 일 대 일로 공정하게 맞서기를 두려워하는 자들을 위해서 잘 얘기했다. 네 녀석이야말로 건방지기 이를 데

없군. 네 녀석이 이 싸움판에 발을 들여놓는다면 네 녀석의 그 건방진 혀를 이 사이에서 덜그럭거리게 해 주겠다."

"저 녀석의 근성이 어떤지 알아보게 여기 있는 사람들 중에서 누구 내게 육척봉을 빌려 주실 분 없소?" 그 말에 열 명이나 되는 사람들이 자신의 육척봉을 내밀었고 리틀 존은 그 중에서도 가장 탄탄하고 묵직한 것을 골랐다. 그리고 육척봉을 아래위로 훑어보며 말했다. "지금 나는 보릿짚처럼 형편없는 나무 쪼가리를 들었지만 이것이라도 요긴하게 쓸 수 있으리라는 것을 알고 있다. 자, 그럼 나가신다." 리틀 존은 육척봉을 연단 위로 던지고는, 자신도 그 위로 살짝 뛰어오른 후 다시 육척봉을 집어들었다.

두 사람은 각기 자신의 위치에 서서 "시작!" 소리가 떨어질 때까지 매서운 표정으로 상대를 살폈다. 드디어 싸움을 알리는 소리가 떨어지자, 각기 육척봉을 단단히 움켜쥐고는 한가운데로 나아갔다. 그 주위에 둘러서 있던 사람들은 이제껏 노팅엄 시에서 본 중에서 가장 흥미진진한 육척봉 시합을 보게 되었다. 처음에 링컨의 에릭은 자신이 쉽게 승기를 잡으리라고 생각하고는 마치 사람들에게 '똑똑히 보라고! 내가 이 녀석을 얼마만큼 빨리 때려눕히는지!'라고 말하기라도 하려는 듯 앞으로 당당하게 나섰다. 그러나 얼마 지나지 않아 에릭은 그 시합이 그렇게 만만치 않다는 것을 깨달았다. 그는 상당히 능숙하게 치고 방어술도 뛰어났지만 리틀 존의 실력도 자신에 뒤지지 않는다는 것을 알았다. 한 번, 두 번, 세 번 연거푸 내리쳤지만 리틀 존은 세 번다 오른쪽 왼쪽으로 에릭의 타격을 잘 받아쳤다. 그리고는 재빨리 우아한 백핸드 타격으로 에릭의 수비를 뚫고 교묘하게 내리쳐 다시 에릭의 머리를 빙빙 돌게 만들었다. 이에 에릭은 정신을 차리려고 뒤로 물러섰고, 사람들은 노팅엄이 링컨의 머리통에 일격을 가했다고 기뻐하며 환호성을 질렀다. 1회전은 그렇게 끝이 났다.

잠시 후 심판관이 "경기 시작!"이라고 외치는 소리에 두 사람은 다시 맞붙었다. 그러나 이번에는 에릭이 조심스럽게 경기에 임했다. 리틀 존의 기개가 보통이 아닌 데다 아까 얻어맞은 타격이 그리 유쾌한 기억이 아니었기 때문이다. 그래서 이번 회전에서는 리틀 존도 에릭도 상대의 수비를 뚫지 못했다. 그리고 얼마 후 두 사람은 다시 떨어졌고, 이로써 2회전도 끝이 났다.

얼마 후 두 사람은 세 번째로 다시 맞붙었다. 처음에 에릭은 지난 회전처럼 조심하려고 애썼다. 그러나 번번이 공격이 먹혀들지 않자 점차 흥분한 에릭은 마침내 이성을 잃고 마치 양철 지붕 위에 퍼붓는 우박처럼 맹렬하고도 빠른 타격을 날리기 시작했다. 그러나 그럼에도 불구하고 리틀 존의 수비를 뚫지는 못했다. 그러다 그 사이 마침내 리틀 존은 기회를 엿보았고, 그 기회를 놓치지 않았다. 리틀 존은 에릭이 정신을 차리기도 전에 여러 번 재빨리 옆머리를 내려쳤고 오른손을 왼손 아래로 미끄러뜨려 온 힘을 모아 에릭의 정수리를 갈겼다. 정통으로 얻어맞은 에릭은 그대로 쓰러져 다시는 움직이지 못할 것처럼 쭉 뻗어 버렸다.

주위에 몰려 있던 사람들이 모두 승리의 환호성을 질러대자 무슨 일인지 보려고 사방에서 사람들이 달려왔다. 그 사이 리틀 존은 시합장에서 뛰어내려와 자신에게 육척봉을 빌려 주었던 사람에게 되돌려 주었다. 그렇게 해서 그 유명한 링컨의 에릭과 리틀 존 사이에 벌어진 시합은 끝이 났다.

그러나 이제 긴 활로 활쏘기 시합을 벌이게 되어 있는 사람들이 사대에 자리를 잡을 시간이 되자, 사람들은 활쏘기 시합이 벌어질 양궁장으로 몰려들기 시작했다. 과녁 근처의 좋은 자리에는 주 장관이 주위에 많은 귀족들을 거느린 채 높은 연단 위에 앉아 있었다. 드디어 궁사들이 모두 자리를 잡고 서자 전령이 앞으로 나와 시합의 규칙을 발표했다. 참가자들은 세 발씩 쏘게 될 것이며 그 중에서 가장 잘 쏜 사람에게는 상으로 살찐 수송아지 두 마리를 받게 될 것이라고 말했다. 그곳에는 약 스무 명의 궁사들이 모여 있었고, 그들 중에는 링컨과 노팅엄 주에서 긴 활의 내노라하는 명궁수들도 있었다. 그리고 다른 어떤 궁사들보다 키가 컸던 리틀 존도 그 틈에 끼여 있었다. 그를 쳐다보며 사람들이 수군거렸다. "저 진홍색 옷을 걸친 낯선 이는 누구야?"

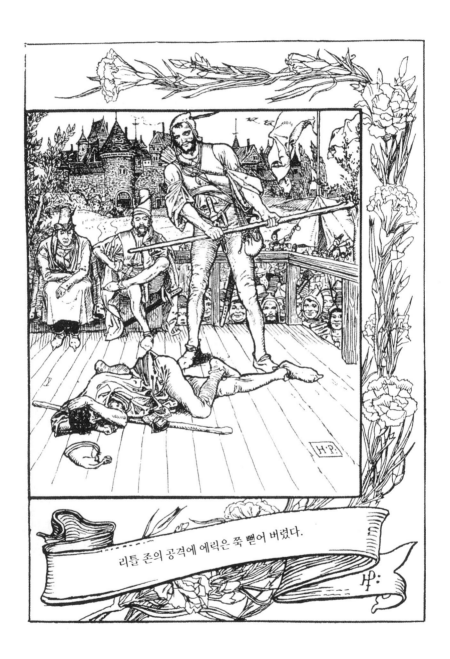

리틀 존의 공격에 에릭은 쭉 뻗어 버렸다.

"방금 전에 링컨의 에릭의 정수리를 갈겨버린 그 사람이잖아." 사람들이 그렇게 수군거리는 소리는 급기야 주 장관의 귀에까지 들어갔다.

이제 궁사들은 각기 한 사람씩 앞으로 나와 차례로 활을 쏘았다. 모두 잘 쏘기는 했지만 그 중에 으뜸은 단연 리틀 존이었다. 그는 세 발 다 과녁에 명중시켰으며, 그 중 한 발은 중심점으로부터 불과 5밀리미터도 벗어나지 않았다. 리틀 존의 실력에 사람들은 열광했다. "키다리 궁사, 잘 했어!" 개중에는 "레이놀드 그린리프(Reynold Greenleaf), 정말 대단해!"라고 외치는 사람들도 있었다. 그날 리틀 존이 쓴 가명이 바로 레이놀드 그린리프였기 때문이다.

그러자 주 장관도 연단에서 내려와 궁사들이 서 있는 곳으로 다가갔고, 주 장관이 다가오는 것을 본 궁사들은 전부 모자를 벗어들었다. 주 장관은 리틀 존을 예리하게 주시하다가 잠시 후 말했다. "여보게, 전에 어디선가 자네 얼굴을 본 적이 있는 것 같군." 그러나 주 장관은 그렇게 말하면서도 리틀 존을 알아보지는 못했다.

그 말에 리틀 존이 천연덕스럽게 대답했다. "아마 그럴지도 모르지요, 저도 주 장관 나리를 자주 뵈었으니까요." 리틀 존이 말하면서도 주 장관의 눈을 침착하게 바라보았으므로 주 장관은 그가 리틀 존이라고는 추호도 의심하지 않았다.

"그대는 정말로 용감하구만. 듣자하니 오늘 링컨의 실력에 맞서 노팅엄의 실력을 한 수 올려 주었다지. 그래, 젊은 친구, 자네의 이름은 무엇인가?"

"사람들은 저를 레이놀드 그린리프라고 부른답니다, 나리." 그리고 오래된 민요에는 이 부분에 대해 이렇게 덧붙이고 있다. "정말로 그랬다. 그는 그야말로 한 잎의 푸른 나뭇잎이었지만 그 나무가 어떤 종류의 나무인지 주 장관은 알지 못했다."

"좋아, 레이놀드 그린리프, 자네는 이제까지 내가 본 중에서 그 못된 악당 로빈 후드 다음가는 뛰어난 궁사네. 하늘이 도우사 나를 그 악당의 농간에서 구해 주셨지! 여보게, 내 휘하로 들어오지 않겠는가? 보수도 후하게 줄 것이고 해마다 세 벌의 옷을 지급하고 좋은 음식과 자네가 마시고 싶은 만큼 맥주도 실컷 마시게 해 주겠네. 게다가 미카엘 성인 축일에는 40마르크씩 보너스를 주겠네."

"그렇다면 지금은 제가 자유민으로 여기 서 있지만, 기꺼이 나리의 식솔이 되겠습니다." 만일 주 장관의 부하가 된다면 골려줄 일거리가 많이 생길 것으로 생각하여 리틀 존은 주 장관의 제의를 흔쾌히 수락했다.

"그대는 살찐 수송아지를 상금으로 공정하게 획득했노라. 그리고 그대처럼 대단한 사내를 얻은 기념으로 3월에 빚은 고급 맥주를 덤으로 하사하겠다. 그대가 로빈 후드만큼 활쏘기 실력이 대단하다는 것을 내가 알고 있기 때문이지."

"그렇다면 제가 오늘 주 장관 나리의 휘하로 들어간 기쁨에서 제가 받은 수송아지와 맛있는 맥주를 여기 모인 선량한 사람들과 함께 즐기기 위해 모두 나누어 주겠습니다." 그 말이 떨어지자 사람들은 뜻하지 않게 선물을 받은 기쁨에 모자를 높이 던져 올리며 환호성을 질렀다.

곧 커다란 모닥불이 세워지고 그 불 위에서 송아지가 구워졌고, 커다란 술통에 구멍을 내는 사람들도 있었다. 이 모든 일들이 사람들을 흥겹게 만들었다. 그렇게 준비한 고기와 술을 실컷 먹고 마시는 사이 날은 점차 어두워졌고 어느새 붉고 둥근 보름달이 노팅엄 시의 뾰족탑들과 종루 위로 두둥실 떠올랐다. 사람들은 손에 손을 마주잡고 모닥불 주위를 돌며 백파이프와 하프의 연주에 맞추어 즐겁게 춤을 추었다. 그러나 이 흥겨운 춤판이 벌어지기 전에 주 장관과 그의 새로운 부하가 된 레이놀드 그린리프는 이미 노팅엄 성에 들어가 있었다.

제 3 장

주 장관의 저택에서 보낸 리틀 존의 생활

　그렇게 주 장관의 휘하로 들어간 리틀 존은 그곳 생활이 매우 안락하다는 것을 알았다. 주 장관이 그를 오른팔로 만들고 총애했기 때문이다. 그는 주 장관 옆에 앉아서 식사를 했으며 사냥을 나갈 때면 주 장관 옆에서 나란히 말을 타고 달렸다. 가끔씩 사냥과 매사냥을 나가고, 맛난 음식을 먹고 고급 셰리주를 마시고, 아침에는 늦은 시간까지 늘어지게 자며 리틀 존은 외양간에서 키운 황소처럼 비둔해졌다. 모든 일들이 시간 흐르는 대로 순조롭게 지나갔다. 그러던 어느 날 주 장관이 사냥을 나간 사이 이 잔잔한 일상에 대단한 파문을 일으키는 사건이 벌어졌다.

　그 날 아침, 주 장관과 그의 많은 신하들은 어떤 귀족들과 대결하기 위해 사냥을 나갔다. 주 장관은 자신의 오른팔인 레이놀드 그린리프를 사방으로 다 찾아보았지만 찾아내지 못하자 불쾌해졌다. 자신의 많은 귀족 친구들 앞에서 리틀 존의 솜씨를 자랑하고 싶었기 때문이다. 한편, 리틀 존은 주 장관이 자신을 애타게 찾는지도 모르고 해가 중천에 뜰 때까지 코를 드르렁 골면서 침상에 누워 있었다. 한참 후 잠이 깬 뜬 리틀 존은 주위를 둘러보긴 했지만 자리에서 일어날 생각은 하지 않았다. 어느덧 추운 겨울이 지나고 다시 봄이 돌아왔으므로 창문으로는 밝은 햇살이 쏟아져 들어오고 있었고, 외벽 주위에 잔가지를 치며 매달려 있는 담쟁이덩굴의 향기로 공기는 상큼했다. 그

평화로운 아침에 모든 것이 얼마나 감미로운지 생각하며 리틀 존은 그렇게 꼼짝도 않고 누워 있었다. 그런데 바로 그때, 아주 멀리서 희미하긴 했지만 가늘고 분명하게 들려오는 뿔나팔 소리를 들었다. 그 소리는 작았지만 잔잔한 샘물에 떨어진 작은 조약돌처럼 리틀 존의 생각의 부드러운 표면을 깨뜨렸고 마침내 그의 온 정신을 몹시 혼란스럽게 뒤집어 놓았다. 그제야 리틀 존은 자신의 정신이 나태한 상태로부터 깨어나는 것처럼 느껴졌고, 숲속에서 보낸 즐거운 생활에 대한 기억이 되돌아왔다. 그 상쾌한 아침에 새들은 즐겁게 지저귀고 있을 것이며, 동료들은 아침을 들면서 소박한 말투로 농담을 주고받고, 아마 자신에 대해서 말하고 있을지도 몰랐다. 처음에 리틀 존이 주 장관의 휘하로 들어갔을 때 그는 사실 장난기로 그렇게 한 것이었다. 그러나 겨울 동안 저택의 난로는 안온했으며 음식은 늘 풍부했으므로 리틀 존은 셔우드 숲으로 돌아가는 것을 차일피일 미루었다. 주 장관의 저택에 그대로 머물러 있게 된 것이 어느새 여섯 달이나 지나게 된 것이다.

그러나 이제 리틀 존은 훌륭한 대장과, 이 세상 누구보다도 가장 사랑하는 윌 스튜틀리, 온갖 운동을 자신이 손수 연마시켜 준 젊은 돈커스터의 데이비드를 생각하게 되었고, 급기야는 그들 모두에 대한 커다란 그리움이 물밀듯이 밀려와 눈에는 눈물이 가득 고이고 말았다. 그러자 리틀 존은 갑자기 큰 소리로 외쳤다. "이곳에서 외양간의 황소처럼 뒤룩뒤룩 살만 찌고, 게으름 뱅이 멍청이로 지내는 동안 내 남자다움은 다 사라져 버렸구나. 하지만 이제 자신을 추슬러 내 소중한 친구들에게 다시 돌아가겠어. 그리고 목숨이 붙어 있는 한, 다시는 친구들을 떠나지 않겠어." 이젠 자신의 나태함이 몹시 한심하게 느껴졌으므로 리틀 존은 그렇게 말하며 침상에서 뛰어 나왔다.

아래층으로 내려간 리틀 존은 식료품 저장실 옆에 서 있던 집사를 보았다. 집사는 키가 크고 뚱뚱한 사내로, 허리춤에는 커다란 열쇠꾸러미를 잔뜩 차고 있었다. 리틀 존은 집사를 보자 말을 걸었다. "오호, 집사. 이 행복한 아침 내내 아무것도 먹지 못해 나는 지금 몹시 시장하니 어서 먹을 것을 주시오.”

　리틀 존이 주 장관의 총애를 독차지하고 있던 까닭에 리틀 존을 미워하고 있던 집사는 험악한 표정으로 리틀 존을 노려보았고 허리춤에 매달린 열쇠들이 쨍그랑거렸다. “그래서, 레이놀드 그린리프 대장, 배가 고프시다 이 말씀인가? 하지만, 젊은 친구, 오래 살고 싶다면 계속 주린 배를 안고 잠이나 더 자는 게 어떤가. ‘일찍 일어난 참새가 벌레를 잡아 먹는다’는 옛말도 있지 않던가?”

　“뭐라고, 이 뚱보 집사야! 내가 달라고 한 것은 고기와 빵이지 멍청이의 지혜가 아니란 말이다. 감히 내게 먹을 것을 주기를 거부하다니 어찌된 녀석이냐? 둔스탄 성인을 걸고 맹세하는데, 뼈가 부러지고 싶지 않거들랑 내 아침식사가 어디에 있는지 말하는 게 좋을 거다!”

　“열혈 대장, 그대의 아침 식사는 식료품 저장실에 있다네.”

　“그러면 어서 이리 가져와!” 이번엔 몹시 화가 치민 리틀 존이 소리쳤다.

　“네가 직접 가서 가져오라고. 오라가라 하다니 내가 네 종인 줄 아느냐?”

　“어서 가서 가져오라고 말했겠다!”

　“네가 가서 직접 가져오라니까!”

　“좋아, 정 그렇다면 당장 가서 가져오지!” 몹시 격노하여 식료품 저장실로 성큼성큼 다가간 리틀 존은 문을 열려고 했지만 문은 이미 잠겨 있었다. 그 모습을 지켜보며 집사는 열쇠꾸러미를 흔들며 웃었다. 그러자 화가 머리 꼭대기까지 치민 리틀 존은 불끈 쥔 두 주먹을 들어올려 식료품 저장실의 문을 힘껏 내리쳤다. 그 바람에 널빤지 세 개가 떨어져 나가 그 사이로 리틀 존이 충분히 걸어들어 갈 수 있을 만한 출구가 만들어졌다.

　삽시간에 벌어진 일을 본 집사 역시 분노로 제정신이 아니었다. 리틀 존이 고개를 숙이고 식료품 저장실 안을 살펴보는 사이 집사는 뒤에서 리틀 존의 목을 움켜쥐고는 열쇠꾸러미로 리틀 존의 머리를 힘껏 후려쳤다. 불시에 기습을 받고 귀가 윙윙 울린 리틀 존은 당장 뒤돌아서서 집사를 향해 엄청난

한 방을 날렸다. 리틀 존에게 주먹으로 얻어맞은 뚱보 집사는 그 자리에서 바닥으로 쓰러져 다시는 움직이지 못할 것처럼 뻗어 버렸다. "그러니까 그렇게 얻어맞은 것을 곰곰이 생각해 보고 다음부터는 절대로 배고픈 사람에게 먹을 것 가지고 장난치지 말란 말야."

그렇게 말하면서 리틀 존은 식료품 저장실로 들어가 시장기를 달랠 만한 것이 있는지 찾아보려고 주위를 둘러보았다. 찾아보니 사슴고기로 만든 커다란 파이 하나와 통닭구이 두 마리가 있었고, 그 옆에는 새의 알이 담긴 접시가 하나 놓여 있었다. 게다가 굶주린 사람에게는 더없이 달콤하게 보이는 셰리주와 카나리아 산 백포도주 병도 있었다. 리틀 존은 이 모든 것들을 선반에서 내려 식기대 위에 차려 놓고 즐겁게 먹을 준비를 했다.

한편 안뜰을 건너 부엌으로 향하던 요리사는 리틀 존과 집사가 커다랗게 실랑이를 벌이다가 마침내 리틀 존이 집사를 한 대 후려치는 소리를 듣자, 손에는 고기를 굽던 꼬치를 든 채 안뜰을 가로질러 집사의 식료품 저장실이 있는 계단으로 급히 뛰어올라갔다. 마침 요리사가 식료품 저장실에 도착했을 때, 집사는 그 사이 정신을 차리고 자리에서 일어나 이제 막 즐거운 식사를 시작하려던 리틀 존을 부서진 문을 통해서 마치 개가 뼈다귀를 물고 있는 다른 개를 노려보듯이 째려보고 있었다. 요리사를 보자, 집사는 키가 크고 건장한 요리사에게 다가가 한쪽 팔을 요리사의 어깨에 얹으며 말했다. "아아 이럴 수가, 이보게! 저 사악한 악당 레이놀드 그린리프가 방금 한 짓을 보았겠지? 저 자는 우리 주인님의 저장실에 침입한 데다 내 따귀를 후려갈겨 거의 죽일 뻔했네. 훌륭한 요리사 자네가 나는 무척 마음에 든다네. 자네는 우리 주인님을 오랫동안 섬겨온 충실한 하인이니까 앞으로 자네는 주인님의 제일 좋은 포도주를 매일 한 병씩 받게 될 것이라네. 게다가 내가 자네에 대한 성의로 주려고 지금 10실링을 가지고 있다네. 하지만 저 위에서 망할 놈의 저 레이놀드 그린리프가 지금 우리의 물건을 저리도 대담하게 약탈하고 있는 것을 보니 혼내주고 싶은 생각이 들지 않나?"

"아, 그야 물론이죠." 포도주와 10실링 때문에 집사가 마음에 든 요리사는 대담하게 대답했다. "집사님은 곧장 방으로 가 계셔요. 제가 이 악당 녀석을 귀를 끌고서라도 데려갈 테니까요." 요리사는 손에 들고 있던 꼬치를 한 쪽에 내려놓고 옆구리에 차고 있던 칼을 뽑아들었다. 그러자 날이 선 칼을 직접 보는 것이 싫었던 집사는 황급히 그곳을 떠났다.

이제 요리사는 부서진 식료품 저장실의 문을 향해 계단을 걸어 올라갔고, 리틀 존이 맛있게 먹을 준비를 하며 턱에 냅킨을 대고 있는 모습을 문을 통해 보았다.

"이런 이런, 레이놀드 그린리프, 뭐 하는 짓인가? 난 네 녀석이 도둑에 불과하다는 것을 알고 있지. 어서 앞으로 나와라. 안 그러면 돼지새끼를 베어 버리듯이 네 녀석을 베어 버리겠다."

"아니지, 훌륭한 요리사, 좀 더 조신하게 처신하지. 안 그러면 뜨거운 맛을 보게 될 줄 알아. 나는 평상시에는 어린양처럼 순하지만, 먹을 때 건드리면 성난 사자처럼 변하니까."

"사자든 아니든 어서 앞으로 나오라니까. 안 그러면 네 녀석은 못돼먹은 도둑만큼이나 겁쟁이겠지."

"하, 나보고 겁쟁이라고? 이제껏 그런 소리는 들은 적이 없다. 너나 조심하시지, 요리사. 내가 좀 전에 말했듯이 성난 사자처럼 네 녀석에게 곧장 달려들 테니까."

그리고는 칼을 뽑아든 리틀 존도 식료품 저장실 밖으로 걸어나왔다. 각자 자리를 잡고 선 두 사람은 험상궂고 화난 얼굴로 상대를 바라보며 천천히 움직였다. 그러다 갑자기 리틀 존이 칼끝을 낮추더니 말했다. "이봐, 요리사 친구, 이렇게 맛있는 것을 옆에 두고 우리가 싸우는 것은 그리 바람직하지 않은 것 같은데. 우리 같은 건장한 사내들에게는 잘 차려진 만찬이나 즐기는 것이 더 어울릴 것 같은데. 여보게 친구, 우리 싸우기 전에 이 맛난 음식이나 즐겼으면 좋겠는데, 자네 생각은 어떤가?"

그 말에 역시 맛있는 음식 즐기기를 좋아하던 요리사도 아래위를 쳐다보며 어찌하면 좋을지 생각에 잠겨 머리를 긁적였다. 마침내 그는 긴 한숨을 내쉬더니 리틀 존에게 말했다. "좋아, 친구. 나도 자네 생각이 마음에 드네. 그러니 우리 마음껏 먹어보자고. 우리 중 한 사람은 황혼이 되기 전에 저 세상에서 저녁을 들게 될 테니 말이야."

그래서 두 사람은 각기 칼을 칼집에 도로 밀어 넣고는 식료품 저장실 안으로 들어갔다. 그리고 각자 자리를 잡고 앉자 리틀 존이 단도를 집어 고기 파이 안으로 찔러 넣었다. "배고픈 사람은 먹어야만 하네. 그러니 친구, 허락 없이 먼저 먹겠네." 그러나 요리사 역시 꾸물거리지 않았다. 그의 손 역시 어느새 순식간에 맛있는 파이 속으로 깊숙이 들어가 있었다. 이후에는 두 사람다 아무 말도 않고 치아는 씹는 데에만 열중했다. 그러나 비록 아무 말도 하지 않았지만 두 사람은 각자 속으로 식탁을 마주하고 앉은 상대보다 더 건장한 사내는 보지 못했다고 생각하며 상대방을 바라보았다.

마침내, 오랜 시간이 흐르자 더 이상 먹을 수 없었으므로 요리사는 매우 유감스럽다는 듯이 깊은 한숨을 내쉬고는 냅킨에 손을 닦았다. 리틀 존 역시 마치 '이제 내게 더 이상 먹으라고 권하지 말게나'라고 말하려는 듯이 고기 접시를 한쪽으로 밀어놓았으므로 배불리 먹은 것이 분명했다. 리틀 존은 셰리주가 담긴 병을 집어들더니 말했다. "훌륭한 친구여, 모든 밝은 것에 대고 맹세하는데, 자네는 이제껏 내가 함께 식사를 한 사람 중에서 가장 식욕이 대단한 친구네. 자, 자네의 건강을 위해서 건배!" 그렇게 말하면서 병을 입으로 가져간 리틀 존은 고급 포도주가 목을 타고 넘어가는 동안 눈을 높이 치켜 떴다. 리틀 존이 한껏 마신 후 술병을 건네주자, 요리사 역시 술병을 받아들고 말했다. "멋진 친구, 자네의 건강을 위해 건배!" 요리사는 먹는 것뿐 아니라 마시는 데서도 리틀 존에게 조금도 뒤지지 않았다.

"이제 보니, 자네 음성이 꽤 낭랑하고 감미롭구만, 친구! 나는 자네가 멋지게 한 곡조 부를 수 있을 것으로 믿어 의심하지 않는데 어떤가, 한 곡 불러

줄 수 있겠나?"

"물론 가끔 부르기는 하지만, 혼자서는 절대 부르지 않는다네."

"아, 그런가. 그렇다면 그건 예의가 아니지. 자네가 먼저 선창을 하게나. 할 수 있다면 내가 한 소절씩 화답하여 부를 테니."

"그렇게 하게나, 친구. 자네 버림받은 양치기 소녀라는 노래 들어 본 적 있나?"

"아니, 모른다네. 하지만 자네가 먼저 불러 보게나, 들어 볼 테니."

그러자 요리사는 술을 한 모금 더 들이켜고는 목청을 가다듬은 후에 매우 감미롭게 노래를 부르기 시작했다.

버림받은 양치기 소녀의 노래

"신록은 점점 푸르러 가고,

　아름다운 새들이 짝짓기 하는 계절 사순절에,

　개똥지빠귀와 뻐꾸기가 지저귀고,

　들비둘기들은 아침저녁으로 날아드는 그 계절에,

　아름다운 필리스(Phillis) 바위 옆에 앉아,

　이렇게 탄식하는 소리 들려왔네.

　'아, 슬프도다, 슬프도다!

　내, 너의 아름다운 가지를 가져가

　내 머리를 꾸밀 화관을 엮을 것이라네.'

　'개똥지빠귀도 각기 제 짝을 찾고,

　울새도, 비둘기도 역시 짝이 있건만,

　내 님은 나를 버리고,

　다른 사랑을 찾아 떠났다네.

그래서, 이곳 시냇가에 이렇게 나 홀로,

쓸쓸히 앉아, 서럽게 탄식하고 있네.

아, 애달프다, 애달프다!

내, 너의 아름다운 가지를 가져가

내 머리를 꾸밀 화관을 엮을 것이라네.'

그러나 바다에서는 청어가 잡히지 않았고,

그도 바다 물 속으로 사라진 것 같았네.

젊은 코리돈(Corydon), 초원 위로 나타나,

필리스 옆에 다가와 앉았네.

그러자, 이윽고 필리스도 음성을 바꾸고,

점차 탄식소리도 줄어들기 시작했네.

'아, 슬프도다, 슬프도다!

나무여, 너의 아름다운 화관 그대로 가지렴,

이제 더 이상 내 머리 꾸미길 원치 않는다네.'"

요리사의 노래를 듣자 리틀 존이 외쳤다. "맹세코 정말 좋은 노래로군, 게다가 그 속에 진실도 담겨 있고."

"자네 마음에 든다니 나도 기쁘네, 친구. 자, 이제 자네도 같이 부르세. 혼자 부르면 아무런 재미도 없다네. 그러니 듣지만 말고 같이 부르자고."

"그렇다면 난 자네에게 아서 왕의 궁정의 훌륭한 기사에 관한 노래를 불러 주겠네. 자네가 부른 노래에 등장하는 필리스는 다른 사람에게 자신을 줌으로써 아픈 마음을 달랬다는 것을 알고 있네. 하지만 이 노래는 다른 사랑에 달려가지 않고도 자신의 마음의 상처를 치유한 기사에 대한 노래라네. 자, 내가 부르는 것을 들어 보게나."

훌륭한 기사와 그의 사랑

"선한 왕이었던 아서 왕,
 이 나라를 다스릴 적에,
 호쾌하고 건장한 기사들
 왕을 따랐다네.

크고 작은 그 모든 기사들 무리 중에서,
훤칠하고 건장하고,
풍채도 당당한 한 훌륭한 기사와
그가 사랑하는 아름다운 처녀 있었네.

그러나 그 처녀, 기사에게 마음을 내어주지 않고,
고개를 돌려 외면하였다네.
그러자 기사, 그 아름다운 처녀 떠나
머나먼 곳으로 떠나갔다네.

그렇게 홀로 떠돌며 탄식하고
한숨 쉬며 흐느껴 울었다네.
바위라도 움직일 만큼 구슬피 울고,
금세라도 죽을 것만 같았다네.

그러나 그의 마음은 여전히 고통을 느끼고,
쓰린 아픔 느꼈다네.
오히려 그의 고통 점점 예리해지고
육신은 점점 사위어갔네.

그러다 훌륭한 셰리주와

즐거운 일행들 있는 곳에 이르렀네.

그리고 이제 행복하고 명랑한 기분 되찾자,

'아, 서럽도다!' 외치던 탄식 곧 멈추었네.

이제껏 생각한 것으로부터 감히 말하고,

생각할 수 있을 만큼 대담해진 내 마음 느낀다네.

배가 식지 않게 되면

마음도 더 이상 탄식하지 않는다네."

리틀 존이 노래를 마치자 요리사는 술병으로 식기대를 탕탕 내리치며 외쳤다. "노래가 무척 마음에 드는군. 그리고 노래 속에 든 진리도 개암나무열매 속에 든 씨처럼 값진 것이로군."

"자넨 정말 의견이 똑똑한 친구로군, 그런 자네를 내 형제처럼 진실로 사랑하네."

"나도 자네를 좋아하네. 그러나 한낮이 된데다, 주인님이 집으로 돌아오기 전에 요리도 해야 하네. 그러니 이제 그만 가서 잠시 연기한 싸움을 용감하게 매듭짓자고."

"아, 그야 두말하면 잔소리지. 빨리 해치우자고. 난 먹고 마시는 것만큼이나 싸우는 데도 꾸물거리는 것은 질색이라고. 그러니까 저기 복도로 곧장 가자고, 거기에는 칼을 휘두를 수 있는 적당한 공간이 있으니 내 자네를 대적해 주겠네."

두 사람은 집사의 식료품 저장실과 이어져 있는 넓은 통로로 걸어나가, 각자 다시 칼을 뽑아들었다. 그리고 더 이상 별 수고 없이 마치 사지를 하나씩 잘라 놓으려는 듯이 상대를 향해 덤벼들었다. 두 사람의 칼은 굉장한 소리를 내며 서로 부딪쳤고, 소나기 세례처럼 세차게 두 칼이 부딪칠 때마다 불꽃이

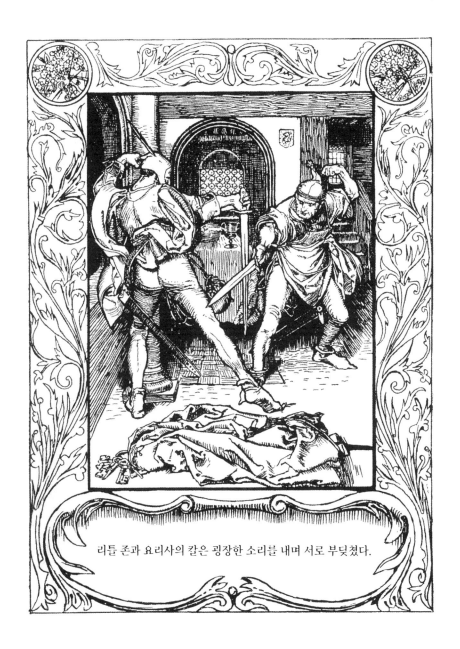

리틀 존과 요리사의 칼은 굉장한 소리를 내며 서로 부딪쳤다.

일었다. 그렇게 한 시간 이상 홀을 오르내리며 싸운 리틀 존과 요리사는 서로 최선을 다했지만 단 한 번도 상대를 제대로 치지 못했다. 두 사람 다 방어술이 무척 뛰어났으므로 공격에서 아무런 성과도 거두지 못했다. 힘이 들면 숨을 몰아쉬며 가끔 쉬었고, 잠시 숨을 돌린 후에는 전보다도 더욱 맹렬하게 상대에게 덤벼들었다. 마침내 리틀 존이 큰 소리로 외쳤다. "여보게, 잠시만!" 그 말에 두 사람은 숨을 헐떡이며 칼에 기대어 섰다.

"이제껏 내 눈으로 본 사람 중에서 자네야말로 가장 뛰어난 검술가라고 인정하지 않을 수 없군. 사실, 나는 조금 전까지만 해도 자네를 단칼에 베어 버리려고 생각했었네."

"나 역시 자네와 똑같은 생각을 했지. 하지만 아무래도 내가 잘못 생각한 것 같네."

"지금 우리가 무엇 때문에 싸우고 있는지에 대해 생각하고 있었네. 그런데 그 이유를 정확히 모르겠단 말이야."

"그러게 말야, 나 역시 마찬가지야. 난 더 이상 그 뚱보 집사를 좋아하지 않는데도 우리가 서로 싸워야만 한다고 생각했거든."

"그래서 하는 말인데, 내 생각에는 우리가 이렇게 상대의 목을 베려고 싸울 것이 아니라, 서로 친구가 되는 편이 좋을 것 같네. 자네 생각은 어떤가. 요리사 친구, 나와 함께 셔우드 숲으로 가서 로빈 후드의 일원이 되지 않겠나? 자네는 숲 속에서 즐겁게 살아갈 것이며 140명이나 되는 동료도 생길 것이고 그 중 한 사람은 내가 될 걸세. 자네는 해마다 링컨 초록색 옷 두 벌과 보수로 40마르크씩 받게 될 걸세."

그러자 요리사는 진심으로 소리쳤다. "자네야말로 내가 바라던 그런 사람이로군. 그리고 자네가 그렇게 말해 주니 나로서는 더 이상 바랄 나위가 없네. 친구, 내게 손을 주게나, 앞으로 나는 자네의 친구가 되겠네. 그런데 자네의 진짜 이름은 무엇인가?"

"사람들은 나를 리틀 존이라고 부른다네, 친구."

"뭐라고? 자네가 정말로, 로빈 후드의 오른팔 리틀 존이란 말인가? 이제 껏 내 자네 이름은 수도 없이 들어왔지만 내 눈으로 이렇게 자네를 직접 보리 라고는 꿈도 꾸지 못했네. 자네가 바로 그 유명한 리틀 존이란 말이지!" 몹시 흥분하여 제정신이 아닌 것처럼 보이는 요리사는 눈을 동그랗게 뜨고 자신 의 동료가 된 리틀 존을 올려다보았다.

"내가 정말로 리틀 존 맞네. 그리고 오늘 나는 한 건장한 사내를 새로운 일 원으로 가입시키기 위해 로빈 후드에게 데려갈 것이라네. 하지만 친구, 떠 나기 전에 먼저 말인데, 오늘 우리가 주 장관의 훌륭한 음식을 이미 너무 많 이 먹어치웠으므로 로빈 후드에 대한 선물로 주 장관의 은 쟁반이라도 가져 가지 않으면 몹시 유감스러울 것 같네."

"아, 그야 물론이지." 요리사가 맞장구를 치자 두 사람은 이곳저곳을 뒤 지기 시작했고 두 손으로 닥치는 대로 은 쟁반을 긁어모아 자루에 쓸어 담았 다. 자루가 꽉 차자 두 사람은 셔우드 숲을 향해 출발했다.

숲 속으로 들어간 두 사람은 마침내 푸른 나무가 서 있는 곳에 도착했고 그 곳에서 로빈 후드와 60여 명이나 되는 동료들이 상쾌한 푸른 잔디 위에 누워 있는 것을 발견했다. 한편, 로빈과 부하들은 자신들에게 다가오고 있는 사 람이 누구인지 알아채고는 벌떡 일어났다. 그리고 로빈이 기쁨의 함성을 질 렀다. "아, 이게 누구인가, 어서 오게, 리틀 존! 어서 오라고! 자네가 주 장 관의 휘하에 들어갔다는 사실은 우리 모두 알고 있긴 했지만 자네의 소식을 들은지 너무 오래 되어 걱정하던 차였는데 이렇게 오다니 너무 반갑네. 그래 그 오랫동안 어떻게 지냈나?"

"주 장관 나리의 저택에서 아주 즐겁게 살았죠, 그리고 지금 그곳에서 곧 장 오는 길입니다. 자, 대장, 보세요! 제가 주 장관의 요리사와 그가 아끼는 은 쟁반까지 가져왔다고요." 그 즉시 리틀 존은 로빈 후드와 부하들에게 자 신이 노팅엄 시에서 열린 축제에 가기 위해 그들을 떠난 이후 자신에게 일어 났던 모든 일들을 얘기해 주었다. 그러자 모두들 박장대소를 했지만 로빈 후드만은 예외였다. 로빈의 표정은 심각했다.

"아니야, 리틀 존. 자네는 용감하고도 믿을 수 있는 사내지. 자네가 저 요리사처럼 훌륭한 친구를 데리고 우리에게 되돌아와서 몹시 기쁘고, 요리사도 셔우드 숲에 온 것을 환영하는 바이네. 하지만 자네가 하찮은 좀도둑처럼 주 장관의 쟁반을 훔쳐온 것은 마음에 안 들어. 언젠가 주 장관은 순진한 한량을 우려먹으려다가 우리에게 혼쭐나고 3백 파운드를 뺏긴 적이 있었지. 하지만 우리가 그에게서 식솔들이 쓰는 은 쟁반을 훔쳐내야 할 만큼 큰 잘못을 한 것은 없네."

리틀 존은 로빈 후드의 말에 화가 치밀긴 했지만 농담으로 넘기려고 애썼다. "그게 아니라니까요, 대장. 만약 주 장관이 저 쟁반들을 우리에게 준 것이 아니라고 생각한다면 제가 가서 그를 데려오도록 하지요. 그러면 주 장관이 자신의 입으로 저 쟁반들을 우리 모두에게 준 것이라고 말해 줄 것입니다." 그렇게 말하면서 벌떡 일어난 리틀 존은 로빈 후드가 미처 돌아오라고 부르기도 전에 사라져 버렸다.

리틀 존은 주 장관과 그 일행들이 근처의 숲에서 사냥을 즐기고 있던 곳으로 쉬지 않고 8킬로미터나 달려갔다. 드디어 주 장관 일행을 발견한 리틀 존은 주 장관에게 다가가 모자를 벗고 무릎을 꿇었다. "훌륭하신 주인님, 신의 가호가 있으시기를!"

"아니, 이게 누군가, 레이놀드 그린리프 아닌가? 도대체 언제, 그리고 어디서 오는 길인가?"

그러자 리틀 존은 시치미를 뚝 떼고 놀란 척 말했다. "전 숲 속에 있었습니다. 그런데 그곳에서 사람들이 결코 볼 수 없었던 희한한 광경을 보았답니다! 저기 저쪽에 머리끝부터 발끝까지 온통 초록색으로 뒤덮인 젊은 수사슴 한 마리와 그 주위로 60마리나 되는 사슴들이 있었는데, 그 사슴들 역시 머리부터 발까지 온통 초록색이었답니다. 그래서 주인님, 저는 그들이 저를 해칠까봐 두려워 감히 화살을 쏘지 못했습니다."

"아니, 레이놀드 그린리프, 그런 허무맹랑한 이야기를 하다니 지금 도대체 꿈을 꾸고 있는 건가, 아니면 제정신에서 하는 소린가?"

"아니요, 전 꿈을 꾸고 있는 것도 아니고, 미치지도 않았습니다. 주인님이 저와 함께 가신다면 제가 그 희한한 광경을 보여드리겠어요. 제 두 눈으로 똑똑히 보았으니까요. 하지만 주인님, 그 녀석들이 놀라서 도망칠까 두려우니 저와 단 둘이만 가야 합니다."

그래서 그들 일행은 모두 말을 타고 앞으로 달렸고 리틀 존은 그들을 숲 아래쪽으로 인도했다.

"자, 이제 주인님, 제가 그 사슴 떼를 보았던 곳에 가까이 왔습니다."

그러자 주 장관은 말에서 내렸고 부하들에게 자신이 돌아올 때까지 그곳에서 기다리고 있으라고 명령했다. 주 장관을 울창한 관목 숲 사이로 유인한 리틀 존은 갑자기 넓은 큰 공터에 도착했다. 공터 끝에는 로빈 후드가 커다란 참나무 그늘 아래에서 주위에 부하들을 대동하고 앉아 있었다. 마침내 리틀 존이 주 장관에게 말을 걸었다. "자, 보이십니까, 주인님? 저기 저 무리들이 제가 말했던 바로 그 사슴 떼랍니다."

그 말에 리틀 존에게 몸을 돌린 주 장관은 몹시 쓰디쓴 듯이 말했다. "어쩐지 어딘가 모르게 네 녀석의 낯이 익다 싶었는데 이제야 제대로 알겠군. 네 녀석에게 화가 미치기를! 리틀 존, 네 녀석이 오늘 나를 배반했겠다."

그러자 리틀 존은 커다랗게 웃어젖혔다. "훌륭하신 주 장관 나리, 제대로 알아보셨듯이 제가 바로 리틀 존입니다. 하지만, 제 말을 들어 보시죠. 저 망할 놈의 집사가 나를 굶기지 않았더라면, 제가 달라고 요청했을 때 먹을 것만 순순히 주었더라도 오늘 이 모든 일은 일어나지 않았을 겁니다. 하지만 그 자가 내게 아무것도 주지 않았으므로 초록색 사슴 떼는 나리께 또 다른 연회를 베풀 거예요. 집으로 돌아가거든 오늘 내가 받은 수모를 톡톡히 갚아 줄 날이 올 거라고 나리의 집사에게 전해 주시오."

그 사이 로빈 후드가 두 사람에게 다가왔다. "어서 오시오, 주 장관. 오늘도 우리와 만찬을 즐기러 온 것이오?"

"아니, 맹세코 아니다! 나는 만찬을 즐길 생각이 추호도 없는 데다, 오늘은 전혀 배가 고프지 않다."

"그렇다 해도, 배는 고프지 않다 해도 목은 마를 테니 저와 함께 셰리주 한 잔 정도는 드실 수 있지 않소? 하지만 저와 함께 식사를 하지 않겠다니 참으로 유감이군요. 저기 당신의 요리사가 서 있으니 오늘은 당신의 구미에 맞는 식사를 할 수도 있을 텐데 말이오."

로빈 후드는 주 장관이 좋아하든 싫어하든 그가 익히 잘 알고 있던 푸른 나무 아래로 안내했다.

그리고는 자신의 부하들에게 소리쳤다. "우리의 좋은 친구, 주 장관 나리께 잔을 꽉꽉 채워드려라! 셰리주를 한 잔 가득 부어서 어서 이리로 가져오너라. 지금 주 장관 나리께서는 지친 데다 몹시 피곤해하시니 말이다."

그러자 무리 중 한 사람이 주 장관에게 셰리주 한 잔을 가져왔고 술잔을 건네주면서 낮게 절을 했다. 그러나 주 장관은 그 술잔이 자신의 은으로 된 포도주 병에서 따라내 자신의 은 쟁반 위에 받쳐온 것을 알았으므로 술잔을 받아들 수 없었다.

"아니, 왜요? 우리가 은식기로 새롭게 음식 시중드는 것이 마음에 들지 않소? 우리는 오늘 이 은식기가 잔뜩 든 자루가 생겼소." 그렇게 말하면서 로빈 후드는 리틀 존과 요리사가 가져온 은식기가 들어 있는 자루를 들어 보였다.

그러자 주 장관은 속이 몹시 쓰렸다. 하지만 감히 아무 말도 할 엄두가 나지 않았으므로 멍하니 땅바닥만 쳐다보았다. 로빈 후드는 다시 말하기 전에 잠시 동안 주 장관을 날카롭게 주시하고는 말을 이었다. "주 장관 나리, 지난번에 이곳 셔우드 숲에 들렀을 때는 한 불쌍한 한량을 우려먹으려고 왔다가 도리어 당신이 당했죠. 하지만 지금은 우리에게 어떤 해를 끼치려고 온 것도 아닌데다 그 누구도 우려먹지 않았다는 것을 알고 있소. 나는 살찐 사제들과 귀족들에게 재산을 빼앗긴 사람들을 돕고 그들이 몰락시킨 사람들을 일으켜 세우기 위해 그들에게서 십일조를 받고 있소. 하지만 현재로는 당신이 어떤 식으로든 학대한 소작인이 있는지 모르겠소. 그러니, 오늘만큼은 당신 물건을 돌려 줄 뿐더러, 당신에게서 단 한 푼도 빼앗지 않겠소. 나와 함께 갑시다. 당신의 일행들에게 되돌아갈 수 있도록 숲길을 안내하겠소."

로빈 후드는 자루를 어깨에 둘러메더니 발걸음을 옮겼고 어리둥절해서 아무 말도 할 수 없었던 주 장관은 그 뒤를 따랐다. 그렇게 앞으로 계속 간 두 사람은 마침내 주 장관의 부하들이 그를 기다리고 있던 장소를 200여 미터 남겨둔 곳에 도착했다. 로빈 후드는 은식기들이 든 자루를 주 장관에게 돌려주며 말했다. "자, 당신의 물건을 받으시오, 그리고 내 말 잘 들으시오. 뭔가 교훈이 들어 있을 테니 말이오. 하인들을 그렇게 선뜻 받아들이기 전에 잘 시험해 보도록 하시오." 그 말을 남기고 발길을 돌린 로빈 후드는 자루를 손에 든 채 어리둥절하여 멍하니 서 있던 주 장관을 떠나갔다.

한편, 주 장관을 기다리고 있던 일행들은 그가 어깨에 무거운 자루를 진 채 숲 속에서 나오는 것을 보고는 깜짝 놀랐다. 하지만 부하들이 아무리 물어보았지만 주 장관은 마치 꿈속에서 걷고 있는 사람처럼 행동하며 단 한 마디도 대답하려 들지 않았다. 그저 아무 말 없이 자루를 말의 등에 걸치고는 말 위에 올라탄 뒤 달려나갔고 부하들은 모두 그 뒤를 따랐다. 하지만 집으로 가는 동안 내내, 주 장관의 머릿속은 온갖 상념들이 꼬리에 꼬리를 물고 끝없이 이어졌다. 리틀 존의 즐거운 모험 이야기와 그가 주 장관의 휘하에 어떻게 들어가게 되었는지에 대한 이야기는 이것으로 끝을 맺는다.

제 3 부

로빈 후드와 몇몇에게 일어난 세 가지 모험이 소개된다.
이 모험을 통하여 로빈 후드가 실컷 두들겨 맞기도 하고,
선량하고 유쾌한 세 사람을 단 하루에 모두 얻게 되는 이야기가 전개된다.

제 1 장
리틀 존과 블라이스의 무두장이

이 세상을 살다보면, 고양이 한 번 잘못 쓰다듬었다가 전부 대든다는 속담이 있듯이 나쁜 일들이 한꺼번에 닥치는 경우가 흔히 있다. 어느 즐거운 5월의 화창한 날에 로빈 후드와 리틀 존에게 일어난 일이 바로 그랬다. 행운의 여신이 얼마나 그들을 외면했던지 두 사람은 그 후 한동안 통증에 시달려야 했다.

주 장관과 함께 살기 위해 떠났던 리틀 존이 주 장관의 요리사를 데리고 즐거운 푸른 숲으로 돌아온 지 얼마 되지 않는 화창한 어느 날, 방금 전에 말한 것처럼 로빈 후드와 선택된 몇몇 부하들은 자신들이 살던 푸른 나무 아래의 부드러운 풀밭 위에 누워 있었다. 대부분의 부하들이 이런저런 임무를 띠고 숲 속으로 흩어진 후, 날은 따뜻하고도 후덥지근했으므로 나른한 오후가 되자 이들 몇 안 되는 일행들은 나무 그늘 아래 한가롭게 누워 웃음을 터뜨리며 즐겁게 농담을 주고받으며 재미있는 이야기를 나누었다.

대기는 온통 5월의 진한 향기로 가득했고, 울창한 삼림의 나무 그늘은 새들이 달콤하게 부르는 노랫소리로 둘러싸였다. 개똥지빠귀, 뻐꾸기, 산비둘기 등을 비롯한 새들의 노랫소리는, 숲 속의 나무 그늘에서 콸콸거리며 솟아올라 만남의 나무 앞에 있는 햇살 가득한 넓은 공터를 넘어 나뭇가지와 회색 바위틈 사이로 잔물결을 일으키며 흘러가는 시냇물의 시원한 소리와 한데 어우러졌다. 그리고 온통 링컨 초록색 옷을 차려입은 훤칠하고 건장한 열 명의 사내가 풀밭 위로 군데군데 춤추듯 부서져 내리는 햇살을 받으며 커다란 참나무의 넓게 늘어진 가지 아래에서 나부끼는 잎새 사이에 누워 있는 모습은 장관이었다.

그런데 그러한 좋은 시절도 얼마 가지 못했다. 근육이 가죽처럼 단단해질 때까지 탄탄한 육척봉과 긴 활로 그들은 체력을 연마했다. 그날 로빈 후드 주위에는 잉글랜드 용사의 꽃이라고 할 수 있는 사내들이 누워 있었다. 그곳에는 옹이진 참나무처럼 사지가 단단하지만 주 장관의 저택에서 사는 동안 어느 정도 느슨하게 풀어진 리틀 존과, 얼굴이 햇빛과 바람에 그을린 딸기처럼 갈색이지만, 중부 지방에서 앨런 어 데일을 제외하면 가장 외모가 출중한 윌 스튜틀리가 있었다. 한편 음유시인인 앨런 어 데일에 대해서는 앞으로 곧 듣게 될 것이다. 그리고 그 옆에는 사냥개처럼 호리호리하지만 3년생 수사슴처럼 민첩한 발을 지닌 윌 스카들록(Will Scathelock)과, 리틀 존 외에는 그 누구에게도 뒤지지 않는 건장한 사지를 지녔고, 이제 막 턱에서 보드라운 수염이 돋아나기 시작한 젊은 청년 돈커스터의 데이비드와, 그 외에 그 근방 일대는 물론 먼 곳까지 많은 명성을 얻고 있던 몇몇 사람이 있었다.

그런데 느닷없이 로빈 후드가 자신의 무릎을 내리쳤다.

"둔스탄 성인을 두고 맹세하는데, 벌써 4분기가 다가오는데 우리 창고에 링컨 초록색 옷이 하나도 없다는 것을 깜빡 잊을 뻔했어. 당장 뭔가 조치를 취해야겠어. 이봐, 리틀 존, 어서 오게! 굼뜬 몸을 어서 움직이란 말이야. 입담 좋은 수다쟁이 포목상, 앵커스터의 휴 롱생크스(Hugh Longshanks)를 만나러 곧장 떠나야 한단 말이네. 그에게 좋은 링컨 초록색 천 140미터만 보내 달라고 하게나. 주 장관의 저택에서 빈둥거리며 지내느라 비둔해진 자네 몸이 그 여정으로 살이 조금 빠질지도 모르지."

그 얘기를 귀가 아프도록 들어온 리틀 존이 투덜거렸다. "비록 내가 전보다 몸집이 조금 불었는지는 모르지만 그렇다 해도 몸집이 불었든 안 불었든, 나는 아직도 내 자리를 굳건히 지킬 수 있어요. 게다가 셔우드 숲이나 노팅엄 주에서 대장보다 살이 더 쪘든 안 쪘든 그에 상관하지 않고 그 누구와도 좁은 다리에 서서 얼마든지 대적할 수도 있다구요."

리틀 존의 이 대꾸에 함박 웃음이 일었고 사람들은 로빈 후드를 쳐다보았다. 사람들은 모두 리틀 존이 자신과 로빈 후드가 처음으로 알게 되었던 그날의 싸움에 대해서 언급하고 있다는 것을 알았기 때문이었다.

그러자 로빈 후드는 다른 사람보다도 더욱 크게 웃어젖히며 말했다. "아니, 난 자네의 육척봉을 시험해 보고 싶은 생각은 조금도 없으니 자네가 그럴 수 있다는 사실을 추호도 의심하지 않지, 리틀 존. 2미터가 넘는 육척봉을 나보다도 더 잘 휘두르는 사람이 우리들 무리 중에 있다는 사실을 인정하지 않을 수 없네. 하지만 노팅엄 주에 있는 그 어떤 사람도 나보다 활을 더 잘 쏘는 자는 없지. 하지만, 앵커스터로 가는 여정이 자네에게도 그리 나쁘지만은 않을 걸세. 그러니 내가 명령한 대로 어서 가게. 그것도 바로 오늘 저녁에 떠나는 것이 좋을 걸세. 자네가 주 장관의 집에서 오래 생활했으므로 많은 사람들이 자네 얼굴을 알아볼 테니 백주 대낮에 여행했다가는 주 장관의 병사들과 마주치는 불상사를 당할 수도 있으니까. 내가 우리의 선량한 휴에게 지불할 돈을 가져올 테니 여기서 기다리게. 휴에게는 노팅엄 주에서 우리보다 더 좋은 고객은 없다는 것을 내가 보증하지." 그렇게 말하면서 로빈은 일행을 떠나 숲으로 들어갔다.

만남의 나무에서 그리 멀지 않은 곳에 그 안에 조그만 방이 패어져 있던 커다란 바위가 하나 있었는데 그 입구는 손바닥 두 뼘만한 두께의 육중한 참나무로 빗장이 채워져 못으로 단단히 박혀 있었을 뿐 아니라 커다란 자물쇠로 채워져 있었다. 그것은 바로 로빈 후드 무리의 보물 창고였다. 그곳으로 다가간 로빈 후드는 문을 열고 안으로 들어갔다. 그리고 황금을 한 자루 빼내 가져온 뒤 휴 롱생크스에게 링컨 초록색 천 값으로 지불하기 위해 리틀 존에게 건네주었다.

그러자 자리에서 일어난 리틀 존도 황금 자루를 받아들어 품속에 넣고는 허리 둘레를 가죽끈으로 잡아맨 후 손에는 2미터가 넘는 육척봉을 집어들고 길을 떠났다.

리틀 존은 포스 가도로 향하는 잎이 무성한 숲길을 따라 한눈을 팔지 않은 채 휘파람을 불며 걸어갔고, 마침내 한 쪽 길은 포스 가도 쪽으로 다른 한 쪽은 리틀 존도 익히 잘 알고 있는 즐거운 블루 보어 여관으로 갈라지는 교차로에 이르렀다. 그곳에 이르자 리틀 존은 휘파람을 멈추고 길 한 중간에 멈춰섰다. 먼저 위를 쳐다 본 다음, 다시 아래를 내려다보았고 모자를 한 쪽 눈 위로 비스듬하게 쓴 다음 머리의 뒷부분을 천천히 긁적여 헝클었다. 그 이유는 다음과 같았다. 갈라져나간 두 길을 보는 순간 마음속에서 두 음성이 들려왔기 때문이었다. "저기 블루 보어 여관으로 이르는 길에는 10월에 빚은 갈색 술통과 네가 그곳에서 만날 수 있는 다정한 동료들과 보내는 즐거운 밤이 기다리고 있지"라는 음성과, "네가 지금 임무를 띠고 가야만 하는 앵커스터에 이르는 길이 저기 있다"라는 두 음성이 들려오며 마음에 갈등을 일으켰다. 리틀 존은 주 장관의 집에서 머무는 동안 즐겼던 안락한 생활을 몹시 좋아하게 되었으므로 두 음성 중에 처음의 음성이 더 크게 들려왔다. 그래서 얼마 후, 푸른 하늘 너머에는 깃털 구름이 은으로 만든 돛단배처럼 두둥실 떠다니는 하늘과 둥그렇게 원을 지어 스치듯 날아가는 제비 떼를 올려다보며 말했다. "오늘 밤에는 비가 내릴 것 같으니 비가 지나갈 때까지 블루 보어 여관에 들러 쉬고 가야겠다. 우리 대장은 내가 비에 젖도록 내버려 두지 않을 것이 분명하니까." 그래서 더 이상 아무 고민도 않고 리틀 존은 자신의 마음에 드는 길을 따라 성큼성큼 걸어 내려갔다. 그런데 사실, 그날은 날씨가 흐린 조짐이 전혀 없었다. 하지만 사람이 뭔가 어떤 일을 바랄 때면 리틀 존이 그런 것처럼 그 일을 할 만한 구실을 찾지 못하는 경우란 없다.

블루 보어 여관에는 푸줏간 주인 한 사람, 거지 한 사람, 맨발의 탁발수사

두 사람 등 모두 네 명의 흥겨운 익살꾼이 있었다. 어스름한 황혼이 부드럽게 언덕과 골짜기로 떨어지고 있는 침묵 속을 뚫고 걸어가던 리틀 존의 귀에 여관의 익살꾼들이 흥겹게 부르는 노랫소리가 멀리서 들려왔다. 네 사람은 리틀 존과 같은 유쾌한 사내를 맞아들이자 무척 즐거워했다. 새로운 맥주통을 내왔고, 농담과 노래와 재미있는 이야기를 나누느라 시간은 날개 달린 듯 금세 지나갔다. 어느새 밤이 훌쩍 지나가도록 리틀 존의 마음속에는 시간에 대한 생각이 전혀 없었으므로 가던 길을 다시 떠나야겠다는 생각은 한 쪽으로 밀어둔 채 아침이 될 때까지 블루 보어 여관에 그대로 머물렀다.

그래서 리틀 존이 즐거움을 위해 임무를 잠시 저버린 것은 불운한 일이 되고 말았는데, 그로 인해 그는 엄청난 대가를 치러야 했던 것이다. 여러분도 아시겠지만 사실 우리 모두 비슷한 경우에 처하면 리틀 존처럼 행동하기 쉽다.

다음날 아침 새벽에 일어난 리틀 존은 손에 육척봉을 들고 잃어버린 시간을 보충이라도 하려는 듯이 다시 여행을 시작했다.

그런데 블라이스 시내에는 레슬링과 육척봉 시합에서 거둔 혁혁한 전과와 대단한 힘으로 그 일대는 물론 멀리까지 널리 이름을 떨친 한 건장한 무두장이가 살고 있었다. 레슬링에서 5년 동안이나 중부 챔피언을 지내다가 위대한 링컨의 애덤과 맞붙었다가 경기장 밖으로 던져지는 바람에 늑골 하나가 부러지기는 했지만, 육척봉 시합에서는 전국을 통틀어 아무도 그를 대적할 사람이 없었다. 그 외에도 그는 활쏘기도 무척 즐겨 보름달이 뜨고 암갈색 사슴 떼가 한창인 때는 숲으로 몰래 사냥을 나가기도 했다. 그래서 왕의 삼림 감독관들은 항상 그의 행동을 예의주시하고 있었다. 무두장이인 아서 어 블랜드(Arthur a Bland)의 집에는 법으로 허용된 것보다 더 많은 양의 사슴 고기가 있을 경우가 많았기 때문이다.

그런데 바로 그 아서가 리틀 존이 로빈 후드의 심부름을 떠나기 전날 무두질한 소가죽 열 장을 팔기 위해 노팅엄 시에 왔다. 그리고 리틀 존이 여관을 떠난 바로 그날 새벽에 마침 아서도 노팅엄 시를 떠나 블라이스의 집으로 돌아가기 위해 출발했다. 아서는 상쾌한 아침 공기를 뚫고 새들이 한껏 즐겁게 지저귀며 화창한 날을 맞이하고 있던 셔우드 숲 자락을 지나고 있었다. 무두장이 아서는 어깨 위에 언제라도 재빨리 움켜잡을 수 있도록 단단한 육척봉을 둘러메고 있었고 머리 위에는 장검으로도 가를 수 없을 정도로 질긴 두 겹으로 된 소가죽 모자를 쓰고 있었다.

아서 어 블랜드는 숲의 한구석을 갈라놓는 길에 이르자 혼잣말로 중얼거렸다. "일년 중 이 시기가 되면 틀림없이 암갈색 사슴들이 숲 속 깊숙한 곳에서 확 트인 초원 가까이 나오지. 이렇게 이른 아침이면 아마도 근사한 사슴 떼를 만날 수 있을지도 몰라." 비록 활로 사슴을 맞힐 수 없을 때조차도 아서는 근사한 사슴 떼를 보는 것 이상으로 좋아하는 일은 없었기 때문이었다. 그래서 길에서 물러난 아서는 링컨 초록색 상의를 걸친 로빈 후드 일행 못지않게 뛰어난 산 사람의 본능으로 덤불 아래로 좌우를 엿보며 이리저리 살폈다.

한편, 리틀 존은 울타리를 아름답게 수놓고 있는 산사나무 봉오리에서 뿜어 나오는 향내를 맡거나, 아름다운 분홍꽃으로 뒤덮인 채 여기저기 서 있는 돌능금나무와, 이슬 맺힌 풀밭에서 솟아올라 황금빛 햇살을 받으며 저 높이 날아올라 날개를 퍼덕거리며 하늘에서 떨어지는 별처럼 노래를 쏟아내는 종달새를 올려다보는데 정신을 팔며 태평스럽게 걸어가고 있었다. 그러다가 운명에라도 이끌린 듯 큰길에서 벗어나 아서 어 블랜드가 덤불 잎새 사이로 엿보고 있는 지점에서 그리 멀지 않은 곳으로 다가갔다. 나뭇잎이 바스락거리는 소리를 듣고 멈춰선 리틀 존은 덤불 사이에서 움직이고 있는 무두장이의 갈색 쇠가죽 모자를 발견하자 속으로 생각했다.

'저 녀석이 무엇 때문에 저기 숨어서 이리저리 엿보고 있는지 무척 궁금하네. 저 악당 녀석은 우리와 왕의 적갈색 사슴을 쫓아서 여기까지 온 도둑놈이 틀림없어.' 숲을 이리저리 섭렵하고 다닌 덕에 리틀 존은 헨리 왕의 소유이자 로빈 후드와 그 일행에 속하기도 한 셔우드 숲의 모든 사슴들을 쉽게 알아볼 수 있었던 것이다. "아니지, 좀 더 조사해 봐야겠어." 그래서 큰길에서 완전히 벗어나 그 역시 덤불 속으로 숨어 들어가 건장한 아서 어 블랜드의 주위를 살피기 시작했다.

그래서 꽤 오랫동안 리틀 존은 무두장이를, 무두장이는 사슴 뒤를 뒤쫓아 다녔다. 그러다 마침내 리틀 존이 나뭇가지를 밟다가 걸려 꺾어지는 소리를 내자 그 소리를 듣고 재빨리 뒤돌아본 무두장이는 한 사내를 보았다. 무두장이가 자신을 본 것을 눈치 챈 리틀 존은 정면으로 본색을 드러냈다.

"어이 이봐, 이 버릇없는 녀석아, 여기서 뭘 하고 있는 거냐? 셔우드 숲의 길들을 훑고 있는 네 녀석의 정체가 무엇이냐? 네 녀석 인상 한번 더럽게 생겼구나. 내 생각에 네 녀석은 왕의 사슴을 뒤쫓아온 도둑에 불과하렷다."

비록 불시에 리틀 존에게 들키긴 했어도 허풍에 움츠러들 인간은 아니었으므로 무두장이 역시 대담하게 응수했다. "네 입으로 거짓말을 잘도 주워 삼키는구나. 난 도둑이 아니라 정직한 장인이란 말이다. 내 인상이야 생겨 먹은 대로 사는 거고, 그렇게 따지자면 네 녀석 인상도 과히 좋을 것은 없다, 이 뻔뻔한 녀석아."

그러자 리틀 존은 커다란 음성으로 외쳤다. "하, 감히 내 말에 맞장구를 치겠다? 네 녀석의 골통을 후려치고 싶은 마음이 굴뚝같다. 말하자면, 내가 왕의 삼림 감독관들 중 한 사람이라는 것을 네 녀석이 똑똑히 알게 해 주겠단 말이다." 그리고 리틀 존은 속으로 중얼거렸다. '적어도, 나와 내 친구들은 왕의 사슴들을 잘 돌보고 있단 말이다.'

"나는 네 녀석이 누구든 아무런 관심도 없다. 그리고 네 녀석이 너와 같은 부류의 동료들을 아무리 많이 데려온다고 해도 나, 아서 어 블랜드가 살려 달라고 애원하도록 만들지는 못할 것이다."

"아하, 그러냐? 내 맹세하는데, 네 녀석이 그렇게 혀를 잘못 놀린 죄로 그 대가를 톡톡히 치르게 될 줄 알아라. 이제껏 네 녀석이 전에 맞아본 적이 없을 만큼 내가 실컷 두들겨 패 줄 테니까. 하지만 아무 무기도 없는 사람을 칠 수는 없으니 어서 육척봉을 잡아라.”

리틀 존이 격하게 외치자 무두장이 역시 노기가 등등하여 외쳤다. “이런 망할 자식아! 흥, 그렇게 허풍떤다고 생쥐 한 마리라도 죽일 줄 아느냐? 감히 아서 어 블랜드의 골통을 치겠다고 그렇게 거침없이 떠들어대다니 네 녀석은 도대체 누구냐? 만약 내가 오늘 네 녀석의 궁둥짝을 이제껏 내가 무두질해 온 소가죽처럼 두들겨 패지 못한다면, 내 육척봉을 양고기나 굽는 꼬치로 잘게 자르고 나를 더 이상 용감한 자라고 부르지 마라! 자, 이제 몸조심이나 하시지!”

“잠깐, 먼저 육척봉의 길이부터 재자. 내 생각에 내 육척봉이 네 육척봉보다 긴 것 같으니 말이다. 나는 단 일 센티라도 네 녀석보다 유리한 상태에서 싸우고 싶지 않다.”

“난 그까짓 길이 따위는 신경 쓰지 않는다. 내 육척봉은 송아지라도 쓰러뜨릴 수 있을 만큼 충분히 길다. 그러니 다시 한 번 말하는데 너나 조심해라, 이 녀석아.”

그래서 두 사람은 더 이상 왈가왈부하지 않고 육척봉의 한가운데를 두 손으로 단단히 쥐고 서로 천천히 다가가며 매섭게 노려보았다.

한편, 로빈 후드는 이때쯤 리틀 존이 자신의 명령을 수행하는 대신 즐거움을 위해 의무를 저버리고, 앵커스터로 곧장 가지 않고 블루 보어 여관에 들러 그곳에서 동료들과 즐겁게 어울려 밤을 보냈다는 소식을 전해들었다. 그 소식에 몹시 화가 치민 로빈 후드는 블루 보어 여관에서 리틀 존을 만나거나 아니면 최소한 가는 도중에 만나기라도 하려고 새벽에 출발했다. 만나서 생각한 대로 혼을 내줄 생각이었다. 그렇게 화가 나서 씩씩대던 로빈 후드는 리틀 존을 꾸짖어줄 말을 내뱉으며 걸어가던 중, 몹시 격노한 두 사람이 화난 음성으로 커다랗게 옥신각신하고 있는 소리를 들었다. 로빈 후드는 멈춰 서서 들어보았다. “분명히 저것은 리틀 존의 목소리인데, 그것도 몹시 화가 나서 씩씩대는 소리로군. 나머지 한 사람은 처음 듣는 목소리인데. 아마도 하늘의 도움으로 리틀 존이 왕의 삼림 감독관들의 수중에 떨어지는 것을 막아주셨구나. 어찌된 일인지 빨리 가서 알아봐야지.”

그렇게 로빈 후드는 혼자 중얼거렸고, 자신의 충실한 오른팔의 목숨이 위태로운 지경에 처했을지 모른다는 걱정에 어느새 리틀 존에 대한 화는 유리창에 서린 입김이 사라지듯 사라져 버렸다. 음성이 들려오는 덤불을 향해 잎새를 헤치며 조심스럽게 다가간 로빈 후드는 공터에서 두 남자가 손에 육척봉을 든 채 서서히 접근하고 있는 광경을 엿보았다.

두 사람을 본 로빈 후드는 속으로 생각했다. ‘아하! 이제 곧 볼 만한 시합이 벌어질 참이로구나. 저 건장해 보이는 친구가 만일 리틀 존에게 강타를 날린다면 내 주머니에서 금화 세 닢을 꺼내어 기꺼이 주겠어! 리틀 존이 내 명령을 어긴 데 대한 대가로 한 대 얻어맞는 것을 보면 통쾌할 텐데. 하지만 애석하게도 그런 유쾌한 광경을 볼 가능성이 그리 많지는 않을 것 같군.’ 그렇게 말하며 로빈 후드는 두 사람의 시합을 잘 볼 수 있을 뿐 아니라 자신도 편안하게 경기를 관람하기 위해 땅 위에 몸을 쭉 뻗고 누웠다.

먼저 싸움을 시작할 생각은 없이 서로 상대방의 주위를 천천히 걸으며 대치하고 있는 두 마리 개처럼 두 건장한 사내는 서로 상대가 알아채지 못하는 사이에 선제 공격을 하여 첫 타를 날릴 기회를 엿보면서 슬슬 맴돌기만 했다. 마침내 리틀 존이 번개처럼 먼저 내리쳤으나 무두장이는 옆으로 살짝 비켜 그 타격을 막아냈다. 그리고 이내 공격을 되돌렸지만 리틀 존 역시 그 공격을 잘 방어해냈다. 이렇게 하여 본격적인 싸움이 시작됐다. 그리고 두 사람은 발길을 옮기며 아래 위, 앞 뒤 가리지 않고 육중하고도 재빠른 공격을 퍼부었으므로 멀리 서 있는 사람에게는 마치 십여 명은 되는 사람들이 싸우고 있는 것으로 여겨질 수도 있었다. 그렇게 두 사람이 거의 한 시간을 싸우는 동안 땅은 두 사람이 뒤꿈치로 파낸 자국으로 홈이 파였고 두 사람의 숨소리는 밭이랑을 갈던 황소처럼 점점 가빠졌다. 그러나 사실 리틀 존 쪽이 더 힘

겨워했는데 그렇게 갑자기 힘쓰는 일에 그동안 익숙해 있지 않은 데다 주 장관과 함께 살기 전처럼 관절들이 유연하지 않았기 때문이다.

그 사이 내내, 로빈 후드는 덤불 아래에 누워 대단한 육척봉 시합을 한껏 즐기고 있었다. "맹세코 이제껏 리틀 존과 저렇게 대등하게 싸우는 사람을 보리라고는 꿈에도 생각하지 못했는데. 그렇긴 해도 리틀 존이 전의 상태를 되찾았더라면 저 건장한 사내를 이길 수 있었을 텐데."

결국 기회를 잡은 리틀 존이 황소라도 쓰러뜨릴 만큼 젖 먹던 힘을 짜내어 마지막 한 방에 온 힘을 실어 힘껏 무두장이를 내리쳤다. 무두장이는 쓰고 있던 소가죽 모자의 도움을 크게 받았다. 만일 모자가 아니었더라면 그는 다시는 손에 육척봉을 쥐지 못했을 것이다. 리틀 존이 가한 한 방이 그렇게 머리를 살짝 비켜갈 정도로 교묘했으므로 무두장이는 잠시 몸을 휘청거렸다. 만일 리틀 존이 자신이 잡은 우세를 지켜갈 힘만 있었더라면 건장한 아서도 치명타를 입었을 것이었다. 그러나 리틀 존이 공격을 잇지 못하는 사이 아서는 재빨리 정신을 차리고 리틀 존에게 공격을 되돌렸다. 그리고 아서의 이번 공격은 정확히 명중했다. 리틀 존은 뒤로 벌렁 나자빠졌고 쓰러지는 사이 육척봉은 그의 손에서 날아가 버렸다. 그러자 아서는 육척봉을 높이 치켜들고 리틀 존의 갈비뼈를 다시 가격했다.

리틀 존이 다급하게 외쳤다. "잠깐! 지금 쓰러진 사람을 치려고 하는 거야?"

"그야 물론이지!" 아서는 육척봉으로 다시 한 대 때리며 대답했다.

"멈추라니까! 도와 줘, 멈추라고 했잖아! 항복, 항복한다니까!"

"그게 다야?" 아서는 육척봉을 높이 쳐든 채 냉혹하게 웃으면서 물었다.

"아아, 그래 더 이상 할 말이 없다고."

"그렇다면 우리 둘 중에서 내가 더 뛰어난 사람이라고 인정하는 거지?"

"그래, 그래, 네가 더 뛰어나다, 제기랄!" 리틀 존은 처음에는 크게 외쳤지만 마지막 말은 수염 속으로 기어들어갔다.

리틀 존과 아서 어 블랜드의 육척봉 시합

"그렇다면 이제 네 갈 길로 가도 좋다. 그리고 내가 자비로운 사람인 것을 네 수호 성인에게 감사하라고."

"흥, 그까짓 망할 놈의 자비!" 무두장이에게 맞은 갈비뼈가 욱신욱신 쑤시는 것을 느끼며 일어나 앉던 리틀 존이 중얼거렸다. "맹세코 말하는데, 내 늑골 하나하나가 전부 둘로 부러진 것 마냥 쑤시는구나. 이봐, 친구 노팅엄 주를 통틀어 자네가 오늘 내게 한 것처럼 나를 대적할 수 있는 사람은 없었다고."

"나 역시 같은 생각이야." 그 때 덤불 밖으로 뛰쳐나온 로빈 후드가 눈물이 볼을 타고 흘러내릴 때까지 배꼽을 움켜잡고 웃으며 외쳤다. 로빈은 즐거워 어쩔 줄 모르겠다는 듯이 말을 이었다. "아, 이봐 이봐! 벽에 부딪쳐 나가 떨어진 병처럼 넘어가더군. 나는 이 유쾌한 시합을 줄곧 지켜보았는데 자네가 잉글랜드에 있는 어떤 사람에게도 그렇게 손이 발이 되도록 싹싹 비는 모습을 보리라고는 꿈에도 생각지 못했네. 나는 명령을 이행하지 않은 것을 꾸짖으려고 자네를 찾고 있었지. 하지만 내가 자네에게 갚아 줘야 할 것을 이 친구가 대신, 그것도 꽉꽉 채워서 갚아 주었군. 자네가 입을 벌리고 멍하니 바라보고 있는 동안 이 친구의 팔이 쭉 뻗어와 자네를 정통으로 맞혔지. 그리고 자네는 이제껏 내가 전에는 본 적이 없을 정도로 벌렁 자빠졌으니 말이야." 로빈 후드가 그렇게 말하는 동안 리틀 존은 바닥에 앉아 마치 입에 쓴 약이라도 문 듯 떨떠름한 표정을 짓고 있었다. 로빈은 무두장이에게 몸을 돌려 물었다. "여보게 친구, 자네 이름은 뭔가?"

"사람들은 나를 아서 어 블랜드라고 부르오, 그러는 당신은 누구요?" 무두장이는 조금도 지지 않고 대담하게 말했다.

"하, 아서 어 블랜드라고! 난 자네 이름을 전에 들은 적이 있네, 친구. 지난 10월에 엘리의 축제에서 내 친구의 머리통을 후려갈겼었지. 그곳에 있던 사람들은 그 친구를 노팅엄의 자크라고 부르고 우리는 그를 윌 스카들록이라고 부르지. 자네가 지금 실컷 두들겨 준 이 친구는 온 잉글랜드를 통틀어 육척봉의 가장 뛰어난 달인으로 평가받고 있다네. 저 친구 이름은 리틀 존이고 나는 로빈 후드라고 하네."

"아니, 뭐라고요! 당신이 정말로 그 위대한 로빈 후드고, 이 사람이 그 유명한 리틀 존이란 말입니까? 아, 내가 진작 당신이 누구인지 알았더라면 그렇게 대담하게 당신에게 주먹을 휘두르지는 않았을 것입니다. 뛰어난 리틀 존, 당신이 일어서는 것이라도 잡아 주고 외투에 묻은 흙먼지라도 털게 해 주십시오."

리틀 존은 뼈가 마치 수풀로 만들어지기라도 한 듯이 아주 조심스럽게 일어서며 퉁명스럽게 쏘아붙였다. "아니, 자네 도움 없이도 나 혼자 할 수 있네. 하지만 한 마디 해 두는데, 만일 자네의 그 망할 소가죽 모자만 아니었더라면 자네도 오늘 무사히 지나치지는 못했을 거네."

그 말에 로빈 후드는 무두장이에게로 몸을 돌리며 다시 웃어젖혔다. "우리 일원으로 들어오지 않겠나, 아서? 이제껏 내가 본 사람들 중에서 자네는 가장 뛰어난 사람이 틀림없으니 말이야."

무두장이 아서는 그 말에 기쁨의 함성을 질렀다. "저더러 당신의 일원이 되라고요? 아아, 그야 두말하면 잔소리죠! 아, 즐거운 삶과 내가 사랑하는 삶이여! 이제 무두질용 껍질과 더러운 통과 구역질 나는 소가죽은 멀리 없어지길! 위대하신 대장, 전 이 세상 끝까지라도 당신을 따라가겠습니다. 이제 숲 속의 사슴들을 따라다닐 일은 없겠지만 제 활시위가 울리는 소리를 들을 수 있을 것입니다."

로빈 후드는 리틀 존에게로 몸을 돌려 웃으며 말했다. "리틀 존, 자네는 앵커스터를 향해 다시 한 번 더 떠나야겠네. 그리고 자네가 셔우드 숲을 완전히 벗어날 때까지는 다시 한눈을 팔고 엉뚱한 길로 새지 못하도록 중간까지는 같이 갈 거야. 이 근방에는 자네가 아는 다른 여관도 많이 있거든." 그리고 곧 덤불에서 나온 세 사람은 대로로 접어들어 다시 한 번 볼일을 보러 출발했다.

제 2 장
로빈 후드와 윌 스칼렛

그렇게 햇빛이 쏟아지는 길을 따라 여행하는 세 사람은 잉글랜드 어디에 서도 필적할 만한 사람이 거의 없는 건장한 사내들이었다. 그들이 걸어가는 동안 떡 벌어진 그들의 어깨와 활기찬 걸음걸이 때문에 많은 사람들이 가던 길을 멈추고 그들의 뒷모습을 바라보았다.

이윽고 로빈 후드가 리틀 존에게 말을 꺼냈다. "어제는 내가 말한 대로 왜 앵커스터로 곧장 가지 않았나? 내가 명령한 대로 따랐더라면 그처럼 골치 아 픈 일에 말려들지 않았을 것 아닌가."

로빈 후드가 이미 지난 일을 가지고 자꾸 약을 올리자 기분이 상한 리틀 존 이 뾰로통한 음성으로 대답했다. "비가 올 것 같아 두려웠다니까요!"

"뭐, 비라고!" 갑자기 길 한복판에 멈춰선 로빈 후드는 의아한 표정으로 리틀 존을 바라보며 외쳤다. "뭐라고, 이런 멍청이! 지난 사흘 동안 비라고 는 한 방울도 내린 적이 없는 데다, 대지든 하늘이든 강이든, 날씨가 흐려질 조짐이라고는 조금도 없었는데 무슨 말이야."

그래도 리틀 존 역시 지지 않고 투덜거렸다. "비록 그렇더라도 우리의 거 룩한 스위딘 성인께서는 자신의 양은 단지에 하늘의 물을 담아 가지고 있다 가 일단 마음만 먹으면 청명한 하늘에서라도 비를 쏟아 부을 수 있다고요. 그 런데도 대장은 내가 비에 흠뻑 젖기를 바란다는 말이에요?"

그 말에 로빈 후드는 폭소를 터뜨렸다. "아, 리틀 존! 도대체 자네 머릿속에서 어떻게 그렇게 기발한 생각이 들 수 있지! 자네 같은 친구에게 누가 계속 화를 낼 수 있겠나?"

그렇게 말하면서 그들은 오른쪽 발을 먼저 내딛으며 다시 걸어나갔다.

얼마 정도 길을 계속 가자 날은 더운데다 길에는 흙먼지가 일었으므로 로빈 후드는 점차 갈증이 났다. 그래서 산울타리 바로 뒤에서 얼음처럼 시원한 물이 솟아오르는 샘을 발견하자 그들은 울타리를 건너, 이끼 낀 바위 아래서 보글거리며 물이 솟고 있는 곳으로 다가갔다. 무릎을 꿇고 앉아 두 손을 모아 물을 떠서 실컷 목을 축인 후 그곳이 그늘이 진 데다 서늘했으므로 세 사람은 사지를 있는 대로 펴고 잠시 동안 휴식을 취했다.

그들이 앉아 있는 앞쪽으로는 울타리 너머로 흙먼지 이는 길이 평원을 가로질러 뻗어 있었고, 뒤쪽으로는 보드랍고 어린 곡식들이 심어진 푸른 초원과 밝은 녹색 밭이 햇빛을 받으며 드넓게 펼쳐져 있었고, 머리 위로는 너도밤나무의 시원하고 살랑거리는 잎새가 그늘을 드리우고 있었다. 그 작은 샘 가장자리의 이슬 같은 물로 자라나는 보랏빛 제비꽃과 야생 백리향의 은은한 향내가 그들의 코끝을 감미롭게 간질였고, 샘물이 졸졸 흐르는 소리도 즐겁게 들려왔다. 그 외에 모든 것은 햇살이 내리쬐는 가운데 침묵 속에 빠져 있었고, 저 멀리서 지저귀는 뻐꾸기 울음소리가 조용하고 부드러운 미풍에 실려서 들려옴으로써 그 침묵이 간간이 깨질 뿐이었다. 혹은 햇빛을 받으며 자라나는 토끼풀 꽃봉오리 속으로 깊이 파고 든 땅벌이 졸음에 겨워 윙윙거리는 소리, 혹은 제일 가까운 농가에서 부산하게 움직이는 주부의 음성으로 그 침묵이 간혹 깨지곤 했다. 모든 것이 그렇게 유쾌했고 화창한 5월의 부드러운 즐거움으로 가득했으므로 꽤 오랫동안 세 사람은 아무런 말도 하지 않은 채 등을 깔고 누워 나무의 살랑거리는 잎새 틈으로 머리 위로 펼쳐진 밝은 하늘을 올려다보고 있었다. 마침내, 다른 사람들처럼 생각이 그리 바쁘게 오가지 않던 로빈 후드가 이따금씩 주위를 둘러보다가 침묵을 깨뜨렸다.

"이야! 진심으로 말인데, 저기 저 화려한 새 좀 봐."

다른 두 사람도 로빈이 가리킨 곳을 쳐다보니 대로를 따라서 천천히 걸어 내려오고 있던 한 젊은이가 보였다. 로빈이 말한 대로 그 청년은 정말 유쾌해 보였고 외모도 근사했다. 짧은 상의는 진홍색 비단으로 지은 것이었으며 긴 양말 역시 마찬가지였다. 옆구리에는 멋진 칼을 차고 있었고 돋을새김의 무늬가 새겨진 가죽으로 만든 칼집은 화려한 황금 실로 돋보이게 만들어져 있었다. 청년이 쓴 모자 역시 진홍색 벨벳 천으로 만들어진 것이었으며 한 쪽 귀 뒤로는 넓은 깃털이 하나 꽂혀 있었다. 머리카락은 길고 금발이었으며 어깨 위에서 둥글게 말려 있었고, 손에는 이른 5월의 장미 한 송이가 들려 있었는데 청년은 때때로 장미꽃의 향내를 맡았다.

청년의 모습을 본 로빈 후드가 웃으며 말했다. "이런 세상에! 자네들 저렇게 거들먹거리며 잘난척하는 녀석 본 적 있나?"

아서 어 블랜드가 맞장구를 쳤다. "정말로, 저 청년이 입은 의상은 제 취향으로 보자면 너무 멋을 부린 걸요. 하지만 그럼에도 불구하고 어깨는 딱 벌어진 데다 허리는 날렵하네요. 그리고 팔도 제법인 것이 대장도 보이지요? 가늘고 힘없이 매달린 것이 아니라, 팽팽한 데다 팔꿈치에서 확실하게 구부러져 있죠. 맹세하건대, 저 근사한 옷 속에 숨겨진 육체는 빵과 우유처럼 말랑말랑한 몸이 아니라 탄탄하고 강인한 근육질 몸매일 거예요."

리틀 존도 그 의견에 동조했다. "아서, 자네 말이 맞는 것 같네. 내 생각에도 저 친구가 흔히 사람들이 겉모습만 보고 판단하기 십상인 것처럼 장미꽃잎이나 크림처럼 나긋나긋하지는 않을 것 같아."

그러자 로빈 후드는 콧방귀를 뀌었다. "흥, 저런 녀석을 보고 있자니 구역질이 날 지경이군! 저렇게 아름다운 장미꽃을 저 손가락에 꼬나문 폼이라니 마치 이렇게 말하고 있는 것 같지 않아? '괜찮은 장미군, 네가 썩 마음에 드는 것은 아니지만 네 향기는 잠시 동안 참아줄 수 있지.' 내 자신 있게 말하는데 자네들 둘 다 틀렸네. 만일 화가 난 생쥐가 길가로 뛰어들어 저 자 앞으로 지나가기만 해도 저 녀석은 틀림없이 '엄마야!' 하고 소리를 지르며 그 자리에서 기절해 버릴걸. 저 자가 어떤 자일지 몹시 궁금하군."

로빈 후드의 말에 리틀 존이 대답했다. "지체 높은 귀족의 자제 아닐까요. 지갑에는 돈이 빵빵하게 들었을 테고요."

"아, 맞아. 나도 그 점은 의심하지 않아. 그들의 신발을 매는 데는 어울리지 않고 명령에 따라 움직이는 괜찮은 사람들이, 그저 좋은 옷이나 차려 입고 밖으로 싸돌아다닐 생각밖에 없는 저런 작자들과 어울리다니 한심하군. 둔스탄 성인과 알프레드 성인, 위톨드 성인과 색슨족 달력에 나오는 모든 성인들을 걸고 말하는데, 저런 시시한 귀족 따위가 바다 건너에서 와, 증조부들이 편육 껍질을 씹기 전부터 이 땅을 줄곧 소유해 온 훌륭한 우리 색슨족의 땅에 발을 들여놓는 것을 보면 미칠 것 같아! 하늘의 밝은 무지개에 대고 맹세하는데, 비록 내가 셔우드 숲의 제일 높은 나무 꼭대기에 매달린다고 하더라도 저들이 취한 부당 이득을 도로 빼앗고야 말겠어!"

"하지만, 대장, 지금 어떻게요? 그만 열 좀 식히라고요. 그렇게 열내 봤자 베이컨 하나도 구울 수 없다고요! 내가 보기엔 저 청년의 머리카락은 노르만족치고는 너무 밝은데요. 아마도 그는 선량한 사람이거나 대장이 모르는 좋은 점을 지니고 있을지 모르잖아요."

"아니, 내 머리를 납덩어리에 박는다 해도 내 말이 맞다니까. 이제껏 색슨족치고 저 녀석처럼 신발에 진흙이라도 묻을까봐 두려워하듯 저렇게 점잔 떠는 놈 본 적 있어? 적어도, 내가 나서서 저 녀석을 가로막고 부당하게 착취한 돈이 없는지 알아봐야겠어. 만일 내가 틀렸다면 저 청년은 단 돈 한 푼도 잃지 않고 그대로 가던 길로 계속 갈 수 있겠지. 하지만 만일 내가 옳다면 한여름에 산 채로 깃털이 뽑히는 거위보다도 더 철저히 발가벗기겠어. 저 자가 건장한 사내라고 말했지, 리틀 존. 자네는 여기 그대로 있으라고. 내가 숲 속의 생활이 사람을 얼마나 강인하게 만들어 주는지 보여줄 테니. 자네의 최근 생활처럼 편안한 생활은 사람을 나약하게 만드는 법이지. 그러니 자네들 둘은 여기 그대로 남아 있게. 내가 저 청년을 어떻게 요리하는지 보기나 하라고." 그렇게 말하면서 너도밤나무 그늘 아래에서 걸어나가 울타리를 건넌 로빈 후드는 두 손을 엉덩이에 얹은 채 그 낯선 청년이 지나고 있던 길 한가운데에 떡 버티고 섰다.

한편, 로빈 일행이 이 모든 대화를 주고받는 동안 그들 일행이 있던 맞은편까지 아주 천천히 걸어온 그 낯선 청년은 걷는 속도를 줄이지도 않았으며, 로빈 후드 같은 자가 이 세상에 있다는 것조차 알지 못하는 것처럼 보였다. 그래서 길 한가운데에 떡 버티고 선 로빈은 상대가 천천히 앞으로 걸어오기까지 기다리고 있었지만 청년은 여전히 장미꽃 향을 맡으며 단지 로빈만 제외하고 이것저것에 눈길을 던지며 다가왔다.

마침내 청년이 가까이 다가오자 로빈이 소리쳤다. "거기 서, 서라니까! 지금 그 자리에 멈춰 서라!"

그러자 낯선 청년은 눈도 꿈쩍 않고 부드럽고 온화한 음성으로 물었다. "내가 멈춰 서야 할 까닭이 무엇이오? 그리고 내가 지금 자리에 그대로 있어야 할 이유는? 이유는 모르겠지만 당신이 내가 머물기를 원하고 있으니 잠시 동안만 멈춰 서면 당신이 내게 하고자 하는 말을 들을 수 있을지도 모르겠군요."

"그렇다면, 내가 말한 대로 고분고분 행동하고 그토록 온화하게 말을 하니 나도 최대한 예의를 갖춰 자네를 상대하겠다. 나는 자네가 누구인지 알고 싶다. 나로 말할 것 같으면, 자네도 알지 모르겠는데 성 윌프레드 성소에 있는 수도사이다. 자네가 알든 말든 상관할 바 아니고, 우리는 모든 이방인들에게서 금을 빼앗아 그것을 녹여 촛대를 만든다네. 그래서 이 근방에 오는 사람들에게서 통행세를 징수하고 있지. 그 돈이 촛대를 만드는 일보다도 더 좋은 목적에 사용되기를 바라면서. 그러니, 젊은 친구, 자네의 지갑을 내게 건네주었으면 한다. 힘없고 가난한 사람들을 위해 우리 법이 허용한 이상으로 자네가 부를 많이 축적했는지 내가 확인하고 판단하겠네. 우리의 훌륭하

마침내 청년이 가까이 다가오자 로빈이 소리쳤다.

"거기 서, 서라니까!
지금 그 자리에 멈춰 서라!"

신 가퍼 스완톨드 성인께서 이렇게 말씀하셨거든. '너무 풍족하게 살아 비둔해진 자는 피를 흘리게 마련'이라고 말이야."

로빈이 말하는 내내 청년은 손가락 사이에 쥐고 있던 장미꽃 향기를 맡고만 있었다. 로빈이 말을 마치자 청년은 부드럽게 웃으며 말했다. "아, 나도 당신처럼 근사한 사람의 말을 듣는 것을 좋아하긴 하지만, 아직 이야기가 덜 끝났다면 그만 끝내라고 청하고 싶군요. 이제 머무를 시간이 얼마 남지 않았기 때문이죠."

"내 얘기는 모두 끝났네. 자네가 지갑을 내게 건네주기만 하면, 그 안에 무엇이 들었는지 확인해 본 후 더 이상 방해하지 않고 가던 길을 가도록 즉시 보내 주겠네. 그리고 자네가 얼마 지니고 있지 않다면 아무것도 빼앗지 않겠네."

"이런! 당신이 원하는 대로 할 수 없어 정말 안타깝군요. 나는 당신에게 줄 것이 아무 것도 없답니다. 그러니 가던 길로 그냥 가게 해 주시죠. 당신에게 아무런 해도 끼치지 않았잖습니까?"

"아니, 내게 자네의 지갑을 보여 주기 전에는 갈 수 없네."

"이봐요, 나는 다른 곳에서 볼일이 있단 말이에요. 나는 이미 당신에게 많은 시간을 허비했고 참을성 있게 당신이 하는 말을 들어 주었소. 그러니 이제 그만 조용히 떠나게 해 주시오."

"이보게 친구, 내가 이미 말하지 않았나. 다시 한 번 말하는데 내가 명령한 대로 하기 전에는 단 한 발자국도 움직일 수 없다." 그렇게 말하면서 로빈 후드는 위협이라도 가하듯이 육척봉을 머리 위로 치켜올렸다.

그러자 낯선 청년은 슬픈 듯이 말했다. "아, 참! 일이 이렇게 꼬이다니 안타깝군요. 가엾은 당신을 해치게 되지 않을까 걱정스럽군요." 그렇게 말하며 청년은 칼을 뽑아들었다.

"자네 무기는 저리 치워 두게. 자네보다 조금도 유리한 고지에서 싸우고 싶지 않아. 자네의 칼은 내가 들고 있는 이 참나무 육척봉에 견디지 못해. 그런 칼쯤이야 보릿짚단처럼 가볍게 부러뜨릴 수 있다고. 저기 길가에 보면 쓸 만한 참나무 덤불이 있으니 가서 자네에게 합당한 육척봉을 구해 오게. 만일 육척봉의 참 맛을 보고 싶다면 어디 그것으로 잘 막아 보라고.”

처음에 청년은 자신의 눈으로 직접 로빈 후드를, 다음에는 로빈의 참나무 육척봉을 가늠해 보았다. 그리고 잠시 후 인정했다. “당신 말이 맞아요. 정말로 내 칼은 당신의 그 육척봉을 당해 낼 수 없군요. 내가 가서 육척봉을 구해 올 때까지 여기서 기다리시오.” 그렇게 말하면서 청년은 내내 들고 있던 장미꽃을 한 쪽으로 내던지고 칼은 다시 칼집에 꽂아 넣은 후 이제껏 걸어온 걸음걸이와는 다르게 급히 서두르더니 로빈 후드가 말했던 키 작은 참나무 덤불이 자라고 있는 길가로 다가갔다. 참나무 덤불 속에서 청년은 자신의 마음에 드는 어린 나무를 발견했다. 하지만 그 나무를 자르지는 않았다. 대신 소매를 조금 걷어붙인 후 힘껏 잡아당기니 단 한 번에 어린 나무는 땅에서 뿌리째 뽑히고 말았다. 그리고는 청년은 마치 할 말이 없다는 듯이 돌아오면서 칼로 잔가지와 뿌리를 깨끗이 다듬었다.

한편, 리틀 존과 무두장이는 숨어서 모든 것을 지켜보고 있었지만 그 낯선 청년이 어린 나무를 잡아당기자 나무가 우지직 소리를 내며 통째로 뽑히는 것을 보고 무두장이는 입술을 오므리고는 긴 숨을 안으로 몰아쉬었다.

깜짝 놀란 리틀 존은 정신을 차리자마자 속삭였다. “이봐, 아서 자네도 봤지? 내 생각엔 대장이 오늘 재수 없게 저 청년에게 잘못 걸린 거 같아. 성모 마리아를 걸고 맹세하는데 저 청년이 저 푸른 나무를 마치 보릿짚이라도 되는 듯이 뽑아 버렸잖아.”

한편 로빈 후드가 속으로 무슨 생각을 하고 있었는지는 모르지만 어쨌든 그는 제자리에 그대로 서 있었고 이제 진홍색 옷을 걸친 청년과 얼굴을 마주하고 섰다.

로빈 후드는 그날 중부 지방의 용사로서 제 몫을 다했다. 이쪽 저쪽으로, 앞으로 치고 뒤로 빠지면서 두 사람은 싸웠다. 그 싸움은 로빈의 기술 대 청년의 힘의 대결이었다. 두 사람 주위에는 구름처럼 먼지가 일었다. 그래서 때때로 리틀 존과 무두장이는 아무것도 볼 수 없었고 오로지 서로 상대의 육척봉을 내리치는 소리만을 들을 수 있을 뿐이었다. 로빈은 낯선 청년을 세 번 내리쳤다. 한 번은 팔을, 그리고 두 번은 갈비뼈를 공격했고 상대의 공격은 다 막아냈다. 청년이 가한 공격 중 한 번의 공격은 제대로 명중했더라면 로빈을 전에 쓰러졌던 이상으로 먼지 이는 땅바닥에 쓰러지게 만들었을 것이다. 마침내 낯선 청년이 로빈의 육척봉 한가운데를 정통으로 내려치는 바람에 로빈은 손에 육척봉을 거의 들고 있을 수 없었다. 청년이 다시 한 번 치니 로빈은 그 타격에 무릎을 꿇었다. 그리고 세 번째로 다시 한 번 공격하니 로빈의 방어는 완전히 무너졌을 뿐 아니라 정통으로 얻어맞은 로빈은 흙구덩이에 뒹굴고 말았다.

청년이 육척봉을 다시 한 번 치켜드는 것을 보고 로빈이 다급하게 외쳤다. "그만, 항복하네!"

그러자 리틀 존도 무두장이와 숨어 있던 곳에서 뛰쳐나오며 소리쳤다. "멈춰라! 멈추라고 말했잖아!"

청년은 조용히 대답했다. "아니, 만일 당신 둘도 같은 패거리고 이 사람처럼 건장하다면 내 두 손을 다 쓰고 싶군요. 어쨌든 덤비시오, 내 둘 다 기꺼이 상대해 줄 테니까."

"그만 됐다. 이제 그만 싸울 것이다. 단언하는데, 리틀 존, 오늘은 자네와 나, 둘 다 일진이 사나운 날이로군. 이 낯선 청년이 내리쳤을 때 그 타격의 충격으로 손목과 팔이 정말 마비되는 줄 알았네."

그러자 리틀 존이 로빈 후드에게 향하며 말했다. "저런, 훌륭하신 대장, 꼴이 말이 아닌 것을 보니 참 안됐군요! 옷이 흙먼지 때문에 온통 더러워졌군요. 일어나는 것을 제가 도와드리죠."

리틀 존이 이죽거리자 로빈 후드는 화가 나서 소리쳤다. "자네 도움 따위는 필요 없어! 자네 도움 없이도 혼자 충분히 일어날 수 있다고."

"그러면, 제가 옷에 묻은 먼지라도 털어 드리죠. 움직이면 대장 뼈마디가 욱신욱신 쑤실까봐 걱정이 되어서요." 리틀 존은 말은 진지하게 했지만 눈에는 장난기를 띠고 깜빡거렸다.

그러자 로빈 후드는 더 화가 치밀어 소리쳤다. "그만두라고 했잖아! 자네 도움 받지 않아도 내 옷은 이미 충분히 더러워졌다고." 그리고는 낯선 청년에게 몸을 돌려 물었다. "자네 이름은 무엇인가?"

"내 이름은 감웰(Gamwell)입니다."

"아하! 그것이 정말인가? 나도 비슷한 이름을 지닌 친척이 있지. 잘난 친구, 자네는 어디 출신인가?"

"맥스필드 시에서 오는 길입니다. 그곳에서 태어나고 자랐죠. 지금은 어머니의 동생인, 사람들이 로빈 후드라고 부르는 외삼촌을 찾아가는 길입니다. 그러니 혹시라도 내게 가르쳐줄 수⋯."

그 말을 듣자 로빈은 두 손을 청년의 어깨 위에 올려놓고 팔 하나만큼 거리를 두더니 외쳤다. "아니, 네가 바로 윌 감웰(Will Gamwell)이란 말이냐! 그래 분명 네가 맞구나! 네 그 예쁜 계집애 같은 용모를 보고 알아차렸어야 하는 건데. 그 우아하고 몹시 까다로운 취향을 보고 말이다. 내가 누군지 알아보지 못하겠느냐? 나를 잘 보거라."

"아, 이럴 수가! 이제 보니 로빈 삼촌이군요. 정말 틀림없군요!" 두 사람은 서로 얼싸안고 상대방의 볼에 입을 맞추었다. 로빈은 조카를 다시 한 번 팔 하나 간격을 둔 채 머리에서 발끝까지 예리하게 훑어보았다. "아, 그런데 정말 몰라볼 정도로 달라졌구나? 팔구 년 전인가 내가 떠날 때는 정말 볼품없는 애송이에 불과했는데 지금은 이것 보게! 이제껏 내가 본 중에서 제일 탄탄한 근육질 사내가 되었구나. 거위 깃털이 달린 화살을 손가락 사이에 쥐고 침착하게 활을 쏘는 법을 네게 가르쳐 주었던 것 기억나지 않느냐? 그때 너는 멋진 궁사가 되겠노라고 약속했지. 그리고 육척봉으로 공격을 받아넘기고 피하는 법을 가르쳐준 것도 기억나느냐?"

"예, 물론이죠. 그때 제가 삼촌을 얼마나 우러러보고 다른 사람들보다도 훨씬 훌륭한 분이라고 생각했는데요. 맹세코 삼촌인 줄 미리 알았더라면 오늘 감히 삼촌께 손을 드는 짓 따위는 하지 않았을 거예요. 제가 삼촌께 커다란 해나 입히지 않았으면 좋겠는데요."

로빈 후드는 곁눈질로 리틀 존을 흘깃거리며 황급히 대답했다. "아니, 아니다. 괜찮다. 하지만 부탁하는데, 그 얘기는 더 이상 하지 말자꾸나. 마지막으로 한 마디만 하는데, 네가 오늘 나를 친 것과 같은 타격은 다시는 맛보고 싶지 않구나. 성모마리아를 걸고 맹세하는데, 내 팔이 아직도 손톱부터 팔꿈치까지 쑤시거든. 솔직히 말하는데, 나는 오늘로 목숨이 끝나는 줄 알았다. 이제껏 내가 본 사내들 중에서 너야말로 가장 강한 녀석이다. 솔직히 말해서, 아까 네가 그 참나무를 통째로 뽑아낼 때는 속이 다 떨렸다니까. 그런데, 어떻게 해서 네 아버지 에드워드 경과 네 어머니 곁을 떠나게 된 것인지 말해 주려무나."

"아, 삼촌, 말하자면 안 좋은 사연이랍니다. 늙은 자일스 크룩레그(Giles Crookleg)가 죽은 뒤 아버님의 집사로 새로 온 자는 불손하기 이를 데 없는 악당이었답니다. 다른 때는 대단한 분별력으로 두루 살피시는 아버지가 왜 그 자는 그대로 데리고 계셨는지 그 이유는 알다가도 모를 일이었습니다. 때로 그 자가 아버지에게 너무 건방지게 말하는 것을 듣고는 화가 나 참을 수 없을 지경이었으니까요. 삼촌도 잘 아시겠지만 아버님은 참을성이 많으신 데다 노여움도 잘 안 타시고 욕도 잘 안 하시지 않습니까. 그런데 어느 날, 그 못된 집사 녀석에게는 정말 불운한 날이었죠. 그 집사 녀석이 제가 서 있는 곁에서 아버지를 꾸짖으려고 들잖아요. 그래서 듣다듣다 더 이상 참을 수 없었던 제가 앞으로 나서서 그 자의 따귀를 한 대 후려쳤지요. 그런데 믿으실 수 있겠어요? 그 자가 그 자리에서 그만 즉사해 버렸답니다. 제가 그 자의 목을 부러뜨렸거나 그 비슷한 일을 했다고 부모님이 말씀하신 것 같았어요. 그래서 부모님께서는 저더러 삼촌을 찾아가 법망을 피하라고 짐을 꾸려 보내신 거예요. 삼촌이 저를 보았을 때는 삼촌을 찾으러 가는 길이었고 지금 이곳에 이렇게 있게 된 거죠."

"내가 진심으로 하는 말인데, 법망을 피하러 가는 사람치고 너처럼 그렇게 한가롭게 여유부리며 가는 사람은 이제껏 처음 봤다. 세상에, 장미꽃 향기나 맡으며 궁정의 우아한 처녀처럼 대로를 따라서 그렇게 유쾌하게 걸어가는 너를 보면 사람을 죽이고서 그것 때문에 도망치는 중이라고 누가 상상이나 하겠느냐?"

"그건 아니죠, 삼촌. 옛말에도 있듯이 서두른다고 잘될 일은 하나도 없잖아요. 저는 이렇게 넘치는 제 힘이 발의 민첩함을 제어할 수 있다고 생각했어요. 조금 전에 삼촌도 저를 세 대나 때리셨고, 저는 삼촌을 한 대도 때리지 못했지만 제 힘으로 삼촌을 제압했잖아요."

"됐다. 이제 그 얘기는 그만하자. 윌, 너를 만나니 너무 기쁘구나. 그리고 너는 내 즐거운 부하들에게 대단한 명예와 명성을 더해 줄 것이다. 그러나 곧 체포령이 발동될 테니 네 이름부터 먼저 바꾸어야겠다. 그래서 말인데, 네 그 근사한 옷을 보니 앞으로 윌 스칼렛(Will Scralet)이라고 불러야겠다."

그 말에 리틀 존이 앞으로 나서 두툼한 손을 내밀자 윌도 그 손을 마주 잡았다. "윌 스칼렛, 그 이름이 그대에게 매우 잘 어울리오. 그대를 우리 일원으로 환영하게 되어 무척 기쁘오. 나는 리틀 존이라고 하오. 그리고 이 사람은 방금 우리 일원이 된 새 식구, 건장한 무두장이인 아서 어 블랜드요. 윌, 그대도 명성을 얻기 쉬울 것이오. 전국에서 흥겨운 민요로 불리기도 할 것이고, 로빈 후드가 리틀 존과 아서 어 블랜드에게 육척봉을 제대로 사용하는 법을 가르친 것에 대해 셔우드에서는 많은 이야기가 회자될 것이라오. 게다가, 덧붙이자면 우리의 훌륭하신 대장이 너무 큰 케이크 조각을 베어먹으려다 목이 막히게 된 사연도 있다오."

로빈 후드는 자신을 두고 그런 농담을 하는 것이 마음에 들지 않았으므로 부드럽게 말했다. "리틀 존, 그만하라니까. 왜 자꾸 이런 사소한 일을 들먹이는 거지? 부탁하는데 오늘 우리 사이에 있었던 일은 우리만 알고 있도록 하자고."

"저도 그러고 싶지만, 대장, 제가 살이 찐 것이나, 주 장관과 함께 머무르면서 몸집이 불은 것을 두고 대장이 자꾸 농담을 하기에 저는 대장이 재미있는 농담 하는 것을 좋아하는 줄 알았죠."

그러자 로빈 후드가 황급히 말했다. "아니, 리틀 존. 그 일에 대해서는 이미 충분히 말했다고 생각하네."

"그거 잘 됐군요, 저도 정말로 듣기가 지겨워지던 참이었거든요. 하지만 하나 더 있는데, 대장은 지난 밤에 내리려고 했던 비를 두고도 농담을 하고 싶은 마음이 있었던 것 같아요, 그래서 말인데 …."

"아니, 그때는 내가 실수했네. 지금 생각해보니 비가 오려고 그랬던 것 같네."

"정말로 저도 그렇게 생각했다니까요. 그래서 말인데요, 제가 그렇게 비가 내릴지 모르는 날씨에 출발하는 대신 블루 보어 여관에서 밤을 보낸 것이 더 현명했다고 생각지 않으세요? 안 그래요?"

"이런 망할! 만일 자네가 그러려고 했다면 무엇을 선택했든 간에 머무르는 것이 옳았겠지."

"다시 한 번 그거 잘 됐군요. 그럼 이제 제 차례인데요, 저는 오늘 장님이었습니다. 저는 대장이 얻어맞는 것을 보지 못했고요, 대장이 머리를 거꾸로 하고 땅바닥에 처박히는 것도 못 보았지요. 만일 어떤 사람이 대장이 그랬다고 얘기한다면 떳떳한 마음으로 그 자가 혀를 함부로 놀리지 못하게 만들겠어요."

리틀 존의 말에 다른 두 사람이 웃음을 참지 못하고 있는 동안 로빈 후드는 아랫입술을 깨물며 외쳤다. "자, 이리들 모이게. 오늘은 더 이상 가지 않고 셔우드 숲으로 돌아간다. 그리고 리틀 존, 자네는 다음에 앵커스터에 가기로 한다."

로빈 후드가 그렇게 말한 까닭은 뼈마디가 욱신욱신 쑤셨으므로 그 상태로 계속 여행한다는 것은 무리라고 생각했기 때문이다. 그래서 방향을 되돌려 그들은 오던 길로 다시 돌아갔다.

제 3 장
물방앗간지기 미지와 나눈 즐거운 모험

　로빈 일행 네 사람이 셔우드 숲을 향해 다시 긴 여행을 시작한 후, 정오가 지났으므로 그들은 점점 배가 고파졌다. 그러자 로빈 후드가 먼저 말을 꺼냈다. "아, 먹을 것이 좀 있었으면 좋았을걸. 눈처럼 새하얀 치즈 조각을 곁들인 흰 빵과 시원하게 마실 맥주만 있다면 왕에게 어울릴 진수성찬일 텐데."

　윌 스칼렛도 맞장구를 쳤다. "삼촌이 그렇게 말씀하시니 저도 똑같은 심정이에요. 제 안에서 마치 '이봐 친구, 먹을 것을 줘! 먹을 것!' 하고 외치는 것 같아요."

　그러자 아서 어 블랜드가 끼어들었다. "제가 이 근처에 있는 한 농가를 알고 있어요. 제게 돈이 좀 있다면 대장이 말한 것을 가서 가져올 수 있을 텐데요. 부드러운 빵 덩어리와 맛있는 치즈와 맥주 한 부대 말이에요."

　"그 일이라면, 제게 돈이 이미 충분히 있는걸 알고 계시죠, 대장." 리틀 존이 잘 됐다는 듯이 대답했다.

　"그야, 자네에게 돈이 있으니 잘됐지. 아서, 우리가 먹을 것과 마실 것을 사려면 얼마면 되겠는가?"

　"열두 사람이 먹을 거리를 사려면 6페니면 충분할 것으로 생각합니다."

　"그러면 리틀 존, 아서에게 6페니를 주게. 지금 같아서는 난 3인분이라도 먹어치울 수 있을 것 같으니까. 자 아서, 돈을 가지고 먹을 것을 사서 이곳으로 가져오게나. 저기 길가 옆 덤불 안에 아주 좋은 그늘이 있으니 우리 거기서 요기를 하기로 하세.”

그래서 리틀 존은 아서에게 돈을 주었고 아서를 제외한 사람들은 모두 덤불 안 그늘로 가서 그곳에서 아서가 돌아오기를 기다리기로 했다.

얼마 후 아서가 3월에 빚은 좋은 맥주가 가득 찬 염소부대를 어깨에 둘러메고 손에는 둥근 치즈와 노릇노릇하게 구워진 커다란 빵 덩어리를 안고 돌아왔다. 그러자 윌 스칼렛이 칼을 꺼내어 빵과 치즈를 정확하게 4등분했고, 네 사람은 각자의 몫을 먹기 시작했다. 로빈 후드는 맥주를 시원하게 들이켰다. 그리고 나서 한숨을 토해내며 말했다. “아하! 이 맥주보다 더 시원한 것은 이제껏 맛보지 못했어.”

그 후로 네 사람은 아무런 말도 없이 간혹 맥주를 시원하게 들이켜며 각자 자신의 빵과 치즈를 게걸스럽게 먹기만 했다.

한참 후 윌 스칼렛은 아직 손에 조그만 빵 덩어리가 남아있는 것을 보고는 말했다. “이것은 참새들에게나 줘야겠다.”그래서 조그만 빵 덩어리를 던져버리고는 상의에 묻은 부스러기를 털어냈다.

“나도 이만하면 충분히 먹은 것 같아.”로빈이 말했을 때쯤 리틀 존과 무두장이는 이미 자신의 몫을 부스러기 하나 남기지 않고 다 먹어치운 뒤였다.

로빈은 아직 꽤 남아 있던 맥주 자루를 집어들고 말했다. “내가 진심으로 이렇게 맛난 식사는 처음이었듯이 자네들도 맛있게 즐겼기를 바라네. 자네들에게 그렇게 맹세하며 매일 오늘 같은 날이 계속되기를 바라는 의미에서 자네들 건강을 위해 건배하네.” 그렇게 말하며 로빈 후드는 맥주를 길게 쭉 들이켰다. 다음에는 윌 스칼렛이 자루를 받아들었고, 그 다음에는 리틀 존이, 그리고 마지막으로 건장한 무두장이 아서가 술 자루를 받았다. 처음에는 시내의 뚱뚱한 상인처럼 맥주로 불룩했던 술 자루는 네 사람 사이로 돌려지더니 얼마 후 마치 늙은 노인처럼 쭈글쭈글하고 맥없이 축 늘어졌다.

기분이 거나해지자 로빈이 제안했다. “내 안에 다른 사람이 있는 것처럼 느껴지는군. 출발하기 전에 잠시 즐겁게 놀다 가고 싶은 걸. 윌, 너의 그 듣기 좋은 목소리로 감미로운 노래나 한 곡조 뽑는 것이 어떠냐? 길 떠나기 전에 우리에게 노래나 한 곡 불러 주렴."

"좋아요, 삼촌. 기꺼이 노래는 불러드릴 수 있는데요, 혼자는 부르지 않겠어요."

"걱정 마라, 다른 사람들도 따라 부를 테니까. 먼저 선창하거라."

"그럼 좋습니다. 아버지의 연회장에서 가끔 노래하곤 했던 한 음유시인이 부르던 노래를 불러 볼게요. 그런데 제목은 저도 알 수 없으니 알려드릴 수가 없네요. 하지만 이렇게 시작하는 노래랍니다." 윌 스칼렛은 목청을 가다듬더니 다음과 같이 노래하기 시작했다.

> "꽃피는 즐거운 계절에,
> 가슴속에는 사랑에 대한 갈망 용솟음치고,
> 꽃들은 한창 무르익고,
> 작은 새들은 둥지를 트네,
> 나이팅게일은 감미롭게 노래하고,
> 개똥지빠귀는 대담하게도 지저귀네.
> 이슬 머금은 골짜기에는 뻐꾸기가,
> 들판에는 거북이 노니네.
> 그러나, 나는 귀여운 종달새를 사랑한다네,
> 일년 내내 노래하기 때문이지.
> 종달새! 종달새!
> 즐거운 종달새!
> 그래서 추운 역경이 닥쳐 온다 해도
> 내 진정한 사랑,
> 날려보내지 않을 것이라네.

봄이 달콤한 기쁨 가져오면,

종달새는 높이 날아오르고,

감미로운 밤 연인들은 사랑을 속삭이고,

청년들은 처녀들의 눈 속을 들여다본다네.

들장미 싹을 틔우고,

데이지꽃, 아름다운 양란과 참매발톱꽃,

언덕 위에 피어나고,

시냇가에는 짙은 제비꽃 피어난다네.

그러나 담쟁이덩굴은 북풍이 눈을 몰아올 때,

더욱 푸르러진다네.

담쟁이! 담쟁이!

믿음직스럽고도 진실하여라!

그래서 추운 고난의 숨결이

가까이 다가온다 해도

담쟁이에 대한 내 사랑

소멸하지 않는다네.”

“아주 잘 불렀다. 하지만 얘야, 솔직히 말하면 새들이나 꽃들을 노래한 섬세한 시, 뭐 그런 것보다는 좀 더 활발한 노래를 들었으면 좋았을 걸 그랬다. 그렇긴 해도 노래는 아주 잘 불렀고 시도 그리 나쁘지는 않구나. 자, 아서, 이제 자네 차례네.”

로빈의 말에 아서는 마치 춤을 신청 받은 꽃봉오리 처녀처럼 부끄럽게 웃으며 고개는 한쪽으로 비스듬히 한 채 대답했다. “제가 이 친구처럼 잘 부를 수 있을지 모르겠습니다. 게다가 지금 전 감기 걸려서 목이 따끔거리는 데다 목도 쉰 걸요.”

그러자 아서 옆에 앉아있던 리틀 존이 어깨를 두드리며 재촉했다. “이봐 친구, 빼지 말고 어서 부르라니까. 자네는 근사하고 낭랑하고 감미로운 음성을 지녔잖아. 어디 한 번 들어보자고."

"아니, 과히 썩 좋지는 않을 거예요, 하지만 최선을 다 하겠어요. 선한 아서 왕 시절 콘월(Cornwall)의 한 젊고 건장한 기사였던 케이트 경의 구애라는 노래 들어본 적 있습니까?"

"조금 들어본 적이 있는 것 같긴 하지만 어디 불러보게, 들어볼 테니. 내 기억으로는 아주 좋은 노래였던 것 같은데. 시작해보게, 친구."

로빈 후드의 말에 아서는 목청을 가다듬은 뒤 더 이상 빼지 않고 노래를 시작했다.

케이트 경의 구애

"아서 왕, 왕궁의 연회장에 앉아 있었고,
좌우 양쪽에는
나라에서 제일 위대한,
고귀한 귀족들 또한 합석했네.

까마귀처럼 새까만 흑발의 랜슬롯,
금발머리의 거윈,
트리스트람 경, 집사장 케이,
그리고 다른 많은 기사들도 있었다네.

붉은 기와를 얹은 처마로부터
밝은 스테인드 글라스 창을 통해 들어온
햇빛은 황금투구와 갑옷 위로
다채로운 빛깔로 타오르네.

그러나 갑자기 원탁 주위로
침묵이 흘렀네,
땅바닥에 기어들 듯이 굽은 한 처녀
연회장 안으로 걸어들어 왔으므로.

코는 매부리코에, 눈은 흐릿하고,
머리털은 긴 백발이었네.
턱에는 수염이 자라는,
보기에도 흉칙한 처녀였다네.

그렇게 기듯이 걸어들어와
아서 왕 발치에 무릎을 꿇었네.
그러자 케이 경 말했네, '이제껏 만난
여인 중에서 제일 못생긴 추녀로구나.'

'오 위대하신 왕이여! 이렇게 무릎 꿇고
간절히 청합니다.'
처녀의 말에, 아서 왕 물었네.
'무엇을 해 주길 원하느냐?'

'저는 심장을 갉아먹는
몹쓸 병에 걸렸습니다.
하지만 제 이 쓰린 고통을 줄이거나,
치유할 수 있는 방법은 하나뿐이옵니다.

기독교인 기사가 기꺼이

제 입에 세 번 입을 맞추기 전에는,

동, 서, 남, 북

그 어느 곳에도 제게 안식처란 없사옵니다.

저를 치유해 줄 그 귀공자는

결혼한 분이어서는 안 되며,

억지로 강요해서도 안 되고,

자발적으로 제게 입 맞추어야 될 줄로 압니다.

그러니 흉칙한 저를,

죽음과도 같은 고통에서 기꺼이 구해 주려

고귀하게 애쓰실 기사님,

여기 안 계십니까?'

아서 왕, 애석한 듯 말했네.

'난 이미 결혼한 몸이니.

그렇지만 않다면 내 기꺼이

그대에게 입 맞추었을 텐데.

랜슬롯, 모든 사람들이 보기에,

그대는 기사들 중에서 으뜸이며 최고이니,

어서 나서게, 고귀한 기사여.

어서 저 처녀에게 위안을 주길.'

그러나 랜슬롯 고개를 돌려,

바닥만 하염없이 바라보았네.

모든 사람들이 비웃는 소리를 듣자,
거만한 자존심에 상처받았으므로.

'그렇다면, 트리스트람 경, 자네가 나오게.'
'그럴 수 없사옵니다,
결코 자발적으로
흔쾌히 할 수 없기 때문이옵니다.'
'케이 경, 냉소적인 자네는 어떤가?'
'맹세코 그럴 수 없사옵니다!
저토록 흉칙한 입술에 입 맞춘 기사에게
어떤 고귀한 숙녀가 입을 맞추려 들겠습니까?'

'거윈, 그대는 어떠한가?' '전하, 할 수 없사옵니다.'
'게라인트 경, 그대는?' '아니요, 저도 못 하옵니다,
입 맞추고 나면 곧 죽을 것이므로,
제 입맞춤은 아무런 위안도 가져오지 못할 것입니다.'

바로 그때 원탁 주위의 모든 사람들 중에서
가장 젊은 한 기사가 일어나 말했네.
'전하, 기독교인으로 베풀 수 있는 그런 위안이라면
제가 기꺼이 저 처녀에게 주겠사옵니다.'

그 기사는 아직 젊지만
강건한 사지와 대담한 마음을 지닌 케이트 경이었다네.
턱에는 황금실처럼 곱고,
밝은 수염 돋아나는.

그러자 케이 경 나서서 말했네, '그는 아직
자신의 여인이라 부를 만한 연인이 없었지만,
저 여인 저렇게 자신을 드러냈으니
빨리도 연인을 얻었네.'

용감한 기사 한 번, 두 번,
처녀에게 입맞추고, 세 번째 입 맞추자,
순식간에 놀라운 변화 일어났네.
그 처녀 더 이상 추하지 않았네.

두 볼은 장미처럼 발그레해지고,
이마는 얇은 아사처럼 새하얗고,
가슴은 흰눈과도 같았네.
두 눈은 새끼사슴처럼 맑게 빛났네.

숨결은 초원 위로 불어오는
여름날의 미풍처럼 달콤했고,
음성은 살랑이는 나무처럼 부드러워
더 이상 갈라지거나 거칠지 않았네.

머리칼은 황금처럼 반짝였고,
두 손은 우유처럼 뽀얗게 되었네.
불결하고 낡고 더러운 외투는
비단 드레스로 바뀌었네.
기사들은 모두 놀라 멍하니 바라보았네.
케이 경 한 마디 했네, '아름다운 아가씨,

당신만 괜찮다면 맹세코,
지금 기꺼이 입 맞추겠소.'

그러나 젊은 케이트 경, 한쪽 무릎 꿇은 채
처녀의 아름다운 옷자락에 입 맞추고 말했네.
'그대는 감히 비길 자 없으니,
나, 그대의 종이 되게 하여 주오.'

처녀 몸을 굽혀 케이트 경의 이마에,
입술에, 두 눈에 입 맞추고 말했네.
'이제 당신은 제 주인이십니다,
나의 주인, 나의 사랑, 일어나세요!

그리고 제가 소유한 모든 부,
제 땅을 당신께 드립니다.
이제껏 그 어떤 기사도
당신이 보여준 그 고귀한 예의 보여주지 못했으므로.

전 마법에 빠져 그토록 괴로운 고통을 당했지만,
당신이 이제 저를 구해 주었으니,
이제는 제가 제 자신을
다시 당신께 드립니다.'"

무두장이 아서가 노래를 끝마치자 로빈 후드가 말했다. "그래, 정말로 내가 기억한 대로 아름다운 가사에 흥겨운 노래로군."

월 스칼렛도 한 마디 했다. "제가 보기에 이 노래는 가끔 어떤 진의를 품고 있는 듯이 보입니다. 심지어 이런 교훈도 주는 것 같아요. '때로 우리에게 위험하고 험악해 보이는 의무라도 우리가 입술에 아름답게 입 맞추듯이 대하면 결국엔 하나도 나쁜 일이 아니다.'"

"그래 월, 네 말이 맞는 것 같다. 그리고 역으로, 우리가 유쾌해 보이는 듯한 기쁨에 입을 맞추면 도리어 나쁜 것으로 변할 수도 있지. 그렇지 않은가, 리틀 존? 자네는 오늘 정말로 그런 경험을 톡톡히 하지 않았는가. 그러니 입속에 들어 있는 것만 보려고 해서는 안 되지. 리틀 존, 자네도 어디 목청 좀 가다듬고 한 곡조 뽑아보게."

"아니요, 저는 아서처럼 그렇게 잘 부르지 못해요. 제가 아는 곡들은 다 별 볼 일 없는 것들인 걸요. 게다가 오늘은 목소리도 썩 좋지 못하구요. 그러니 아무리 안 좋은 노래일망정 더 형편없는 노래 실력으로 망치고 싶지 않다고요."

그 말에 모든 사람들이 리틀 존에게 노래할 것을 계속 재촉하자, 노래를 청탁 받은 사람이 으레 빼듯이 리틀 존도 어느 정도 사양하다가 마침내는 굴복하고 말았다. "그렇게 재촉들을 하니 제가 할 수 있는 걸로 해 보죠. 월이 부른 것처럼 저도 곡목은 모르지만 어쨌든 이렇게 부른답니다." 목청을 가다듬은 리틀 존은 노래를 부르기 시작했다.

"오 나의 처녀여, 봄이 왔다네,
　아이고, 이런 이런.
　일년 중 가장 달콤한 사랑의 계절이라네.
　아이고, 이런 이런.
　처녀 총각들,
　군데군데 꽃들도 피어나는,
　점점 푸르러 가는
　풀밭 위에 누워 있네.

수사슴은 쉬고,

나뭇잎들은 자라나기 시작하고

뻐꾸기들은 지저귀고,

미풍은 살랑살랑 불어오고,

만물이 기쁨으로 웃음짓네…"

"저기 길을 따라 걸어오고 있는 사내가 누구지?" 갑자기 노래 중간에 끼어들며 로빈 후드가 물었다.

자신의 노래가 방해당하자 기분이 상한 리틀 존이 뾰루퉁한 음성으로 대답했다. "저도 몰라요, 하지만 이것 하나는 알죠. 한창 노래 부르는 중간에 막아서는 것은 실례라고요."

"아니야, 부탁하는데, 리틀 존 화내지 마. 어깨에 걸친 커다란 자루보다도 더 아래로 몸을 굽히고 걸어오고 있는 저 사내를 난 자네가 노래를 시작하기 전부터 지켜보고 있었단 말이네. 그러니 리틀 존, 부탁하는데 저 사내를 좀 보라고, 자네가 아는 사람인지 한번 보란 말이네."

리틀 존은 로빈 후드가 가리키는 곳을 바라보더니 얼마 후에 대답했다. "저 친구는 가끔 셔우드 숲 주위에서 보았던 젊은 방앗간지기가 틀림없어요. 괜찮은 노래를 망쳐놓다니 못된 녀석이군."

"자네가 그렇게 말하니 나도 가끔 본 것 같아. 저 사람은 노팅엄 시 너머, 솔즈베리 로(路) 가까운 곳에 방앗간이 있지 않아?"

"맞아요, 바로 그 방앗간지기예요."

"그렇다면 아주 건장한 사내지. 2주 전인가 저 친구가 브래드퍼드의 네드 (Ned o' Bradford)의 머리를 휘갈기는 것을 내가 보았는데, 그렇게 완벽하게 머리카락이 위로 올라가는 것은 이제껏 보지 못했다고."

바로 그때쯤 젊은 방앗간지기는 로빈 후드 일행이 분명히 볼 수 있을 정도로 가까이 와 있었다. 그의 옷은 밀가루투성이였으며 등에는 그 무게를 어깨로 지탱하느라 잔뜩 구부린 채 커다란 밀 부대를 지고 있었고 부대 위로는 두툼한 육척봉이 걸쳐 있었다. 그의 사지는 탄탄하고 건장했으며 어깨 위에 걸쳐 멘 무거운 자루를 지고 있었는데도 힘차게 길을 걸어내려오고 있었다. 두 볼은 겨울에 피는 들장미 열매처럼 불그레했고 머리카락은 아마처럼 하얀색이었으며 턱에는 역시 아마처럼 하얀 수염이 자라나고 있었다.

"저 자는 정직한 사람이며 잉글랜드 향사들에게는 영예로운 존재지. 우리 저 친구에게 장난 좀 칠까. 그냥 좀도둑인 것처럼 앞으로 나가 저 친구의 정직한 재물을 빼앗으려는 척 해 보자고. 그리고 나서 숲으로 데려간 다음 그의 일생에 결코 맛보지 못할 그런 훌륭한 진수성찬으로 만찬을 베풀어 주자고. 훌륭한 카나리아산 백포도주도 대접한 다음에 그의 지갑 속에 들어 있는 페니 액수만큼 5실링짜리 은화를 보태어 집으로 돌려보내자고. 자네들 의견은 어떤가?"

"좋아요, 정말 재미있는 생각이에요." 윌 스칼렛이 동조했다.

"좋은 계획이기는 하지만 오늘은 더 이상 싸우지 말라고 모든 성인들이 말리시네요! 아직도 뼈마디가 쑤신다구요, 그러니 …."

"좀 조용히 하게나, 리틀 존. 자네의 그 어리석은 혀는 늘 우리를 둘 다 웃게 만든다니까."

"내 어리석은 혀라, 거참." 리틀 존은 아서 어 블랜드를 보며 투덜거렸다. "우리 대장이 우리를 오늘 또 다른 혼란 속으로 몰아넣지 못하게 할 수만 있다면 그렇게 할거야."

그러나 길을 따라 터벅터벅 걸어오던 방앗간지기가 자신들이 숨어 있던 맞은편까지 다가오자 네 사람은 모두 일제히 방앗간지기에게 달려나가 그를 에워쌌다.

로빈이 먼저 말을 꺼냈다. "이봐, 멈추게!" 등에 지고 있던 짐의 무게 때문에 소리나는 곳을 향해 천천히 돌아선 방앗간지기는 완전히 당황하여 네 사람을 각기 차례로 쳐다보았다. 아무리 사리분별이 밝은 그로서도 그 상황을 재빨리 간파할 수 없었기 때문이다.

방앗간지기는 커다란 개가 짖는 것처럼 깊고 거친 목소리로 물었다. "누가 나더러 서라고 명령했죠?"

"내가 그랬네, 친구, 그리고 다시 한 번 말하는데 내 명령을 따르는 것이 좋을 거야."

방앗간지기는 등에 메고 있던 밀가루 부대를 땅바닥에 내던지며 물었다. "그러는 당신은 대체 누구고 이 떼거리들은 또 누구죠?"

"우리 네 사람은 선량한 기독교인이고, 그대를 위해 무거운 짐을 좀 덜어 줌으로써 그대를 기꺼이 도와주겠다."

"당신들 모두에게 감사하지만 내 짐은 나 혼자서 지고 가지 못할 정도로 무겁지는 않아요."

"아니, 뭔가 잘못 알아들었군. 내가 말한 것은 자네의 짐이 아니라, 아마도 자네가 가지고 있을지 모르는 무거운 금화나 은화뿐 아니라 동전을 뜻한다네. 우리의 훌륭하신 가퍼 스완톨드 성인께서 말씀하시길 두발 달린 나귀가 지고 가기에 황금은 너무 무거운 짐이라고 하셨거든. 그러니 우리가 기꺼이 자네에게서 이 짐들을 덜어 주겠다 이 말이지."

"아, 이런! 도대체 나한테 무슨 짓을 하려고 그러는 거죠? 내 수중에는 구멍난 동전 한 닢조차 없는 걸요. 제발 부탁이니 저를 해치지 말고 그냥 조용히 가게 해 주세요. 게다가 지금 당신들은 로빈 후드의 땅에 있다고요. 당신들이 정직한 장인에게 강도 짓을 하려는 것을 로빈 후드가 알게 되면 아마 당신들의 따귀를 있는 대로 갈기고 노팅엄 성벽에다가 매달고 채찍질이라도 할 걸요."

"사실, 나는 로빈 후드를 나 자신보다도 무서워하지 않는 걸. 오늘 너는 가지고 있는 것은 단 일 페니라도 다 내게 내 놓아야 한다. 만일 조금이라도 움직였다가는 이 육척봉으로 네 귀싸대기를 갈겨 주겠다."

"안 돼요, 나를 치지 말아요!" 방앗간지기는 마치 맞을까봐 두렵기라도 하다는 듯이 팔꿈치를 올려 막았다. "제 몸을 뒤져볼 수는 있겠지만, 주머니에도, 속주머니에도, 살갗을 홀랑 뒤집어봐도 아무것도 찾지 못할 겁니다."

"오호, 그런가?" 로빈 후드가 날카롭게 주시하며 대답했다. "자네가 얘기한 것은 사실이 아닌 것 같은데. 만일 내가 잘못 본 것이 아니라면 자네는 저 불룩한 밀가루 부대 밑에 무엇인가 숨겼을 거야. 아서. 저 자루 속에 든 것을 땅에 쏟게. 분명히 밀가루 속에서 한두 실링 정도는 나올 거라고 장담하네."

그러자 방앗간지기가 무릎을 꿇고 외쳤다. "아, 제발 제 밀가루를 망치지 말아 주세요! 그래봐야 당신들에게는 하나도 득될 일이 없고 저만 망하지 않습니까. 그러니 참아 주세요, 자루 밑바닥에 든 돈은 포기하겠어요."

그 말을 들은 로빈이 윌 스칼렛을 쿡 찌르며 말했다. "하, 거 보게, 돈이 어디 들었는지 내가 찾아냈지? 나는 왕의 행복한 초상이 그려진 돈 냄새를 맡는데는 귀신이거든. 나는 밀가루 밑에 숨겨놓은 금은의 냄새도 맡을 수 있다고. 이봐, 그 밀가루 자루 이리 가져오게."

그러자 방앗간지기는 일어서더니 내키지 않는 듯 천천히 자루의 윗 부분을 풀어서 밀가루 속으로 천천히 손을 밀어 넣어 팔꿈치까지 잠길 정도로 깊숙이 넣고 손으로 더듬거리기 시작했다. 나머지 사람들은 그 주위로 몰려 머리를 맞댄 채 그가 무엇을 꺼내는지 궁금해하며 지켜보고 있었다.

모두 그렇게 머리를 모은 채 자루 속을 들여다보며 서 있었다. 그러나 방앗간지기는 돈을 찾는 척하면서 사실은 두 손에 밀가루를 가득 움켜쥐고는 외쳤다. "하, 여기 있었구나, 귀여운 것들!" 그 말에 다른 사람들이 그가 무엇을 꺼내나 보려고 몸을 더 앞으로 기울이자 방앗간지기는 갑자기 그들의 얼굴을 향해 밀가루를 뿌렸다. 눈과 코와 입에 온통 밀가루 세례를 받은 그들은 앞도 보지 못한 채 숨이 막혀 콜록거렸다. 그 중에서도 아서 어 블랜드가 가장 호되게 당했다. 무엇이 나오나 몹시 궁금해하며 입을 떡 벌린 순간, 엄청난 밀가루가 그의 목을 타고 넘어 들어갔으니 재채기와 기침을 해대느

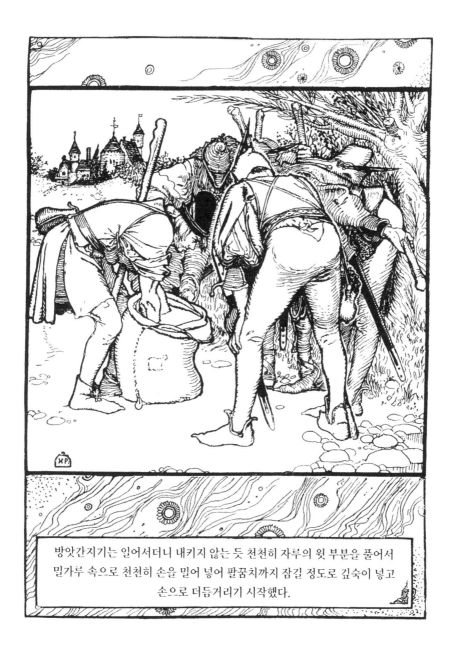

방앗간지기는 일어서더니 내키지 않는 듯 천천히 자루의 윗 부분을 풀어서
밀가루 속으로 천천히 손을 밀어 넣어 팔꿈치까지 잠길 정도로 깊숙이 넣고
손으로 더듬거리기 시작했다.

라 제대로 서 있을 수조차 없었던 것이다.

그렇게 네 사람이 눈에 들어간 밀가루 때문에 몹시 쓰려 울부짖으며 눈을 비비고 얼굴에 하얀 밀가루 사이로 커다란 눈물 줄기가 생겨날 정도로 눈물을 줄줄 흘리고 있는 동안 방앗간지기는 계속 밀가루를 움켜쥐어 그들의 얼굴에 뿌려댔으므로 비록 앞에는 환한 햇빛이 내리쬐고 있었지만 그들은 노팅엄 주에 있는 맹인 거지처럼 앞을 하나도 볼 수 없었고 머리와 수염과 옷들은 온통 눈처럼 새하얗게 되었다.

네 사람이 그렇게 정신을 차리지 못하고 있는 사이, 방앗간지기는 커다란 육척봉을 손에 움켜쥐고 완전히 돌아버린 것처럼 주위에 대고 마구 육척봉을 휘둘러댔다. 이리저리 옮겨다니며 마치 북 위의 완두콩처럼 네 사람을 두들겨 팼지만 그들은 아무것도 보이지 않았으므로 방어하기는커녕, 도망칠 수조차 없었다. 퍽! 퍽! 방앗간지기의 육척봉이 네 사람의 등짝 위로 내리꽂혔고, 한 번 내리칠 때마다 그들이 입고 있던 옷에서는 밀가루 먼지가 허공으로 튀어나와 미풍을 타고 떠다녔다.

마침내 로빈이 견디지 못하고 고함을 쳤다. "그만! 우리가 졌다, 나는 로빈 후드란 말이야!"

그러나 방앗간지기는 로빈 후드의 갈비뼈를 세게 치며 외쳤고 그 바람에 다시 밀가루 먼지가 크게 일었다. "거짓말하지마, 이 악당아! 우리 용감한 로빈은 정직한 장인은 절대 강탈하지 않는단 말이야. 하! 그런데 네 녀석은 내 돈을 갈취하려고 그랬잖아, 안 그래?" 그리고 로빈 후드를 한 대 더 갈기고 나자 리틀 존에게 향했다. "이 다리 긴 악당 녀석아, 너도 네 몫을 받아야지. 똑같이 나누어서 말이야." 그리고는 리틀 존의 어깨를 후려치자 리틀 존은 길을 반이나 건너 줄행랑을 쳤다. "걱정 마라, 이제 네 녀석 차례다, 이 검은 수염 놈아." 방앗간지기가 이번에는 무두장이 아서의 머리통을 내려치자 아서는 콜록콜록 거리는 가운데서도 아파서 고함을 질렀다. "이 붉은 옷을 걸친 악당아, 이번엔 네 녀석 옷에 묻은 그 밀가루를 털어 주마!" 그렇게 외치며 이번엔 윌 스칼렛에게 몽둥이 세례를 퍼부었다. 방앗간지기가 그렇게 네 사람에게 욕설을 퍼부으며 매질을 해대는 통에 네 사람은 제대로 서 있을 수조차 없었다. 누가 눈이라도 비벼 제대로 보일 만하면 방앗간지기는 잽싸게 다시 얼굴에 밀가루를 뿌려 버렸다.

마침내 자신의 뿔나팔을 찾아낸 로빈 후드가 간신히 입술에 갖다 대고 세 번 크게 불 수 있었다.

그런데 그 모든 일이 벌어지고 있는 사이, 마침 윌 스튜틀리와 로빈의 부하 몇 명은 그 활극이 벌어지고 있던 장소에서 그리 멀지 않은 공터에 있었다. 와자지껄하는 소리와 겨울에 헛간에서 타작하는 것과 같은 소리가 들려오자 그들은 멈춰 서서 들으며 앞에서 무슨 일이 벌어지고 있는지 궁금해했다. 윌 스튜틀리가 먼저 말을 꺼냈다. "만일 내가 실수한 것이 아니라면 여기서 그리 멀지 않은 곳에서 육척봉 싸움이 벌어지고 있는 것이 분명하다. 이 근사한 광경을 놓칠 수야 없지." 윌 스튜틀리가 그렇게 말하자 일행은 소리가 들려오는 곳으로 발길을 옮겼다. 그리고 그 소란한 소리가 들려오는 곳 가까이 이르렀을 때 마침 로빈이 분 뿔피리 소리를 들었던 것이다.

그러자 젊은 돈커스터의 데이비드가 외쳤다. "어서 서둘러! 우리 대장이 위험에 처했다!" 그 말에 그들은 한시도 지체하지 않고 힘껏 앞으로 달려나가 숨어있던 장소에서 대로로 뛰어들었다.

그러나 그들이 본 광경은 어떠했을까. 길은 온통 밀가루로 뒤범벅이 되어 하얗게 변해 있었고, 방앗간지기가 쉴 새 없이 가루를 뿌려댄 탓에 다섯 사내가 머리끝부터 발끝까지 밀가루를 뒤집어쓴 채 역시 하얗게 변해 있었다.

"무엇 때문에 저희를 부르셨나요, 대장? 그리고 이것은 다 무엇이란 말입니까?"

윌 스튜틀리의 물음에 로빈은 몹시 격한 음성으로 대답했다. "저 망할 녀석이 나를 거의 죽일 뻔했다. 윌 스튜틀리, 자네가 빨리 오지 않았더라면 자네들 대장은 이미 죽었을 것이다."

로빈 후드와 나머지 세 사람이 눈에 들어간 밀가루를 씻어내느라 눈을 비비고, 윌 스튜틀리와 다른 부하들은 그들의 옷을 털어 주는 사이 로빈 후드는 어떻게 된 사연인지 얘기해 주었다. 방앗간지기를 놀려 주려고 했다가 자신들이 도리어 호되게 당하고 만 것이라고 말해 주었다.

나머지 사람들과 마찬가지로 거의 웃음 때문에 목이 막힐 지경이었던 윌 스튜틀리가 외쳤다. "얘들아, 어서 서둘러, 저 못된 방앗간지기를 잡아라!" 그 말이 떨어지기 무섭게 몇 사람이 방앗간지기에게 달려들어 활시위로 두 손을 등뒤로 묶어 포박해 놓았다.

부하들이 떨고 있는 방앗간지기를 데려오자 로빈이 외쳤다. "하, 네 녀석이 나를 죽이려 했다, 그랬지? 맹세코 내 …" 로빈은 말을 끊고 험악한 표정으로 방앗간지기를 노려보며 서 있었다. 그러나 로빈은 더 이상 화를 낼 수 없었다. 처음에는 눈을 꿈뻑이더니 모든 노력에도 불구하고 웃음을 터뜨리고 말았다.

대장이 그렇게 웃는 것을 보자 주위에 서 있던 부하들도 역시 더 이상은 참지 못하고 모두 웃음을 터뜨리고 말았다. 제대로 서 있지조차 못하고 배를 쥐고 땅을 구르며 웃는 사람도 많았다.

마침내 정신을 차린 로빈이 당황하여 어쩔 줄 모르겠다는 듯이 입을 벌린 채 멍하니 서 있던 방앗간지기에게 물었다. "그래 자네 이름이 뭔가?"

"아, 저는 방앗간 주인의 막내둥이 미지라고 합니다." 미지는 잔뜩 겁먹은 음성으로 대답했다.

로빈은 그의 어깨를 두드리며 말했다. "맹세컨대, 자네는 이제껏 내가 본 중에서 가장 힘센 막내둥이네. 그러니 그 먼지 나는 방앗간을 떠나 우리 일원이 될 생각 없나? 단언하는데, 자네는 방앗간 깔대기와 돈 서랍 틈에서 세월을 허송하기에는 너무 힘이 아까운 장정이네."

"그러시다면, 정말로 당신이 누구인지 모르고 제가 오늘 그렇게 육척봉을 휘두른 것을 용서해 주신다면 기꺼이 당신의 부하가 되겠습니다."

"이로써 오늘 하루에 노팅엄 주에서 가장 건장한 세 사내를 얻은 것이 된다. 우리 모두 푸른 나무로 돌아가 그곳에서 새로운 동료가 생긴 것을 축하하여 흥겨운 만찬을 열어야겠다. 그리고 훌륭한 셰리주와 카나리아 산 백포도주 한두 잔을 마시면 뼈마디가 쑤시는 통증이 좀 가라앉을지도 모르지. 그래도 다시 회복되려면 며칠이 걸려야겠지만." 그렇게 말하며 로빈이 발길을 돌려 출발하자 나머지도 그 뒤를 따랐다. 그래서 로빈 일행은 숲으로 다시 들어갔고 시야에서 곧 사라져 버렸다.

그래서 그날 밤, 숲 속은 탁탁 소리를 내며 타오르는 불꽃으로 환하게 밝혀졌다. 오직 방앗간지기 미지만을 제외하고는 로빈과 다른 사람들이 여기저기에 난 혹과 멍에 대해서 이야기하긴 했지만 자신들의 새로운 일원이 된 세 사람을 환영하는 만찬을 즐길 수 없을 정도로 심하게 아픈 것은 아니었다. 그래서 숲 속의 깊고 조용한 구석까지 울려 퍼진 노래와 농담과 웃음으로 흥겨운 시간은 늘 그렇듯이 빨리 지나갔고, 마침내 밤이 이슥해져 사람들이 각자 잠자리를 찾아 떠나자 모든 사물에 침묵이 깃들고, 온 사방은 잠든 듯이 보였다.

꼬리에 꼬리를 물고 일어난 세 흥겨운 모험은 그렇게 하루에 모두 일어났다.

그러나 리틀 존의 입은 그렇게 과묵한 편이 아니어서 그 자신이 아서와 싸운 이야기와 로빈이 윌 스칼렛과 싸운 이야기는 조금씩 조금씩 새나가기 시작했다. 그래서 여러분이 듣고 웃음을 터뜨리게 만든 이 흥겨운 이야기를 내가 할 수 있게 된 것이다.

이 세상 모든 일들이 대개 그렇지만 추운 겨울 날 밤, 여관의 타오르는 난로 옆에서 마을 사람들이 체스를 두는 그 체스 판의 검고 흰 판처럼 흥겨운 일과 안 좋은 일들은 늘 한데 뒤섞이게 마련이다.

그리고 로빈에게 일어난 일도 마찬가지였다. 한바탕 흥겹게 즐기긴 했지만 이날의 즐거운 여흥 뒤에 얼마 안 있어 더 중대한 일이 잇따랐기 때문이다. 자, 그러니 어떤 일이 벌어지게 되었는지 들어보자.

앨런 어 데일이 로빈 후드에게 오래 된 사연을 얘기하다.

제 4 부

앨런 어 데일이 로빈 후드에게 오게 된 사연과,
로빈 후드가 곤경에 처한 앨런을 도와주겠다고 약속하는 내용이 소개된다.
그리고 로빈이 파운틴 수도원의 맨발의 탁발수사를 찾아가는 과정이 전개된다.
또한, 로빈 후드가 아니었다면 평생을 두고 불행해졌을 두 연인을
그가 어떻게 함께 데려오게 되었는지도 이야기된다.

제 1 장
로빈 후드와 앨런 어 데일

　로빈 후드와 리틀 존에게 뼈마디가 쑤시는 고통을 안겨 준 세 불운한 모험
이 어떻게 하루에 다 일어나게 되었는지에 대해서는 앞에서 이야기했다. 그
래서 이번에는 로빈 후드가 적잖은 노력을 기울인 선한 행위로써 그러한 불
운을 어떻게 상쇄시키려고 했는지에 대해 말하고자 한다.

　사건이 일어나고 이틀이 지나자 로빈 후드는 맞았던 자리가 쑤시는 고통
은 어느 정도 가라앉았으나 갑자기 아무 생각 하지 못하고 움직일 때면 여전
히 여기저기가 결렸다. 즉, 누군가 모르고 살짝 건드리기만 해도 "그렇게 치
지 말란 말야!" 하고 외치고는 했다.

　날씨는 청명하고 쾌청했고 아침 이슬은 아직 풀 위에 그대로 남아 있었다.
푸른 나무 아래에는 로빈이 앉아 있었고, 한 쪽 옆에는 윌 스칼렛이 맑은 하
늘을 쳐다보며 두 손을 머리 뒤로 깍지를 낀 채 등을 쭉 깔고 누워 있었다. 다
른 한 쪽에는 리틀 존이 단단한 돌능금나무로 육척봉을 만들며 앉아 있었다.
그 외에 다른 부하들 역시 풀밭 여기저기에 앉아있거나 누워 있었다.

　마치 계란이 속으로 꽉 차 있듯이, 이야기들과 전설들을 한 보따리 알고
있던 윌 스카들록은 아서 왕 시절의 팔이 줄어든 용감한 기사 카라도크 경에
게 일어난 모험과 어느 진실한 처녀에 대한 사랑, 그리고 사랑하는 상대방
을 위하여 고통을 무릅쓴 두 연인에 대해서 말하고 있었다. 그 유명한 이야

기는 여러분도 읽었을지 모르겠다. 카라도크 경에 대한 이야기는 궁전에서 뿐 아니라 일반 가정에서 쓰이던 말 두 가지로 옛이야기와 노래에서 자주 쓰이고 노래 불렀기 때문이다. 사람들은 윌 스카틀록의 이야기를 조그만 소리도 내지 않은 채 열심히 들었다. 드디어 이야기가 끝나자, 기사다운 대담함과 고귀한 희생으로 가득한 이야기에 정신이 팔렸던 많은 사람들이 깊은 한숨을 내쉬었다.

로빈이 먼저 말을 꺼냈다. "아주 오래 전에 살았던 고귀한 위인들에 대해 들으면 사람들에게 유익할 거야. 누군가 그러한 이야기들을 듣는다면 그의 영혼이 이렇게 말을 할 것이네. '그 알량한 취미는 한 옆으로 밀쳐 두고 할 일을 찾아 나서라.' 사실, 인간은 자신의 자아처럼 고귀하게 행동하기란 불가능할지 모르지, 그러나 적어도 노력함으로써 인간은 더 나아지는 거야. 훌륭하신 가퍼 스완톨드 성인께서 이렇게 말씀하시던 것이 생각나는군. '하늘의 달을 향해 뛰어오르는 사람은 달을 따진 못해도 진흙 속에 숨겨진 일 페니를 주우려고 구부리는 사람보다 더 높이 뛰어오른다.'"

그러자 윌 스튜틀리가 대꾸했다. "대장, 정말로 좋은 생각이긴 합니다만, 구부린 사람은 일 페니라도 건지지만 달을 향해 뛰어오른 사람은 아무것도 얻지 못하지 않습니까. 그리고 사람은 돈이 없으면 주린 배를 안고 살아갈 수밖에 없습니다. 제 생각에 이러한 이야기들은 듣기엔 좋지만 따르기엔 적합하지 않습니다."

"진심으로 말하는데, 자네, 하늘을 바라보고 있는 저 숭고한 사색의 세계를 여행해 본 적 있나? 그리고 그 코를 먼지 구석에 처박아본 적 있나? 그럼에도 불구하고 윌 스튜틀리, 자네는 꽤 영리한 두뇌를 지녔어. 자네가 나를 다시 세상사로 되돌려 놓으니 하는 말인데, 그동안 우리와 같이 식사를 한 손님이 오랫동안 없었던 것 같은데. 이렇게 여러 날 동안, 아무도 돈을 낸 사람이 없으니 우리 수중에 돈이 늘지 않을 수밖에. 그러니 스튜틀리, 자네가 여섯 사람을 골라 포스 가도나 그 부근으로 가서 오늘 밤 우리와 식사할 만한 사람을 데려오도록 하게. 그 사이 우리는 자네가 데려오는 사람이 누가 되든지 커다란 영예를 베풀기 위한 만찬을 준비해 두겠네. 스튜틀리, 잠깐. 윌 스칼렛도 데려가도록 하게. 그도 숲의 지리에 익숙해져야만 하니까."

스튜틀리는 재빨리 일어나며 말했다. "대장, 제게 이 임무를 맡겨 주시다니 정말 감사합니다. 솔직히 말씀드려, 이곳에서 한가롭게 빈둥대자니 제 사지가 축 늘어지려던 참이었습니다. 같이 갈 여섯 명 중에서 두 사람은 방앗간지기 미지와 아서 어 블랜드로 하겠습니다. 대장도 잘 아시듯이 두 사람은 육척봉의 철권들 아닙니까. 그렇지 않소, 리틀 존?"

그 말에 리틀 존만 제외하고 모두 웃자 로빈이 얼굴을 찡그리며 말했다. "미지와 내 조카 스칼렛에 대해서는 장담할 수 있지. 이 행복한 날 아침에도 내 갈비뼈를 보았더니 거지의 외투처럼 시퍼런 멍이 가시지 않으니까."

그래서 네 명의 건장한 사내를 더 뽑아서 윌 스튜틀리와 그 일행은 로빈을 비롯한 그들 무리들과 셔우드 숲에서 그 날밤 만찬을 벌일 부유한 손님을 발견할 수 있을지 알아보러 포스 가도를 향해 출발했다.

그날 하루 종일 그들은 포스 가도 가까이 머물러 있었다. 일행은 집에 돌아갈 때까지 배를 채우기 위해 각자 차가운 고기와 3월에 빚은 맥주를 한 병씩 싸왔다. 그래서 정오가 되자 푸른 아름드리 사시나무 덤불 아래 부드러운 풀밭 위에 앉아서 유쾌하고 맛있게 점심을 먹었다. 식사를 끝낸 후 날이 바람 한 점 없이 푹푹 찌자 한 사람씩 교대로 보초를 세우고 나머지 사람들은 낮잠을 잤다.

그렇게 시간은 즐겁게 흘러갔건만 그들이 그곳에 숨어 있는 내내 자신들이 바라던 손님은 코빼기조차 내밀지 않았다. 햇빛이 눈부시게 쏟아지는 먼지 많은 큰길로는 많은 사람들이 지나갔다. 그러나 경쾌하게 종종걸음치며 즐겁게 재잘거리는 처녀들 무리, 터벅터벅 걸어가는 땜장이, 유쾌한 목동 청년, 억센 농부 등이 일곱 사내가 자신들 가까운 곳에 숨어서 지켜보고 있는 것을 전혀 눈치 채지 못한 채 앞만 보고 지나갔다. 그렇게 평범한 사람들만

이 그 길을 지나쳐갔을 뿐, 살찐 수도원장이나 부유한 수습기사, 고리대금 업자 등 그들의 손님이 될 만한 사람은 전혀 보이지 않았다.

마침내 해가 서쪽으로 낮게 기울기 시작하자 태양은 점차 붉은 빛으로 바뀌었고 그림자도 길어졌다. 주위는 점차 조용해지고 새들도 졸린 듯이 지저 귀며 멀리서 약하지만 분명하게 젖소들을 집으로 불러들이는 젖 짜는 처녀의 노랫소리가 들려왔다.

그러자 누워 있던 곳에서 갑자기 스튜틀리가 벌떡 일어나더니 말했다. "아, 이렇게 재수 없을 데가 있나! 이곳에서 하루 종일 지키고 있었건만, 화살을 쏠 만한 새 한 마리도 우리 사정권 안으로 들어오지 않았군. 순수한 사명을 띠고 왔더라면 한 다스나 되는 사제나 뚱보 고리대금업자들을 스무 명도 더 만났을 텐데. 하지만 상황은 꼭 반대로 돌아가지. 손가락 사이에 회색 거위 깃털 화살을 끼고 만반의 준비를 갖추고 있을 때처럼 사슴을 보기 힘들 때도 없다고. 여보게들, 모두 모이게. 짐을 꾸려서 그만 돌아가야겠어." 스튜틀리의 말에 따라 일어난 사람들은 덤불 속에서 나와 셔우드 숲으로 돌아가기 위해 발길을 돌렸다.

얼마나 갔을까, 무리를 인솔하던 윌 스튜틀리가 갑자기 멈춰 섰다. 5년 생 여우만큼이나 귀가 밝았던 그가 말했다. "쉿! 들어봐! 무슨 소리가 들리는 것 같아." 그 말에 모두들 멈춰 서서 숨을 죽이고 들어보았지만 스튜틀리보다 청각이 둔했던 그들로서는 처음 한동안은 아무 소리도 들을 수 없었다. 그러나 잘 들어보니 마치 누가 울고 있는 것처럼 슬프게 흐느끼는 소리가 들리는 것 같았다.

그러자 윌 스칼렛이 말했다. "흠! 무슨 일인지 알아봐야겠어. 여기 우리 근처에 비탄에 빠진 누군가가 있어."

그러나 윌 스튜틀리는 의심스럽다는 듯이 고개를 흔들며 대답했다. "나는 우리 대장이 왜 늘 경솔하게 끓는 주전자에 손가락을 밀어 넣는지 모르겠어. 하지만 우리 자신을 괜히 골치 아픈 일에 끼어들게 할 이유가 없다고 봐. 내가 실수한 것이 아니라면 저 소리는 남자의 음성이야. 그리고 남자라면 자신이 처한 골칫거리에서 스스로 빠져 나올 준비가 늘 되어 있어야 해."그렇게 말은 했지만 사실은 스튜틀리도 자신이 말한 것을 반신반의했다. 그럼에도 불구하고 주 장관의 손아귀에서 간신히 빠져나온 이후로 스튜틀리는 지나치게 조심하는 경향이 있었다.

그러자 윌 스칼렛이 대담하게 나섰다. "스튜틀리, 자네가 그렇게 말하니 하는 말인데 자네가 원한다면 여기 그대로 있게! 저 불쌍한 사람의 문제가 무엇인지 내가 가서 알아보겠네."

"아니, 자네는 불구덩이 속으로 참 빨리도 뛰어들려고 하는군. 내가 가지 않겠다고 누가 그랬나? 나도 같이 가겠네."그렇게 말하며 스튜틀리가 길을 안내하자 다른 사람들도 모두 그 뒤를 따랐다. 그리고 얼마 가지 않아 숲속의 작은 공터에 이르렀는데 그곳에서는 어지럽게 펼쳐져 있는 덤불 아래에서 샘이 콸콸 솟아 나와 자갈이 깔린 유리같이 맑고 넓은 연못으로 퍼져나가고 있었다.

이 연못 옆의 버드나무 가지 아래에 한 젊은이가 누워 얼굴을 묻은 채 크게 흐느끼고 있었고 그 소리가 예민한 스튜틀리의 귀에 들렸던 것이었다. 젊은이의 금발머리는 뒤엉켜 있었고 옷은 마구 뒤틀린 것이 그를 에워싼 모든 것들이 그가 얼마나 슬퍼하며 괴로워하고 있는지 말해 주고 있었다. 청년의 머리 위 버드나무 위에는 금은으로 환상적인 무늬를 새긴, 윤기 낸 나무로 만든 아름다운 하프가 걸려 있었다. 옆에는 단단한 물푸레나무로 만든 활과 근사하고 매끄러운 화살 열 개가 놓여 있었다.

숲에서 나와 그 작은 공터로 들어서자 윌 스튜틀리가 소리쳤다. "여보게, 푸른 풀밭을 그렇게 눈물로 적시며 누워 있는 자네는 누구인가?"

모르는 사람의 음성을 듣자 자리에서 벌떡 일어난 청년은 잽싸게 활을 집어들어 화살을 시위에 재고는 언제 닥칠지 모르는 불행한 사태에 대비했다.

낯선 청년의 얼굴을 제대로 보자 스튜틀리의 일행 중 한 사람이 말했다.

버드나무 가지 아래에 한 젊은이가 누워 얼굴을 묻은 채 누워 있었다.

"저 청년이 누구인지 제가 잘 알고 있어요. 저 청년은 이 근방에서 몇 번 본 적이 있는 어떤 음유시인이에요. 한 돌 지난 암사슴처럼 껑충거리며 언덕을 가로질러가는 것을 본 것이 불과 일주일 전인데. 그때 저 청년은 귀에는 꽃을 꽂고 머리에는 수탉의 깃털을 꽂은 근사한 모습이었는데. 그런데 지금은 우리 이 수평아리께서 즐거운 깃털이 몽땅 뽑히셨나."

그 소리를 듣자 윌 스튜틀리가 청년에게 다가가며 외쳤다. "저런! 그만 눈물을 닦게. 난 키도 크고 건장한 멀쩡한 사내가 죽은 새를 앞에 두고 훌쩍이는 열네 살 계집아이처럼 질질 짜는 것은 질색이네. 활을 내려놓게나! 자네를 해치려는 것이 아니야."

그러나 아직 소년 티가 채 가시지 않은 앳된 모습을 한 청년이 스튜틀리가 한 말에 괴로워하는 것을 본 윌 스칼렛이 청년에게 다가가 어깨에 손을 얹으며 다정하게 말했다. "아니, 가엾기도 하지, 상심이 크군! 이 사람들이 한 말은 신경 쓰지 말게나. 이들이 좀 거칠기는 하지만 자네를 도와주려는 것이니까. 아마도 이들은 자네 같은 젊은이를 이해하지 못할 거야. 자, 우리와 함께 가세. 자네가 처한 어려움이 무엇이든지 역경에 처한 자네를 도와줄 수 있는 사람을 우리가 찾아낼 수도 있지 않겠는가."

그러자 스튜틀리도 퉁명스럽게 거들었다. "그래, 함께 가자고. 자네에게 해를 입히려는 것이 아니라 도와주려고 그랬네. 자네의 악기를 저 나무에서 내려 우리와 함께 가세."

청년은 순순히 그들의 말을 따라 고개를 푹 숙인 채 슬픈 발걸음으로 윌 스칼렛 옆에 서서 함께 따라갔다.

스튜틀리 일행은 그렇게 숲을 뚫고 집을 향해 돌아갔다. 하늘에서는 밝은 빛이 점차 희미해지더니 흐릿한 회색 빛 어둠이 온 사물 위로 내려앉았다. 숲 속 깊이 후미진 곳에서는 밤 시간에나 들리는 기묘하게 속삭이는 소리가 들려왔다. 지난 겨울에 바싹 말라 잘 부서지는 나뭇잎 사이로 발길을 옮기는 그들의 사각거리는 발걸음 소리를 제외하고는 온 주위가 침묵에 잠겨 있었다. 한참을 가니 마침내 여기저기 나무 틈새로 그들 앞에서 밝은 빛이 비치기 시작했다. 조금 더 가자 하얀 달빛에 잠긴 큰 공터가 나타났다. 공터 한가운데에서는 커다란 모닥불이 온 주위에 붉은 빛을 던지며 타오르고 있었다. 불 위에는 사슴, 꿩, 수탉, 강에서 잡은 신선한 물고기들이 맛있는 육즙을 흘리며 구워지고 있었다. 주위의 공기는 요리되고 있던 음식의 달콤한 냄새로 가득 찼다.

스튜틀리 일행이 공터를 가로질러 오자, 많은 사람들이 호기심 어린 표정으로 고개를 돌려 그들의 뒤를 눈으로 쫓았지만 아무도 말을 걸거나 질문을 던지지는 않았다. 그래서 한 쪽에는 윌 스칼렛을, 다른 한 쪽엔 윌 스튜틀리를 대동한 채 낯선 청년은 로빈 후드가 리틀 존을 옆에 한 채 푸른 나무 아래 이끼 낀 의자에 앉아있는 곳에 이르렀다.

스튜틀리 일행이 가까이 다가오자 로빈 후드가 일어서며 청년을 맞았다. "안녕하신가, 젊은 친구. 오늘 우리와 만찬을 즐기러 오셨군."

자신이 본 모든 것에 얼떨떨해진 청년은 놀란 눈으로 주위를 둘러보며 말했다. "아, 이런! 전 아무것도 모릅니다." 그리고 낮은 음성으로 혼자 중얼거렸다. "지금 이것이 꿈인가, 생시인가."

그러자 로빈 후드가 웃으며 말했다. "아니, 자네는 지금 꿈꾸고 있는 것이 아니야. 지금 자네를 위한 훌륭한 만찬을 준비 중이니 이제 곧 꿈이 아니라는 것을 깨닫게 될 거야. 자네는 오늘 우리의 영광스러운 손님이니 말이야."

그러나 청년은 마치 꿈을 꾸고 있는 듯이 여전히 주위를 두리번거렸다. 그리고 잠시 후 로빈 후드를 보더니 말했다. "아, 이제야 제가 지금 어디에 있는지, 그리고 제게 일어나고 있는 이 모든 일이 다 무엇인지 알 것 같습니다. 당신은 바로 그 위대한 로빈 후드죠?"

로빈은 청년의 어깨를 두드리며 대답해 주었다. "그래 바로 맞혔네. 이 근방의 사람들은 나를 그 이름으로 부르지. 자네가 나를 알아보았으니 나와 만찬을 즐긴 사람은 마땅히 그 셈을 치러야 한다는 것도 알고 있겠지? 자네가 두둑한 지갑을 가지고 있을 것으로 믿어 의심치 않네, 멋진 친구.”

“아, 아니요! 전 6펜스짜리 지폐 반 장을 제외하고는 지갑도 돈도 없습니다. 그나마 그 지폐 반 장도 사랑의 정표로 가지고 있는 것입니다. 나머지 반 장은 제 사랑하는 여인이 비단 실로 꼬아 목에 건 채 가슴속에 품고 다니고 있죠.”

그 말에 주위에 서 있던 사람들에게서 폭소가 터져 나왔으므로 불쌍한 청년은 금방이라도 부끄러워 죽을 것처럼 보였다. 그러나 로빈 후드는 월 스튜틀리를 향해 날카롭게 돌아서서 힐책했다. “아니, 이게 도대체 어찌 된 일인가? 이 청년이 우리 지갑을 채우려고 데려온 손님이란 말인가? 이것은 마치 시장에 말라빠진 수탉을 내다 팔려고 내놓은 꼴이잖아.”

그러자 월 스튜틀리는 인상을 찡그리며 대답했다. “아니요, 대장. 저 청년은 제가 데려온 손님이 아닙니다. 저 청년을 이리 데려온 것은 월 스칼렛입니다. 오늘 아침에 의무와, 흙구덩이에서 1페니를 줍는 것보다 더 나을 것이 없는 일에 대해서 나눈 이야기를 기억하실진 몰라도 선행을 실천하기엔 더없이 좋은 기회라고 생각합니다.”

그리고 뒤이어 월 스칼렛이 나서서 자신들이 비탄에 빠진 청년을 어떻게 발견하게 되었는지 설명하고 아마도 로빈 후드가 곤경에 처한 그 청년을 도와줄 수 있을지 모른다고 생각하여 데리고 오게 되었다고 덧붙였다. 설명을 다 듣고 난 로빈은 청년에게 향하더니 손을 그의 어깨에 얹어 놓고 가까이 끌어당겨 얼굴을 자세히 들여다보았다.

로빈은 반은 자신에게 말하듯 낮은 소리로 말했다. “젊고, 순박하고 선량한 얼굴이군. 순결한 처녀의 얼굴 같고, 이제껏 내가 본 중에 가장 잘생긴 얼굴이야. 하지만 자네의 표정을 보건대 인생의 쓰린 맛을 다 본 듯한 슬픈 모습이야.” 그토록 다정한 로빈의 말에 불쌍한 청년의 눈은 눈물로 넘쳐 났다. 그 모습을 보자 로빈이 황급히 말을 이었다. “아니, 아니 기운 내게. 자네 형편이 돌이킬 수 없을 정도로 그렇게 나쁘지는 않다고 내 장담하네. 그런데 자네 이름은 뭐지?"

"제 이름은 앨런 어 데일입니다."

로빈은 생각에 잠기며 되뇌었다. "앨런 어 데일이라. 앨런 어 데일. 이름이 전혀 생소하게 들리진 않는 군. 그래 맞아, 자네가 바로 최근에 그 아름다운 목소리로 사람들을 매혹시킨 그 음유시인 아닌가? 스타블리 저 너머에 있는 로터스트림 골짜기에서 오지 않았나?"

"예, 맞습니다. 그곳에서 왔습니다."

"자네 올해 몇이지, 앨런?"

"이제 스물입니다."

"자넨 고통으로 혼란스러워하기엔 아직 젊은 나이지." 로빈은 다정하게 말하더니 다른 사람들을 향해 외쳤다. "어서 이리 모여 만찬 준비를 하라고! 윌 스칼렛 자네와, 리틀 존 자네만 나와 함께 여기 남아 있게."

다른 사람들이 모두 각자 맡은 일을 하러 가 버리고 나자 로빈은 다시 한번 청년을 향해 말했다. "자, 이제 자네의 고민이 무엇인지 허심탄회하게 말해보게. 속에 있는 말을 털어놓으면 가슴속의 고통도 좀 줄어든다네. 그것은 마치 커다란 둑이 넘쳐날 때 쓸모 없는 작은 둑을 터뜨리는 것과 같은 이치지. 자, 이리 와 내 옆에 앉아 편히 얘기하게."

그러자 청년은 곧 세 사람에게 자신의 가슴속에 있던 것을 털어놓았다. 처음에는 머뭇거리며 말을 끊었다 이었지만 세 사람이 자신의 말에 열심히 귀 기울여 들어주자 점점 편하게 마음 터놓고 말을 이었다. 그래서 자신이 요크(York)에서 아름다운 로터 골짜기로 오게 된 사연과 음유시인으로 성, 혹은 연회장, 혹은 농가 등에 머무르며 전국을 유람하게 된 사연 등을 설명했다. 그러다 어느 기분 좋은 날 밤 널찍하고 낮은 농장에서 하룻밤을 보내게 되었는데, 그곳에서 청년은 한 튼튼한 지주와 봄에 피어나는 첫 아네모네처럼 사랑스럽고 순수한 처녀 앞에서 노래를 불렀다고 했다. 자신이 그 처녀에게 어떻게 노래를 부르고 음악을 연주해 주었는지, 감미로운 엘렌 오브 더 데일

(Ellen o' the Dale)이 자신의 노래를 얼마나 열심히 들어 주었으며, 자기를 사랑하게 되었다는 것을 말했다. 그러다 낮고 달콤한 목소리로, 속삭임처럼 들릴까말까한 소리로 청년은 자신이 처녀를 지켜보다가 그녀가 밖으로 나오면 가끔씩 마주치게 되었지만 그녀의 아름다운 자태에 감히 아무런 말도 꺼내지 못했다고 했다. 그러다 드디어 로터 강둑 옆에서 청년은 자신의 사랑을 처녀에게 고백했고 처녀 역시 청년의 심금을 기쁨으로 떨게 만들 사랑의 밀어를 속삭였다고 했다. 그리고 두 사람은 6펜스 짜리 지폐를 반으로 찢어 간직하고 서로에 대해 영원한 사랑을 맹세했다.

그런데 얼마 안 있어 처녀의 아버지가 상황이 어떻게 돌아가는지 눈치 채고는 청년이 다시는 처녀를 보지 못하도록 데려가 버렸고 처녀를 잃은 청년의 마음은 금방이라도 부서질 것만 같았다. 그리고 처녀를 마지막으로 본 지한 달 반이 지난 바로 그날 아침, 앞으로 이틀 후 처녀가 트렌트(Trent)의 늙은 스티븐 경과 결혼하게 될 것이라는 소식을 우연히 전해 듣게 되었다고 했다. 비록 엘렌이 그 결혼을 원하지 않는다 하더라도 엘렌의 아버지는 자신의 딸을 그토록 지체 높은 신분의 사람에게 시집보내는 것이 대단한 영예라고 생각했기 때문이었다. 그리고 기사라면 세상에서 가장 아름다운 여인을 자신의 아내로 맞아들이길 원하는 것이 전혀 이상할 것도 없었다.

주위에서는 농담소리와 웃음소리와 식사준비를 하느라 덜그럭거리는 여러 부하들의 웅성거림이 들려오는 가운데 세 사람은 이 모든 이야기를 말없이 조용히 들었고 붉은 모닥불빛이 그들의 얼굴과 눈 위로 번쩍이고 있었다. 그 불쌍한 청년의 이야기는 매우 단순했지만 그의 슬픔은 몹시 깊었으므로 리틀 존조차도 목에 무엇이 메이는 것을 느꼈다.

잠시 동안 침묵을 지키던 로빈이 말을 꺼냈다. "난 자네의 그 처녀가 자네를 진심으로 사랑했다는 것을 믿어 의심치 않네. 자네는 말로 공중에 날아가는 새들조차 매혹시킬 수 있었다는 프랜시스 성인처럼 혀 아래에 은 십자가라도 지니고 있는 것이 분명하니 말이야."

자신의 감정을 화난 말로 은폐하려고 리틀 존이 갑자기 끼어들었다. "내 몸을 걸고 맹세하는데, 당장이라도 달려가서 저 사악한 스티븐 경을 없애고 싶은 마음이 굴뚝같아. 뭐라고, 쭈글쭈글한 늙은이 주제에, 장날 시장에서 암평아리를 사듯 여리디 여린 소녀와 결혼하겠다고? 흥, 말도 안 돼! 자기 주제가 어떤지 똑똑히 깨닫게 해 주겠어!"

그러자 윌 스칼렛도 한 마디 했다. "아버지의 명령에 그렇게도 빨리 마음을 바꾸다니 난 그 처녀가 잘못한 것 같은 생각이 드는데. 특히 스티븐 경처럼 그렇게 늙은 사람과 결혼을 하게 되었는데도 말이야. 난 그 처녀가 마음에 안 드네, 앨런."

그 말에 앨런이 흥분해서 대답했다. "아니요, 엘렌을 모욕하지 마세요. 그녀는 들비둘기처럼 연약하고 온순하답니다. 이 세상의 그 누구보다도 저는 엘렌을 잘 알아요. 그녀는 아버지의 명을 거역하지 못하고 따를 거예요. 하지만 만일 스티븐 경과 결혼하게 된다면 그녀는 마음이 터져 죽고 말 거예요. 제 소중한 사랑은, 저는 …" 앨런은 더 이상 말을 이을 수 없었으므로 중간에서 멈추고 고개를 흔들었다.

다른 사람들이 뭐라고 말을 나누고 있는 사이, 로빈 후드는 생각에 잠겨 있다가 이윽고 말을 꺼냈다. "앨런, 자네 경우에 꼭 들어맞을 묘안이 있네. 하지만 먼저 내게 말해 주게. 자네의 진정한 연인이 정말로 자네와 결혼할 마음이 있는 것으로 생각하는가? 비록 처녀의 아버지가 안 된다고 하더라도 결혼 예고가 발표되고 사제를 찾을 수 있다면 교회에서 결혼할 마음이 있겠느냐 말이네."

"예, 물론입니다." 앨런은 열의에 차서 대답했다.

"음, 만일 그녀의 아버지가 내가 생각하는 대로라면 그가 스티븐 경의 결혼식 날 아침에 그 늙은 경 대신 자네를 남편으로 인정하여 그대 두 사람에게 축복을 내려 주도록 내가 만들어 주겠네. 하지만 가만 있자, 아직 해결 못한 문제가 하나 있군, 사제 말이야. 높으신 사제님들은 내가 이런 일을 하려고 할 때면 나를 그리 썩 좋아하지 않는단 말이야. 자신들이 얼마나 뻣뻣한 존재인지 증명이라도 하려는 것 같아. 그리고 계급이 낮은 성직자들은 수도원장이나 주교 때문에 내게 호의를 베풀기를 두려워하고."

그러자 윌 스칼렛이 웃으며 나섰다. "걱정 마세요, 그 문제라면 제가 어떤 탁발수사를 알고 있어요. 그분이라면 요한 교황이 추방하겠다고 나선다 해도 삼촌 편을 들어 삼촌이 원하는 대로 해줄 거예요. 그 분은 파운틴 수도원의 탁발수사라고 알려져 있고 파운틴 데일에 살고 있답니다."

"그렇지만 파운틴 수도원이라면 이곳에서 족히 100킬로미터는 떨어진 곳이야. 우리가 이 청년을 도우려면 그 처녀가 결혼하기 전에 일을 끝내야 하는데 우리에게는 그곳까지 갔다가 돌아올 시간 여유가 없어. 그러니 그곳에 가봤자 아무런 소용이 없지."

그러자 윌 스칼렛이 다시 한 번 웃음을 터뜨렸다. "네, 그렇긴 하지만 제가 말한 이 파운틴 수도원은 삼촌이 말한 곳처럼 그렇게 멀지 않아요. 제가 말한 파운틴 수도원은 동명의 다른 곳처럼 그렇게 부유하고 유명한 곳이 아니라 작고 소박한 암자예요. 그렇긴 해도 은자들이 그곳에 머물기에는 더없이 아늑한 곳이지요. 제가 잘 알고 있으니 삼촌을 그곳으로 안내할 수 있어요. 아무리 멀다고 해도 보통 사람 걸음으로 하루면 다녀올 거리밖에 안 되니까요."

그 말에 로빈이 기뻐하며 소리쳤다. "앨런, 자네 손을 내게 주게. 내 앨프리다 성인의 밝은 머리에 대고 맹세하는데 앞으로 이틀 후면 엘렌 어 데일은 자네의 아내가 될 걸세. 내일 파운틴 수도원의 그 탁발수사를 찾아가서 한 대 후려치는 한이 있더라도 반드시 내 편으로 만들고야 말겠네."

로빈의 그 말에 윌 스칼렛이 다시 웃었다. "삼촌, 너무 그렇게 자신만만해하지 마세요. 그렇긴 해도 제가 아는 한, 그 탁발수사는 아름다운 두 청춘 남녀를 흔쾌히 짝지어 줄 거예요, 특히 결혼식 후의 피로연에 맛있는 음식과 술이 준비되어 있다면요."

그런데 바로 그때 부하들 중 한 사람이 다가와 만찬이 풀 밭 위에 다 차려졌다고 전했다. 그래서 만찬이 훌륭하게 준비된 곳으로 로빈이 앞서자 나머지 세 사람은 그 뒤를 따라갔다. 식사는 매우 즐거웠다. 농담과 이야기가 거리낌없이 오갔고 모두 쾌활하게 웃는 웃음소리가 숲 속으로 다시 울려 퍼져나갔다. 앨런도 다른 사람들과 어울려 웃었다. 로빈 후드가 그에게 불어넣어 준 희망으로 얼굴에는 화색이 돌았다.

드디어 식사가 모두 끝나자 로빈 후드는 옆에 앉아 있던 앨런을 보고 말했다. "자, 앨런. 사람들이 자네의 노래에 대해 그렇게 칭찬이 자자하니 우리도 자네의 솜씨를 들어보고 싶네. 우리에게 무엇인가 불러줄 수 있겠나?"

앨런은 선뜻 대답했다. 빼다가 재차 삼차 청을 받고서야 일어나는 3류 가수가 아니라 첫 번에 "예", "아니요"를 확실히 대답하는 일류 가수였기 때문이었다. 그래서 앨런이 하프를 집어들고 감미롭게 울려 나오는 현 위로 경쾌하게 손을 달리자 식탁 주위는 모두 잠잠해졌다. 하프의 반주에 맞추어 앨런은 드디어 아름다운 노래를 부르기 시작했다.

메이 엘렌의 결혼

(아름다운 동화 속 왕자가 엘렌을 사랑하게 되어
 자신의 나라로 데려간다는 내용)

1
"가시나무 아래에 앉아 있는 메이 엘렌,

대지 위에 떨어진 눈처럼

미풍이 불 때마다 꽃잎들은

비오듯 떨어져 내리고,

가까이 있는 라임 나무에서는

기묘한 들새의 감미로운 노랫소리 들려오네.

2

오, 달콤하고 달콤하여라, 사무칠 듯이 달콤하여라,

오, 그 곡조 달콤함 가시지 않아라!

가슴속은 행복에 뻐근하여

메이 엘렌 미동도 않은 채 서 있네.

그렇게 귀기울이며 얼굴을 든 채,

그 아름다운 곳에 죽은 듯이 앉아 있네.

3

'꽃 속에서 밖으로 나오렴, 새야!

나무에서 내려와,

내 마음 위로 사뿐히 내려앉으렴,

너를 고이 사랑할 테니!'

가시나무 꽃잎을 눈처럼 흩뿌리는 그곳에서

메이 엘렌 그렇게 부드럽게 나지막이 외치고 있었네.

4

노래부르던 새 날갯짓하여

꽃 만발한 나무에서

눈처럼 흰 메이 엘렌의 가슴속으로 날아들었네.

'오, 내 사랑! 오, 내 사랑!'

그렇게 외치며 햇살과 꽃들을 헤치고

자신의 달콤한 침실로 새를 데리고 갔네.

5

낮은 지나고 부드러운 밤이 되어,

초원 위로는 달빛이 흐르고,

그 장엄하고 푸르른 빛을 받으며,

한 청년 조용히 서 있네.

기묘하고도 신비스러운 아름다운 청년,

메이 엘렌의 침실에 그렇게 서 있었네.

6

반짝이는 달빛이 차가운 한 줄기

빛을 던지고 있는 길 위에 청년 서 있었네.

놀란 두 눈을 크게 뜨고 메이 엘렌 응시했지만

그로부터 도망칠 수 없었네.

신비한 꿈속에서 마주친 영혼처럼

청년, 그렇게 고요히 서 있네.

7

낮고 숨죽인 목소리로,

엘렌 물었네, '당신은 어디서 오셨나요?'

'당신은 꿈속의 인물인가요,

아님 제가 지금 환상을 보고 있는 건가요?'

그러자 강가 옆에서 떨고 있는 갈대 틈으로

일렁이는 밤바람처럼 청년 부드럽게 대답했네.

8

'난 멀리 떨어진 요정의 나라에서 온

날개 달린 새라오.

내가 온 그 곳은 황금빛 해변 위로

흘러가는 물결이 부드럽게 노래 부르고,

달콤한 나무들은 언제나 푸르른 곳이라오.

그리고 내 어머니가 그곳의 여왕이라오.'

...

9

아름다운 꽃들을 끌어안기 위해

메이 엘렌 더 이상 침실을 떠나지 않았네.

그러나 고요한 한밤중에

그곳에서 속삭이는 그녀의 음성 들려왔네.

오, 달빛이 하얗게 빛나는 밤이면,

밤새 부르는 그녀의 노랫소리 들렸네.

10

'오, 어서 비단 옷과 아름다운 보석을 걸치렴.'

엘렌의 어머니 말했네.

'저기 린의 영주가 오고 있단다.

너는 그분과 결혼하게 된단다.'

그러나 메이 엘렌 대답하였네, '그럴 수는 없어요.

절대 그 사람의 아내가 되지는 않겠어요.'

11

어둡고 냉혹한 얼굴로 엘렌의 오빠 말했네.

'이제 곧 밝고 푸른 하늘이 드러나면,

미처 하루가 가기도 전에

너의 그 사악한 새는 죽고 말 것이다!

기묘하고도 사악한 마술로

네게 못된 짓을 하였으므로.'

12

그러자 구슬프고 애닲게 노래하며

새는 날아가 버렸네.

성의 처마 위로 날아올랐다가

바람 부는 잿빛 하늘로 사라져 버렸네.

엘렌의 오빠 험악하게 소리쳤네, '이리 와,

왜 그 녀석의 뒤를 응시하는 거야?'

13

메이 엘렌의 결혼식 날이 되었네,

하늘은 맑고 푸르고,

수많은 귀족과 귀부인들 즐겁게

교회 안으로 모여들었네.

신랑은 바로 대머리 휴 경,

온통 비단과 금실로 짠 옷으로 치장했네.

14

머리에는 하얀 화관을 쓰고,

흰 비단 드레스를 걸친 신부 입장했네.

눈은 생기 없는 표정으로 한 곳에 고정되었고,

얼굴은 죽은 사람처럼 창백했네.

사람들 틈으로 들어서자,

알 수 없는 거칠고 기묘한 노래 불렀네.

15

그러자 바람결에 실려오는 듯한

기묘한 소리 들려왔네.

열려진 창문으로 큰 날개 퍼덕이는

아홉 마리의 백조 날아들었네.

사람들 머리 위로 높이,

어둠 속을 뚫고 환한 빛을 던지며 날았네.

16

메이 엘렌의 머리 주위로

넓게 바람을 일으키며 날아,

세 번 크게 원을 그렸네.

하객들은 모두들 놀라고,

제단 옆에 서 있던 사제는,

기도를 중얼거리며 십자가를 그었네.

17

그러나 새들이 세 번 주위를 돌고 나자,

아름다운 엘렌은 곧 사라져 버리고,

그녀 서 있던 자리에는,

눈처럼 새하얀 백조 한 마리 서 있었네.

자연의 사랑스러운 노래와 함께,

그 백조, 재빠르게 날갯짓하여 무리 속으로 끼어들었네.

18

60여 년이 넘게 결혼식에 참석해 온

노인들도 있었지만,

그토록 놀라운 결혼식은

생전 처음 보았다네.

그러나 백조들이 신부를 데려가는 것을

그 누구도 막거나 그 자리에 머물러 있을 수 없었다네."

앨런 어 데일이 노래를 끝마쳤는데도 아무도 침묵을 깰 엄두를 내지 못한 채 그 잘생긴 청년을 바라보며 모두 앉아 있을 뿐이었다. 앨런의 음성이 너무도 감미로운데다 음악 또한 매우 달콤했으므로 사람들은 각기 숨을 죽인 채 조금이라도 숨을 쉬었다가는 마치 시구(詩句)를 잃어버리기라도 할 듯 잠잠했다.

마침내 로빈이 긴 숨을 토해내며 말했다. "정말로, 진실로, 자네는… 앨런! 자네는 우리를 떠나서는 안 되네. 이 상큼한 푸른 숲 속에서 우리와 함께 지내지 않겠나? 정말로 나는 자네가 몹시도 마음에 든다네."

그러자 앨런이 로빈의 손을 잡고 입을 맞추었다. "대장님, 당신과 늘 함께하겠습니다. 오늘 당신이 제게 보여준 그러한 호의는 이제껏 보지 못했기 때문입니다."

그러자 윌 스칼렛도 손을 내밀어 우정의 의미로 앨런과 악수를 나누었고 리틀 존도 따라했다. 그렇게 해서 그 유명한 앨런 어 데일도 로빈 후드의 일원이 되었다.

제 2 장
파운틴 수도원의 탁발수사

셔우드 숲의 강건한 용사들은 다들 아침에 일찍 일어났는데, 특히 여름이 오면 더욱 그랬다. 여름이 되면 새벽이 더없이 상쾌한 가운데 사계절 중 이슬이 가장 산뜻했으며 작은 새들이 부르는 노래가 듣기에 감미로웠기 때문이었다.

아침이 되자 로빈이 말했다. "나는 이제 우리가 어젯밤 이야기했던 그 파운틴 수도원의 탁발수사를 찾으러 가겠다. 그리고 네 사람을 동행으로 데려갈 것인데, 그 넷은 리틀 존과, 윌 스칼렛, 돈커스터의 데이비드와 아서 어블랜드다. 나머지는 이곳에 남아 있도록 하고, 내가 자리를 비운 동안에는 윌 스튜틀리가 너희들의 대장이다."

말을 마친 로빈 후드는 곧장 사슬 갑옷으로 된 근사한 강철 외투를 걸치고 그 위에 링컨 초록색의 가벼운 자켓을 걸쳤다. 머리 위에는 역시 강철로 만든 투구를 쓰고는 그 위에 부드러운 흰 가죽으로 만든 모자를 걸치고 수탉의 깃털을 하나 꽂았다. 옆구리에는 용과 날개 달린 여인들의 기묘한 모습이 그려진 푸르스름하게 날이 선 잘 다듬어진 강철 칼을 찼다. 그렇게 성장하고 나선 로빈의 모습은 근사했고 초록색 겉옷 위로 드러나는 잘 닦인 갑옷의 사슬 연결 부분은 태양이 빛날 때마다 이곳저곳 번쩍였다.

그렇게 성장하고 나서 로빈과 네 사람은 곧 출발했다. 다른 사람들보다 어디로 가야 할지 잘 알고 있었으므로 윌 스칼렛이 앞장서서 길을 안내했다. 그렇게 몇 킬로미터의 거리를, 때로는 요란하게 흐르는 시내를 건너, 때로는 햇빛이 밝게 비치는 길을 따라, 때로는 살랑이는 나뭇잎이 푸르고 서늘하게 차양처럼 드리워진 상쾌한 숲길을 따라 걸어갔다. 그러다 때로는 갑자기 놀란 사슴 떼가 온통 나뭇잎과 가지를 뒤흔들어 놓으며 달려가기도 했다. 로빈 일행은 노래를 부르고 농담과 웃음을 주고받으며 앞으로 계속 걸어간 끝에, 정오가 지날 무렵엔 백합이 흐드러지게 핀, 유리처럼 맑고 넓은 강의 둑에 도착했다. 강둑 옆으로는 강둑을 따라 넓게 다져진 길이 뻗어 있었고, 그 길 위에서는 시골에서 첨탑이 즐비한 도시로 옮겨지는 밀가루 등과 같은 물자를 실은 거룻배를 천천히 움직이도록 잡아당기는 말들이 힘을 쓰곤 했다. 그러나 지금은, 한낮의 고요한 정적 속에서 그들 주위로 말은커녕, 사람 하나 찾아볼 수 없었다. 그들 뒤로도, 앞으로도 강이 뻗어 있을 뿐이었고, 그 잔잔한 수면은 작은 미풍이 몰고 오는 새빨간 먼지로 군데군데 일렁였다. 부드러운 연둣빛 버드나무가 강둑에 면해 늘어서 있었고 저 멀리 높은 탑의 붉게 타일을 얹은 처마가 햇빛을 받아 반짝였고 바람개비는 푸른 하늘을 향해 생기 있게 돌아갔다. 길이 평평하고 단단했으므로 이제 그들은 걸어가기가 훨씬 수월해졌다. 그들 주위로는 제비들이 수면 위로 미끄러지듯 날아가다 자맥질 쳤으며, 회색 잠자리들이 햇빛 속에서 반짝이며 이리저리 날아다녔고, 가끔씩 외로운 왜가리가 놀란 소리를 지르며 강의 얕은 여울에서 자라나는 갈대와 사초 사이의 은신처에서 물보라를 일으키며 날아올랐다.

이 밝고 상쾌한 강을 따라 꽤 오랫동안 걸은 후 드디어 윌 스칼렛이 말했다. "자, 삼촌, 저 앞에 있는 굽은 길 너머에는 아무리 깊어봐야 허벅지 중간 정도밖에 차지 않는 얕은 여울이 있어요. 그리고 강 맞은 편에는 빽빽하게 우거진 덤불 그늘 사이에 숨겨져 있는, 파운틴 데일의 그 탁발수사가 살고 있는 작은 암자가 한 채 있답니다. 찾기에 그리 어렵지는 않지만 제가 길을 알고 있으니 삼촌을 그리로 안내할 게요."

그러나 로빈은 갑자기 멈춰 서며 말했다. "아니, 비록 물이 수정처럼 맑긴 하지만, 강을 건너야 한다고 생각했다면 나는 다른 옷을 입고 왔을 거다. 하지만 뭐 젖는다고 피부가 닳여나가는 것은 아니니까 강을 건너야 한다면 하는 수 없겠지. 그러나 자네들은 이곳에 그대로 있게. 이 즐거운 모험은 나 혼자 즐기고 싶네. 하지만 잘 듣고 있다가 내가 뿔나팔 부는 소리를 듣거든 재빨리 오도록 하게."

그 소리를 들은 리틀 존이 반은 웅얼거리듯이 말했다. "늘 이렇단 말이야. 당신 옆에 함께 할 조금의 가치도 없는 우리들은 기꺼이 그 모험에 끼어들고 싶은 데도 늘 이렇게 하릴없이 손가락이나 비틀며 빈둥거리는 사이 재미있는 모험은 꼭 대장 혼자만 찾아 나선단 말이야."

"아니야, 리틀 존. 난 이번 일이 내게 전혀 위험하지 않다는 것을 알고 있어. 자네는 늘 기꺼이 위험을 무릅쓰리라는 것도 잘 알고 있고. 하지만 이번 만은 내가 명령한 대로 여기 그대로 남아 있게나." 그렇게 말하며 로빈 후드는 돌아서서 일행을 두고 혼자 성큼성큼 앞으로 나아갔다.

자신의 부하들이 시야에서 사라지는 지점인 굽은 길을 지나치자마자 무슨 소리가 들린 것 같았으므로 로빈은 갑자기 멈춰 섰다. 가만히 서서 들어보니 두 사람이 주고받는 것 같았지만 두 목소리는 놀랍게도 한 사람의 음성처럼 들리는 대화소리가 들려왔다. 그 소리는 길의 끝이 강의 사초가 무성한 가장자리로 3미터나 뚝 떨어지는 가파르고 높은 강둑 뒤에서 들려왔다.

잠시 후 음성이 대화를 중단하자 로빈은 혼자 중얼거렸다. "거참, 이상하다. 분명히 두 사람이 서로 말을 주고받는 것 같긴 한데, 꼭 한 사람의 음성처럼 똑같단 말이야. 두 사람의 음성이 이렇게 똑같은 경우는 내 일생 동안 이제껏 들어본 적이 없어. 목소리로 판단해 보건대, 정말로 이 둘은 한 깍지에 든 두 완두콩처럼 똑같은 걸. 어찌된 일인지 한 번 알아봐야겠어." 그렇게 말하며 로빈 후드는 강둑으로 조심조심 다가가 꼭대기에 이르자 풀밭에 몸을 누이고 아래를 몰래 살펴보았다.

강둑 아래로는 모든 것이 서늘하고 그늘져 있었다. 탄탄한 버드나무가 위로 쭉 뻗지 않고 강물 위로 가지를 드리워 부드러운 잎새로 그늘을 만들며 자라고 있었다. 주위에는 서늘한 곳만 찾아 자라나는 솜털이 무성한 양치류가 서식하고 있었고 흐르는 강의 촉촉한 가장자리를 좋아하는 야생 백리향의 부드러운 냄새가 로빈의 코로 올라왔다. 그곳에, 널따란 등은 버드나무의 껄껄한 줄기에 기댄 채 주위의 부드러운 양치식물에 반은 가려 보이지 않는 탄탄하고 강건한 한 사내가 앉아 있었다. 그의 머리는 공처럼 둥글었고 앞이마까지 낮게 자라난 검은 고수머리로 엉켜 있었다. 그러나 그의 정수리는 사람의 손바닥처럼 매끄럽게 윤이 났고 그 모습과 함께 헐렁한 사제복과 고깔, 묵주만 아니었더라면 그는 결코 사제처럼 보이지 않았다. 볼은 비록 텁수룩하게 곱슬거리는 검은 턱수염으로 뒤덮여 있었지만 마치 한겨울의 게처럼 붉고 밝게 빛났고, 턱과 윗입술 역시 붉은 혈색이 돌았다. 그리고 목은 북쪽 지방의 황소처럼 두툼했고, 둥근 머리는 리틀 존과 겨루어도 뒤지지 않을 만큼 두 어깨 사이에 떡 버티고 있었다. 숱 많은 검은 눈썹 아래로는 장난기 가득한 익살로 인해 잠시도 가만히 있지 못하는 작은 회색 두 눈이 춤을 추고 있었다. 누구든 그의 얼굴을 들여다본 사람이라면 그 재미있는 모습에 마음이 즐거워지지 않을 사람이 없었다. 그리고 옆에는 머리를 식히기 위해 벗어둔 강철로 만든 모자가 놓여 있었다. 그는 두 다리를 넓게 벌리고 앉아서 무릎 사이에는 양파와 고기 냄새가 섞여 맛있는 냄새를 풍기는, 부드럽고 연한 양파를 곁들인 다양한 종류의 고기로 만든 커다란 고기 파이를 들고 있었다. 오른손에는 노릇노릇하게 구워진 커다란 빵 덩어리를 든 채 힘차게 씹어 먹었고, 가끔 왼손을 파이 속으로 밀어 넣어 고기를 뜯어내곤 했다. 그리고 때때로 옆에 있던 맘지 백포도주가 든 커다란 병을 집어들어 들이마셨다.

그 광경을 지켜본 로빈 후드가 혼자 중얼거렸다. "이야말로 정말 즐거운 식사이며, 즐거운 사람이며, 유쾌한 장소이고, 온 잉글랜드에서 가장 재미있는 광경이로군. 난 또 다른 사람이 있는 줄로 생각했더니만 저 사제가 혼자 중얼거린 것이 틀림없어."

　로빈이 그렇게 탁발수사를 지켜보며 누워 있는 동안 탁발수사는 자신이 주시 당하고 있다는 사실을 전혀 모른 채 차분하게 식사를 했다. 마침내 식사를 끝내자 기름기 도는 손가락을 양치식물과 야생 백리향에 닦고는(온 세상에서 어떤 왕이 쓰던 냅킨보다도 더 부드러웠다), 술병을 들고 마치 다른 사람인 것처럼 자신에게 중얼거리고 다시 또 다른 사람이 말하는 것처럼 대답했다.

　"여보게 젊은이, 자네는 이 세상에서 가장 멋진 사내일세, 나는 청년이 처녀를 사랑하듯이 자네를 사랑하네. 이런, 이렇게 아무도 없는 쓸쓸한 곳에서 그렇게 말하다니 부끄럽군요. 그래도 제게 그렇게 말씀해 주시니 저 역시 당신이 저를 사랑하는 것처럼 당신을 사랑합니다. 그러면, 이 훌륭한 맘지 백포도주 한잔 맛보지 않겠나? 젊은이, 자 먼저 마시게. 아니오, 청하오니 먼저 드시지요(여기서 그는 술병을 오른손에서 왼손으로 건넸다). 당신이 시키는 대로 하도록 강요하실 수도 있지만 그보다는 제가 기꺼이 당신의 건강을 위해 마시도록 하겠습니다(여기서 그는 깊이 술병을 들이켰다). 자, 젊은이 이제 자네 차례네(여기서 그는 다시 술병을 왼손에서 오른손으로 건넸다). 젊은 친구, 내가 술병을 다시 받았으니 나 역시 자네가 내 건강을 빌어 준 것처럼 자네의 건강을 위해 건배하겠네." 그렇게 말하며 탁발수사는 다시 술병을 들이켰는데 정말로 두 사람이 먹어도 충분할 양을 혼자 해치웠다.

　탁발수사가 혼자 그렇게 진귀한 광경을 연출하는 동안 내내 로빈은 강 둑 위에 엎드려 하나도 빼놓지 않고 엿들으며 터져나오는 웃음을 참기 위해 손바닥으로 입을 틀어막고 있어야만 했다. 로빈은 정말로 노팅엄 주를 통틀어도 찾아보기 힘든 그 재미있는 익살을 망쳐놓고 싶지 않았던 것이다.

　마지막으로 술통을 들이켜고 다시 숨을 내쉰 탁발수사는 다시 중얼거리기 시작했다. "자, 멋진 젊은이, 나한테 노래 한 곡 불러줄 수 있겠나? 에고, 이런 어쩌죠, 전 오늘 목소리가 별로 좋지 않은데요. 그러니 무리한 부탁은 말아 주세요. 제가 개구리처럼 꽥꽥거리는 것 못 들으셨어요? 아니, 아니,

무슨 소리인가. 자네 목소리는 꾀꼬리보다도 더 감미로운데. 내가 이렇게 부탁할테니 그러지 말고 한 곡 불러주게. 진수성찬을 먹으니 차라리 자네의 노래를 듣는 것이 더 좋다네. 어쩌죠, 전 피리를 아주 잘 불고 훌륭한 민요와 노래를 사람 앞이 아니면 잘 부르지 않는데. 하지만 당신이 그렇게 원하신다니 최선을 다해 보죠. 하지만 당신과 제가 함께 부르는 것이 더 좋을 것 같아요. '사랑에 빠진 청년, 냉소적인 처녀'라는 우아한 소곡(小曲) 혹시 알고 계세요? 왜, 아닌가, 전에 들어본 적이 있는 것 같아. 그러면 제가 청년 부분을 부를 테니 당신이 처녀 부분을 맡겠어요? 잘은 모르겠지만 어쨌든 해 보겠네. 자네가 청년 부분을 먼저 선창하게, 내가 처녀 부분을 따라 부를 테니."

그러자 탁발수사는 처음에는 깊고 거친 목소리를 내다가 잠시 후에는 높은 고음으로 여자의 소리를 내며 즐겁게 유쾌한 노래를 불렀다.

사랑에 빠진 청년과 냉소적인 처녀

청년
"오, 내 사랑, 그대 나와 함께 가지 않겠소?
그대 내 사람이 되어주지 않겠소?
내 그대에게 아름다운 리본과 매듭 장식
바칠 테니.
이렇게 무릎 꿇고 그대에게 사랑을 구하나니,
그리고 아름다운 피리 소리도 들려줄 테요.
자, 잘 들어보오,
날아다니는 저 종달새 소리를.
그리고 구구거리는 저 비둘기 소리도!
선명한 수선화는
시냇가에 피어난다오,

탁발수사는 즐겁고 유쾌한 노래를 불렀다.

그러니 그대 내게 와 내 연인이 되어 주오. ”

처녀

“멋지긴 하지만, 그만 가 보세요,

가시라고 말씀드리잖아요.

당신은 제 연인이 될 수 없답니다,

그러니 그만 떠나 주세요.

당신은 제게 어울릴 만큼 충분하지 않아요,

그래서 더 멋있는 청년을 만날 때까지 기다릴 거예요.

아무리 날아다니는 종달새 소리를

들어보고

구구거리는 비둘기 소리를 듣는다 해도!

그리고 선명한 수선화가

시냇가에 피어난다고 해도,

절대 당신 사랑은 되지 않겠어요. ”

청년

“그렇다면 난 즉시 또 다른 여인을 찾아 나설 테요,

널린 것이 처녀들이니까.

당신은 내게서 아무것도 얻지 못할 테요,

절대 그대에게 얽매이지 않을 테니.

들판에 피어난 꽃송이가 그렇게 진귀한 것도 아니고,

아름다운 다른 꽃들도 얼마든지 찾아볼 수 있으므로.

그러니 즐겁게 노래하는

종달새에 귀기울이고,

구구거리는 비둘기 소리 들어보구려!

그리고 선명한 수선화는

시냇가에서 자라난다오.

그리고 나는 다른 사랑을 찾아 떠나겠소.”

처녀

“오, 그렇게 빨리 돌아서지 마세요,

다른 처녀를 찾으러.

제가 너무 성급했던 것 같아요,

아직 마음을 정하지 못했답니다.

그러니 당신이 저와 함께 계신다면

다른 사람이 아닌 당신을 사랑하겠어요.”

여기서 로빈은 더 이상 자제하지 못하고 웃음을 터뜨리고 말았다. 그리고 탁발수사가 노래를 계속하자 로빈도 그 노래에 끼어들었고 그들은 마치 한 사람이 부르듯 함께 노래를 불렀다.

“그러니 즐겁게 노래하는

종달새에 귀기울이고,

구구거리는 비둘기 소리 듣겠어요!

선명한 수선화는

시냇가에서 자라나지요.

그리고 저는 당신의 여인이 되겠어요.”

탁발수사가 로빈의 웃음소리를 듣지 못했고, 누군가가 자신의 노래에 끼어들어 부르고 있다는 사실도 눈치 채지 못한 것 같았으므로 두 사람은 그렇게 함께 노래했다. 탁발수사는 눈은 반쯤 감은 채 앞을 똑바로 주시하며 둥근 머리를 음악에 맞추어 옆으로 흔들었고 대담하게 노래의 끝 부분까지 이르렀으므로 탁발수사와 로빈은 일 킬로미터 밖에까지도 들릴 만큼 커다란 소리로 고함을 지르며 노래를 마쳤다. 그러나 마지막 소절이 끝나기 무섭게 탁발수사는 자신의 강철 모자를 집더니 머리에 재빨리 쓰고는 커다란 음성으로 외치며 벌떡 일어났다. "숨어서 엿보고 있는 놈이 어떤 녀석이냐? 이 사악한 자야, 앞으로 썩 나오지 못할까. 일요일에 요크셔의 아낙네가 요리하는 근사한 고기 파이처럼 네 녀석을 잘게 베어 줄 테다." 그러면서 탁발수사는 사제복 아래서 로빈의 칼만큼 쓸 만한 칼을 뽑아들었다.

그러자 웃어서 흘린 눈물이 아직 볼에서 채 마르지도 않은 로빈이 자리에서 일어서며 대답했다. "아니, 그 무시무시한 무기는 거두시오, 친구. 그렇게 다정하게 함께 노래를 부른 사람들은 싸우지 않는 법이라오." 그리고는 탁발수사가 서 있던 곳으로 한 걸음에 강둑을 뛰어내려갔다. "오랜만에 노래를 불렀더니 10월에 추수하고 난 보리 그루터기만큼이나 목이 타는군. 그 술병에 맘지 백포도주가 좀 남아 있소?"

탁발수사는 로빈의 물음에 무뚝뚝한 어조로 대답했다. "청하지도 않은 곳에 와서 거리낌없이 잘도 부탁하는군. 하지만 나는 선량한 기독교인이니 목이 마른 자가 마시겠다는데 거절할 수 없지. 자네처럼 목마른 사람은 늘 모른 체 할 수 없지." 탁발수사는 술병을 로빈에게 건네주었다.

로빈은 더 이상 아무 말 없이 술병을 받아들고 입술에 댄 후 머리를 뒤로 젖혀 술을 들이켰다. "꿀꺽, 꿀꺽, 꿀꺽!" 술 넘어가는 소리가 세 번 이상은 들렸다. 건장한 탁발수사는 걱정스러운 듯이 로빈을 지켜보고 있다가 로빈이 다 마시자 재빨리 술병을 가로챘다. 그리고는 술병을 흔들다가 밝은 빛에 대고 투시해 본 후, 로빈을 비난하듯이 째려보더니 술병을 입에 갖다 대었다. 그러나 아무리 기울여도 술은 한 방울도 나오지 않았다.

그 모습을 본 로빈이 웃으며 물었다. "이 근방의 지리에 대해서 잘 아시오?"

"조금 알고 있지."

"그러면 파운틴 수도원이라고 불리는 어떤 장소를 알고 있소?"

"알고 있네."

"그렇다면 파운틴 수도원의 탁발수사라는 이름으로 불리는 어떤 분을 알고 있을 수도 있겠구려."

"알고 있네."

"아, 그거 잘 됐군요. 당신이 누구이건 간에, 그 탁발수사를 강 이쪽에서 찾을 수 있는지, 아니면 강 건너편에서 찾을 수 있는지 알고 싶소."

"정확히 말하자면, 강은 건너편밖에는 없지."

"그걸 어떻게 증명할 수 있소?"

로빈의 질문에 탁발수사는 손가락으로 가리키며 말했다. "잘 들어보게. 강의 다른 쪽은 건너편이네, 인정하겠나?"

"예, 그렇소."

"하지만 건너편은 바로 어느 한 쪽이라네. 인정하겠나?"

"아무도 부인할 수 없겠죠."

"그렇다면 건너편이 어느 한 쪽이라면 이 쪽이 건너편이 되기도 하지. 그러나 건너편이 건너편이기도 하니까 강의 양쪽은 모두 건너편이 되는 거야."

"흥, 그거 참 재미있는 논쟁이긴 하지만 내가 말한 그 탁발수사가 지금 우리가 서 있는 강 이쪽 편에 있다는 것인지, 아니면 우리가 서 있지 않은 강 건너편에 있다는 것인지 아직 하나도 알 수 없소."

"그야 논리학이 건드릴 수 없는 교묘한 법칙에 속하는 실제 문제로군. 내한 가지 충고하는데, 자네의 시력, 느낌 등 오감을 총동원해서 스스로 알아보게."

로빈은 생각에 잠겨 건장한 사제를 바라보며 말했다. "나 역시 무척이나서 여울을 건너 그 탁발수사를 찾고 싶소."

그러자 탁발수사는 자못 경건한 척 말했다. "자네처럼 젊은 사람치고는 바람직한 희망이로군. 그렇게 거룩한 임무를 띤 그대를 방해할 생각은 추호도 없네. 강은 누구에게나 열려 있으니 말이야.”

“바로 그렇소, 사제님. 그러나 내 옷이 너무 근사한데다 옷을 적시고 싶지 않다는 것은 알고 있겠죠. 내가 보기에 당신 어깨는 넓고도 건장하군요. 나를 건너게 해주고 싶은 마음이 들지 않소?”

그 말에 탁발수사는 불같이 화를 터뜨리며 소리쳤다. “뭐, 뭐라고! 파운틴의 거룩한 성모의 흰 손을 걸고 맹세하는데, 이 대가리에 피도 안 마른 애송이, 이 망할 놈의 자식아. 너, 너, 또 뭐라고 불러야 하지? 건방지게도 감히 이 거룩한 턱에게 네 녀석을 건너 달라고? 내 맹세코 ….” 여기서 탁발수사는 갑자기 말을 멈추었고 화가 얼굴에서 싹 사라진 표정으로 눈을 몇 번 깜빡였다. 그리고 다시 경건하게 말을 이었다. “하지만 뭐 못할 것도 없지? 거룩하신 크리스토포루스 성인께서도 낯선 나그네들을 손수 강 건너까지 건너다주셨잖아. 그러니 불쌍한 죄인인 내가 그렇게 한다고 부끄러워할 이유가 전혀 없지. 이리 오게, 나그네. 겸손한 마음에서 내 자네의 요구대로 해 주지.” 그렇게 말하면서 탁발수사는 강둑으로 기어올라갔고 그 뒤를 로빈 후드가 바싹 뒤쫓아갔다. 탁발수사는 자갈이 깔린 얕은 여울로 길을 안내하며 속으로는 마치 즐거운 장난이라도 즐기고 있는 것처럼 낄낄댔다.

드디어 여울에 도착하자 탁발수사는 사제복을 허리까지 걷어올리고 칼은 소맷자락 아래로 쑤셔 넣은 후 로빈을 업기 위해 등을 구부렸다. 그러다 갑자기 다시 곧추 서며 말했다. “자넨 아마도 무기 역시 젖는 것을 원치 않겠지. 내 칼과 함께 소매 자락 아래에 같이 넣어 줄 테니 이리 주게나.”

“아니요, 훌륭하신 수사님. 저 하나만으로도 무거울 텐데 수고스럽게 칼까지 들게 하고 싶지 않소.”

“훌륭하신 크리스토포루스 성인께서도 그렇게 고행으로써 마음의 평안을 찾으려고 하셨던 것 모르나? 그러니 내가 말하는 대로 어서 자네의 무기를 주게나. 내가 자만했던 데 대한 참회로 들고 갈 테니.”

탁발수사는 로빈을 업고 개울을 건넜다.

그 말에 더 이상 대꾸하지 않고 로빈 후드는 옆구리에서 칼을 풀어 탁발수사에게 건네주었고 탁발수사는 그것을 자신의 소맷자락 안으로 밀어 넣었다. 그러더니 다시 한 번 등을 굽혔고 로빈이 업히자 물 속으로 힘차게 걸어 들어갔다. 로빈을 업은 탁발수사는 수면에 커다란 파문을 일으키고 얕은 여울의 물을 사방으로 튀기며 앞으로 활기차게 나아갔다. 마침내 탁발수사가 강 건너편에 도착하자 로빈은 그의 등에서 가볍게 뛰어내렸다.

"정말 고맙소, 수사님. 당신은 정말 훌륭하고 거룩한 사제요. 자, 이제 내 칼을 주시오. 볼일이 급하니 어서 가야겠소."

그러나 건장한 탁발수사는 고개를 한 쪽으로 기울인 채 오랫동안 로빈을 바라보다가 몹시 우스꽝스러운 표정을 짓더니 오른쪽 눈을 서서히 찡긋거리며 부드럽게 말했다. "아니, 젊은 친구, 자네가 지금 그리 바쁘다고는 생각하지 않네. 그렇지만 자네는 내 일에 대해서는 전혀 아무것도 생각하지 않는군. 말하자면 자네의 일은 속세의 육신에 관한 일이지, 내 일은 정신에 관한 거룩한 일이고. 게다가 내 일은 이 강 건너편에 있거든. 그대가 그 거룩한 은둔자 탁발수사를 찾는 것으로 보아 자네는 훌륭한 젊은이고 성직자들을 매우 존경하는 것으로 짐작되네. 난 이곳까지 건너오느라 흠뻑 젖었으니 내가 또다시 강을 건넌다면 근육이 당기고 관절 마디가 쑤셔서 수일 동안 제대로 기도를 할 수 없게 될까봐 두렵다네. 내가 자네의 요구에 그토록 겸손하게 응했으니 자네도 나를 업어서 건너게 해주리라 믿네. 바로 오늘이 탄신 축일인 고드릭 성인께서 내게는 두 개의 칼을 쥐여주신 반면, 자네는 빈손이라는 것을 알겠지. 그러니 젊은이, 잔말 말고 나를 다시 업어 건너게 해주게."

로빈 후드는 아랫입술을 깨물며 위를 보았다가 다시 아래를 내려다보더니 대답했다. "이 간사한 탁발수사, 나를 잘도 속여먹었군. 내 일생 동안 이제껏 너의 그 사제복만큼 속여먹기에 더 좋은 것은 없었다고 말해 주고 싶군. 짐짓 그런 척하긴 했지만 외모로 보아 네 녀석이 수도사가 아닌 것을 알아봤어야 했는데."

"아니, 그렇게 상스럽게 말하지 말라고. 이 푸른 칼날에 찔리고 싶지 않 거든 말이야."

"흥, 퉤, 퉤. 그런 말 하지마. 진 사람은 자기가 원하는 대로 혀를 놀릴 권 리도 없단 말이야. 내 칼을 돌려줘. 자네를 다시 업어서 건너다 주겠다고 약 속하지. 아니, 다시는 자네에게 무기를 들지 않겠어."

"좋아, 난 자네가 하나도 두렵지 않아. 여기 네 칼 받아라. 그리고 어서 빨 리 준비해, 나도 빨리 돌아가고 싶으니까."

그래서 로빈은 칼을 도로 받아 옆구리에 차고는 등을 구부려 탁발수사를 업었다.

그런데 이제 로빈이 탁발수사를 업고 가는 것이 아까 탁발수사가 로빈을 업고 갔을 때보다 훨씬 무거웠다. 게다가 로빈은 여울의 지리를 잘 몰랐으 므로 돌부리에 걸려 휘청거리기도 했고, 깊은 구멍 속으로 발을 잘못 디디기 도 했고, 미끈미끈한 돌을 디뎌 거의 넘어질 뻔하기도 했다. 그 사이, 힘들 게 건너가느라 얼굴에서는 구슬 같은 땀이 쉴 새 없이 흘러내리는데 탁발수 사는 빨리 가라고 재촉하며 발뒤꿈치로 로빈의 옆구리를 계속 차며 욕설을 퍼부었다. 그 모든 수모에 로빈은 한 마디 대꾸도 않고 탁발수사가 옆구리에 찬 칼의 걸쇠가 만져질 때까지 가만가만히 주위를 더듬었다. 드디어 걸쇠에 손이 닿자 로빈은 탁발수사가 눈치 채지 못하도록 교묘하게 조임새를 풀었 다. 그래서 탁발수사를 업은 채 건너편 강둑에 이르렀을 때쯤 탁발수사의 칼 은 거의 풀어져 있었으나 정작 장본인은 모르고 있었다. 그래서 마른땅에 발 을 들여놓기 무섭게 탁발수사가 등에서 뛰어내리자 로빈은 탁발수사의 칼을 단단히 움켜쥐었다. 그러자 칼이 칼집에서 떨어져 나오는 바람에 이제 탁발 수사는 수중에 무기가 하나도 없게 되었다.

숨을 헐떡이고 이마에서는 연신 땀을 닦아내며 로빈이 즐겁게 말했다. "자, 이제 내 차례야, 친구. 조금 전 네가 말한 그 성인께서 이번에는 당신 수 중에서 칼을 빼내어 내 손에 칼 두 개를 쥐여주셨다. 그러니 나를 다시 건너다 주지 않으면, 그것도 지금 당장 건너다 주지 않으면, 네 녀석을 구멍난 갑옷처럼 온통 찔러놓을 테다."

탁발수사는 잠시 동안 아무 말도 못한 채 험악한 표정으로 로빈을 노려보기만 하다가 마침내 말을 꺼냈다. "자네 기지가 그렇게 뛰어나고 자네가 그렇게 간교한지는 미처 몰랐군. 정말 내 허를 찔렀군. 내 칼이나 주게. 나 자신을 방어할 때를 제외하고는 자네에게 칼을 뽑아들지 않겠다고 약속할 테니. 그리고 자네 뜻에 따라 자네를 등에 업고 다시 강을 건너다 주기로 약속하겠네."

그래서 로빈은 탁발수사에게 칼을 다시 건네주었고, 탁발수사는 칼을 받아 옆구리에 찼다. 이번엔 걸쇠가 제대로 단단히 조여졌는지 다시 확인했다. 그런 다음 수도복을 다시 걷어올린 후 로빈을 등에 업고 한 마디도 하지 않은 채 물 속으로 걸어들어갔다. 등에서 로빈이 웃으며 업혀 있는 사이 탁발수사는 그렇게 아무 말도 않고 묵묵히 강을 건너갔다. 마침내 물의 수심이 제일 깊은 여울 한가운데에 다다른 탁발수사는 잠시 멈춰 서서는 갑자기 두 손을 치켜 어깨 위로 올리더니 마치 곡식 자루처럼 로빈을 머리 위로 내던졌다.

그 바람에 로빈은 커다란 물보라를 일으키며 곧장 물 속으로 처박히고 말았다. 탁발수사는 유유자적하게 물가로 다시 돌아서며 냉정하게 말했다. "그럴 수만 있다면 그곳에서 자네의 뜨거운 영혼을 좀 식히라고."

그 사이 몇 번이나 허우적거리던 로빈은 마침내 일어설 수 있게 되자 완전히 당황하여 주위를 두리번거리며 서 있었고 물살이 그 주위로 작은골을 이루며 흘러갔다. 마침내 귀에서 물을 빼내고 허우적거릴 때 마신 물을 뱉어낸 후에야 정신을 차린 로빈은 강둑에 서서 웃고 있던 건장한 탁발수사를 보았다. 그러자 로빈은 완전히 제정신이 아니었다. "너, 거기 서, 이 못된 악당아! 당장 쫓아가 오늘부로 네 녀석을 난도질해 놓지 않으면 앞으로 다시는 손가락을 쳐들지도 않겠다!" 그렇게 외치면서 로빈은 첨벙거리며 황급히 강둑으로 걸어 올라갔다.

"그렇게 서두를 필요 없다고. 나도 이곳에서 한 발자국도 움직이지 않을 테니까 걱정 말라고. 그리고 그렇게 꽥꽥거리지만 않으면 나도 더 이상 풀 섶 사이로 네 녀석을 엿보지 않을 테니까."

강둑에 도착한 로빈은 더 이상 아무 말 없이 소매를 팔꿈치까지 걷어올렸다. 탁발수사 역시 사제복을 바싹 끌어 당겨 휘감고는 자신의 탄탄한 팔목을 드러냈다. 팔에는 근육이 오래된 나무의 옹이처럼 불끈 솟아 있었다. 그리고 로빈은 전에는 알지 못하던 것도 보았는데, 바로 탁발수사 역시 사제복 속에 사슬 갑옷을 입고 있었던 것이었다.

"자, 조심하라고!" 로빈은 칼을 뽑아들며 외쳤다.

"흥, 걱정 마시지!" 이미 손에 칼을 거머쥐고 있던 탁발수사 역시 큰소리로 응수했다. 그래서 더 이상은 아무 말도 없이 두 사람은 한데 덤벼들었다. 그로부터 대단히 맹렬하고 힘찬 싸움이 시작됐다. 칼은 햇빛에 번쩍거렸고 멀리까지도 들릴 정도로 챙강 소리를 내며 맞부딪쳤다. 이 싸움은 육척봉으로 하는 장난스러운 시합이 아니라, 진짜 칼로 벌이는 살벌하고도 냉혹한 싸움이었다. 간혹 멈춰 서서 쉬면서 두 사람은 한 시간이 넘도록 싸움을 벌였다. 그리고 때때로 상대방을 경이로운 눈길로 쳐다보며 그토록 막강한 상대는 처음 만난다는 생각을 했다. 그리고 나서는 전보다도 더욱 맹렬하게 공격을 퍼부었다. 그러나 그렇게 오래 싸움을 벌였어도 서로 상대방에게 상처를 입히거나 피를 흘리게 하지는 못했다. 마침내 더 이상 참지 못하고 로빈이 소리쳤다. "잠깐 멈추게!" 그 말에 두 사람은 칼을 아래로 내렸다.

이마의 땀을 훔쳐내며 로빈이 말했다. "다시 시작하기 전에 한 가지 부탁이 있다." 두 사람은 그렇게 오랫동안 싸웠으므로 로빈은 자신이 상처를 입거나 혹은 그처럼 건장하고 용감한 탁발수사를 해치면 둘 다 안 좋은 일이라는 생각이 들기 시작했다.

"내게 부탁할 것이 무엇인가?"

"별 것 아니야. 내 뿔나팔을 세 번만 불 수 있도록 해 주면 된다."

그러자 탁발수사는 이마를 숙여 로빈 후드를 날카롭게 바라보며 말했다. "자네가 또 무슨 간교를 부리려고 그러는지 다 알아. 하지만 하나도 겁나지 않으니 나도 이 작은 호루라기를 세 번 불게 해 주면 자네가 원하는 대로 해 주지."

"그야 물론이지. 자, 그럼 한 번 분다." 그렇게 말하면서 로빈은 자신의 은 나팔을 입술에 갖다 대고는 세 번 분명하고 높게 불었다.

그 사이 탁발수사는 무슨 일이 벌어지나 날카롭게 예의주시하며 손에 앙증맞은 은 호루라기를 들고 있었다. 그 호루라기는 기사들이 자신의 사냥매들을 손목으로 다시 돌아오게 하려고 부르는데 쓰이는 것 같이 생겼는데 탁발수사의 허리춤에 로사리오 묵주와 함께 늘 걸려 있던 것이었다.

한편, 로빈이 분 나팔의 마지막 소리가 메아리가 되어 강을 건너 되울리기 무섭게 링컨 초록색 옷을 걸친 네 명의 부하들은 이미 활시위에 화살을 잰 활을 든 채 굽이진 길을 향해 달려가고 있었다.

"하하, 고작 그거였나, 이 악당아! 자, 그러면 조심하시지." 탁발수사는 외치더니 매사냥에 쓰는 호루라기를 입술에 가져다 대고 째지는 듯하게 큰 소리로 불어 젖혔다. 그러자 길의 다른 한쪽에 면해 있던 덤불 여기저기서 부스럭거리는 소리가 나더니 네 마리의 커다란 사냥개가 갑자기 뛰쳐나왔다.

"부드러운 입술, 방울 목, 예쁜이, 송곳니, 어서 저 녀석에게 덤벼라!" 로빈을 가리키며 탁발수사가 개들에게 외쳤다.

그나마 로빈 가까이에 나무가 한 그루 서 있었기에 망정이지 그렇지 않았더라면 로빈은 큰일을 당할 뻔했다. 누군가 짧은 외마디조차 외칠 겨를도 주지 않은 채 사냥개들은 로빈에게 덤벼들었다. 로빈은 칼을 떨어뜨리고 간신히 나무 위로 날쌔게 뛰어올랐다. 사냥개들은 나무를 에워싸고는 마치 로빈이 처마 위에 올라앉은 고양이라도 되는 듯이 올려다보았다. 그러나 탁발수사는 재빨리 개들을 불러들였다. 그리고 벌어진 광경을 보고 놀라서 꼼짝 않고 서 있던 로빈의 부하들이 있던 길 아래쪽을 가리키며 외쳤다. "저자들에게 덤벼라!” 매가 사냥감을 향해 날쌔게 덮치듯이 네 마리의 개들은 로빈의 부하들을 향해서 맹렬히 달려들었다. 그러나 개들이 달려오는 것을 보자 로빈의 부하들은 모두 일렬로 늘어서서 윌 스칼렛만 제외하고는 각자 화살을 귀 뒤까지 잡아당긴 후 쏘았다.

그리고 이제 옛 민요에서 전해져 내려오는 놀라운 일이 벌어지게 된다. 민요에 따르면 네 마리의 개는 사뿐히 옆으로 비키더니 화살이 소리를 내며 옆을 스쳐지나가자 그것을 입으로 물어 두 동강 내버린 것이었다. 만일 윌 스칼렛이 앞으로 나서서 달려오고 있던 개들을 맞지 않았더라면 네 사람에게 그 날은 불운할 날이 되고 말았을 것이었다. 윌 스칼렛은 개들을 보더니 준엄하게 소리쳤다. “이게 뭐야, 송곳니! 그만 해, 예쁜이! 이 녀석들 이게 뭐야?”

윌 스칼렛의 목소리에 개들은 재빨리 뒤로 물러서더니 곧장 스칼렛에게 달려들어 아는 사람을 만났을 때 보이는 습성처럼 그의 손을 핥고 아양을 떨었다. 사냥개들이 윌 스칼렛의 주위에서 그렇게 기쁘게 날뛰는 동안 다른 사람도 앞으로 나섰다. 한편 그 광경을 지켜본 탁발수사는 놀라서 소리를 질렀다. “아니, 어떻게! 이게 어찌된 일이지? 저 늑대들을 순한 양으로 바꾸어 놓다니 당신 마법사야?” 그러다 네 사람이 가까이 다가오자 윌 스칼렛을 알아보고는 다시 외쳤다. “하, 거참! 내 눈을 믿을 수가 없군! 젊은 윌리엄 감웰 도련님이 저런 자들 틈에 끼여 있는 것을 보다니 이게 어찌된 영문이지?”

당분간은 위험이 없으리라는 것을 깨닫고, 앉아 있던 나무에서 로빈이 기어 내려오고 있는 곳으로 네 사람이 다가가는 사이 윌 스칼렛이 말했다. “아니, 턱(Tuck), 이제 내 이름은 더 이상 윌 감웰이 아니라 윌 스칼렛이라네. 그리고 이 분은 내 삼촌이신 로빈 후드라네. 조금 전까지만 해도 나와 같이 계셨었지.”

조금 머쓱해진 듯이 보인 탁발수사는 두툼한 손바닥을 로빈에게 내밀며 말했다. “정말, 당신의 이름이 노래나 이야기로 회자되는 것은 사주 들었지만 이렇게 싸움을 벌이게 되리라고는 생각조차 못했습니다. 용서해 주기 바랍니다. 그리고 어쩐지 저를 대적할 만큼 대단한 상대라고 생각한 것이 전혀 놀랄 일이 아니었군요."

그러자 리틀 존이 나섰다. "거룩한 사제여, 우리의 친구 스칼렛이 당신과 당신의 개를 알고 있었던 것에 정말로 그 어느 때보다도 더 감사하오. 내가 쏜 화살이 목표물에서 빗나가고 그 커다란 사냥개 녀석들이 우리를 향해 돌진해 오는 것을 본 순간 난 정말 심장이 오그라드는 줄 알았다고."

"당신이 정말 감사하는 것은 그럴 수 있다 치고." 탁발수사는 윌을 향해 심각한 어조로 물었다. "한데, 윌리엄 도련님. 어떻게 해서 셔우드 숲에 머물게 되셨습니까?"

"그야 틱, 아버님의 집사와 나 사이에 있었던 불행한 사건에 대해 모르고 있나?"

"예, 그야 들었지요. 하지만 그것 때문에 이렇게 숨어 계신 줄은 모르고 있었습니다. 신사분께서 그런 사소한 일로 이렇게 숨어 지내야만 하다니 시절이 참 안 좋군요."

그때 로빈이 끼어들었다. "하지만 우린 지금 시간이 별로 없네. 아직 그 탁발수사를 찾아야 한단 말일세."

그러자 윌 스칼렛이 탁발수사를 가리키며 말했다. "삼촌, 그렇게 멀리 가실 필요도 없어요. 지금 삼촌 옆에 서 계시니까요."

"뭐라고? 그렇다면 자네가 오늘 하루 종일 내가 그렇게 힘들여, 물에 처박히기까지 하며 찾아 헤맸던 바로 그 탁발수사란 말인가?"

그 말에 탁발수사는 점잔을 빼며 대답했다. "왜, 아니겠습니까. 저를 파운틴 데일의 탁발수사라고 부르는 사람들도 있고, 농담으로 파운틴 수도원의 수도원장이라 부르는 사람도 있으며, 그냥 간단하게 탁발수사 틱이라고 부르는 사람들도 있답니다."

"혀에서 매끈하게 발음이 되는 것이 나는 그 마지막 이름이 제일 마음에 드네. 하지만 내가 찾던 사람이 바로 자네라고 왜 말해 주지 않고 나를 그렇게 애매하게 헤매도록 두었지?"

"그야, 저에게 확실히 물어보지 않았잖아요."

"아니, 하지만 날이 벌써 늦었으니 더 이상 여기서 이렇게 말하고 있을 겨를이 없어. 우리와 함께 셔우드 숲으로 돌아가세. 그러면 가면서 어찌된 영문인지 모두 얘기해 주겠네."

그래서 더 이상 지체하지 않고 그들은 모두 함께 출발했다. 개들을 뒤에 데리고 다시 셔우드 숲을 향해 길을 나섰다. 그러나 그들이 푸른 나무에 도착하기 전에 때는 이미 저녁이 한참 지나 있었다.

자, 그러면 이제부터는 로빈 후드가 파운틴 데일의 탁발수사 턱의 도움으로 젊은 연인에게 어떻게 행복을 안겨 주었는지에 대해 말할 테니 잘 들어보시라.

제3장
진정한 두 연인의 결혼

　드디어 아름다운 엘렌이 결혼하게 될 날 아침이 되자 로빈은 말하자면, 스티븐 경을 위해 가득 차려 놓은 밥상을 앨런 어 데일이 먹어치울 수 있게 해 주겠다고 맹세했다. 로빈 후드가 행복하고 즐거운 기분으로 잠에서 깨어났고 부하들도 하나씩 차례로 일어났으며 마지막에는 건장한 탁발수사 턱도 눈에서 졸음을 쫓아내려고 일어났다. 지저귀는 수많은 새들의 노랫소리로 공기가 넘칠 듯이 차 오르며 안개에 젖은 아침 속으로 모든 것이 즐겁게 한데 섞여들자 사람들은 각자 경쾌하게 흐르는 시냇가에서 손과 얼굴을 씻었고 하루는 그렇게 시작되었다.

　씻고 난 후 모두 요기를 하며 각자 속을 채우는 동안 로빈이 말했다. "오늘 우리가 처리해야 할 일을 완수하기 위해 이제 곧 출발해야 할 시간이다. 도움이 필요할지 모르니까 나는 스무 사람을 뽑아서 데리고 가겠다. 윌 스칼렛, 너는 이곳에 남아 내가 없는 동안 대장일을 맡아보거라." 그리고 데리고 갈 사람을 뽑기 위해 로빈은 부하들을 쭉 훑었고, 부하들은 각자 자신이 뽑히기를 열망하며 앞으로 몰려 나왔다. 그 중에서 로빈은 데리고 갈 사람을 호명했고 드디어 자신의 부하들 중 정예 부대로 스무 명의 건장한 사내를 추려냈다. 리틀 존과 윌 스튜틀리 외에 나머지 열여덟 명도 이미 언급했던 유명한 청년들이었다. 스무 사람은 선출된 것에 뛸 듯이 기뻐하며 활과 화살, 칼로 무장했다. 로빈 후드는 비밀 장소의 옆문으로 걸어들어가 그곳에서 누구든 떠돌이 음유시인으로 여길 만한 외투를 걸치고, 하프는 어깨에 메기에 안성맞춤이었으므로 어깨에 걸머지고 나왔다.

그렇게 차려 입고 나온 로빈 후드는 사람들이 보기에 구경거리였다. 긴 양말은 초록색이었지만 짧은 상의는 붉은 색과 노란색이 뒤섞였고 온통 울긋불긋한 장식 매듭과 리본과 고리가 매달려 있었다. 머리 위에는 붉은 가죽으로 된 높은 모자를 썼고 모자에는 나부끼는 공작 깃털을 꽂았다.

부하들은 일제히 로빈을 쳐다보고 웃음을 터뜨렸다. 이제껏 자신들의 대장이 그렇게 희한하게 변장한 것은 처음 보았기 때문이었다. 리틀 존은 로빈 후드의 주위를 어슬렁거리며 목을 길게 빼고는 얼굴을 한쪽으로 기울인 채 눈을 가늘게 뜨고 심각하게 하나하나 뜯어보았다. 여러분도 농장의 수탉이 졸고 있는 고양이나 그 비슷한 예사롭지 않은 것을 발견했을 때 가끔 멈췄다가 의심스러운 발걸음으로 다시 움직이며 궁금해서 꼬꼬댁거리며 그 주위를 천천히 도는 모습을 본 적이 있을 것이다. 바로 그러한 모습으로 리틀 존이 로빈의 주위를 빙빙 맴돌았다. "이런, 그 모습 좀 봐요! 정말 우리 대장님인가? 그것 참 희한한 모습이로군!" 마침내 리틀 존은 로빈의 앞에 멈춰 섰다. "대장, 맹세코 지금 이 복장은 이제껏 대장이 입은 옷 중에서 제일 우아하고 멋진데 그래요. 훌륭하신 순교자 울프헤드 성인께서 꼬리를 보라색과 초록색으로 칠한 채 바위 위에 앉아 있는 한 사람을 본 이후로 이보다 더 멋진 의상은 없을 거예요."

로빈은 팔짱을 끼고 아래를 쳐다보며 대답했다. "내가 보기에도 이 복장이 촌스럽고 요란하게 튀는 복장이라는 것을 알아. 그렇지만 내 모습을 감추기에 이보다 잘 어울리는 복장은 없으니까 잠시 동안 입고 있을 거네. 하지만 잠깐만, 리틀 존. 여기 이 자루 두 개나 좀 받게. 이것들은 자네의 주머니에 넣어 가져갔으면 해. 이 잡동사니 옷 아래에는 숨기기가 좀 위험해."

리틀 존은 자루들을 받아들고 손으로 무게를 재며 대답했다. "그러죠,

뭐. 여기 금화가 들어있는가 보군요."

"그래, 거기에 든 것은 내 금화라네. 우리 전체 재산과는 아무런 상관도 없지." 그리고 재빨리 돌아서며 외쳤다. "이봐, 자, 어서들 출발하자고." 그리고 한가운데에 앨런 어 데일과 탁발수사 턱을 서게 하여 스무 사람의 부하들을 모두 일렬로 좁게 세운 후 자신이 앞에서 행렬을 이끌며 숲 그늘을 벗어나 갈 길로 향했다.

그들은 오랫동안 걸어서 셔우드 숲을 벗어나 로터 강이 흐르는 골짜기에 도착했다. 그곳에는 그들이 숲 속에서 보던 모습과는 사뭇 다른 풍경이 펼쳐져 있었다. 관목으로 이루어진 산울타리, 보리로 빼곡이 들어 찬 넓은 들판, 하늘과 맞닿을 때까지 완만하게 솟아오른 푸른 초원에는 흰 양 떼로 점점이 수놓아져 있었고, 목초장에서는 칼새가 스치듯 그 위로 날아다니는 부드러운 흰 천 위에 말리기 위해 널어놓은 아침에 갓 벤 건초의 향기가 풍겨왔다. 그들이 본 풍경은 그러했고, 그것은 상쾌한 삼림의 복잡한 숲 속 모습과는 사뭇 달랐지만 그 풍경도 보기에 무척 좋았다. 로빈은 가슴을 앞으로 쑥 내밀고 고개는 뒤로 힘껏 젖힌 채 목초장 위로 떠도는 부드러운 미풍에 실려오는 향기를 맡으며 행복하게 걸으면서 일행을 인솔해 나갔다.

"정말로 이곳의 풍경도 숲 속의 그늘만큼이나 근사하구나. 누가 이곳을 눈물의 골짜기라고 불렀지? 내 생각에 세상에 어둠을 드리우는 것은 바로 우리 마음속에 도사린 음울함이 아닌가 싶어. 자네가 즐겨 부르는 노래도 그렇게 노래하고 있지 않나, 리틀 존, 그렇지?"

> "내 사랑의 눈이 밝게 빛날 때면,
> 그 아름다운 입술이 진귀하게 미소지을 때면,
> 그날이 바로 더없이 행복하고 화창한 날이라네,
> 날씨가 흐리거나 맑거나 상관없이,
> 시원한 맥주가 어디서나 넘쳐흐를 때면

우리의 근심과 비애는 어느새 지난 일이 되어 버리네."

그러자 탁발수사 턱이 경건한 체 말했다. "아니요, 당신은 세속적인 것에 대해서만 생각하고 그 외의 것은 생각지 않는군요. 하지만 음주와 여인의 밝게 빛나는 눈보다도 근심과 걱정으로부터 더 안전하게 지켜주는 것이 있답니다. 바로 금식과 명상이지요. 저를 보세요, 제가 어디 걱정거리 있는 사람으로 보입니까?"

그 말에 주위에서는 일제히 커다란 웃음이 터져 나왔다. 바로 전날 밤 건장한 탁발수사 턱이 다른 사람들보다도 두 배는 넘게 맥주잔을 비웠기 때문이었다.

터지는 웃음 속에서 간신히 말을 꺼낼 수 있게 되자 로빈이 말했다. "그렇네, 정말로 자네의 고행은 선량함에 버금간다고 말하지 않을 수 없군."

로빈 일행은 그렇게 떠들고, 노래하고, 농담과 웃음을 나누며 걸어갔고 마침내 에밋 수도원이 소유하고 있던 방대한 영지에 속한 작은 교회에 도착했다. 바로 그날 아침에 그 교회에서 아름다운 엘렌이 결혼하기로 되어 있었으므로 로빈 일행이 최종 목적지로 삼은 장소가 바로 그곳이었던 것이다. 주위에 온통 물결치는 보리밭으로 둘러싸인 교회가 서 있는 곳의 길 맞은편에는 길가를 따라 돌담이 늘어서 있었다. 그 돌담 너머로 대로변에는 어린 나무들과 관목이 자라고 있었고, 돌담 여기저기는 따뜻한 대기를 멀리까지 그 감미로운 여름 향기로 가득 채우고 있던 담쟁이덩굴의 꽃으로 뒤덮여 있었다. 로빈 일행이 곧장 돌담을 넘어가 맞은편 키 큰 보드라운 풀밭 위에 앉으니 그곳 그늘에 누워 있던 양 떼들은 놀라서 사방으로 흩어져 버렸다. 돌담과 아름다운 어린 나무들과 관목들이 만들어 내는 기분 좋은 서늘한 그늘이 있었으니 아침부터 힘들게 걸어온 먼 여정 끝에 로빈 일행이 자리를 잡고 앉아 쉬기에는 더없이 안성맞춤이었다.

"너희들 중에서 한 사람이 불침번을 서고 있다가 누군가 교회로 다가오는 것을 보거든 말해 주기 바란다. 불침번을 설 사람으로는 젊은 돈커스터의 데이비드를 지명하겠다. 데이비드, 저 돌담 위로 올라가서 담쟁이덩굴 속에 몸을 숨기고 있다가 누가 오는지 잘 지키고 있으라고."

　로빈이 명령한 대로 데이비드가 즉시 이행하자 나머지 사람들은 각자 편하게 쉬었다. 풀밭 위에 몸을 대자로 뻗은 채 이야기를 나누는 사람도 있었고, 잠을 청하는 사람들도 있었다. 주위는 온통 침묵으로 빠져들었고, 두런두런 속삭이는 사람들의 낮은 목소리와, 수심으로 가득 차 잠시도 가만히 있을 수 없어서 안절부절못하며 왔다 갔다 하는 앨런의 발걸음 소리와, 부드러운 나무를 아주 천천히 톱질하는 듯한 소리를 내며 낮잠을 즐기고 있던 탁발수사 턱의 부드럽게 코고는 소리만이 그 침묵을 깨뜨릴 뿐이었다. 로빈은 등을 풀밭에 대고 누워 위에 있던 나뭇잎들을 올려다보며 생각에 잠겨 있었고 그런 상태로 꽤 오랜 시간이 흘러갔다.

　그러다가 로빈이 불쑥 말을 꺼냈다. "돈커스터의 데이비드, 말해 보게, 뭐가 보이지?"

　"점점이 떠다니는 하얀 구름이 보이고, 땅 위로 날아다니는 세 마리 검은 까마귀와 부는 바람이 느껴질 뿐입니다. 하지만 그 외에는 아무것도 보이지 않습니다, 대장님."

　그래서 또다시 침묵이 찾아왔고 얼마간 시간이 흘렀다. 점차 조바심이 나던 로빈이 다시 침묵을 깨며 물었다. "젊은 데이비드, 말해 보게, 이번엔 뭐가 보이지?"

　"서서히 돌아가는 풍차와 하늘을 보며 흔들리는 키 큰 포플러나무 세 그루가 눈에 들어오고 언덕 위로 날아다니는 개똥지빠귀 떼가 보일 뿐이에요. 하지만 그 외에는 아무것도 보이지 않아요."

　그래서 또 얼마간 시간이 흘러갔고 마침내 로빈 후드는 데이비드에게 무엇이 보이느냐고 다시 물었다. 이번에는 데이비드의 대답이 달랐다. "뻐꾸기가 노래하는 소리가 들리고요, 바람이 보리밭에 물결을 일으키는 것이 보여요. 그리고 저 언덕 너머에서 한 늙은 수도사가 교회로 오고 있네요. 그리고 손에는 커다란 열쇠 꾸러미가 들려 있어요. 아, 저것 봐요! 지금 막 교회 문 앞에 도착했어요."

그 소리에 로빈은 벌떡 일어나더니 탁발수사 턱의 어깨를 흔들어 깨웠다. "어서 일어나게, 턱!" 로빈의 외침에 턱은 투덜거리며 일어섰다. "자, 힘내라고! 저기 교회 문 앞에 자네와 같은 성직자가 있네. 어서 가서 저 사람에게 말을 건 후 우리가 원하는 때에 맞추어 나타날 수 있도록 교회 안으로 들어가 있게. 그동안 리틀 존과 윌 스튜틀리와 내가 곧 자네를 뒤쫓아갈 테니까."

그래서 탁발수사 턱은 언덕을 기어올라가 길을 건너 교회로 다가갔다. 교회 문 앞에서는 늙은 사제가 커다란 열쇠 꾸러미를 든 채 자물쇠가 녹슬기도 했고 그 자신이 늙은 데다 힘이 없었으므로 아직도 문과 씨름하고 있었다.

턱이 사제에게 다가가 말을 걸었다. "안녕하세요, 제가 좀 도와드릴게요." 그렇게 말하며 사제에게서 열쇠 꾸러미를 받아든 턱은 열쇠를 꽂아 단번에 문을 열었다.

째지는 듯 가랑가랑 거리는 소리로 늙은 사제가 물었다. "훌륭한 형제여, 그대는 누군가? 어디에서 오는 길이며 어디로 가는 길인지?" 그러고는 올빼미가 밝은 태양에 눈부셔하듯 건장한 턱을 바라보며 눈을 꿈뻑거렸다.

"그렇게 물어보시니 대답해 드리죠. 제 이름은 턱이고요, 결혼식이 거행되는 동안 혹시나 형제님께서 이곳에 머물러 있도록 허락해 주신다면 더 이상 다른 곳으로 가지 않을 것입니다. 저는 파운틴 데일에서 왔고, 정말로 혹자들은 제가 거룩하신 에설라다 성녀(Saint Ethelrada)에 의해 축복 받은 샘 옆에 있는 작은 암자에서 살고 있다고 해서 저를 가난한 은자라고 부르기도 한답니다. 형제님도 아시겠지만 에설라다 성녀는 어느 여인보다도 가혹한 순교를 당하지 않았습니까. 즉, 혀가 잘리는 바람에 죽은 갈까마귀처럼 한 마디도 할 수 없었죠. 그러나 그 후에 어떻게 되었습니까? 제 말을 들어보시죠. 그 성녀께서 바로 그 샘에 오게 되었죠. 그러나 저는 그곳의 샘물 덕을 그다지 보지 못했다고 고백하지 않을 수 없군요. 그 찬물을 마시면 제 속이 늘 복통으로 뒤집히기 때문이죠."

"하지만 그 축복 받은 샘으로 에설라다 성녀가 다가갔을 때 무슨 일이 일어났는지 무척 궁금하네."

"그야, 성녀께서 그 샘의 물을 마시자 사악한 마음을 지닌 많은 사람들은 그것이 뭐 그리 큰 하늘의 선물이냐고 말할지 모르겠지만 바로 말할 수 있는 능력을 되찾게 된 것이지요. 그런데 제가 알기로는 오늘 여기서 결혼식이 있을 거라고 하더군요. 그래서 형제님께서 개의치만 않는다면 그 근사한 결혼식 광경을 지켜보고 싶으니 이곳의 서늘한 그늘에서 좀 쉬어가고 싶은데요."

"그야 물론 환영하는 바네." 노사제는 턱을 안으로 안내했다. 그 사이, 하프 연주자로 변장한 로빈 후드는 리틀 존과 윌 스튜틀리와 함께 교회에 이르렀다. 로빈은 문 옆에 있는 의자에 앉았지만 금화가 든 자루를 지니고 있었던 리틀 존은 안으로 들어갔고, 윌 스튜틀리도 리틀 존과 함께 교회 안으로 들어갔다.

로빈은 그렇게 문 옆에 앉아서 누가 오는지 보려고 길을 아래위로 쳐다보았다. 얼마 후에 여섯 명의 사람들이 점잖게 천천히 말을 타고 달려오는 것이 보였다. 가까이에서 보니 그들은 고위 성직자들이었다. 그리고 더 가까이 다가오자 로빈 후드는 그들이 누구인지 알아보았다. 제일 앞에서 오고 있던 사람은 헤리퍼드의 주교로서 근사하게 차려입고 있었다. 옷은 제일 값비싼 비단으로 만든 것이었고 목에는 금을 세공해서 만든 근사한 금목걸이를 걸고 있었다. 가운데 삭발한 머리를 가려주는 모자는 검은 벨벳으로 만들어진 것이었으며, 가장자리에는 햇빛에 반짝거리는 보석이 일렬로 박혀 있었고, 보석 한 알 한 알은 금으로 고정되어 있었다. 기다란 양말은 불꽃 같은 색의 비단으로 만든 것이었고, 신발은 검은 벨벳으로 만들어진 데다, 길고 끝이 뾰족한 앞 부리는 위로 구부러졌으며 무릎에 고정이 되어 있었고 양쪽 구두 등은 금실로 십자수가 놓여 있었다. 주교 옆에서는 에밋 수도원장이 거들먹거리는 말을 타고 있었다. 그의 복장 역시 화려했지만 주교의 것에는 미치지 못했다. 이 두 사람 뒤에는 에밋 수도원의 고위 사제들이 있었고, 그들 뒤에는 주교의 휘하에 있는 두 수행원이 있었다. 헤리퍼드의 대주교는 마치 대귀족처럼 성직 계급에서 막강한 권력을 휘두르고 있었다.

번쩍이는 각종 보석과 비단으로 치장하고 말 장식에 매달린 은종들이 딸랑거리는 가운데 주교 행렬이 점차 가까이 다가오자 로빈 후드는 불쾌한 눈길로 그들을 쳐다보며 혼자 중얼거렸다. "저 주교는 거룩해야 할 성직자치고는 너무 번지르르하게 차려 입었군. 저렇게 목에는 황금 목걸이를 두르고 몸에는 비단 의상을 걸치고 끝이 솟아오른 신발을 신은 저 자의 수호 성인이 토마스 성인인지 의심스럽군. 저렇게 치장하기 위해 모든 돈은 불쌍한 소작인들의 땀을 착취하여 얻은 것이 분명하겠지. 주교 나리, 그대의 자만심은 그대가 알아채기 전에 심하게 구겨지게 될 걸."

그렇게 성직자 일행은 교회로 왔다. 주교와 수도원장은 어떤 아름다운 처녀를 놓고 농담과 웃음을 주고받았는데 그들의 언행은 거룩한 성직자들보다는 속물들의 입에나 어울릴 만한 것이었다. 드디어 교회에 이르자 그들은 말에서 내렸다. 주위를 둘러보던 주교는 이윽고 문 옆에 앉아 있던 로빈을 발견하자 즐거운 목소리로 물었다. "여보게, 그렇게 야하게 차려 입고 어슬렁거리는 자네는 누구인가?"

"저는 북쪽 지방에서 온 하프 연주자입니다. 물론, 온 잉글랜드의 그 어떤 사람보다도 하프를 잘 뜯지요. 대주교님, 정말로 수많은 기사와 중산층 시민과 성직자들과 평민들은 싫든 좋든, 대부분 자신의 의지에 반해서 제 음악에 맞추어 춤을 추었답니다. 그것이 바로 제 하프 연주의 마력이죠. 그리고 바로 오늘도, 제가 이 결혼식에서 연주를 한다면 아름다운 신부가 자신과 결혼하게 될 남자를 검은머리 파뿌리 되도록 사랑하게 만들 수 있다고 약속합니다."

"하, 그것이 정말이더냐? 진심이겠지?" 주교가 소리치며 로빈을 날카롭게 노려보자 로빈 역시 대담하게 똑바로 마주 응시했다.

"정말로 자네가 말한 대로 만일 이 처녀(내 불쌍한 사촌 스티븐을 단단히 매혹시킨)가 결혼할 남자를 정말로 사랑하게 만들 수 있다면, 자네가 그 보상으로 원하는 것은 무엇이든 주겠다. 어디 네 솜씨가 얼마나 되는지 한번 들어보자고."

"아니요, 아무리 대주교 나리가 명령하신다 해도 음악은 제가 연주하고 싶은 때 합니다. 신랑신부가 입장하기 전에는 절대 연주할 수 없습니다."

그 말에 발끈한 주교는 로빈을 노려보며 말했다. "뭐라고? 감히 내 머리 꼭대기까지 기어오르려고 하다니 건방지기 짝이 없구나. 좋아, 이번 한 번은 참겠다. 수도원장, 저기 보게. 내 사촌 스티븐 경과 신부가 오고 있군."

정말로, 굽어진 큰길 주위에 다른 사람들이 말을 타고 달려오고 있었다. 제일 선두에 선 사람은 키가 크고 야위었으며 기사다운 풍모를 지녔고 검은 비단 복장이었으며 끝 부분은 진홍색으로 치켜올려진 검은 비단 모자를 쓰고 있었다. 기사다운 몸가짐과 희끗희끗한 머리색 때문에 로빈은 단번에 그 사람이 스티븐 경이라는 것을 알아보았다. 그 옆에는 건장한 색슨족 평민인 엘렌의 아버지 데이롤드의 에드워드(Edward of Deirwold)가 있었다. 그 두 사람 뒤로는 두 필의 말이 끄는 마차가 있었고 그 마차에는 로빈이 엘렌으로 알고 있는 처녀가 타고 있었다. 이 마차 뒤에는 여섯 명의 무장한 병사가 달려오고 있었고 흙먼지 이는 길 위를 따각거리며 달려오는 동안 그들의 강철 투구가 햇빛에 반사되어 번쩍거렸다.

이렇게 그들 일행이 교회에 당도하자 스티븐 경은 말에서 뛰어내려 마차로 다가가 아름다운 엘렌이 마차에서 내리도록 손을 잡아 주었다. 그때서야 비로소 로빈 후드는 엘렌을 보게 되었는데, 과연 그녀를 보자 트렌트의 스티븐 경처럼 자부심 강한 기사가 왜 일개 평민의 딸과 결혼하려 하는지 이해가 갔다. 그리고 그 문제에 대해 아무런 소동도 일어나지 않은 것도 하등 이상할 것이 없었다. 엘렌은 이제껏 로빈 후드가 본 가운데 가장 아름다운 처녀였기 때문이었다. 하지만 엘렌은 줄기가 꺾인 흰 백합처럼 얼굴이 백지장처럼 창백하고 생기가 전혀 없었다. 그리고 슬픈 표정으로 머리를 푹 숙인 채 스티븐 경에게 이끌려 교회 안으로 들어섰다.

주교는 냉엄하게 로빈을 쳐다보며 물었다. "이봐, 왜 연주를 하지 않는 거야?"

그러나 로빈 후드는 침착하게 대답했다. "언제 연주해야 할지는 주교님보다도 제가 훨씬 잘 알고 있습니다. 그러나 아직은 적당한 때가 아닙니다."

그 말에 주교는 험악하게 로빈을 노려보며 속으로 다짐했다. '흥, 결혼식이 끝나기만 해 봐라. 네 녀석이 대담하고 오만불손하게 혀를 놀린 데 대해 따끔한 맛을 보여 주마.'

아름다운 엘렌과 스티븐 경이 제단 앞에 서자 주교는 법복을 입고 책을 펼쳐 들었다. 아름다운 엘렌은 바로 궁둥짝 뒤까지 쫓아온 사냥개의 냄새를 맡은 새끼 사슴처럼 극도의 절망감에 빠져 자신의 주위와 위를 둘러보았다. 바로 그때, 옷에 붙인 각종 장식과 리본을 휘날리며 로빈이 앞으로 걸어 나왔다. 그때까지 기대 있던 기둥에서 세 걸음 앞으로 걸어 나온 로빈이 신랑과 신부 사이에 서서 낮은 목소리로 말했다.

"어디, 신부 좀 봅시다. 아니 이럴 수가! 이게 어찌된 일이죠? 이 신부의 볼이 사랑스러운 신부에게나 어울릴 만한 장밋빛이 아니라 창백한 백합빛이라뇨. 이 결혼은 제대로 된 결혼이라고 할 수 없습니다. 기사님은 그렇게 나이 들었는데, 신부는 이렇게 젊다니요, 이 처녀가 당신의 아내감으로 적당하다고 생각하는 겁니까? 당신은 이 처녀가 진정으로 사랑하는 사람이 아니므로 이 처녀는 당신의 신붓감으로 어울리지 않는다고 생각합니다."

그 말에 모두들 깜짝 놀라서 어디를 봐야 할지 무엇을 생각하고 말해야 할지 몰랐다. 예상치 못하게 갑자기 일어난 사건에 모두 속수무책이었다. 그래서 모두 돌처럼 굳어져 로빈 후드만을 쳐다보고 있는 가운데 로빈은 뿔나팔을 입술에 가져다 대고 크고 분명하게 세 번 불었다. 나팔 소리는 바닥에

스티븐 경과 엘렌이 주교 앞에 섰을 때
로빈 후드가 끼어들었다.

서 지붕까지 운명을 예고하듯이 메아리쳐 울렸다. 그러자 당장 리틀 존과 윌 스튜틀리가 달려와 로빈 후드의 양옆에 서서 재빨리 큰 칼을 뽑아들었다. 그리고 머리 위에서는 쩌렁쩌렁한 목소리가 울렸다. "자, 대장이 원하는 때에 맞추어 여기 대령했습니다." 그것은 바로 오르간 석에서 외치는 탁발수사 턱의 음성이었다.

그러자 갑자기 왁자지껄해지며 소란이 일었다. 건장한 에드워드가 불같이 화를 내며 앞으로 달려나가 딸을 붙잡아 끌어내리려고 했지만 리틀 존이 그 사이에 끼어들어 그를 뒤로 밀쳐냈다. "물러서요. 당신은 오늘 절름발이 말이오."

"저 악당들을 잡아라!" 스티븐 경이 소리치며 칼을 더듬어 찾았지만 오늘은 그의 결혼식 날이었으므로 애석하게도 칼을 차고 오지 않았다.

그러자 무장한 병사들이 칼을 뽑아들었고 금방이라도 돌을 피로 물들일 기세였다. 그러나 갑자기 문가에서 부산스러운 소리가 들려오더니 빛을 받아 강철이 번쩍였고 칼끼리 부딪치는 소리가 들려왔다. 무장한 병사들은 뒤로 쓰러졌고 온통 링컨 초록색 옷을 차려입은 열여덟 명의 건장한 사내들이 뛰어들어왔다. 그 앞에는 앨런 어 데일이 서 있었다. 손에 로빈의 믿음직스러운 주목 활을 들고 있던 앨런은 무릎을 꿇고 로빈에게 다시 활을 되돌려 주었다.

그러자 데이롤드의 에드워드가 몹시 노기 띤 음성으로 말했다. "교회에서 이 모든 소동을 일으킨 것이 앨런 어 데일, 바로 너였구나?"

그 때 로빈 후드가 끼어들어 말했다. "아니, 내가 그랬소. 그리고 누가 알더라도 나는 개의치 않소. 난 바로 로빈 후드이기 때문이오."

로빈 후드라는 이름에 갑자기 주위는 조용해졌다. 에밋 수도원장과 그에게 속한 사제들은 늑대의 냄새가 가까이 났을 때 겁먹은 양 떼처럼 한데 모여 들었고, 헤리퍼드의 주교는 책을 한쪽으로 밀어 놓은 채 열심히 성호를 그었다. "오, 주님이시여, 저 사악한 자로부터 오늘 저희를 지켜 주소서!"

"아니, 당신을 해칠 생각은 전혀 없소. 하지만 여기 아름다운 엘렌과 정혼한 사람이 있으니, 엘렌은 마땅히 이 사람과 결혼시켜야 하오. 안 그러면 별로 안 좋은 일이 생길 거요."

그러나 에드워드 역시 조금도 지지 않고 노기등등하게 말했다. "그건 절대로 안 돼! 나는 이 애 아버지니 내 딸은 스티븐 경 외에 그 누구와도 결혼시키지 않겠어."

이 모든 소동이 주위에서 벌어지는 동안 스티븐 경은 거만하게 비웃는 듯이 침묵을 지켰다. 그러다 이윽고 냉담하게 입을 열었다. "아니요, 당신 딸을 도로 데리고 가도 좋소. 오늘의 이 야단법석으로 내가 잉글랜드를 다 얻는다고 해도 나는 당신 딸과 결혼하지 않겠소. 당신에게 분명히 밝히는데, 나는 비록 늙긴 했어도 당신 딸을 사랑했고 진흙에서 건져낸 진주처럼 그녀를 높이 올려 주려고 했소. 그러나 그녀가 이 청년을 사랑하고 그도 그녀를 사랑한다는 사실은 추호도 몰랐소. 아가씨, 만일 고귀하게 태어난 기사보다도 빈털터리 음유시인을 선택하겠다면 당신이 하고 싶은 대로 하구려. 나는 이 틈바구니 속에서 이야기하고 서 있는 것조차 수치스러우니 이제 그만 떠나겠소."

그렇게 말하며 스티븐 경은 돌아서 부하들을 불러모은 후 도도하게 회랑으로 걸어내려갔다. 스티븐 경의 그 비웃는 말투에 모든 사람들이 입을 다물었고, 오직 탁발수사 턱만이 스티븐 경이 완전히 밖으로 나가기 전에 성가대 난간 너머로 소리쳐 불렀다. "기사 나리, 좋은 소굴이지요. 늙은 몸은 젊은 피를 위해서 늘 양보해야 한다는 사실을 아셨겠죠." 그러나 스티븐 경은 말대꾸도, 위도 올려다보지 않은 채 아무것도 듣지 못한 양 교회 밖으로 걸어나갔고 부하들도 그 뒤를 따랐다.

헤리퍼드의 주교가 급히 말했다. "나 역시 이곳에서 더 이상 볼일이 없으니 떠나겠네." 그리고 스티븐 경의 뒤를 따라 막 나가려고 했다. 그러나 로빈 후드가 주교의 옷자락을 잡았다. "아니, 그대로 계시죠, 대주교 나리."

주교의 얼굴은 어둡게 변했지만 자신이 나갈 수 없다는 것을 알았으므로 로빈이 명령한 대로 그냥 그 자리에 머물러 있었다.

그러자 이제 로빈 후드는 건장한 데이롤드의 에드워드에게 몸을 돌려 말했다. "당신 딸이 이 사람과 결혼하는데 축복을 내려 주시오. 그러면 모든 것이 잘 될 것이오. 리틀 존, 금화가 든 자루를 주게. 자, 농부, 보시오. 여기 자그마치 금화 2백 냥이 있소. 내가 말한 대로 딸에게 축복을 내려 주시오. 그러면 당신 딸의 지참금조로 이것을 당신에게 주겠소. 물론 당신 딸을 축복해 주지 않아도 상관없소. 그래도 어쨌든 당신 딸은 이 사람과 결혼하게 될 것이오. 하지만 그럴 경우 당신 수중에는 동전 한 닢 쥐여지지 않을 거요. 자, 선택하시오."

그러자 에드워드는 머리를 아래로 숙인 채 땅바닥을 바라보며 마음속으로 심사숙고했다. 그러나 그는 약삭빠른 사람이었으므로 깨진 들통조차도 아주 요긴하게 쓸 그런 위인이었다. 그래서 마침내 고개를 들긴 했지만 그다지 유쾌하지 않은 어조로 말했다. "저 미련한 년이 제 갈 길로 가겠다면 가라고 하시오. 나는 저를 귀부인으로 만들어줄 작정이었는데. 하지만 굳이 지금 그대로의 신분이 되길 선택한다면 앞으로는 아무런 상관도 하지 않겠소. 그렇지만 정식으로 격식을 갖추어 결혼식을 올린다면 축복은 해 주겠소."

그러자 에밋 수도원의 수사들 중 한 사람이 내뱉었다. "아마 그러긴 힘들 텐데. 결혼 예고가 정식으로 발표되지도 않은 데다 저 두 사람을 결혼시킬 사제가 이곳에는 아무도 없을 거요."

그러자 성가대 석에 있던 턱이 위에서 고함쳤다. "지금 뭐라고 그랬소? 사제가 없다고? 여기 당신만큼 거룩한 사제가 서 계시다. 앞으로 주중에 아무 날이라도 서열상으로 당신이 얼마나 높은지 한 번 알아봐야겠군. 그리고 결혼 예고에 대해서 말인데, 뭐 그런 하찮은 것에 신경을 쓰고 그러시오, 형제. 내가 발표하면 될 것을 가지고."

그렇게 말하면서 턱은 당장에 결혼 예고를 발표했다. 그리고 옛민요에 따르면 그는 세 번으로도 성이 차지 않아 아홉 번이나 반복해서 발표했다고 한다. 그리고는 곧장 아래로 내려와 결혼식을 주례했다. 그래서 앨런과 엘렌은 정식으로 결혼식을 올릴 수 있었다.

로빈은 정확히 금화 2백 냥을 세어서 에드워드에게 주었고, 이제 자신의 차례가 된 에드워드는 마치 대단한 선심이라도 베푸는 듯이 딸의 결혼식을 축복해 주었다. 드디어 모든 식순이 끝나자 사람들은 모두 모여들어 앨런과 축복의 악수를 나누었고, 앨런은 엘렌의 손을 꼭 잡고 행복에 겨워 어쩔 줄 모르는 표정으로 주위를 둘러보았다.

그리고 이제 마지막으로 로빈은 그 모든 광경을 못마땅한 듯이 험악한 표정으로 지켜보고 있던 헤리퍼드의 주교를 향해 돌아섰다. "대주교 나리, 이 아름다운 처녀가 자신의 남편을 사랑하게 만들 수 있게 제가 하프 연주를 하면 그 보답으로 제가 원하는 것은 무엇이든 주겠다고 약속했던 것 기억하실지 모르겠군요. 저는 제 소임을 다 했습니다. 어쨌든 그녀는 남편을 사랑하지 않습니까? 그리고 그 일은 제가 아니었다면 불가능했을 테구요. 그러니 이제는 약속을 이행하셔야죠. 그런 의미에서 제가 생각하기에는 지금 목에 걸고 계신 그 황금목걸이를 이 아름다운 신부에게 결혼 선물로 주시는 것보다 더 좋은 일은 없을 것 같은데."

그 소리를 듣자 주교의 볼은 분노로 붉게 변했고 눈에서는 불이 일었다. 무시무시한 표정으로 로빈을 쳐다보긴 했지만 자신을 주춤거리게 만드는 그 무엇인가를 로빈의 얼굴에서 보았다. 결국 주교는 천천히 목에서 목걸이를 벗겨 내어 로빈에게 건네주었고, 로빈이 그것을 엘렌의 머리 위로 넣어 채워 주자 목걸이는 그녀의 어깨에서 아름답게 빛나며 매달리게 되었다. "신부를 대신하여 이 근사한 선물을 주신 것에 감사드리지요. 그리고 주교 나리도 목걸이를 차지 않는 편이 훨씬 보기 좋군요. 혹시 셔우드 숲 근처에 오시게 되면 주교님 일생 동안 못 잊을 근사한 연회를 베풀 기회가 생기길 바라마지 않습니다."

"절대 그런 일은 없을 거요!" 주교는 정색을 하고 외쳤다. 로빈 후드가 셔우드 숲에서 손님들에게 베푼다는 그 만찬이 어떤 식으로 진행되는지 익히 알고 있었기 때문이었다.

그러나 이제 로빈 후드는 부하들을 모두 불러모아 앨런과 그의 젊은 신부를 한가운데에 놓고 모두 숲을 향해 발걸음을 돌렸다. 돌아가는 길에 탁발수사 턱이 로빈에게 바싹 다가가 옷소매를 잡아끌며 말을 걸었다. "대장님, 당신은 정말 즐겁게 사는군요. 하지만 신성한 업무를 주관하기 위해 당신의 부하들이 저처럼 훌륭하고 건장한 군종 사제를 맞아들이는 것이 그들의 행복을 위해 좋은 일이라고 생각하지 않습니까? 저 역시 이런 생활이 몹시 마음에 든답니다." 그 말에 로빈 후드는 한껏 웃음을 터뜨리며 턱에게 숲에 남길 원한다면 자신들의 일원이 되라고 명령했다.

그날 밤 푸른 숲에서는 이제껏 노팅엄 주에서는 보지 못한 대단한 축제가 벌어졌다. 그 축제에 저와 여러분은 초대받지 못했으니 우리가 그 자리에 있지 않은 것이 안타깝다. 그래서 더 이상 이 문제에 속이 쓰리고 싶지 않으니 이제 이 이야기는 그만하기로 하겠다.

그래서 앨런 어 데일에 대한 즐거운 이야기와, 로빈 후드와 탁발수사 턱이 그에게 선행을 베푼 이야기는 이렇게 끝이 났다. 그리고 이제 우리는 사랑스러운 두 연인을 둘러싸고 벌어진 역경보다는 다른 역경들과 로빈 후드가 몹시 곤란에 처한 한 선량한 기사를 어떻게 도와주었는지에 대해 곧 듣게 될 것이다. 자, 그럼 다음 이야기를 들어보자.

젊은 리 경이
랭커스터의 월터 경을
부찌르다.

제 5 부

로빈 후드가 비참한 한 기사를 만나게 되어
그를 셔우드 숲으로 데리고 가게 된 사연이 소개된다.
또한 헤리퍼드의 주교가 어떻게 해서
숲의 만찬에 로빈 후드의 예상 밖으로 후하게 값을 치르게 되었는지 이야기된다.
그리고 리의 리처드 경이 에밋 수도원장과 로빈 후드에게
어떻게 제 날짜에 빚을 갚을 수 있었는지도 서술된다.

제1장
로빈 후드, 비참한 기사를 돕다

한창 싹트는 아름다움을 과시하던 상냥한 봄은 그렇게 지나갔다. 은빛 소나기와 햇빛, 그 푸른 초원과 꽃들도 봄과 함께 지나갔다. 그리고 또한 강렬한 노란 햇빛과 찜통 더위와 깊고 우거진 신록, 긴 햇살과 개구리들이 노래하고 요정들이 산허리에 출몰한다는 말이 나돌던 달콤한 밤도 여름과 함께 지나갔다. 이 모든 것들이 지나가고 이제 그 계절만의 즐거움과 유쾌함을 몰고 온 가을이 시작되었다. 가을이 되면 사람들이 모든 수확을 집으로 걷어들이고 이삭 줍는 사람들은 낮에는 노래 부르며 길을 따라 걷다가 밤이 되면 산울타리나 건초더미 아래서 잠을 자면서 이곳저곳으로 떠돌기 때문이다. 덤불 속에서 들장미는 붉은 색으로 타오르고, 산울타리에서는 산사나무 열매가 검게 익어갔으며, 추수하고 난 그루터기는 모두 바싹 마른 채 하늘을 향해 온 몸을 드러내고 누워 있었다. 푸른 잎들은 금세 울긋불긋하게 물들었다. 또한 이 즐거운 계절에는 한 해의 좋은 물건들이 커다란 창고에 비축된다. 지하실에서는 갈색 맥주가 숙성되고 있으며, 햄과 베이컨은 훈제실에서 맛있게 훈연된다. 그리고 사과들은, 북풍이 박공 지붕 위로 흩날리는 눈을 쌓고 난롯가에서는 불꽃이 따뜻하게 타오르는 겨울에 구워 먹기 위해 짚단 사이에 차곡차곡 채워 넣어진다.

그리고 나면 앞선 계절이 지나간 것처럼 그 가을도 곧 지나갈 것이며 곧

이어 또 다른 계절이 오게 될 것이다. 그러면 우리 역시 이 세상에 왔다가 떨어져 곧 잊혀져 버리는 낙엽처럼 사라지게 될 것이다.

로빈은 상큼한 가을 공기를 맡으며 말했다. "오늘은 날이 정말 무척 화창해, 리틀 존. 그러니 이렇게 빈둥거리면서 그냥 보낼 수는 없지. 필요한 만큼 사람을 골라 자네는 동쪽으로 가게나. 나는 서쪽으로 갈 테니까. 우리 각자 흩어져 푸른 나무 아래서 오늘 저녁 식사를 대접할 적당한 손님을 찾아서 데리고 오자고."

그 소리를 듣자 리틀 존은 기뻐서 손뼉을 치며 소리질렀다. "아, 그거 참 듣던 중 반가운 소리예요. 오늘은 기필코 손님을 데려오도록 하죠. 아니면 혼자서는 절대 돌아오지 않겠어요."

그래서 로빈과 리틀 존은 자기가 원하는 부하들을 뽑아서 각기 다른 길을 택해 숲을 떠났다.

자, 이제 여러분과 내가 이 즐거운 모험에 동참하기 위해 동시에 두 길을 다 갈 수는 없을 것이다. 그러니 리틀 존은 제 갈 길을 가도록 내버려 두고 우리는 옷자락을 걷어올리고 로빈 후드를 따라가 보도록 하자. 자, 여기 즐거운 무리가 있다. 로빈 후드를 비롯해, 윌 스칼렛, 앨런 어 데일, 윌 스카들록, 방앗간 주인의 아들 미지와 그 외 다른 부하들이 있다. 숲에는 대략 열 명 정도의 부하들이 돌아올 로빈과 리틀 존을 맞을 준비를 하기 위해 탁발수사 턱과 함께 남았지만 그 외 나머지 사람들은 로빈 후드를 따라가거나 리틀 존을 따라나섰다.

로빈은 자신의 생각을 따라, 다른 부하들은 로빈을 따라 일행은 그렇게 앞으로 나아갔다. 그들은 이제 오두막과 농장이 들어서 있는 넓고 낮은 골짜기를 통과하여 다시 숲 속으로 한 번 더 들어가게 되었다. 높은 탑들과 흉벽과 첨탑들이 햇살을 받아 반짝이는 아름다운 맨스필드 시를 지남으로써 그들은 드디어 숲 지대를 완전히 벗어났다. 큰길과 샛길을 통해 마을을 지날 때는 선량한 아낙네들과 즐거운 처녀들이 창문 틈으로 늠름한 청년들의 자태를 엿보기도 했다. 마침내 로빈 일행이 더비 주에 있는 앨버튼 너머까지 당도했을 무렵엔 정오가 지났는데도 그들은 아직 셔우드 숲으로 데려갈 만한 손님을 만나지 못했다. 그래서 두 길이 만나는 교차로에 성소가 서 있는 어떤 지점에 이르자 로빈은 부하들에게 멈춰 서라고 했다. 그곳의 양 옆에는 키 큰 관목들이 자라고 있어 그 뒤쪽은 숨기에 좋은 장소였으므로 그곳에서 점심을 먹으면서 편하게 길 쪽을 감시할 수 있었기 때문이었다. "내 생각엔 이곳이 우리 같은 평온한 사람들이 조용히 식사를 하기에 더없이 좋은 장소 같다. 그러니 여기서 쉬면서 우리의 행운 단지에 무엇이 굴러 들어오나 지켜보자고."

그래서 그들은 산울타리를 넘어 부드러운 햇빛이 밝고 따뜻하게 비치는 울타리 뒤쪽으로 가서 부드러운 풀밭에 자리를 잡고 앉았다. 그리고 각자 옆에 차고 있던 주머니에서 싸온 점심을 꺼냈다. 원래 그렇게 한참 걷고 나면 식욕이 3월의 삭풍처럼 예리하게 발동하는 법이다. 그래서 더 이상 아무 말도 않고 각자 부지런히 치아를 움직이기에 바빴다. 노릇노릇한 빵을 우적우적 씹어먹고 차가운 고기를 신나게 씹어 먹었다.

그들 앞에 있던 큰길 가운데 하나는 가파른 언덕을 기어올라갔다가 하늘과 맞닿은 관목 숲과 무성한 풀밭을 가로질러 언덕 너머로 사라졌다. 바람 부는 언덕 너머에는 뒤쪽의 골짜기에 자리잡고 있는 마을의 몇 채 안 되는 집들의 지붕 처마가 엿보였다. 또한 물방앗간의 꼭대기도 보였고, 가벼운 미풍이 불어 삐그덕거리는 소리를 내며 풍차를 돌아가게 했으므로 맑고 푸른 하늘을 배경으로 언덕 뒤에서 풍차의 날개가 천천히 올라갔다 내려갔다 하는 모습도 눈에 띄었다.

그래서 로빈 일행은 덤불 뒤에 앉아 점심 식사를 끝냈다. 여전히 시간은 덧없이 흘러갔지만 사람은 아무도 나타나지 않았다. 그러다 드디어 한 사람이 언덕 너머에서 천천히 말을 타고 내려와 로빈 일행이 숨어 있던 지점을 향해 자갈길로 접어들었다. 언뜻 보기에 그 남자는 건장한 기사였지만 슬픈 얼굴에 풀이 죽은 모습이었다. 복장은 고급스럽게 갖추어 입었지만 대부분 그와 같은 신분의 사람들이 걸칠 법한 금목걸이 같은 것이 목에 걸려 있지 않았다. 그리고 보석 같은 것 또한 전혀 없었다. 그렇긴 해도 그 남자가 당당하고 고귀한 기사임을 알아보지 못할 사람은 아무도 없었다. 그런데 기사는 머리를 가슴 위로 푹 숙이고 두 팔은 맥없이 양쪽으로 축 늘어뜨린 채 슬픈 생각에라도 잠긴 듯 천천히 다가왔다. 심지어 그의 훌륭한 말조차도 목 주위로는 고삐가 느슨하게 풀어진 채 마치 주인의 슬픔을 나누기라도 하려는 듯 머리를 늘어뜨린 채 걷고 있었다.

그 모습을 본 로빈이 말했다. "저 사람은 매우 슬픈 표정을 지은 멋쟁이인데 오늘은 상의가 마음에 들지 않는 것을 입은 것 같군. 하지만 내가 나가서 말을 좀 시켜봐야겠어. 굶주린 갈까마귀에게 필요한 부스러기라도 있을지 모르니까. 저 사람 본인은 비록 심하게 낙담해 있겠지만 복장은 제법 값나가는 것들이니까. 내가 어찌된 일인지 알아볼 테니까 자네들은 여기 그대로 있게나."

그렇게 말하며 자리에서 일어난 로빈은 일행 곁을 떠나 길 건너 성소 있는 곳으로 다가갔다. 성소에서 멈춰 선 로빈은 그곳에 서서 슬픔에 잠긴 기사가 가까이 다가오길 기다렸다. 이윽고 얼마 후 기사가 천천히 말을 타고 걸어오자 로빈은 앞으로 나가 말 고삐에 손을 올려놓으며 말을 걸었다. "잠깐 서시오, 기사 나리. 잠시만 좀 서 보시죠, 당신에게 몇 마디 할 말이 있습니다."

"밝은 대낮에 대로에서 길가는 나그네를 이런 식으로 막아서다니 그대는 대체 누군가?"

"글쎄요, 거 참 대답하기 힘든 질문이로군요. 어떤 사람은 저를 친절하다고 하는 반면, 잔인하다고 하는 사람도 있거든요. 또 저를 보고 훌륭하고 정직한 사람이라고 평하는 사람이 있는가 하면, 사악한 도둑이라고 비난하는 사람들도 있으니까요. 두꺼비 위에 점이 많은 것처럼 참으로 세상은 한 사람을 보는 데도 각기 다른 시각이 있네요. 그러니 당신의 두 눈으로 저를 어떻 로빈은 슬픔에 잠긴 기사가 가까이 다가오길 기다렸다.

게 볼 것인가는 전적으로 당신 자신의 주관에 달렸다고 할 수 있죠. 저는 로빈 후드라고 합니다."

그 말을 들은 기사는 양쪽 입가에 비웃는 듯한 웃음을 띠며 말했다. "로빈, 정말 그대는 자부심도 별스럽군. 내 두 눈으로 자네를 보자면 호의적이라고 말하고 싶군. 난 그대에 대해 나쁜 평판은 별로 듣지 못한 반면 좋은 소문을 많이 들었으니까. 그래 나한테는 무슨 볼일이 있는가?"

"맹세코 드리는 말씀인데요, 기사 나리 당신은 훌륭하신 가퍼 스완톨드 성인의 지혜를 분명히 알고 있군요. 성인의 말씀에 '듣기 좋은 말은 나쁜 말만큼 하기 쉽지만, 주먹 대신 좋은 일을 불러온다'는 말이 있죠. 그리고 이제 제가 이 격언의 진실을 당신에게 보여 주겠어요. 당신이 오늘 저와 셔우드 숲으로 간다면 이제껏 당신 일생에서 맛본 그 어떤 만찬보다도 더 즐거운 연회를 베풀어 드리지요."

"그대는 정말로 무척이나 친절하지만 곧 내가 불운한 비련의 손님이라는 사실을 알게 될 거라네. 그러니 그냥 조용히 지나가게 내버려 두는 것이 좋을 거야."

"아니요, 한 가지 일만 아니라면 당신은 자신의 길로 갈 수도 있을 것입니다. 그게 뭐냐하면 저희가 셔우드 숲 속 깊숙한 곳에 여관을 운영하고 있다는 것이죠. 하지만 그곳은 큰길과 사람들이 자주 다니는 길에서는 무척 멀리 떨어져 있으므로 묵어가는 손님들이 그다지 자주 찾아오질 않습니다. 그래서 저와 제 친구들은 저희들끼리만 지내는 것이 싫증날 만하면 숲에서 나와 손님이 될 만한 분을 찾아다닙니다. 이제까지의 상황이 이렇습니다. 그리고 덧붙이자면 저희들은 숙박비를 지불해 주시는 손님들에 의지해 살아가고 있답니다."

그러자 기사는 심각한 어조로 대답했다. "그대가 말하는 것이 무슨 뜻인지 알겠네. 하지만 나는 그대의 손님으로는 적합하지 않은 사람이오. 내게는 돈이 한 푼도 없으니 말이야."

그 말에 로빈은 날카롭게 기사를 쳐다보며 물었다. "그게 사실입니까? 당신이 그렇다고 하니 그대로 믿을 수밖에 없을 것 같긴 합니다만 기사 나리, 당신과 같은 지위에 있는 분들은 다른 사람들에게서 그렇게 신뢰를 받지 못하는 것 같아서요. 제가 사실을 직접 확인해 봐도 괜찮겠지요." 로빈은 그대로 말의 고삐를 쥔 채 손가락을 입술에 갖다 대고 날카롭게 휘파람을 불었다. 그러자 80여 명이나 되는 사내들이 순식간에 울타리를 뛰어 넘어 로빈과 기사가 서 있던 곳으로 달려왔다. 로빈은 자신의 부하들을 자랑스럽게 바라보며 말했다. "이 사람들은 바로 제 동료들이죠. 이들은 저와 함께 모든 기쁨과 고통, 수익과 손실까지 공평하게 나눈답니다. 기사 나리, 자 당신이 돈을 얼마나 가지고 있는지 정확히 말씀해 주시죠."

잠시 동안 아무 말도 못한 채 서 있던 기사의 볼이 서서히 붉어졌다. 드디어 기사는 로빈의 얼굴을 쳐다보더니 말했다. "내가 왜 수치스러워 해야 하는지 모르겠군. 내게는 하나도 부끄러운 일이 아닌데. 하지만 여보게, 사실을 말해 주겠네. 지금 내 지갑에는 정확히 10실링이 들어 있다네. 그리고 그 10실링이 리의 리처드 경(Sir Richard of the Lea)이 이 넓은 세상에서 가지고 있는 전 재산이라네."

그 기사였던 리처드 경이 말을 끝내자 주위는 잠잠해졌고, 마침내 얼마 후 로빈이 말을 꺼냈다. "그렇다면 지금 당신이 가지고 있는 그것이 전 재산이라고 기사도를 걸고 제게 맹세할 수 있습니까?"

"물론이네. 진정한 기사로서 내가 가진 것은 그것이 전부라고 엄숙하게 맹세하는 바네. 아니, 여기 내 지갑이 있으니 내가 한 말이 사실인지 아닌지 그대가 직접 확인해 볼 수도 있겠지." 그리고 리처드 경은 지갑을 로빈에게 내밀었다.

"아니요, 지갑을 거두시지요, 리처드 경. 그토록 점잖은 기사의 말을 추호도 의심하지 않습니다. 저는 자만심은 죽이려고 노력하지만 곤경에 처한 사람은 가능한 한 도우려고 애쓴답니다. 그러니 리처드 경, 자 기운을 내시고 저희와 함께 푸른 숲으로 가십시다. 제가 경을 도와 드릴 수 있을지 누가 압니까? 선량한 애설스탠(Ahtelstane) 왕이 눈먼 작은 두더지가 도랑을 파서 그의 목숨을 노리던 자를 걸려 넘어지게 하는 바람에 목숨을 구했던 것을 경께서도 잘 알고 계시죠."

"정말, 그대는 그대 식대로 호의를 베풀어 주려고 하는 것 같군. 그런데 내 문제는 너무 감당하기 힘든 것이어서 그대가 해결해 줄 수 있을 것 같진 않네. 하지만 오늘은 어쨌든 그대와 함께 셔우드 숲으로 가겠네."

리처드 경이 말머리를 돌리자 그들은 모두 숲을 향해 다시 길을 떠났다. 리처드 경의 한 쪽엔 로빈이, 다른 한 쪽엔 윌 스칼렛이 섰고, 나머지 일행은 그들 뒤에서 터벅터벅 걸었다.

그렇게 한참 동안 길을 간 후, 로빈 후드가 말을 꺼냈다. "리처드 경, 쓸데없는 질문으로 경을 귀찮게 하고 싶은 생각은 없습니다. 그런데 지금 경이 겪고 계신 어려움이 무엇인지 제게 말해 주실 의향은 없으십니까?"

"그야 물론, 이야기 못할 이유가 전혀 없지. 어떻게 된 사연인가 하면 이렇다네. 내 성과 영지는 내가 진 빚에 전부 저당 잡혀 있다네. 앞으로 사흘 내에 돈을 갚아야 하지. 안 그러면 내 모든 재산은 영원히 잃어버리게 된다네. 일단 에밋 수도원장의 수중에 떨어지고 나면 그들은 한 번 삼킨 것은 절대로 다시 토해 내지 않기 때문이지."

"저는 잘 이해가 되지 않는데요. 경과 같은 위치에 계신 분의 재산이 어떻게 그렇게 봄볕에 눈 녹듯이 순식간에 사라져버릴 수 있단 말인가요."

"그건 자네가 잘 몰라서 그렇네, 로빈. 자, 들어보게. 내게는 스무 살밖에 안 됐지만 기사 작위를 받은 아들이 하나 있다네. 그런데 작년에, 어느 불운한 날에 체스터에서 마상 창 시합이 열렸지. 그곳에 내 아들이 참가하게 되어 나와 내 아내도 가게 되었네. 우리 아들이 창을 겨눈 기사마다 말에서 쓰러뜨렸기 때문에 우리에게는 무척 자랑스러운 시간이었지. 그러다 그 아이는 드디어 랭커스터의 월터 경이라는 위대한 기사와 상대하게 되었는데 비록 내 아들이 아직 나이가 어리긴 했지만, 겨루던 두 창이 손잡이까지 떨리고 있었는데도 불구하고 그 아이는 말에서 떨어지지 않고 잘 버텼지. 그런데 우연히 우리 아이의 창 조각이 월터 경의 투구를 뚫고 들어가는 바람에 그 조각이 월터 경의 눈을 관통해 머리까지 깊숙이 박히는 불상사가 일어나고 말았네. 그래서 월터 경은 종자(從者)가 투구를 벗겨내기도 전에 그 자리에서 즉사하고 말았지. 여보게, 로빈. 그런데 월터 경은 궁정에 쟁쟁한 친구들이 많았다네. 그래서 그의 유족들이 그 친구들을 선동해 내 아들에게 반감을 품게 만들었지. 난 아들을 감옥에 보내지 않기 위해 금화로 6백 파운드라는 배상금을 내야만 했네. 그런데 법망이 교묘하게 이리저리 허점을 드러내지 않았다면 상황이 그쯤에서 잘 마무리되었을 텐데 유감스럽게도 그렇지 못했지. 그 결과, 나는 삽시간에 털 깎인 양털처럼 빈털터리 신세가 되었지. 그래서 돈을 더 구하기 위해 하는 수 없이 에밋의 수도원장에게 내 땅을 저당잡힐 수밖에 없는 상황에까지 이르렀고, 그들은 내가 어려운 상황이라는 것을 악용하여 불리한 거래를 하도록 내몰았지. 하지만 내가 이토록 마음 아파하는 것은 내 땅 때문이 아니라 아내 때문이라는 것을 자네가 이해해 주었으면 하네.”

“하지만 지금 경의 아들은 어디에 있습니까?” 기사가 해 준 말을 하나도 빼놓지 않고 열심히 듣던 로빈이 물었다.

“십자가와 성지를 위해서 용감한 그리스도의 병사처럼 팔레스타인에서 싸우고 있다네. 사실, 월터 경의 죽음과 랭커스터에 있는 유족의 증오 때문에 그 아이에게는 잉글랜드가 별로 있을 만한 곳이 못 되었지.”

그 말에 깊이 동감한 로빈이 다시 물었다. “정말 불운이 겹치셨군요. 하지만 경의 영지를 저당잡히고 에밋 수도원에 빌려 쓴 돈이 얼마인지 알려 주시겠어요?”

“겨우 4백 파운드라네.”

그 말에 로빈은 화가 나서 허벅지를 내려쳤다. “오, 서런 흡혈귀 같은 놈들! 고귀한 영지를 단돈 4백 파운드에 꿀꺽 해치우려고 하다니! 그런데, 리처드 경, 만일 경의 땅을 잃고 나면 경은 어떻게 되는 겁니까?"

"그럴 경우 나를 고통스럽게 하는 것은 나의 운명보다도 소중한 아내의 운명이라네. 만일 내가 영지를 잃게 되면 아내는 다른 친척들에게 몸을 의탁하여 그들의 도움에 의지해 살아갈 수밖에 없는데, 그렇게 되면 자랑스럽던 아내의 마음은 천 갈래 만 갈래 갈라질 걸세. 나야 뭐 저 푸른 바다를 건너 성지 탈환을 위한 싸움을 벌이고 있는 아들과 합류할 생각이니 상관없을 테지만."

그때 윌 스칼렛이 끼어들어 물었다. "하지만 이렇게 극도의 어려움에 처해 있는 경을 도와줄 친구가 한 사람도 없단 말입니까?"

"단 한 사람도 없다네. 전에 내가 고향에서 부유할 적에는 친구들도 많았고 그들은 자신들이 나를 얼마나 사랑하는지 허풍을 늘어놓았지. 그러나 숲 속의 참나무가 쓰러질 때면 돼지들이 그 밑에 깔리지 않기 위해 달려나오는 법이라네. 내 친구들 역시 그렇게 나를 떠나갔네. 내가 빈털터리가 되었을 뿐 아니라 내게 많은 적들이 생겼기 때문이지."

"리처드 경, 친구가 하나도 없다고 하셨습니까? 제 자랑 하는 것은 아닙니다만 로빈 후드는 어려울 때에 진정한 친구라는 사실을 깨닫는 사람들이 많죠. 그러니, 기운 내세요. 제가 경을 도울 수 있을지도 모르니까요."

로빈의 말이 리처드 경의 마음을 좀 더 가볍게, 더 정확히 말해 그리 약하지만은 않은 희망을, 마치 동전 한 닢에 살 수 있는 아주 작은 양초처럼 어둠 속에 한 줄기 빛을 던지듯이 희망을 심어 주었지만 경은 힘없이 웃으며 고개를 가로저었다.

로빈 일행이 푸른 나무 가까이 도착했을 때는 어느새 낮이 거의 다 지나갔다. 몇몇 손님을 데리고 이미 돌아와 있던 리틀 존 일행이 눈에 들어왔지만 정작 그들이 가까이 다가가고 보니 리틀 존이 데리고 온 손님은 다름 아닌 헤리퍼드의 대주교였다. 대주교 나리는 잔뜩 약이 올라 있었다. 그는 닭장에 갇힌 여우처럼 나무 아래에서 왔다 갔다 하며 어쩔 줄 모르고 있었다. 대주교 뒤에는 폭풍 속에 갇힌 세 마리의 검은 양처럼 겁에 잔뜩 질린, 검은 사제복을 걸친 세 명의 탁발수사가 서로 바싹 붙어 서 있었다. 그리고 가까이 있던 나뭇가지에 붙잡아 매놓은 말들이 여섯 필이 있었는데, 그 중 한 마리는 대주교가 타고 다니던 화려한 장식이 달린 바르바리산 말이었고 나머지는 갖가지 종류와 형태의 짐꾸러미들을 실은 말들이었다. 그 짐꾸러미들 중에서 하나를 발견하자 로빈의 눈이 반짝반짝 빛났는데 그 상자는 그다지 크지는 않지만 쇠철사와 끈으로 단단히 감겨 있었기 때문이다.

한편 로빈과 그 일행이 너른 공터로 들어오는 것을 본 주교는 로빈에게 달려가려고 했지만 주교와 세 명의 탁발수사를 지키고 있던 부하들이 육척봉으로 앞을 가로막았다. 주교는 눈살을 찌푸리고 욕설을 퍼부었지만 뒤로 물러서는 수밖에 없었다.

그 모습을 보자 로빈이 큰 소리로 외쳤다. "주교 나리, 기다리십시오! 제가 전 속력으로 당신에게 달려갈 테니까요. 온 잉글랜드에서 그 어떤 사람보다도 나리를 가장 만나고 싶어했으니까요." 그렇게 말하며 로빈은 발걸음을 재촉해 주교가 성을 내며 서 있는 곳으로 곧장 다가갔다.

로빈이 다가오자 주교는 분통을 터뜨리며 큰 소리로 말했다. "나처럼 교회에서 지체 높은 신분의 사람을 그대와 그대 일당은 이런 식으로 대할 수 있단 말인가? 나와 이 세 형제들은 우리의 짐을 실은 말, 그것들을 호위하는 열 명의 병사들과 함께 큰길을 따라 평온하게 지나가고 있었단 말이네. 그런데 느닷없이 육척장신의 거구인 사내가 뒤에 80명도 더 되는 사내들을 이끌고 나타나 나더러 멈추라고 하지 않는가. 나를, 다름 아닌 헤리퍼드의 대주교인 나를 말이야, 알겠나! 그러자 그 빌어먹을 겁쟁이 녀석들인 내 무장한 병사들은 그 길로 줄행랑을 치고 말았네. 하지만 보게나. 이 자는 나를 막아섰을 뿐 아니라 로빈 후드가 나를 겨울의 산울타리처럼 홀랑 벗겨 먹을 것이라고 말하며 나를 협박하기까지 했지. 게다가 그것으로도 모자라 '뚱보 사제'니, '사람 잡는 주교'니, '돈만 삼키는 고리대금업자'니 등등 마치 내가 떠돌이 비렁뱅이나 땜장이라도 되는 양 온갖 사악한 욕설을 퍼부었다고. 한술 더 떠, 내가 이곳에 도착하니 한 커다란 사내가, 가짜 사제가 나타나 나를 선술집에서 만난 친구라도 되는 양 내 어깨를 쳤다고."

그 때 탁발수사 턱이 소리치며 앞으로 밀치고 나와 주교 앞에 몸을 던졌다. "그래, 그게 뭐 어쨌다는 거야! 어디 덤벼 봐!" 그러면서 턱은 손가락을 주교의 콧구멍 속으로 푹 찔러 넣었고 그 바람에 주교는 마치 벼락이라도 맞은 듯이 뒤로 움찔 물러섰다. "뭐, 가짜 사제라고! 나를 그렇게 불렀겠지! 이 주교야, 똑똑히 보라고. 나도 너 못지않게 거룩한 데다 산울타리 아래 가난한 집에서 태어나지만 않았더라면 그까짓 주교쯤 될 수 있었다고. 그리고 내 혀가 우리 훌륭한 영어에만 맞도록 생겨먹었기 때문에 그 망할 놈의 라틴어는 정복하지 못했지만 나도 너처럼 배울 만큼 배웠다고. 일러두는데, 내가 이래봐도 '주기도문'과 '성모 마리아에게 드리는 기도'는 너보다도 더 매끄럽게 할 수 있다고, 이 뚱보야!"

그 말에 발끈한 주교는 성난 고양이처럼 건장한 탁발수사 턱을 노려보았고 나머지 사람들은 심지어 리처드 경까지 웃음을 터뜨렸다. 오직 로빈만이 심각한 표정을 짓고 있었다. "그만하게, 턱. 이런 식으로 존엄하신 주교 나리에게 대들면 안 되지. 아, 이런 주교 나리! 제 부하들이 정말 무례하게 굴었군요! 우리는 당신네 성직자들을 정말로 매우 존경하고 있습니다. 리틀 존, 앞으로 나오게."

그 말에 리틀 존이 "하 저런, 대장!"이라고 말하기라도 하려는 듯 묘한 표정을 지으며 앞으로 나왔다. 그러자 로빈은 주교를 보며 물었다. "감히 주교 나리께 그토록 불손하게 말한 사람이 이 자이옵니까?"

"아, 맞네, 바로 이 자일세. 이 못된 녀석."

그러자 로빈은 슬픈 음성으로 물었다. "리틀 존, 자네가 정말 주교 나리를 뚱보 사제라고 불렀나?"

"그랬습니다." 리틀 존이 처량 맞게 대답했다.

"그리고 사람 잡는 주교라고도 했고?"

"예." 리틀 존은 한층 더 처량 맞은 음성으로 대답했다.

"그리고 돈만 삼키는 고리대금업자라고도 했고?"

"예." 이제 리틀 존은 웬틀리(Wentley)의 용에게서 눈물이라도 뽑아낼 것처럼 몹시 처량한 음성으로 대답했다.

그러자 로빈은 다시 주교를 보며 말했다. "아, 이런! 그렇다면 그 말이 모두 맞군요! 이제껏 제가 아는 한, 리틀 존은 거짓말을 할 줄 모르는 사람이거든요."

그 말에 주위에서는 폭소가 터져 나왔고 주교의 얼굴에는 피가 몰려들어 머리끝부터 턱까지 온통 선홍빛으로 물들었다. 그러나 주교는 말이 목까지 치밀어 올랐지만 꿀꺽 삼킬 뿐 아무 말도 하지 못했다.

"아니요, 주교 나리. 우리들은 거친 사내들이긴 하지만 알고 보면 당신이 생각하는 것처럼 그렇게 나쁜 사람들은 아닙니다. 여기서 당신의 그 지존하신 머리털 하나 건드릴 사람은 아무도 없습니다. 우리가 한 농담에 화가 나신 것은 알지만 이곳 푸른 숲에서 우리는 모두 평등하답니다. 우리 사이에서는 주교니 백작이니 귀족이니 하는 계급들이 일체 없고 오직 평등한 사람들만이 있기 때문이죠. 그러니 당신도 이곳에 머무는 동안에는 우리의 생활방식대로 지내야만 합니다. 자, 이제 연회 준비를 하게나. 그 사이 우리는 손님들에게 숲 속의 여흥을 베풀겠네."

그래서 일부는 고기를 굽기 위해 불을 피우러 달려간 사이 일부는 육척봉과 긴 활을 가지러 달려갔다. 로빈은 리의 리처드 경을 앞으로 데리고 나와 주교에게 인사시켰다. "주교 나리, 이분은 오늘 우리가 모셔온 또 다른 손님입니다. 저와 제 부하들은 모두 두 분을 이 여흥으로 대접하려고 하오니 주교께서 이분과 친분이 있으시길 바랍니다."

그러자 주교가 힐난조로 말했다. "리처드 경, 제 생각엔 당신과 저는 동료이자 동지가 되었군요, 이…." 주교는 "강도들의 소굴"이라고 말하려고 했지만 갑자기 말을 끊고는 로빈 후드를 쳐다보았다.

그러자 로빈 후드가 웃음을 터뜨리며 말했다. "말씀하세요, 주교 나리. 셔우드 숲의 우리는 자유롭게 말하는 것을 막지 않는답니다. 하려던 말씀이 '강도들의 소굴' 아닙니까?"

"내가 하려던 말이 그 말이었소, 리처드 경. 하지만 이 말만은 해야겠소. 난 경이 조금 전 이 자들의 저속한 농담에 웃는 것을 보았소. 경은 같이 웃으므로써 저 자들을 더 의기양양하게 만들었소. 하지만 그 대신 눈살을 찌푸리며 막았어야 경에게 어울리는 행동이었을거요."

"저는 주교님에게 해를 끼칠 의도는 없었습니다. 하지만 재미있는 농담은 그저 농담일 뿐이지 않습니까. 그리고 진심으로 드리는 말씀이지만 그 농담이 제 이익에 반대되는 것이었다 해도 저는 웃었을 것입니다."

그러나 로빈 후드는 부하들을 몇 명 불러 땅 위에 부드러운 이끼를 뿌린 후 그 위에 사슴 가죽을 깔도록 시켰다. 그런 다음 손님들에게 앉으라고 권했고, 로빈과 주교, 리처드 경이 앉고 나자 리틀 존, 윌 스칼렛, 앨런 어 데일과 같은 중요 인물과 나머지 사람들도 주위의 땅바닥에 몸을 펴고 앉았다. 그러자 공터의 제일 먼 끝에 과녁이 하나 세워졌고 궁사들이 차례로 나와 활을 쏘았다. 그날 궁사들이 선보인 궁술은 누구든 보고 싶어 안달 나게 할만큼 대단한 것이었다. 그 모든 것이 진행되는 동안 로빈은 주교와 리처드 경을 매우 교묘하게 대화 속으로 이끌었기 때문에 주교는 자신이 화냈던 것도 잊고, 리처드 경은 근심이 있던 사실을 잊고 두 사람은 계속해서 커다랗게 웃음을 터뜨렸다.

궁사들은 각기 세 발씩 화살을 쏘았는데 과녁은 너비가 겨우 세 뼘 정도에, 떨어진 거리는 140여 미터가 되었는데도 불구하고 오직 두 발만이 과녁 밖으로 나갔을 뿐이었다. 그러자 주교가 로빈에게 말했다. "여보게, 성모 마리아를 걸고 맹세하는데, 이제껏 자네 부하들만큼 뛰어난 궁술의 귀재는 보지 못했네. 하지만 난 자네 솜씨에 대해서도 자주 들었네, 우리에게 어디 자네 실력을 조금 보여줄 수 있겠나?"

"그야 물론이죠. 빛이 점차 어두워져서 사물이 희미해지기 시작하긴 했지만 할 수 있는지 어디 한 번 시도해 보죠." 그렇게 말하며 자리에서 일어난 로빈은 단도를 꺼내어 사람의 엄지손가락만한 두께의 작은 개암나무 가지를 잘라내어 껍질을 벗겨 냈다. 그리고 걸음으로 재어 80여 미터 정도 떨어진 곳으로 가더니 그곳에 잘라낸 가지를 땅 속에 박아 넣고는 다른 사람들이 앉아 있던 곳으로 돌아왔다. 앨런 어 데일이 자신의 주목으로 만든 활을 건네주자 로빈은 즉시 활에 시위를 꿰었다. 그리고 화살통을 땅에 비운 뒤 자신의 마음에 드는 것으로 세심하게 화살을 하나 골라냈다. 그런 다음 화살을 활시위에 재고 자리를 잡고 서자 주위는 너무 조용해져 떨어지는 나뭇잎 소리조차 들릴 지경이었다. 로빈은 시위를 귀까지 잡아당긴 후 활을 든 팔을 똑바로 하여 지켜보던 사람들이 숨을 쉬기도 전에 탕 소리를 울리며 화살을 놓았다. 화살은 어찌나 빨리 날아가던지 사람의 눈으로는 쫓을 수 없을 정도로 엄청나게 빨리 날아갔으므로 사람들 사이에서는 커다란 함성이 터져 나왔다. 윌 스카들록이 재빨리 달려가 과녁이 되었던 개암나무 가지를 가져왔다. 아, 놀랍게도 화살은 가지를 쪼개고 그 사이에 꽂혀 있었다. 놀란 부하들이 다시 한 번 함성을 지르자 불 주위에 모여 있던 사람들까지 달려왔다. 그들은 그 누구도 감히 겨룰 꿈조차 꾸지 못하는 대장의 뛰어난 활 솜씨가 자랑스러웠기 때문이었다.

그러나 로빈은 손님들이 자신을 칭찬할 여유조차 주지 않고 손님들 사이에 다시 앉은 후 육척봉을 다루는 기술이 뛰어난 부하들을 불렀다. 저녁의 어둠이 내려앉아 공격하고 방어하는 것이 보이지 않을 때까지 그들은 그렇게 앉아 경기를 즐겼다.

육척봉 시범이 끝나자 앨런 어 데일이 앞으로 나와 하프의 현을 조율하자 주위는 또다시 잠잠해졌다. 앨런은 아름다운 목소리로 사랑, 전쟁, 영예, 슬픔에 대한 노래들을 불렀고 사람들은 모두 조그만 소리도 내지 않고 미동도 하지 않은 채 음악에 심취했다. 위로 복잡하게 얽혀 있는 나뭇가지들 틈으로 떠오른 커다란 둥근 은빛 달이 선명하게 하얀빛을 토해낼 때까지 앨런은 그렇게 노래했다.

마침내 부하 두 사람이 다가와 연회가 준비되었다고 알리자 로빈은 손님들을 양손에 잡고 커다란 연기가 피어나고 있는 곳으로 안내했다. 그곳에 이르니 맛있는 냄새가 근처에 진동하고 풀밭 위에는 하얀 린넨 천이 길게 깔려 있었다. 주위에는 사방을 붉은 빛으로 환히 비추는 횃불이 이글거리고 있었다. 사람들은 곧장 자리를 잡고 앉아 모두들 왁자지껄하게 떠들며 식사를 시작했다. 커다란 말소리, 웃음소리가 식기를 덜그럭거리는 소리와 한데 어우러졌다. 꽤 오랫동안 식사가 계속됐지만 결국 끝나고 나자 깨끗한 포도주와 거품이 이는 맥주가 기분 좋게 오갔다. 어느 정도 분위기가 무르익자 로빈 후드는 큰 소리로 조용히 하라고 외쳤고 그 말에 모두 잠잠해졌다.

"여러분들에게 할 이야기가 있으니 모두 내가 하는 말을 잘 듣기 바란다." 그리고는 단도직입적으로 리처드 경에 대해서, 그가 어떻게 해서 영지를 저당잡히게 되었는지 말해 주었다. 그러나 로빈이 계속 말을 이어감에 따라 조금 전까지만 해도 유쾌하게 웃으며 흥겨움에 취해 불그레하던 주교의 얼굴이 점차 심각하게 변하며 손에 들고 있던 포도주 잔을 옆에 내려 놓았다. 주교 자신도 리처드 경에 대한 이야기를 이미 알고 있었던 데다 뭔가 불길한 예감에 가슴이 철렁 내려앉았기 때문이었다. 이윽고 리처드 경에 대한 이야기를 마친 로빈 후드는 헤리퍼드의 주교에게로 돌아섰다. "자, 존경하는 주교 나리. 누군가가 더구나, 누구보다도 청빈하게 자선을 베풀며 살아야 할 성직자가 이런 짓을 하다니 참으로 잘못됐다고 생각하지 않으십니까?"

그 말에 주교는 아무런 대답도 못하고 침울한 시선으로 땅만 뚫어져라 쳐다보았다.

"당신은 잉글랜드에서 제일 부유한 주교 아닙니까? 이 어려운 처지에 처한 형제를 도울 수 없습니까?" 그러나 주교는 여전히 묵묵부답이었다.

그러자 로빈이 리틀 존을 보고 말했다. "자네와 월 스튜틀리는 가서 저기 있는 짐말 다섯 마리를 이리 끌고 오게." 그 말에 두 사람이 명령받은 대로 하자 펼쳐 놓은 천 주위에 있던 사람들은 빛이 가장 밝게 비치고 있는 잔디에 공간을 만들었다. 금세 리틀 존과 윌 스튜틀리가 말들을 끌고 왔기 때문이었다.

로빈이 검은 사제복을 걸친 사제들을 보며 물었다. "물품 명세표를 가지고 있는 사람이 누구죠?"

그러자 사제들 중에서 온화하고 주름진 얼굴을 한 키가 제일 작은 노인이 떨리는 목소리로 대답했다. "내가 가지고 있소, 하지만 부탁하는데 나를 해치지 마오."

"아니요, 나는 아무런 잘못이 없는 사람을 해쳐 본 적이 없습니다. 하지만 수사님, 그것을 제게 주시죠." 노인은 로빈이 요구한 대로 말 위에 실려 있는 다양한 꾸러미들의 목록을 적은 명세표를 건네주었다. 그것을 받아든 로빈이 다시 윌 스칼렛에게 주며 읽어보라고 명령했다. 그래서 윌 스칼렛은 모두 들을 수 있도록 목청을 높여 읽기 시작했다.

"앵커스터의 포목상인 퀸틴(Quentin)에게 보낼 비단 세 필." "이 퀸틴이라는 사람은 자신의 노력으로 자수 성가한 정직한 사람이므로 그것은 건드려서는 안 돼." 그래서 비단 세 필은 뜯지 않은 채 한 옆으로 제쳐 놓았다. "보몬트(Beaumont)의 수도원장에게 줄 비단 벨벳 한 필."

"사제들이 비단 벨벳을 어디에 쓴단 말이야? 하지만 그들에게 필요 없다고 하더라도 그것을 다 빼앗진 않겠어. 그것을 정확히 세 등분으로 나누어서 삼분의 일은 자선 기금으로 쓰기 위해 팔도록 하고, 삼분의 일은 우리가 갖고, 나머지 삼분의 일은 그 수도원장에게 보내도록 하지." 그래서 로빈의 명령은 즉시 시행되었다.

"성 토머스 예배당에 보낼 대형 양초 40개."

"그것은 마땅히 예배당에 속하는 물건이니 한 쪽으로 제쳐놓게. 신성한 토머스 성인에게 속한 물건을 취하는 것은 생각할 수조차 없지." 그래서 로빈의 명령대로 양초는 정직한 포목상 퀸틴의 뜯지 않은 비단 자루와 함께 옆으로 제쳐놓았다. 그래서 목록을 하나씩 열거할 때마다 물건들은 로빈이 생각하기에 가장 적당한 방법에 따라 적절히 분배되었다. 전혀 건드리지 않은 채 옆으로 밀어둔 물건들도 있었고, 개봉하여 자선 기금, 로빈 일행들 자신, 원 소유주의 몫으로 균등히 삼등분된 물품들도 많이 있었다. 이제 횃불이 있던 바닥은 갖가지 비단과 벨벳과, 금실로 짠 천, 값비싼 포도주 상자 등으로 가득 들어찼고, 드디어 목록의 마지막 명세표가 발표되었다. "헤리퍼드 대주교 소유인 상자 하나."

그 말에 주교는 움찔하여 부르르 떨었고 상자는 바닥에 놓여졌다.

"대주교 나리, 이 상자의 열쇠 가지고 계십니까?"

로빈의 물음에 주교는 고개를 흔들었다.

"윌 스칼렛, 자네가 우리 중에서 가장 강하니까 가서 긴칼을 가져와 할수 있다면 이 상자를 열어보게." 윌 스칼렛은 일어나 사라지더니 금세 커다란 양손잡이 칼을 가지고 나타났다. 쇠로 단단히 잠긴 상자를 윌 스칼렛이 세 번 힘껏 내리쳤더니, 마침내 세 번째 공격에 상자가 깨지면서 엄청난 금화더미가 횃불을 받아 붉게 타오르며 쏟아져 나왔다. 그 광경을 보자 주위에 서 있던 사람들 틈에서는 멀리 있는 나무 틈새로 지나가는 바람소리처럼 낮은 속삭임이 터져 나왔다. 그러나 아무도 앞으로 나와 그 돈을 만져볼 엄두는 내지 못했다.

"윌 스칼렛, 앨런 어 데일, 리틀 존 자네들이 저 돈을 세어보게."

그 돈을 전부 세는 데는 꽤 오랜 시간이 걸렸고 마침내 꼼꼼히 전부 세어보더니 윌 스칼렛이 전부 합해서 금화로 1500파운드라고 밝혔다. 그런데 금화들 틈에서 한 장의 종이가 나오자, 윌 스칼렛이 커다란 소리로 종이에 적힌 것을 읽었다. 그 결과 모든 사람들은 그 돈이 헤리퍼드 주교관에 속하는 어느 영지에서 걷어들인 소작료, 부담금, 추징료라는 것을 똑똑히 들을 수 있었다.

"대주교 나리, 리틀 존이 말했던 것처럼 한겨울의 산울타리처럼 홀랑 벗겨 먹지는 않겠어요. 적어도 원래 돈의 삼분의 일은 가지고 돌아갈 수 있게 해줄 테니까요. 당신은 부자니까 삼분의 일은 당신과 당신 수행원의 여흥을 위해 베푼 비용으로 우리에게 줄 수 있겠죠. 그리고 제가 듣기로 당신은 거느린 사람들에게는 무척 엄격한데다 자신이 얻을 수 있는 이익에 욕심을 부린다고 하죠. 그러니 좀 더 나은 평판을 위해서 자신이 좋아하는 데에 쓰기보다는 선행을 베푸는 쪽이 훨씬 좋을 테니까 나머지 삼분의 일은 자선을 위해 양보할 수 있겠죠?"

그 말에 주교는 고개를 들긴 했지만 아무 말도 할 수 없었다. 하지만 내심 속으로는 그나마 일부는 건질 수 있게 된 것에 감사했다.

이제 로빈은 리의 리처드 경을 향해 말했다. "자, 리처드 경, 교회가 당신을 망쳐놓으려고 작정했던 것 같으니 교회의 잉여 재산 중 일부를 경을 돕는 데 쓰는 것이 좋을 것 같아요. 주교보다는 도움이 필요한 사람들을 위해 한쪽으로 제쳐놓았던 저 5백 파운드는 경께서 가져가는 것이 좋겠어요. 저 돈으로 에밋 수도원장에게 진 빚을 갚으세요."

리처드 경은 눈에서 무엇인가 솟아올라 모든 빛과 얼굴들이 흐릿해질 때까지 로빈 후드를 바라보았다. 그리고 마침내 입을 떼었다. "내게 베풀어준 이 모든 것에 정말 진심으로 감사하네, 친구. 하지만 내가 그대의 선물을 거저 받을 수는 없다고 해도 기분 나쁘게 생각지 말게. 나는 이렇게 하겠네. 일단은 그대가 주는 돈으로 빚을 갚도록 하겠네. 그리고 꼭 만 일 년이 되는 날 그대나 헤리퍼드의 주교에게 그 돈을 꼭 다시 돌려주겠네. 이 약속을 지킬 것을 기사의 명예를 걸고 맹세하네. 돈을 빌리는 것이라고 해야 내 마음이 편하다네. 나를 비열한 거래로 내몰았던 그 교회보다 더 높은 지위에 있는 주교가 나를 꼭 도와줄 의무는 없으니까 말이네."

"거참, 저는 경과 같은 신분의 사람들이 느끼는 그 잘난 양심의 가책이라는 것을 이해할 수가 없군요. 하지만 원하신다면 그렇게 하십시오. 다만 일

년 뒤에 돈을 가져 오시려면 주교보다는 저희가 그 돈을 더 유용하게 쓸 테니까 돈은 저희에게 가져다 주십시오.”

그리고 로빈은 근처에 서 있던 부하에게 명령을 내렸다. 그래서 5백 파운드의 돈이 가죽 자루에 담겨 리처드 경에게 주어졌다. 나머지 금액은 나누어 반은 로빈 무리의 보물 창고로 보냈고 나머지 반은 주교의 물건들과 함께 내주었다.

그러자 리처드 경이 일어났다. “친구들, 이제 그만 가봐야 할 것 같네. 내가 집에 돌아가지 않으면 아내가 걱정하게 될 거야. 그러니 그만 떠나도록 허락해 주게나.”

그 말에 로빈 후드와 그의 모든 부하들이 자리에서 일어났고, 로빈이 말했다. “리처드 경, 경을 수행원도 없이 혼자 돌려보낼 수는 없습니다.”

그러자 리틀 존이 기다렸다는 듯이 나섰다. “대장, 제가 스무 사람을 뽑아 격식에 맞춰 무장한 후 리처드 경에게 우리 대신 다른 수행원들이 생길 때까지 수행원으로 봉사하게 해 주세요.”

“거참 말 한 번 잘 했네, 리틀 존. 그렇게 하도록 하게.”

그러자 윌 스칼렛도 뒤질세라 말했다. “리처드 경에게 그 신분의 사람에게 어울릴 만한 황금 목걸이를 목에 걸 수 있게 주도록 하세요. 그리고 신발 뒤꿈치에 달 황금 박차도요.”

“듣던 중 반가운 소리로군, 윌 스칼렛. 물론 그래야지.”

윌 스튜틀리도 한 몫 거들었다. “경의 고귀한 부인에게 로빈 후드와 그 부하들이 함께 보내는 선물로 저 값비싼 벨벳과 금실로 짠 천을 집으로 가지고 돌아갈 수 있게 해 드리죠.”

그 말에 부하들은 모두 손뼉을 치며 기뻐했고, 로빈이 말했다. “윌 스튜틀리, 자네도 생각 잘했네. 당연히 그렇게 해야지.”

그러자 리의 리처드 경은 주위를 둘러보며 뭔가 말을 하려고 했지만 감정이 복받쳐 올라 목이 메어 말을 꺼낼 수 없었다. 마침내 경은 착 잠긴, 떨리는 음성으로 말을 꺼냈다. "좋은 친구들이여, 리의 리처드 경은 오늘 그대들이 보여준 호의를 절대로 잊지 않으리라는 것을 알게 될 것이네. 그리고 그대들이 도움이 필요하거나 어려움에 처하거든 언제든지 나와 내 아내를 찾아오게나. 리 성의 성벽이 무너지기 전에 그대들에게 해가 닥치는 일은 없을 것이네. 나는…" 리처드 경은 감정이 복받쳐 더 이상 말을 잇지 못하고 황급히 고개를 돌렸다.

그러나 리틀 존과 그가 뽑은 열아홉 명의 건장한 부하들은 떠날 준비를 모두 마치고 앞으로 나섰다. 각자 가슴에는 사슬고리 갑옷을 걸쳤고 머리에는 강철로 만든 투구를 썼고 옆구리에는 근사한 칼도 찼다. 그러자 로빈이 나와 리처드 경의 목에 황금목걸이를 걸어 주었고 윌 스칼렛은 무릎을 꿇고 경의 발꿈치에 황금 박차를 채워 주었다. 이제 리틀 존이 리처드 경의 말을 앞으로 데리고 오자 경은 자신의 말에 올라탔다. 경은 로빈을 잠시 내려다보더니 갑자기 몸을 구부려 그의 볼에 입을 맞추었다. 리처드 경과 그를 호위하는 리틀 존 일행이 횃불의 불빛과 갑옷으로 번쩍거리며 삼림을 뚫고 전진하자 온 숲에는 함성이 울려 퍼졌다. 리처드 경은 그렇게 떠나갔다.

그때 헤리퍼드의 주교가 침울한 어조로 말했다. "밤이 늦었으니 나 역시 그만 가봐야 할 것 같네."

그러나 로빈은 주교의 팔을 잡고 제지했다. "주교 나리, 그렇게 서두르지 마십시오. 앞으로 사흘 이내에 리처드 경은 에밋 수도원에 빚을 갚아야 합니다. 주교 나리께서 리처드 경에게 문제를 일으킬지도 모르니 그때까지는 저와 함께 계셔 줘야겠습니다. 나리께서 붉은 사슴 사냥하기를 좋아하는 사실을 제가 알고 있으니 앞으로 여러 가지 즐거운 오락거리를 즐길 수 있도록 해드리겠다고 약속하죠. 그 우울한 망토는 벗어 던져 놓으시고 앞으로 사흘 동안은 유쾌한 숲 속의 생활을 즐기도록 노력해 보세요. 오히려 떠날 때는 아쉬워하게 될 거라고 제가 보장하죠."

그래서 주교와 그의 수행원들은 사흘 동안 로빈 일행과 함께 지냈다. 그리고 주교는 그 시기 동안 많은 오락을 즐겼으므로 로빈이 말했던 대로 떠날 시간이 되자 즐거운 숲 속을 떠나는 것을 유감스러워하게 되었다. 드디어 사흘이 지나자 로빈은 주교를 풀어 주었고 자신들이 배분하고 도로 돌려준 물건이나 짐들을 다른 사람들에게 약탈당하지 않도록 호위대를 딸려 숲 밖으로 내보내 주었다.

그러나 수도원으로 돌아가면서 주교는 언젠가는 로빈이 자신을 셔우드 숲에서 가로막은 그날을 후회하게 만들어 주고야 말겠다고 속으로 다짐했다.

자, 그럼 여기서 리처드 경을 따라가 보기로 하자. 조용히 하고 들어 보라. 그러면 리처드 경에게 무슨 일이 일어났는지, 그가 어떻게 해서 지불 기한을 준수하여 에밋 수도원과 로빈 후드에게 빚을 갚을 수 있었는지 듣게 될 것이다.

제2장
리의 리처드 경, 에밋 수도원에 빚을 갚다

긴 대로는 햇빛을 받으며 먼지 이는 회색 빛 속으로 곧장 뻗어 있었다. 양 옆에는 가장자리에 버드나무가 늘어진 수로가 있었고 저 멀리에는 주위에 키 큰 포플러나무가 늘어선 에밋 수도원의 탑이 서 있었다.

둑길을 따라 한 기사가 뒤에 십여 명의 무장한 건장한 사내들을 대동한 채 달려오고 있었다. 기사가 걸친 회색 능직 천으로 만든 긴 외투는 허리께에서 넓은 가죽 벨트로 한데 모아져 있었고 허리에는 긴 단도와 탄탄한 장검이 매 달려 있었다. 그러나 옷은 비록 검소하게 차려입었지만 그가 타고 있는 말 은 혈통이 뛰어난 바르바리 산 말이었으며 마구는 비단과 은종 등으로 화려 하게 장식되어 있었다.

기사 일행은 그렇게 수로 사이로 난 둑길을 따라 한참 간 후에 마침내 에밋 수도원의 커다란 대문 앞에 도착했다. 그곳에 이르자 기사는 자신의 부하들 중 한 사람을 불러 칼자루로 문지기의 숙소를 두드리라고 했다.

숙소 안의 의자에 앉아 꾸벅꾸벅 졸고 있다가 문 두드리는 소리에 잠에서 깬 문지기는 작은 쪽문을 열더니 절름거리며 걸어나와 기사를 맞았다. 그 사 이 작은 버드나무 새장 안에 매달려 있던 길들인 찌르레기는 "천국에 안식이 있다!" 하고 외쳤다. 불쌍한 늙은 절름발이 문지기가 가르친 말은 그것이 전 부였기 때문이다.

기사가 그 늙은 문지기에게 물었다. "수도원장은 어디 계신가?"

"지금 식사중이십니다, 기사님. 기사님께서 오시길 기다리고 계십니다. 제가 잘못 본 것이 아니라면 리의 리처드 경이시죠."

"그렇다네, 내가 리의 리처드 경이라네. 그렇다면 수도원장을 보러 올라가야겠군."

"하지만 기사님의 말을 마구간으로 보내면 안 될까요? 성모 마리아를 걸고 맹세하는데 이 말은 제가 이제껏 본 중에서 제일 혈통이 좋은 데다 장식도 뛰어나군요." 그리고 문지기는 손바닥으로 말의 옆구리를 두드려보았다.

"아니네, 이곳의 마구간은 나를 위한 것이 아니니 그냥 두게." 그렇게 말하며 리처드 경이 앞으로 밀고 나가자 문은 이미 열려 있었으니 그는 곧 수도원의 자갈 깔린 안마당으로 들어섰고 그 뒤를 부하들이 따랐다. 그들이 안으로 들어서자 갑옷이 덜그덕거리는 소리와 칼이 쨍그렁거리는 소리와 함께 자갈을 밟는 말발굽 소리가 울려 퍼졌다. 햇빛을 받으며 활보하고 다니던 비둘기 떼는 그 소리에 놀라 날개를 푸드덕거리며 둥근 첨탑의 높은 처마로 날아가 버렸다.

그에 앞서, 리처드 경이 둑길을 따라 에밋으로 향하고 있을 때, 수도원의 연회장에서는 즐거운 연회가 벌어지고 있었다. 오후의 햇살이 커다란 아치형 창문을 통해 흘러 들어와 대리석 바닥 위로 넓은 사각 빛을 던지며, 눈처럼 새하얀 린넨 천으로 덮인 식탁을 통과하고 있었다. 식탁 위에는 왕후나 즐길 법한 호사스러운 진수성찬이 차려져 있었다. 식탁 제일 상석에는 화려한 비단천으로 만든 부드러운 외투로 온통 몸을 감싼 에밋 수도원의 빈센트 수도원장이 앉아 있었다. 머리에는 금을 박아 넣은 검은 벨벳 모자를 쓰고 있었고, 목에는 가운데에 커다란 펜던트가 달린 무거운 금목걸이를 걸고 있었다. 수도원장 옆에는, 커다란 의자 팔걸이에 그가 총애하는 매가 앉아 있었다. 수도원장은 점잖은 매사냥 재주를 아주 좋아했기 때문이었다. 오른쪽에는 끝을 모피로 장식한 자주색의 호사스러운 의복을 걸친 노팅엄의 주 장관이 앉아 있었고, 왼쪽에는 어두운 빛깔의 수수한 옷차림을 한 유명한 법학자가 앉아 있었다. 그들 아래로는 에밋의 식료품 담당관과 고위 사제들 중에서 중요 인사들이 앉아 있었다.

농담과 웃음이 오가며 모든 사람들은 즐길 수 있는 한 유쾌하게 즐겼다. 법학자의 쭈글쭈글한 얼굴은 찡그리며 웃느라 더 일그러졌다. 그의 주머니에는 수도원장이 자신과 리처드 경 사이의 사건에 대한 수임료로 미리 지불한 금화 80냥이 들어 있었기 때문이었다. 그 박학한 학자는 에밋의 빈센트 수도원장을 신뢰하지 않았기 때문에 미리 선불을 받은 것이었다.

노팅엄의 주 장관이 입을 열었다. "하지만 수도원장, 리처드 경의 영지를 분명히 수중에 넣을 수 있을 것으로 확신하오?"

수도원장은 포도주를 들이마신 후 입맛을 다시며 말했다. "아, 그야 물론이죠. 비록 리처드 경은 눈치 채지 못했지만 제가 그동안 그를 면밀히 감시했거든요. 그래서 그에게는 제게 갚을 돈이 전혀 없다는 것을 잘 알고 있는 거지요."

그때 법학자가 거칠고 쉰 목소리로 말했다. "물론입니다. 만일 리처드 경이 돈을 갚으러 나타나지 않으면 그의 영지는 당연히 몰수되는 거죠. 하지만, 수도원장님, 반드시 리처드 경의 자필 서명이 들어간 양도 증서를 받아 두셔야 합니다. 안 그러면 아무 문제 없이 경에게서 그 땅을 받아내기가 어렵습니다."

"알고 있소, 그대가 전에 내게 그렇게 말했잖소. 하지만 내가 알기론 리처드 경은 몹시 가난해서 2백 파운드에라도 기꺼이 자신의 땅을 넘겨 주겠다고 서명할 것이오."

그러자 식료품 담당관이 분개하듯 나섰다. "그 불행한 기사를 구덩이 속으로 그렇게 몰아넣다니 부끄러운 일이라고 생각합니다. 더비 주의 가장 값비싼 영지를 기껏 5백 파운드의 헐값으로 받아내려고 하다니 통탄할 일입니다. 정말로, 저는…."

　그때 수도원장이 분노로 붉어진 볼과 이글거리는 눈에 떨리는 음성으로 말을 잘랐다. "어떻게 감히 누구 안전이라고 함부로 입을 놀리느냐? 허버트 성인을 걸고 말하는데, 네 숨을 아껴 죽이나 식히는데 쓰는 것이 좋을 걸. 안 그랬다가는 입을 데게 될 걸."

　그때 법학자가 부드럽게 말했다. "아니요, 제가 감히 장담하는데요, 리처드 경은 오늘 이 문제를 매듭지으러 절대 나타나지 않음으로써 자신이 겁쟁이라는 것을 증명할 것입니다. 그래도 어쨌든 우리는 그에게서 땅을 빼앗을 방법을 찾을 수 있을 테니 너무 걱정하지 마십시오."

　그러나 아직 법학자의 말이 미처 끝나기도 전에 갑자기 아래쪽 안마당에서 말발굽 소리와 쇠미늘 갑옷이 부딪쳐 울리는 소리가 들려왔다. 그러자 수도원장은 그 주인공이 다름 아닌 리처드 경이라는 사실을 잘 알고 있었으면서도 말석에 앉아 있던 사제들 중 한 사람을 불러 아래에 누가 있는지 창 밖으로 내다보라고 명령했다.

　그래서 명령을 받은 사제가 일어나 창문으로 다가가 밖을 쳐다보더니 말했다. "열 사람의 무장한 병사들과 한 기사가 막 말에서 내리고 있습니다. 기사는 회색의 긴 외투를 입은 것이 제가 보기에는 초라한 행색입니다. 하지만 그가 타고 온 말은 이제껏 본 중에서 제일 화려하게 장식되어 있습니다. 기사가 말에서 내렸고 그들이 이쪽으로 오고 있습니다. 지금 막 대 연회장으로 들어섰습니다."

　"보게, 그대들도 지금 들었소. 겨우 씹어 먹을 빵 부스러기도 제대로 살 수 없을 정도로 빈약한 지갑을 가진 주제에 수행원들을 거느리고, 등은 거의 맨살이 드러날 정도인데 말 등에는 그렇게 호사스럽게 장식한 마구를 얹은 기사가 온다는군. 저런 자가 몰락하다니 오히려 잘된 일 아니오?"

　그러자 키 작은 법학자가 전전긍긍하며 말했다. "하지만 저 기사가 우리에게 해코지라도 하면 어쩝니까. 저런 사람들은 궁지에 몰리면 사나워지는 법인데다 지금 뒤에는 무뢰한들을 대동하고 있지 않습니까. 차라리 그의 빚을 연장해 주시는 것이 좋겠습니다." 법학자는 혹시라도 리처드 경이 자신에게 해를 끼칠까 두려워 그렇게 말했다.

수도원장은 옆의 법학자를 깔보며 말했다. "걱정할 필요 없소. 저 기사는 온순한데다 그대를 늙은 노파처럼 연약한 존재로 생각할 테니까."

수도원장의 말이 끝나기 무섭게, 연회장의 아래쪽 끝에 있던 문이 활짝 열리더니 리처드 경이 두 손을 접고 고개는 가슴 위로 떨군 채 들어왔다. 그렇게 비굴한 모습으로 그는 천천히 연회장으로 걸어 올라갔고 부하들은 문 옆에 남아 서 있었다. 수도원장이 앉아 있는 곳으로 다가가자 리처드 경은 한쪽 무릎을 꿇었다. "만수무강하시오, 수도원장. 지불 기일을 지키러 왔소."

그러자 수도원장은 대뜸 리처드 경에게 첫마디 말을 건넸다. "내 돈을 가져왔소?"

"아, 이런! 내 수중에 돈이라고는 단 한 푼도 없구려." 그 말에 수도원장의 눈이 반짝반짝 빛났다.

"이제 보니 리처드 경, 당신은 간교한 채무자로군요. 주 장관, 건배하시죠."

그러나 기사는 대리석 바닥에 무릎을 꿇은 채 아직 일어나지 않았으므로 수도원장이 다시 기사를 향해 날카롭게 물었다. "그렇다면 돈도 없이 무슨 볼일로 왔소?"

그 말에 기사의 볼에는 홍조가 서서히 피어났지만 그는 여전히 자리에서 일어나지 않았다. "당신의 자비를 청하고 싶소. 당신이 하늘에 자비를 구하듯이 당신도 내게 자비를 베풀어 주오. 내게서 땅을 빼앗음으로써 나를 진정한 기사에서 빈한한 처지로 내몰지 말아 주오."

"오늘로 경의 시절은 다 끝났고 경의 땅 또한 박탈당할 것입니다." 리처드 경의 비굴한 말두에 의기양양해진 법학사가 나서서 말을 잘랐다.

"당신, 법학자는 내가 이렇게 어려울 때에 내 편이 되어 줄 수는 없겠소?"

무릎을 꿇은 채 에밋 수도원장에게 자비를 간청하는 리처드 경

"아니요, 나는 이 거룩하신 수도원장님의 편이랍니다. 제게 금화로 상당한 보수를 이미 지불하셨으니 수도원장께 큰 은혜를 입었지요."

"주 장관, 당신도 내 편이 아닙니까?"

"아니요. 이 일은 나와는 아무런 상관이 없지만 나는 내가 하고 싶은 대로 하겠소." 그러면서 주 장관은 무릎으로 수도원장의 옷 아래를 툭 치면서 말했다. "수도원장, 리처드 경의 빚을 좀 탕감해 주지 않으려오?"

그 말에 수도원장은 잔인하게 웃었다. "리처드 경, 그렇다면 내게 3백 파운드만 내시오. 그러면 당신의 채무를 모두 변제해 주겠소."

"수도원장, 내게는 3백 파운드나 4백 파운드나 별 차이가 없다는 것을 잘 알고 있지 않소. 하지만 채무를 일 년만 더 연장해 줄 수는 없겠소?"

"단 하루도 안 되오." 수도원장이 그럴 수는 없다는 듯이 준엄하게 말했다.

"그렇다면 내게 베풀어 줄 수 있는 최선은 이게 다요?"

그러자 수도원장이 화를 터뜨리며 외쳤다. "그렇소, 이 엉터리 기사여! 내가 말한 대로 어서 빚을 갚든가, 아니면 땅을 내놓고 내 눈 앞에서 썩 꺼지도록 하시오!"

그러자 리처드 경은 비로소 일어서며 매우 준엄한 목소리로 꾸짖었으므로 법학자는 겁이 나서 움츠러들었다. "당신이야말로 엉터리, 거짓말쟁이 사제요! 당신도 잘 알고 있듯이 나는 엉터리 기사가 아니오. 나는 군사를 일으킬 때나 마상 창시합을 할 때 내 자리를 굳건히 지켰소. 진정한 기사가 이렇게 내내 무릎을 꿇고 있는 것을 보고도, 또한 그 기사가 당신의 연회장으로 들어온 것을 보고도 술과 먹을 것을 권할 생각조차 않다니 그렇게도 예의가 없단 말이오?"

그 말을 듣자 법학자가 떨리는 목소리로 말했다. "사업에 관련된 일을 이렇게 말하면 서로 좋을 것이 없습니다. 진정하고 좀 더 사근사근하게 얘기하시지요. 수도원장님, 리처드 경이 자신의 땅을 내놓는다면 얼마를 지불하시겠습니까?"

"나는 원래 그에게 2백 파운드는 줄 생각이었지만 내 면전에 대고 이렇게 불손하게 말을 했으니 1백 파운드 외에는 단 한 푼도 더 줄 생각이 없소."

"이 엉터리 사제여, 내게 천 파운드를 제시했잖소. 당신은 내 땅을 단 한 뼘도 가질 수 없소." 리처드 경은 자신의 병사들이 대기하고 있던 문가를 향하여 손가락으로 손짓하며 불렀다. "이리들 오너라!" 그 명령에 병사들 중에서 제일 키가 큰 사람이 다가와 기다란 가죽 자루를 경에게 건네주었다. 리처드 경은 자루를 받아들더니 식탁에 쏟았다. 그랬더니 그 안에서는 놀랍게도 반짝거리는 금화가 쏟아져 나왔다.

"수도원장, 내게 단 3백 파운드에 채무를 변제해 주겠다고 약속했던 것 잘 명심하시오. 그 이상은 단 한 푼도 더 가져갈 수 없소." 그렇게 말하며 리처드 경은 정확히 3백 파운드를 세어 수도원장을 향해 내밀었다.

그러나 이제 수도원장은 손이 양옆으로 축 늘어지고 고개도 힘없이 떨구었다. 리처드 경의 땅을 꿀꺽 삼킬 수 있는 모든 희망이 사라져 버렸을 뿐 아니라 조금 전에 리처드 경의 빚을 1백 파운드나 탕감해준 데다 법학자에게는 아무런 소용도 없이 금화 80냥이나 날렸기 때문이었다. 수도원장은 법학자에게 대고 말했다. "그대에게 준 내 돈을 되돌려 주게."

그러나 법학자는 완강히 저항했다. "아니요, 그것은 수도원장님이 제게 지불한 제 수임료입니다. 그러니 되돌려 받을 수는 없습니다." 그리고는 빼앗기지 않겠다는 듯이 외투를 단단히 여몄다.

"자, 수도원장. 나는 지불 기일을 지켜 그대가 내게 요구한 모든 채무를 다 갚았소. 이제 우리 사이에 더 이상 볼일은 없는 것 같으니 이 사악한 곳을 그만 떠나겠소." 그렇게 말하면서 리처드 경은 발길을 돌려 성큼성큼 걸어 나갔다.

그 모든 일이 벌어지는 동안 주 장관은 눈을 동그랗게 뜨고 입은 떡 벌린 채 마치 돌로 조각한 듯 꼼짝 않고 서서 리처드 경에게 돈 자루를 가지고 나왔던 그 키 큰 병사를 주시했다. 그러다 마침내 숨을 헐떡이며 내뱉었다. "너, 너는 레이놀드 그린리프!"

그 말에, 다름 아닌 리틀 존이었던 그 키 큰 병사는 돌아서서 씩 웃으며 주 장관에게 다가갔다. "당신에게 아주 좋은 밀실과 근사한 얘깃거리를 드리죠. 주 장관 나리, 나는 오늘 당신이 아주 얌체처럼 말하는 것을 다 들었소. 그리고 그 말은 로빈 후드에게 당연히 보고될 것이고요. 그러니 셔우드 숲에서 다시 만날 때까지 지금은 잠시 동안 작별이오."

그리고는 리틀 존 역시 발길을 돌려, 너무 놀라 백짓장처럼 하얗게 질린 채 의자 속으로 움츠러든 주 장관을 두고 리처드 경을 따라 연회장을 내려 갔다.

그래서 리처드 경이 왔을 때만 해도 즐거운 만찬이 벌어지던 분위기는 그가 떠나고나자 유감스럽게도 썰렁하게 뒤바뀌고 말아 비록 앞에는 진수성찬이 차려져 있었지만 사람들은 전혀 식욕을 느낄 수 없었다. 오로지 법학자만이 기뻐했는데, 자신의 수임료를 빼앗기지 않고 그대로 챙겼기 때문이었다.

* * *

조금 전에 이야기한 대로 에밋의 빈센트 수도원장이 연회장에서 식사를 한 이후 꼭 열두 달하고도 하루가 지났고, 계절은 또다시 새로운 해의 부드러운 가을이 시작되고 있었다. 그러나 그 해에는 리의 리처드 경의 영지에 커다란 변화가 일어났다. 전에는 목초지에 텁수룩하게 잡초만 무성하게 자라났으나 이제는 잘 여문 곡식이 풍요롭게 수확되었다는 사실을 이야기해 주듯, 황금 그루터기가 뻗어 있었다. 일 년이라는 세월은 또한 성에 커다란 변화를 가져왔다. 전에는 물도 없이 텅 비어 있던 해자와 사람 손길이 미치지 않아 쇠락해가던 모든 것이 이제는 모두 말끔히 정비되어 잘 관리되고 있었다.

성벽과 성루에 햇살이 밝게 비치고, 머리 위 푸른 하늘에서는 재잘거리는 까마귀 떼가 금박을 입힌 풍향기와 첨탑 주위로 날아다니고 있었다. 그렇게 상쾌한 아침에 해자 위로 덜그덕거리는 쇠사슬 소리를 내며 다리가 걸리고 성문이 활짝 열리자, 겨울 아침 찔레꽃과 들장미 위에 내려앉은 서리처럼 새하얗게 미늘 갑옷을 걸친 한 기사와 강철 갑옷으로 성장한 병사들의 근사한 행렬이 성 안마당에서 번쩍거리며 나왔다. 기사는 손에 커다란 창을 들고 있었는데, 창끝에는 사람 손바닥 너비만한 피처럼 붉은 깃발이 나부끼고 있었다. 기사 일행은 그렇게 당당하게 성에서 나왔고, 행렬 한가운데에는 갖가지 모양과 종류의 짐 꾸러미들을 실은 세 마리의 짐 실은 말들이 걷고 있었다.

그 화창하고 즐거운 날 아침에 리의 리처드 경은 로빈 후드에게 빚을 갚기 위해 그렇게 달려가고 있었다. 말발굽 소리와 칼과 마구들이 부딪쳐 쨍그렁거리는 소리가 박자를 이루는 가운데 리처드 경 일행은 큰길을 따라 걸어갔다. 그렇게 앞으로 행진한 끝에 그들은 덴비 근처까지 오게 되었는데, 덴비 언덕에서 바라보니 도시 저 너머에서 많은 깃발들과 기장들이 밝은 공기에 펄럭이고 있었다. 그러자 리처드 경이 가까이 있던 병사에게 물었다. "저기 덴비에서 오늘 무슨 일이 있는가?"

"예, 나리. 오늘이 흥겨운 장날이기 때문에 커다란 레슬링 경기가 열린다고 합니다. 승자에게는 붉은 포도주 한 통, 근사한 금반지와 장갑이 상금으로 주어진다고 해서 모두들 최고의 선수가 되기 위해 그곳으로 많은 사람들이 몰려들었답니다."

그러자 용맹스러운 운동 경기를 매우 좋아했던 리처드 경이 말했다. "아, 그렇다면 제법 좋은 구경거리가 되겠군. 아직 시간 여유가 조금 있는 것 같으니 그럼 저 즐거운 운동 경기나 좀 구경하고 갈까." 그래서 리처드 경은 말머리를 덴비의 장이 서는 쪽으로 돌려 그곳을 향해 부하들과 함께 나아갔다.

그곳에 도착해보니 모두 흥겨움에 들떠 왁자지껄한 분위기였다. 깃발과 장기가 나부끼고 있었고, 잔디에서는 곡예사들이 공중 제비를 하고 있었다. 백파이프가 연주되고 있었고 그 음악에 맞춰 처녀 총각들이 춤을 추고 있었다. 그러나 군중들은 대부분 레슬링 경기가 진행되고 있던 원형경기장 주위에 모여 있었으므로 리처드 경과 부하들도 그곳으로 발걸음을 옮겼다.

한편 레슬링 심판들은 리처드 경이 다가오는 것을 보자 그가 누구인지를 알아보고 심판장이 다른 심판들과 앉아 있던 의자에서 내려왔다. 심판장은 리처드 경에게 다가가 손을 잡아끌며 같이 가서 경기를 심판해 달라고 청했다. 그래서 리처드 경은 말에서 내려 경기장 옆에 세워진 심판석으로 다른 사람들과 함께 갔다.

그런데 그 날 아침에는 대단한 경기가 벌어졌다. 스태퍼드 주(Stafford-shire)에 있는 저 멀리 스토크(Stoke)에서 온 에그버트(Egbert)라는 한 장사가 마주하는 상대들을 전부 쉽게 쓰러뜨린 것이었다. 그러나 전국에 흉터투성이 윌리엄이라는 이름으로 유명한 덴비 출신의 장사가 스토크의 그 장사와 맞붙기만을 기다리고 있었다. 그래서 에그버트가 차례차례 상대를 제압하자 드디어 윌리엄이 경기장 안으로 뛰어 올라왔다. 이어서 아주 격렬한 격투가 벌어졌고, 마침내 윌리엄이 에그버트를 무겁게 들어올리자 관중석에서는 대단한 함성과 박수 갈채가 터져 나왔다. 모든 덴비 사람들은 자신들의 레슬링 선수 윌리엄을 자랑스럽게 여겼기 때문이다.

그래서 리처드 경이 경기장에 도착했을 때는 윌리엄이 친구들의 함성으로 한껏 부풀어올라 경기장 안에서 오르락내리락 거리며 자신과 대적할 자 있으면 나와서 자신을 던져보라고 소리치고 있었다.

"어디 나와봐, 모두 덤벼 보라니까! 여기 그 어떤 자도 대적할 수 있는 나, 흉터투성이 윌리엄이 서 있다. 더비 주에서는 나와 맞설 자가 없다면, 노팅엄이든 스태퍼드든 요크든 어디 출신이라도 좋으니 다 나와 보라. 누가 나오든 숲 속의 돼지처럼 주둥이를 처박고 땅을 파게 만들어 주고 말겠다. 내가 그렇게 하지 못한다면 앞으로 나를 용맹한 레슬링 선수 윌리엄이라고 더 이상 부르지 마라."

그 말에 사람들은 웃음을 터뜨렸다. 그러나 그 모든 웃음 위로 쩌렁쩌렁하게 외치는 음성이 들려왔다. "네가 그렇게 큰소리를 치니 어디 자네와 겨루어 보러 여기 노팅엄에서 온 사람이 있노라." 그리고는 곧 키가 훤칠한 한 청년이 손에는 단단한 육척봉을 들고는 군중 틈을 헤치고 나오더니 로프를 가볍게 뛰어넘어 링 안으로 올라갔다. 그 청년은 건장한 윌리엄처럼 살집이 많지는 않았지만 키는 더 크고 어깨는 더 떡 벌어졌으며 모든 관절이 탄탄했다. 리처드 경은 청년을 예리하게 주시하더니 심판관 가운데 한 사람에게 돌아서며 물었다. "저 청년이 누구인지 알고 있소? 전에 어디선가 본 것 같은데."

"아니요, 저도 처음 보는 청년입니다."

그 사이 청년은 한 마디도 없이 자신의 육척봉을 한쪽으로 밀쳐 놓고는 상의와 그 안에 걸친 옷들을 벗기 시작했다. 그리고 곧 맨 팔과 벌거벗은 상체를 드러냈다. 청년의 근육은 깎은 듯이 둥그렇고 유연하며 급속히 흐르는 물처럼 예리하게 다듬어져 있었으므로 그의 벗은 몸은 보기에도 근사했다.

이제 두 사람은 각기 손에 침을 퉤 뱉고는 무릎을 턱 꿇은 후 조금이라도 유리하게 잡기 위해서 예리하게 상대를 주시하며 쪼그리고 앉았다. 그리고는 마치 섬광처럼 서로 달려들었다. 윌리엄이 조금 더 유리하게 잡자 대단한 함성이 터져 나왔다. 잠시 동안 두 사람은 팽팽히 긴장한 채 몸을 비틀고 당기다 건장한 윌리엄이 먼저 자신의 주특기인 발 걸어 넘기기를 시도했다. 그러나 청년은 더 뛰어난 기술로 응수했으므로 윌리엄의 발걸기 공격은 아무런 효과가 없었다. 그런 다음 갑자기 청년이 몸을 비틀고 뒤틀어 빠져 나오자 어느새 흉터 투성이 윌리엄은 자신의 갈비뼈를 부스러질 듯이 단단히 옥죄고 있는 두 팔에 갇혀 있는 것을 깨달았다. 육중하고 뜨거운 숨을 몰아쉬며 그렇게 힘을 준 채 서 있자 두 사람의 몸뚱이는 땀으로 번들거렸고 얼굴에서도 엄청난 땀방울이 방울방울 흘러내렸다. 그러나 청년의 끌어안는 힘이 너무나 세서 건장하던 윌리엄의 근육도 그 조이는 힘에 나약해졌다. 얼마 후 윌리엄은 드디어 고통에 겨운 울음소리를 토해내고 말았다. 그러자 청년은 모든 힘을 한데 모아 발꿈치로 발걸기를 시도하여 오른쪽 엉덩이 위로 윌리엄을 들어올려 털썩 하는 소리와 함께 바닥으로 내리 꽂았다. 힘없이 축 늘어진 윌리엄은 다시는 수족을 놀릴 수 없을 정도로 뻗어 버렸다.

그러나 군중 틈에서 그 낯선 청년을 위해서는 어떠한 함성도 터져 나오지 않았다. 대신, 그토록 쉽게 경기를 이겨버린 데에 화가 난 중얼거림이 울려 퍼졌다. 그러자 심판관 중에서 흉터투성이 윌리엄의 친척이었던 사람이 입술을 떨며 험악한 표정으로 일어나 말했다. "여보게 젊은이, 분명히 말해 두는데, 만일 저 사람을 죽인 것이라면 가만두지 않겠네."

그러나 청년은 대담하게 응수했다. "내가 저 사람에게 이길 기회를 잡았던 것과 마찬가지로 그 역시 내게 똑같은 기회를 가졌었소. 비록 내가 저 사람을 죽였다고 해도 그것은 레슬링 경기장 안에서 정당하게 이루어진 일이었으므로 어느 법으로도 나를 건드릴 수 없소."

덴비 사람들은 흉터투성이 윌리엄을 자랑스럽게 여기고 있던 터라 그 말에 주위에서는 다시 분노에 찬 웅성거림이 일어났고 심판관은 청년에게 얼굴을 일그러뜨리며 대꾸했다. "그야 두고 보면 알 테지."

그때 리처드 경이 나서서 부드럽게 말했다. "아닐세, 저 청년의 말이 옳네. 만일 상대가 죽었다고 하면 자신이 선택한 레슬링 경기장에서 공정하게 경기를 하다 그렇게 된 것이니 저 청년은 잘못이 없네."

그러나 그 사이 세 사람이 앞으로 나와 윌리엄을 바닥에서 일으켜 세웠고 그가 비록 축 늘어져 있긴 하지만 다행히 죽지는 않았다는 것을 확인했다. 그러자 심판장이 일어나 말했다. "젊은이, 상은 마땅히 그대 것이네. 여기 붉은 금반지와 장갑을 받게나. 그리고 자네가 마음대로 처분할 수 있는 포도주 한 통이 저기 있네."

그러자 이미 옷을 챙겨 입고 육척봉을 다시 손에 쥐고 있던 청년은 아무 말 없이 허리를 숙여 인사하고 장갑과 반지를 받아 들었다. 장갑은 허리춤에 밀어 넣고 반지는 엄지손가락에 끼고는 돌아서서 사뿐히 경기장의 로프를 뛰어넘어 군중들 틈을 헤치고 사라졌다.

심판관은 리처드 경에게 돌아서며 말했다. "저 청년이 누구인지 정말 궁금하군요. 붉은 볼과 금발 머리로 보아 색슨족인 것처럼 보이는데요. 저희들의 이 윌리엄도 대단한 선수로, 비록 콘월의 토머스, 요크의 디콘, 돈커스터의 젊은 데이비드 등과 같은 위대한 선수들과 아직 겨루지는 못했지만 전 이제까지 그가 저렇게 형편없이 당하는 것은 처음 봅니다. 경기장에서는 그렇게 단단히 버티지 않았다고 생각하지 않으십니까, 리처드 경?"

"물론 그랬소. 하지만 정말 저 청년은 힘 하나 안 들이고 정당하게 그를 던졌소. 그가 누구인지 나도 정말 궁금하구려." 리처드 경은 생각에 깊이 잠긴 음성으로 대답했다.

잠시 동안 리처드 경은 자신의 주위에 있던 사람들과 그렇게 말을 나누었지만 마침내 자리에서 일어나 떠날 채비를 했다. 안장의 뱃대 끈을 조이며 부하들을 주위로 불러모은 후 다시 말에 올라탔다.

그 사이 낯선 청년은 군중 틈을 헤치며 나아갔지만 그가 지날 때마다 주위에서는 사람들이 웅얼거리는 소리가 들려왔다. "저 잘난 체하는 꼴 좀 봐!" "차려입은 저 꼬락서니 좀 보라고!" "내가 장담하는데 저 녀석은 윌리엄을 부정하게 눕힌 것이 틀림없어!" "그래 맞아, 당신도 저 자가 손에 끈끈이를 바르지 않은 것 보았지?" "저렇게 잘난 척하는 놈은 쓴맛을 보여줘야 한다고!" 그러나 그 모든 말에 청년은 전혀 개의치 않고 마치 아무런 말도 들리지 않는다는 듯이 당당하게 걸어갔다. 그래서 푸른 풀밭을 가로질러 무도가 벌어지고 있던 천막으로 천천히 걸어간 청년은 문가에 서서 흥겨운 여흥을 지켜보았다. 그렇게 서 있는데 느닷없이 돌멩이가 날아와 엄청난 충격을 가하며 팔을 맞히는 바람에 돌아보니 레슬링 경기장에서부터 줄곧 자신을 따라왔던 성난 군중이 눈에 들어왔다. 청년이 자신들을 그렇게 돌아보자 사방에서 온통 커다랗게 야유를 퍼부으며 고함치는 소리가 들려왔고 무도회가 벌어지고 있던 천막에서는 사람들이 무슨 일인가 보려고 달려나왔다. 마침내 키가 크고 어깨도 널찍한 억센 대장장이가 손에 산사나무 육척봉을 들고 휘두르며 군중 틈에서 앞으로 걸어 나왔다.

"네 이 녀석, 우물 안 개구리 주제에 우리의 이 아름다운 덴비 시에 나타나 교묘하게 사악한 속임수로 우리의 정직한 윌리엄을 쓰러뜨려?" 대장장이는 성난 황소의 포효처럼 깊은 목소리로 으르렁거렸다. "자, 받아라!" 그리고는 갑자기 황소라도 쓰러뜨릴 기세로 청년에게 강타를 날렸다. 하지만 청년이 능숙하게 타격을 옆으로 피하고는 맹렬한 반격을 퍼붓자 대장장이는 번개라도 맞은 듯이 신음 소리를 내며 쓰러졌다. 한편, 자신들의 우두머리가 맥없이 쓰러지는 것을 본 군중 틈에서는 또다시 분노의 야유가 터져 나왔지만 청년은 가까이 서 있던 천막을 등지고 서서 사정없이 육척봉을 휘둘렀다. 이미 건장한 대장장이를 쓰러뜨린 타격이었으므로 아무도 그가 휘두르는 육척봉의 사정거리 안으로는 들어올 엄두를 내지 못한 채 군중은 궁지에 몰린 곰에게 쫓기는 개 떼처럼 슬금슬금 뒤로 물러났다. 그런데 한 비겁한 자가 날카롭게 모서리가 난 돌을 뒤에서 힘껏 던지자 정수리에 그 돌을 정통으로 얻어맞은 청년은 뒤로 비틀거렸다. 상처에서 분출한 붉은 선혈이 얼굴을 타고 상의까지 흘러내렸다. 예상치 못한 급작스런 반격에 청년이 잠시 비틀거리는 것을 보자 군중들은 일제히 그에게 덤벼들었다. 청년은 밀려드는 군중을 당해내지 못하고 그들의 발 밑에 깔리고 말았다.

만일 리처드 경이 그 청년에게 다가오지 않았더라면 그에게는 아주 불운한 일이, 최악의 경우 목숨까지 잃는 불상사가 닥쳤을 것이다. 갑자기 군중들의 성난 함성이 들리자 갑옷을 번쩍거리며 하얀 말을 타고 달려온 리처드 경이 칼의 등으로 허공을 가르며 군중 틈으로 뛰어들었다. 철 갑옷을 걸친 무장한 병사들을 보자 군중들은 피투성이가 된 청년을 흙먼지 가득한 땅 위에 내버려 둔 채, 따뜻한 난로변에서 녹아 내리는 눈처럼 일시에 흩어져버렸다.

자유로워진 것을 알고 바닥에서 일어난 청년은 얼굴에서 피를 닦아내며 위를 올려다보고 말했다. "리의 리처드 경, 경께서 오늘 제 목숨을 구해 주신 것 같군요."

"리의 리처드 경을 그렇게 잘 알아보다니 자네는 누구인가? 자네 얼굴을 언젠가 본 것 같은데, 젊은이."

"예, 절 보신 적이 있으시죠. 저는 돈커스터의 데이비드랍니다."

"아하, 맞아! 왜 자네를 알아보지 못했지, 데이비드. 하지만 일년 전보다 수염도 많이 자랐고 더 남자답게 늠름해졌군. 데이비드, 저기 저 천막 안으로 들어가 얼굴의 피를 닦아내게. 그리고 랄프, 자네는 어서 데이비드에게 깨끗한 옷을 한 벌 갖다 주게나. 자네가 이렇게 되어 정말 유감이네만, 자네의 훌륭한 대장, 로빈 후드가 내게 베풀어준 호의에 조금이나마 갚을 기회가 생겨 몹시 기쁘다네. 내가 조금만 늦었더라도 큰 일을 당할 뻔했으니 말이네."

그렇게 말하며 리처드 경은 데이비드를 천막으로 안내했고, 데이비드는 그곳에서 얼굴에 묻은 피를 닦아 내고 새 상의를 걸쳤다.

그 사이 근처에 서 있던 사람들 틈에서 그 청년이 다름 아니라 중부 지방에서 제일 가는 레슬링 선수인 그 위대한 돈커스터의 데이비드라는 수군거림이 퍼져나갔다. 데이비드는 작년 봄에 요크셔의 셀비(Selby)에서 벌어진 경기에서 링컨의 애덤을 제압했으므로 현재 중부 지방의 챔피언 벨트는 그가 보유하고 있었다. 그래서 데이비드가 피를 닦아낸 말끔한 얼굴로 더러운 상의도 새 옷으로 갈아입은 채 리처드 경과 함께 천막에서 걸어 나오자 더 이상 화를 내는 야유 소리는 들리지 않았고 모두들 잉글랜드의 그 위대한 장사들 가운데 한 사람이 덴비 장에서 열린 경기에 참가했다는데 자부심을 느끼며 그 젊은 청년을 보려고 앞으로 몰려나왔다. 군중들의 심리란 그렇게 변덕스러운 것이었기 때문이다.

그러자 리처드 경이 크게 외쳤다. "여보게들, 이 청년은 바로 돈커스터의 데이비드라네. 그러니 그대들 덴비 사람이 맥없이 졌다고 해서 부끄러워할 일이 아니라고 생각하네. 데이비드는 이미 지나간 일에 대해서는 그대들에게 아무런 악의도 품고 있지 않지만 앞으로 그대들이 나그네들을 어떻게 대하는지는 두고 보겠다고 경고하는 바네. 만일 오늘 그대들이 이 청년을 죽였더라면 참으로 불행한 사태가 벌어졌을 것이야. 그랬더라면 로빈 후드가 독수리가 비둘기장을 유린하듯이 그대들의 이 도시를 완전히 짓밟아 버렸을 것이기 때문이야. 데이비드가 상으로 받은 포도주 통을 내가 여기 가져왔으니 그대들이 원하는 만큼 실컷 마시도록 그냥 나누어 주겠네. 하지만 앞으로는 절대로 건장하다는 이유로 죄 없는 사람에게 달려들어 몰매를 퍼붓는 일이 없길 바라네."

그 말에 사람들은 모두 일제히 함성을 질렀다. 그러나 사실은 리처드 경의 말에 감동해서라기보다는 술을 준다는 말에 더 관심이 있었기 때문이었다. 그러자 리처드 경은 데이비드와 무장한 병사들을 데리고 돌아서서 장터를 떠났다.

그러나 며칠 후, 사람들은 한물간 선수들이 벌이는 맥빠진 레슬링 시합을 볼 때나, 어떤 흥미진진한 시합에 대해 전해 들을 때면 이렇게 넋두리를 하곤 했다. "아아, 하지만 자네도 덴비 장에서 돈커스터의 데이비드가 흉터투성이 윌리엄을 가뿐하게 들어 던지는 것을 봤어야만 하는데."

한편 로빈 후드는 리틀 존과 대부분의 부하들과 함께 푸른 숲 속에서 리처드 경이 오기만을 기다리고 있었다. 마침내 갈색 나뭇잎 사이로 강철이 번쩍거리는 것이 보이는가 싶더니 리처드 경이 선두에 서서 부하들을 데리고 곧장 공터로 달려나왔다. 리처드 경은 로빈 후드에게 곧바로 다가오더니 말에서 내려 로빈을 끌어안았다.

잠시 후 포옹을 풀고 리처드 경을 머리끝부터 발끝까지 쳐다보며 로빈이 말했다. "지금 뵈니 지난번에 뵈었을 때보다 훨씬 신수가 훤해지신 것 같습니다."

리처드 경은 로빈의 어깨에 손을 얹으며 대답했다. "그래, 모두 그대 덕이네, 로빈. 그대가 아니었다면 지금쯤 나는 머나먼 이역에서 비참하게 배회하고 있겠지. 하지만 로빈, 나는 내가 한 말을 지키려고 그대가 빌려 준 돈을 가져 왔다네. 나는 그대가 준 돈으로 벌써 4배나 불려 다시 부자가 되었다네. 이 돈으로 나와 내 소중한 아내가 그대와 그대의 용감한 친구들에게 보내는 작은 선물을 준비했네." 그러더니 부하들을 보며 큰 소리로 외쳤다. "가서 짐 말들을 가져오너라."

하지만 로빈 후드가 그들을 제지했다. "아니요, 리처드 경. 제가 경의 명령을 제지하는 것을 되바라졌다고 생각하진 마십시오. 저희 셔우드 숲에서는 충분히 먹고 마시기 전에는 일을 처리하지 않습니다." 그렇게 말한 로빈은 리처드 경의 손을 잡고는 푸른 나무 아래의 자리로 안내했다. 그 사이 로빈 후드 무리 중 다른 중요 인물들도 모두 다가와 주위에 자리를 잡고 앉았다. 그러자 로빈이 물었다. "그런데 어떻게 해서 돈커스터의 젊은 데이비드와 함께 오시게 되었습니까, 리처드 경?"

그러자 리처드 경은 자신이 덴비에 잠시 들르게 된 사연과 장에서 벌어진 일들과 데이비드에게 닥친 곤경에 대해서 얘기해 주었다. 이야기를 모두 마치고 리처드 경은 덧붙였다. "이렇게 오는 길에 지체하는 바람에 이제야 도착하게 된 것이라네, 로빈. 안 그랬으면 벌써 한 시간 전에 도착했을 테지."

리처드 경이 말을 마치자 로빈은 손을 뻗어 경의 손을 꼭 움켜잡고는 떨리는 음성으로 말했다. "경께 결코 갚을 수 없는 큰 은혜를 입었군요. 덴비에서 돈커스터의 데이비드에게 닥칠 뻔했던 그런 불상사가 생긴다면 차라리 제 오른쪽 팔을 잃는 편이 나을 테니까요."

그렇게 이야기를 나누고 있는 사이, 한 사람이 다가와 만찬이 준비되었다고 알려주자 모두들 일어나 식사가 차려진 곳으로 갔다. 마침내 식사가 모두 끝나자 리처드 경은 부하들에게 짐 말을 앞으로 끌고 나오라고 명령했고, 부하들은 그의 명령에 그대로 따랐다. 부하들 중에서 한 사람이 단단한 상자를 가져오자 리처드 경은 그 안에서 자루를 하나 꺼내더니 자신이 로빈에게서 가져갔던 금액인 5백 파운드를 정확히 세었다.

"리처드 경, 그 돈은 셔우드의 저희가 드리는 선물로 받아 주시면 매우 기쁠 텐데요. 자네들도 모두 그렇지 않은가?"

그러자 모두들 우렁찬 음성으로 그렇다고 대답했다.

그러나 리처드 경은 진지하게 대답했다. "그대들 모두에게 진심으로 감사하긴 하지만 내가 그것을 받을 수 없다고 해도 기분 나쁘게 생각진 말아 주게. 그 돈은 그대들에게서 흔쾌히 빌린 것이지만 선물로 그냥 덥석 받아들일 수는 없는 노릇이네."

그러자 로빈 후드도 더 이상은 아무 말도 하지 않고 그 돈을 보물 창고에 보관하라고 리틀 존에게 주었다. 오히려 필요 이상으로 사양하면 서로 오해의 소지가 있고 받아들일 수밖에 없도록 선물을 계속 강요하는 것도 과히 모양새가 좋지 않다는 것을 알 만큼 로빈은 통찰력을 갖추었기 때문이었다.

이제 리처드 경이 짐 꾸러미들을 땅에 내려놓고 열어 젖히자 탄성이 터져 나와 숲으로 다시 메아리쳤다. 그도 그럴 것이 꾸러미에서는 훌륭한 스페인산 주목 나무로 만들어져 다시 윤이 나도록 반들반들 다듬어진 활이 100여 개나 나왔고, 각 활들은 은으로 갖가지 화려한 무늬가 그 힘을 망쳐놓지는 않을 정도로 근사하게 새겨져 있었다. 활 옆에는 금실로 수놓은 100개의 화살통이 있었고 각 화살통에는 머리 부분이 은처럼 빛나도록 잘 다듬어진 열 개의 화살이 들어 있었다. 화살들에는 또한 공작새의 깃털이 달려 있었으며 은으로 세공이 되어 있었다.

리처드 경은 로빈의 무리 한 사람 한 사람에게 각기 화살과 화살통을 하나씩 나누어 주었고, 로빈에게는 금으로 절묘하게 상감된 활과 금으로 상감된 화살이 들어 있는 화살통을 주었다.

그러자 로빈 일행은 그토록 훌륭한 선물을 받은 데 대해 기쁨의 탄성을 지르며 모두 리처드 경 부부를 위해 필요하다면 기꺼이 목숨까지 내놓겠노라고 맹세했다.

이제 리처드 경이 떠나야 할 시간이 되자 로빈 후드는 부하들을 주위로 불러모았다. 숲 속으로 난 길을 밝히기 위해 사람들은 각기 손에 횃불을 하나씩 들었다. 그렇게 그들은 셔우드 숲 가장자리까지 왔고 그곳에서 리처드 경은 로빈의 볼에 작별의 입맞춤을 하고는 떠나갔다.

그렇게 로빈 후드는 불행에 처한 고귀한 기사를 도와주었다. 로빈이 도와주지 않았더라면 리처드 경은 생의 모든 행복을 잃어버렸을 것이다.

자, 잘 들어 보라. 다음에는 로빈 후드와 리틀 존에게 일어난 즐거운 모험에 대해서 듣게 될 것이다. 로빈은 거지로, 리틀 존은 맨발의 탁발수사로 변장하여 무엇을 얻게 되었는지도 들어보기로 하자.

리틀 존이 탁발수사로 변장하고 여행하다.

제 6 부

로빈 후드가 거지로, 리틀 존이 떠돌이 탁발수사로 변장하게 된 사연과
모험을 찾으러 떠난 이야기가 소개된다.
그리고 리틀 존이 어떤 목적에서 기도를 올리게 되었는지,
로빈이 네 명의 거지들을 때려눕힌 후,
곡식을 매점매석하는 곡물 도매상을 골탕먹이게 된 사연도 전개된다.

제 1 장

리틀 존, 탁발수사로 변장하다

추운 겨울이 지나고 봄이 되었다. 아직 잎이 무성해지진 않았지만 이제 막 싹트기 시작한 새잎들이 나무 주위를 둘러싼 부드러운 안개처럼 돋아 나오고 있었다. 툭 터진 너른 지방에서는 초원이 빛나는 초록빛으로 물들고, 튼실하게 자란 잎새로 두툼하고 부드러워진 보리밭은 벨벳처럼 보드랍고 짙은 색으로 변해 있었다. 밭을 갈던 청년들은 햇살을 받으며 소리쳤고 새빨갛게 변한 새로운 밭고랑에서는 새 떼들이 통통하게 살찐 벌레들을 찾아다니고 있었다. 촉촉하게 젖은 드넓은 대지는 따뜻한 빛 속에서 미소짓고 있었고 푸르고 작은 언덕들은 기쁨의 손뼉을 치고 있었다.

로빈 후드는 푸른 나무 앞의 공터 바닥에 펴놓은 사슴 가죽 위에 앉아 늙은 숫여우처럼 햇볕을 쬐고 있었다. 두 손은 무릎 주위로 깍지를 끼고 뒤로 기댄 채 리틀 존이 활을 매만지고 있는 모습을 한가하게 바라보고 있었다. 리틀 존은 가끔씩 손바닥을 적셔 대마로 뽑은 기다란 실을 허벅지에 대고 꼬아 활시위를 만들고 있었다. 옆에서는 앨런 어 데일이 하프에 새 현을 끼우고 있었다.

그 여유로운 모습을 보고 있던 로빈이 마침내 말문을 열었다. "나라면 이 아름다운 봄날에 온 잉글랜드의 왕이 되기보다는 이 숲 속에서 한가롭게 배회하는 쪽을 택할 것 같아. 이 넓은 세상에 그 어떤 궁전이 지금의 이 달콤한 숲처럼 근사할 것이며, 이 세상의 어느 왕이 물떼새 알과 장어 요리를 먹는다 한들 기름이 살살 도는 사슴 고기와 거품 가득한 맥주를 마시는 내 식욕을 능가하겠어? 가퍼 스완톨드 성인께서도 참으로 적절한 말을 하셨지. '괴로운 마음으로 먹는 진수성찬보다도 뱃속 편한 빵 부스러기가 낫다.'"

새로 만든 활시위를 노란 밀랍으로 문지르며 리틀 존이 맞장구를 쳤다. "맞아요. 지금 이렇게 우리가 영위하는 삶이 바로 내가 원하는 삶이죠. 대장은 봄날이 좋다고 하지만 내 생각에는 겨울에도 나름대로 즐거움이 있다고 봐요. 지난 겨울에만 해도 대장과 제가 블루 보어 여관에서 며칠이나 재미있게 놀았잖아요. 대장과 윌 스튜틀리와 탁발수사 턱과 제가 그 여관에서 두 거지와 떠돌이 탁발수사와 함께 보낸 그날 밤 생각 안 나요?"

그러자 로빈이 웃음을 터뜨리며 대답했다. "그래, 그날 밤 윌 스튜틀리가 여관 안주인에게서 입맞춤을 받아 내려다 실패했지. 그래서 그 벌칙으로 맥주 한 병을 머리 위로 부었었지."

리틀 존 역시 따라 웃으며 말을 이었다. "맞아요, 그날 밤이에요. 그때 그 떠돌이 탁발수사가 부르던 노래가 괜찮았던 것 같은데. 이봐, 턱. 자네는 한 번만 들으면 잘 아니까 그 노래 기억해?"

"그 노래 중 한 소절은 나도 불러본 적이 있어. 어디 보자." 그러면서 턱은 집게손가락으로 생각에 잠긴 앞이마를 톡톡 치며 흥얼거리다 가끔 멈추어 마음속으로 생각하던 것과 맞는지 확인했다. 드디어 온전히 소절을 기억해 내자 턱은 목청을 가다듬은 다음 흥겹게 노래하기 시작했다.

"새싹 움트는 울타리에서 수컷 울새가 노래하네,
　햇살은 기분 좋고 따사로우니,
　즐겁게 뛰어다니며 날개를 퍼덕인다네.
　마음은 아름다운 5월의 꽃에
　기쁨으로 가득 찼으므로.

근사한 5월이 되면 근심 걱정은 없고,

먹을 것이 가득 하므로.

꽃들이 다 시들고 나면

그때서야 울새 날아갈 것이라네,

안온한 늙은 헛간을 찾아

몸을 따뜻하게 지키기 위해,

눈과 바람에 떨 일도 없는 안온한 그곳으로.

떠돌이 탁발수사의 삶 또한 그와 같다네,

늘 먹을 것과 마실 것이 풍요롭네.

인심 좋은 주부는 난로 곁에 자리를 내어줄 것이고,

아름다운 아가씨들은 그의 눈짓에 미소 짓는다네.

그러면 즐겁게 노래를 부르고,

영혼의 구원을 위해 흥겨운 노래를 부르는 동안

몰려오는 눈보라와 함께

바람이 불어온다네.

자애로운 탁발수사를 위해서

불가에 자리가 마련되어 있고,

그릇에는 마음껏 먹을 수 있는 사과가 준비되어 있다네.

턱은 음악에 맞추어 고개를 적당히 끄덕이며 풍부하고 부드러운 음성으로 노래를 불렀다. 드디어 노래를 끝마치자, 그 노래가 턱에게 무척 어울렸으므로 모두들 박수를 치고 웃으며 소리쳤다.

그리고 리틀 존이 말했다. "정말로 아주 좋은 노래로군. 내가 만약 셔우드 숲의 용사가 되지 않았더라면 떠돌이 탁발수사보다 더 매력적인 삶은 이 세상에 없을 것 같아."

그러자 로빈이 끼어들었다. "그래 정말 괜찮은 노래이긴 한데 내 생각엔 그 두 명의 거지들이 이야기도 더 재미있게 하고 더 즐겁게 살아가는 것 같던데. 그 검은 수염을 기른 커다란 작자가 요크의 장에서 구걸한 얘기해 준 것 생각나나?"

"예, 하지만 그 탁발수사가 켄트 주(Kentshire)에서 추수기에 벌인 축제에 대해서 해준 얘기는 어떻고요? 내 생각엔 그 두 거지들보다 그 탁발수사가 훨씬 재미있게 사는 것 같아요."

그러자 턱이 끼어들었다. "정말로 우리 성직자의 명예를 위해 저는 제 친구 리틀 존의 편을 들겠어요."

"하지만 난 그래도 거지 쪽이 좋아. 그런데 리틀 존, 오늘처럼 화창한 날 즐거운 모험은 어떤가? 특수 의상 보관 창고에서 탁발수사의 외투를 꺼내어 입게나. 나는 처음으로 만나는 거지를 세워 그와 옷을 바꿔 입겠네. 그렇게 변장하고서 이렇게 좋은 날 여기저기 돌아다니자고. 그래서 무슨 일이 생기나 보자고."

"그것 참 듣던 중 반가운 소리로군요. 당장 가자고요."

리틀 존과 탁발수사 턱은 의상 보관 창고로 가서 중년의 탁발수사에게 어울릴 만한 사제복을 골랐다. 그런 후에 함께 밖으로 나오니 주위에서는 함박웃음이 터져 나왔다. 이제껏 그 누구도 리틀 존이 그렇게 변장한 모습은 처음 보았다. 외투의 길이는 손바닥 한 뼘 정도나 짧아서 리틀 존이 입으니 깡총한 모습이었다. 하지만 리틀 존의 두 손은 헐렁한 소매 속에 얌전히 들어가 포개져 있었고, 눈은 바닥을 응시하고 있었으며 허리에는 커다랗고 긴 묵주가 매달려 있었다.

그러자 탁발수사 턱이 팔꿈치로 리틀 존을 쿡 찌르며 말했다. "저런, 쯧쯧! 그렇게 아래를 쳐다보지 말란 말이야. 당당하게 시선을 들라고. 안 그러면 사람들이 자네가 사기꾼인 줄 진작 알아보고 온 고장을 휩쓸고 다녀도 처녀들이 미소도 안 지어주고 선량한 주부는 빵 한 조각 주려고 들지 않을 거야.” 그 말에 모두들 다시 한 번 폭소를 터뜨리며 이제껏 온 잉글랜드에서 변장한 리틀 존처럼 키가 크고 건장한 탁발수사는 없을 거라고 장담했다.

이제 리틀 존은 자신의 단단한 육척봉을 잡고는 성지 순례자들이 장대 끝에다 지고 다니는 것처럼 그 끝에 자루로 만든 작은 봇짐을 매달았다. 그러나 내가 알기로는, 그 안에 보통 순례자들이 들고 다니는 시원한 샘물보다는 맘지 백포도주가 들어 있을 것이 틀림없었다. 그러자 로빈 후드도 일어나 손에 육척봉을 움켜쥐고 주머니 속에 금화 10냥을 집어넣었다. 자신들의 창고에는 거지의 의상이 없었으므로 거지를 만나게 될 가능성에 희망을 걸고 자신이 입게 될 옷은 거지에게서 살 작정이었다.

그래서 모든 준비가 끝나자 두 사람은 새벽 안개에 잠긴 아침을 뚫고 활달하게 걸음을 옮기며 길을 나섰다. 그렇게 숲 속으로 난 길을 걸어 내려가던 두 사람은 큰길에 이르렀고 다시 큰길이 한쪽은 블라이스로 다른 한쪽은 게인즈버러로 갈라지는 지점까지 이르렀다. 바로 그곳에서 두 사람은 멈춰섰다.

로빈이 쾌활하게 말을 꺼냈다. “리틀 존, 자네는 게인즈버러로 가는 길로 가게, 나는 블라이스로 가는 길로 갈 테니. 그럼 잘 가게나, 거룩한 사제 양반. 그리고 우리가 다시 만날 때까지 정말로 묵주 기도를 드릴 일이 없길 빌겠네.”

“훌륭한 거지 양반도 잘 가세요. 그리고 다음에 만날 때까지 정말로 구걸할 일이 없길 빕니다.”

그래서 두 사람은 각기 자신의 길을 따라 활기차게 걸어갔고, 마침내 푸른 언덕이 두 길 사이를 가로막자 이내 상대방의 시야에서 사라졌다.

길에는 아무도 없었으므로 리틀 존은 휘파람을 불며 흥겹게 걸어갔다. 이제 막 싹이 트는 덤불에서는 작은 새들이 즐겁게 지저귀고 있었고 양쪽으로는 푸른 언덕이 하늘로 우뚝 솟아 있었고 봄날의 커다란 뭉게구름이 언덕 꼭대기로 서서히 지나고 있었다. 골짜기를 따라 올라갔다 내려가노라니 상쾌한 바람이 얼굴에 불어오고, 옷자락은 뒤에서 펄럭거렸다. 마침내 리틀 존은 턱스퍼드(Tuxford)로 이르는 교차로에 당도했다. 그곳에서 리틀 존은 세 명의 아리따운 처녀들을 만났는데 처녀들은 장에 내다 팔 계란 바구니를 하나씩 들고 있었다. 그 모습을 본 리틀 존이 물었다. "아름다운 아가씨들, 어디로 가는 길이오?" 처녀들을 잠시 멈추게 하기 위해 리틀 존은 그들 앞에 다리를 떡 벌리고 손에는 육척봉을 든 채 길 한가운데에 멈춰 섰다.

그러자 처녀들은 한데 모여서 서로 상대를 쿡쿡 찔렀다. 그러다 마침내 한 처녀가 나서서 대답했다. "저희는 계란을 팔러 턱스퍼드 시장에 가는 길이에요, 수사님."

리틀 존은 고개를 한쪽으로 갸우뚱한 채 처녀들을 바라보더니 말했다. "저런! 이토록 아름다운 아가씨들이 시장에 계란을 팔러 들고 가야만 하다니 정말 딱한 노릇이군요. 내가 사람의 관상을 좀 볼 줄 알아서 하는 말인데, 아가씨들은 모두 근사한 비단 옷을 걸치고 양옆에는 종자를 거느린 채 우유처럼 하얀 말을 타고 다니거나, 생크림을 얹은 딸기 같은 것을 먹어야 어울리는데. 생김새로 보아서는 그런 생활이 잘 어울린다는 말이오."

리틀 존의 말에 처녀들은 홍조를 띠고 선웃음을 지으며 고개를 떨구었다. 한 사람이 "어머나!" 하고 말하자, 다른 처녀는 "우리를 놀리시나봐!" 했고, 나머지 한 처녀도 가만있지 않았다. "어머, 저 수사님 말하는 것 좀 봐!" 그러면서도 처녀들은 곁눈질로 리틀 존을 흘끔거리며 쳐다보았다.

그러자 리틀 존이 솔직하게 말했다. "아니요, 수사든 아니든 나는 한 번만 척 보면 안다오. 만약 이 부근의 어떤 남자가 아가씨들이 온 노팅엄 주에서 제일 아름답다고 하지 않는다면 내가 이 육척봉으로 그자의 이를 다 으스러뜨려 삼키게 하리다. 내 말 알아들었겠죠!"

그 말에 세 처녀는 일제히 소리쳤다. "어머!"

"자, 봐요. 나는 당신들처럼 아름다운 처녀들이 바구니를 들고 큰길을 따라가는 것을 지켜볼 수 없소이다. 그 바구니들은 내가 지고 갈 테니까, 아가

씨들 중 한 사람이 내 육척봉이나 들어 주구려.”

“어머 그건 안 돼요. 한 번에 바구니 세 개를 다 들고 가실 수는 없어요.”

“아니요, 나는 할 수 있소. 지금이라도 보여 드리죠. 훌륭하신 윌프레드 성인께서 내게 쓸 만한 재치를 주신 것에 감사한다오. 자, 봐요. 이 큰 바구니는 이렇게 들어서 손잡이에 묵주로 묶은 다음에 이 묵주를 머리 위로 살짝 얹어 바구니를 등 뒤로 늘어지게 하면 되죠, 이렇게 말이죠.”

그리고 리틀 존이 정말 자신의 말대로 했더니 바구니는 마치 행상인의 봇짐처럼 뒤로 매달렸다. 이제 리틀 존은 육척봉을 한 처녀에게 맡기고 양손에도 바구니를 각각 받아 들었다. 그리고는 턱스퍼드 시내로 얼굴을 향한 채 양쪽에 즐겁게 웃는 두 처녀와 앞에서 육척봉을 들고 가는 한 처녀와 함께 쾌활하게 앞으로 나아갔다. 그들이 그렇게 걸어가노라니 만나는 사람마다 멈춰 서서 웃으며 그들의 뒷모습을 지켜보았다. 옷자락은 너무 짧아 깡총한데다 키 크고 건장한 중년의 탁발수사가 계란을 한 가득 든 채 세 명의 아리따운 처녀들과 함께 길을 가는 그토록 즐거운 광경은 이전에 보지 못한 구경거리였기 때문이다. 그러나 그런 것에 리틀 존은 조금도 개의치 않고 지나다 농담을 건네는 사람이 있으면 말에는 말로 유쾌하게 응수했다.

리틀 존과 처녀들은 그렇게 즐겁게 떠들고 웃으며 턱스퍼드를 향해 걸어갔고, 이제 거의 도시에 가까이 다다랐다. 그러자 리틀 존은 더 이상 가지 않고 멈춰 서서 바구니를 내려놓았다. 시내로 들어갔다가는 주 장관의 부하들과 마주칠 수도 있었으므로 시내로 들어갈 생각이 없었기 때문이다.

“아, 아름다운 아가씨들, 이제 그만 이곳에서 헤어져야겠소. 나는 원래 이쪽으로 올 생각은 아니었다오. 하지만 그래도 아가씨들과 이곳까지 오게 되어 즐거웠소. 자, 이제 헤어지기 전에 건배나 한 잔 합시다.”

그렇게 말하며 리틀 존은 육척봉 끝에 매달았던 가죽 자루를 벗겨내어 마개를 빼냈다. 자루 입구를 소매로 먼저 닦아낸 후 자신의 육척봉을 들어 주었던 처녀에게 먼저 건넸다. 그러자 처녀들은 각기 자루 안에 들어 있던 술을 한 모금씩 크게 들이켰고 한 바퀴가 돌자, 그 안에 남아있던 나머지는 쥐어짜도 더 이상 한 방울도 나오지 않을 정도로 리틀 존이 다 마셔 버렸다. 그러자 이제 처녀들에게 한 사람씩 작별의 입맞춤을 하고 행운을 빌며 리틀 존은 그들의 곁을 떠났다. 처녀들은 휘파람을 불며 멀어져 가는 리틀 존의 뒷모습을 지켜보았고, 그 중 한 사람이 중얼거렸다. "저토록 건강하고 활달한 사람이 사제라니 참 안타까워."

리틀 존은 걸어가며 속으로 중얼거렸다. "저기서 있었던 일은 과히 나쁘지 않았군. 둔스탄 성인께서 또 이렇게 좋은 일이 생기게 해 주셔야 할 텐데."

얼마간 그렇게 걸어간 리틀 존은 날이 더웠으므로 갈증이 나기 시작했다. 가죽 자루를 귀에 대고 흔들어 보았지만 안에서는 아무런 소리도 들리지 않았다. 이번엔 입술에 갖다대고 높이 기울여 보았지만 안에는 한 방울도 남아있지 않았다. 그러자 리틀 존은 잠시 동안 머리를 흔들며 슬프게 혼자 중얼거렸다. "리틀 존! 리틀 존! 좀 더 조심하지 않으면 아직도 넌 여자 때문에 망할 수 있어."

그러나 드디어 어느 산언덕의 정상에 다다르자 길이 갑자기 가파르게 내려가는 쪽을 향하여 아래쪽 골짜기에 아늑하게 자리잡고 있는 이엉으로 지붕을 인 작은 주막이 눈에 들어왔다. 그 광경을 보자 리틀 존의 마음속에서 기쁨의 탄성이 터져 나왔다. "내 그대에게 기쁨을 선사하노라, 친구여. 저기 그대 마음에 꼭 들 만한 편안한 휴식처와 시원한 맥주 한 잔이 준비되어 있으니."

이제 리틀 존은 빠른 걸음으로 서둘러 언덕을 내려가 그 작은 주막에 도착했다. 주막에는 수사슴의 머리 위에 페인트로 그린 간판이 걸려 있었다. 문 앞에서는 꼬꼬댁거리는 닭이 뒤꽁무니에 병아리들을 데리고 흙바닥을 파헤치고 있었고, 참새들은 처마 밑에서 가정사에 대해 재잘대고 있었다. 그 모든 광경들이 몹시 감미롭고 평화로웠으므로 리틀 존의 마음속에서는 저절로 웃음이 터져 나왔다. 문 옆에 편안한 여행에 적당한 널찍하고 부드러운 안장이 놓여진, 다리가 짧고 튼튼한 말 두 필이 서 있는 것으로 보아 주막 안에는 부유한 손님이 있는 것이 틀림없었다. 문 앞에는 땜장이, 행상인, 거지 등 세 명의 사내들이 햇볕을 쬐며 의자에 앉아 거품이 이는 맥주를 슬겁게 마시고 있었다.

리틀 존은 그들이 앉아 있던 곳으로 성큼 다가가며 말을 건넸다. "친구들, 안녕하신가."

그러자 거지가 씩 웃으며 답례했다. "수사님도 안녕하십니까. 하지만 좀 보시오, 외투가 너무 짧잖아요. 길이를 제대로 맞추려면 머리 부분에서 한 뼘 정도 잘라내어 아랫단에 덧대어야겠는 걸요. 하지만 수사로서의 서약이 금지하지만 않았다면 저희 곁으로 와서 맥주나 한 잔 하시죠."

그 말에 리틀 존 역시 씩 웃으며 대답했다. "아니요, 신성한 둔스탄 성인께서 그런 종류는 실컷 탐닉해도 된다고 자유롭게 허락해 주셨다오." 그리고는 자신의 몫을 지불하기 위해 주머니에 손을 집어넣었다.

그러자 땜장이가 말렸다. "정말로, 그 차림새만 아니라면 당신은 수사로 보이지 않는데요. 어쨌든 둔스탄 성인은 현명하십니다. 그러한 허락이 없었다면 그분의 수도자들은 속죄할 일을 저지르기 쉬울 테니까요. 아니, 그 손 거두시지요. 저희가 살 테니 수사님은 돈을 낼 필요가 없습니다. 이봐, 주인장, 여기 맥주 한 잔!"

그래서 곧 맥주가 리틀 존 앞에 놓여졌다. 그러자 입술을 댈 공간을 만들기 위해 거품을 조금 불어낸 후 리틀 존은 맥주 잔의 바닥이 완전히 하늘을 향할 때까지 조금씩 위로 기울였고 잔을 통해 비치는 햇살의 눈부심으로부터 눈을 보호하기 위해 눈을 감을 수밖에 없었다. 이윽고 한 잔을 깨끗이 비우자 잔을 옆으로 밀쳐 놓았다. 그리고는 진지하게 머리를 저으며 눈물 젖은 눈으로 다른 사람들을 쳐다보며 깊은 한숨을 내쉬었다.

그 모습을 보자 행상인이 소리쳤다. "이봐, 주인장! 여기 수사님께 한 잔 더 갖다 드리게! 맥주 한 잔을 그렇게 기세 좋게 단숨에 비울 수 있는 사람과 함께 있다는 것은 우리에게도 영광이지.”

리틀 존은 그렇게 그들과 앉아 즐겁게 이야기를 나누다가 잠시 후 물었다. “그런데 저기 말 두 필은 누가 타고 온 것이오?”

그 말에는 거지가 대답해 주었다. “당신처럼 거룩한 사제들이랍니다. 두 사람은 지금 안에서 맛있는 식사를 즐기고 있을 거예요. 폭 고운 암평아리 냄새가 나니까. 안주인 말로는 그들이 요크 주에 있는 파운틴 수도원에서 왔으며 일이 있어서 링컨으로 가는 중이라고 하더군요.”

땜장이도 나서서 거들었다. “두 사람은 아주 환상적인 한 쌍이지요. 한 사람은 노파의 바늘처럼 비쩍 마른 데다 다른 한 사람은 쇠기름 덩어리 마냥 뚱뚱하니까요.”

그 말에 행상인이 끼어들었다. “살집에 대해 말하자면 수사님, 당신도 그렇게 못 먹은 것 같아 보이진 않는데요.”

“아니요, 정말로 나를 보면 거룩한 둔스탄 성인께서 볶은 완두콩 한 줌과 찬 물 약간으로 연명하며 자신을 섬기는 자들을 위해 무엇을 해줄 수 있는지 알 수 있을 거요.”

그 말에 세 사람은 웃음을 터뜨렸고 거지가 말했다. “정말로, 놀라운 일이로군요. 당신이 저 맥주 잔을 능숙하게 들이켜는 것을 보고는 맹세코 당신이 이제껏 몇 달 동안은 맹물은 입에도 안 대었다는 것을 알아챘는데요. 그래 그 거룩한 둔스탄 성인이 당신에게 훌륭한 노래는 안 가르쳐 주셨던가요?”

그러자 리틀 존이 씩 웃으며 대답했다. “그야 물론. 아마도 내게 단가를 배울 수 있도록 도움의 손길을 내밀었을 수도 있소.”

“그렇다면 어디 성인이 수사님 당신을 어떻게 가르쳤는지 들어봅시다.” 땜장이가 제안했다.

그 말에 리틀 존은 목청을 가다듬은 후 한두 마디는 쉰 소리가 나와 힘들었으나 곧 노래를 불렀다.

"아, 아름다운 아가씨, 어디 가는 길이오?

　그대에게 청하노니 당신의 연인을 기다리구려.

　그러면 바람도 부드럽게 살랑이니

　우리 함께 장미꽃을 땁시다.

　이렇게 상쾌한 바람이 불어오고 있으니."

　그런데 리틀 존이 노래를 시작하기 무섭게 주막의 문이 열리더니 파운틴 수도원에서 왔다는 두 명의 사제와 그들의 뒤를 따라 주인이 나왔으므로, 간에 기별도 안 간다는 말처럼 리틀 존의 노래를 제대로 들어볼 기회는 곧 날아가고 말았다. 그러나 파운틴 수도원의 사제들은 노래를 부르는 사람이 누군지 보았고, 또한 그가 중년의 탁발수사 행색을 하고 있는 것을 알아채고는 갑자기 멈춰 섰다. 뚱뚱하고 땅딸막한 사제는 두툼한 눈썹을 있는 대로 찌푸리고 비쩍 마른 사제는 입에 쓴 맥주라도 문 것처럼 얼굴을 일그러뜨렸다. 그래서 리틀 존이 새 구절을 노래하려고 숨을 몰아쉬자, 뚱뚱한 사제가 작은 구름에서 나오는 커다란 천둥소리처럼 떨리는 목소리로 호통을 쳤다. "아니, 이 무례한 작자야. 그런 복장을 하고 이런 곳에서 술을 홀짝이며 비속한 노래를 부르다니?"

　"파운틴 수도원처럼 그렇게 훌륭한 장소에서 존경하는 당신네들처럼 홀짝거리며 노래하지 못할 형편이니 내가 할 수 있는 곳에서나마 그렇게 할 수밖에요."

　그러자 키가 크고 비쩍 마른 사제가 거친 목소리로 외쳤다. "뭐라고, 닥치지 못할까. 닥치라고 했겠다. 이렇게 상스런 말투와 행색으로 성직자들을 그렇게 모욕할 셈이냐."

　"저런! 지금 모욕이라고 하셨소? 내 생각엔 우리 같은 복장을 하고서 가난하고 불쌍한 농부들을 쥐어짜 돈을 착취하는 사람이 더 모욕스러운 것 같은데. 그렇지 않소, 형제여?"

그 말에 땜장이와 행상인과 거지는 서로 쿡쿡 찌르며 히죽거렸고 사제들은 화가 나서 리틀 존을 노려보았다. 그러나 더 이상 뭐라고 할 말이 생각나지 않았으므로 돌아서서 말이 있는 쪽으로 향했다. 그러자 갑자기 앉아 있던 의자에서 벌떡 일어난 리틀 존이 파운틴 수도원의 사제들이 말에 오르고 있는 곳으로 달려가더니 말했다. "제가 형제들의 말고삐라도 잡게 해 주시오. 정말 당신들의 말이 죄 많은 내 가슴을 쳤소. 그래서 나도 더 이상은 이 사악한 소굴에 머물지 않고 당신들과 함께 떠나겠소. 당신들처럼 훌륭한 사제들과 함께 다닌다면 절대 사악한 유혹이 내게 미치지 않으리라는 것을 아니까요."

그러자 리틀 존이 자신들을 놀리고 있다는 것을 알았으므로 마른 사제가 엄하게 말했다. "아니, 우리는 자네와 함께 갈 생각이 없으니 저리 가게."

"아, 이런. 저를 좋아하지도 않고 제가 따라가는 것도 싫다니 정말로 유감스럽지만 당신들 곁을 떠날 수는 없소이다. 마음속으로 깊은 감동을 받았으니 싫든 좋든 당신들 거룩한 분들을 지키기 위해 내가 함께 가야만 합니다."

리틀 존의 그 말에 의자에 앉아 있던 일행들은 이를 드러내고는 크게 웃었고 심지어 주막 주인조차도 웃음을 참을 수 없을 지경이었다. 사제들은 당황한 표정으로 상대를 바라볼 뿐, 어떻게 해야 할지 몰랐다. 그들은 너무 자부심에 차 있었으므로 환한 대낮에 대로를 따라 옷자락도 짧은 떠돌이 탁발수사를 옆에 동반한 채 간다는 생각만 해도 수치스러워 속이 뒤집힐 지경이었다. 하지만 리틀 존이 하려고 마음만 먹으면 자신들 둘 다 삽시간에 뼈마디를 부러뜨릴 수 있다는 것을 알았기 때문에 리틀 존의 뜻을 거스르며 그곳에 머물러 있게 할 수도 없었다. 그러자 뚱뚱한 사제가 전보다는 유순해진 말투로 말했다. "아닐세, 우리는 빨리 달리게 될 것이므로 우리를 쫓아오려고 하다가는 자네가 지쳐서 쓰러질 걸세."

"제 생각을 그렇게 해 주시다니 정말로 너무 감사합니다. 하지만 전 하나도 두렵지 않습니다, 형제들이여. 제 사지는 이렇게 건장하니까 여기서부터 게인즈버러까지 토끼처럼 달려갈 수도 있답니다."

　그 말에 의자에서 다시 웃음소리가 들려오자, 호리호리한 사제는 불 위에서 야단스럽고 시끄럽게 끓어대는 물처럼 화가 펄펄 끓어올랐다. "뭐, 이 건방진 녀석아, 입 닥치지 못해! 우리 성직자들을 그렇게 모독하다니 부끄럽지도 않으냐? 알았으면 이 살찐 돼지 같은 자들과 여기 머물도록 해라. 너는 우리와 어울리는 동반자가 아니다."

　"하, 저런! 이봐, 주인장 당신도 들었지. 당신은 이 거룩한 사제님과는 어울리는 사람이 아니라네. 그러니 당신의 주막으로 돌아가게. 아니, 나의 이 거룩한 형제들이 내게 단 한마디의 언질만 준다면 내 이 육척봉으로 자네의 골통을 거품이 이는 계란처럼 말랑말랑하게 해 주겠어."

　그 말에 의자에서는 다시 웃음소리가 터져 나왔고 주막 주인의 얼굴은 웃음을 속으로 억누르느라 체리처럼 붉어졌다. 잘못 웃었다가 파운틴 수도원 사제들의 원한을 사고 싶지 않았으므로 흥겨운 기분을 억눌러야만 했던 것이다. 이제 두 사제는 달리 어찌할 수 있는 상황이 아니었으므로 말에 올라타 링컨 쪽으로 향하여 달려갔다.

　그러자 리틀 존이 재빨리 두 말 사이에 끼어들며 여관에 있던 사람들을 향해 말했다. "친구들이여, 이제 그만 가봐야 하니 행운을 비네. 우리 셋은 간다네." 그렇게 말하며 리틀 존은 육척봉을 어깨에 걸머지고는 보폭을 두 말에 맞추어 터벅터벅 걸었다.

　두 사제는 리틀 존이 자신들 사이로 파고들자 리틀 존을 뚫어져라 노려보더니 가급적 그에게서 멀리 떨어졌으므로 두 사람은 길의 한옆 보행자들이 걸어 다니는 곳으로 간 반면, 리틀 존 혼자 대로를 가운데서 차지하고 걸었다. 그들이 그렇게 가는 동안, 주막에 있던 땜장이와 행상인과 거지는 재빨리 대로 한가운데로 뛰어들어가 손에는 술잔을 하나씩 든 채 그들의 뒷모습을 웃으며 지켜보았다.

　자신들의 모습이 주막에 있던 일행들의 시야에 아직 있는 동안에 두 사제는 리틀 존에게서 도망치는 것처럼 보여서 상황을 더욱 악화시키고 싶지 않았으므로 침착하게 구보로 말을 걷게 했다. 파운틴 수도원의 수사들이 떠돌이 탁발수사에게서 마치 험악한 것이라도 되는 듯이 달아났다는 말을 사람들이 들으면 그들이 어떻게 받아들일지 생각하지 않을 수 없었기 때문이었다. 그렇게 되면 저 거룩한 둔스탄 성인이 단단히 잡고 있던 붉고 뜨거운 부젓가락에서 코를 풀어놓을 것이었다. 그러나 드디어 언덕의 꼭대기를 지나 주막이 시야에서 사라져 보이지 않게 되자 뚱뚱한 사제가 마른 사제에게 말했다. "암브로스 형제, 보폭을 좀 더 빨리 해야 하지 않겠소?"

그러자 리틀 존이 나서서 말했다. "지당하신 말씀입니다. 날이 저물고 있으니 내 생각에도 좀 더 빨리 가는 것이 좋을 듯 하군요. 당신의 군살만 너무 세게 치지 않는다면 어서 빨리 갑시다."

그 말에 두 사제는 아무 말도 않고 험악한 표정으로 리틀 존을 노려보기만 했다. 그리고는 계속 침묵을 지키며 말고삐를 잡아끌어 좀 더 빠른 구보로 바꾸었다. 두 사람은 1킬로미터 이상을 그렇게 달렸고 리틀 존 역시 두 사람 사이에서 수사슴처럼 경쾌하게 머리카락 하나 날리지 않고 가뿐하게 달렸다. 마침내 뚱뚱한 사제가 신음을 토해내며 말고삐를 잡아 당겼다. 말 위에서 심하게 흔들리는 것을 더 이상 견딜 수 없었기 때문이다. 리틀 존은 별로 숨차하지도 않으면서 말했다. "아, 이렇게 거칠게 빨리 달리다니 당신의 늙고 살찐 배가 심하게 흔들릴까봐 몹시 걱정이 되는데."

그 말에 뚱뚱한 사제는 역시 한 마디도 대꾸하지 못한 채 아랫입술을 깨물며 리틀 존을 똑바로 노려볼 뿐이었다. 이제 리틀 존은 길 한가운데를 차지하고 홍겹게 휘파람을 불며, 두 사제는 노변의 보행자 통로로 아무 말도 없이, 전보다 더 조용하게 앞으로 나아갔다.

그러다 얼마 후 세 사람은 붉은 옷을 차려입은 세 명의 홍겨운 음유시인들을 만났다. 그들은 깡총한 옷을 걸친 중년의 탁발수사는 길 한복판에서 걸어가고, 화려하게 장식한 말을 탄 두 사제는 부끄러움에 고개를 숙인 채 보행자 통로로 걷고 있는 희한한 광경을 열심히 쳐다보았다. 음유시인들 일행이 점점 가까워지자 리틀 존은 길을 정리하는 안내인처럼 육척봉을 휘두르며 커다란 소리로 외쳤다. "물러서요! 물러서! 우리가 나가신다!" 음유시인들이 그 광경을 보고 얼마나 웃음을 터뜨렸겠는가! 그러나 뚱뚱한 사제는 오한이라도 난 듯이 몸을 떨었고 마른 사제는 말의 목 위로 고개를 푹 수그렸다.

그리고 다음에 그들은 주일날 입는 제일 좋은 옷으로 차려입고 그 고장의 사촌 집에서 턱스퍼드로 다시 돌아가는 건장한 한 시민 부부와 그들의 아름다운 두 딸을 만났다. 그 가족에게 리틀 존은 진지하게 인사했다. "안녕하십니까. 우리 삼총사 행차요." 그 말에 여인네들은 무슨 말인가 싶어 바라보았다. 대개 여인들은 남정네들보다 농담을 빨리 알아듣지 못하기 때문이었다. 그러나 나이든 남자만은 그 말의 의미를 알아듣고 웃음을 터뜨렸다. 배꼽을 쥐고 웃던 남자는 볼이 빨개지고 눈에 눈물까지 그렁거릴 정도로 웃어젖혔다.

리틀 존 일행이 이제 세 번째로 만난 사람들은 화려하게 성장을 하고 손목에는 매를 들고 가던 두 기사 일행이었다. 기사들과 동행하던 두 귀부인 역시 비단과 벨벳 옷을 걸치고 고급스러운 말을 타고 같이 달리고 있었다. 이들도 모두 리틀 존과 두 사제가 길을 따라 오는 것을 보자 리틀 존 일행을 쳐다보며 길을 양보했다. 그들에게 리틀 존은 겸손하게 절을 했다. "안녕하십니까, 귀부인과 나리들. 하지만 우리는 삼총사랍니다."

그러자 기사들 일행 역시 모두 웃음을 터뜨렸고 귀부인 중 한 사람이 외쳤다. "삼총사라니 무슨 의미죠?"

이미 서로 지나친 뒤였으므로 리틀 존은 어깨 너머 뒤로 쳐다보며 대답했다. "뚱보, 말라깽이, 표준 몸매요."

그 말에 뚱뚱한 사제는 신음소리를 내며 수치심 때문에 금방이라도 말에서 떨어질 것처럼 보였고 다른 사제는 아무 말도 못한 채 돌처럼 굳어진 험악한 표정으로 앞만 똑바로 쳐다보고 있었다.

그런데 그들 바로 앞에서 높은 산울타리 주위로 길이 갑자기 굽어졌고 그 굽어진 지점에서 약 40보 떨어진 곳에 그들이 가던 길과 교차하는 길이 있었다. 교차로에 이르자 그들은 이미 떠나온 곳에서 꽤 멀리 떨어져 있었으므로 마른 사제가 고삐를 갑자기 당기며 분노로 떨리는 음성으로 말했다. "여보게, 못된 자네와 이 정도면 올 만큼 충분히 같이 왔고 이제 더 이상 사람들의 웃음거리가 되기 싫네. 그러니 우리는 우리 길로 편히 가게 내버려 두고 자네는 자네 길로 가게."

"아니, 뭐라고! 내 생각엔 이렇게 즐겁게 왔는데 여기서 팬 위에 두른 기름처럼 발끈하고 화를 내다니. 하지만, 사실, 당신들과 헤어지는 것이 서운하긴 하지만 이 정도면 오늘 당신들과는 충분히 지냈죠. 당신들이 나를 그리워할 거라는 것을 알고 있어요. 하지만 걱정 말고 나를 다시 보고 싶거든 바람에게 속삭이세요. 그러면 바람이 그 소식을 내게 전해 줄 테니. 그런데 보다시피 당신들은 부자인데 나는 가난해요. 다음에 나오는 주막에서 빵과 치즈라도 사먹게 내게 한두 푼만 주세요."

그러자 깡마른 사제가 거친 목소리로 대답했다. "미안하지만 우리도 돈이 없네. 토머스 형제, 자 어서 갑시다."

그러나 리틀 존은 양손으로 말고삐를 움켜잡았다. "하, 이런 정말로 돈이 없단 말입니까? 그러지 말고, 형제들이여 자비에 호소하는데 내게 빵 부스러기라도 하나 사 먹을 돈을 주시오. 기껏 해 봐야 1페니밖에 안 될 거예요."

그러자 뚱뚱하고 작달막한 사제가 큰 소리로 호령했다. "돈이 없다고 하지 않나."

"하, 정말로 돈이 없단 말이에요?"

"단돈 한 푼도 없네." 마른 사제가 심술궂게 말했다.

"땡전 한 푼도." 뚱보 사제가 크게 덧붙였다.

"아니야, 이럴 수는 없어요. 당신들처럼 거룩한 사제가 돈 한 푼 없이 그냥 떠나가는 것을 지켜보다니 그럴 수는 없지요. 당신들 둘 다 어서 말에서 내리세요. 우리 여기 교차로 한복판에서 거룩하신 둔스탄 성인에게 앞으로의 여정에 지니고 가게 돈을 좀 보내 달라고 무릎꿇고 기도합시다."

그러자 마른 사제가 분노로 이를 딱딱 마주치며 외쳤다. "뭐, 뭐라고! 이 사악한 녀석아! 파운틴 수도원의 고위 식료품 담당관인 내게 감히 말에서 내려 이 더러운 길에서 무릎을 꿇고 그 거지 같은 색슨족 성인에게 기도를 올리라고 명령하는 거야?"

"뭐라고! 훌륭한 둔스탄 성인에 대해 그렇게 말하다니 당신 골통을 가만두지 않겠소! 하지만 어서 당장 말에서 내리시오, 내 인내심으로는 더 이상 못 참고 당신들이 성직자들이라는 사실도 잊어버릴 수 있으니까." 그렇게 말하며 리틀 존은 육척봉을 마구 휘둘렀다.

서슬 퍼런 그 말에 두 사제는 백짓장처럼 하얗게 질렸다. 끽 소리 못하고 뚱뚱한 사제는 말에서 내려 한쪽 옆으로 섰고 마른 사제 역시 내려서 맞은 편에 섰다.

두툼한 두 손으로 사제들의 어깨를 하나씩 잡아 강제로 무릎을 꿇게 한 후 자신도 무릎을 꿇으며 리틀 존이 말했다. "자, 형제들이여 이제 무릎꿇고 기도합시다." 그리고는 둔스탄 성인에게 돈을 달라고 간구하기 시작했고 커다란 소리로 기도를 올렸다. 둔스탄 성인에게 그렇게 얼마 동안 간구하고 난 후 리틀 존은 두 사제에게 성인이 그들에게 무엇인가 보내 주었는지 주머니를 더듬어보라고 시켰다. 그래서 두 사람은 각자 옆구리에 매달려 있는 주머니 속으로 천천히 손을 넣었지만 아무것도 꺼내지 않았다.

"하, 저런! 당신들의 기도가 그렇게 효험이 없었단 말이오? 그럼 어디 다시 해봅시다."

그리고는 곧장 다시 둔스탄 성인을 부르기 시작했고 이번에는 이런 식으로 기도를 했다. "오, 인자하신 둔스탄 성인이시여! 이 불쌍한 이들에게 어서 돈을 좀 보내 주십시오. 이들이 링컨 시에 도착하기도 전에 뚱보 사제는 지금의 말라깽이 사제처럼 말라비틀어지지 않고, 말라깽이 사제는 아예 뼈도 남지 않을 정도로 사라지지 않도록 해주세요. 하지만 이들이 자만심에 빠져 우쭐대지 않도록 각자 딱 10실링씩만 보내 주십시오. 그 이상을 보내시려거든 그것은 제게 보내 주십시오.”

그리고는 다시 몸을 일으키며 말했다. “자, 각자 얼마나 생겼는지 봅시다.” 그러면서 리틀 존은 자신의 주머니로 손을 넣어 금화 네 닢을 꺼냈다. “내게는 이만큼이나 보내 주셨소. 당신들은 얼마나 받았소, 형제들?”

그러자 사제들은 다시 한 번 천천히 주머니 속으로 손을 집어넣었다 꺼냈지만 이번에도 역시 빈손이었다.

“아니, 아무것도 없단 말이오? 그럴 리가 없소. 내 장담하는데 당신들 주머니 솔기가 터진 부분이 있어서 돈이 집히지 않는 것이 분명하오. 자, 어디 내가 봅시다.”

리틀 존은 먼저 마른 사제에게로 다가가서 그의 주머니에 손을 밀어 넣어 조그만 가죽 자루를 꺼내었다. 그 안에 든 것을 세어보니 자그마치 금화로 110파운드나 나왔다. 그러자 리틀 존이 말했다. “거 봐요, 거룩한 성인께서 보내준 돈을 당신 주머니 한 모퉁이에 빠트리고 못 찾았잖소. 자, 그럼 이제 당신은 얼마나 가지고 있는지 봅시다.”

그러면서 리틀 존은 뚱뚱한 사제의 주머니 속으로 손을 집어넣어 마찬가지로 가죽 자루를 꺼냈다. 역시 그 안에 든 돈을 세어보니 70파운드나 되었다. “자, 봤겠죠. 비록 당신이 놓치고 못 꺼냈지만 나는 우리 성인께서 당신에게도 은혜를 베푸실 줄 알았다고요.”

그리고 나서 리틀 존은 두 사람에게 각기 1파운드씩만 주고는 나머지 돈은 자신의 호주머니 속으로 넣으며 말했다. “당신들은 분명히 돈이 없다고 엄숙하게 맹세했었죠. 당신들은 성직자들이니까 그렇게까지 맹세한 말이 거짓이 아니라고 믿소. 그러니 이 돈은 둔스탄 성인이 내 기도에 응답하시어 보내 준 것이 틀림없소. 하지만 내가 당신들 각자에게 10실링씩만 주고, 나머지 초과하는 금액은 내게 달라고 했으니 마땅히 이 나머지 돈은 내가 가져

가겠소. 그러면 행운을 비오, 형제들. 즐거운 여행하기 바라오."

그렇게 말하며 리틀 존은 돌아서서 사제들을 떠나 성큼성큼 가 버렸다. 두 사람은 서로 망연자실한 표정으로 상대를 바라보다가 천천히 비참하게 말에 다시 올라타고는 아무런 말도 없이 나아갔다.

그러나 리틀 존은 발길을 다시 셔우드 숲으로 돌렸고 즐겁게 휘파람을 불며 걸어갔다.

자, 그러면 이제 거지로 모험을 찾아 나선 로빈에게는 무슨 일이 생겼는지 알아보자.

제2장
로빈, 거지로 변장하다

리틀 존과 갈림길에서 헤어지고 난 후 로빈은 주위에 비치는 부드러운 햇살을 받으며 즐겁게 걸어갔다.

화창한 날씨를 보고 터져 나오는 순수한 기쁨에 가끔 펄쩍 뛰거나 한 소절씩 노래를 부르기도 했다. 봄날의 달콤함 때문에 그의 마음은 풀밭에 새로 풀어놓은 망아지처럼 활기로 가득 찼다. 때로는 깊고 푸른 하늘 너머로 서서히 움직이는 커다란 하얀 뭉게구름을 올려다보며 꽤 오랜 거리를 가기도 했다. 그러다가는 멈춰 서서 만물의 충만한 생동감을 깊이 들이마시기도 했다. 산울타리에서는 어린 싹들이 이제 막 움트고 있었고, 초원의 풀은 점차 푸르게 자라고 있었다. 로빈은 다시 한 번 멈춰 서서 덤불 속에서 작은 새들이 지저귀는 아름다운 노래와 감히 하늘에 대고 비라도 내리라는 듯이 울어대는 선명한 닭울음 소리에 귀를 기울였다. 그런 광경들을 바라보자 로빈의 마음은 즐거움에 들떴으므로 입가에는 슬며시 미소가 돌았다.

로빈은 이런저런 이유로 언제든 멈춰 서서 가끔씩 마주칠지 모르는 즐거운 아가씨들과 언제라도 말을 나눌 자세로 그렇게 활기차게 걸어갔다. 그래서 오전은 그렇게 금세 지나가 버렸지만 로빈은 아직 옷을 바꿔 입을 만한 거지를 만나지 못했다. "운이 바뀌지 않으면 오늘은 공치는 하루가 되기 십상인걸. 비록 시골길을 즐겁게 산책하긴 했지만 벌써 반나절이 지났는데도 아직 거지의 삶에 대해서는 아무것도 알지 못했으니 말이야."

그리고 잠시 후, 이제 배가 고파지자 로빈의 마음속에서는 화창한 봄날과 꽃들과 새들에 대한 생각은 내몰리고, 대신 삶은 닭 요리와, 맘지 백포도주와 하얀 빵과 군침이 도는 그런 음식들이 차지했다.

"아, 이럴 때 도깨비 방망이라도 있었으면 좋겠는걸. 뭘 빌어야 할지 잘 알고 있으니. 이런 것들을 빌 거야." 그리고는 왼손의 손가락 위에 오른손 검지손가락으로 자신이 바라는 것들을 그렸다. "우선, 연한 종달새로 만든 부드럽고 노릇노릇한 고기 파이가 먹고 싶어. 이봐, 너무 바싹 굽지 말고 고기 속에 스며들도록 약간 육즙을 남기라고. 다음엔, 접시 둘레에 잘게 썬 연한 비둘기 알을 곁들인 뭉근히 끓인 병아리 요리를 먹고 싶어. 여기에 곁들여 난로 위에다 구운 밀가루 빵 한 덩어리를 먹을 거야. 불의 온기로 익혀서 나의 아름다운 여인 마리안의 머리 색깔처럼 반질반질한 갈색 껍데기에 초겨울 아침에 밭고랑 너머에 살짝 언 가늘고 흰 얼음처럼 바삭바삭해야 해. 자, 그럼 먹을 것은 이것으로 되었고 이젠 마실 것이 있어야겠지. 전부 세 병은 있어야겠지. 하나는 맘지 백포도주로 꽉 채우고, 하나는 카나리아산 백포도주로, 나머지 하나는 내 독한 스페인산 셰리주로 넘칠 듯이 찰랑찰랑 채운 것으로 말이야." 그렇게 혼자 중얼거리자 마음속에 떠올린 맛있는 음식 생각에 로빈의 입에서는 군침이 돌았다.

그렇게 중얼거리며 가다가, 막 돋아나는 새 잎들로 온통 신록을 띠고 있던 산울타리 주위로 길이 급하게 꺾어진 곳에 이르자 로빈이 가던 길 쪽의 울타리에 걸터앉아 한가롭게 다리를 흔들고 있던 한 건장한 사내가 눈에 들어왔다. 그 건장한 사내의 주위에는 갖가지 자루와, 열두 개가 넘는 크기도 모양도 제각각인 가방들이 배고픈 까마귀 새끼들처럼 입을 커다랗게 벌린 채 매달려 있었다. 사내의 옷자락은 허리춤에서 모아져 있었고 봄날 5월제의 기둥에 매달아둔 장식줄처럼 갖가지 색으로 누덕누덕 기워져 있었다. 머리에는 높고 커다란 모자를 쓰고 있었고, 무릎에는 로빈의 것만큼 길고 육중한,

산사나무로 만든 탄탄한 육척봉이 놓여 있었다. 그 사내는 노팅엄 주의 골목길과 샛길을 걸어 다니는 쾌활한 거지였다. 눈은 석판처럼 회색이었고 흥에취해 반짝이며 춤을 추고 있었고 검은 머리카락은 머리 위에서 여기저기 온통 작은 원으로 뒤엉켜 있었다.

로빈은 사내가 있는 곳에 가까이 다가가자 인사를 건넸다. "안녕하신가, 친구. 꽃들은 피어나고 봉오리는 부풀어오르기 시작하는 이렇게 즐거운 날여기서 뭐 하고 있는 건가?"

그러자 사내는 한쪽 눈을 찡긋하더니 즐거운 목소리로 곧 노래를 시작했다.

> "산울타리 위에 걸터앉아
>   잠시 노래를 부르고 있었지.
>   내 진정한 사랑을 기다리며,
>   오, 햇살은 밝게 빛나고
>   나뭇잎들은 경쾌하게 춤을 추고,
>   오, 작은 새가 노래 부르니 그 처녀 가까이 있네."

"여보게, 사랑하는 여인만을 제외하면 이 노래는 나를 노래한 것이지."

"그거 정말 감미로운 노래로군. 자네가 노래하는 것을 들으니 더 들어보고 싶어 못 견디겠군. 하지만 자네에게 물어볼 중대한 일이 두 가지 있다네.그러니 내 말을 들어보게."

그 말에 거지는 장난꾸러기 까치처럼 고개를 옆으로 기우뚱한 채 말했다."난 한 번 하면 잔뜩 해야 직성이 풀리는 성미라네, 친구. 내가 잘못 본 것이아니라면 뭐 별로 되지도 않는 것 가지고 유난을 떠는군."

"그렇지 않아. 내가 물어보고 싶은 첫 번째 질문은 내세는 모든 생각 중가장 심각한 것이라네. 즉, '어디 가면 먹을 것과 마실 것을 좀 얻을 수 있겠는가?' 하는 것이지."

"그런가? 나는 그런 일을 자네처럼 그렇게 심각하게 생각하지 않는데. 먹을 것을 얻을 수 있을 때는 그것을 먹고, 빵 부스러기조차 얻을 수 없을 경우에는 내가 가지고 있는 빵 조각을 먹지. 마찬가지로, 목을 시원하게 쓸어내릴 맥주를 얻을 수 없을 때면 시원한 물로 갈증을 달랜다네. 조금 전에 여기 앉아서 요기를 좀 할까 말까 망설이며 자네가 다가오는 것을 보고 있었네. 나는 먹기 전에 시장기가 예리하게 발동하도록 기다리는 것을 좋아하지. 그러면 아무리 마른 빵 부스러기조차도 헨리 왕이 먹는 양기름과 건포도를 곁들인 사슴고기 파이처럼 내게는 꿀맛으로 느껴질 테니까. 지금 몹시 시장기가 느껴지지만 이제 조금 있으면 한껏 고조된 식욕으로 무르익게 될 거라네."

그 말에 로빈은 웃음을 터뜨리며 말했다. "자네는 정말 별 희한한 말을 다 하는군. 그런데 진짜 마른 빵 조각밖에 가진 것이 없나? 내 생각엔 자네 자루들과 주머니가 불룩하고 단단한 것으로 보아 먹을 것이 그렇게 빈약한 것밖에 없을 것 같진 않은데."

"그야 물론 식어버린 다른 음식도 들어있지." 거지가 장난스럽게 대답했다.

"그리고 마실 것은 찬 물밖에 없나?"

"그렇네, 다른 것은 한 방울도 없지. 하지만 눈을 들어보면 저기 저 나무 덤불 너머에 작고 애덤한 선술집이 보일 것이네. 그러나 나는 그곳에 가지 않을 걸세. 그들이 내게 못되게 굴었거든. 언젠가 한 번 에밋 수도원장이 그곳에서 식사를 하고 있을 때 여주인이 끓인 게 살로 만든 작은 파이와 보리 엿을 식히려고 창턱 위에 올려놓았기에 그것을 보고는 도둑맞지나 않을까 걱정이 되어 주인을 찾을 수 있을 때까지 내가 보관하였네. 그런데 그때 이후로 그 자들은 내게 몹시 못되게 굴었다네. 그렇긴 하지만 그래도 거기서 파는 맥주는 이제껏 내가 맛본 것 중에서 최고라는 사실만은 부인할 수 없군."

그 말에 로빈은 크게 웃음을 터뜨렸다. "정말로 그들은 자네의 호의를 무시하고 못되게 굴었군. 하지만 사실대로 말해주게. 자네 주머니에는 뭐가 들었지?"

거지는 자루 주둥이 속을 들여다보며 말했다. "여기 보니 육즙이 흐르지 않도록 양배추 잎에 말은 비둘기 파이가 제법 큰 걸로 한 조각, 고급스러운 줄무늬가 있는 편육이 한 조각, 그리고 하얀 빵 한 덩어리가 제법 큰 것이 있군. 또 귀리 케이크 네 개와 찬 허벅지 햄이 있군. 흠! 그것 참 이상하군. 이제 보니 계란도 여섯 개나 있잖아. 아마 이 부근의 양계장 안 마당에서 실수로 들어와 있는 것이 틀림없어. 날 것이긴 하지만 숯불에 구워 버터를 살짝 바르면 아마 …."

그러자 로빈이 거지의 손을 덥석 잡으며 외쳤다. "그만하게! 그렇게 감칠맛 나게 이야기하니 내 굶주린 배는 기쁨으로 떨린다네. 만일 자네가 내게 먹을 것을 나누어 준다면 자네가 조금 전에 말한 저 작은 선술집으로 당장 달려가서 자네와 내가 마실 술 한 자루를 가져오겠네."

그 말에 거지는 울타리에서 펄쩍 뛰어 내려오며 말했다. "두말하면 잔소리지. 자네와 함께 만나게 된 것을 세드릭 성인에게 감사하며 최고의 식사를 하도록 하겠네. 하지만 여보게, 맥주는 적어도 세 자루는 가져오길 바라네. 한 자루는 자네가 마실 것이고 두 자루는 내가 마실 테니. 지금은 너무 갈증이 심하니 디 강(River Dee)의 모래가 소금물을 빨아들이듯이 나도 그렇게 마실 수 있을 것 같네."

그래서 로빈이 당장 선술집을 향해 떠나자 거지는 산울타리 뒤의 싹이 돋아나던 라임나무 덤불로 가서 그곳의 풀밭 위에 먹을 것을 차려 놓고 오랜 경험에 의한 숙련된 솜씨로 작은 장작불에 달걀을 구웠다. 잠시 후 어깨에 커다란 술 자루를 지고 나타난 로빈이 자루를 풀밭 위에 내려놓았다. 그리고 정말 보기에도 진수성찬인, 풀밭 위에 차려진 식사를 보고는 배를 손으로 천천히 두드렸다. 한창 시장기에 시달린 로빈의 눈에는 그것이 이제껏 생애에서 본 음식 중에서 가장 근사하게 보였다.

"친구, 어디 술 자루 무게 좀 달아보자고."

"그래, 실컷 해보게. 그 사이 나는 비둘기 파이가 신선한지 확인해 볼 테니."

그래서 거지는 맥주를 받아들고, 로빈은 고기 파이에 손을 댄 후 한동안은 음식을 씹어먹는 소리와 맥주가 자루 안에서 벌컥벌컥 흘러나오는 소리를 제외하고는 아무 소리도 들리지 않았다.

마침내, 한참 동안 시간이 흐른 후 로빈은 먹을 것을 옆으로 치워놓으며 마치 새로 태어난 기분을 느꼈으므로 깊은 만족감을 나타내는 한숨을 내쉬었다.

그리고 한쪽 팔꿈치에 기대며 거지에게 말했다. "친구여, 이제 실컷 먹었으니 내가 조금 전에 얘기했던 두 번째 심각한 문제에 대해서 말해야 할 것 같군."

그러자 거지가 힐난하듯이 대답했다. "그래! 그런데 그 심각한 일이라는 것이 설마 이 맥주를 도로 달라는 것은 아니겠지!"

"하하, 그야 물론이네. 자네가 갈증을 해소하는 것을 방해할 생각은 추호도 없네. 그러니 천천히 마시면서 내가 하는 말을 듣게. 내가 하려는 말은 무엇인가 하면, 나는 자네의 직업이 마음에 들었으므로 거지의 삶이 어떤 것인지 직접 경험해 보고 싶은 생각이 든다는 것을 자네가 알아주었으면 싶네."

"이봐 친구, 자네가 내 생활방식을 마음에 들어한다는 것은 놀랄 일이 아니지만, '좋아하는 것'과 '직접 하는 것'은 전혀 다른 별개의 문제지. 그런데 이걸 알아두게, 사람은 무엇인가 배우려면, 심지어 떠돌이 땡중이나 괴짜, 혹은 동냥아치가 되려고 해도 오랫동안 도제 생활을 거쳐야 하는 법이라네. 그래서 하는 말인데, 조그만 요령을 터득하는 데만도 3년은 족히 걸릴 테니 자네가 이제 새로이 입문하기엔 나이가 너무 많아."

"그럴지도 모르지. 나도 가퍼 스완톨드 성인께서 제화업자는 빵 만드는 데 서툴고, 제빵업자는 구두 만드는 데 서툴다고 하신 말씀을 잘 알고 있으니까. 하지만 나는 꼭 거지의 삶을 맛보고 싶은데다 거지 의상 외에 다른 것은 아무것도 필요 없네."

"내 자네에게 충고 한 마디 해주는데, 아무리 자네가 우리 거지들의 수호 성인인 윈튼 성인 비슷하게 차려입는다고 해서 절대 거지가 될 수는 없네. 자네가 만나게 될 첫 번째 나그네는 자네가 어설프게 거지 흉내를 내려 한다는 것을 금방 알아채고는 흠씬 두들겨 패 줄 걸."

"비록 그렇다 해도 나는 한 번 시도해보고 싶네. 그래서 내 생각엔 자네 옷이 썩 화사하다고는 할 수 없어도 그런 대로 괜찮은 것 같아서 자네와 옷을 바꾸어 입었으면 싶은데. 그리고 옷을 바꿔 입는 걸로 그치지 않고 덤으로 자네에게 금화 두 닢을 주겠네. 혹 자네와 같은 부류의 거지가 내게 이 문제를 가지고 시비를 걸어오면 머리를 때려줘야 할지 모르니까 육척봉은 내가 가지고 가도록 하겠네. 하지만 자네가 내게 베풀어준 성찬은 몹시 마음에 들었으니까 자네에 대해서는 새끼손가락 하나 들어올릴 생각이 없네. 그러니 자네는 조금도 두려워할 이유가 없어."

거지는 손가락 마디를 엉덩이 위에 올려놓은 채 로빈의 말들 듣고 있다가 로빈이 말을 끝내자 고개를 한 쪽으로 곧추세우고 혀로 볼을 부풀렸다.

그리고는 마침내 말을 꺼냈다. "흥, 그래, 내게 손을 들어올리겠다고! 지금 제정신으로 하는 말이야? 나는 바로 디 강 너머에 있는 플린트 주(Flintshire)의 홀리웰에서 온 리콘 헤이젤이다. 이 자식아, 내가 너보다도 더 뛰어난 녀석들의 골통을 두들겨 패 준 적이 얼마나 많은데. 지금도 네 녀석이 내게 준 맥주만 아니었다면 벌써 네 녀석 골통을 부수어 놓았을 거다. 그러니 네 녀석이 목 매달리는 것을 모면한다 해도 내 외투에 달린 넝마 하나 가져갈 수 없을 것이다."

"그런가, 친구. 자네의 그 잘난 머리를 망쳐놓는 것은 나도 별로 내키지 않지만 분명히 말해 두지 않을 수 없군. 자네가 내게 준 이 음식만 아니었다면 나는 벌써 자네가 앞으로 며칠 동안은 어디 갈 생각도 할 수 없을 정도로 두들겨 팼을 거다. 그러니 입 닥치고 조용히 하시지. 안 그러면 그나마 네 행운이 말과 함께 입에서 떨어져 나갈 테니!"

"호, 저런. 입 닥치지 못해! 너 오늘 임자 만났겠다!" 거지는 외치며 육척봉을 잡아 높이 치켜들었다. "어디 네 육척봉을 잡고 방어해보시지. 이제 네 녀석을 때려주는 걸로 그치지 않고 네 녀석이 가지고 있는 돈도 전부 빼앗아 네 깨진 머리에 바를 거위 기름 연고 살 돈조차 없게 홀라당 벗겨 줄 테니까. 자, 어디 막아볼 수 있으면 막아보라고."

그러자 로빈도 펄쩍 뛰어 일어나 자신의 육척봉을 손에 쥐었다. "어디 할 수 있으면 내 돈을 뺏어봐. 네가 나를 건드리기만 해도 내가 가진 것을 거저 주겠다고 약속하마."

거지 역시 육척봉을 휘두르며 로빈을 향해 강타를 날렸지만 로빈은 재빨리 옆으로 피했다. 그리고 세 번이나 공격했지만 거지는 로빈의 머리 털끝 하나 건드리지 못했다. 이제 로빈이 기회를 잡고 눈깜짝할 새에 후려치자 어느새 리콘의 육척봉은 저기 울타리 너머로 나가떨어지고 리콘 자신은 널브러진 빈 자루처럼 풀밭 위에 꼼짝도 못하고 뻗어버렸다.

그러자 로빈이 웃으며 외쳤다. "그래 내 껍데기를 홀랑 벗겨낸다더니?" 그러나 리콘에게서는 아무런 대답이 없었다. 강타를 맞고는 완전히 뻗어버린 리콘의 상태를 살펴본 로빈은 여전히 웃음을 띤 채 달려가 맥주가 든 자루를 가져왔다. 그리고 맥주를 리콘의 머리 위에 쏟아 부었고 목도 축일 수 있게 해주었다. 이윽고 잠시 후 눈을 뜬 리콘은 자신이 왜 그렇게 누워 있는지 모르겠다는 듯이 주위를 둘러보았다.

리콘이 자신에게 얻어맞고 의식을 잃었다가 어느 정도 정신을 차리는 것을 보자 로빈은 말했다. "자, 친구, 이제 나와 옷을 바꿔 입겠는가? 아니면 한 대 더 때려줄 수밖에 없는데. 자네가 자네의 넝마와 자루와 모자와 다른 물건들을 선뜻 내준다면 여기 이 금화 두 닢을 주겠네. 만일 자네가 선선히 내주지 않겠다면 자네를 또 때릴 수밖에 없을 것 같은데." 그러면서 로빈은 자신의 육척봉을 아래위로 쳐다보았다.

그러자 리콘은 벌떡 일어나더니 정수리에 난 혹을 어루만지며 말했다. "아니, 알았다고! 난 자네쯤이야 가볍게 해치울 것으로 생각했지. 나도 어찌된 영문인지는 모르겠지만 아마도 내 주량보다 맥주를 더 마셔서 그런 것이 아닌가 생각해. 꼭 그래야만 한다면 내 복장을 포기하겠네. 하지만 우선 진정한 남자로서 내게 약속해 주게. 내게서 옷 외에는 아무것도 빼앗지 않겠다고 말이야."

"그래 진정한 남자의 말을 걸고 맹세하네." 거지 주제에 리콘이 가져봤자 동전 몇 푼 가지고 있겠거니 생각해서 로빈은 그렇게 대답했다.

그러나 리콘은 옆구리에 걸려 있던 작은칼을 꺼내어 자신의 외투 안감을 뜯어내더니 놀랍게도 그 안에서 금화 10파운드를 꺼내는 것이었다. 거지는 꺼낸 금화를 자신의 옆 땅바닥에 내려놓으며 로빈에게 교활한 미소를 보냈다. "자, 이제 언제라도 내 옷을 가져가도 좋네. 자네는 사실 이 옷을 금화 두 닢은 고사하고, 동전 한 푼 안 들이고 자네 옷하고 바꿀 수도 있었는데." 그 말에 로빈이 웃음을 터뜨리며 대답했다. "자네는 정말 교활하기 짝이 없군. 이제야 말인데, 자네에게 그토록 많은 돈이 있는 줄 알았더라면 그렇게 가져가게 두진 않았을 걸세. 장담하건대 아마도 그 돈은 정직한 수단으로 얻은 것이 아닌 게 분명할 테니."

이제 두 사람은 각자 자신의 옷을 벗고는 상대방의 옷을 걸쳤다. 거지 옷을 걸친 로빈 후드는 여름날 이제껏 보았던 어떤 거지보다도 늠름한 거지의 모습이었다. 그러나 홀리웰의 리콘은 생각지 않게 얻은 링컨 초록색의 근사한 옷을 걸치고는 기쁨에 겨워 깡충깡충 뛰며 춤을 추었다.

"나는 이제 한 마리 즐거운 새라네. 정말로 나의 사랑스러운 몰 피스코드(Moll Peascod) 역시 이렇게 차려입은 나를 알아보지 못할테지. 친구, 먹다 남은 음식은 다 가져가도 좋네. 나는 수중에 돈이 남아있고 이 옷을 걸친 동안에는 신수가 훤하게 살 작정이니까."

그 말을 남기며 리콘은 돌아서서 울타리를 훌쩍 넘어 로빈 후드의 곁을 떠나갔다. 하지만 걸어가면서 그가 부르는 노랫소리가 울타리 너머로 들려왔다.

"폴리는 웃음 짓고 몰리는 기쁘다네

거지가 문간에 나타날 때면,

잭과 딕은 그 거지를 건장한 멋진 청년이라고 부른다네.

그러면 선술집 여주인은 재빨리 값을 올린 후 외친다네.

이봐, 월리 와디킨,

빌리 와다킨, 쉬었다 가.

갈색 맥주는 공짜로 주문해, 실컷 주문해,

거지는 바로 내 천직."

로빈은 노래가 저 멀리서 끝날 때까지 듣다가 자신도 울타리를 넘어 길로 들어섰지만 발길은 거지가 간 반대쪽으로 향했다. 길은 완만한 언덕으로 향해 있었으므로 로빈은 언덕으로 올라갔다. 다섯 개도 더 되는 자루들이 다리 주위에 매달려 있었다. 한동안 계속 걸어갔지만 아무런 모험거리도 나타나지 않았다. 발걸음을 옮길 때마다 일어나는 흙먼지를 차면서 그렇게 걷는 동안 길에는 로빈밖에 없었다. 때는 정오였으므로 하루 중 황혼 무렵 다음으로 제일 한가로운 시간이었기 때문이었다. 대지는 식사 시간대의 고요한 침묵에 잠겨 있었다. 밭을 갈던 말들도 코에는 쟁기를 맨 채 맛있는 건초를 우적우적 씹고 있었고 밭일을 하던 남정네들과 소년들도 덤불 아래 앉아서 한 손에는 커다란 빵을 들고 다른 한 손에는 커다란 치즈 한 덩어리를 들고 먹는데 여념이 없었다.

그래서 로빈은 그렇게 텅 빈 길을 흥겹게 휘파람을 불며 걸어갔고, 자루들과 주머니는 허벅지에서 이리저리 흔들렸다. 마침내 로빈은 길에서 약간 벗어난, 작은 풀이 자라고 있던 사잇길에 이르렀다. 길은 산울타리를 넘어 언덕을 내려갔다가 작은 골짜기에 이르러 골짜기로 흐르는 작은 시내를 건너 다시 맞은편의 언덕으로 올라갔다가 바람이 나무를 이리저리 흔들리게 하는 그 언덕 꼭대기에 서 있는 풍차에까지 닿아 있었다. 그쪽을 바라본 로빈은 그 풍경이 무척이나 마음에 들었다. 그리고 특별한 이유는 없이 단지 마음에 들었으므로 그 작은 오솔길로 접어들어 툭 터진 초원의 햇빛이 쏟아지는 완만한 경사면을 따라 내려갔다. 그리고 그 작은 골짜기에 이르니 로빈이 미처 알아채기도 전에 네 명의 건장한 사내들이 땅 위에 차려놓은 근사한 음식 주위에 다리를 뻗고 둘러앉아 있었다.

그들은 다름 아닌 거지들이었는데 각자 자신의 목 주위에 건 작은 판자가 가슴에 매달려 있었다. 네 개의 판자에는 각기 다음과 같이 적혀 있었다. "저는 맹인입니다." "저는 귀머거리입니다." "저는 벙어리입니다." "절름발이를 불쌍히 여기세요." 그러나 판자 위에 적힌 이러한 문제들은 매우 심각해 보이는 장애였음에도 불구하고 네 명의 건장한 사내들은 즐겁게 둘러앉아 식사를 하고 있었다. 그들은 마치 카인의 아내가 불행이 든 단지를 열어 우리를 괴롭히도록 파리 떼처럼 풀어놓은 적이 전혀 없다는 듯이 불행과는 거리가 멀어 보였다.

"이봐, 누가 오는 소리가 나는데" 하고 말했으므로 로빈이 다가오는 발자국 소리를 제일 먼저 들은 것은 귀머거리 남자였다. "믿을 만한 사람이야, 친구들. 그도 우리와 같은 거지니까"라고 말한 것으로 보아 로빈이 오는 것을 제일 먼저 본 사람은 맹인이었다. 그러자 벙어리라는 간판을 걸었던 사내가 커다란 목소리로 소리쳐 불렀다. "어서 오게, 형제여. 아직 먹을 것이 좀 남아 있고 자루에 맘지 백포도주가 조금 남아 있을 때 어서 와서 앉으라고." 그 말에, 목발을 치우고 다리에서 가죽끈을 벗긴 후 편히 쉬기 위해 풀밭에 다리를 쭉 뻗고 앉아 있던 절름발이라던 사내는 로빈 후드를 위해 앉을 공간을 내주었다. 그리고 맘지 백포도주가 든 자루를 잡으며 말했다. "만나서 반갑네."

로빈 역시 웃으며 술을 들이켜기 전에 손에 자루의 무게를 가늠해 보며 말했다. "자네들이 이렇게 나를 보고 기뻐하는 것도 무리는 아니라고 생각하네. 내가 맹인에게는 볼 수 있는 능력을, 벙어리에게는 말할 수 있는 능력을, 귀머거리에게는 들을 수 있는 능력을, 절름발이에게는 저토록 건장한 다리를 가져다 주었으니 말이야. 형제들, 자네들이 이렇게 이미 사지 멀쩡하게 건장한 것을 보니 자네들의 건강을 위해서 건배할 필요는 없겠고 대신 행복을 위해 건배하겠네."

그 말에 모두 이를 드러내며 씩 웃었고 네 사람 중에서 제일 넓은 어깨를 지니고 우두머리 격인 건장한 맹인 거지가 로빈의 어깨를 치며 정말 대단한 익살꾼이라고 인정했다.

그러자 벙어리 사내가 로빈에게 물었다. "그래 어디서 오는 길인가?"

"그게, 나는 간밤에 셔우드 숲에서 자고 오늘 아침에 이곳으로 왔다네."

그러자 귀머거리 사내가 응수했다. "그것이 정말이란 말인가? 지금 우리 네 사람이 링컨 시로 가져가고 있는 그 돈만 아니라면 난 절대로 셔우드에서는 하룻밤도 자지 않을 건데. 만일 로빈 후드가 자신의 숲 속에서 우리 같은 거지를 잡았다면 횡재한 것이 믿어지지 않아 아마 볼이라도 꼬집었을 걸."

그러자 로빈이 웃으며 대답했다. "나도 그가 그랬을 거라고 생각해. 하지만 자네가 얘기한 그 돈이 뭔가?"

이번에는 절름발이 사내가 나서서 말해 주었다. "우리의 왕인 요크의 피터가 우리에게 이 돈을 가지고 링컨으로 가서 …."

그 때 맹인 사내가 말을 가로채며 끼어 들었다. "이봐 호지, 그만 해. 내가 여기 있는 이 친구를 의심하는 것은 아니지만 우리는 이 친구에 대해 아직 별로 아는 것이 없다는 사실을 명심하게. 여보게, 자넨 누구인가? 선량한 사람인가, 아니면 떠돌이 땡중인가, 도미니크 수도사, 그것도 아니면 떠돌이 탁발수사인가?"

그 말에 로빈은 입을 떡 벌리고 한 사람씩 차례로 쳐다보았다. "그야 물론 나는 선량한 사람이오. 적어도 그렇게 되려고 노력하지. 하지만 친구, 그렇게 횡설수설하다니 무슨 말을 하는지 잘 이해할 수가 없네. 내 생각엔 감미로운 목청을 지닌 저 벙어리 친구가 우리에게 노래를 불러주는 것이 차라리 더 낫겠네."

그 말에 갑자기 정적이 흐르더니 잠시 후 맹인 사내가 다시 말을 꺼냈다. "자네는 무슨 말인지 이해하지 못한다고 할 때 그런 식으로 농담을 하는군. 그렇다면 내가 대답해 주지. 주머니에 든 돈을 갈취하기 위해 대로에서 멋쟁이나 사람을 쳐본 적이 있나?"

그러자 로빈 후드가 퉁명스럽게 받았다. "이제 그만 하게. 자네는 영문을 알 수 없는 말을 지껄여서 나를 놀리고 있구만. 내 경고하는데 그러면 자네들 모두 신상에 해로울 거야. 자네들 넷 전부 골통을 후려쳐 주고 싶은 마음이 든단 말이야. 자네들이 내게 준 맘지 백포도주만 아니었다면 벌써 그렇게 했을 거야. 이봐, 그 포도주 식지 않게 어서 자루를 넘겨."

그러나 네 거지들은 로빈의 말이 끝나기 무섭게 갑자기 벌떡 일어났다. 맹인 남자가 옆의 풀밭에 놓여 있던 육중한 육척봉을 집어들자 나머지 사람들도 그가 하는 대로 따라 했다. 그러자 자신에게 상황이 불리하게 돌아가는 것을 안 로빈 역시 자리에서 벌떡 일어나 듬직한 육척봉을 움켜잡은 후 잽싸게 나무를 등지고 서서 방어 자세를 취했다. 그리고 손가락 사이로 잡은 육척봉을 휘두르며 외쳤다.

"흥, 비겁하게 한 사람에게 네 놈이나 덤벼들겠다고? 물러서, 이 악당 녀석들아. 안 그러면 선술집 문간에 난 자국처럼 네 녀석들의 골통을 날려줄 테다! 너희들 미쳤어? 난 너희들에게 아무런 해도 끼치지 않았는데 뭐 하는 짓들이야."

그리자 일행 중 가장 틴틴하게 생겼고 우두머리이자 맹인인 척 했던 사내가 말했다. "거짓말 마! 다 거짓말이야! 네 녀석은 우리를 염탐하러 왔지. 하지만 네 몸을 위해 잘 들어둬야 할걸. 오늘이 네 녀석 장삿날이므로 송장이 되어 발이 앞으로 향하기 전에는 이곳에서 벗어나지 못할 테니까! 이봐, 형제들, 모두 덤벼! 저 녀석을 때려 눕히자고!"

그러더니 사내는 마치 붉은 천을 향해 돌진하는 성난 황소처럼 육척봉을 휘두르며 로빈에게 달려들었다. 그러나 로빈은 이미 어떠한 공격도 막아낼 준비가 되어 있었다. 로빈이 눈 깜짝할 사이에 "탁! 탁!" 두 번이나 내리치자 맹인 사내는 어느새 쓰러져 풀밭 위로 나뒹굴고 있었다.

그 서슬에 다른 사내들은 뒤로 물러나 약간의 거리를 둔 채 로빈을 노려보고 있었다. 그들을 향해 로빈이 흥겹게 소리쳤다. "어서 덤벼봐, 이 쓰레기 같은 놈들아! 너희들 전부 다 상대해 줄 테다. 자, 이제 누가 맞을 테냐?"

그 말에 거지들은 한마디도 못하고 마치 거인 블런더보어(Blunderbore)가 거인만 골라 해치우는 해결사 잭을 보듯이, 당장이라도 로빈의 살과 뼈를 먹어치울 것처럼 노려보았다. 그럼에도 불구하고 감히 로빈과 그의 무시무시한 육척봉 가까이 다가갈 엄두는 내지 못했다. 그들이 그렇게 머뭇거리는 것을 눈치 채자 로빈은 갑자기 그들에게 육척봉을 휘두르며 돌진했다. 그 서슬에 맞아 벙어리 사내가 쓰러졌고, 쓰러지면서 그의 육척봉은 손에서 퉁겨져 나갔다. 벙어리 사내가 쓰러지는 것을 보자 다른 두 거지들은 간신히 로빈의 공격을 피하면서 마치 발에 서풍 신발이라도 신은 듯이 걸음아 날 살려라 하고 각기 다른 쪽으로 도망쳤다. 그 광경을 지켜보면서 웃음을 터뜨린 로빈은 절름발이치고 그렇게 빠르게 달리는 사내는 처음 본다고 생각했다. 그러나 두 거지는 마음속으로 로빈의 육척봉 휘두르는 소리가 옆에서 들리는 것만 같아 달음박질을 멈추거나 뒤를 돌아볼 엄두도 못 냈다.

이제 로빈은 땅바닥에 널브러져 있던 두 사내에게 향했다. "이 작자들이 링컨으로 가지고 가고 있다던 돈에 대해 말을 했는데. 노팅엄이나 요크 주의 숙련된 삼림 감독관처럼 예리한 시각을 지니고 있던 이 맹인 행세하던 자를 뒤져보면 뭔가 찾을 수 있을지 모르지. 건전한 돈이 이러한 날강도 같은 녀석들 수중에 들어 있다니 애석한 일이로군."

그렇게 말하며 로빈은 억센 사내 위로 몸을 숙여 그의 넝마와 옷을 여기저기 뒤지기 시작했다. 얼마 후 누더기 옷 아래로 몸에 두른 가죽 자루가 손에 만져지자 그것을 풀어 손에 재보고는 꽤 묵직하다고 생각하며 혼자 중얼거렸다. "이게 동전 대신 전부 금화로 채워졌다면 상당한 액수인데."

그리고 풀밭 위에 털썩 앉아 자루를 열고 속을 들여다보았다. 자루 안에서는 무두질한 양가죽에 돌돌 만 뭉치가 네 개나 나왔다. 그 뭉치들 중 하나를 열어보았다. 그 순간 로빈의 입은 다시는 다물어지지 않을 듯이 떡 벌어지고 눈은 휘둥그레졌다. 그도 그럴 것이 그 안에서 나온 돈은 자그마치 반짝반짝 빛나는 금화 50파운드였던 것이다! 다른 뭉치들도 열어 보았더니 모두 똑같았다. 새로 찍어낸 금화 50파운드가 들어 있었던 것이다. 돈을 보며 로빈이 혼자 중얼거렸다. "거지들 조합이 지나치게 부유하다는 소리는 자주 들었지만 이 자들이 이렇게 큰 금액의 돈을 조합 금고로 보내리라고는 꿈에도 생각하지 못했는걸. 이 돈은 내가 가져가야겠어. 이 불한당 같은 녀석들을 부유하게 해 주느니 자선을 베풀거나 우리 동료들의 이익을 위해 더 좋게 쓸 수 있을 테니까."

그렇게 말하면서 로빈은 돈을 양가죽 뭉치 속으로 넣은 후 뭉치를 다시 자루 속에 집어넣었다. 자루는 다시 자신의 앞품에 숨겼다. 그리고 맘지 백포도주 자루를 들어 풀밭 위에 쓰러져 있는 두 사내를 향해 치켜들고는 말했다. "다정한 친구들이여, 자네들의 건강을 위해 건배하며 자네들이 오늘 내게 친절하게도 내어준 것에 대해 무척 감사하네. 자네들에게도 행운을 비네." 그리고는 육척봉을 집어들고는 그 자리를 떠나 즐겁게 자신의 갈 길로 떠나갔다.

그러나 로빈에게 머리를 얻어맞고 정신을 잃었던 거지들이 다시 의식을 되찾고 일어나 앉을 무렵 겁을 집어먹고 도망쳤던 다른 두 사람도 돌아왔다. 그들은 마치 마른 날씨에 애끓는 네 마리 개구리처럼 수심에 가득 찬 슬픈 얼굴로 앉아 있었다. 그도 그럴만한 것이 두 사람은 머리가 깨졌고 백포도 주도 사라진데다, 이제 수중에는 동전 한 닢 남아 있지 않았기 때문이었다. 링컨 시 근처에 거지들의 아지트가 있는 여관의 거지 조합 금고는 만일 로빈 후드가 블라이스로 이르는 큰길 가까운 곳에서 맹인, 귀머거리, 벙어리, 절름발이를 만나지 않았을 경우보다 이제 2백 파운드는 더 가난해져 있었다.

그러나 로빈은 그 작은 골짜기를 떠난 후, 노래를 부르며 활기차게 걸어가고 있었다. 그리고 그토록 유쾌했고 건장한데다 신선하고 말쑥하기까지 했으므로 그를 지나치는 모든 처녀들마다 아무런 두려움도 느끼지 않고 다정한 인사말을 건넸다. 대부분의 경우에 거지들을 무척 싫어하는 개들조차도 로빈의 다리에 와서 우호적인 태도로 냄새를 맡고는 기쁘게 꼬리를 흔들며 좋아했다. 개는 사람의 냄새로 정직한 사람인지 알아보는 법인데 로빈은 자신의 방식으로 나름대로 정직했기 때문이다.

그렇게 한참을 걸어간 로빈은 올러턴 가까운 교차로 노변에 도착했다. 그리고 조금 피곤해졌으므로 앞에 있던 푸른 방둑에서 잠시 쉬기 위해 앉아 중얼거렸다. "벌써 셔우드 숲으로 돌아가야 할 시간이 거의 다 됐군. 하지만 즐거운 동료들에게로 다시 돌아가기 전에 하나만 더 즐거운 모험거리가 생기면 무척 기쁠 텐데."

그래서 누가 오는지 길을 예의 주시하고 있던 로빈은 마침내 누군가가 말을 타고 가까이 다가오고 있는 것을 보았다. 누구인지 잘 식별할 수 있을 정도로 나그네가 가까이 다가오자 로빈은 그의 희한한 모습에 웃음을 터뜨렸다. 그 주인공은 비쩍 야윈 데다 쭈그렁바가지였으므로 그냥 겉모습만 보아서는 나이가 30대인지 60대인지 얼른 구분이 되지 않았다. 그야말로 가죽과 뼈 모두 바싹 말라 있었던 것이다. 한편, 그가 타고 있는 말에 대해서 말하자면, 말 역시 주인 못지않게 야위어서, 주인과 말 둘 다 영원히 살기 위해서 사람들이 마더 허들의 오븐(Mother Huddle's Oven)에서 구워진 것과 같은 그런 몰골이었다. 불쌍한 말은 대부분의 말들이 목을 치켜드는 것과는 달리 고개를 푹 숙인 채 걷고 있었고, 갈기는 생쥐가 그 안에 들어가 둥지를 튼 것처럼 마구 엉클어져 있었다. 그리고 등뼈는 쟁기가 처음 지나가면 새롭게 일어나는 밭이랑처럼 울퉁불퉁했고 살가죽 아래로 드러난 갈비뼈는 5년 묵은 맥주통 위에 둘러놓은 버팀대 같았다. 그렇게 절룩거리며 걸어오는 말이 한 걸음씩 옮겨 놓을 때마다 주인은 안장 위에서 앞뒤로 흔들렸고, 말의 동작에 따라 머리는 가느다란 목 위에서 까닥까닥 움직였다. 그 광경을 본 로빈 후드는 눈물이 볼을 타고 흘러내리도록 웃어젖혔다. 그리고 그 광경을 더욱 우스워 보이게 한 것은 말을 탄 남자가 보통 신발 대신 신고 있던 커다란 나막신이었다. 나막신의 밑창은 두께가 손바닥 반 뼘 정도 되는 나무로 만들어져 있었으며 그 위에는 온통 커다란 못이 박혀 있었다.

그러나 비록 웃고는 있었지만 로빈은 그 나그네가 워크섭(Worksop)의 어느 부유한 곡물 도매상이라는 사실을 알고 있었다. 그는 여러 번이나 그 지방의 곡식을 전부 사들인 후 기근이 들어 값이 천정부지로 치솟을 때까지 보유하고 있다가 가난한 사람들의 곤궁함을 이용하여 돈을 벌어들였으므로 근방은 물론 멀리 있는 사람들까지도 그에 대해 조금이라도 아는 사람들은 그를 몹시 증오하고 있었다.

자신을 향해서 다가오고 있는 사람이 누구인지 알게 되자 로빈은 혼자 중얼거렸다. "오호, 이런 도둑놈! 누군가 했더니 바로 너였군? 네 녀석을 가죽까지 홀랑 벗겨 먹을 테다! 하지만 네가 그렇게 교활하다고 하니 이렇게 셔우드 숲으로 가까이 다가온 네게서 부당하게 취한 이득을 찾아낼 수 있을지는 자신이 없군. 그래도 무엇인가 할 수 있는 일이 있는지 찾아보겠어. 가퍼 스완톨드 성인께서 말씀하시길, '시도조차 하지 않는다면 아무것도 이룰 수 없다'고 하셨겠다."

그래서 잠시 후 로빈이 앉아 있는 곳으로 곡물 도매상이 가까이 다가오자 로빈은 온갖 누더기를 걸치고 자루와 가방들을 주위에 매단 채 앞으로 걸어 나와 말의 고삐에 손을 올려놓으며 상대에게 멈추라고 요구했다.

거지 변장을 한 로빈이 곡물 도매상에게 멈추라고 요구하다.

도매상은 메마르고 음산한 목소리로 물었다. "왕의 대로변에서 감히 나를 이렇게 막아서다니 그대는 누구인가?"

"이 불쌍한 거지를 딱하게 여겨 빵이라도 한 조각 사먹게 동전 한 닢만 적선해 주세요."

그러자 도매상은 당장에 호통을 쳤다. "물러나지 못할까! 너 같은 악당 녀석을 이렇게 거리낌없이 대로를 활보하게 두느니 감옥에 넣거나 목에 삼 밧줄을 둘러 교수형시키는 쪽이 훨씬 안전한데."

"흥, 무슨 말을 그렇게 하십니까! 당신이나 나나 비슷한 사람이라고요. 우리 둘 다 가난한 사람들에게서 꼭 필요한 것을 빼앗지 않습니까? 그리고 둘 다 선한 일이라고는 하나도 하지 않으며 살아가고 있지 않습니까? 그리고 둘 다 정직한 일에는 손도 대려고 하지 않잖아요? 우리 둘 중 누구라도 정직하게 얻은 돈을 제대로 만져본 적이 있습니까? 자, 봐요! 그러니 우리는 형제나 마찬가지라고요. 단지 당신은 부유하고 나는 가난하다는 점이 다를 뿐이죠. 그런 의미에서 다시 한 번 간청하니 제발 1페니만이라도 주세요."

"흥, 열린 입으로 잘도 지껄이는구나. 만일 법의 힘이 네 녀석에게 구속력을 가질 수 있는 어느 도시에서 네 녀석을 잡았더라면 흠씬 채찍질해 주었을 텐데! 1페니만 달라니까 하는 말인데 난 지갑에 동전 한 닢도 안 들어 있다. 로빈 후드가 직접 나타나 나를 잡아 머리끝부터 발끝까지 샅샅이 뒤진다고 해도 땡전 한 푼 찾아내지 못할걸. 나는 도주중인 범인들이 우글거리는 셔우드 근처를 주머니에 돈을 지닌 채 여행할 만큼 미련하지 않다고."

그러자 로빈은 마치 누가 근처에 있는지 살피기라도 하려는 듯이 주위를 아래위로 둘러보고 나서 도매상에게 가까이 다가가 발끝을 디디고 서서 그의 귀에 대고 속삭였다. "내가 지금 보이는 행색대로 정말 거지라고 생각하십니까? 저를 잘 보세요. 제 손이나 얼굴, 몸에는 때 자국이 없잖아요. 이렇게 깨끗한 거지 봤습니까? 말씀드리자면 저도 당신처럼 선량한 사람입니다. 자, 보세요."

로빈은 그렇게 말하며 앞품에서 돈지갑을 꺼내어 도매상의 두 눈을 밝은 금화로 눈부시게 했다. "보세요. 이 넝마들은 로빈 후드의 눈으로부터 정직한 부자라는 것을 숨기기 위한 수단일 뿐이라구요."

그러자 도매상은 소리지르며 재빨리 말을 이었다. "어서 돈을 집어넣게, 젊은이. 거지의 넝마 복장이 로빈 후드에게서 자신을 지켜 주리라고 믿다니, 자네 바보 아닌가? 만일 로빈 후드에게 잡힌다면 자네는 껍데기까지 홀랑 발가벗겨질 걸. 로빈은 뚱뚱한 사제와 나 같은 부류의 사람들뿐 아니라 건장한 거지 역시 미워하기 때문이거든."

"그게 정말인가요? 아, 그 사실을 진작 알았더라면 이런 복장을 하고 이 근처에 오는 것이 아니었는데. 하지만 지금은 계속 앞으로 가는 수밖에 없을 것 같네요. 지금 이 여행에 많은 것이 걸려 있거든요. 당신은 어디로 가는 길입니까?"

"나는 그랜트햄으로 가는 길이라네. 하지만 오늘밤은 뉴어크(Newark)에서 묵으려고 하네. 그렇게 멀리까지 갈 수 있다면 말일세."

"아, 그래요. 저도 마침 뉴어크로 가는 길인데. 그래서 말인데요, 로빈 후드 같은 작자에게 둘러싸인 길을 지날 때는 정직한 한 사람보다는 두 사람이 낫지 않을까요? 그러니 만일 제가 동행하는 것이 싫지 않다면 당신과 함께 가고 싶은데요."

"반대할 이유가 뭐 있겠나. 자네도 정직하고 부유한 친구인데. 같이 가도 아무 상관없네. 하지만 난 정말로 거지들은 딱 질색이라네."

"그러면 어서 가시지요. 해가 기울고 있으니 우리가 뉴어크에 도착하기 전에 벌써 어두워질 거예요."

그렇게 그들은 나아갔다. 비쩍 마른 말은 전처럼 절룩거리며 걸어갔고 로빈은 비록 속으로 터져 나오는 웃음을 참느라 거의 숨이 막힐 지경이었지만 그 옆에서 가볍게 달려갔다. 웃음을 참을 수 없는 지경이었지만 도매상의 의심을 살까 두려워 크게 소리내어 웃을 수는 없었다. 그렇게 한동안 가던 그들은 이제 바로 셔우드 숲 외곽에 있는 어느 언덕에 도착했다. 그곳에 이르자 도매상은 말의 고삐를 죄어 서서히 걷게 만들었다. 길이 가파른데다 아직 뉴어크까지 도착하려면 멀었으므로 말의 힘을 아끼고 싶었기 때문이었다. 이윽고 도매상은 말안장에 앉은 채로 고개를 돌려 교차로를 떠나온 이후 처음으로 로빈 후드에게 다시 말을 걸었다.

"여보게, 친구. 이곳이 제일 위험한 곳이라네. 이곳이 저 사악한 강도 로빈 후드가 살고 있는 곳에서 제일 가까운 지점이기 때문이지. 이곳만 지나면 우린 다시 정의로운 툭 터진 세상으로 나가기 때문에 좀 더 안전하게 여행할 수 있다네."

"아, 이런! 나도 당신처럼 돈을 거의 가지고 오지 않았더라면 좋았을 것을. 오늘 로빈 후드에게 내가 가진 전 재산을 한 푼도 남기지 않고 빼앗기게 될까봐 두려워요."

그러자 도매상은 로빈을 빤히 쳐다보더니 교활하게 한쪽 눈을 찡긋하며 말했다. "내, 자네한테만 하는 말인데 사실은 나도 자네만큼 돈을 많이 지니고 있다네. 하지만 제아무리 셔우드에 있는 악당이라도 찾아내지 못할 곳에 숨겼지."

"에이 농담이시겠죠. 어떻게 2백 파운드라는 많은 돈을 몸 안에 감쪽같이 숨길 수 있단 말입니까?"

"자네는 아주 믿을 만한 사람이고, 또 나보다 아주 어리니까 이전에는 그 누구에게도 말해 주지 않은 비밀을 자네에게만 특별히 알려 주겠네. 앞으로는 로빈 후드로부터 자신을 보호하기 위해 거지 복장에 의존하는 어리석은 짓을 저지르지 말라는 의미에서 알려주는 거니까 잘 새겨듣도록 하게. 자네도 지금 내가 신고 있는 이 나막신이 보이겠지?"

"예, 정말로 언뜻 보기에 누가 신어도 너무 클 것 같은데요. 너무 커서 그 안에서 헤엄쳐도 되겠어요."

"조용하게, 이 친구야. 농담할 일이 아니라니까. 이 나막신의 밑창은 겉으로 보이는 것처럼 평범한 게 아니라 한 짝이 바로 작은 상자라네. 그래서 발끝에서 두 번째 못을 비틀면 신발의 윗부분과 밑창 일부가 뚜껑처럼 들어 올려진다네. 그리고 바로 그 공간에 신발 한 짝마다 금화 90파운드씩 들어 있다네. 혹시라도 반짝거려서 금화인 것을 들키게 되는 것을 막으려고 머리 카락으로 전부 싸 놓았지."

곡물 도매상이 그 이야기를 털어놓자 말고삐 위에 손을 얹어 슬픈 듯이 보이는 말을 세우며 로빈은 갑자기 웃음을 터뜨렸다. 그리고 웃는 중간중간에 말을 이었다. "잠깐 멈춰봐요. 당신은 이제껏 내가 본 사람 중에서 정말 늙은 여우만큼이나 교활한 사람이로군! 신발 밑창에다 숨긴다 이거지, 거참! 내가 한 번만 더 가난해 보이는 사람을 믿었다가는 내 머리를 빡빡 깎고 푸른색으로 칠해 버리겠어! 곡물 중개상, 말 기수, 재산 중개인, 교활한 수다쟁이!" 그러면서 로빈은 기쁨에 발을 동동 구르며 다시 웃음을 터뜨렸다.

그러자 그러한 로빈의 행동을 지켜보며 도매상은 놀라서 입을 떡 벌린 채 로빈을 노려보았다. "지금 제정신인가? 이런 장소에서 그렇게 큰 소리로 떠들어대다니? 뉴어크에 도착해서 안전해질 때까지 자네의 희희낙락은 잠시 접어두고 어서 가기나 하자고."

너무 웃어 눈물이 볼을 타고 흘러내리던 로빈이 대답했다. "아니요, 다시 생각해보니 이제 그만 가야겠소. 이 부근에 좋은 친구들이 있으니까. 당신은 원한다면 계속 가도 좋소. 하지만 아마 맨발로 가야만 할 것 같소. 내 생각에 아마도 당신 신발은 두고 가야 할 것 같으니까. 이봐요, 그 신발을 벗으시오. 난 그 신발이 무척 마음에 들거든."

그 말에 도매상은 얼굴이 백짓장처럼 하얗게 질렸다. "그, 그렇게 얘기하다니 당신은 대체 누, 누구요?"

그러자 로빈이 다시 웃으며 대답해 주었다. "이 부근에 사는 사람들은 나를 로빈 후드라고 부른다오. 그러니 여보시오, 내가 시키는 대로 순순히 응해 신발을 내게 넘겨주는 것이 좋을 거요. 그것도 가능하면 빨리. 안 그러면 어두워지기 전에는 뉴어크 시에 도착하지 못할 테니까."

　로빈 후드라는 이름을 듣자 도매상은 공포로 숨이 막혔으므로 말 등에서 떨어지지 않으려고 말갈기를 꼭 움켜잡고 있어야 했다. 그러더니 더 이상 군소리 없이 당장 나막신을 벗어 길 위로 떨어뜨렸다. 아직 말고삐를 쥐고 있던 로빈은 몸을 굽혀 나막신을 주워든 후 말했다.

　"친구여, 나는 교분을 트게 된 사람에게는 셔우드 숲으로 가서 함께 식사를 하자고 초대하는 것이 보통 관례라오. 하지만 우리는 함께 즐거운 여행을 했으므로 그대에게는 별도로 청하지 않겠소. 왜냐하면 셔우드 숲에는 나와는 달리 당신에게 반감을 품은 사람들이 있기 때문이라오. 곡물 도매상이라는 말만으로도 정직한 많은 사람들은 구역질을 느끼지. 그러니 내 충고를 받아들여 더 이상 셔우드 근처에는 오지 마시오. 안 그러면 아마 언젠가는 불시에 당신 가슴에 화살이 꽂힌 것을 발견하게 될지 모르니까. 자, 그럼 내 말 명심하고, 행운을 비오."

　그 말과 함께 로빈 후드는 말의 궁둥짝을 손바닥으로 철썩 쳐서 말과 그 주인을 보냈다. 그러나 도매상의 얼굴은 공포에 사로잡혀 흘리는 식은땀으로 범벅이 되었고 내가 알기로는, 오늘날까지도 다시는 셔우드 숲 근처에서 그를 본 사람이 없다고 한다.

　로빈은 우두커니 서서 그의 뒷모습을 바라보고 있다가 시야에서 거의 사라지자 웃으며 돌아서서 손에는 신발을 든 채 숲 속으로 들어섰다.

　그날 밤 감미로운 셔우드 숲에서는 나무와 덤불 위에 흔들리는 빛을 던지며 붉은 불꽃이 밝게 타오르고 있었고, 로빈 후드와 리틀 존에게서 그들이 겪은 모험을 듣기 위해 사람들이 그 주위에 둘러앉았다. 먼저 리틀 존이 이야기를 시작했다. 특이한 리틀 존의 말투에 커다란 웃음소리가 터져 나오는 가운데, 세 명의 아가씨를 만난 것과 자신이 한 행동들을 즐겁게 이야기해 주었다. 그러자 이빈에는 로빈이 건장한 거지를 만난 사연과, 넘불 뒤, 라임 나무 아래서 있었던 일을 얘기해 주었다.

곧이어 리틀 존이 선술집에서 만난 세 사내들에 대해 이야기했고, 로빈은 네 명의 거지와 있었던 모험을 얘기하며 그들에게서 빼앗은 돈을 보여주었다. 그리고 제일 마지막으로 리틀 존은 자신이 두 사제들과 둔스탄 성인에게 어떻게 기도를 드렸는지 이야기하며 성인이 자신에게 보내준 금화를 보여 주었다. 그에 질세라 이번에는 로빈이 올러턴 근교의 교차로에서 도매상과 만났던 일을 얘기해 주고 그에게서 빼앗아온 나막신을 치켜들었다. 그러자 모든 사람들이 그 나막신을 면밀히 주시했고 숲 속에서는 다시 폭소가 터져 나왔다.

드디어 이야기가 끝나자 탁발수사 턱이 나서서 한 마디 했다. "대장, 정말 즐거운 시간을 보냈군요. 하지만 난 여전히 내 의견을 고수하는데요. 즉, 둘 중에서 맨발의 탁발수사의 삶이 더 즐겁다 이 말씀이죠."

그러자 윌 스튜틀리가 끼어들었다. "아니요, 나는 대장 편이에요. 둘 중에서 대장의 행동이 더 재미있었어요. 오늘 하루에만 육척봉 시합을 두 판이나 벌였으니 말이에요."

그래서 로빈 후드의 모험이 더 재미있었다고 지지하는 사람이 있는가 하면 리틀 존의 편을 들어주는 사람도 있었다. 나로 말할 것 같으면, 내 생각엔 … 하지만 여러분은 어느 쪽이 더 마음에 들었는지는 각자의 선택에 맡기겠다.

마음속으로 결정이 끝난 후면 로빈이 저 유명한 런던으로 가게 된 사연과 엘레오노르 왕비 앞에서 활을 쏘게 된 사연도 보게 될 것이다. 그리고 그 후 로빈 후드에게 닥친 모험에 대해서도 듣게 될 것이다. 자, 그럼 앞으로 전개되는 이야기를 들어보기로 하자.

리처드 파팅턴 경이 왕비의 명을 받아 로빈 후드를 찾아가다.

제 7 부

엘레오노르 왕비가 유명한 런던 시에 있는 궁정으로 로빈 후드를
어떻게 불러오게 했는지, 그 명령을 따라 로빈 후드가
어떻게 런던에 오게 되었는지 소개된다.
또한 헨리 왕이 나라 끝까지 로빈 후드를 추적했지만
결국 잡는 데는 실패한 사연이 전개된다.

제1장
핀스베리 들판의 로빈과 세 남자,
엘레오노르 왕비 앞에서 활을 쏘다.

대로는 뜨거운 여름날 오후의 이글거리는 태양을 받으며 바싹 마른 채 하얗게 뻗어 있었고, 나무들은 길을 따라 미동도 않은 채 서 있었다. 초원 위로는 온통 뜨거운 공기가 사방으로 퍼지며 감돌고 있었고 저지대에 있는 맑은 시냇물 위로는 작은 돌다리가 걸려 있었다. 그 아래 물 속에서는 물고기들이 노란 자갈 위에서 미동도 않은 채 떠 있었고, 잠자리 역시 골풀 이삭의 날카로운 꼭대기에 올라앉아 햇빛을 받아 반짝이는 날개를 편 채 꼼짝도 않고 있었다.

그 풍경 속에서 한 젊은이가 우윳빛 하얀 바르바리 말을 타고 길을 따라 달려왔다. 그 청년을 지나치는 사람들은 모두 멈춰 서서 고개를 돌려 그의 뒷모습을 쫓았다. 노팅엄에서는 그렇게 아름답고 우아하게 차려입은 청년은 처음 보았기 때문이었다. 그 청년은 기껏해야 열여섯 정도의 나이로 보였고 처녀만큼이나 아름다웠다. 온통 비단과 벨벳 의상을 걸친 청년이 말을 타고 달리는 동안 그의 긴 금발 머리는 등 뒤에서 나부꼈고, 보석이 여기저기서 반짝거리며, 안장 앞머리에서는 단도가 짤랑짤랑 울렸다. 왕비의 시종인 젊은 리처드 파팅턴(Richard Partington)은 셔우드 숲에서 로빈 후드를 찾으라는 왕비의 특명을 받고 저 유명한 런던에서 노팅엄까지 그렇게 달려왔다.

길은 무척 덥고 건조했으며 파팅턴의 여정은 무척이나 길었다. 그날 하루에만 그는 레스터(Leicester) 시에서 내내 달려왔으므로 족히 32킬로미터도 더 되는 거리를 온 것이었다. 그래서 얼마 앞에 작고 안온한 선술집이 눈에 띄자 젊은 파팅턴은 무척이나 기뻤다. 여관은 나무 아래에 자리 잡고 있어 그늘이 져 서늘했으며 문 앞에는 푸른 수퇘지 그림이 그려진 간판이 걸려 있었다. 그곳에서 말고삐를 늦추고 멈춰 선 파팅턴은 라인산 백포도주를 한 병 가져다 달라고 큰 소리로 주문했다. 시골 맥주는 이 젊은 신사가 마시기에는 맛이 너무 거칠었기 때문이다. 여관의 문 앞에 있는 가지를 넓게 드리운 참나무 그늘 옆에 놓인 의자에 앉아 다섯 명의 건장한 사내들이 맥주를 마시고 있다가 이 우아하고 멋지게 생긴 청년이 출현하자 일제히 그쪽으로 시선을 돌렸다. 그들 중에서 가장 건장한 두 사람은 링컨 초록색 옷을 입고 있었고 옆에 있던 비틀어진 커다란 참나무 줄기에 커다랗고 육중한 참나무 곤봉을 각자 기대어 놓았다.

드디어 주인이 쟁반 위에 포도주 병과 길고 좁다란 잔을 내왔고, 말 위에 앉아 있던 왕비의 시종에게로 올려 주었다. 젊은 파팅턴은 투명한 노란색 포도주를 잔에 붓더니 잔을 높이 들며 외쳤다. "고귀한 엘레오노르 왕비의 건강과 장수를 위하여 건배. 그리고 나의 긴 여정과 왕비의 희망이 어서 빨리 이루어져 사람들이 로빈 후드라고 부르는 용사를 찾게 되기를."

그 말에 모두 눈을 동그랗게 뜨고 청년을 쳐다보았지만 잠시 후 링컨 초록색 옷을 걸친 두 건장한 사내가 뭐라고 귓속말을 주고받기 시작했다. 그러더니 두 사람 중 한 사람이, 파팅턴 생각에는 이제껏 본 중에서 가장 키가 크고 건장해 보이는 사내가 나서서 말을 걸었다. "시종 나리, 로빈 후드는 무슨 일로 찾고 계십니까? 그리고 우리의 훌륭하신 엘레오노르 왕비께서는 로빈 후드에게 무슨 볼일이 있으신 것입니까? 제가 이렇게 묻는 것은 괜히 하는 질문이 아니라 다 이유가 있어서입니다. 제가 그 로빈 후드에 대해서 좀 알고 있기 때문이죠."

"그렇다면 그에 대해서 뭔가 알고 있겠군, 자네는. 내가 그를 찾는 것을 좀 도와줌으로써 로빈 후드를 위해서는 큰 일을, 우리의 왕비에게는 커다란 기쁨을 안겨 주게나.”

그러자 햇빛에 탄 구리빛 얼굴에 곱슬머리를 한 잘 생긴 다른 한 사내가 말했다. “당신은 보기에 믿음직스러워 보이는군요, 시종 나리. 그리고 우리의 왕비는 모든 용사들에게 친절하고 진실하신 것으로 알고 있습니다. 제 생각엔 저와 여기 제 친구가 나리를 로빈 후드에게 안전하게 안내할 수 있을 것 같습니다. 어디 가면 로빈 후드를 찾을 수 있는지 저희가 알고 있기 때문이죠. 하지만 이 점만은 분명히 말해 두고 싶습니다. 잉글랜드를 위하여 저희는 로빈 후드에게 결코 해로운 일이 닥치게 놔두지 않을 것입니다.”

“그 점은 걱정하지 말게나. 나는 누구를 해치러 온 것이 아니라 왕비 전하께서 로빈 후드에게 전하는 상냥한 전갈을 전달하러 온 것이다. 그러므로 그대들이 로빈 후드가 어디 있는지 알고 있다니 나를 그곳으로 안내해주기 바라네.”

그러자 두 남자는 다시 서로를 쳐다보았고, 이윽고 키 큰 남자가 말을 했다. “이렇게 해도 아무 문제가 없겠지, 윌.” 그러자 상대도 고개를 끄덕였다. 그러자 두 사람은 곧바로 자리에서 일어났고 키 큰 남자가 다시 말을 꺼냈다. “시종 나리, 당신 말이 사실이라는 것과 로빈 후드에게 아무런 해도 끼칠 의향이 없다는 것을 믿습니다. 그러니 원하는 대로 로빈 후드에게로 안내해 드리겠습니다.”

파팅턴이 그 말에 자신의 술값을 계산하자 두 사내는 앞으로 나아갔고 파팅턴도 함께 따라갔다.

* * *

한켠 푸른 나무 아래 산디 위로 온봉 드리워져 있던 서늘한 그늘에서 햇빛이 나무 사이로 여기저기 깜박거리는 가운데 로빈 후드와 그의 많은 동료들은 부드러운 푸른 풀밭에 누워 있었고 그 사이 앨런 어 데일은 감미로운 하프의 선율에 맞추어 노래를 불렀다. 모두들 숨죽여 앨런의 노래를 들었다. 그들에게는 젊은 앨런이 부르는 노래가 이 세상의 가장 큰 기쁨 중 하나였기 때문이다. 그러나 그들이 그렇게 노래에 심취해 있는 동안 어디선가 말발굽 소리가 들려오는가 싶더니 이내 리틀 존과 윌 스튜틀리가 숲 속 오솔길에서 너른 공터로 들어섰고 그 사이에는 우윳빛 하얀 말을 탄 젊은 리처드 파팅턴이 있었다. 세 사람이 로빈 후드가 앉아 있는 곳을 향해 다가오자 무리들은 넋을 잃고 그들을 바라보았다. 그도 그럴 것이 비단과 벨벳으로 부유하게 차려입고 금과 보석으로 치장한 이 젊은 시종처럼 근사한 사람은 처음 보았기 때문이었다. 그러자 로빈 후드가 일어나 그를 맞으러 앞으로 나왔고 파팅턴은 말에서 내려 진홍빛 모자를 벗고, 다가오는 로빈 후드에게 인사했다.

"아, 어서 와요! 어서 와요, 아름다운 젊은이! 그렇게 근사한 용모에 이렇게 고귀한 복장을 차려입은 젊은이께서 우리의 이 빈한한 셔우드 숲에는 무슨 볼일로 왔는지?"

"제가 잘못 본 것이 아니라면 당신이 그 유명한 로빈 후드고 이들은 당신의 범법자 동료들이로군요. 당신에게 우리의 고귀하신 엘레오노르 왕비의 안부를 전하오. 왕비께서는 이 부근에서 벌이는 그대의 즐거운 행적에 대해 자주 전해 들으시고는 기꺼이 당신의 얼굴을 한 번 보고 싶어하시오. 그래서 당신이 지금 즉시 런던 시로 올 수 있는지 물어보라고 내게 지시하셨소. 왕비께서는 그대에게 해가 가지 않도록 최선을 다하실 것이며 셔우드 숲으로 다시 안전하게 돌려보내실 것이오. 앞으로 사흘 후면 핀스베리 들판에서 고명하신 우리의 헨리 왕께서 대규모 활쏘기 대회를 개최하실 것이므로 잉글랜드의 내노라 하는 유명한 궁사들이 모두 그곳에 모일 것이오. 우리 왕비께서는 당신이 활 쏘는 모습을 보고 싶어하시오. 만일 당신이 참가한다면 의심할 여지없이 우승은 따 놓은 당상이나 마찬가지라는 것을 알고 계시오. 그래서 내게 이 인사말과 함께 보내신 것이 있소. 당신에 대한 커다란 호의의 표시로 왕비께서 자신의 손가락에서 직접 빼 주신 이 황금 반지를 당신에게 하사하는 바요."

그러자 로빈 후드는 고개를 숙여 반지를 받아들고는 충성스럽게 반지에 입을 맞춘 후 자신의 새끼손가락에 끼고는 말했다. "내 목숨이 끊어지기 전에 이 반지를 잃는 일은 절대 없을 것이오. 그리고 이 반지가 내게서 떠나기 전에 내 손은 이미 죽어 차갑게 굳어버릴 것이오. 시종 나리, 왕비의 명에 따르겠소. 당신을 따라 런던으로 곧 가겠소. 하지만 가기 전에 이곳에서 당신과 최고의 만찬을 열고 싶소."

"아니, 그럴 수 없어요. 지체할 시간이 없소이다. 그러니 어서 떠날 준비를 하시오. 그리고 당신 동료들 중 당신과 함께 가고 싶어하는 사람이 있다면 함께 데려가도 좋소. 왕비께서는 그들도 당신과 똑같이 환영한다는 말을 전해 달라고 하셨소."

"그렇군요, 정말 당신 말대로 시간이 별로 없군요. 그렇다면 지금 당장 준비하겠소. 나와 함께 갈 사람은 세 사람만 뽑겠소. 데려갈 사람은 내 오른팔인 리틀 존, 조카인 윌 스칼렛, 음유시인인 앨런 어 데일이오. 자, 너희들은 어서 가서 떠날 준비를 하고 되도록 전속력으로 가도록 하자. 그리고, 자네 윌 스튜틀리는 내가 없는 동안 이곳을 맡게."

그러자 리틀 존과 윌 스칼렛, 앨런 어 데일은 기뻐서 어쩔 줄 모르며 당장 준비하러 달려갔다. 그 사이 로빈도 떠날 준비를 했다. 잠시 후 준비를 마친 네 사람이 앞으로 나왔다. 모두 근사한 모습이었다. 로빈은 머리부터 발끝까지 푸른색으로 갈아입었고, 리틀 존과 윌 스칼렛은 링컨 초록색으로, 앨런 어 데일은 머리 꼭대기부터 발가락 끝까지 진홍색 옷으로 치장했다. 그리고 각자 모자 안에는 금이 박힌 윤이 나는 작은 투구를 썼고, 상의 안에는 쇠미늘 갑옷을 걸쳤다. 그 갑옷은 두툼한 양모처럼 부드러웠지만 어떠한 화살도 관통할 수 없을 정도로 질겼다. 모두 준비가 끝난 것을 보자 파팅턴은 다시 말에 올라탔고 로빈 일행은 동료들과 한 사람씩 악수를 나누었다. 그리고 다섯 사람은 갈 길을 향해 떠났다.

그날 밤 그들은 레스터 주의 멜턴 모우브레이에 있는 여관에서 묵었고 다음날 밤에는 노샘프턴 주의 케터링에 숙소를 정했다. 그리고 그 다음날 밤은 베드퍼드 시에서 밤을 보냈다. 그리고 그 다음날은 하트퍼드 주의 세인트 올번스에 여장을 풀었다. 그런데 그곳에서는 한밤중이 지나자마자 곧 다시 떠났다. 다섯 사람은 여름날의 부드러운 새벽을 뚫고 서둘러 길을 갔다. 새벽이었으므로 초원 위에는 이슬이 반짝거리며 누워 있었고 작은 골짜기에는 연한 안개가 걸려 있었다. 또한 새들은 아름답게 노래했으며 덤불 아래에 걸쳐 있던 거미줄은 은실로 짠 아름다운 천처럼 반짝거렸다. 그리고 드디어 로빈 일행은 아직 이른 아침이어서 떠오르는 햇살을 향해 모든 사물들이 동쪽으로 황금빛을 발하고 있을 때 런던 시의 탑과 성벽이 있는 곳에 도착했다.

엘레오노르 왕비는 자신의 왕실 내실에 앉아 있었고 열린 창문으로는 온통 황금빛으로 눈부신 부드러운 노란 햇살이 쏟아져 들어오고 있었다. 왕비 주위에는 시녀들이 둘러서서 낮은 목소리로 재잘거리며 시중을 들고 있었다. 부드러운 공기가 성벽 옆의 커다란 정원에 피어 있는 달콤한 붉은 장미의 신선한 향기를 실은 채 방 안으로 살며시 들어오는 가운데 왕비 자신은 꿈을 꾸듯 앉아 있었다. 그때 왕비에게 누군가 다가와 왕비의 시종인 리처드 파팅턴과 네 명의 용사가 궁정 아래서 알현을 기다리고 있다고 전해 주었다. 그 말을 듣자 엘레오노르 왕비는 즐겁게 일어나 당장 알현을 허락한다고 명령했다.

그렇게 해서 로빈 후드와 리틀 존과 윌 스칼렛과 앨런 어 데일은 왕비의 내실에서 엘레오노르 왕비 앞에 서게 되었다. 로빈은 두 손을 가슴에 접은 채 왕비 앞에 무릎을 꿇고 간단하게 말했다. "저, 로빈 후드, 이렇게 왔사옵니다. 마마께서 제게 오라고 명령하셨으니 그 명령 받들어 이렇게 왔사옵니다. 왕비마마의 충실한 종이 되어 제 생명의 마지막 피 한 방울까지 다 뿌리는 한이 있더라도 마마의 명령을 받들겠습니다."

하지만 엘레오노르 왕비는 로빈을 보고 일어나라고 하며 즐겁게 미소지었다. 그리고 먼 길을 오느라 피곤할 거라며 앉아서 쉴 수 있도록 해주었다. 맛있는 음식과 고급스러운 포도주가 차려졌고 왕비는 시종들에게 로빈 일행이 원하는 것을 알아서 시중들게 했다. 마침내 실컷 포식하고 난 그들에게 왕비는 그동안 있었던 즐거운 모험들에 대해서 물어보기 시작했다. 그러자 그들은 이제껏 소개했던 활발한 행적들과 헤리퍼드의 주교와 리의 리처드 경에 대한 이야기를 비롯하여 주교가 어떻게 해서 셔우드 숲에 사흘씩 머물게 되었는지 말해 주었다.

그들의 이야기에 왕비와 왕비 주위에 있던 시녀들은 계속해서 웃음을 터뜨렸다. 셔우드 숲에 머물면서 로빈과 그의 동료들과 즐거운 여흥을 즐기며 숲 속을 배회하고 다니는 주교의 모습을 상상만 해도 재미있었기 때문이었다. 그리고 로빈 일행이 이제 생각해낼 수 있는 것은 다 이야기하고 나자, 왕비는 앨런 어 데일에게 노래해 줄 것을 부탁했다. 음유시인으로서 그의 명성은 런던 시에 있는 궁정에까지 이를 정도로 이미 자자했기 때문이었다. 그래서 더 이상 청하기 전에 앨런은 즉시 자신의 하프를 집어들더니 현을 가볍게 뜯었고 그 아름다운 선율이 감미롭게 울려 퍼지자 노래를 시작했다.

"고요한 강이여, 고요한 강이여,
　너의 그 수정처럼 맑은 강물은,
　미루나무가 춤추고 있는 곳으로 흐르고,
　백합이 바람에 날리는 곳을 지나고 있구나.

　조약돌 깔린 여울 위로 졸졸 노래하며,
　낮게 고개 떨군 꽃송이에 입맞추고,
　깊은 여울 아래로 뛰어들고,
　산들바람 불어오는 곳에서는 자줏빛으로 변한다네.

음유시인 앨런 어 데일이
엘레오노르 왕비 앞에서 노래를 시작했다.

너의 너른 가슴에 눕는다면

너의 물결 따라 흘러갈 수 있을 텐데, 영원히.

너의 그 맑고 고요한 물살 위로는

어떠한 슬픔도, 고통도 내게 미치지 못하리.

그렇게 아픈 내 가슴은 그대의 사랑 찾는다네,

그곳에서 안식과 평온 찾으려.

그대를 사랑함은 곧 최고의 행복,

내 모든 근심은 사라진다네."

앨런이 노래하는 동안 모든 사람들의 시선은 그에게 머물렀고 숨소리조차 들리지 않았으며 노래가 끝난 뒤에도 잠시 동안 침묵이 흘렀다. 시간은 그렇게 즐겁게 흘러갔고 얼마 후 핀스베리 들판에서 대규모 활쏘기 시합이 개최될 시간이 임박했다.

그토록 활기찬 여름날의 밝고 화창한 날, 유명한 핀스베리 들판의 광경은 보기만 해도 즐거웠다. 초원의 끝을 따라서 각기 다른 궁사 부대를 위한 막사들이 서 있었다. 왕의 용사들은 80여 명의 중대로 나뉘었고 각 중대에는 그 중대를 관장하는 대장이 있었다. 밝은 잔디밭에는 줄쳐진 캔버스로 만든 막사가 열 개 서 있었는데, 그 막사들은 각기 왕실 궁사들 부대를 위한 것이었다. 막사 제일 꼭대기에 달린 깃발이 부드러운 바람에 휘날리고 있었는데 그 깃발은 각 부대의 대장에 속한 휘장이었다. 중앙의 막사에는 왕의 유명한 궁사인 테퍼스의 노란 기가 내걸려 있었고, 그 한쪽 옆에는 하얀 손 길버트의 푸른 기가 걸려 있었다. 다른 한쪽으로는 버킹엄 주의 젊은 클리프턴의 피처럼 붉은 기가 걸려 있었다. 나머지 일곱 대장들도 모두 유명한 사람들이었다. 그들 중에는 켄트의 에그버트와 사우샘프턴의 윌리엄도 있었지만 제일 먼저 거론한 세 사람이 그 중에서도 제일 유명한 사람들이었다.

떠들고 웃는 수많은 목소리가 내는 소음이 막사 안에서 들려왔고 개미 둑 주위의 개미 떼처럼 시중드는 수행원들이 계속 들락날락 뛰어다녔다. 맥주와 에일 맥주를 들고 오는 사람들도 있었고 활시위 꾸러미나 화살 다발을 나르는 사람들도 있었다. 활을 쏘게 되는 사대 구역 양옆에는 좌석이 높은 곳까지 닿도록 열 지어 늘어서 있었고 북쪽 중앙에는 왕과 왕비를 위한 높은 연단이 있었다. 연단에는 갖가지 다양한 색의 캔버스 천 차양으로 그늘이 들었으며 붉은 색, 푸른 색, 초록색, 흰색의 비단 깃발들이 나부끼며 걸려 있다. 아직 왕과 왕비는 도착하지 않았지만 다른 좌석들은 모두 사람들로 꽉차 있었다. 아래에서 보자면 사람들의 머리만 앞사람의 머리 위로 빼곡히 솟아 있었으므로 그들을 올려다보자면 눈에 현기증이 일었다. 궁사들이 활을 쏘게 될 사대로부터 150여 미터 떨어진 거리에 멋진 과녁 열 개가 세워졌고 각 과녁에는 그곳에서 활을 쏘게 될 부대에 속한 휘장으로 표시가 되어 있었다. 그래서 모든 준비가 끝난 상태로 사람들은 왕과 왕비가 도착하기만을 기다리고 있었다.

마침내 커다란 나팔 소리가 들려오는 가운데, 금실과 은실로 화려하게 수놓은 벨벳 기가 무겁게 걸려 있는 은나팔을 든 여섯 명의 나팔수가 초원 안으로 달려 들어왔다. 나팔수들 뒤로는 검은 얼룩이 박힌 하얀 말을 탄 헨리 왕과 그 옆에서 우윳빛 하얀 말을 탄 왕비가 들어왔다. 왕과 왕비 옆에서는 잘 닦인 날이 햇빛을 받아 반짝이는 강철 미늘 창을 든 근위대가 호위하고 있었다. 그들 뒤로는 수많은 무리의 조신들이 따르고 있었으므로, 이윽고 잔디밭은 온갖 밝은 색깔들과, 비단과 벨벳, 나부끼는 깃털 장식과 번쩍거리는 금장식, 반짝이는 보석들과 칼자루들로 현란하게 살아 움직이고 있었다. 그 청명한 여름날 보기에도 정말 화려한 광경이었다.

그러자 모든 사람들이 일제히 일어나 소리쳤다. 그들이 내지르는 함성은 마치 콘월 해안에 폭풍이 밀려들어 어두운 파도가 바위를 세차게 때리는 듯한 소리처럼 들렸다. 그렇게 사람들의 세찬 함성과 스카프와 손수건의 물결치는 환호를 받으며 왕과 왕비는 자신들의 자리가 있는 곳으로 다가가 말에서 내린 후 높은 연단으로 이어지는 계단을 걸어 올라갔다. 그리고 금실과 은실로 짠 천과 자주색 비단으로 장식된 두 개의 왕좌에 자리를 잡고 앉았다.

주위가 잠잠해진 가운데 나팔 소리가 울리자 즉시 궁사들이 자신들의 막사에서 줄을 지어 행진해 나왔다. 그들은 모두 800명으로, 전 세계에서 가장 건장한 사내들의 행렬이었다. 그렇게 질서정연하게 입장한 궁사들은 헨리 왕과 왕비가 앉아 있는 연단 앞에 섰다. 헨리 왕은 그토록 당당한 행렬을 보는 것만으로도 마음이 흐뭇해졌으므로 자신의 궁사들을 매우 자랑스럽게 훑어보았다. 그리고 이제 전례관인 휴 드 모우브레이 경에게 앞으로 나와 진행될 경기의 규칙을 발표하라고 명령했다. 그래서 휴 경이 연단 끝으로 걸어 나와 경기장 끝에 있는 사람들에게까지 들리도록 커다란 목소리로 규칙을 설명했다.

궁사들은 각기 자신이 속한 부대의 과녁을 향해 일곱 발씩 화살을 쏘게 될 것이며 각 부대 80명의 궁사들 중에서 가장 잘 쏜 세 사람이 뽑히게 될 것이다. 이 세 사람이 각기 세 발씩 다시 쏘게 되며 그 중에서 가장 잘 쏜 한 사람이 뽑히게 된다. 그러면 각 부대의 1인자로 뽑힌 이들이 다시 세 발씩을 더 쏘아 그 중에서 가장 잘 쏜 사람이 1등을, 그 다음으로 잘 쏜 사람이 2등을, 그리고 그 다음 사람이 3등을 차지하게 되는 것이다. 나머지 등수에 들지 못한 사람들은 수고한 대가로 은화로 80페니씩 받게 된다. 그리고 1등을 한 사람에게는 금화로 30파운드, 금장식이 박힌 은 나팔, 금으로 된 화살촉과 하얀 백조의 날개로 깃대를 댄 화살 열 개가 든 화살통이 수여될 것이다. 2등은 달렌 리(Dallen Lea)에서 뛰노는 살집 좋은 수사슴 중에서 마음에 드는 놈으로 100마리를 쏘아 가질 수 있게 되며, 3등은 라인 산 포도주 두 드럼을 받게 된다.

그렇게 휴 경이 발표를 끝내자 모든 궁사들은 활을 높이 쳐들어 흔들며 함성을 질렀다. 그리고 각 부대는 돌아서서 행진하여 원래 있던 자리로 돌아갔다.

　이제 활쏘기가 시작되었다. 대장들이 먼저 자리를 잡고 화살을 날리자 뒤이어 한 사람씩 차례로 모든 궁사들이 활을 쏘았다. 모두 5600개의 화살이 쏘아졌다. 모든 궁사들의 활 솜씨가 만만치 않았으므로 활쏘기가 모두 끝나자 과녁들은 마치 농가의 개가 냄새를 맡으며 다가올 때 바짝 긴장한 고슴도치의 등처럼 보였다. 이 첫 회전에서는 시간이 오래 걸렸다. 그러나 활쏘기가 모두 끝나자 심판관들이 앞으로 나아가 과녁들을 면밀히 살핀 후 커다란 목소리로 각 부대의 궁사들 중에서 가장 잘 쏜 세 사람을 발표했다. 그러자 커다란 함성이 일었고 군중들은 각자 자신이 가장 좋아하는 궁사의 이름을 외치며 지켜보았다. 잠시 후 열 개의 과녁이 새로 놓여졌고 궁사들이 다시 한 번 자리를 잡고 쏠 준비를 하자 주위의 모든 소리들은 일제히 잠잠해졌다.

　이번에는 활쏘기가 더욱 빨리 진행되었다. 각 부대 별로 전부 아홉 발을 쏘았기 때문이었다. 하나도 과녁을 빗나간 화살은 없었지만 하얀 손 길버트의 부대에서는 과녁 중앙에 있는 작은 흰 원 안에 다섯 발이나 명중이 되었다. 그리고 그 다섯 발 중에서 세 발은 모두 길버트가 쏜 것이었다. 이번에도 심판관들이 앞으로 다시 나와 과녁을 유심히 살피면서 각 부대의 최고 궁사로 뽑힌 사람의 이름들을 큰 소리로 호명했다. 그 10명의 궁사들 중에서는 단연 하얀 손 길버트가 최고였다. 그가 쏜 열 발의 화살 가운데 여섯 발이 과녁 중앙에 꽂혔기 때문이다. 그러나 테퍼스와 젊은 클리프턴이 그 뒤를 바짝 쫓고 있었다. 나머지 사람들도 2등이나 3등을 차지할 수 있는 기회는 얼마든지 있었다.

　이제 최종적으로 남은 10명의 궁사들은 군중들이 환호하는 가운데 잠시 동안 쉬며 활시위를 교체하기 위해 막사로 돌아갔다. 이제 곧 벌어질 결승 회전에서는 조그만 실수도 있어서는 안 되었으므로 행여 피로 때문에 손을 떨거나 눈이 침침해지지 않게 하기 위해서였다.

　사람들이 나누는 이야기소리가 나뭇잎 무성한 숲 속에서 들리는 바람소리처럼 깊게 윙윙거리는 가운데 엘레오노르 왕비가 왕을 보며 말했다. "폐하께서는 마지막으로 선출된 이 궁사들이 잉글랜드에서 가장 뛰어난 궁사라고 생각하십니까?"

이제껏 지켜본 경기가 몹시 만족스러웠으므로 왕은 빙그레 웃으며 대답했다. "물론 그렇소. 내 말해 두는데, 사실 그들은 온 잉글랜드에서 가장 뛰어날 뿐 아니라 온 세상을 다 통틀어도 가장 훌륭한 궁사들이라오."

"하오나 만일 제가 전하의 궁사들 중에서 가장 뛰어난 세 사람에 필적할 세 궁사들을 찾아낸다면 그때는 뭐라고 말씀하시겠습니까?"

"그렇다면 그대는 내가 해내지 못한 일을 해냈다고 말해 주겠소. 이 세상에서 테퍼스와 길버트와 버킹엄 주의 클리프턴을 능가할 수 있는 사람은 아무도 없다고 자신할 수 있기 때문이오."

"사실은 제가 만나본 지 얼마 되지 않은 어떤 세 궁사들을 알고 있습니다. 그런데 그들로 하여금 전하의 800명의 궁사들 중에서 뽑아낸 어떤 세 명의 궁사와도 맞서게 할 자신이 있습니다. 그것도 바로 오늘 이 자리에서요. 하지만 한 가지 조건이 있습니다. 저를 위해 오게 될 그 세 사람에게 전하께서 아낌없이 사면을 베풀어 주셔야만 그들과 전하의 궁사들을 대적하게 할 수 있습니다."

왕비의 그 말에 왕은 오랫동안 큰 소리로 웃어젖혔다. "그대는 정말로, 왕비에게는 어울리지 않는 이상한 일에 관심이 많구려. 만일 그대가 말한 그 세 사람을 데려온다면 나는 그들에게 40일 동안 그들이 원하는 곳은 어디든지 자유롭게 오갈 수 있는 사면권을 주고 그 기간 동안에는 그들의 머리털 하나 건드리지 않겠다고 진심으로 약속하겠소. 게다가 일 대 일로 겨루어서 그들이 내 궁사들보다 더 활을 잘 쏠 경우에는, 그들도 자신의 활 솜씨에 따라 정당한 상을 받을 수 있게 해 주겠소. 그런데, 왕비 그대가 이런 종류의 경기에 갑자기 그렇게 몰두하니까 하는 말인데 어떻소, 내기를 할 생각은 없소?"

그러자 엘레오노르 왕비가 웃으며 대답했다. "글쎄요, 저야 이런 일에 대해서는 아무것도 모르지만, 폐하께서 그렇게 하시고 싶으시다면 저도 폐하를 기쁘게 해 드리고 싶습니다. 폐하께서는 폐하의 궁사들이 이기는 데에 무엇을 거시겠습니까?"

헨리 왕은 고급스러운 농담을 무척 좋아했으므로 또다시 웃음을 터뜨리며 말했다. "만일 그대가 이기면 그대에게 라인 산 포도주 10드럼과 독한 맥주 10드럼, 잘 단련된 스페인산 주목으로 만든 활 200개, 그에 맞춘 화살과 화살통을 주겠소."

그 말에 주위에 서 있던 사람들은 모두 웃음을 터뜨렸다. 왕이 왕비에게 주는 내기 선물 치고는 너무 호탕해 보였기 때문이었다. 하지만 엘레오노르 왕비는 조용히 고개를 숙이며 대답했다. "폐하의 내기를 받아들이겠습니다. 전하께서 언급하신 그 물건들을 어디에 쓸지 잘 알고 있으니까요. 자, 그럼 이 내기에서 누가 내 편을 들겠어요?" 그리고 왕비는 주위에 서 있던 사람들을 둘러보았다. 하지만 아무도 테퍼스와 길버트와 클리프턴과 같은 궁사들에 대항해서 왕비의 편을 들겠다고 말하는 사람도, 원하는 사람도 없었다. 그러자 왕비가 다시 한 번 말했다. "다시 한 번 묻겠습니다. 이 내기에서 누가 제 편을 들겠냐구요? 헤리퍼드의 주교, 당신은 어떤가요?"

그러자 주교는 황급히 사양했다. "아닙니다, 왕비마마. 저 같은 성직 계급에 있는 사람이 이런 일에 끼어드는 것은 어울리지 않사옵니다. 게다가 이 세상을 통틀어도 폐하의 궁사들 같은 사람은 없사옵니다. 그러므로 왕비님 편을 들면 저는 돈을 잃을 것이 뻔하옵니다."

"내가 보기에 주교는 성직자들을 모욕하는 것보다는 당신 돈이 아깝다는 생각 때문에 그런 것 같은데요." 왕비가 웃으며 대답하자 주위에서는 웃음소리가 퍼져나갔다. 그곳에 있던 사람들은 모두 주교가 얼마나 돈을 좋아하는지 알고 있었기 때문이다. 그러자 왕비가 이번에는 곁에 서 있던 로버트 리 경이라는 기사에게 향하며 물었다. "어떤가요, 그대는 이 내기에서 내 편을 들 건가요? 귀부인을 위해서라면 그 정도의 위험을 무릅쓸 수 있을 만큼 경은 분명히 부유할 테니까요."

"왕비마마를 기쁘게 하기 위해서라면 기꺼이 하겠습니다. 하지만 다른 사람을 위해서라면 저는 단 한 푼도 걸지 않을 것입니다. 사실, 테퍼스와 길버트와 클리프턴에게 맞설 수 있는 자는 이 세상에 아무도 없기 때문이죠."

그러자 엘레오노르 왕비는 왕을 보며 말했다. "저는 로버트 경의 도움 따위는 필요하지 않습니다. 대신 폐하가 내건 포도주와 맥주와 활에 대해 저는 보석으로 장식된 제 허리띠를 내기로 걸겠습니다. 이것이 분명 폐하가 거신 것보다는 더 값나갈 것입니다."

"좋소, 그대의 내기를 받아들이겠소. 어서 그대의 궁사들을 불러오도록 하시오. 하지만 저기 내 궁사들이 오고 있구려. 저들에게 마저 활을 쏘게 한 후 그 중에서 최후의 세 명을 뽑아 그대의 궁사들과 겨루도록 하겠소."

"그렇게 하소서." 그리고 나서 왕비는 젊은 시종 리처드 파팅턴을 손짓해 부른 후 그의 귀에다 대고 뭐라고 속삭였다. 그러자 시종은 당장 절을 하고는 그 자리를 물러 나와 초원을 가로질러 반대편 관중석으로 가더니 이내 군중들 틈으로 사라져 버렸다. 그러자 주위에 서 있던 사람들은 도대체 무슨 일일까 싶어, 왕비가 왕의 그 유명한 궁사들과 겨루게 만들 세 사람이 누구일까 궁금해하며 서로 수군거렸다.

이제 왕의 군대 중에서 열 명의 궁사가 다시 자리를 잡고 서자 그 많은 군중들은 모두 쥐죽은듯이 고요해졌다. 사대에 선 궁사들은 한 사람씩 천천히 조심스럽게 활을 쏘았고, 그 광경을 지켜보던 관중들의 침묵은 무척 깊었으므로 매번 화살이 날아가 과녁에 꽂힐 때 부딪치는 소리까지 들을 수 있었다. 드디어 마지막 화살이 날아감으로써 모든 활쏘기가 끝나자 관중 틈에서는 엄청난 함성이 일었다. 그도 그럴 것이 그들의 활솜씨는 탄성을 자아낼 만한 것이었다. 길버트는 다시 한 번 중앙의 흰 원에 세 발을 명중시켰던 것이다. 테퍼스는 흰 원에 두 발, 다음의 검은 원에 한 발이 맞았으므로 2등을 차지했다. 하지만 클리프턴은 등수에 들지 못하고 서퍽의 허버트(Hubert of

Suffolk)가 3등을 차지했다. 클리프턴과 허버트 두 사람 다 두 발은 흰 원에 명중시켰지만 클리프턴의 나머지 한 발은 네 번째 원에 들어간 반면 허버트의 한 발은 세 번째 원에 들어갔기 때문이었다.

그러자 이제 길버트의 막사 주위에 있던 모든 궁사들은 일제히 모자를 집어던지고 서로 손을 흔들며 목이 터져라 기쁨의 함성을 질렀다.

그런데 그 시끄럽고 혼잡한 틈을 뚫고 다섯 명의 남자가 잔디밭을 가로질러 왕의 천막을 향해 걸어왔다. 제일 앞에 있던 사람은 왕비의 시종인 리처드 파팅턴으로 대부분의 사람들이 알고 있었지만, 나머지 사람들은 아무도 본 적이 없는 생소한 인물들이었다. 젊은 파팅턴 옆에는 푸른 색 옷을 걸친 남자가, 그 뒤에는 나머지 세 남자가 따라왔는데, 두 사람은 링컨 초록색 옷을, 나머지 한 사람은 진홍색 옷을 입고 있었다. 이 마지막 진홍색 옷의 남자는 주목 나무로 만든 세 개의 탄탄한 활을 들고 있었는데, 그 중 두 개의 활은 은으로, 하나는 금으로 근사하게 상감되어 있었다. 이 다섯 남자가 초원을 가로질러 걸어오는 동안 전령이 왕의 막사에서 달려나가 길버트와 테퍼스와 허버트에게 함께 따라오라고 호출했다. 그러자 이내 모든 함성이 뚝 끊어졌다. 사람들은 뭔가 심상치 않은 일이 벌어지고 있다는 것을 눈치 채고 모두 자리에서 일어나 무슨 일인지 보려고 몸을 앞으로 기울였다.

파팅턴과 나머지 네 남자가 왕과 왕비가 앉아 있던 자리로 오자 네 사람은 무릎을 꿇고 왕비에게 모자를 벗어 인사했다. 헨리 왕은 몸을 앞으로 내밀어 그들을 유심히 살펴보았지만 헤리퍼드의 주교는 그들의 얼굴을 보는 순간 말벌에 쏘이기라도 한 듯 움찔했다. 무엇인가 말을 하려는 듯이 입을 열었지만 눈을 들어 왕비가 입가에 미소를 띤 채 자신을 보고 있다는 것을 알아채고는 아무 말도 하지 못한 채 아랫입술만 깨물고 있는 사이 얼굴은 체리처럼 붉어졌다.

왕비는 몸을 앞으로 내밀어 분명한 목소리로 말했다. "록슬리, 나는 그대와 그대의 두 동료가 왕께서 그대들과 겨루도록 보낼 세 궁사들을 그대들이 능가할 수 있다고 왕과 내기를 하였소. 나를 위하여 최선을 다해 주겠소?"

그러자 로빈이 대답하였다. "예, 왕비마마를 위하여 최선을 다할 것입니다. 그리고 만일 저희가 이기지 못한다면 다시는 활시위에 제 손가락을 대지 않겠노라고 맹세합니다."

리틀 존은 왕비의 내실에서는 약간 당황했지만 이제는 두 발로 푸른 풀밭을 다시 굳건히 딛고 서자 자신이 강한 사내라는 자신감을 느꼈다. 그래서 대담하게 나서서 말했다. "왕비마마의 아름다운 용안에 축복이 있기를 빕니다. 그리고 만일 왕비마마를 위하여 자신의 최선을 다하지 않는 자가 있다면, 물론 그럴리 없으리라고 생각하지만 만일 그렇다면 제가 나서서 그 무뢰한의 골통을 부셔놓겠습니다!"

그러자 로빈 후드가 낮은 목소리로 재빨리 저지했다. "리틀 존, 입 다물어." 하지만 선량한 엘레오노르 왕비는 크게 웃음을 터뜨렸고 흥겹게 웅성거리는 소리가 온 천막 위로 울려 퍼졌다.

그러나 헤리퍼드의 주교만은 웃지 않았고, 왕 역시 웃음을 거둔 채 왕비를 향하여 물었다. "우리 앞에 데려온 저자들이 도대체 누구요?"

그러자 더 이상 침묵을 지키고 있을 수 없었던 주교가 재빨리 나서서 대답했다. "전하, 푸른 색 옷을 입고 있는 저 자는 로빈 후드라는 작자로 중부 지방에서 죄를 짓고 추방당한 범법자이옵니다. 저기 키가 크고 건장한 무지랭이는 리틀 존이라는 이름으로 통하고, 초록색 옷을 입은 저 작자는 윌 스칼렛으로 알려져 있는 타락한 귀족입니다. 붉은 색 옷을 입은 저 자는 앨런 어 데일이라는 이름의 북쪽에서 온 떠돌이 음유시인이옵니다."

그 말에 왕은 화가 난 듯이 양미간을 찌푸리며 왕비를 향해 준엄하게 물었다. "그게 정말이오, 왕비?"

왕비는 동요하지 않고 웃으며 대답했다. "예, 주교가 한 말이 사실입니다. 그리고 주교는 저들을 정말로 잘 알 수밖에 없을 것입니다. 주교 자신과 그의 사제 둘이 셔우드 숲에서 로빈 후드와 함께 여흥을 즐기며 사흘간이나 보냈기 때문이죠. 저는 훌륭한 주교가 자신의 친구들을 그렇게 배반하리라고는 꿈에도 생각지 못했습니다. 하지만, 폐하. 40일 동안은 이들의 안전을 지켜 주겠다고 제게 약속하셨던 것을 명심하세요."

왕은 마음속의 노여움을 드러내는 낮은 소리로 대답했다. "내가 한 약속은 지키겠소. 하지만 약속한 그 40일이 지나면 이자는 몸조심해야 할거요. 아마 자신이 원하는 대로 만사가 그렇게 순조롭게 풀리지만은 않을 테니까." 그러고 나서 왕은 셔우드의 용사들 옆에 서서 무슨 일인지 궁금해하며 열심히 듣고 있던 자신의 궁사들을 향해 말했다. "그대 길버트, 그리고 테퍼스와 허버트도 듣거라. 나는 그대들이 저 세 사람을 이기는 데 내기를 걸었노라. 만일 그대들이 저 무뢰한들을 이긴다면 내 그대들의 모자를 은화로 가득 채워 주겠노라. 그러나 만일 진다면 너희들이 그렇게 힘들여 얻은 상을 잃게 될 것이다. 저자들은 그대들과 일 대 일로 활 솜씨를 겨루게 될 것이다. 자, 그럼 최선을 다해 주기 바란다. 만일 이 시합에서 이긴다면 일생을 두고두고 기뻐할 수 있을 것이다. 자, 어서 가서 준비를 하여라."

그러자 왕의 세 궁사들은 돌아서서 자신들의 막사로 되돌아갔고, 로빈 일행은 자신들이 활을 쏘기로 표시가 되어 있는 사대로 가서 자리를 잡았다. 세 사람은 활에 시위를 걸고 준비를 마친 후 화살통 속을 뒤져 가장 완전하고 좋은 깃털이 달린 화살을 꺼내었다.

그러나 왕의 궁사들은 자신들의 막사로 돌아가서 동료들에게 무슨 일이 일어났는지 이야기해 주었다. 아울러 이들 네 사람이 바로 그 유명한 로빈 후드와 그의 세 동료, 즉 리틀 존, 윌 스칼렛, 앨런 어 데일이라는 것도 말해 주었다. 이 소식은 막사 안에 있던 궁사들에게로 퍼져나갔다. 이 중부 지방의 용사들에 대해 한 번도 들어보지 않은 사람이 없었던 까닭이다. 그리고 그 소식은 궁사들로부터 활쏘기 시합을 지켜보던 군중들에게로 전해졌으므로 사람들은 마침내 모두 일어나서 목을 길게 뽑은 채 그 유명한 범법자들을 보려고 애썼다.

이제 한 사람이 각자 한 과녁에 쏘게 되어 있었으므로 과녁 여섯 개가 새로 세워졌다. 때가 되자 길버트와 테퍼스와 허버트가 자신들의 막사에서 앞으로 나왔다. 로빈 후드와 하얀 손 길버트가 어느 쪽이 먼저 쏠지 결정하기 위해 동전을 높이 던진 결과 길버트 쪽이 먼저 쏘게 되었다. 그러자 길버트는 서퍽의 허버트에게 먼저 쏘라고 불렀다.

이제 허버트가 땅바닥에 굳건히 자리를 잡고 서서 깨끗하고 부드러운 화살을 시위에 잰 뒤 손가락 끝에 호흡을 집중시키며 시위를 천천히 조심스럽게 당겼다. 화살은 곧바로 날아가 가운데의 흰 원에 가서 꽂혔다. 허버트는 다시 한 발을 쏘았고 화살은 다시 한 번 과녁에 명중했다. 세 번째로 다시 한 번 더 쏘았지만 이번만은 화살이 중앙을 빗나가 검은 원에 꽂혔다. 그래도 흰 원으로부터 불과 손가락 하나 정도밖에 벗어나지 않은 지점이었다. 그러자 관중석에서는 일시에 함성이 터져 나왔다. 허버트가 이제까지 쏜 것 중에서 가장 뛰어난 결과였기 때문이다.

그러자 로빈이 웃으며 말했다. "윌, 이번이 네 차례니 이번 회전을 이기려면 힘 좀 들겠구나. 자, 기운 내거라. 그리고 셔우드의 명예를 더럽히지 말고."

이번에는 윌 스칼렛이 자리를 잡고 섰다. 하지만 너무 조심하다보니 제일 중요한 첫 발을 망치고 말았다. 검은 원 다음인 두 번째 원을 맞추었기 때문이다. 그러자 로빈은 입술을 깨물었다. "애야, 시위를 그렇게 오래 잡지 말란 말이야! 가퍼 스완톨드 성인께서 '너무 조심하려다 우유를 엎지른다'고 하셨다고 내가 자주 말해 주지 않았더냐?"

그 말에 윌 스칼렛은 정신을 바짝 차렸고 그 결과 다음 발은 과녁의 한가운데에 정확히 꽂혔다. 다시 한 발을 더 쏘았고 그것 역시 중앙에 꽂혔다. 그러나 두 발의 성과에도 불구하고 허버트의 성적이 더 좋았으므로 이번에는 허버트가 윌을 능가했다. 그러자 구경하던 관중들은 허버트가 낯선 사내를 제압했다는 기쁨에 들떠 박수를 쳤다.

왕 역시 냉랭하게 왕비에게 말했다. "당신의 궁사들이 이보다 더 잘 쏘지 못한다면 그대는 내기에 지겠구려, 왕비." 그러나 엘레오노르 왕비는 웃기만 했다. 로빈 후드와 리틀 존에게 훨씬 더 많은 기대를 걸고 있었기 때문이다.

이제 테퍼스가 나와서 쏠 준비를 했다. 그 역시 너무 잘 하려고 조바심을 내다보니 윌 스칼렛이 저지른 실수를 되풀이했다. 첫 발은 중앙에 맞았지만 두 번째 화살은 정확히 명중하지 못하고 두 번째 검은 원을 맞힌 것이었다. 마지막 발은 행운의 여신의 도움을 받았다. 화살은 과녁의 한가운데 그려진 검은 정점을 정확히 맞춘 것이었다. 그러자 로빈 후드가 한 마디 했다. "오늘 쏜 중에서 가장 잘 쏜 것이로군. 하지만 테퍼스, 내 생각에 자네의 빵은 좀 탔구만. 리틀 존, 이제 자네 차례야."

로빈의 명령대로 이번에는 리틀 존이 자리를 잡고 서서 재빨리 세 발을 쏘았다. 리틀 존은 활을 쏘는 동안 한 번도 활을 잡은 팔을 내리지 않고 든 채로 매번 화살을 시위에 쟀다. 그랬어도 화살은 세 발 모두 중앙의 검은 정점 가까운 곳의 흰 원에 떨어졌다. 그러자 아무런 함성도 들리지 않았다. 그 이유는 리틀 존이 쏜 화살이 이제껏 그날 쏜 중에서 가장 좋은 성적이었음에도 불구하고 런던 시민들은 제아무리 유명한 리틀 존이라고 해도 자신들의 테퍼스가 시골 촌구석에서 올라온 사내에게 지는 모습을 지켜보는 것이 별로 유쾌하지 않기 때문이다.

이제 자신의 차례가 된 하얀 손 길버트는 매우 조심스럽게 활을 쏘았다. 그리고 다시 한 번 그는 그날 하루에 세 번씩이나 세 발 다 가운데의 흰 원 안에 맞추는 기염을 토했다.

그러자 로빈 후드는 길버트의 어깨를 치며 말해 주었다. "잘했네, 길버트! 내 솔직히 말하는데, 자네는 이제껏 내가 본 중에서 가장 뛰어난 궁사 중한 사람이네. 자네도 우리처럼 자유롭고 즐거운 방랑자가 되었어야 하는 건데, 친구. 자네에게는 런던 시내의 자갈 깔린 길과 회색 벽보다는 푸른 숲이 더 잘 어울리기 때문이지."

그렇게 말하며 로빈 후드도 드디어 자리를 잡고 섰다. 로빈은 화살통에서 가장 좋은 것을 골라 활시위에 재기 전에 여러 번 이리저리 뒤집어 보았다.

그 모습을 지켜보며 왕이 중얼거렸다. "거룩한 허버트 성인이여, 만일 당신께서 저 악당이 두 번째 원을 맞히도록 저 악당의 팔꿈치를 슬쩍 쳐 주신다면 매칭 근처에 있는 당신의 교회에 손가락 세 개 두께만한 밀랍 양초 160개를 봉헌하겠습니다." 그러나 허버트 성인의 귀는 아마도 두툼한 밧줄로 꽉 막혀 있었나보다. 이날 성인은 왕의 기도를 듣지 못한 것 같았으니 말이다.

자신의 마음에 드는 것으로 화살을 세 개 뽑아든 로빈은 활을 쏘기 전에 활시위로 주의 깊게 시선을 기울였다. 그리고 자신이 활 쏘는 모습을 지켜보기 위해 옆에 서 있던 길버트에게 말했다. "그래, 자네는 정말로 즐거운 셔우드 숲으로 우리를 방문하러 와야 해." 그 말과 함께 시위를 귀까지 잡아당겼다. "런던에서는 ─ 이 순간 화살을 손에서 놓았다 ─ 그저 까마귀들이나 갈까마귀들을 향해 화살을 쏘는 것으로 아무것도 찾을 수가 없단 말이네. 잉글랜드에서는 오로지 한 사람만이 고귀한 수사슴의 늑골을 건드릴 수 있지." 로빈은 그렇게 지껄이면서 화살을 날렸지만 그럼에도 불구하고 화살은 중앙의 검은 정점으로부터 겨우 1센티미터 정도 떨어진 지점에 정확히 꽂혔다.

그러자 길버트가 놀라서 외쳤다. "정말로 저렇게 잘 쏘다니 자네는 정말로 보통이 아니군."

그 말에 로빈 후드가 웃으며 대답했다. "아니, 뭐 그렇게 나쁘진 않군." 그리고 또 화살을 집어 시위에 잰 뒤 다시 한 번 쏜 로빈은 이번에도 정 중앙점 가까이 화살을 꽂았다. 세 번째로 활시위를 놓자 화살은 첫 두 발의 바로 한 가운데에 가서 꽂혔다. 그래서 세 발의 화살이 모두 한데 붙어서 곤두서 있었으므로 멀리서 보면 마치 한 발의 화살처럼 보였다.

그러자 이제 관중 틈에서는 낮은 동요가 일었다. 이제껏 런던에서는 그와 같은 솜씨를 본 적이 없었기 때문이었다. 그리고 로빈 후드의 그 날이 가고 나면 앞으로도 다시는 볼 수 없는 진귀한 광경이었다. 모든 사람들은 왕의 궁사들이 완전히 패배했다는 사실을 알았고, 길버트는 자신이 로빈 후드나 리틀 존처럼 그렇게 활시위를 잡아당길 가능성이 없다는 것을 인정하면서 로빈의 솜씨에 박수를 쳐 주었다. 그러나 화가 잔뜩 나 있었던 왕은 비록 마음속에서는 자신의 부하들이 로빈 후드 일당과 맞설 수 없다는 것을 알고 있었으면서도 길버트처럼 그렇게 쉽사리 인정하려들지 않았다. 의자의 팔걸이 위로 두 주먹을 불끈 쥔 왕은 소리쳤다. "아니! 길버트가 아직 진 것은 아니다! 그 역시 세 발 다 가운데의 흰 원을 맞춘 것이 아닌가? 비록 내가 내기에서는 졌지만 길버트가 아직 1등을 놓친 것은 아니다. 저 둘을 다시 쏘게 하라. 길버트와 로빈 후드 중에서 최고가 가려질 때까지 계속해서 쏘게 하라. 어서 가게 휴 경, 그리고 두 사람을 다시 붙게 하게. 한 사람이 질 때까지 계속 겨루게 하게."

지금 왕이 얼마나 화가 나 있는지 잘 알고 있던 휴 경은 단 한 마디도 대꾸하지 않고 왕의 명령을 수행하러 당장 달려갔다. 그래서 로빈 후드와 길버트가 서 있는 곳으로 다가가 왕이 한 말을 전했다.

"물론 기꺼이, 인자하신 우리 군주이자 왕을 기쁘게 해 드릴 수 있다면 지금 이 순간부터 내일까지라도 계속 쏘겠소. 여보게, 길버트 자리를 잡고 먼저 쏘게."

그래서 길버트는 다시 한 번 자리를 잡고 섰지만 이번에는 그리 성공적이지 못했다. 갑자기 미풍이 불어와 그가 쏜 화살이 가운데 흰 원에서 벗어나고 만 것이다. 하지만 그래봐야 보리 이삭 두께밖에는 빗나가지 않았다.

그러자 로빈이 웃으며 말했다. "자네의 화살이 빗나가고 말았네." 그리고는 로빈이 곧장 활을 쏘았더니 그가 쏜 화살은 이번에도 다시 한 번 가운데의 흰 원에 가서 꽂혔다.

그러자 왕은 자리에서 일어나더니 한 마디도 없이 험악한 표정으로 주위를 둘러보았다. 혹시라도 얼굴에 즐거운 기색이나 흥겨운 모습을 드러냈다가 왕의 눈에 걸리면 그 날은 작살이 날 것이었다. 그런 다음, 왕과 왕비와 모든 조신들은 그곳에서 떠나갔지만 왕의 마음은 여전히 속에서 들끓어 오르는 분노로 가득 차 있었다.

왕이 가고 나자 모든 궁사들은 앞으로 뛰어나와 로빈의 주위로 몰려들었다. 말로만 듣던 중부에서 제일 유명한 이 네 사람 로빈, 리틀 존, 윌, 앨런을 보려고 말이다. 그리고 경기를 지켜보던 많은 군중들 역시 똑같은 목적으로 네 사람 주위로 몰려들었다. 그래서 길버트와 함께 서서 이야기를 나누던 네 사람은 주위로 커다란 원을 형성한 사람들에게 완전히 둘러싸이고 말았다. 그러자 리틀 존이 윌 스칼렛에게 말했다. "누가 보면 이 불쌍한 사람들이 이제껏 평생 우리 같은 건장한 방랑자는 한 번도 보지를 못했거나 아니면 컴벌랜드의 거인이나 지난달 노리치(Norwich)의 장에서 보았던 웨일스의 난쟁이처럼 우리가 무슨 구경거리라도 되는 줄 아나보다."

잠시 후 상을 수여하기로 한 세 명의 심판관이 앞으로 나왔고 심판장이 로빈에게 모든 것을 말해 주었다. "규칙에 따르면 1등 상은 바로 자네 몫이네. 그러니 여기 이 은나팔과 열 개의 금 화살이 든 화살통을 받게나. 그리고 여기 금화 50파운드도 받게."

심판장은 그렇게 말하면서 그 물건들을 로빈에게 건네주고는 이번에는 리틀 존을 향해 말했다. "그대에게는 2등 상으로, 달렌 리에서 뛰노는 가장 좋은 수사슴 100마리를 하사하네. 언제든지 자네가 원할 때면 마음껏 수사슴을 쏠 수 있네."

그리고 제일 마지막으로 건장한 허버트를 돌아보고 말했다. "자네는 함께 겨룬 사람들과 맞서서 당당히 상을 거머쥔 것이므로 이 상은 당연히 자네 것임에 변동이 없네. 즉, 자네에게는 질 좋은 라인 산 포도주 두 드럼을 주겠네. 언제든지 자네가 원하는 때에 전달될 것이네." 그리고 심판장은 마지막까지 남아 활을 쏘았던 왕의 궁사들 일곱 명도 불러 각기 은화로 80페니를 수여했다.

그러자 로빈이 소리 높여 말했다. "이 은나팔은 내가 이 대회에 참가한 기념으로 간직하도록 하겠소. 하지만 길버트, 자네는 왕의 모든 근위대 중에서 가장 뛰어난 궁사이니 자네에게 이 금화는 그냥 주겠네. 자네가 이것을 받는다면 열 배는 더욱 값질 걸세, 자네는 정말 정의롭고 훌륭하며 진실한 용사이니까. 그리고 덤으로, 마지막으로 남아 활을 쏜 10명에게도 각기 이 황금 화살을 하나씩 줄 테니 이것을 늘 간직하기 바라네. 그렇다면 자네들은 그것을 보며 늘 행복할 것이며 나중에 손자들에게라도 자네들이 이 세상에서 그 어떤 사람들보다 뛰어난 궁사였다는 사실을 말해 줄 수 있을 테니."

로빈의 그 말에 궁사들은 모두 환호성을 질렀다. 로빈이 자신들에 대해 그렇게 칭찬해 주자 기뻤기 때문이다.

그러자 이에 질세라 이번에는 리틀 존이 나섰다. "이봐, 테퍼스. 조금 전 저 심판장이 말한 그 달렌 리의 수사슴들이 내게는 필요 없다네. 우리에게는 이미 충분히 있기 때문이라네. 자네의 훌륭한 활솜씨를 기념하여 50마리는 자네에게 주고 나머지 자네 동료들에게도 각기 다섯 마리씩 주겠네."

그 말에 다시 커다란 환호성이 일었고 많은 사람들이 모자를 높이 던져 올리며 그 잔디밭에 발을 들여놓은 사내 치고 로빈 후드와 그의 동료들처럼 호방한 사내도 없다고 장담했다.

그들이 그렇게 큰 소리로 외치며 즐거워하고 있는 사이, 왕의 근위대 중에서 키 크고 억센 한 사내가 앞으로 다가와 로빈의 소매를 잡아당기며 말했다. "이봐요, 남자가 이러기엔 좀 낯간지럽지만 당신 귀에만 대고 은밀히 해 줄 말이 있소. 젊은 멋쟁이 시종, 리처드 파팅턴이 군중들 틈에서 당신을 찾으려고 했지만 찾아낼 수 없자 당신이 알고 있는 어느 귀부인이 당신에게 전하는 전갈을 나더러 전해 달라고 했소. 그 사람이 당신에게 은밀하게 전해 달라고 한 그 내용이 뭔가 하면 이렇소. 가만 있자, 분명히 까먹은 것 같진 않은데, 그게 뭐였더라. 아, 바로 이거요. '사자가 으르렁대고 있다. 그대의 머리를 조심하시오.'"

그러자 로빈은 깜짝 놀랐다. "그랬단 말이오?" 그 전갈은 다름 아닌 왕비가 보낸 것으로 왕이 노하고 있다는 사실을 빗대어 말해 준 것이었기 때문이었다. "정말 고맙네, 친구. 자네는 오늘 자네가 알고 있는 이상으로 내게 큰일을 해 주었네." 그리고 로빈은 즉시 세 사람을 불러 런던 시 가까이 있는 것은 위험하므로 어서 당장 떠나는 것이 좋겠다고 은밀하게 말해주었다. 그래서 더 이상 지체하지 않고 그들은 사람들을 헤치고 군중들로부터 빠져나왔다. 그리고 그 길로 곧장 런던을 떠나 북쪽으로 향했다.

이렇게 해서 엘레오노르 왕비 앞에서 벌어진 유명한 활쏘기 대회는 끝이 났다. 이제 우리는 못된 헨리 왕이 40일 동안은 원하는 대로 자유롭게 다니도록 로빈 후드에게 아무런 해도 가하지 않겠다고 약속했던 말을 어떻게 지키게 되는지 듣게 될 것이다.

제 2 장
로빈 후드, 쫓기다

　로빈 후드와 세 사람은 핀스베리 들판의 궁술 대회장을 그렇게 떠나 잠시도 지체하지 않고 당장 집으로 가는 길에 올랐다. 그리고 그렇게 하길 잘했다. 그들이 길을 떠나 3, 4킬로미터도 채 못 갔을 때 왕의 근위병들이 그들 일행을 잡아 가두기 위해 아직도 자리를 떠나지 않고 있던 군중들 틈으로 부산을 떨며 찾으러 왔기 때문이었다. 참으로, 왕이 스스로 한 약속을 깨는 것은 부덕한 행위였지만 그것은 다 간사한 헤리퍼드 주교의 농간 때문이었다. 그것이 어떻게 된 사연인가 하면 이렇다.

　궁술 대회장을 떠난 후 왕은 자신의 어전으로 곧장 갔고 헤리퍼드의 주교와 로버트 리 경이 함께 따라갔다. 그러나 왕은 두 사람에게 한 마디도 하지 않은 채 아랫입술만 깨물고 있었다. 그날 일어난 일 때문에 심기가 몹시 불편했기 때문이었다. 그러자 마침내 헤리퍼드의 주교가 비통하다는 듯 낮은 음성으로 말을 꺼냈다.

　"폐하, 참으로 슬픈 일입니다. 저 악당이 이런 식으로 그냥 빠져나가게 둔다면 말입니다. 로빈 후드가 무사히 셔우드 숲으로 돌아가도록 내버려 둔다면 그 자는 폐하와 폐하의 사람들을 우습게 볼 것입니다."

　주교의 그 말에 왕은 눈을 치켜들더니 험악한 표정으로 주교를 노려보았다. "그게 무슨 말인가? 적당한 때가 되면 그대가 잘못 생각했다는 것을 보여 주겠네. 왕비에게 약속한 40일만 지나고 나면 온 셔우드 숲을 쑥대밭을 만들어서라도 내 반드시 그 도둑놈을 붙잡을 걸세. 돈 한 푼, 친구도 하나 없는 불쌍한 악당이 잉글랜드 왕의 법망을 그렇게 쉽사리 빠져나갈 수 있다고 그대는 생각하는 건가?"

그러자 주교는 부드럽고 온화한 어조로 다시 말했다. "폐하, 제 무례함을 용서해 주십시오. 그리고 제 마음속에는 폐하와 잉글랜드의 이익 외에는 정말로 아무런 관심도 없다는 것을 믿어 주십시오. 하오나 비록 셔우드 숲의 모든 나무들을 뽑아낸다고 해서 무슨 소용이 있겠습니까? 로빈 후드가 숨을 만한 다른 곳이 없다고 생각하십니까? 캐넉 체이스(Cannock Chase)는 셔우드 숲으로부터 그리 멀지 않으며 캐넉 체이스로부터 아덴(Arden) 대 삼림도 그리 멀지 않습니다. 이외에도 노팅엄, 더비, 링컨, 요크 등에는 많은 삼림지가 있습니다. 이러한 숲에 숨어 들어간 로빈을 잡으려고 하시다가는 마치 쥐 한 마리 잡자고 초가삼간을 다 태우는 격이 될 것입니다. 아니될 말씀이지요. 폐하, 로빈이 숲 속으로 발을 들여놓게 되면 그는 영원히 법망에서 사라지게 될 것입니다."

주교의 말을 듣자 왕은 초조한 마음에 손가락으로 탁자를 톡톡 두드렸다. "그래서 내가 어떻게 하길 바라는 건가, 주교? 내가 왕비에게 한 약속을 듣지 못했나? 그대가 한 말은 이미 불꺼진 석탄에 대고 바람을 불어넣는 것만큼 아무 소용이 없네."

그러나 음흉한 주교는 그쯤에서 물러서지 않고 계속 왕을 충동질했다. "폐하처럼 총명한 분께 제가 방법을 알려드린다는 것은 어불성설이긴 하오나, 제가 만일 잉글랜드의 왕이라면 저는 그 문제를 이런 식으로 볼 것입니다. 자, 잉글랜드에서 가장 교활한 악당이 40일 동안은 마음껏 활보하고 다니게 해 주겠다고 제가 왕비에게 약속을 했다 치지요. 하지만, 보세요! 저는 이 악당이 제 손아귀에 들어온 것을 발견했습니다. 그렇다면 제가 그렇게 경솔하게 한 약속에 집착해야 할까요? 만일 제가 왕비의 요구를 들어주겠다고 약속했는데, 왕비가 제게 자살하라고 요구한다고 가정해 보시죠. 그렇다면 그 약속 때문에 제가 무턱대고 눈을 감고 그대로 당해야만 할까요? 그런 상황에서 저는 속으로 반대 논리를 펼 것입니다. 나아가, 여자는 국가의 통치와 관련된 중대사에 대해서는 아무것도 모른다고 저 자신에게 말할 것입니다. 그리고 또한, 여인들은 좋아하는 마음도 변덕이 심하다는 것을 저는 잘 알고 있습니다. 심지어 여자들은 마음에 들어 길가에서 데이지 꽃을 꺾었다가도 그 향기가 없어지면 금세 버립니다. 그러므로 지금은 왕비님이 이 악당을 마음에 들어 하실지 모르지만 얼마 지나지 않으면 그 마음도 곧 사라져 금세 잊혀지게 될 것입니다. 만일, 온 잉글랜드에서 제일가는 악당이 제 사정권에 들어온다면 저는 손을 활짝 벌려 그 자를 확실히 제 손아귀에 집어넣을까요? 그렇습니다. 제가 잉글랜드의 왕이라면 저는 자신에게 그렇게 말할 것입니다, 폐하."

주교가 그렇게 말하자 왕은 주교의 그 사악한 꾐에 빠져 버리고 말았다. 그래서 잠시 후 왕은 로버트 리 경에게 근위대 중에서 여섯 병사를 보내어 로빈 후드와 그의 세 동료들을 붙잡아 감옥에 넣으라고 명령했다.

그런데 로버트 리 경은 점잖고 고귀한 기사였으므로 왕이 스스로 한 약속을 그렇게 깨뜨리는 것을 보고는 마음이 아팠다. 그러나 로빈 후드에 대한 왕의 분노가 얼마나 큰지 알고 있었으므로 왕에게는 아무 말도 하지 않았다. 하지만 왕의 근위대를 당장 보내는 대신, 먼저 왕비를 찾아가 그 사이 있었던 일을 모두 얘기해 주고 어서 로빈 후드에게 위험하다는 전갈을 보내도록 요구했다. 로버트 리 경이 그렇게 한 것은 로빈 후드의 안전을 위해서가 아니었다. 할 수만 있다면 자신의 군주의 명예를 지켜 주고 싶었기 때문이었다. 사정이 이렇게 되자, 얼마 후 왕의 근위대가 궁술 대회장으로 들이닥쳤을 때 로빈 후드 일행은 이미 그곳을 떠나고 난 뒤였던 것이다. 그래서 근위대는 아무런 성과도 얻지 못했다.

로빈 후드, 리틀 존, 윌과 앨런이 집을 향해서 출발했을 때는 이미 거의 오후가 되어 있었으므로 기울어가는 노란 빛 속에서 길을 따라 즐겁게 걸어가다 보니 하늘에 떠 있는 해가 점점 낮게 가라앉음에 따라 노란빛은 어느새 장밋빛으로 빠르게 변해갔다. 그림자는 점차 길어지더니 마침내 부드러운 석양의 어슴푸레함 속으로 녹아들고 말았다. 흙먼지 이는 대로는 어두운 덤불 사이로 하얗게 뻗어 있었고, 그 길을 따라 네 남자는 마치 네 개의 그림자처럼 걸어갔다. 말을 나누며 걸어갔으므로, 발걸음 소리와 그들의 음성이 침묵에 잠긴 대기를 낭랑하게 울리며 큰 소리로 퍼져나갔다. 커다란 둥근 달이 동쪽 하늘에 고요히 두둥실 떠올랐을 무렵, 런던에서 10여 킬로미터 정도 떨어진 바넷(Barnet) 시의 깜박거리는 불빛이 로빈 일행의 눈앞에 나타났다. 돌이 깔린 길들을 걸어 내려가 내걸린 박공 지붕을 인 아늑한 집들을 지나, 부드러운 달빛을 받으며 그곳의 주민들과 장인들이 식구들과 함께 앉아 있는 문 앞도 지나쳤다. 마침내 로빈 일행은 마을의 맞은 편에 있던 온통 장미와 담쟁이덩굴로 뒤덮인 작은 여관에 이르렀다. 그곳이 무척 마음에 들었으므로 로빈은 여관 앞에 멈춰 서서 말했다.

"우리 이곳에 숙소를 정하고 오늘 밤은 여기서 쉬도록 하자. 이미 런던 시와 왕의 분노에서 꽤 많이 벗어난 것 같으니까. 그리고, 내가 틀리지 않다면 안에서 맛있는 요기거리도 찾을 수 있을 테니까. 자네들 생각은 어떤가?"

그 말에 리틀 존이 대답했다. "정말로, 어쩌면 대장과 저는 그렇게 생각하는 것이 딱 들어 맞습니다. 들어가자고요."

그러자 윌 스칼렛도 말했다. "삼촌, 저는 언제든지 삼촌의 명령에 따를 준비가 되어 있지만 밤을 나기 전에 좀 더 멀리 갈 수 있으면 좋을 텐데요. 하지만 삼촌 생각이 늘 가장 뛰어나니까 밤을 나기로 하지요. 저도 찬성입니다."

그래서 그들은 안으로 들어가 가장 좋은 자리를 달라고 했다. 그러자 입가심으로 마실 오래된 셰리주 두 병과 함께 근사한 식사가 금세 차려졌다. 그런데 어디서나 흔히 찾아볼 수 있는 통통하고 귀여운 처녀가 로빈 일행의 식사 시중을 들고 있었다. 아름다운 아가씨에 대해 늘 안목이 있었던 리틀 존은 식사와 술이 나왔는데도 두 팔을 허리에 댄 채 처녀가 자신을 쳐다볼 때마다 다정하게 눈을 찡긋거리며 시선을 처녀에게서 뗄 줄 몰랐다. 그 처녀가 까르르 웃으며, 양 볼에는 보조개가 패인 채 곁눈질로 리틀 존을 슬쩍슬쩍 보는 모습을 여러분도 봤어야만 했다. 자못 사내들이란 여자들에게 혹 하게 마련이니까.

그러자 로빈이 리틀 존에게 주의를 줬다. "이봐, 리틀 존, 정신 차려. 저 아가씨는 그냥 두고 어서 먹기나 하라고. 안 그랬다가는 주린 배로 떠나기 십상이니. 금강산도 식후경이라는 말도 모르나."

"아니요, 그 말은 내게는 별로 들어맞지 않는다구요. 어느 누가, 거룩한 성인들께서 내려주신 아름다운 용모에 관심도 없이 저토록 아름다운 처녀가 그냥 지나가게 내버려 둔 채 먹을 것에 눈이 가겠냐고요. 이봐요, 아름다운 아가씨, 이리 와 내게 한 잔 따라 줘요. 그러면 내 아가씨 건강을 위해 건배하고 아가씨에게 남편감으로 백작이나 귀족을 점지해 달라고 위톨드 성인께 기도해 줄 테니까. 나라면 다른 어떤 여인이 따라 준 무스카트 백포도주보다는 아가씨가 따라 준 맹물을 마시겠소!"

그 말에 사람들은 모두 함박 웃음을 터뜨렸고 처녀는 볼을 붉힌 채 고개를 수그리며 리틀 존이야말로 이제껏 보아온 사람들 중에서 가장 멋진 남자라고 생각했다.

그렇게 즐겁게 식사시간이 지나갔고 그 여관에서는 이들 네 사람처럼 잘 먹는 대식가를 본 적이 없었다. 비록 그 끝이 보이지 않을 정도로 왕성하게 먹긴 했지만 마침내 식사를 끝낸 로빈 일행은 셰리주를 홀짝거리며 앉아 있었다. 그렇게 앉아 있는 사이, 갑자기 주인이 다가와 지금 문가에 왕비의 시종인 리처드 파팅턴이라는 젊은 수습기사가 와서 그들 일행 중 푸른 옷을 걸친 남자를 당장 만나서 할 이야기가 있다며 기다리고 있다고 전해 주었다. 그러자 재빨리 일어난 로빈은 주인에게 따라오지 말라고 이르고는 나머지 사람들은 놀라 눈을 동그랗게 뜨고 무슨 일인지 궁금해하도록 내버려 둔 채 밖으로 나갔다.

여관 밖으로 나오자 로빈은 하얀 달빛을 받으며 말 위에 앉아 자신이 오기만을 기다리고 있던 젊은 리처드 파팅턴을 발견했다.

"시종 나리, 무슨 소식을 가지고 오셨소? 나쁜 소식은 아니라고 믿소이다만."

"왜 아니오, 그 문제라면 무척 안 좋은 소식이라오. 저 못된 헤리퍼드의 주교가 왕의 마음을 뒤흔들어 당신에 대해 악감정을 품게 만들어 놓았소. 왕은 당신을 체포하려고 핀스베리 들판의 궁술 대회장으로 병사들을 보냈소. 그곳에서 당신을 찾지 못하자 100명이 넘는 병사들을 소집하여 당신을 중간에서 붙잡거나, 혹은 당신이 숲으로 다시 돌아가지 못하게 하려고 셔우드 숲으로 가는 이 길로 급파했소. 그리고 왕께서는 이 군사들에 대한 지휘권을 바로 헤리퍼드의 주교에게 주셨다오. 그러니 주교가 어떻게 나올지는 충분히 알고 있겠죠. 짧은 고해 후 긴 오랏줄을 주려고 할거요. 말을 탄 병사들 무리 둘은 내 뒤를 바싹 따라 벌써 이쪽 길로 들어섰소. 그러니 당장이라도 이곳을 벗어나는 것이 좋을 것이오. 조금만 더 지체한다면 오늘 밤은 차가운 감옥에서 보내게 되기 십상일 테니. 왕비마마께서 이 말을 전해 달라고 나를 보내셨소."

"아, 리처드 파팅턴 경, 당신이 내 목숨을 구해 준 것이 이번이 두 번째군요. 만일 적당한 때가 된다면 로빈 후드는 이 일들을 결코 잊지 않고 있다는 사실을 당신에게 보여 주겠소. 그리고 그 망할 놈의 헤리퍼드의 주교는 셔우드 숲 근처에서 다시 잡게 된다면 절대로 가만 두지 않겠소. 경은 왕비께 가서 내가 당장 이곳을 떠날 것이라고 전해 주시오. 그리고 이곳 주인에게는 우리가 세인트 올번스로 갈 것으로 생각하게 만들겠소. 하지만 우리가 다시 큰길을 타게 되면 나는 부하들과 헤어져 각기 다른 방향으로 갈 생각이오. 그래야 한쪽이 혹시 왕의 손아귀에 붙잡히게 되더라도 다른 사람은 무사히 빠져나갈 수 있을지도 모르니까요. 우리는 멀리 돌아서 갈 것이고, 그러니 셔우드에 무사히 도착할 수 있을 것으로 생각합니다. 자, 그러니 시종 나리, 잘 가시오."

"대담한 용사, 잘 가시오. 그리고 무사히 은신처에 도착하기 바라오." 두 사람은 잠시 악수를 나눈 후, 시종은 말을 돌려 다시 런던으로 돌아갔고 로빈은 여관 안으로 들어갔다.

로빈이 안으로 들어가니 동료들은 침묵을 지키며 그가 돌아오기만을 기다리고 있었다. 파팅턴처럼 지체 높은 사람이 푸른 옷을 입은 사내와 무슨 관련이 있는지 알고 싶어 호기심에 찬 여관 주인 역시 그 자리에 있었다. 로빈은 들어서며 일행에게 말했다.

"자, 어서들 일어나라고! 이곳은 우리가 있을 곳이 아니네. 지금 우리를 뒤쫓아오고 있는 자들과 맞붙어서는 승산이 별로 없으니 그들 수중에 떨어지기 십상이거든. 그러니 다시 떠나세. 그리고 세인트 올번스에 도착할 때까지는 오늘 밤 쉬지 말고 가세." 주인이 듣도록 일부러 그렇게 말한 로빈은 지갑을 꺼내어 주인에게 밥값을 지불하고는 그 여관을 떠났다.

시내를 거치지 않고 다시 큰길에 이르게 되자 로빈은 잠시 멈춰 서서 동료들에게 파팅턴과 주고받은 말과 왕의 군사들이 자신들 뒤를 바싹 뒤쫓고 있다는 얘기를 해 주었다. 그리고는 그곳에서부터는 이제 서로 떨어져서 가야 한다고 말해 주었다. 그들 세 사람은 동쪽으로, 로빈 자신은 서쪽으로, 주요 큰 도로의 외곽으로 우회하여 셔우드 숲으로 돌아가야 한다고 말이다.

"그러니 머리를 잘 써서 동쪽으로 한참 가기 전까지는 되도록 북쪽으로 가는 길로부터는 멀리 떨어져서 가게나. 그리고, 윌 스칼렛 네가 가장 꾀가 많으니 지휘를 맡도록 해라."

그리고 로빈과 세 사람은 서로 볼에 입을 맞춘 후 각자 갈 길을 향해 출발했다.

그로부터 얼마 지나지 않아 20명이 넘는 왕의 병사들이 바넷 시에 있는 여관의 문 앞에 말발굽소리를 내며 도착했다. 말에서 뛰어내린 병사들은 재빨리 그곳을 포위하고 무리를 이끌던 지휘관과 네 명의 병사들이 로빈 일행이 있던 방으로 급습해 들어갔다. 그러나 새는 이미 날아가 버리고 없었다. 그로써 왕은 로빈을 잡을 기회를 두 번이나 놓치고 말았다.

여관 주인은 병사들이 뒤쫓는 사람들이 누구라는 말을 듣자 중얼거리며 전해 주었다. "어쩐지 그 자들이 못된 작자들이라고 생각했어요. 하지만 푸른 옷을 걸친 사내가 자신들은 세인트 올번스로 곧장 갈 것이라고 하는 말을 제가 들었지요. 그러니 어서 뒤쫓아가 보세요. 아마 그곳까지 가는 큰길 중간에서 잡을 수도 있을 겁니다."

주인이 전해 준 그 새로운 정보에 지휘관은 여관 주인에게 진심으로 감사하며 부하들을 불러 모아 말에 올라타고 다시 출발했다. 그들은 사냥감을 잡기 위해 세인트 올번스를 향해 맹렬히 달려갔다.

리틀 존과 윌 스칼렛과 앨런 어 데일은 바넷 근처의 큰길을 떠나 다리가 허락하는 한 쉬지 않고 동쪽으로 여행한 끝에 에식스에 있는 첼름스퍼드에 도착했다. 그곳에서 북쪽으로 방향을 틀어 케임브리지와 링컨 주를 통하여 게인즈버러 시에 이르렀다. 그런 다음 다시 남서쪽으로 방향을 바꾸어 마침내 셔우드 숲의 북쪽 자락에 도착했다. 그동안 내내 그들은 왕의 병사들과 단 한 번도 마주치지 않았다. 자신들의 안식처인 셔우드 숲에 무사히 도착할 때까지 그들은 그렇게 여드레간을 쉬지 않고 꼬박 여행했다. 그러나 푸른 숲의 공터에 도착했을 때 그들은 로빈이 아직 돌아오지 않았다는 사실을 알았다.

로빈은 사실 집으로 돌아오는데 리틀 존 일행처럼 별로 운이 좋지 못했는데, 어찌된 사연인지 이제 알아보자.

북쪽으로 가는 큰길을 떠난 후 로빈 후드는 방향을 서쪽으로 틀어 에일즈베리를 지나 옥스퍼드 주에 있는 멋진 우드스톡에 도착했다. 그곳에서 발길을 북쪽으로 틀어 워릭 시를 경유하여 꽤 먼 거리를 여행하여 마침내 스태퍼드 주에 있는 더들리에 도착했다. 로빈이 그곳까지 가는 데는 이레가 걸렸으므로 로빈은 자신이 북쪽으로 충분히 왔다고 생각하고는 다시 동쪽으로 방향을 바꾸어 큰길은 피하고 샛길과 오솔길만 택하여 리치필드와 애쉬비 드 라 주크를 경유하여 셔우드를 향해 내려가다가 마침내 스탠턴이라고 불리는 장소에 도착했다. 로빈은 마음속으로 크게 웃기 시작했다. 모든 위험은 사라졌으므로 이제 곧 삼림의 향긋한 공기를 코로 다시 들이마실 수 있으리라고 생각했기 때문이었다. 그러나 생각과 현실 사이에는 많은 거리가 있었으니 로빈은 이 사실을 곧 깨닫게 된다. 어찌된 사연인가 하면 이렇다.

왕의 병사들이 세인트 올번스에서도 로빈 일행을 찾아내지 못하고 또다시 허탕쳤다는 것을 알았을 때 그들은 어떻게 하면 좋을지 몰랐다. 이윽고 다른 무리들이 그곳으로 도착했고, 또 다른 무리들도 속속 도착하자 달빛이 비치는 길에는 무장한 병사들로 들어찼다. 한밤중이 지나고 아직 새벽이 되기도 전에 또 다른 무리들이 그 도시에 도착했고 그들과 함께 헤리퍼드의 주교도 같이 왔다. 로빈 후드가 다시 한 번 덫을 빠져나갔다는 사실을 전해 듣자 주교는 세인트 올번스로 오는 모든 병사들은 지체하지 말고 자신을 따라오라는 명령을 온 부대에 내린 후, 잠시도 머무르지 않고 병사들을 모아 북쪽을 향하여 전속력으로 달려갔다. 나흘째 되던 날 노팅엄 시에 도착하자마자 주교는 자신이 데려온 병사들을 예닐곱 명으로 나누어 그들을 전부 도시 외곽으로 내보내어 동쪽과 남쪽, 그리고 서쪽으로부터 셔우드 숲으로 통하는 모든 대로와 샛길을 차단시켜 버렸다. 노팅엄 주 장관도 마찬가지로 자신의 부하들을 모두 소집하여 주교와 합세했다. 이번에야말로 그동안 로빈 후드에게 당한 모든 빚을 설욕할 수 있는 최고의 기회라고 생각했기 때문이었다. 윌 스칼렛과 리틀 존과 앨런 어 데일은 동쪽으로 향하던 왕의 병사들과 아슬아슬하게 길이 엇갈렸다. 그들이 경계를 넘어 셔우드로 들어간 바로 그 다음날, 그들이 지나왔던 모든 길이 완전히 봉쇄되었으므로 만일 그들이 오는 동안 조금이라도 지체했더라면 곧바로 주교의 손아귀에 들어갔을 것이 분명했다.

그러나 이러한 모든 사실을 로빈은 까맣게 모르고 있었다. 그래서 아무것도 모르던 로빈은 거미줄에 걸린 계란 속 노른자처럼 아무 근심도 없이 스탠턴 너머의 길을 따라 걸으며 즐겁게 휘파람을 불고 있었다. 마침내 그는 온통 여울로 길을 가로질러 퍼져 있는 작은 시내에 도착했다. 시냇물은 바닥에 깔린 황금빛 자갈 위로 물결을 일으키고 반짝반짝 빛을 내며 졸졸 흘러가고 있었다. 마침 목이 말랐던 로빈은 그곳에 멈춰 서서 무릎을 꿇고 둥그렇게 모은 손바닥으로 물을 떠 마셨다. 길 양옆에는 꽤 멀리까지 헝클어진 두툼한 덤불과 어린 나무들이 줄지어 서 있었다. 거기서 들려오는 작은 새들의 노랫소리를 듣노라니 비록 숲 속의 공기를 호흡한 후로 한평생이 지난 것처럼 느껴지긴 했지만 셔우드 생각이 났으므로 로빈은 기분이 좋았다. 그러나 그렇게 엎드려 물을 마시고 있을 때, 갑자기 무엇인가 그의 귓전을 스치고 지나가 자갈이 깔린 옆의 시냇물 속으로 텀벙 하고 떨어졌다. 본능적으로 벌떡 일어난 로빈은 뒤도 돌아보지 않고 재빨리 근처의 덤불 속으로 뛰어들었다. 자신의 귀를 그토록 살벌하게 스치고 지나간 것은 바로 다름 아닌 화살이었으므로 잠시라도 지체했다가는 그 자리에서 즉사할 것이라는 것을 잘 알고 있었기 때문이었다. 로빈이 덤불 속으로 몸을 숨기는 그 짧은 순간에도 여섯 개나 되는 화살이 가지를 뚫고 로빈의 뒤를 따랐으며 그 중에 하나는 그의 상의를 관통했다. 로빈이 속에 걸치고 있던 견고한 강철 갑옷만 아니었더라면 화살은 그의 옆구리에 깊숙이 박혔을 것이었다. 그리고는 왕의 병사들이 말을 타고 전속력으로 달려와 길 위에 나타났다. 그들은 말에서 내려 로빈의 뒤를 이어 즉시 덤불 속으로 뛰어들었다. 그러나 로빈은 숲 속의 지형을 그들보다도 훨씬 잘 알고 있었으므로 몸을 낮게 웅크린 채 기어서 덤불 속을 빠져나갔다. 그리고 작은 공터를 가로질러 곧 병사들을 따돌리고 처음 있던 장소로부터 약 800보 정도 떨어져 있는 다른 길로 접어들었다. 그곳에서 잠시 멈춰 서서, 마치 뒤쫓던 사냥감의 냄새를 잃어버린 사냥개처럼 덤불 속을 이리저리 훑으며 멀리서 소리치고 있던 병사들의 소리에 귀를 기울였다. 그런 다음 허리에 찬 허리띠를 더욱 조여 맨 후 셔우드를 향하여 동쪽으로 가

로빈이 물을 마시고 있을 때,
화살이 시냇물 속으로 떨어졌다.

빕게 길을 달려내려갔다.

그러나 그쪽 방향으로 채 200미터도 못 가 산 언저리에 도착했을 때 아래 골짜기의 길가를 따라 늘어선 그늘에 앉아 있던 또 다른 병사들 무리가 눈에 들어왔다. 그들이 아직 자신을 보지 못했다는 사실을 알자 로빈은 잠시도 지체하지 않고 뒤돌아 자신이 왔던 방향으로 급히 달려갔다. 골짜기에 그렇게 진을 치고 있던 병사들의 포위망보다는 덤불 속에 있는 병사들의 포위망이 뚫고 도망치기에 가능성이 더 많다는 것을 알았기 때문이다. 그래서 오던 길로 전속력으로 되돌아간 로빈이 무사히 덤불을 지나쳤을 무렵 마침 일곱 병사들도 덤불 밖으로 나왔다. 로빈을 발견한 병사들은 마치 사냥꾼들이 덤불에 숨어있다 뛰쳐나온 사슴을 보고 외치듯이 커다란 함성을 내질렀지만 로빈은 사냥개처럼 날렵하게 길 위를 스치며 달려가 병사들과의 거리를 400여 미터 정도 벌려 놓았다.

뛰는 속도를 조금도 줄이지 않고 한참 뛰어간 로빈은 더비 시 근처의 더웬트 강 너머에 있는 맥워스 가까이 도착할 때까지 족히 몇 킬로미터는 달렸다. 그곳에 이르자 급박한 위험으로부터는 잠시 벗어난 것을 알고 뛰는 속도를 줄였다. 그러다 마침내 덤불 아래에 수풀이 제일 깊게 자라있고 그늘은 가장 시원한 곳을 골라 잠시 쉬며 숨을 좀 고르기 위해 주저앉았다.

"정말로 일생일대의 위기를 간신히 모면했군. 그 위험한 화살이 윙 하면서 지나갈 때는 정말 내 귀를 스칠 정도였으니. 그나저나 이렇게 한참 뛰어 왔더니 허기져 죽겠군. 어서 빨리 먹을 것과 마실 것을 좀 보내 달라고 둔스탄 성인에게 기도해야지."

그런데 정말로 마치 둔스탄 성인이 로빈의 기도를 듣기라도 한 것처럼 더비의 퀸스(Quince)라는 한 제화업자가 길을 따라서 터벅터벅 걸어 내려오고 있었다. 그는 커크 랭글리(Kirk Langly) 근처에 사는 한 농부에게 신발 한 켤레를 배달하고는 집으로 돌아오는 길이었는데 옆구리에는 농부가 근사한 신발을 만들어준 데 대해 기분이 좋아서 준 맥주 한 병과 푹 끓인 닭고기가 든 자루가 매달려 있었다. 선량한 퀸스는 정직한 사내였지만 설익힌 밀가루 반죽처럼 머리가 빨리 돌지 않는 아둔한 사람이었다. 그래서 그의 마음속에 있는 생각은 오직 "네 신발은 3실링 6페니 반이야 퀸스, … 네 신발은 3실링 6페니 반이야, 퀸스." 이것이 전부였다. 그리고 빈 그릇 안에서 완두콩 하나가 이리저리 굴러다니듯이 오로지 그 생각만이 머리 속에서 맴돌았으므로 다른 생각은 전혀 들지 않았다.

퀸스가 충분히 가까워오자 로빈은 덤불 아래서 말을 걸었다. "안녕, 친구, 이렇게 화창한 날 그렇게 즐겁게 어디를 가시나?"

자신을 그렇게 크게 부르는 소리를 듣고 제화업자는 푸른색으로 잘 차려입은 나그네를 보자 공손하게 대답했다. "아, 네 안녕하세요, 나리. 저는 지금 커크 랭글리에서 신발을 3실링 6페니 반에 팔고는 돌아오는 길입니다. 제가 정직하게 힘들여 번 돈이므로 무척 기분 좋은 돈이라는 것은 나리께서도 아시겠지요. 하지만, 외람된 질문입니다만, 당신처럼 말쑥하신 분이 그 덤불 아래서 뭐 하십니까?"

"그게 말이네, 나는 지금 황금새들의 꼬리에 소금을 떨어뜨리려고 이 덤불 아래 앉아 있는 거라네. 하지만 이렇게 화창한 오늘 제대로 된 사람을 보는 것은 자네가 처음이군."

그 말에 제화업자의 두 눈은 크게 벌어졌고, 입 역시 놀라서 울타리 담에 난 옹이구멍처럼 떡 벌어졌다. "아, 이럴 수가, 아니, 그게 정말입니까? 저는 이제껏 황금새라는 것은 전혀 보질 못했는데. 그런데, 정말 나리가 여기 덤불 속에서 그 새들을 찾았단 말입니까? 제발 말씀해 주세요, 그것들이 많이 있습니까? 저도 좀 찾고 싶습니다."

"아, 그야 물론이지. 캐넉 체이스에 신선한 청어가 바글대듯이 이곳에도 새가 지천이라네."

그러자 제화업자는 궁금해 어쩔 줄 모르며 물었다. "아, 그게 정말이에요! 그리고 정말로 그 꼬리에 소금을 떨어뜨리면 새를 잡을 수 있는 것입니까?"

"물론이지, 하지만 이 소금은 좀 특별한 것이라네. 이 소금은 달빛 아래서 나무 쟁반에 끓인 다음에야 얻을 수 있는 것이라 한 사람이 아주 조금밖에 얻을 수 없지. 그런데, 영리한 자네 옆구리에 찬 자루와 그 병에는 무엇이 들어 있나?"

그 말에 제화업자는 비로소 로빈이 말한 물건들을 내려다보았다. 황금 새에 대한 생각이 다른 생각들을 말끔히 몰아내 버렸으므로 자루 속에 어떤 물건이 있었는지 기억을 되돌리는 데는 시간이 좀 걸렸다. 마침내 제대로 기억해낸 제화업자가 대답했다. "병에는 3월에 빚은 좋은 맥주가 들어 있고요, 자루에는 살찐 닭이 들어있답니다. 제화업자 퀸스는 실수만 하지 않는다면 오늘이 정말로 멋진 날이 될 거랍니다."

"그런데, 퀸스, 자네 그것들을 내게 팔 생각이 없나? 자네 말을 듣고 보니 탐이 나는군. 자네가 입고 있는 그 옷과 가죽 앞치마, 그리고 맥주와 닭을 내게 주면 나는 지금 입고 있는 이 푸른 옷과 덤으로 10실링 주겠네. 자, 자네 생각은 어떤가?"

"에이, 지금 제게 농담하고 계신 거죠. 제 옷은 여기저기 기운 데다 초라한데 나리의 옷은 천도 좋고 근사하잖아요."

"나는 결코 농담 같은 것은 하지 않는다네. 자네 옷을 벗어보라고, 내 그러면 보여줄 테니. 나는 자네 옷이 마음에 들어서 그러는 것이라네. 게다가, 나는 자네에게 호의도 베풀 거라네. 지금 자네가 가지고 있는 그 먹을 것을 나와 바꾸고 나면 그것을 먹을 참이니까. 자네도 함께 먹고 말이야."

그 말과 함께 로빈은 자신의 상의를 벗기 시작했고 제화업자는 로빈이 무척 진지하게 나오는 것을 보고는 그제야 자신의 옷을 벗기 시작했다. 로빈의 옷은 보기에도 탐이 났기 때문이다. 그래서 두 사람은 각자 상대의 옷으로 갈아입었고 로빈은 정직한 제화업자에게 밝게 빛나는 새 돈으로 10실링을 주었다.

"나는 전에 여러 가지 일들을 많이 해봤지만 아직까지 정직한 제화업자 노릇은 해보지 못했다네. 그러니, 이리 오게. 앉아서 먹자고. 이렇게 먹음 직스러운 닭을 보니 뱃속에서 아우성이네." 그래서 두 사람은 앉아서 허겁 지겁 먹기 시작했으므로 다 먹고 났을 때는 닭 뼈가 깨끗이 발라져 있었다.

그제야 로빈은 달콤한 포만감에 발을 쭉 뻗으며 말했다. "이보게, 퀸스. 자네의 그 음성으로 보아 자네는 초원에 뛰어 다니는 망아지처럼 노래 한 두 곡 정도는 머리 속에 늘 외워 다닌다는 것을 알겠네. 그러니 내게 한 곡조 뽑 아주게."

"한두 곡 정도 알긴 하는데, 아주 보잘것없는 것들이죠. 하지만 상관없다 면 그 중 하나를 해보겠습니다." 그래서 맥주를 한 모금 들이켜 목을 좀 적신 다음 퀸스는 노래를 시작했다.

> "모든 기쁨 중에서, 내가 가장 좋아하는 것은
> 경쾌한 나의 난(Nan)에게 노래하는 것, 오, 난,
> 그리고 내 영혼을 제일 감동시키는 것은
> 바로 쨍그렁거리는 돈 소리.
>
> 다른 모든 행복은 던져 버리겠네,
> 경쾌한 나의 난에게 노래하며, 오, 난.
> 하지만 이 …"

그러나 제화업자는 더 이상 노래를 계속 할 수 없었다. 갑자기 말을 탄 여 섯 명의 병사가 그들이 앉아 있던 곳을 덮친 것이었다. 병사들은 정직한 그 제화업자를 거칠게 잡더니만 거의 옷이 떨어져나갈 정도로 질질 끌고 갔다. 병사들 무리 중 지휘관이 커다란 기쁨의 환호성을 질렀다.

"하! 결국 네 녀석을 이렇게 잡고 말았군, 이 푸른 옷을 입은 악당아! 자,

이제 허버트 성인의 이름에 축복 있기를. 헤리퍼드의 훌륭하신 주교께서 네 녀석을 데려오는 무리에게는 많은 상을 주시겠다고 약속하셨거든. 아하! 요 교활한 녀석 같으니! 정말로 생긴 것은 아무것도 모르는 척 순진하게 생겼군! 하지만 우린 네 녀석이 누구인지 알고 있지, 이 교활한 늙은 여우야. 그러니 어서 네 그 꼬리를 자르기 위해 우리와 함께 가야 할 걸."

그 말에 아무 영문도 모르는 제화업자는 크고 푸른 눈을 죽은 고기처럼 똥그랗게 뜨고는 꿀 먹은 벙어리처럼 무슨 말을 해야 좋을지 모른 채 입을 떡 벌렸다.

로빈 역시 제화업자가 자기 자리에 있었더라면 그랬을 것처럼 궁금하다는 듯이 입을 벌리며 놀란 척 했다. "아, 이럴 수가! 그대로 앉아 있는 것이 좋을지 어떻게 할지 모르겠네! 도대체 이게 무슨 소란입니까, 훌륭하신 병사님들? 이 자는 분명히 착하고 정직한 사람인데요."

"뭐 '정직한 자'라고, 이 촌뜨기야? 잘 들어, 이 자는 바로 사람들이 로빈 후드라고 부르는 악당이란 말이다."

그 말에 제화업자는 전보다 더 화들짝 놀라 입을 더 크게 벌리고 말았다. 그 불쌍한 사람의 머릿속에서는 생각들이 마구 뒤엉켜 그의 사고는 마치 먼지와 왕겨로 가려진 것처럼 몽롱해지고 말았다. 게다가 로빈 후드를 쳐다보니, 로빈 후드가 자기를 알고 있다는 듯이 바라보고 있었으므로 그는 자신이 정말로 그 위대한 범법자일지도 모른다는 의심이 들기 시작했다. 그래서 의아해하는 음성으로 천천히 말했다.

"내가 정말로 그 사람일까? 아, 이제 생각났어, 아니 퀸스, 너는 지금 실수하고 있는 거야. 하지만 정말 그럴까? 아니야, 내가 정말 로빈 후드임에 틀림없어! 하지만 정말로 정직한 장인에서 그토록 위대한 사람이 된다는 생각은 한 번도 해보지 않았는데."

"아, 이런! 자, 이걸 봐요! 당신들이 너무 심하게 다루어서 지금 이 불쌍한 청년의 정신이 오락가락하며 완전히 맛이 갔잖아요! 나는 바로 더비 시의 제화업자인 퀸스라고요."

그러자 퀸스가 대답했다. "그게 정말이오? 그렇다면 분명히 나는 다른 사람이라는 말인데, 그럼 내가 로빈 후드인 것이 분명하군. 자, 나를 잡아가시오. 하지만 내가 밝혀 두는데, 당신들은 숲 속을 걷던 사람들 중에서 제일 강인한 용사를 잡은 것이라고요."

그러자 지휘관이 그 말을 일축했다. "무슨 헛소리를 하는 거야? 이봐, 자일스, 여기 오랏줄 가져와 이 악당의 손을 뒤로 포박하라고. 터트베리 (Tutbury)에 있는 주교 나리 면전에 데려가기 전에 이 자의 정신을 되돌아오게 해야 한다고."

그래서 병사들은 제화업자의 손을 뒤로 포박하고는 마치 농부가 장에서 산 송아지를 끌고 가듯이 손에 매인 밧줄을 잡아끌고는 가버렸다. 로빈은 그들의 뒷모습을 지켜보고 있다가 마침내 그들이 시야에서 사라지자 배꼽을 잡고 웃기 시작했다. 어찌나 웃었는지 눈물이 다 볼을 타고 흘러내렸다. 로빈은 그 순진한 제화업자가 아무런 해도 당하지 않으리라는 것을 알았고, 선량한 퀸스가 로빈 후드랍시고 주교 앞에 끌려갔을 때 주교의 얼굴이 어떨지 상상이 갔기 때문이었다. 그렇게 서서 한참동안 웃은 후 로빈은 발길을 다시 동쪽으로 돌려 노팅엄과 셔우드 숲을 향하여 오른발을 먼저 떼어놓았다.

그러나 그날 로빈 후드는 자신이 생각하고 있던 이상의 일을 겪었다. 런던에서부터의 여정은 길고 험했고 이레 동안 230킬로미터가 넘는 거리를 걸어왔다. 로빈은 이제 셔우드 숲에 도착하기 전까지는 쉬지 않고 가겠다고 생각했지만 불과 16킬로미터도 채 못 가서 물이 침식해 들어가는 강둑처럼 온몸에서 힘이 빠져나가는 것을 느꼈다. 그래서 잠시 앉아 쉬었지만 속으로는 오늘 더 이상 갈 수 없다는 것을 알고 있었다. 피로로 인해 발은 마치 납덩어리처럼 천근만근 느껴졌기 때문이다. 다시 한 번 기운을 차려 일어난 로빈은 앞으로 걸어갔지만 1, 2킬로미터도 못 가서 그날은 그만 포기하고 싶은 생각이 들었다. 마침 그때 여관이 하나 나타났으므로 그 안으로 들어간 로빈은 비록 해가 그때 막 서쪽 하늘로 가라앉고 있을 때이긴 했지만 주인에게 방을 하나 보여 달라고 했다. 그 여관에는 방이 세 개밖에 없었는데, 주인은 그 중에서 제일 초라한 방을 로빈에게 보여 주었다. 그러나 그날 밤 같아서는 부서진 돌로 만든 침대에서라도 잘 수 있었으므로 로빈은 방의 모습에는 전혀 신경 쓰지 않았다. 그래서 군소리없이 옷을 벗고는 침대 속으로 기어 들어가 머리가 베개에 채 닿기도 전에 잠 속으로 곯아떨어지고 말았다.

로빈이 쉬기 시작한지 얼마 지나지 않아 커다란 구름이 서쪽으로 언덕을 새까맣게 뒤덮으며 몰려왔다. 밤이 될수록 구름은 점차 두터워지기 시작하더니 어두운 산처럼 두툼하게 쌓였다. 그 아래로는 가끔 흐릿한 붉은 섬광이 번쩍이기 시작하더니 곧이어 다가오고 있던 천둥의 짧고 험한 소리가 들려왔다. 그때 노팅엄 시에서 오고 있던 건장한 시민 네 사람이 반경 6킬로미터 이내에는 그 여관이 유일한 여관인데다 금방이라도 덮칠 듯한 그런 천둥번개가 치는 폭우 속에 갇히고 싶지 않았으므로 여관으로 달려왔다. 말들은 마구간에 두고, 그들은 여관에서 제일 좋은 방으로 들어갔다. 바닥에는 신선한 푸른 등심초가 깔려 있었고 그들은 그곳에서 제일 좋은 식사를 주문했다. 실컷 배를 채우고 난 뒤 그들은 여관 주인에게 쉬어갈 방을 보여 달라고 했다. 그날 하루 종일 드론필드(Dronfield)에서 달려온 길이었으므로 무척 피곤했기 때문이었다. 남은 방이 둘이었으므로 두 사람이 한 침대에서 잘 수밖에 없게 된 것을 투덜거리며 그들도 방으로 갔지만 다른 문제들과 마찬가지로 그들의 문제도 별 것 아닌 사소한 것이었으므로 곧 잠의 침묵 속으로 사라지고 말았다.

그리고 이제 첫 번째로 먼지와 낙엽들로 휩싸인 거센 강풍이 몰려와 여관을 지나며 문과 모든 출입구를 탕탕거리며 뒤흔들어 놓고 곧 비가 쏟아질 조짐을 알렸다. 마치 바람이 손님을 함께 데려오기라도 한 듯 문이 갑자기 덜컥 열리더니 에밋 수도원의 한 탁발수사가 안으로 들어섰다. 그가 걸치고 있는 사제복이 매끄럽고 부드러운 것과, 묵주가 값비싼 것으로 보아 아마도 높은 계급의 사제가 틀림없었다. 사제는 여관 주인을 부르더니 먼저 자신의 노새를 잘 먹인 후 마구간에 재우도록 명령한 뒤 그 집에서 가장 좋은 것을 내오라고 주문했다. 그래서 얼마 후 내장과 양파를 넣고 끓인 맛있는 스튜가 작고 속이 꽉 찬 만두와 함께 앞에 차려졌고 맘지 백포도주가 담긴 병도 준비되었다. 그러자 맹렬한 기세로 음식에 대든 사제는 삽시간에 그릇을 깨끗이 비워 버렸다. 접시 한가운데에 굶어죽어 가는 생쥐를 살리기에도 충분하지 않은 고기 국물 약간을 제외하고는 아무것도 남아 있지 않았다.

그 사이 폭풍이 시작되었다. 다시 한 번 일진광풍이 몰아치며 빗줄기가 한두 방울 떨어지더니 곧 억수 같은 폭우로 변하여 수백 개의 작은 손처럼 창문을 두드리기 시작했다. 빗방울이 떨어질 때마다 밝은 번개가 번쩍거렸으며 곧이어 스위딘 성인이 커다란 물병을 머리 위의 대지로 바쁘게 굴리기라도 하는 듯이 엄청난 천둥의 굉음이 으르렁거렸다. 여인네들은 놀라서 비명을 지르고 술집에 있던 남정네들은 여인들의 허리에 팔을 두르고는 그들을 진정시키려고 했다.

마침내 사제가 주인에게 묵어갈 방을 보여 달라고 했다. 그러나 방은 이미 손님들로 꽉 찼으므로 어떤 제화업자와 한 침대에서 잘 수밖에 없다는 말을 듣자 사제는 잉글랜드를 다 뒤져도 볼 수 없을 정도로 쭈그러진 인상을 지었다. 그렇지만 그곳에서 함께 자지 않으면 아무 데서도 잘 수가 없었으므로 달리 어쩔 도리가 없었다. 그래서 하는 수 없이 사제는 촛불을 들고 이제는 저 멀리서 들리는 천둥소리처럼 투덜거리며 방으로 갔다.

자신이 잘 방으로 들어간 사제는 로빈의 얼굴 위로 불을 들고는 머리끝부터 발끝까지 훑어보았다. 그러자 적잖이 안심이 되었다. 침대 위에 누워 있던 사람은 더럽게 수염을 기른 초라한 사내 대신 일요일에 어디서나 볼 수 있는 신선하고 말끔한 청년이었기 때문이었다. 그래서 옷을 벗고 사제 역시 침대 속으로 기어들어갔다. 로빈은 잠결에 툴툴거리긴 했지만 어쨌든 사제가 누울 수 있도록 자리를 좀 내주었다. 로빈은 아마 최근의 그 어떤 날보다도 깊이 잠들어 있었던 것이 틀림없다. 안 그랬다면 성직자 부류 중 한 사람이 자신의 옆에 그렇게 가까이 다가왔는데도 절대로 그렇게 조용히 쉬고 있었을 리가 없다. 한편, 사제로서도 만일 로빈 후드가 누구인지 알았더라면 그와 한 베개를 베고 자는 것은 마치 살무사와 함께 자는 것이라고 생각했을 것이었다.

그래서 그날 밤은 그렇게 아무 일 없이 지나갔지만 첫새벽에 눈을 뜬 로빈은 고개를 옆으로 돌렸다. 그리고 잠결에 눈을 뜨자 너무 놀라서 입이 떡 벌어졌다. 그도 그럴 것이 자신의 옆에 누워 있던 사람의 머리가 말끔하게 빡빡 밀려있는 것으로 보아 분명히 성직 계급에 몸담고 있는 사람이라는 것을 알 수 있었기 때문이었다. 로빈은 혹시 꿈을 꾸고 있는 건가 싶어 자신의 팔을 세게 꼬집어 보았지만 꿈을 꾸는 것은 아니라는 것을 깨닫고 어쨌든 일어나 앉았다. 반면 상대는 에밋 수도원의 집에 무사히 있는 양 평화롭게 잠에 취해 있었다.

그 모습을 지켜보며 로빈은 혼자 중얼거렸다. "간밤에 도대체 이 자가 어떻게 내 침대 속으로 기어들어왔는지 모르겠군." 그렇게 말하며 상대를 깨우지 않기 위해 조심스럽게 살살 일어난 로빈은 방안을 둘러보다가 벽 가까이 있는 의자 위에 놓인 사제의 복장을 발견했다. 처음에는 고개를 한쪽으로 갸우뚱한 채 옷을 말없이 바라보던 로빈은 사제를 쳐다보고는 한쪽 눈을 천천히 찡긋하며 말했다.

"훌륭한 형제여, 그대의 이름이 무엇이든 간에 그대가 내 침대를 거저 빌렸듯이 나도 그 보답으로 당신 옷을 좀 빌리겠소." 그렇게 말하며 로빈은 재빨리 사제의 옷을 걸치고는 친절하게도 대신 그 자리에 제화업자의 옷을 남겨 주었다. 그런 다음 아침의 상쾌한 공기 속으로 나갔다. 먼저 일어나 마구간 주위에 있던 마구간지기는 사제복을 걸친 로빈을 보자 마치 눈앞에 초록색 생쥐라도 본 듯이 눈을 크게 떴다. 에밋 수도원의 탁발수사 같은 사람들은 결코 일찍 일어나는 사람들이 아니었기 때문이었다. 하지만 마구간지기는 자신의 생각을 억누르고는 노새를 마구간에서 데려오길 원하는지 로빈에게 물어보았다.

로빈은 노새에 대해서는 금시초문이었지만 시치미를 떼고 대답했다. "좋아, 부탁하는데 어서 빨리 데려오게나. 나는 지금 늦어서 서둘러야 하거든." 그래서 이윽고 마구간지기가 노새를 앞으로 끌고 오자 로빈은 그 위에 올라타고 기분 좋게 출발했다.

한편, 탁발수사는 잠에서 깨어나자 이 세상 어떤 사람보다도 몹시 초조해졌다. 그도 그럴 것이 자신의 값비싸고 매끄러운 의복은 그 속에 들어 있던 금화 10파운드와 함께 온데간데없이 사라지고 대신 누더기 옷과 가죽 앞치마 외에는 아무것도 남아있지 않았던 것이다. 사제는 평범한 속물처럼 분통을 터뜨리고 욕을 해댔지만 그가 아무리 욕을 해도 바뀔 것은 아무것도 없었으며 그렇다고 여관 주인이 그를 도와줄 수 있는 상황도 아니었다. 게다가 그는 바로 그날 아침 업무상 꼭 에밋 수도원에 가야만 했기에 제화업자의 옷이라도 입지 않으면 발가벗고 길을 가는 수밖에 없었다.

그래서 하는 수 없이 그 옷이라도 걸친 사제는 여전히 불같이 화를 내고 더비 주에 있는 모든 제화업자들에게 복수를 하겠다고 이를 박박 갈며 걸어서 출발했다. 그러나 그의 불운은 그것으로 끝이 아니었다. 얼마 가지 않아서 곧 왕의 병사들의 손아귀에 들어갔기 때문이다. 그는 싫든 좋든 병사들 손에 이끌려 터트베리 시에서 기다리고 있는 헤리퍼드 주교에게로 끌려가야만 했다. 병사들에게 자신은 사제라는 사실을 밝히며 자신의 깎인 정수리를 보여주었지만 아무 소용이 없었다. 그가 로빈 후드로 몰린 이상은 하는 수 없이 끌려가는 수밖에 별 도리가 없었다.

그 사이 노새를 타고 유유자적 달리며 왕의 병사들을 두 무리나 안전하게 지나친 로빈은 셔우드 숲이 점점 가까워오고 있었으므로 마음속으로는 춤이라도 출 듯이 기뻤다. 그런데 동쪽으로 계속 가고 있던 중 갑자기 그늘진 오솔길에서 나오는 한 고귀한 기사를 만났다. 그러자 로빈은 노새를 재빨리 잡아 세운 후 뛰어내리며 외쳤다.

"아, 리의 리처드 경, 잘 만났습니다! 오늘은 잉글랜드의 그 어떤 사람보다도 훌륭하신 경을 만나고 싶었답니다!"

그러면서 로빈은 자신에게 닥친 모든 일을 리처드 경에게 얘기해주었고 이제 셔우드 숲에 다시 가까워졌으니 안심이 된다고 말해 주었다. 그러나 로빈이 말을 끝내자 리처드 경은 슬프게 고개를 가로 저었다.

"아니요, 로빈. 지금 그대는 그 어느 때보다도 위험에 처해 있네. 지금 그대 앞에는 주 장관의 부하들이 모든 길을 차단한 채 한 사람씩 일일이 확인하기 전에는 아무도 통과시키지 않고 있다네. 바로 조금 전 내가 그들을 지나쳐왔기 때문에 나도 알게 된 것이지. 그대 앞에는 주 장관의 부하들이 지키고 있고 뒤에는 왕의 병사들이 뒤따라오고 있으니 그대는 그 어느 길로도 빠져나갈 수가 없다네. 지금쯤은 그들도 그대가 변장한 것을 알아채고 그대를 잡으려고 기다리고 있을 테니 말이야. 내 성과 그 안에 있는 것은 모두 그대 것이기도 하지만 내 성으로 간다고 해도 큰 소득은 없을 것이라네. 노팅엄에 있는 왕과 주 장관의 병사들의 군대에 대항할 만한 군사력을 지금 당장 얻을 수 없기 때문이지."

그렇게 말하며 리처드 경은 머리를 숙이며 생각에 잠겼고 로빈은 마치 자신을 바싹 뒤쫓는 사냥개의 소리를 들은 데다 땅 위로는 자신의 굴이 완전히 막혀 버렸으므로 어디로도 숨을 수 없는 여우의 마음처럼 철렁 내려앉았다. 그러나 이윽고 리처드 경이 다시 말을 꺼냈다.

"그대가 할 수 있는 일이 딱 한 가지 있네, 로빈. 런던으로 돌아가 인자하신 엘레오노르 왕비의 자비에 그대의 몸을 맡기는 것이라네. 나와 함께 곧장 내 성으로 가세. 그리고 내가 뒤에 내 부하를 이끌고 런던으로 서둘러 달려갈 테니 그대는 부하들 틈에 함께 섞이도록 하게. 그렇게 하면 그대가 왕비를 만나 말할 수 있을 만한 곳으로 내가 그대를 데려다 주겠네. 그대의 유일한 희망은 셔우드 숲으로 가는 것이네. 그곳에서는 아무도 그대가 있는 곳까지 다가갈 수 없을 테니까. 하지만 이런 방법이 아니고서는 절대 다시는 셔우드로 돌아갈 수 없을 거라네."

그래서 로빈은 리의 리처드 경과 함께 가서 그가 말한 대로 했다. 리처드 경이 해준 충고가 현명하다는 사실과 그것만이 무사히 위기를 넘길 수 있는 유일한 희망이라는 것을 로빈 자신도 알았기 때문이었다.

* * *

한편, 엘레오노르 왕비는 자신의 왕실 정원에서 시중들던 시녀 여섯 명과 함께 아름답게 피어난 장미꽃 사이를 걸으며 즐겁게 담소를 나누고 있었다. 그런데 갑자기 반대편 담 꼭대기로 한 남자가 펄쩍 뛰어오르더니 잠시 동안 멈췄다가 담장 안의 풀밭 위로 사뿐히 내려앉았다. 사내의 갑작스런 출현에 놀란 시녀들은 비명을 질렀지만 남자는 왕비에게로 달려오더니 왕비의 발치에 무릎을 꿇었다. 그제야 왕비는 그 남자가 로빈 후드라는 것을 알아보고는 외쳤다.

"아니, 이런 로빈 후드! 분노한 사자의 턱 아래로 이렇게 겁도 없이 뛰어들다니! 아, 불쌍한 사람! 왕이 그대를 여기서 찾아내는 날에는 그대는 죽은 목숨이오. 지금 왕이 전국을 이 잡듯이 뒤지며 당신을 찾는데 혈안이라는 것을 모른단 말이오?"

"예, 왕께서 저를 찾고 계시는 것을 물론 잘 알고 말구요. 그래서 이렇게 온 것이옵니다. 제 안전을 지켜주겠다고 왕께서 왕비마마께 약속을 하셔야만 제게 아무런 해가 닥치지 않을 것이옵니다. 그리고 저는 왕비마마의 상냥하고 자애로우신 마음을 알고 있으므로 마마의 고귀하신 수중에 제 목숨을 맡기옵니다."

"그대의 말이 무슨 뜻인지 알겠소. 내가 마땅히 했어야 할 일을 그대에게 해 주지 않았다는 것을 알고 있으니 그대가 나를 원망하는 뜻도 알겠고. 계속되는 위험에 쫓기다보니 하나의 위험을 피해서 또 다른 불구덩이 속으로 대담하게 뛰어들 수밖에 없었던 사정을 잘 알겠구려. 그대를 돕겠다고 다시 한 번 약속하겠소. 그리고 그대를 무사히 셔우드 숲으로 돌려보내기 위해 내가 할 수 있는 모든 일을 다 하겠소. 그대는 내가 돌아올 때까지 이곳에 있도록 하오." 그렇게 말하며 왕비는 로빈을 장미꽃밭에 남겨두고 떠났고 한참 동안 돌아오지 않았다.

다시 돌아왔을 때 왕비는 로버트 리 경을 대동하고 나타났으며 큰 소리로 이야기를 나누기라도 한 듯이 볼은 상기됐고 눈은 밝게 빛났다. 그러자 로버트 경은 로빈 후드가 서 있는 곳으로 당장 다가가 차갑고 준엄한 목소리로 말했다.

"우리의 고귀하신 왕께서는 그대에 대한 분노를 누그러뜨리고 그대가 조용하게 무사히 떠날 수 있도록 다시 한 번 약속해 주셨다. 그뿐 아니라, 사흘 내에 전하의 시종들 중에서 한 사람을 그대와 같이 보내어 돌아가는 도중에 아무도 그대를 체포하지 못하도록 감시하게 해 주실 것이오. 그대는 고귀하신 왕비마마와 같은 좋은 지인을 알게 된 것을 그대의 수호 성인에게 감사하게. 왕비마마의 설득과 논쟁이 없었다면 그대는 죽은 목숨이나 다름없다고 단언할 수 있네. 그대가 겪은 이 위험으로 그대는 두 가지 교훈을 얻었을 걸세. 첫째, 더욱 정직해질 것. 둘째, 앞으로 나다니는데 그렇게 대담하게 행동하지 말 것. 자네처럼 어둠 속에서 걸어가는 사람은 잠시 동안은 피할 수 있을지 모르지만 결국에는 분명히 구덩이 속으로 빠지고 말 것이란 말이네. 그대는 지금 성난 사자의 입 안에 자네의 머리를 들이밀었지만 어쨌든 기적적으로 도망칠 수 있었네. 하지만 다시는 그런 위험한 짓은 하지 말게."

그렇게 말하며 로버트 경은 뒤돌아 로빈을 남겨두고 가버렸다.

그로부터 사흘 동안 로빈은 왕비의 왕실에 머물렀다. 그리고 사흘이 지나자 왕의 수석 시종인 에드워드 커닝엄이 찾아와 로빈과 이야기를 나눈 후 함께 셔우드를 향해 북쪽으로 길을 나섰다. 런던으로 돌아가고 있던 왕의 병사들 무리가 때때로 그들을 지나쳤지만 아무도 그 두 사람을 막지 않았으므로 결국 로빈은 달콤하고 잎새 무성한 삼림으로 되돌아갈 수 있었다.

이렇게 해서 런던 시에서 벌어진 유명한 활쏘기 대회에 갔다가 로빈 후드가 겪었던 모험은 끝이 났다. 자, 이제 헤리퍼느의 주교와 노빙엄의 주 상관이 다른 방법으로 다시 한 번 로빈 후드를 잡으려고 한 이야기를 들어보자. 또한 사자심 왕 리처드 왕이 어떻게 해서 셔우드 숲 속 깊숙이 있는 로빈 후드를 방문하게 되었는지도 듣기로 하자.

로빈과 리틀 존이 모험을 찾아 떠나다.

제 8 부

로빈 후드가 셔우드 숲에서 기스본의 가이와 만나게 된 사연과,
두 사람이 벌인 유명한 결투가 소개된다.
또한, 리틀 존이 삼 형제의 목숨을 구하려다가
주 장관의 손아귀에 걸려들게 된 사연과
사자심 왕 리처드 왕이 노팅엄에 와서
셔우드 숲에 있는 로빈을 방문하게 된 이야기도 전개된다.

제 1 장
로빈 후드와 기스본의 가이

핀스베리 들판에서 활쏘기 대회가 끝난 후로 긴 시간이 흘렀다. 그동안 로빈 후드는 로버트 리 경이 해 주었던 충고 가운데 하나, 즉 나다니는데 좀 더 자중하라는 말을 따랐다. 또 다른 충고였던 더욱 정직해지라는 말에는 아마도 따를 필요가 없었는지 모르지만(대부분의 사람들이 그를 정직하다고 생각하고 있었으므로), 어쨌든 두 번째 충고만은 잘 지켜서, 쉽게 재빨리 셔우드로 돌아올 수 없을 만큼 멀리 떨어진 곳으로는 여행하지 않도록 조심했다.

그런데 이 시기쯤 커다란 변화가 일어났다. 헨리 왕이 죽고 리처드 왕이 새로이 권좌에 올랐던 것이다. 수많은 시련과 로빈 후드에게 일어났던 것과 같은 장쾌한 모험을 겪은 그가 왕위에 오르는 것은 어찌 보면 당연했다. 그러나 비록 큰 변화가 일어나긴 했지만 그 변화가 셔우드 그늘까지 미치진 못했으니 그곳에서는 로빈 후드와 그의 동료들이 늘 그래왔던 것처럼 사냥하고 먹고 마시고, 노래와 숲의 즐거운 여흥을 즐기며 행복하게 살아가고 있었기 때문이다. 또한 바깥 세상에서 벌어지는 다툼이 그들을 거의 괴롭히지 못했다.

여름날의 새벽은 신선하고 맑았으며 새들은 커다란 소리로 달콤하게 노래했다. 새 소리가 무척 컸으므로 로빈은 누워 있던 곳에서 잠이 깨 뒤척이다가 일어났다. 그러자 리틀 존 역시 잠자리에서 일어났고 다른 사람들도 모두 따라 일어났다. 아침을 먹은 후에는 각자 그날 할 일을 찾아 이리저리 움직이기 시작했다.

로빈 후드와 리틀 존은 주위에 늘어선 잎들이 마치 미풍이 사이로 지나며 떨게 만들고 있기라도 하듯 춤을 추고, 햇빛이 다가오는 듯이 반짝거리고 있는 오솔길을 걸어내려갔다. 로빈이 먼저 말을 꺼냈다.

"리틀 존, 진심으로 하는 말인데, 즐거운 오늘 아침에는 피가 속에서 용솟음치는 것 같아. 우리 각자 떨어져 모험을 찾아보는 것이 어떨까?"

"좋지요. 전에도 그렇게 해서 즐거운 일이 생겼잖아요. 여기 길이 두 갈래로 갈라지네요. 대장은 오른쪽 길로 가요, 나는 왼쪽 길로 갈 테니까. 그래서 뭔가 즐거운 일이 생길 때까지 각자 곧장 앞으로 나아가자고요."

"자네 생각이 마음에 드네. 그러니 여기서 헤어지기로 하세. 하지만 리틀 존, 나쁜 일 당하지 않도록 조심하게나. 나는 이 세상 어떤 일보다도 자네에게 불운이 닥치도록 내버려 두지 않을 테니까."

"하하, 지금 무슨 말하고 있는 거예요! 나는 대장이 복잡한 일에 더 잘 끼어든다고 생각하고 있었는데."

그 말에 로빈 후드는 웃음을 터뜨렸다. "무슨 소리야, 리틀 존. 자네는 늘 고집스럽게도 실수를 잘 해서 금방이라도 골칫거리가 생길 것 같은 주제에. 하지만 어디 오늘은 누가 더 잘 하나 두고 보자고." 그렇게 말하면서 로빈은 리틀 존과 손뼉을 마주쳤고, 두 사람은 각기 자신의 길을 향해 출발했다. 나무들에 가려 두 사람은 금세 서로의 시야에서 벗어났다.

로빈 후드는 한가로이 거닐다 마침내 앞으로 뻗어 있는 넓은 숲길에 도착했다. 머리 위로는 빽빽하게 들어찬 나뭇잎들이 하늘거리며 나풀대고 있었고 나뭇잎이 듬성듬성한 곳은 햇빛을 받아 황금색으로 빛나고 있었다. 발 아래 대지는 부드러웠고 응달에서 올라온 습기로 촉촉하게 젖어 있었다. 그런데 바로 이 유쾌한 장소에서 이제껏 로빈 후드가 겪었던 모험 중에서 제일 험한 일이 닥치게 되었다. 새들의 노래 외에는 아무것도 생각하지 않은 채 숲

길을 걸어내려가던 로빈은 가지를 넓게 드리운 참나무 그늘 아래, 이끼 낀 뿌리 위에 한 사내가 앉아 있는 곳까지 오게 되었다. 로빈은 마침 그 낯선 사내가 아직 자신을 보지 못한 것을 알고는 그대로 멈춰 서서 앞으로 다시 다가가기 전에 그 사내를 조용히 오랫동안 살펴보았다. 그 사내는 살펴볼 만한 충분한 근거가 있었으니, 로빈은 나무 아래에 앉아 있는 사내 같은 그런 사람은 이제껏 본 적이 없었다. 그는 머리부터 발끝까지 말의 가죽을 뒤집어쓰고 있었는데, 가죽 위에는 털이 그대로 달려 있었다. 머리 위에는 얼굴을 가리기 위해 고깔을 쓰고 있었는데, 그것 역시 말의 가죽으로 만들어져 마치 토끼 귀처럼 말의 두 귀가 옆으로 쭉 삐어져 나와 있었다. 상반신에는 말가죽으로 만든 상의를 걸치고 있었고 다리 역시 말의 털이 난 가죽으로 뒤덮여 있었다. 옆구리에는 넓고 묵직하고 예리한 양날 단도를 차고 있었으며 어깨 너머로는 부드럽고 둥근 화살이 든 화살 통이 매달려 있었다. 그리고 주목으로 만든 탄탄한 활은 옆에 있던 나무에 기대어 놓고 있었다.

로빈은 마침내 사내가 있는 곳으로 다가가며 외쳤다. "여보게, 안녕하신가, 그곳에 그렇게 앉아 있다니 누구신가? 그리고 몸에 걸친 그것은 무엇인가? 맹세코, 나는 이제껏 그런 모습은 처음 본다네. 만일 내가 못된 짓을 했거나 내 양심에 거리끼는 일을 저질렀다면 아마 자네가 나를 저승의 니콜라스 왕에게 데려가기 위해 온 저승사자인 줄 알고 무척 겁먹었을 거라네."

로빈의 그 말에 사내는 한 마디도 대답하지 않은 채 머리에서 고깔을 뒤로 젖혀 찌푸린 이마와 매부리코, 타는 듯한 불안한 검은 두 눈을 드러냈다. 로빈은 사내의 얼굴을 보며 매의 얼굴을 떠올렸다. 그러나 그 외에도 사내의 얼굴에 있는 주름살과, 가늘고 잔인해 보이는 입과, 보기만 해도 사람을 섬뜩하게 만드는 그의 번득이는 눈빛에는 뭔가가 있어 보였다.

마침내 사내는 거칠고 큰 목소리로 물었다. "너는 누구냐?"

"흠, 흠, 그렇게 잡아먹을 듯이 딱딱거리지 말라고, 친구, 말투가 그렇게 험악한 것을 보니 오늘 아침에 못 먹을 거라도 먹은 모양이지?"

"내 말투가 마음에 안 든다면 어서 썩 꺼지는 것이 좋을 걸. 분명히 밝혀 두는데, 난 말투만큼 행동도 거칠거든."

그러자 로빈은 사내가 앉아 있는 풀밭 위로 쪼그리고 앉으며 말했다. "아니, 난 자네 말투가 아주 마음에 든다네. 아주 멋있고 근사하잖아. 그리고 이제껏 내가 들어본 중에서 제일 재치가 있고 유쾌한데."

사내는 한 마디도 대꾸하지 않고 마치 사나운 개가 사람에게 덤벼들기 전에 노려보는 것처럼 사악하고 험한 표정으로 로빈을 노려보았다. 로빈은 순진한 척 눈을 크게 떴지만 눈매나 입가에는 전혀 웃음기를 띠지 않았다. 그래서 두 사람은 상대를 노려보며 한참동안 그렇게 앉아 있었다. 이윽고 사내가 갑자기 침묵을 깼다. "그래, 네 이름이 뭐냐?"

"아, 이제야 말을 하는 것을 보니 반갑군. 나는 자네가 나를 보기가 겁이나 혀가 뻣뻣하게 굳어버린 줄로만 알았지 뭔가. 내 이름에 대해 말하자면 이것도 될 수 있고 저것도 될 수 있지. 하지만 내 생각엔 자네가 먼저 이름을 알려 주는 것이 순서일 것 같은데. 자네는 이 근처에서는 한 번도 보지 못했으니 말이야. 그런데 그 멋있는 몸 위에는 왜 그토록 희한한 옷을 걸치고 있나?"

로빈의 그 말에 사내는 짧고 거친 폭소를 터뜨렸다. "하, 이런 망할. 네 녀석은 이제껏 내가 본 중에서 제일 겁도 없이 말하는군. 네 녀석을 왜 한 방에 처치하지 않는지 나도 모르겠군. 이틀 전만 해도 노팅엄 시에서 지금 네 녀석이 한 말의 반만큼도 실수하지 않았어도 어떤 자의 등을 꼬챙이로 꿰어버렸는데. 이 멍청아, 내가 이 옷을 입은 거야 몸을 따뜻하게 하려고지. 보통의 칼 공격에 대비해 강철로 만든 갑옷을 걸치듯이 말이야. 내 이름으로 말할 것 같으면 나는 누가 알아도 상관하지 않는다. 내 이름은 바로 기스본의 가이다. 너도 전에 들어본 적이 있겠지. 나는 헤리퍼드 주에 있는 주교 영지의 삼림에서 왔다. 나는 범법자이고, 닥치는 대로 수단과 방법을 가리지 않고 살아가지. 그 방법에 대해서 지금 여기서 말할 필요는 없지만. 얼마 전

주교가 나를 보내며 노팅엄의 주 장관이 내게 부탁한 어떤 일만 처리해 주면 내게 자유로운 사면을 약속하고 보너스로 200파운드를 주겠다고 약속했지. 그래서 나는 당장 노팅엄 시로 와 그 기분 좋은 주 장관을 만났지. 그래 그 자가 내게 무엇을 해 달라고 했을 것 같나? 그건 바로 다름 아니라, 이곳 셔우드로 와서 나처럼 역시 범법자인 로빈 후드라는 작자를 생포하든 죽이든 잡아다 달라는 것이었지. 아마도 그들은 그 대담한 녀석과 맞설 작자를 이곳에서는 구할 수 없었던 모양이지. 그러니 무조건 헤리퍼드 주에서 나를 찾았겠지. 너도 옛 속담은 알고 있을 테지. '도둑을 잡으려면 도둑을 풀어라.' 그리고 그 녀석을 죽이는 데는 조금도 주저할 것이 없지. 100파운드만 준다고 해도 내 형제의 피조차 기꺼이 뿌릴 각오가 되어 있으니까."

그 말을 모두 듣고 있는 동안, 로빈은 속에서 울컥 분노가 치밀어 올랐다. 그의 소행은 온 고장에 유명하게 알려져 있었으므로, 로빈은 물론 그 기스본의 가이를 잘 알고 있었으며 그가 헤리퍼드셔에서 한 잔악한 살인 행위에 대해서도 잘 알고 있었다. 비록 사내를 앞에 대면하고 있는 것만으로도 구역질이 났지만 목적을 이루어야 했으므로 그냥 꾹 참고 말했다.

"그래, 물론 자네의 그 멋진 업적에 대해 나도 들었지. 내 생각엔 로빈 후드가 이 세상에서 그 누구보다도 자네를 제일 만나고 싶어할 것이라 생각하네."

그 말에 기스본의 가이는 또다시 거친 웃음을 터뜨렸다. "로빈 후드 같은 건장한 범법자가 기스본의 가이와 같은 또 다른 범법자와 만날 것을 생각하니 거참 즐거운 일이군. 그래봤자 어차피 불행하게 되는 것은 로빈 후드겠지만. 그 녀석이 기스본의 가이를 만나는 날이 바로 장삿날이 될 테니까."

"하지만, 이봐. 그 로빈 후드라는 자가 자네보다 더 뛰어날지도 모른다는 생각은 해보지 않았나? 나도 그 사람을 잘 아는 데다, 많은 사람들이 그가 이 부근에서 제일 뛰어난 장사 중 한 사람이라고 생각하고 있거든."

"그래, 이 부근에서는 제일 뛰어날지도 모르겠지. 하지만 내 한 마디 해

주는데, 그래봤자 우물안 개구리지. 나는 둘 중에 내가 더 뛰어나다는데 내 목숨을 걸겠다. 흥, 그 녀석이 범법자라니! 그 녀석이 처음 숲으로 왔을 때를 제외하고는 일생 동안 한 번도 피를 본 적이 없는데 왜 그렇게 부르는 거야. 어떤 놈들은 또 그 녀석을 위대한 궁사라고도 부른다지. 흥, 내 손에 활을 쥐고 일년 내내 그 녀석과 맞붙는다고 해도 하나도 두렵지 않다."

"그야 물론 그를 위대한 궁사라고 부르는 사람들이 있긴 하지만 노팅엄에 사는 우리들은 모두 활쏘기에 능숙한 것으로 유명하다네. 비록 여기서는 보통 수준에 불과한 나조차도 자네와 한판 붙는데 겁날 것이 없으니까."

그 말에 기스본의 가이는 놀란 눈으로 로빈을 쳐다보더니 숲이 울릴 정도로 또 한바탕 웃음을 터뜨렸다. "내게 이렇게 말하다니 네 녀석은 보통 대담한 게 아니군. 내게 그렇게 말하는 네 녀석 용기가 가상하다. 내게 감히 그렇게 할 사람은 거의 없으니까. 자, 그럼 화관을 세워봐, 어디 너랑 한 판 겨루어줄 테니까."

"흥, 여기서는 어린애들이나 화관에 대고 쏜다고. 내가 자네를 위해서 노팅엄식 과녁을 세워 주겠네." 그렇게 말하며 일어난 로빈은 그리 멀지 않은 개암나무 덤불 숲으로 가더니 어른 엄지손가락 두 배 정도 되는 두께의 가지를 하나 꺾어냈다. 그리고 가지에서 껍질을 벗기고 끝을 뾰족하게 깎은 뒤 커다란 참나무 앞의 땅바닥에 박아 넣었다. 그런 다음, 그 지점으로부터 80보를 재었더니 기스본의 가이가 앉아 있던 나무 옆이 되었다. "이게 바로 노팅엄 궁사들이 쏘는 과녁이라네. 자, 이제 자네가 정말 궁사라면 땅에 박은 저 가지를 쪼개는지 구경하자고."

그러자 기스본의 가이는 펄쩍 뛰어 일어나며 외쳤다. "뭐, 그런 말도 안되는 소리를! 악마 자신이 나타난다고 해도 그렇게는 못 맞추겠다."

"어쩌면 할 수 있고, 어쩌면 할 수 없겠지. 하지만 자네가 직접 쏘기 전에는 아무도 알 수 없겠지."

그 말에 기스본의 가이는 이마를 찌푸린 채 로빈을 노려보았지만, 로빈이 여전히 악의가 없는 듯이 순진해 보였으므로 하려던 말을 꿀꺽 삼키고는 조용히 활에 시위를 꿰었다. 가이는 두 발을 쏘았지만 한 발도 표적을 맞히지 못했다. 첫 번째 화살은 한 뼘 정도, 두 번째 화살은 한 뼘도 훨씬 넘게 표적에서 벗어났다. 그 모습을 보며 로빈은 계속해서 웃음을 터뜨렸다. "악마 자신도 그 과녁을 맞힐 수 없다는 것을 이제야 알겠군. 여보게, 만일 자네가 궁술보다 칼 솜씨가 더 뛰어나지 않다면 결코 로빈 후드를 이길 수는 없을 걸세."

그 말에 가이는 포악하게 로빈을 노려보며 말했다. "뭐, 이 녀석 어디서 함부로 주둥이를 놀려. 너무 그렇게 함부로 까불지마. 안 그랬다가는 네 녀석 목을 베어버릴 테니까."

로빈은 분노와 혐오감으로 속이 몹시 떨렸지만 그 말에는 한 마디 대꾸도 없이 활에 시위를 꿰고는 자리를 잡고 섰다. 로빈 역시 두 발을 쏘았는데, 첫 발은 가지 안으로 손가락 한 마디 정도 박혀들어갔고, 두 번째 화살로는 정확히 가지의 한가운데를 쪼개 놓았다. 그리고는, 미처 상대에게 말할 기회도 주지 않고 활을 바닥에 내던지며 맹렬하게 외쳤다.

"네 이 피에 굶주린 백정 녀석아! 네 녀석의 실력이 얼마나 형편없는지 내 똑똑히 보여 주마. 그리고 이제 마지막으로 이 세상의 빛을 똑똑히 봐 두어라. 네 녀석이 뿌린 피로 훌륭한 대지가 이미 충분히 더러워졌으니 말이다, 이 짐승만도 못한 놈! 성모 마리아님의 뜻에 의해 오늘이야말로 네 녀석은 죽었다, 내가 바로 로빈 후드니까."

그렇게 말하며 로빈은 햇빛을 받아 번쩍이는 칼을 앞으로 내밀었다.

한동안 기스본의 가이는 정신이 멍한 듯이 로빈을 응시했다. 그러나 놀라움은 곧 거친 분노로 바뀌었다. "네 녀석이 정말로 로빈 후드란 말이냐? 아, 이 불쌍한 녀석, 잘 만났다! 미리 고해나 해 두시지. 나랑 붙으면 고해할 시간조차 없을 테니까." 그렇게 말하며 기스본의 가이 역시 칼을 뽑아 들었다.

그리고 이제까지 셔우드 숲에서 일어난 싸움 중 가장 격렬한 결투가 벌어졌다. 두 사람 다 둘 중 누군가는 죽어야만 한다는 사실을 알고 있었으므로 이 싸움에 자비라고는 눈곱만큼도 있을 수 없었기 때문이었다. 이리저리 뛰어다니며 두 사람은 싸웠고 부드럽던 풀밭은 두 사람의 발에 짓밟혀 뭉개지고 짓눌려졌다. 로빈의 칼끝은 여러 번 살의 부드러운 감촉을 느꼈고 얼마 후 땅은 선명한 붉은 핏방울로 물들기 시작했다. 그러나 그중 로빈의 혈관에서 나오는 피는 단 한 방울도 없었다. 마침내 기스본의 가이가 로빈에게 맹렬하게 치명타를 날리려 했지만 로빈은 뒤로 살짝 물러나 피하려다가 나무뿌리에 발이 걸려 둔탁하게 넘어지고 말았다. 쓰러진 자신을 보고 잔인하게 이를 드러내고 웃으며 달려드는 가이를 보며 로빈은 중얼거렸다. "아, 성모 마리아여, 도와주소서!"

기스본의 가이는 커다란 칼로 로빈을 맹렬하게 내려쳤지만 로빈은 맨 손으로 가이의 칼날을 잡아, 비록 손바닥을 예리한 칼날에 베이긴 했지만 옆의 땅바닥에 박히도록 칼끝을 돌릴 수 있었다. 그리고는 가이가 다시 공격을 해오기 전에 재빨리 일어서 자신의 칼을 집어들었다. 그러자 이제 기스본의 가이의 마음에는 시커먼 먹구름처럼 절망적인 낭패감이 몰려와 상처 입은 매처럼 거칠게 주위를 돌아보았다. 가이의 몸에서 점차 힘이 빠지고 있는 것을 간파한 로빈은 칼을 든 손 아래로 전광석화처럼 주먹으로 강타를 날렸다. 불시의 공격에 기스본의 가이는 손에서 칼을 떨어뜨리며 뒤로 비틀거렸고 그가 다시 정신을 차리기도 전에 로빈의 칼이 그의 몸을 여기저기 관통했다. 로빈의 칼을 맞은 기스본의 가이는 뒤꿈치로 빙빙 돌더니 날카롭고 거친 단말마의 비명과 함께 손을 쳐들더니 푸른 풀밭 위로 머리를 처박은 채 고꾸라지고 말았다.

그러자 로빈 후드는 칼에 묻은 피를 닦아낸 후 칼을 다시 칼집에 넣고는 기스본의 가이가 쓰러져 있는 곳으로 다가가 팔짱을 낀 채 내려다보며 중얼거렸다. "한창 혈기가 끓던 젊은 시절 왕의 삼림 감독관을 쏘아 죽인 이후로는 사람을 죽인 것은 이자가 처음이야. 내가 처음에 생명을 빼앗은 그자에 대해

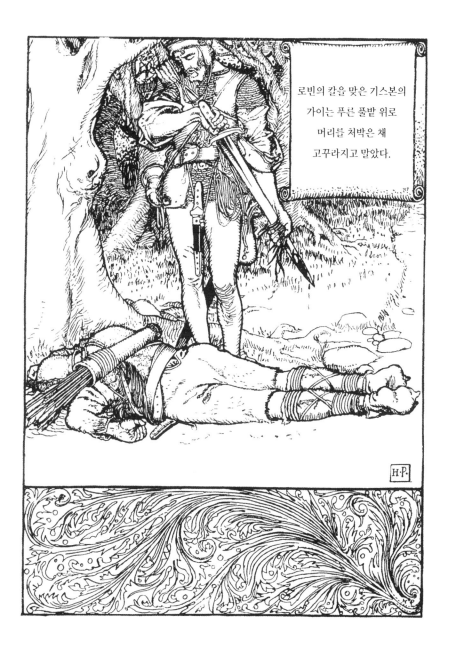

로빈의 칼을 맞은 기스본의
가이는 푸른 풀밭 위로
머리를 처박은 채
고꾸라지고 말았다.

서는 지금까지도 가끔 비통한 생각이 들지만 이자는 마치 아름다운 고장을 헤집고 다니던 야생 멧돼지를 처치한 것처럼 속이 시원하군. 노팅엄의 주장관이 이토록 악랄한 자를 내게 보냈으니 이자의 옷을 입고 그 잘난 주 장관의 얼굴을 만나볼 수 있는지 알아보러 가야겠군. 이번 일로 당한 빚을 되돌려 갚아줄 수 있을지도 모르니."

그렇게 말하며 로빈 후드는 죽은 가이의 시신에서 피투성이인 말가죽 옷을 벗겨내어 자신이 걸쳤다. 그런 다음 가이의 칼과 단도를 몸에 둘러매고 활 두 개와 자신의 칼을 손에 들었다. 그리고 자신이 누구인지 아무도 알아볼 수 없도록 말가죽 고깔을 얼굴 위로 덮고는 숲을 빠져나와 동쪽의 노팅엄 시를 향해 발걸음을 옮겼다. 시골길을 걸어가는 동안 남자, 여자, 어린 아이 할 것 없이 로빈과 마주친 사람들은 모두 몸을 숨기느라 바빴다. 기스본의 가이의 악명 높은 이름과 소행은 부근은 물론 멀리까지 퍼져 있었던 탓이다.

자, 그러면 이제 이 모든 일들이 일어나는 동안 리틀 존에게는 어떤 일이 일어났는지 살펴보기로 하자.

자신이 선택한 방향의 오솔길로 걸어간 리틀 존은 마침내 숲 외곽지역에 도착했다. 그곳에 이르니 여기저기에서 보리밭, 옥수수밭과 푸른 초원이 햇빛을 받으며 웃고 있었다. 그렇게 큰길을 타게 된 리틀 존은 뒤로는 비비꼬인 돌능금 나무가 몇 그루 서 있고 앞에는 꽃들이 피어 있는 작은 초가집을 지나가게 되었다. 그런데 그 집 앞을 지나던 리틀 존이 갑자기 멈춰 섰다. 누군가 울고 있는 듯한 소리가 들린 것 같다고 생각했기 때문이었다. 멈춰 서서 가만히 들어보니 그 울음소리는 바로 그 오두막에서 나오는 소리라는 것을 알았다. 그래서 그리로 발길을 돌린 리틀 존은 작은 싸리문을 열고 오두막 안으로 들어갔다. 안에서는 차가운 난로 옆에 앉은 백발이 희끗희끗한 한 부인이 몸을 앞뒤로 떨며 대성통곡하고 있었다.

그 모습을 보자 다른 사람들의 비애를 보면 그냥 못 지나치는 상냥한 마음씨를 지니고 있던 리틀 존이 노파에게 다가가 다정하게 등을 두드려주며 위로의 말을 해 준 후, 기운 내고 무슨 문제가 있는지 자신에게 털어놓으라고 했다. 리틀 존으로서는 노파의 어려움을 덜어주기 위해서라면 무엇이라도 할 용의가 있었다. 그러나 리틀 존의 말에 선량한 노파는 고개를 가로저었다. 하지만 계속 되는 리틀 존의 다정한 위로의 말에 마음이 좀 진정되었는지 노파는 얼마 후 마음속에 담고 있던 사연을 털어놓았다. 바로 그날 아침까지만 해도 노팅엄 주에서 제일 멋지고 훤칠한 아들 셋이 있었는데 지금은 모두 어디론가 끌려가 곧 교수형당하게 될 처지라고 했다. 그것은 다 굶주림 때문이었다. 전날 밤, 집에서 나온 노파의 장남이 숲으로 들어가 달빛이 비치는 가운데 암사슴을 한 마리 죽였다. 그러자 풀 위에 떨어진 핏자국을 따라온 왕의 삼림 감독관들은 마침내 노파의 오두막까지 찾아와 찬장 안에 있던 사슴 고기를 발견했다. 비록 장남이 자기 혼자 사슴을 죽인 것이라고 말했음에도 불구하고 두 동생은 형을 배반하고 싶지 않았다. 그래서 삼림 감독관들은 삼 형제를 모두 끌고 가버린 것이었다. 그리고 아들들을 끌고 가는 중간에, 삼림 감독관들이 자기들끼리 주고받는 말을 노파가 들었다고 했다. 최근에 급격히 늘어난 사슴 밀렵을 막기 위하여 주 장관이 그 부근에서 적발되는 최초의 밀렵꾼은 가장 가까운 나무에 매달아 교수형시킴으로써 본보기로 삼으려 한다는 것이었다. 그리고 감독관들은 그날 주 장관이 머무르고 있던, 노팅엄 근처의 왕의 머리가 그려진 여관으로 세 청년을 데려갈 것이라 했다고 한다. 주 장관은 로빈 후드를 찾아 셔우드 숲으로 보낸 어떤 작자가 돌아오기를 기다리며 그곳에 머무르고 있는 중이라고 했다.

　노파의 말을 듣는 동안 리틀 존은 가끔 슬프게 고개를 가로저었고 드디어 노파가 이야기를 끝내자 말했다. "아, 그것 참 안 된 일이로군요. 로빈 후드를 찾으러 셔우드 숲으로 갔다는 그자는 누구고, 대체 로빈 후드는 왜 찾는 거지? 지금 그게 중요한 것이 아니지. 아, 이럴 때 로빈 후드가 여기 있어서 어떻게 하면 좋을지 알려 주면 좋을 텐데. 하지만 할머니의 세 아들을 구하려면 지금 이 시간에 대장을 찾느라 한시도 지체할 수는 없지. 할머니, 제가 이 링컨 초록색 옷 대신에 입을 만한 옷가지가 있습니까? 변장을 하지 않으면 주 장관이 저를 알아볼 테니 제가 아드님들보다도 더 빨리 도망쳐야 할지도 모르거든요."

그러자 노파는 2년 전에 작고한 남편의 옷이 집에 남아 있다고 알려 주며 곧 그것들을 리틀 존에게 가져다주었다. 리틀 존은 링컨 초록색 옷을 벗고는 대신 노파가 준 옷을 입었다. 그런 다음 아직 빗지 않은 양털로 만든 가짜 머리와 수염으로 자신의 갈색 머리와 수염을 덮고는 보통 시골 노인들이 쓰는 커다랗고 키 큰 모자를 푹 눌러 썼다. 그리고 한 손에는 활을, 한 손에는 육척봉을 들고는 주 장관이 묵고 있는 숙소를 향해 전속력으로 달려갔다.

한편, 노팅엄 시에서 약 1.5킬로미터 정도 떨어진, 셔우드 숲의 남쪽 경계로부터 그리 멀지 않은 곳에 왕의 머리 간판이 그려진 아늑한 여관이 있었다. 그곳에서는 그 화창한 날 아침부터 분위기가 왁자지껄 소란스러웠다. 주 장관과 그의 부하 스무 명이 그곳에서 머물며 기스본의 가이가 숲에서 돌아오기만을 기다리고 있었기 때문이다. 부엌에서는 요리를 하느라 야단법석을 떨었고 지하 술 저장실에서는 포도주통과 맥주통에 구멍을 뚫어 술을 받느라 난리였다. 주 장관은 가장 좋은 자리를 차지하고 앉아서 식사를 하고 있었고, 부하들은 문 앞에 있는 의자에 앉아 맥주를 들이켜거나, 넓은 참나무 그늘 아래 누워 농담과 웃음을 주고받으며 이야기를 나누고 있었다. 주위에는 온통 말들이 발굽으로 시끄럽게 땅을 차고 꼬리를 철썩거리면서 서 있었다. 바로 그 여관으로 왕의 삼림 감독관들이 과부의 세 아들들을 앞세우고 들어섰다. 세 청년의 두 손은 등 뒤로 단단히 포박당해 있었고, 각자 목에는 밧줄이 팽팽하게 줄줄이 매어져 있었다. 그래서 세 사람은 주 장관이 아침을 들고 있던 방으로 끌려갔고, 주 장관이 엄한 얼굴로 인상을 찡그리자 그 앞에서 벌벌 떨며 서 있었다.

주 장관은 세 청년을 향하여 쩌렁쩌렁 울리도록 분노한 큰 소리로 외쳤다. "그래, 네 녀석들이 감히 왕의 사슴들을 밀렵했단 말이지? 내 오늘 네 녀석들 일을 간단하게 끝내 주지. 농부들이 곡식을 쪼아먹으러 오는 까마귀들을 겁주기 위해 본보기로 세 녀석을 목매달 듯이 나도 네 녀석 셋을 목매달아 줄 테니까. 우리의 아름다운 고장 노팅엄은 오랫동안 네 녀석들 같은 버릇없는 악당들의 온상이 되어 왔다. 내가 몇 년 동안은 이런 상황을 참아왔지만 이제는 그런 작자들을 모두 뿌리뽑을 것이고, 그 첫 번째는 바로 네 녀석들이 될 것이다."

그러자 불쌍한 청년들 중 한 사람이 뭔가 말하기 위해 입을 벌렸지만 주 장관이 큰 소리로 고함을 쳐 청년을 입다물게 만들었다. 그리고 삼림 감독관들에게 자신이 아침 식사를 마저 끝내고 그들과 관련된 일을 처리할 수 있을 때까지 밖으로 끌고 나가 기다리라고 명령했다. 그래서 불쌍한 세 청년은 다시 밖으로 끌려 나와 고개를 푹 숙인 채 절망스러운 심정으로 서 있었다. 얼마 후 주 장관이 밖으로 나오더니 부하들을 불러 말했다.

"이 녀석들은 당장 교수형 당해 마땅하다. 하지만 이 훌륭한 여관에서 거행하면 불미스러운 일로 재수가 없어질까 두려우니 이곳에서는 아니다. 이 녀석들을 저기 숲 지대로 끌고 가겠다. 내가 일단 손을 댔다 하면 행운이 따른다는 것을 저 범법자들에게 똑똑히 보여주기 위해 이 녀석들을 바로 셔우드 숲에 있는 나무에 매달고야 말겠다."

그렇게 말하며 주 장관은 말 위에 올라탔고 그의 부하들 역시 말에 올라타자 그들은 모두 함께 주 장관이 말했던 숲 지대를 향해 출발했다. 세 청년들은 삼림 감독관들의 감시를 받으며 주 장관 무리 한가운데에서 걸어갔다. 그래서 마침내 그 지점에 도착하자 주 장관의 부하들은 세 청년의 목에 씌워져 있던 올가미를 조인 후 그 밧줄 끝을 그곳에 서 있던 커다란 참나무 가지에 던져 걸었다. 그러자 세 청년은 무릎을 꿇고 주 장관에게 살려달라고 큰 소리로 애원했다. 그러나 주 장관은 아랑곳하지 않고 냉랭하게 대답했다.

"너희들이 마지막 고해를 할 수 있도록 사제가 이곳에 있었으면 싶지만,

보다시피 이 근처에는 아무도 없으니 너희들은 죄를 온통 등에 짊어진 채 저승 가는 길로 여행한 후, 도시로 들어가는 세 놈의 행상인들처럼 천국의 문에 들여놓아 달라고 베드로 성인에게 의탁해야 하게 생겼구나."

그런데 그들 무리가 모두 앞으로 나아가고 있던 사이, 가까이 다가와 있던 한 노인이 지팡이에 기댄 채 서서 그들의 모습을 지켜보고 있었다. 노인의 머리와 수염은 온통 곱슬곱슬하고 흰 백발이었으며 등에는 그가 당기기에는 너무 억세 보이는 주목으로 만든 활이 걸려 있었다. 참나무에 매달린 세 청년을 교수형시키라고 부하들에게 명령을 내리기 전에 주위를 둘러보던 주 장관은 이 낯선 노인에게로 시선이 갔다. 그러자 주 장관은 노인에게 오라고 손짓하며 말을 했다. "노인장, 이리 오시오. 당신에게 할 말이 있소." 그 노인은 다름 아닌 리틀 존이었으므로 그가 앞으로 다가오자 주 장관은 자기 앞에 선 그 얼굴이 어딘지 모르게 낯이 익은 듯하다고 생각하면서 그를 뚫어져라 쳐다보았다. "허, 거 전에 어디선가 노인을 본 듯하단 말이야. 그래 당신 이름이 뭐요?"

리틀 존은 노인처럼 갈라진 목소리로 대답했다. "나리, 제 이름은 자일스 호블이라고 하옵니다."

"자일스 호블, 자일스 호블이라 ···." 주 장관은 중얼거리면서 그 이름에 맞는 사람을 마음속에서 찾아내려는 듯이 여러 이름들을 곰곰이 떠올렸다. 그러나 생각이 나지 않자 마침내 포기한 듯이 말했다. "그대 이름은 잘 기억을 못하겠지만 그게 중요한 문제가 아니지. 어떤가, 오늘 아침에 6펜스를 벌어볼 생각이 없는가?"

"아, 그야 여부가 있겠습니까. 쓸 돈은 늘 부족한 데다 정당한 방법으로 벌 수만 있다면 마다할 이유가 없습죠. 제게 시키려는 일이 무엇이옵니까?"

"여기 이제껏 내가 본 중에서 교수형 당하기에 마땅한 악질 녀석 셋이 있다. 만일 그대가 이 녀석들을 교수형시킨다면 한 놈 당 2펜스씩 주겠네. 나는 내 부하들이 사형집행인이 되는 것은 별로 마음에 들지 않거든. 어디 해

볼 수 있겠나?"

리틀 존은 여전히 노인의 음성으로 대답했다. "물론 저는 전에 한 번도 그런 일을 해본 경험이 없습니다. 하지만 6펜스를 그렇게 손쉽게 벌 수만 있다면 누구보다도 잘할 자신이 있습니다. 그런데, 나리, 이자들이 마지막 고해를 했습니까?"

그러자 주 장관이 웃으며 대답했다. "아닐세. 전혀 안 했네. 하지만 그대가 그러고 싶다면 그대가 그것까지 해 주어도 무방하겠지. 그렇지만 어서 서두르게, 늦기 전에 내 숙소로 돌아가고 싶으니까."

리틀 존은 세 청년이 와들와들 떨며 서 있는 곳으로 다가가 마치 청년의 말을 들어주는 것처럼 얼굴을 첫 번째 청년의 볼에 바싹 갖다 붙이고는 그의 귀에 대고 조용히 속삭였다. "이보게, 포박이 풀어져도 그대로 얌전히 서 있다가 내가 머리와 얼굴에서 가발과 가짜 수염을 벗어 던지는 것을 보거든 자네도 목에서 올가미를 집어던지고 숲을 향하여 있는 힘껏 달려가게."

그런 다음 리틀 존은 청년의 손에 묶여 있던 밧줄을 몰래 끊어주었다. 그러나 청년은 리틀 존의 충고대로 아직도 포박당한 척 얌전히 있었다. 그런 다음 두 번째 청년에게 다가간 리틀 존은 똑같은 말을 귓전에 속삭이며 역시 손의 결박을 풀어 주었다. 그리고 세 번째 청년에게도 똑같이 해 주었지만 제아무리 교활한 주 장관으로서도 말을 탄 채 앉아 웃고 있었으므로 무슨 일이 벌어지고 있는지 전혀 눈치 챌 수 없었고, 사정은 부하들도 마찬가지였다.

그러자 이제 리틀 존은 주 장관을 향하며 말했다. "주 장관 나리, 이제 제게 활에 시위를 꿰도록 허락해 주시겠습니까? 멀리 떨어져 이 청년들을 그나마 돕고 싶기 때문입니다. 일단 그들이 매달려 흔들리게 되면 화살로 그들의 늑골 아래를 맞추어 빨리 죽게 해 주고 싶습니다."

"조금 전에도 말했지만, 재빨리 서둘러 끝낸다면 반대하지 않겠다."

그러자 리틀 존이 활 끝을 발 등 위에 올려놓고는 몹시 능숙하게 시위를 활에 꿰는 모습을 보자 사람들은 노인네가 그렇게 힘이 센 데 모두 놀랐다.

그런 다음 리틀 존은 이제 화살 통에서 부드러운 화살을 하나 꺼내어 시위에 재었다. 그러더니 주위를 둘러본 후, 자신의 뒤 쪽 길이 뚫려 있는 것을 알고는 머리에 뒤집어썼던 가면을 벗어 던지며 우렁찬 목소리로 외쳤다. "어서 빨리 뛰어!"

그러자 세 청년은 전광석화처럼 목에서 올가미를 벗어 던지고 활에서 날아가는 화살처럼 재빨리 공터를 가로질러 숲으로 뛰어들었다. 갑작스런 행동에 주 장관과 부하들이 멍하니 그들의 뒤를 쳐다보고 있는 동안 리틀 존 역시 사냥개처럼 날렵하게 숲 속으로 뛰어갔다. 그러나 리틀 존이 멀리 가기 전에 주 장관은 정신을 차리고 소리를 질렀다. "저 녀석을 잡아라!" 주 장관은 자신이 이야기를 나누었던 그 노인이 누구인지 이제야 알게 되었고 왜 진작 알아보지 못했는지 의아하게 여겼다.

주 장관의 외침을 들은 리틀 존은 그들이 자신을 덮치기 전에 숲까지 무사히 도착할 수 없다는 것을 깨닫고 갑자기 멈춰 서서 몸을 돌리더니 활을 잡고는 당장이라도 쏠 자세를 취하며 외쳤다. "물러 서! 한 발자국이라도 앞으로 나오거나 활에 손을 대는 놈은 제일 먼저 죽을 줄 알아라!"

그 말에 주 장관의 부하들은 마치 나무 그루터기 마냥 꼼짝 않고 그 자리에 멈춰 섰다. 리틀 존이 정말 말대로 할 것이라는 것을 잘 알고 있었으므로 그의 말을 거스르는 것은 곧 죽음을 의미했기 때문이었다. 흥분한 주 장관은 부하들에게 겁쟁이라고 부르고 앞으로 나가도록 재촉하며 고함을 질렀지만 소용없었다. 부하들은 리틀 존이 자신들에게 시선을 고정시킨 채 숲을 향해 천천히 움직일 동안 꼼짝도 못한 채 그냥 서서 지켜보고만 있었다. 그러나 다 잡은 적이 손가락 사이에서 그렇게 빠져나가는 것을 보고 있자니 주 장관은 거의 분노로 미칠 지경이었다. 그래서 그의 머릿속에서는 현기증이 나고 어떻게 하면 좋을지 몰랐다. 그러다 갑자기 주 장관은 말머리를 돌리며 말의 옆구리에 힘껏 박차를 가해 큰 소리로 외치며 바람처럼 리틀 존에게 돌진해갔다. 그러자 리틀 존도 그에 질세라 활을 들어올려 화살을 볼 있는 곳까지 잡아당겼다.

그러나 아, 이를 어쩌랴! 미처 화살을 쏘기도 전에 그만 너무 오래 써온 탓에 활이 손 안에서 툭 부러지는 바람에 화살은 맥없이 그의 발치로 떨어지고 만 것이었다. 리틀 존에게 벌어진 일을 본 주 장관의 부하들은 함성을 지르며 당장 주 장관의 뒤를 따라 리틀 존을 향해 돌진했다. 그러나 주 장관은 부하들보다도 앞에 있었으므로 리틀 존이 숲 속의 은신처에 도착하기 전에 그를 따라잡아 몸을 앞으로 내밀며 힘껏 내리쳤다. 리틀 존은 공격을 살짝 피했고 주 장관의 칼이 손에서 헛돌았지만 칼날의 넓적한 부분이 리틀 존의 머리를 내리쳤으므로 리틀 존은 그 자리에서 의식을 잃고 쓰러졌다.

부하들이 다가와 리틀 존이 죽지 않았다는 것을 발견하자 주 장관이 말했다. "성급하게 이 녀석을 죽이지 않아 무척 다행스럽구나! 이런 사악한 도둑 놈이 마땅히 받아야 할 벌인 교수형을 시키지 않고 성급하게 죽이느니 5백 파운드를 잃는 편을 택하겠어. 윌리엄, 저기 샘으로 가서 물을 가져다 이 녀석의 머리 위에 뿌리도록 해라."

호명당한 부하가 명령대로 하자 잠시 후 눈을 뜬 리틀 존은 얻어맞아 기절한 후유증으로 몹시 당황하고 놀란 표정으로 주위를 둘러보았다. 그러자 주 장관의 부하들은 리틀 존의 손을 뒤로 포박하고 그를 들어올려 말 등 위에 머리를 말꼬리 쪽으로 보게 하여 태운 후 다리는 말의 배 아래로 단단히 묶었다. 주 장관 일행은 리틀 존을 그렇게 데리고 가는 내내 웃고 환호하며 묵고 있던 여관으로 데려갔다. 그러나 그 사이 과부의 세 아들들은 무사히 도망쳐서 숲 속에 숨어 있었다.

노팅엄 주 장관은 다시 한 번 왕의 머리가 그려진 여관에 앉아 있었다. 몇 년 동안 추격해오던 리틀 존을 잡았으니 기뻐서 춤이라도 추고 싶은 심정이었다. 주 장관은 혼자 중얼거렸다. "내일이면 저 악당 녀석을 노팅엄 시 입구의 커다란 정문 앞에 있는 교수형 나무에 매달아 죽여서 그동안 빚진 원한을 이번에는 기필코 갚아주고 말겠어."

그렇게 말하며 주 장관은 카나리아산 포도주를 들이켰다. 그러나 주 장관은 머리를 흔들며 잔을 급하게 내려놓는 폼이 마치 포도주와 함께 생각도 삼켜 버린 것 같았다. 그리고 다시 중얼거렸다. "천 파운드를 준다 해도 이 녀석이 내 손아귀에서 다시 빠져나가지 못하도록 하겠어. 하지만 만일 그 대장 녀석이 기스본의 가이에게서 도망쳤다면, 이 세상에서 제일 교활한 그 녀석 로빈 후드가 어떻게 나올지는 전혀 알 수 없어. 그러니 이 녀석을 교수형시키는데 내일까지 기다릴 필요도 없겠어."

그렇게 말하며 의자를 황급히 뒤로 밀치고 일어난 주 장관은 여관에서 뛰쳐나오며 부하들을 불러모아 말했다. "이 악당을 교수형시키는 것을 잠시도 지체하지 않고 지금 당장 시행할 것이며 그것도 죄인들과 법 사이에 대담하게 끼어듦으로써 그 못된 세 녀석을 구해 주었던 바로 그 나무에 매달아야겠다."

그래서 주 장관의 부하들은 다시 리틀 존을 머리가 말의 꼬리 쪽을 보게 하여 태운 뒤에 한 사람은 앞에서 말을 끌고 다른 사람들은 주위를 에워싼 채 달려 밀렵꾼 세 청년을 매달려고 했던 그 나무가 있는 곳으로 달려갔다. 덜거덕거리고 시끄럽게 딸랑거리면서 그들이 길을 따라 달린 끝에 드디어 나무가 있는 곳에 이르렀을 때 부하들 중 한 사람이 갑자기 주 장관에게 말을 걸었다.

"나리, 저기 우리를 향해 오고 있는 저자가 나리께서 로빈 후드를 잡아오도록 숲으로 보내셨던 그 기스본의 가이라는 자 아닙니까?"

그 말에 주 장관은 손을 들어 빛을 가리며 자세히 보았다.

"아, 바로 그자로군. 아, 하늘이 도우셨군. 이제 곧 이 도둑을 없애려고 하는 참인데 그 도둑 두목을 해치운 자까지 보내주셨으니 말이야!"

그 말을 듣자 고개를 든 리틀 존의 마음은 이내 천 갈래 만 갈래 찢어지는 것 같았다. 그 사내가 입고 있던 옷은 온통 피범벅이 되어 있는 데다 목에는 로빈 후드의 뿔나팔을 차고 손에는 로빈의 칼과 활까지 들고 있었기 때문이었다.

기스본의 가이로 변장한 로빈 후드가 가까이 다가오자 주 장관이 외쳤다. "아, 어서 오게! 그래 숲 속에서 어떤 행운이 자네에게 닥쳤는가? 그런데, 대체 어찌된 일인가. 옷이 그렇게 온통 피투성이니 말이야!"

로빈은 기스본의 가이의 목소리처럼 거친 음성으로 대답했다. "내가 입고 있는 옷이 마음에 들지 않으면 눈감고 보지 않으면 그만 아닙니까. 이 피로 말할 것 같으면 이제껏 숲 속을 활보하고 다니던 죄인들 중에서도 가장 악질인 녀석의 피죠. 오늘 아침에 나는 상처 하나 안 입고 그 녀석을 처치해 버렸거든요."

그러자 리틀 존은 주 장관의 손아귀에 붙잡힌 뒤 처음으로 입을 열었다. "오, 이 나쁜 놈, 피비린내 나는 악한아! 나도 네 녀석이 누구인지 알고 있다, 기스본의 가이. 네 녀석이 저지른 그 약탈과 잔인한 행적을 두고 욕하지 않은 자가 누가 있단 말인가? 그 어떤 사람보다 더 온유했던 심장을 죽음으로 멎게 한 것이 바로 네 녀석의 손이란 말이냐? 그렇다면, 네 녀석이야말로 이 겁쟁이 주 장관에게 아주 꼭 들어맞는 앞잡이로구나. 그러니 나도 기꺼이 즐겁게 죽겠다. 뿐만 아니라 내게는 목숨이 아무것도 아니니 어떻게 죽든지 상관없다!" 그렇게 말하는 동안 리틀 존의 구릿빛 볼에서는 찝찔한 눈물이 계속 흘러내렸다.

하지만 주 장관은 기뻐서 어쩔 줄 모르며 박수를 쳤다. "자, 기스본의 가이, 만일 자네가 한 말이 사실이라면 오늘 그대가 이룬 업적은 이제껏 그대가 한 어떤 것보다도 최고가 될 것이다."

그러자 로빈이 여전히 기스본의 가이의 음성을 흉내 내며 대답했다. "내가 한 말은 당연히 사실이죠, 거짓이라니 사람을 뭘로 보고 그러십니까. 자, 보세요, 여기 이 칼은 로빈 후드의 칼이 아닙니까? 그리고 이 큰 활 역시 그 녀석 것이 맞지 않습니까? 그리고 이 커다란 뿔나팔도 안 보이십니까? 그러면 이 모든 것들을 그 녀석이 나, 기스본의 가이에게 순순히 그냥 내주었을 거라고 생각하시는 겁니까?"

그 말에 주 장관은 기쁨의 웃음을 크게 터뜨리며 외쳤다. "오늘은 정말 통쾌한 날이구나! 위대한 범법자가 죽은 데다 그자의 오른팔은 지금 내 수중에 있으니 말이다! 기스본의 가이, 무엇이든 원하는 것은 다 말하라, 무엇이든 들어줄 테니!"

"그렇다면 이것을 부탁하겠습니다. 제가 그 두목을 죽였으니 이제는 그 오른팔도 제가 처치하고 싶습니다. 이자의 목숨을 제게 넘겨 주십시오, 주장관."

"아니, 그런 어리석은 부탁을 하다니! 자네는 요구하기만 했다면 기사의 몸값이라도 충분히 치를 만한 돈도 챙길 수 있었는데. 이 녀석을 자네에게 넘겨주는 것이 썩 내키진 않지만 어쨌든 들어주겠다고 이미 약속을 하였으니 네게 주겠다."

"주 장관 나리의 선물에 진심으로 감사드립니다." 그리고 로빈은 주 장관의 부하들에게 소리쳤다. "이봐, 저 악당을 말에서 끌어내려 저 나무에 세워 놓게. 살찐 돼지 새끼는 어떻게 잡는지 내 확실히 보여줄 테니!"

그 말에 주 장관의 부하들은 고개를 흔들었다. 비록 리틀 존이 교수형 당하든 안 당하든 조금도 개의치는 않았지만 싸늘한 피를 흘리며 도살되는 모습을 지켜볼 마음은 없었기 때문이다. 그러나 주 장관은 큰 소리로 부하들을 부른 뒤, 기스본의 가이가 요구한 대로 리틀 존을 말에서 끌어내려 나무에 세워 놓으라고 명령했다.

주 장관의 부하들이 그대로 명령에 따르는 동안, 로빈 후드는 자신의 활과 기스본의 가이의 활에 모두 시위를 꿰었다. 그러나 주 장관 일행은 누구도 로빈의 그런 행동을 눈치채지 못했다. 그리고 이제 리틀 존이 드디어 나무 앞에 세워지자 로빈 후드는 기스본의 가이의 날카로운 양날 검을 뽑아들고 외쳤다. "물러서라! 물러서라니까! 이 버릇없는 자식들아, 장난감 앞에 그렇게 몰려 있지 말라니까! 물러서라고 했잖아! 더 뒤로 물러서!" 그러자 주 장관의 부하들은 로빈이 명령한 대로 뒤로 내몰렸고 그들 중 많은 사람은 앞으로 벌어질 일을 보지 않기 위해 고개를 돌렸다.

그 모습을 보며 리틀 존이 외쳤다. "자, 여기 내 가슴 있다. 소중한 우리 대장을 죽인 바로 그 손으로 나를 도살하는 것이야말로 아주 잘 어울리겠지! 네 녀석을 잘 알고 있다, 기스본의 가이!"

그러자 로빈이 낮은 소리로 지껄였다. "입 다물어, 리틀 존! 두 번이나 나를 알고 있다고 했으면서도 내가 누군지 전혀 모르고 있군. 이 거친 말가죽 아래 있는 내 모습을 전혀 못 알아보겠어? 저기, 바로 자네 앞에 내 활과 화살과 칼을 놓아 두었네. 자, 이제 자네 손의 포박을 풀어줄 테니 저것들을 집게. 자, 어서 빨리 집어!"

그렇게 말하며 로빈이 리틀 존의 손에 묶인 밧줄을 잘라내자 리틀 존은 눈 깜짝할 사이에 앞으로 달려가 활과 화살과 칼을 집어들었다. 그와 동시에 로빈은 얼굴에 뒤집어썼던 말가죽 고깔을 뒤로 벗어 던지고는 기스본의 가이의 활을 굽혀 예리하고 미늘이 달린 화살을 시위에 재며 외쳤다. "뒤로 물러서라! 활에 손을 대는 자는 제일 먼저 죽을 것이다! 주 장관, 나는 당신이 보낸 작자를 죽였소. 다음 번에는 당신 차례가 되지 않도록 조심하는 게 좋을 거요." 그러면서 리틀 존도 무기로 무장한 것을 보고 로빈은 뿔나팔을 입술에 갖다 대고 날카롭게 큰 소리로 세 번 불었다.

기스본의 가이의 고깔 밑에 숨어 있었던 얼굴을 보고 로빈 후드가 분 뿔나팔 소리를 듣자 주 장관은 이제 자신의 최후가 다가온 것처럼 느껴졌다. "로빈 후드!" 단지 그렇게 고함쳤을 뿐 주 장관은 더 이상 다른 말은 하지도 못한 채 급히 말을 길로 몰아 먼지를 일으키며 줄행랑을 쳤다. 주 장관의 부하들 역시 자신의 주인이 생명을 부지하려고 그렇게 내빼는 모습을 보자 자신들도 더 이상 그곳에 머물 이유가 없다고 생각하고는 말에 박차를 가해 주 장관을 뒤쫓아 꽁무니 빠지게 도망쳤다. 그러나 아무리 주 장관이 빨리 갔다고 해도 화살보다 더 빨리 달릴 수는 없었다. 리틀 존은 퉁 하는 소리와 함께 화살을 손에서 놓았고 주 장관이 노팅엄의 큰 성문 안으로 막 뛰어드는 순간 회색 거위 깃털이 달린 화살은 마치 털갈이를 하느라 모든 털이 빠지고 꽁지에 깃털 하나만 남은 참새처럼 그의 궁둥이에 가서 박혔다. 그로부터 불쌍한 주 장관은 자신을 위해 특별히 마련된 부드러운 방석을 받치지 않고는 제대로 앉을 수조차 없었다.

주 장관과 그의 부하 열 사람은 그렇게 로빈 후드와 리틀 존에게서 도망쳤다. 그래서 윌 스튜틀리와 열두 명이 넘는 로빈의 부하들이 숨어 있던 풀섶에서 뛰어나왔을 때는 이미 적들은 하나도 찾아볼 수가 없었다. 주 장관과 부하들은 이미 멀리 달아나 작은 폭풍우와도 같은 먼지 구름에 가려 보이지 않았기 때문이다.

그래서 다시 숲으로 돌아간 로빈 일행은 그곳에서 과부의 세 아들을 발견했다. 그들은 리틀 존에게 달려와 그의 손에 입을 맞추었다. 그렇지만 그들은 이제 도주 중이었으므로 더 이상 숲을 배회하고 다니게 할 수는 없었다. 그래서 그들은 어머니에게 가서 주 장관의 수중에서 탈출했다는 사실을 알린 후 그날 밤으로 다시 푸른 나무로 돌아와 로빈 후드의 부하가 되겠다고 약속했다.

이렇게 해서 로빈 후드와 리틀 존에게 일어났던 가장 대담했던 모험들은 끝이 났다. 그러면 다음에는 사자심 왕 리처드 왕이 어떻게 해서 셔우드 숲으로 로빈을 찾아가게 되었는지 들어보자.

제2장
리처드 왕, 셔우드 숲에 오다

　조금 전 말했던 로빈 후드와 리틀 존에게 일어났던 이 소란스러운 모험이 있은 지 두 달 정도 지났을 때, 노팅엄 주 전역이 온통 술렁이고 법석였다. 그도 그럴 것이 사자심 왕 리처드(King Richard of the Lion's Heart)가 왕실 행렬을 이끌고 잉글랜드 전역을 순행하는 중이었는데 사람들은 왕이 순행 중 노팅엄 시에도 들를 것으로 기대하고 있었기 때문이었다. 전령들이 분주하게 노팅엄 주 장관과 왕 사이를 오고 갔으며 마침내 리처드 왕이 주 장관의 하객으로 노팅엄에 언제 들를지 날짜가 정해졌다.

　그러자 이제 전보다 더욱 야단법석이 심해졌다. 사람들이 이리저리 분주하게 오갔고, 망치 소리와 사람들이 재잘거리는 소리가 온 동네에 퍼져나갔다. 왕이 지나게 될 길 위에 커다란 아치를 세우고 그 아치 아래로 비단 깃발과 갖가지 장식들을 매달고 있는 중이었기 때문이다. 또한 시내에 있는 조합 회관도 소란스러웠다. 바로 그곳에서 왕과, 왕을 수행하는 귀족들을 대접하기 위한 대연회가 열리기로 되어 있었으므로 최고의 목수 장인들은 왕과 주 장관이 식탁 상단에 나란히 앉게 될 의자를 새로 만드느라 분주했다.

　그런 장소에서 일을 하던 선량한 많은 사람들에게는 마치 왕이 자신들의 도시를 방문하게 될 그날이 절대로 오지 않을 것처럼 느껴졌다. 하지만 그럼에도 불구하고 때가 되자 결국 그날이 왔다. 햇빛이 자갈 깔린 거리로 밝게 부서져 내리는 가운데 끊임없이 밀려드는 인파로 인해 모든 것이 생생하게 활기를 띠었다. 길 양옆에는 도시민과 시골 사람들 할 것 없이 커다란 군중이 마치 상자 속에 담긴 마른 청어처럼 빽빽이 들어 차 있었으므로 주 장관의 병사들은 손에 미늘 창을 들고도 왕이 지나갈 만한 틈을 만들기 위해 군중들을 뒤로 떠미느라 무척 애를 먹었다.

그때 모여 있던 군중 틈에서 억세고 건장한 체구의 한 탁발수사가 그 병사들 중 한 사람을 향해 소리쳤다. "사람들을 그렇게 밀어대면 어떡해! 네 팔꿈치로 날 찔렀겠다? 파운틴의 성녀를 두고 맹세하는데 나한테 좀 더 정중하게 대하지 않으면 네 녀석이 그 전능한 주 장관의 부하 중 하나라고 해도 골통을 부숴 놓고야 말 테다."

그 말에 군중 사이로 여기저기 흩어져 있던 링컨 초록색 옷을 걸친 많은 키 큰 사내들에게서 커다란 웃음소리가 터져 나왔다. 그러나 다른 사람들보다 더 위신이 있어 보이던 한 사내가 그 탁발수사를 팔꿈치로 쿡 찌르며 말했다. "입 다물어, 턱. 입을 함부로 놀리지 않겠다고 이곳에 오기 전에 내게 약속했잖아?"

그러자 탁발수사가 투덜거렸다. "아, 그렇긴 하지만 두툼한 발을 한 악당이 내 가여운 발을 숲 속에 널린 도토리라도 되는 듯이 마구 밟아댈 줄은 몰랐단 말이에요."

그러나 이 모든 입씨름은 돌연 중단됐다. 수많은 뿔나팔의 선명한 경적 소리가 길을 따라 들려왔기 때문이었다. 그러자 사람들이 목을 길게 내밀고 그 소리가 들려오는 방향을 응시했다. 그리고 북적거리며 서로 밀치고 뒤흔들리는 것은 전보다 더욱 심해져갔다. 이제 화려한 사람들의 행렬이 번쩍거리며 모습을 드러냈고 마른 들판에 불이 번지듯이 사람들의 환호성이 군중 위로 퍼져나갔다.

여덟 명은 벨벳을 걸치고, 스무 명은 황금색 옷을 걸친 전례관들이 앞으로 달려나왔다. 그들 머리 위로는 눈처럼 하얀 깃털 구름이 정처 없이 떠돌고 있었고 전례관들은 각기 손에 기다란 은 트럼펫을 들고 아름다운 곡조를 불었다. 트럼펫 하나마다 잉글랜드의 왕실 문장이 장식된 황금 천과 벨벳 기가 달려 있었다. 이들 뒤로는 투구를 제외하고는 완전 무장한 고귀한 기사들 100여 명이 둘씩 줄지어 나타났다. 손에는 길다란 창을 들고 있었고 창 꼭대기에 달린 갖가지 색과 문양의 깃발들은 바람에 나부꼈다. 각 기사 옆에서는 비단과 벨벳의 화려한 복장을 걸친 수습 기사가 한 명씩 있었고 수습기사들은 주인의 투구를 손에 들고 있었다. 그들이 든 투구에 달린 가벼운 깃털들은 길게 나부끼고 있었다. 이제껏 노팅엄에서는 이들 100여 명의 기사들이 연출해 내는 광경보다 더 근사한 광경을 본 적이 없었다. 무기가 부딪치는 소리와 갑옷에서 나는 쩽그렁 소리와 함께 널따란 말을 타고 달려오는 동안 그들이 걸친 갑옷은 햇빛을 받아 번쩍이는 빛을 발했다.

기사들 뒤로는 비단 복장과 금빛 천을 걸친 중부 지방의 호족들과 귀족들이 목에는 금목걸이를, 허리에는 보석을 찬 채 나타났다. 이들 뒤로는 다시 긴 창을 든 병사들의 긴 행렬이 나타났고 그 한가운데에 나란히 말을 타고 오는 두 사람이 있었다. 관복을 걸친 것으로 보아 한 사람은 노팅엄의 주 장관이었다. 나머지 한 사람은 주 장관보다 머리 하나는 더 키가 컸고, 고급스럽지만 단순한 복장을 걸치고 목에는 넓고 묵직한 목걸이를 걸치고 있었다. 그의 머리와 수염은 금실처럼 황금색이었고 눈은 여름날의 하늘처럼 푸른빛이었다. 말을 타고 서서히 오는 동안 그 사람이 오른쪽 왼쪽으로 모자를 벗어 인사하자 그가 지나칠 때마다 커다란 함성이 뒤따랐다. 그는 다름 아닌 리처드 왕이었던 것이다.

그러자 그 모든 소란과 함성 위로 고함치는 커다란 음성이 들려왔다. "하늘이시여, 성인들이시여, 우리의 인자하신 리처드 왕을 축복하소서! 그리고 파운틴의 우리 성녀께서도 폐하를 축복해 주시길!" 소리나는 쪽을 쳐다보자, 뒤에 있는 사람들에게 등을 돌린 채 두 다리를 넓게 버티고 제일 앞줄에 서 있는 키가 크고 어깨가 떡 벌어진 건장한 사제가 리처드 왕의 눈에 들어왔다.

사제를 본 리처드 왕은 주 장관을 돌아보고 웃음 지으며 말했다. "그대는 이제껏 내가 본 중에서 제일 큰 사제를 노팅엄에 데리고 있구려. 만일 하늘에서 아무 소리도 못 들어 저 사제의 기도에 응답해 주지 않는다면 나라도 나서서 내 스스로에게 축복을 내려줘야 할 것 같군. 저기 저 사제는 베드로 성인의 커다란 돌상조차도 귀를 문질러 자신의 이야기에 귀를 기울이게 만들 것 같으니 말일세. 내게도 저런 사람과 같은 병사가 있었으면 좋겠군."

그 말에 주 장관은 아무런 대답도 하지 못한 채 볼에서는 핏기가 싹 가시고 말에서 떨어지지 않기 위해 안장 머리를 꽉 붙들어야만 했다. 그렇게 대담하게 소리치던 자가 누구인지 알고 있었던 까닭이다. 그는 다름 아닌 탁발수사 턱이었던 것이다. 게다가 탁발수사 뒤로는 로빈 후드와 리틀 존, 윌 스칼렛, 윌 스튜틀리, 앨런 어 데일과 로빈의 다른 부하들의 얼굴까지 보였다.

주 장관의 나쁜 안색을 보자 왕이 급히 물었다. "아니, 왜 그러오, 주 장관. 안색이 그렇게 창백해지다니 어디 아픈 거요?"

"아닙니다. 아무것도 아닌 곧 지나갈 아주 경미한 통증입니다." 로빈 후드가 노팅엄 성문 안에까지 대담하게 들어올 정도로 주 장관 자신을 전혀 두려워하지 않고 있다는 것을 혹시라도 왕이 알게 된다면 수치스러운 일이었기 때문에 주 장관은 그렇게 얼버무렸다.

초가을의 어느 화창한 오후에 왕은 그렇게 노팅엄 시에 입성했다. 그리고 그렇게 왕답게 당당하게 온 리처드 왕을 보고 가장 기뻐한 사람들은 로빈 후드와 그 일행들이었다.

* * *

이제 황혼 무렵이 되었다. 노팅엄 시의 조합 회관에서는 대연회가 진행되고 있었고 술이 자유롭게 오갔다. 식탁을 따라 천 개의 양초 불빛이 반짝이고 있었고 식탁에는 영주와 귀족과, 기사와 수습기사들의 행렬이 길게 앉아 있었다. 식탁 제일 상석의 온통 황금빛 천이 내걸린 좌석에는 리처드 왕이 노팅엄 주 장관을 옆에 대동한 채 앉아 있었다.

왕은 웃음 지으며 주 장관에게 말을 걸었다. "이 부근의 어떤 패거리들의 행적에 대해 많이 들었소. 죄를 저지르고 셔우드 숲에 살고 있는 로빈 후드라는 자와 그의 무리에 대해서 말이오. 주 장관, 내게 그에 대해 좀 말해 줄 수 있겠는가? 내가 듣기로는 그대도 그들과 여러 번 관계가 있었던 것 같으니 말이오."

그 말에 노팅엄 주 장관은 침울하게 고개를 숙였고 함께 동석해 있던 헤리퍼드의 주교는 아랫입술을 깨물었다. 이윽고 주 장관이 말을 꺼냈다. "그자들이 전국에서 제일 대담한 범법자들이라는 사실 외에는 그자들의 소행에 대해 별로 말씀드릴 만한 것이 없습니다, 폐하."

그러자 팔레스타인에서 왕의 휘하에서 함께 싸웠던 관계로 왕에게서 무척 총애를 받고 있던 리의 젊은 헨리 경(Sir Henry of the Lea)이 나서서 말했다. "폐하께 말씀드리겠습니다. 제가 팔레스타인에 나가 있을 때 제 아버님으로부터 종종 소식을 전해 들었는데, 그때마다 거의 매번 이 로빈 후드라는 자에 대해서도 이야기를 들었습니다. 만일 폐하께서 원하신다면 제가 그자의 어떤 모험에 대해서 말씀드리겠사옵니다."

그러자 왕은 웃으며 말해 보라고 명령했고, 헨리 경은 로빈 후드가 헤리퍼드의 주교에게서 빌린 돈으로 곤경에 빠진 리의 리처드 경을 도와준 얘기를 해 주었다. 이야기가 진행되는 동안 왕과, 그곳에 합석했던 사람들로부터 계속해서 웃음이 터져 나왔다. 반면에 불쌍한 주교의 얼굴은 분하여 점점 붉게 변했다. 그 일이 주교에게는 너무도 뼈아픈 일이었기 때문이었다. 리의 헨리 경이 말을 마치자 합석했던 다른 신하들도 왕이 그 재미있는 이야기에 얼마나 유쾌해하는지 알고는 로빈과 그의 동료들에 관련된 다른 이야기들도 풀어내기 시작했다.

그러자 리처드 왕이 말했다. "내 검을 걸고 맹세하는데, 로빈 후드라는 자는 이제껏 내가 들어본 중에서 가장 유쾌한 악동이로군. 그렇다면 내가 이 사건을 넘겨받아 주 장관 그대가 못한 일을 처리해야겠구려. 즉, 로빈 후드와 그 일당을 숲에서 말끔히 몰아내는 것 말이오."

그날 밤, 왕은 노팅엄 시에 체류하는 동안 자신의 숙소로 별도로 마련된 곳에 앉아 있었다. 왕은 젊은 리의 헨리 경과 다른 두 기사와 노팅엄 주의 세 남작들과 함께 있었다. 그러나 왕의 마음속은 온통 로빈 후드에 대한 생각으로 꽉 차 있었다. "이 유쾌한 악동 로빈 후드를 만나 셔우드 숲에서 그의 행적에 대해 일부분이라도 볼 수만 있다면 100파운드도 아깝지 않을 텐데."

그러자 빙엄의 허버트 경(Sir Hubert of Bingham)이 웃으며 나섰다. "폐하께서 그런 염원을 품고 계셨다면 그것을 충족하기란 그리 어려운 일이 아니옵니다. 만일 폐하께서 기꺼이 100파운드를 잃을 용의가 있다면 폐하께서 그 자를 만나는데 그치는 것이 아니라 셔우드 숲에서 그와 함께 식사도 하실 수 있도록 제가 주선하겠습니다."

"아, 허버트 경. 그 소리를 들으니 무척 기쁘군. 하지만 어떻게 내가 로빈 후드를 만나도록 그대가 주선할 수 있단 말인가?"

"그야 어렵지 않사옵니다. 우선 폐하와 이곳에 있는 저희에게 높은 지위에 있는 탁발수사들의 검은 사제복을 입게 하신 후 폐하의 옷 속에는 100파운드가 든 지갑을 차십시오. 그런 다음 이곳에서 맨스필드 시를 향해 가노라면, 제가 크게 틀리지만 않는다면 저희는 로빈 후드를 만날 뿐 아니라 그날이 지나기 전에 그와 함께 식사를 하게 될 것이옵니다."

그러자 왕은 매우 즐거워하며 대답했다. "허버트 경, 그대의 계획이 마음에 드는군. 그렇다면 내일 당장 그 계획을 실행에 옮기고 과연 효과가 있는지 알아보세."

그래서 다음날 아침 일찍 왕의 일행이 묵고 있는 곳으로 주 장관이 문안 인사를 하러 들르자 왕은 자신들이 간밤에 나누었던 이야기와 그날 아침에 착수하게 될 즐거운 모험에 대해 말해 주었다. 그러나 그 얘기를 듣자마자 주 장관은 주먹으로 자신의 이마를 탕 치며 말했다. "아, 이럴 수가! 폐하께 그런 계획을 말씀드리다니 사악하기 그지없는 진언입니다! 오 인자하신 군주이자 왕이시여, 지금 폐하께서는 무슨 일을 하고 있는지 모르고 계시옵니다! 폐하께서 찾으러 가는 이 악당은 왕이나 왕의 법에 대해서는 눈곱만큼도 경외심이라고는 없는 자이옵니다."

"그러나 그가 추방된 이후로 사악한 기스본의 가이라는 자를 죽인 것만 제외하고는 결코 사람들의 피를 흘린 적이 없다고 들었는데 제대로 들은 것이 아니오? 그 기스본의 가이라는 자를 죽인 것을 두고는 모든 선량한 사람들이 그에게 감사했다는 것도 사실 아닌가?"

"예, 폐하. 그것은 옳게 들으신 것입니다. 하오나…"

그러자 왕은 주 장관의 말을 중간에서 자르며 대답했다. "그렇다면 그 자가 아무런 해도 끼치지 않는데 내가 그자를 만나는 것을 굳이 두려워할 필요가 뭐가 있겠는가? 물론 당연히 아무런 위험도 없을 테지. 하지만, 주 장관 그대도 우리와 함께 가지 않겠는가?"

그러자 주 장관은 황급히 부인했다. "아니옵니다, 폐하. 절대 안 가겠습니다!"

그러나 사제들이 걸치는 일곱 벌의 사제복이 도착하자 왕과 주위의 신하들은 그 옷들을 걸쳤다. 그리고 왕이 100파운드가 든 지갑을 옷 속에 찬 후, 그들은 모두 함께 밖으로 나가 문에 그들을 위해 대기시켜 놓은 노새 등에 올라탔다. 왕은 주 장관에게 자신들의 행동에 대해 함구하라고 명령한 뒤 갈 길로 떠나갔다.

왕은 일행들과 농담과 웃음을 주고받으며 여행한 끝에 너른 들판을 지나게 되었다. 그곳은 이미 농부들이 수확을 집으로 거둬들인 뒤라 추수가 끝나고 난 텅 빈 밭이었다. 점차 두터워지기 시작하는 산재한 습지를 통과하여 그들은 더 멀리 나아갔고 마침내 숲의 빽빽한 그늘 속으로 들어섰다. 왕 일행은 자신들이 찾던 그런 사람은 한 사람도 만나지 못한 채 몇 킬로미터를 더 여행한 끝에 뉴스테드 수도원(Newstead Abbey) 근처에 있는 길의 한 부분에 들어섰다.

"거룩한 마틴 성인을 걸고 맹세하는데, 무엇이 필요한지 내가 좀 더 잘 생각해 낼 수 있었다면 얼마나 좋을까. 이곳까지 오는 동안 우리는 마실 것이라고는 단 한 방울도 가져오지 않았군. 이 갈증을 풀 수만 있다면 50파운드라도 흔쾌히 내놓을 텐데."

그런데 그 말이 떨어지기 무섭게 길가의 풀 섶에서 금발 머리와 수염에, 즐거운 푸른 눈을 한 키 큰 사내가 걸어나왔다. 사내는 왕의 노새 고삐에 손을 얹어놓으며 말했다. "거룩하신 형제여. 그토록 근사한 거래에 적당한 대답을 하지 않는 것은 기독교인으로서 올바른 처사가 아니죠. 우리는 이 부근에 여관을 운영하고 있는데, 50파운드라면 당신에게 포도주뿐만 아니라 이제껏 당신이 맛본 것보다 더 훌륭한 성찬을 대접할 수 있답니다."

그렇게 말하며 사내는 손가락을 입술에 대더니 날카롭게 휘파람을 불었다. 그러자 양옆 길가에 늘어선 덤불과 나뭇가지가 흔들리며 부스럭거리더니 링컨 초록색 옷을 걸친 어깨가 떡 벌어진 60명의 남자들이 숨어 있던 곳에서 뛰쳐나왔다.

그러자 왕은 시치미를 뚝 떼고 마치 사제인 것처럼 말했다. "아니, 어떻게. 이 무례한 악당들 같으니라고, 너희들은 누구냐? 우리 같은 고위 성직자들에게 너희들은 예의도 없단 말이냐?"

천성적으로 유쾌한 사내인 로빈 후드는 즐겁게 대답했다. "아니요, 그럴 리가. 당신들과 같은 부유한 사제들의 그 잘난 거룩함은 설령 누가 골무 속으로 떨어뜨릴 수 있다 해도 선량한 아낙네들은 손가락 끝으로라도 건드리고 싶은 생각이 없을 걸요. 제 이름으로 말할 것 같으면 로빈 후드라고 하는데, 당신도 전에 물론 들어보았겠죠."

"입 닥치지 못하겠느냐! 너는 정말로 내가 익히 들었던 대로 대담하고 뻔뻔스럽게 짝이 없는 데다 무법자로군. 좋은 말로 부탁하는데 나와 내 동료들이 평화롭게 조용히 지나가게 내버려 두거라."

"아니요, 그럴 수는 없소. 거룩한 사제들께서 이렇게 주린 배를 안고 그냥 계속 가도록 내버려 두는 것은 우리로서도 모양새가 좋지 않으니까. 하지만 당신이 하잘것없는 마실 것에 50파운드나 되는 거액을 내겠다고 큰소리쳤으니 당신이 우리 숙소에서 묵어갈 방 값을 지불할 수 있을 정도로 제법 두둑한 지갑을 가지고 있을 것으로 믿어 의심치 않소. 존경하는 형제여, 어디 당신의 지갑을 보여 주시오. 안 그러면 내가 직접 찾기 위해 당신 옷을 벗겨야만 할 수도 있소."

그러자 왕이 준엄하게 대답했다. "아니, 완력은 쓰지 말게. 여기 내 지갑 있네, 하지만 죄 없는 우리들에게는 손대지 말아주게."

"쳇, 쳇. 되게 거들먹거리고 있군. 내게 그런 식으로 말하다니 당신이 무슨 잉글랜드의 왕이라도 되는 줄 아시오? 윌, 여기 이 지갑 받아 그 안에 무엇이 들었는지 보거라."

윌 스칼렛은 지갑을 받아들고 돈을 세어 보았다. 그러자 로빈은 윌에게 자신들 몫으로 50파운드만 꺼내고 50파운드는 다시 지갑에 넣으라고 명령했다. 로빈은 지갑을 다시 리처드 왕에게 되돌려 주며 말했다. "자, 형제여. 여기 그대 돈의 반을 되돌려 줄 테니 받으시오. 그리고 마음만 먹으면 당신들을 완전히 홀랑 벗겨먹을 수도 있었지만 그렇게까지 하지 않는 상냥한 악당에게 걸린 것을 아까 소원을 빈 마틴 성인에게 감사하시오. 그런데 그 고깔 좀 뒤로 젖혀보겠소? 당신 얼굴을 좀 보고 싶으니 말이오."

그러자 왕은 뒤로 물러서며 황급히 말했다. "아니, 고깔을 뒤로 젖힐 수는 없네. 우리 일곱 사람은 스물네 시간 동안 우리의 얼굴을 드러내지 않겠다고 맹세했기 때문이지."

"그렇다면 계속 조용히 가리고 계시구려. 나도 당신들이 맹세를 깨뜨리게 할 생각은 추호도 없으니까."

그래서 로빈은 부하들 중에서 일곱 사람을 불러 각기 리처드 왕 일행이 타고 있던 노새의 고삐를 잡으라고 시켰다. 그리고는 숲 속 깊은 곳으로 얼굴을 돌려 앞으로 나아갔고 마침내 자신들의 본거지인 너른 공터와 푸른 나무에 도착했다.

한편, 60명의 동료들을 뒤에 데리고 리틀 존 역시 그날 아침 길을 나섰다. 만일 운이 따라준다면 셔우드 숲으로 데려갈 만한 부유한 손님을 만날 수 있을 것으로 기대하고 손님감을 물색하러 나섰다. 노팅엄에서 리처드 왕이 방문하는 대행사가 벌어지고 있는 시기인 그때쯤에는 지갑이 두둑한 사람들이 제법 많이 여행할 것이 틀림없었기 때문이었다. 그러나 비록 리틀 존과 다른 많은 사람들이 길을 나서긴 했지만 탁발수사 턱과 40명이 넘는 사람들은 커다란 나무 아래에 눕거나 앉아 있었다.

잠시 후 로빈 일행이 돌아오자 그들은 벌떡 일어나 로빈을 맞으러 달려나갔다.

리처드 왕은 노새에서 내려 주위를 둘러보며 로빈에게 말했다. "정말, 그대는 주위에 훌륭한 젊은이들을 많이 두었군, 로빈. 내 생각에는 리처드 왕조차도 이런 근위대는 몹시 마음에 들어할 것이네."

그러자 로빈이 자랑스럽게 대답했다. "이 사람들이 내 부하들 전부는 아니오. 지금 60여 명 정도는 내 오른팔 리틀 존과 함께 다른 볼일을 보러 나가 있소. 하지만, 리처드 왕에 대해서는, 내 말해 두는데, 그분을 위해서라면 자신의 피를 마치 물처럼 하나도 아깝지 않게 쏟아 붓지 않을 사람이 우리 중에는 단 한 사람도 없소. 당신들 성직자들은 우리의 왕을 제대로 이해하지 못하고 있소. 하지만 우리 용사들은 우리의 행동과 꼭 닮은 그분의 용감한 위업 때문에 그분을 충심으로 좋아한다오."

그러나 그때 탁발수사 턱이 부산스럽게 다가와 말했다. "어서들 오시게, 형제들이여. 이 누추한 곳에서 나와 같은 성직자를 환영하게 되어 무척 기쁘오. 내 생각엔 이들 범법자 악당들은 노심초사 그들의 안녕을 위해 열심히 애쓰는 거룩한 턱의 기도가 없다면 불운으로부터 벗어나지 못했을 거요.” 이 대목에서 턱은 한쪽 눈을 장난스럽게 찡긋하고는 혀를 볼에 쭉 밀어 넣었다.

턱을 보자 리처드 왕은 고깔 속으로는 미소 짓고 있었지만 진지한 음성으로 물었다. “정신나간 사제여, 당신은 대체 누구요?”

그 말에 탁발수사 턱은 뚫어질 듯한 시선으로 천천히 주위를 둘러보았다. “이봐, 잘 들어. 나는 참을성이라고는 전혀 없는 사람이니까 절대로 그런 말을 다시 지껄이진 말라고. 여기 감히 나를 정신나간 사제라고 부르는 간 부은 녀석이 있군. 잘 들어, 내 이름은 바로 탁발수사 턱이시다. 거룩한 탁발수사 턱이라고.”

“그 정도면 충분하니 그만해, 턱. 자, 말은 그만하고 가서 포도주나 좀 내오게. 이들 고귀하신 사제들께서는 지금 목이 마르시다네. 그리고 술값으로 후하게 지불했으니 최고로 대접해야지.”

탁발수사 턱은 로빈이 자신의 말을 자른 데 콧방귀를 뀌긴 했지만 곧바로 로빈의 요구에 따르기 위해 물러났다. 이윽고 커다란 오지그릇을 내왔고 거기에 로빈 후드와 모든 손님들을 위해 포도주가 부어졌다. 그러자 로빈이 자신의 잔을 높이 쳐들며 외쳤다. “잠깐! 축배를 들 때까지 잠깐 마시지 말고 기다리라고. 저 고명하신 리처드 왕을 위하여 건배, 그리고 모든 적들이 왕에게 무릎 꿇기를.”

그러자 사람들은 모두, 심지어 왕 자신조차도 왕의 건강을 위해 축배를 들었다. 왕이 로빈에게 말했다. “여보게, 내 생각엔 왕을 위해 건배하다니 그것은 곧 자네 자신의 파멸을 빌며 축배를 든 것 같은데.”

“아니, 조금도 아니요. 셔우드의 우리들은 성직자들보다도 우리 왕께 더욱 충성스러운 사람이라고 자신 있게 말할 수 있소. 당신들은 누가 통치하든 신경 쓰지 않고 당신들의 그 수도원에서 안락하게 누워 있는데 만족할 동안 우리들은 왕의 이익을 위해서라면 기꺼이 목숨조차도 버릴 용의가 있단 말이오.”

그 말에 리처드 왕이 웃으며 대답했다. "아마도 리처드 왕의 행복은 자네가 알고 있는 이상으로 내게 중요할지 모른다네. 하지만 이제 그 얘기는 그만하기로 하세. 우리는 이미 충분한 금액을 치렀으니 우리에게 즐거운 여흥을 좀 보여줄 수 있겠지? 나는 그대들이 놀라운 궁사들이라고 자주 들었네. 어디 자네들 솜씨를 우리에게 좀 보여주지 않겠나?"

"그야 물론이죠. 우리는 손님들에게 모든 종류의 운동 시범을 보여주는 것을 좋아하죠. 가퍼 스완톨드 성인께서도 말씀하시길, '새장에 갇힌 찌르레기에게 최고의 것을 주지 않는 자는 냉혹한 마음을 지녔다'고 하셨으니까. 그리고 새장에 갇힌 찌르레기란 바로 우리와 함께 있는 당신들일 테니까. 여보게들, 어서 공터 끝에 화관을 세우게."

그러자 젊은 용사들은 대장의 명령을 이행하기 위해 달려갔다. 턱은 가짜 사제들 중 한 사람을 보고 장난스럽게 윙크하며 말했다. "당신도 우리 대장을 보았겠지. 대장은 꼭 뭐가 잘 생각이 안 나면 이 가퍼 스완톨드 성인을 들먹이며 어물쩍 넘어간다니까. 그래서 무슨 소리인지 모르도록 불쌍한 선량들을 헷갈리게 만들어 놓는다니까." 탁발수사 턱은 그렇게 지껄였지만 로빈이 듣지 못하도록 조그만 소리로 속삭였다. 로빈이 자신의 말을 그렇게 단칼에 자른 데에 아직도 분이 풀리지 않았던 탓이었다.

그 사이 활을 쏘게 될 과녁이 120보 떨어진 거리에 세워졌다. 과녁은 나뭇잎과 꽃으로 만든 두 뼘 정도 너비의 화관으로 널따란 나무 줄기 앞 막대 위에 걸어놓았다. 그 과녁을 보며 로빈이 말했다. "여보게들, 저기 근사한 과녁이 보이지. 자네들 각자 한 사람씩 세 발을 쏘게. 그리고 만일 한 발이라도 과녁을 빗나가는 사람은 윌 스칼렛의 매서운 주먹맛을 봐야 할 걸."

그러자 또 턱이 툭 내뱉었다. "저, 대장 말하는 것 좀 봐. 흥, 건장한 조카의 무서운 타격을 마치 기운 좋은 아가씨의 사랑스러운 토닥거림이라도 되는 것처럼 선심 쓰듯이 주겠다고 하잖아. 내 장담하는데, 대장 당신은 물론 꼭 화관을 맞추겠지. 안 그랬다가는 스칼렛의 주먹에서 자유롭지 못할 테니까.”

제일 처음에는 돈커스터의 데이비드가 쏘았고 그가 쏜 세 발의 화살은 모두 화관 안으로 들어갔다. 그러자 로빈 후드가 소리쳤다. “잘했어, 데이비드! 자네는 오늘 따귀는 맞지 않아도 되겠군.”

다음으로는 방앗간지기 미지가 쏘았는데 그의 화살 역시 전부 화관 안에 정확히 꽂혔다. 그 다음에는 땜장이 와트가 쏘았는데, 아, 이를 어쩌랴! 한 발이 손가락 두 개 정도로 과녁을 빗나간 것이었다.

그러자 윌 스칼렛이 부드럽고 조용한 음성으로 말했다. “이리 오게, 친구. 자네에게 갚아야 할 빚이 있으니 말이야.” 그 말에 땜장이 와트는 걸어 나와, 마치 벌써 주먹을 얻어맞고 귀가 울리기라도 하는 듯 얼굴을 찡그리고 눈을 꼭 감은 채 윌 스칼렛 앞에 섰다. 윌 스칼렛은 옷소매를 팔꿈치까지 걷어올리고 손에 온 힘을 싣기 위해 발끝으로 서서 힘껏 내리쳤다. “철썩!” 그의 손바닥은 땜장이 와트의 머리에 가서 세게 부딪쳤고 와트는 마치 장에서 능숙한 선수가 던진 육척봉에 맞아 쓰러지는 나무 조각상처럼 그 자리에서 풀밭 위로 벌러덩 자빠졌다. 쓰러진 와트가 일어나 앉아 얻어맞은 귀를 비비며 눈앞에서 춤추는 밝은 별들 때문에 눈을 깜박거리는 동안 다른 동료들은 숲이 떠나가라 웃음을 터뜨렸다. 리처드 왕은 눈물이 볼을 타고 흘러내릴 때까지 웃어젖혔다.

그래서, 모든 사람들이 돌아가며 차례로 활을 쏘았다. 윌의 빚으로부터 자유로운 사람도 있었고, 반대로 그의 주먹을 한 대 얻어맞고 기필코 뒤로 자빠지는 사람도 있었다. 그리고 이제 마지막으로 로빈 후드의 차례가 되었다. 그가 자리에 서자 모두들 숨을 죽이고 로빈이 활을 쏘는 것을 지켜보았다. 제일 처음으로 쏜 화살은 화관이 걸려 있던 막대의 일부를 쪼개놓았다. 두 번째 화살은 첫 번째보다 안쪽으로 2센티 정도 들어가 떨어졌다. 그 모습을 지켜보며 리처드 왕은 속으로 생각했다. ‘아, 맹세코 이 사람을 내 근위대 중 한 사람으로 할 수만 있다면 1000파운드라도 아깝지 않겠어.’ 그리고 이제 로빈은 마지막으로 세 번째 화살을 쏘았다. 하지만 애석하게도 이럴 수가! 마지막 화살은 깃털이 잘못 달려 있었던 탓에 한쪽으로 비틀거리더니 화관 바깥쪽으로 2센티 정도 벗어난 곳에 가서 떨어지고 말았다.

그러자 주위에서는 엄청난 웃음소리가 터져 나왔고, 풀밭 위에 앉아 있던 사람들 중 한 사람은 배를 쥐고 웃으며 풀밭 위로 굴렀다. 그 이전에는 결코 자신들의 대장이 과녁을 빗나가게 쏘는 것을 본 적이 없었기 때문이었다. 그러나 로빈은 화가 나서 자신의 활을 바닥에 내팽개치며 소리쳤다. "조용히, 해! 저 화살에 달린 깃털은 불량이야. 손가락에서 놓았을 때 이미 느꼈으니까. 내게 새 화살을 하나 줘, 그러면 저 막대를 쪼개놓을 테니까."

그 말에 동료들은 전보다도 더욱 크게 웃었고 윌 스칼렛은 은근하고 조용한 음성으로 말했다. "대장은 공정한 기회에서 쏘았으니까 빗나간 것은 대장이 실수한 것이라고요. 그 화살은 오늘 쏜 다른 어떤 화살들하고도 똑같다는 것을 제가 맹세합니다. 그러니 자, 이리 오세요. 제가 대장에게 빚진 것이 있으니 꼭 갚고 싶거든요."

탁발수사 턱도 옆에서 맞장구를 쳤다. "그래요, 어서 가요, 대장. 제 축복이 항상 같이 할 테니. 마땅히 받을 몫을 받지 않는다면 안 될 일이니까요."

"그래서는 안 되겠지. 나는 이곳에서 왕이나 마찬가지고 그 어느 신하도 왕에게 반기를 들어서는 안 되지. 하지만 심지어 위대한 우리의 리처드 왕께서도 거룩한 교황에게 전혀 창피해하지 않고 복종하여, 심지어 고행의 수단으로 주먹으로 기꺼이 맞으실지도 모르지. 그러니 나도 자신을 좀 높은 직급의 성직자처럼 보이는 이 거룩한 사제에게 복종하여 그가 주는 벌을 받아들이겠어." 그리고는 왕을 향하여 말했다. "청하오니, 형제여, 당신의 거룩한 손으로 내 죄를 거두어가 줄 수 있겠소?"

그러자 리처드 왕이 앉아 있던 자리에서 일어나며 대답했다. "그야 물론이지. 내 지갑에서 50파운드의 무게만큼 거두어가 버렸으니 나도 당신에게 빚진 것이 좀 있지. 그러니, 이보게들, 로빈이 쓰러질지 모르니 풀밭 위에 자리를 좀 비워 주게”

“호, 그렇소? 만일 당신이 나를 휘청거리게 만든다면 내 그까짓 50파운드 거저 되돌려 주겠소. 하지만 형제여, 또한 밝혀 두는데, 만일 당신이 내 등 뒤로 풀을 느낄 수 없게 만든다면 당신이 허풍을 떤 죄로 당신에게 남아 있는 마지막 동전 한 닢까지 모두 긁어갈 테니 그리 아시오.”

“그렇다면 나도 기꺼이 하고 말고.” 그리고 왕은 소매를 걷어 붙이고 모든 사람들이 주목할 만한 팔뚝을 드러내었다. 그러나 로빈은 두 발을 넓게 벌리고 땅에 단단히 선 채 웃으며 상대를 기다리고 있었다. 그러자 팔을 뒤로 휘둘렀다가 잠시 균형을 잡은 왕은 마치 벼락과도 같은 주먹을 로빈에게 날렸다. 그 타격은 돌담이라도 쓰러뜨릴 만큼 대단했으므로 로빈은 풀밭 위로 벌렁 나자빠지고 말았다. 그러자 구경하던 동료들은 이제껏 그토록 힘센 주먹은 처음 보았으므로 옆구리가 아프도록 웃어젖혔다.

한편, 잠시 후 일어나 앉은 로빈은 마치 구름 속에서 떨어져 이전에 전혀 본 적이 없는 낯선 곳에서 눈이 부시기라도 한 듯이 주위를 두리번거렸다. 얼마 후 자신을 보며 웃고 있는 동료들을 여전히 둘러보면서 손가락 끝을 귀에 대고 부드럽게 어루만졌다. “윌 스칼렛. 여기 이 사람에게 50파운드를 세서 줘라. 나는 이자도, 이자의 돈도 원하지 않아. 아, 제기랄 그 주먹! 차라리 자네에게 맞을 걸. 이자가 내 귀를 영원히 못 듣게 해 놓은 것 같아.”

그러자 다시 일행들에게서는 폭소가 터져 나왔고 윌 스칼렛이 50파운드를 세서 주자 왕은 그것을 다시 지갑 속으로 집어넣고는 로빈에게 말했다. “정말 고맙네, 친구. 만일 자네가 지금 맞은 것에 어울리게 나머지 한 쪽 편도 맞고 싶다면 언제든지 나를 찾아오게. 그러면 아무것도 받지 않고 거저 해 줄 테니까.”

왕은 그렇게 즐겁게 말했지만 왕의 말이 미처 끝나기도 전에 갑자기 여러 사람들의 음성이 들려오더니 리틀 존과 60명의 부하들이 모습을 드러냈고 그 한가운데에는 리의 리처드 경이 있었다. 공터를 가로질러 달려오면서 리 왕은 주먹을 로빈에게 날렸다.
그 타격은 돌담이라도 쓰러뜨릴 만큼
대단했으므로 로빈은 풀밭 위로
벌렁 나자빠지고 말았다.

처드 경이 로빈에게 소리쳤다.

"여보게, 친구여, 어서 서둘러 자네 동료들을 불러 모아 나와 함께 가세! 바로 오늘 아침에 리처드 왕이 노팅엄 시를 떠나 그대를 찾으러 이 숲으로 왔다고 하네. 내가 전해 들은 것은 단지 풍문일 뿐이어서 왕이 어떻게 올지는 나도 모른다네. 하지만 그 소문이 사실인 것만은 알고 있네. 그러니 어서 그대의 사람들을 다 데리고 리 성으로 가세. 지금의 위험이 지나갈 때까지는 내 성에서 숨어 있을 수 있으니까. 그런데 그대와 함께 있는 이 낯선 사람들은 다 누군가?"

그제야 풀밭에서 일어서며 로빈이 대답했다. "이분들로 말할 것 같으면, 뉴스테드 수도원 근처의 큰길에서 우리와 함께 이곳으로 모셔온 점잖은 손님들이랍니다. 이 사람들의 이름은 모르겠지만 이 건장한 사내의 손바닥에 대해서는 아주 잘 알게 되었죠. 그런데 그것을 아는 기쁨으로 저는 귀가 먹을 뻔하고 덤으로 50파운드까지 내주었답니다!"

그런데 리처드 경은 사제들 중에서 자신을 뚫어져라 쳐다보고 있던, 큰 키에 꼿꼿이 서 있던 탁발수사를 예의 주시했다. 그러더니 갑자기 리처드 경의 얼굴이 창백해졌다. 자신이 바라보고 있던 사람이 누구라는 것을 알아보았기 때문이었다. 그러자 재빨리 말 등에서 뛰어내린 리처드 경은 그 탁발수사 앞에 무릎을 꿇었다. 리처드 경의 그런 행동을 본 왕은 경이 자신을 알아보았다는 사실을 눈치 채고는 고깔을 뒤로 젖혔다. 왕의 얼굴을 본 사람들 역시 그가 왕이라는 것을 깨달았다. 그들 중에는 노팅엄 시의 군중 틈에 섞여 주 장관과 함께 나란히 말을 타고 달려오던 왕의 모습을 보지 않은 사람이 한 명도 없었기 때문이다. 사람들은 모두 일시에 무릎을 꿇었고 아무 말도 할 수 없었다. 그러자 왕은 매우 불쾌한 기색으로 주위를 돌아보았고, 마침내 시선이 다시 리의 리처드 경에게 가서 멈췄다.

왕은 리처드 경에게 준엄하게 말했다. "이게 다 뭔가, 리처드 경? 어떻게 감히 나와 이자들 사이에 끼어들 생각을 했단 말인가? 그리고 감히 어떻게 그대의 기사다운 고귀한 리 성을 이들에게 피난처로 제공하려 한단 말인가? 그대는 잉글랜드에서 가장 악명이 높은 범법자들을 위해 자네의 성을 은신처로 만들 셈인가?"

그러자 리의 리처드 경은 눈을 들어 왕의 얼굴을 바라보았다. "폐하께서 노하실 만한 일을 할 생각은 추호도 없습니다. 하오나, 제가 막아낼 수도 있는 어떤 재앙이 로빈 후드와 그의 동료들에게 그대로 닥치게 두느니 차라리 폐하의 분노를 사는 편을 택하겠습니다. 저는 이들에게 목숨과 명예와 모든 것을 빚지고 있기 때문입니다. 그렇다면 그들이 어려움에 처해 있을 때 제가 그들을 모른 체해야만 하겠사옵니까?"

그런데 리처드 경이 미처 말을 끝내기도 전에 왕 옆에 함께 서 있던 가짜 탁발수사들 중 한 사람이 앞으로 나오더니 자신의 고깔을 뒤로 젖히며 리처드 경 옆에 무릎을 꿇었다. 그는 다름아닌 리처드 경의 아들 젊은 헨리 경이었던 것이다. 헨리 경은 아버지의 손을 잡더니 말했다. "리처드 폐하, 폐하를 충실하게 섬겨왔던 신하, 저도 여기 무릎을 꿇었습니다. 폐하도 아시듯이 팔레스타인에서 제가 폐하를 죽음에서 구하러 뛰어들었으므로 폐하께 대한 충성심은 그 누구보다도 크다는 것은 잘 아시겠지요. 하오나 저는 아버지의 편을 들어 여기서 밝히는데, 비록 폐하의 분노를 사게 되는 한이 있더라도 이 고귀한 죄인 로빈 후드에게 흔쾌히 피난처를 내줄 것이옵니다. 아버지의 명예와 행복이 제게는 제 것만큼이나 소중한 것이기 때문이옵니다."

앞에 무릎을 꿇고 있던 두 부자를 번갈아 바라보던 리처드 왕의 양미간에 잡힌 찌푸린 눈살이 점점 사라지더니 마침내 입가에 미소가 떠올랐다. "리처드 경, 그대는 말하는 데에 대담하기 이를 데 없는 기사요. 그대의 언사에 대한 자유가 내 자유보다 더 가벼울 수는 없소. 그대의 이 젊은 아들 또한 언행의 대담함이 그 아비를 쏙 빼 닮았구려. 그가 말한 대로 이미 헨리 경은 나를 죽음에서 구해 준 적이 있소. 그래서 비록 그대가 지금 한 짓보다 더한 짓을 했다고 해도 그대의 아들을 봐서 용서해 주겠소. 그대들 모두 일어나라. 그대들이 오늘 내게 아무런 해도 끼치지 않았으니 말이다. 그리고 한창 즐거운 시간에 이런 식으로 그 즐거움을 망치는 것은 참으로 안타까운 일이로다."

그러자 모두들 일어났고, 왕은 로빈 후드에게 가까이 다가오라고 손짓하며 물었다. "그래 내가 하는 말을 듣지 못할 정도로 아직도 귀가 들리지 않는가?"

"제가 죽음으로써 귀가 굳어지기 전에는 폐하의 음성을 듣지 못하는 일은 없을 것이옵니다. 그리고 폐하께서 제게 치신 그 주먹으로 말하자면 비록 제가 많은 죄를 지었는지는 모르오나 그렇다고 하면 폐하의 그 한방으로 모두 죗값을 치렀다고 말씀드리고 싶습니다."

그러자 왕은 약간 준엄한 음성으로 대답했다. "정말 그렇게 생각하는가? 그대에게 밝히는데, 세 가지, 즉 내 자비심과, 건장한 산 사내들에 대한 애정과, 그대도 분명하게 인정했듯이 나에 대한 그대들의 충성심만 아니었더라면 자네 귀는 이제껏 내가 친 어떤 주먹보다도 센 강타를 맞고 완전히 꽉 막혀 버렸을 수도 있었네. 그러니 그대 죄에 대해 가볍게 말하진 말게, 로빈. 하지만 자, 이리 와서 고개를 들게. 그대와 그대의 모든 무리들에게 내 이로써 자유로운 사면을 주노니 이제 그대의 위험은 모두 사라졌노라. 하지만, 그대가 전에 그랬던 것처럼 계속 숲을 배회하고 다니게 할 수는 없다. 그래서 나는 그대가 스스로 한 말을 지키게 할 셈이네. 그대는 내게 온 몸을 바쳐 충성하겠다고 말했으니 나와 함께 런던으로 돌아가게 될 것이다. 우린 또한 저 대담한 악동 리틀 존과, 그대의 조카 윌 스칼렛과, 음유시인 앨런 어 데일도 함께 데려갈 것이다. 그 외의 나머지 무리에 대해서는 그들의 이름을 모두 받아 정식으로 왕실 삼림 감독관으로 등록시킬 것이다. 내 생각엔 그들을 죄지은 밀렵꾼으로 이리저리 돌아다니게 두는 것보다는 셔우드 숲에서 우리의 사슴들을 돌보며, 법을 잘 지키는 관리인의 신분으로 바꾸어 놓는 것이 더 현명하리라고 본다. 하지만 지금은 큰 연회를 준비하거라. 이 삼림에서 그대들이 어떻게 살고 있는지 기꺼이 보고 싶으니까."

그래서 로빈은 부하들에게 커다란 연회를 준비하라고 시켰다. 당장 커다란 모닥불이 불붙어 밝게 타올랐고 그 불에 맛있는 냄새를 풍기며 먹을 것들이 구수하게 구워졌다. 이 모든 일들이 진행되는 동안 왕은 앨런 어 데일의 노래를 듣고 싶었으므로 로빈 후드에게 그를 부르라고 명령했다. 그래서 그 전갈이 앨런에게 전해지자 그는 즉시 하프를 가지고 달려왔다.

"어서 오게, 만일 그대의 노래가 그대의 용모와 잘 맞는다면 무척이나 근사하겠군. 어디 한 곡 불러보게, 그대의 솜씨를 들어보고 싶군."

앨런이 하프를 가볍게 뜯자 수군거리던 말들이 그가 노래하는 동안 잠잠해졌다.

　　　"'오, 내 딸아, 어디에 다녀왔느냐?
　　　　오늘, 어디에 다녀왔느냐,
　　　　딸이여, 내 딸아'
　　　'오, 저는 오늘 강가에 다녀왔어요,
　　　　물이 온통 잿빛으로 넓게 누워 있고,
　　　　잿빛 하늘은 납빛 물살을 가만히 뒤덮고,
　　　　날카로운 바람은 길게 탄식하는 그곳이요.'

　　　'그곳에서 무엇을 보았느냐? 내 딸아,
　　　　오늘 그곳에서 본 것이 무엇이더냐,
　　　　딸아, 내 딸아'
　　　'오, 저는 배 한 척이 떠내려오는 것을 보았어요,
　　　　떨림이 훑고 지나가고,
　　　　흐르는 물은 살랑이고,
　　　　날카로운 바람은 길게 탄식했고요.

'배에는 무엇이 있었느냐? 내 딸아,

 오늘 배 안에 있던 것이 무엇이더냐?

 딸아, 내 딸아'

'오, 그 안엔 온통 흰옷을 걸친 한 사람이 있었어요.

 얼굴 주위에는 창백한 빛이 걸려 있고,

 눈은 한밤중의 별처럼 날카롭게 반짝였지요,

 날카로운 바람은 길게 탄식했고요.'

'그가 뭐라고 하였느냐? 내 딸아,

 오늘 그 청년이 네게 한 말이 무엇이더냐?

 딸아, 내 딸아'

'오, 그는 아무 말도 하지 않고,

 제 입술에 지긋이 세 번 입을 맞췄어요.

 제 마음은 무시무시한 행복감으로 오그라들고요.

 날카로운 바람은 길게 탄식했고요.'

'왜 그리 점점 차가워지느냐? 내 딸아,

 왜 점점 싸늘하고 창백해지느냐?

 딸아, 내 딸아'

 오 그러나 딸은 한 마디도 없이,

 고개를 축 늘어뜨린 채 꼿꼿이 앉아 있네

 심장은 멈추었고 얼굴은 죽음이 드리웠으므로.

 그리고 날카로운 바람은 길게 탄식했다네."

사람들은 모두 숨을 죽이고 노래를 들었다. 앨런 어 데일이 노래를 끝내자 리처드 왕은 긴 한숨을 내쉬었다. "내 목숨을 걸고 말하는데, 그대는 묘하게 심금을 울리는 정말 놀라운 목소리를 지녔군. 하지만 이것은 건장한 용사의 입에서 흘러나오는 노래치고는 구슬프지 않은가? 나는 그대가 이 같은 애처로운 노래보다는 사랑과 전쟁에 대한 노래를 부르는 것을 듣고 싶네. 그리고 무슨 뜻인지 이해할 수가 없군. 그대가 지금 읊은 것은 무슨 의미인가?"

앨런 어 데일은 고개를 흔들며 대답했다. "저도 모르옵니다, 폐하. 가끔은 저 자신조차 무슨 뜻인지 분명히 이해하지 못하는 노래를 부를 때가 있기 때문이죠."

"알았네, 그냥 지나가기로 하지. 단지 이 말만 해 두겠네, 앨런. 앞으로는 내가 말한 것들, 즉 사랑과 전쟁에 대한 것들로 그대 노래의 취향을 바꾸게. 그대는 이제껏 내가 가장 훌륭한 음유시인이라고 생각했던 블론델보다도 더 감미로운 음성을 지녔으니까."

그런데 그때 한 사람이 앞으로 나와 만찬이 준비되었다고 알렸다. 그래서 로빈 후드는 부드러운 푸른 풀밭 위에 펼쳐 놓은 흰 린넨 천 위에 근사한 음식들을 차려놓은 곳으로 리처드 왕과 수행원들을 안내했다. 왕은 자리를 잡고 앉아 마음껏 먹고 마셨다. 그리고, 실컷 포식을 하고 나자 이제껏 일생동안 먹은 그 어느 식사보다도 맛있게 배불리 먹었다고 솔직히 시인했다.

그날 밤 왕은 셔우드 숲에서 부드러운 나뭇잎으로 만든 푹신한 침대에서 잠을 잤고 다음날 아침 일찍 노팅엄 시를 향해 숲을 떠났다. 로빈 후드와 그의 모든 동료들 역시 왕의 뒤를 따랐다. 이 유명한 모든 범법자들이 거리를 활보하며 나타났을 때 시내에서 어떠한 야단법석이 일어났으리라는 것은 쉽게 상상이 갈 것이다. 주 장관으로 말하면, 로빈 후드가 왕에게 그렇게 대단한 총애를 받고 있다는 사실을 알게 되자 무슨 말을 해야 할지 어디를 보아야 할지도 몰랐다. 속으로는 분통 때문에 가슴이 온통 쓰렸다.

그 다음날, 왕은 노팅엄 시를 떠났다. 그래서 로빈 후드와 리틀 존과 윌 스칼렛과 앨런 어 데일은 나머지 동료들과 차례로 악수를 하고 서로 볼에 입을 맞추고 셔우드 숲으로 그들을 보러 자주 오겠다고 맹세했다. 그리고는 각자 자신의 말에 올라타고 왕의 행렬과 함께 멀리 떠나갔다.

이렇게 해서 로빈 후드의 즐거운 모험은 막을 내린다. 비록 떠나며 약속하긴 했지만 로빈 후드가 다시 셔우드 숲으로 돌아가기까지는 수년의 세월이 걸렸다.

1, 2년 뒤에 리틀 존은 궁정에서 노팅엄으로 돌아가 비록 셔우드가 보이는 곳에서 살기는 했지만 법을 준수하며 얌전히 지냈고, 육척봉의 잉글랜드 챔피언으로서 대단한 명성을 떨쳤다. 윌 스칼렛은 얼마 후에, 아버지의 집사를 불운하게 살해함으로써 도망 나올 수밖에 없었던 집으로 돌아갔다. 나머지 무리들은 왕실 삼림 감독관으로서 의무를 잘 지켰다. 그러나 로빈 후드와 앨런 어 데일은 셔우드 숲으로 그렇게 빨리 돌아갈 수 없었다. 그 사연은 다음과 같다.

궁사로서 뛰어난 명성을 통해 로빈은 왕의 총애를 받는 신하가 되었고 그 결과, 왕의 근위대장이 될 정도로 급속하게 승진했다. 그리고 마침내 왕은 로빈이 얼마나 성실하고 충성심이 강한지 알고 헌팅던 백작(Earl of Huntingdon)이라는 작위를 수여했다. 그래서 로빈은 전쟁터까지도 왕을 수행했고 늘 일정이 빡빡했으므로 단 하루도 셔우드로 돌아갈 기회를 찾지 못했다. 앨런 어 데일과 그의 아내, 아름다운 엘렌은 늘 로빈 후드를 따라다녔고, 그의 모든 인생의 부침을 함께했다.

그렇게 해서 모든 것이 막을 내리게 되었지만 로빈 후드와 유명한 셔우드 숲에서 함께 지낸 건장한 동료들에게 닥친 최후는 그다지 행복한 결말이 아니었다.

사망이 꽃을 거두어들이다.

에필로그

로빈 후드가 셔우드 숲으로 돌아가게 된 과정과, 로빈 후드를 잡기 위해
윌리엄 데일 경(Sir William Dale)이 파견되는 내용이 소개된다.
또한 로빈 후드가 자신의 사촌인 커크레스(Kirkless) 수녀원 원장의 배신으로
어떻게 죽게 되는지도 이야기된다.

지금까지 이 즐거운 모험에 동참해 온 친애하는 독자 여러분이 원한다면, 더 이상 앞으로 나가지 말고 이쯤에서 안녕을 고하며 책에서 손을 내려놓아도 좋다고 말하고 싶다. 이제 앞으로 말하게 될 내용은 이제껏 이야기해 온 내용과는 전혀 다른 것으로서, 이미 죽고 사라진 기쁨과 환희를 다시 활보하도록 되돌릴 수 없기 때문이다. 나는 이 일에 대해 오래 집착하지 않고 로빈이 어떻게 죽었는지에 대해 가급적 신속하게 이야기하겠다. 로빈은 헌팅던 백작으로서가 아니라 손에는 활을, 마음은 푸른 숲 속에 두고 그 자신 진정한 자유인으로 살았기 때문이다.

리처드 왕은 전쟁터에서 장렬히 전사했다. 독자 여러분도 의심할 여지 없이 잘 알고 있듯이 그것은 진정으로 사자심 왕이던 그다운 죽음이었다. 그래서 얼마 후 헌팅던 백작(혹은 로빈 후드, 우리는 여전히 옛 이름으로 그를 부르고 있으니까)은 더 이상 해외에서 할 만한 일이 없다는 것을 깨닫고는 잉글랜드로 다시 돌아왔다. 로빈이 셔우드 숲을 떠난 이후 앨런 어 데일과 엘렌 부부는 로빈의 가장 중요한 식솔이었으므로 그들도 함께 돌아왔다.

로빈이 식솔들과 함께 잉글랜드 해안에 다시 도착했을 때는 봄날이었다. 자유로운 마음과 가벼운 발걸음으로 로빈 후드가 숲 속 그늘을 배회하던 시절의 아름다운 셔우드처럼 나뭇잎들은 싱그러운 초록색이었고, 작은 새들은 행복하게 노래했다. 그 봄날의 달콤함과 만물의 상쾌함을 보자 로빈의 마음속에는 숲 속에서의 생활이 강렬하게 떠올라왔으므로 셔우드 숲을 다시 한 번 보고 싶다는 커다란 열망에 사로잡혔다. 그래서 곧장 존 왕(King John)에게 간 로빈은 잠시 동안만이라도 노팅엄에 다녀오게 허락해 달라고 청했다. 왕은 다녀와도 좋다는 허락을 내리긴 했지만 셔우드에 사흘 이상은 체류하지 말라고 명령했다. 그래서 로빈 후드와 앨런 어 데일은 잠시도 지체하지 않고 노팅엄과 셔우드 숲을 향해 출발했다.

첫째 날은 노팅엄 시에 있는 여관에서 묵었지만 그들은 주 장관에게 알현하러 가지 않았다. 그동안 주 장관은 로빈 후드에게 커다란 원한을 품고 있었고, 그 원한은 로빈 후드가 세상에서 출세를 했다고 해서 조금도 줄어들지 않고 있었기 때문이었다. 다음날, 아침 일찍 그들은 말을 타고 숲을 향해서 출발했다. 길을 따라 지나가는 동안 로빈에게는 자신의 눈길이 가서 머무는 곳에 있는 모든 나뭇가지, 돌멩이 하나가 다 낯이 익은 듯 했다. 저기에는 부드러운 저녁 무렵이면 옆에 리틀 존을 데리고 자주 나와 거닐던 좁은 오솔길이 있었다. 지금은 가시나무 덤불로 꽉 들어찬 이곳은 다른 부하들을 데리고 어떤 탁발수사를 찾으러 나설 때 지나던 곳이었다.

"앨런, 좀 봐! 저기 너도밤나무에 새겨진 자국이 보이지 않나? 저것은 그대의 화살이 애석하게도 잘생긴 수사슴을 살짝 빗나가던 날, 저 나무에 박히면서 껍질을 조금 벗겨낼 때 생긴 자국이지. 그날 우리는 갑자기 폭풍우를 만나 어느 나이 든 농부의 집에서 밤을 지새게 되었었지. 그 왜 통통한 세 딸이 있었던 노인 말이야."

그들은 그렇게 낯익은 옛 것에 대해 이야기를 나누며 천천히 앞으로 걸어가고 있었다. 그 모든 것들이 오래되긴 했지만 여전히 새로웠다. 그것들 속에서 이전에 생각했던 것보다 더 많은 것들을 새롭게 발견했기 때문이었다. 그들은 마침내 그렇게 넓은 공터까지 오게 되었고 수년 전 여러 해 동안 그들의 집이 되었던 가지를 넓게 드리운 푸른 나무에 도착했다. 그 나무 아래에 섰을 때는 두 사람 다 아무 말도 할 수 없었다. 로빈은 예전 그대로이면서도 동시에 전혀 다르게 느껴지기라도 하듯, 속속들이 알고 있던 주위의 모든 것들을 둘러보았다. 예전에는 많은 사내들이 부산하게 움직이던 곳이 지금은 아무도 없는 가운데 적막감만이 흐르고 있었기 때문이었다. 로빈이 그렇게 바라보는 동안 삼림과, 잔디밭과 하늘 등 모든 것이 흐르는 눈물 때문에 희뿌옇게 흐릿해졌다. 이 모든 것들 ─ 그에게는 마치 오른손 새끼손가락처럼 너무 잘 알고 있는 ─ 을 바라보고 있자니 커다란 그리움이 물밀듯이 밀려들었으므로 흐르는 눈물을 억제할 수 없었다.

그날 아침에 로빈은 마침 자신의 오래된 뿔나팔을 어깨에 걸치고 나왔는데, 그 순간 마음속이 그리움으로 가득 차자 그 나팔 소리를 다시 한 번 들어보고 싶다는 열망이 생겼다. 그래서 나팔을 들어 입술에 대고는 큰 소리로 불었다. "뺌뻐라, 뺌뻐라!" 감미롭고 분명한 음조는 숲길을 따라 구비구비 내려가 더 멀리 떨어진 숲 그늘 사이에서 약한 메아리가 되어 다시 돌아왔다. 그리고 메아리 소리는 점점 약해지다가 마침내 들리지 않게 되었다.

그런데 바로 그날 아침 공교롭게도 리틀 존 역시 어떤 볼일이 있어서 숲 사이로 걸어가고 있었다. 리틀 존이 생각에 잠겨 조용히 걷노라니 멀리서 부는 뿔나팔의 아름답고 선명한 소리가 들려왔다. 그러자 심장에 화살을 맞은 수사슴이 뛰어오르듯 리틀 존도 그 소리를 듣자마자 펄쩍 뛰었다. 머리를 숙이며 소리에 귀를 기울이는 동안, 몸 안에 있던 모든 피는 불길처럼 양 볼로 몰려드는 것 같았다. 나팔 소리는 가늘고 선명하긴 했지만 어쨌든 아직 여전히 들려오고는 있었다.

그러자 리틀 존은 여전히 비애가 섞인 커다란 거친 기쁨의 함성을 내지르며 고개를 숙이고 덤불 사이로 돌진해 들어갔다. 마치 땅 아래로 돌진하는 야생 멧돼지처럼 리틀 존은 그렇게 나무들이 우지직거리며 찢겨져 나가도 개의치 않고 달려갔다. 가시와 찔레에 살갗이 긁히고 옷이 찢겨도 상관하지 않았다. 머릿속에 떠오르는 생각은 오직 하나, 나팔 소리가 들려오고 있는 곳으로 짐작되는 푸른 나무가 있는 공터에 어떻게 하면 가장 빠른 길을 택하여 도착할 수 있을까였다. 드디어 덤불 속에서 뛰쳐나오니 리틀 존의 주위로는 부러진 잔가지들이 잔뜩 흘러내렸지만 리틀 존은 한순간도 멈칫하지 않고 그대로 달려가 로빈의 발에 몸을 던졌다. 자신의 대장의 무릎을 두 손으로 꼭 끌어안은 리틀 존의 온 몸은 북받치는 오열로 심하게 떨렸다. 로빈이나 앨런 어 데일 역시 아무 말도 하지 못한 채 리틀 존을 내려다보았고 볼에서는 눈물이 뺨을 적시며 흘러내렸다.

그들이 그렇게 서 있는 동안, 일곱 명의 왕실 삼림 감독관이 공터로 달려오더니 로빈을 보자 커다란 기쁨의 함성을 질렀다. 제일 앞에는 윌 스튜틀리가 서 있었다. 그러더니 잠시 후에는 숨을 헐떡이며 네 사람이 더 달려왔는데, 이들 중 두 사람은 윌 스카들록과 방앗간지기 미지였다. 이들 모두 로빈 후드가 분 뿔나팔 소리를 들었던 것이다. 그들 역시 로빈에게 달려가 그의 손과 옷에 입을 맞추며 흐느껴 울었다.

그로부터 얼마 후 로빈은 눈물로 얼룩진 눈으로 주위를 돌아보며 쉰 목소리로 말했다. "나는 이제 다시는 이 소중한 숲을 떠나지 않겠다고 지금 맹세한다. 나는 그동안 이 숲과 자네들로부터 너무 오랫동안 떨어져 있었네. 나는 이제 헌팅던 백작, 로버트라는 이름을 접어두고 자유인, 로빈 후드라는 고귀한 직함을 다시 쓰겠다." 그 말에 커다란 함성이 일었고 그곳에 있던 사람들은 기뻐서 서로의 손을 잡고 흔들었다.

로빈 후드가 전처럼 셔우드 숲에서 살기 위해 다시 돌아왔다는 소식은 마치 들불이 번지듯이 사방으로 퍼져나가, 거의 일주일이 지나기도 전에 예전의 용사들이 모두 로빈 후드의 주위로 몰려들었다. 그러나 이 모든 소식이 존 왕의 귀에 들어가자 왕은 굵고 큰 소리로 욕을 하며 죽었든 살았든 로빈 후드를 잡기 전에는 결코 포기하지 않겠다고 엄숙하게 맹세했다. 그런데 그 자리에 마침 윌리엄 데일이라는 어떤 기사가 있었는데, 그는 갑옷을 걸친 병사들중 가장 용감한 병사였다. 윌리엄 데일 경은 아름다운 맨스필드 시 가까이 접해 있던 셔우드 구역을 지키던 수비대 대장이었으므로 셔우드 숲에 대해서는 잘 알고 있었다. 그래서 왕은 윌리엄 데일 경을 보더니 자신의 군대를 이끌고 당장 로빈 후드를 찾으러 떠나라고 명령했다. 또한 왕은 윌리엄 경에게 노팅엄 주 장관에게 보여주라며 자신의 인장이 새겨진 반지를 주었다. 그러면 주 장관 역시 로빈 후드를 뒤쫓는 사람들을 돕기 위해 자신의 군사를 일으킬 것이었다. 그렇게 하여 윌리엄 경과 주 장관은 로빈 후드를 찾으라는 왕의 명령을 수행하기 위해 출발했다. 그리고 일주일 동안 숲을 오르내리며 샅샅이 훑었지만 로빈 후드를 찾아내지 못했다.

로빈 후드가 예전처럼 태평스러웠더라면 모든 일이 아마 예전에 늘 그랬던 다른 모험들처럼 그냥 흐지부지 끝났을 것이다. 그러나 로빈 후드는 리처드 왕 휘하에서 몇 년 동안 싸웠으므로 예전의 모습과는 다르게 변해 있었다. 사냥개에게 쫓기는 여우가 도망치듯이 자신을 잡으러 온 자들로부터 그렇게 도망치는 것은 그의 자존심이 용납하지 않았다. 그래서 드디어 로빈 후드와 그의 부하들은 윌리엄 경과 주 장관이 이끄는 병사들과 숲 속에서 맞닥뜨리게 되었고 이어 피비린내 나는 전투가 뒤따랐다.

그 싸움에서 제일 먼저 목숨을 잃은 사람은 바로 노팅엄의 주 장관이었다. 열 발의 화살이 미처 날아오기도 전에 화살 하나가 그의 머리를 관통하는 바람에 말에서 떨어져 죽은 것이다. 주 장관보다 더 뛰어났던 많은 사람들도 그날 땅에 입을 맞추어야만 했다. 자신도 부상당하고 부하들 대부분을 잃는 등 크게 패한 윌리엄 데일 경은 결국 후퇴하여 숲을 떠나갔다. 그러나 수십 명이 넘는 부하들은 달콤한 푸른 나뭇가지들 아래에서 온 몸이 뻣뻣하게 굳은 채로 뒤에 남겨졌다.

그러나 비록 로빈 후드가 자신의 적들을 정정당당하게 싸워서 물리쳤다고는 해도 그 날의 모든 일은 그의 마음을 무겁게 내리 눌렀다. 그래서 그 문제에 계속 집착한 로빈은 결국 열병에 걸리고 말았다. 사흘 동안 고열에 시달린 로빈은 병마와 싸우려고 노력했지만 결국엔 무릎을 꿇고 말았다. 그래서 나흘째 되던 날 아침, 로빈은 리틀 존을 불러 아무래도 열을 떨쳐버릴 수 없으니 요크 주의 커크레스 근처의 수녀원 원장인 자신의 사촌을 찾아가겠다고 말했다. 그 수녀원장은 의술이 뛰어났으므로 로빈은 그녀에게 자신의 팔에 있는 정맥을 좀 째게 한 후 사혈을 시켜 열을 내리게 할 작정이었다. 그리고는 가는 도중에 도움이 필요할지 모르니 리틀 존 역시 갈 채비를 하라고 했다. 그래서 리틀 존과 로빈 후드는 다른 동료들과 작별을 고했고, 로빈은 월 스튜틀리에게 자신이 돌아올 때까지 대장 노릇을 하라고 명령했다. 그렇게 숲 속을 떠난 두 사람은 쉬운 길로 천천히 여행한 끝에 커크레스 수녀원에 도착했다.

그런데 로빈 후드는 이 사촌 여동생을 위해 전에 많은 일을 해 주었다. 사촌 여동생이 지금의 수녀원장 자리에 있게 된 것도 다 리처드 왕이 로빈 후드를 총애해서 베풀어준 은혜였다. 그러나 세상에서 자신이 받은 은혜만큼 쉽게 잊혀지는 것은 없다. 그래서 커크레스의 수녀원장은 자신의 사촌 오빠, 헌팅던 백작이 어떻게 백작의 지위를 던져버리고 다시 셔우드로 돌아갔는지 전해 듣고는 몹시 난처해했다. 행여나 자신과 로빈이 사촌관계라는 것 때문에 존 왕의 분노를 사지나 않을까 두려워하고 있었다. 그래서 로빈이 자신에게 치료를 받기 위해 오고 있다는 소식을 전해 듣자 그녀는 자신이 로빈을 해치우면 그의 적들에게서 호의를 살지 모른다는 생각에 로빈을 해칠 음모를 꾸미기 시작했다. 그렇긴 했지만 어쨌든 그런 적의는 속으로만 품은 채 겉으로는 친절하게 로빈을 맞아들였다. 수녀원장은 구불구불 감긴 돌계단을 올라, 높고 둥근 탑 처마 바로 아래에 있는 어떤 방으로 로빈을 안내했다. 그러나 리틀 존은 들어오지 못하게 했다.

그래서 불쌍한 리틀 존은 자신의 대장을 여인들의 손에 맡겨 놓은 채 수녀원 문 앞에서 발길을 돌릴 수밖에 없었다. 하지만, 수녀원 안으로 들어가지 못한다고 멀리 가버린 것은 아니었다. 리틀 존은 마치 주인이 들어간 문에서 쫓겨난 충실한 큰 개처럼 근처의 작은 숲 속 빈터, 로빈이 묵고 있는 곳을 지켜볼 수 있는 곳에 자리를 잡고 누워 있었다.

수녀들이 로빈 후드를 지붕 아래 방으로 데려다 눕히자 수녀원장은 다른 사람들을 모두 방에서 내보냈다. 그런 다음 작은 끈을 가져와 곧 사혈을 할 것처럼 로빈의 팔을 단단히 묶었다. 그리고 사혈을 하긴 했다. 하지만 수녀 원장이 짼 혈관은 살갗 아래 가까이 있는 정맥이 아니었다. 사실은 그보다 더 깊이 째어 심장으로부터 나오는 선명한 붉은 피가 흐르는 동맥 혈관 가운 데 하나를 자른 것이었다. 그러나 로빈은 그 사실을 알지 못했다. 비록 피가 흐르는 것을 보긴 했지만 자신에게 나쁜 짓을 하고 있다고 생각할 만큼 출혈 이 그렇게 빨리 진행되지는 않았기 때문이었다.

그 사악한 행위를 저지르고 나자 수녀원장은 돌아서 자신의 사촌을 내버 려 둔 채 밖으로 나와 등 뒤로 방문을 잠가 버렸다. 그래서 그날 로빈 후드 의 팔에서는 하루종일 피가 흘러나왔고 로빈은 지혈을 시키려고 온갖 방법 을 동원했지만 출혈을 막을 수는 없었다. 도와달라고 계속해서 외쳤지만 사 촌은 이미 자신을 배반했고 리틀 존은 그의 소리를 듣기에는 너무 멀리 떨어 져 있었으므로 어느 누구도 도와주러 달려오지 않았다. 그렇게 계속 피를 흘 리던 로빈은 몸 안의 힘이 점차 빠져나가는 것을 느꼈다. 그러다 간신히 몸 을 일으킨 로빈은 비틀거리며 손바닥으로 벽을 짚고 서서 겨우 나팔이 있는 곳까지 갈 수 있었다. 그리고 나팔을 세 번 불었지만 고열에 시달리고 힘이 빠져 호흡하기가 힘들었으므로 그 소리는 아주 약하고 힘이 없었다. 그럼에 도 불구하고 공터에 누워 있던 리틀 존은 나팔 소리를 들을 수 있었다. 그 소 리를 듣자 마음이 온통 두려움에 사로잡힌 리틀 존은 수녀원을 향해 정신없 이 뛰어갔다.

들여보내 달라고 리틀 존이 큰 소리로 외치며 문을 시끄럽게 두들겼지만 문은 육중한 참나무로 만들어진데다 단단히 빗장이 채워지고 못으로 박혀 있 었으므로 안에서 안전하다고 느낀 수녀들은 리틀 존에게 돌아가라고 했다.

그러자 이제 리틀 존의 마음은 대장의 생명이 위태로울지 모른다는 두려 움과 슬픔에 미칠 것만 같았다. 거칠게 주위를 돌아본 리틀 존은 마침 그곳 에 있던 무거운 돌 절구통을 발견했다. 그 절구통은 요즘 사람들 세 명이 대들어도 들어올리지 못할 만큼 무거운 것이었지만 리틀 존은 앞으로 세 걸음 나가더니 등을 구부려 땅에 깊숙이 박혀있던 무거운 절구통을 들어올렸다. 그 무게 때문에 휘청거리며 문 앞으로 다가간 리틀 존은 그것을 문에 대고 내던졌다. 그 충격에 문은 박살이 났고 리틀 존이 나타난 것을 본 수녀들은 모두 겁을 집어먹고 비명을 지르며 도망쳤다. 수녀원 안으로 성큼성큼 걸어들어간 리틀 존은 한마디도 하지 않은 채 탑으로 향하는 굽이진 돌계단을 달려 올라가 대장이 있는 방에 도착했다. 방문 역시 잠겨 있는 것을 안 리틀 존이 어깨를 문에 대고 힘껏 밀어붙이자 마치 깨지기 쉬운 얼음처럼 자물쇠가 부서져나갔다.

방 안에는 자신의 소중한 대장이 얼굴은 창백하게 일그러지고 머리는 힘없이 앞으로 흔들린 채 회색 돌벽에 기대어 있는 모습이 보였다. 사랑과 슬픔과 연민으로 거칠게 울부짖으며 리틀 존은 당장 앞으로 달려나가 로빈 후드를 자신의 팔에 안았다. 그리고는 어머니가 아이를 안 듯이 로빈 후드를 들어올려 침대로 데려가 조심스럽게 내려놓았다.

한편, 자신이 한 짓 때문에 리틀 존과 다른 일원의 보복이 두려웠으므로 수녀원장은 황급히 방으로 올라왔다. 그리고는 붕대를 능숙하게 감아 지혈시켰으므로 더 이상 피는 흘러내리지 않았다. 그동안 내내 리틀 존은 옆에 서서 험상궂게 지켜보다가 수녀원장이 처치를 끝내자 물러가라고 준엄하게 명령했다. 그러자 수녀원장은 하얗게 질린 얼굴로 부들부들 떨며 그대로 따랐다.

수녀원장이 나가자 리틀 존은 크게 웃으며 격려의 말을 늘어놓았다. 건장한 사내는 단지 피 몇 방울 흘렸다고 해서 쉽게 죽지 않는다며 별 것 아닌 것을 두고 괜히 어린아이처럼 놀랐다고 했다. "정말이오, 대장한테 일주일을 준다면 전처럼 대담하게 숲 속을 누비고 다닐 수 있을 걸요."

그러나 로빈은 침대에 누운 채 희미하게 웃으며 고개를 가로저었다. "사랑하는 리틀 존, 자네의 친절하고 강인한 마음에 하늘의 축복이 내리길.

하지만, 친구, 우리는 다시는 함께 숲 속을 뛰어다니지는 못할 거야."

"아니에요, 할 수 있다니까요! 내 다시 한 번 말하는데요, 대장에게 더 안 좋은 일이 닥칠 거라고 누가 감히 그래요? 내가 옆에 있잖아요? 누가 감히 그러는지 …." 여기서 리틀 존은 목이 메었으므로 더 이상 말을 할 수 없었다. 그리고 얼마 후 마침내 굵고 쉰 목소리로 비장하게 말했다. "만일 오늘 이 일 때문에 대장에게 무슨 일이 생긴다면 이 수녀원 지붕 위에서 붉은 수탉이 울게 만들겠다고 조지 성인(Saint George)을 걸고 맹세해요. 뜨거운 불길이 갈라진 틈새로 온통 타오를 테니까요. 그리고 이 망할 여인들도 — 여기서 리틀 존은 분한 듯이 이를 박박 갈았다 — 결코 무사하진 못할 거예요!"

그러나 로빈 후드는 리틀 존의 거친 구릿빛 주먹을 자신의 창백한 손으로 잡고는 그 여인들에게 어떤 해도, 심지어 복수심에서라도 아무짓도 하지 말아달라고 낮고 약한 음성으로 조용히 부탁했다. 로빈 후드가 그렇게 말하자 마침내 리틀 존은 무슨 일이 일어나더라도 그곳에 해를 가하지 않겠다고 울먹이는 목소리로 약속했다. 그리고는 다시 침묵이 흘렀다. 리틀 존은 로빈의 손을 잡은 채 앉아서 열린 창 밖을 바라보며 가끔씩 목에 걸리는 큰 슬픔을 삼켰다. 그 사이 태양은 천천히 서쪽으로 내려앉더니 마침내 온 하늘이 붉은 광휘로 타오르는 것 같았다.

그때 로빈 후드가 힘없이 더듬거리는 음성으로 리틀 존에게 다시 한 번 숲을 바라볼 수 있도록 자신을 일으켜 세워 달라고 했다. 그래서 팔에 안고 로빈을 일으켜 세워주자 로빈은 머리를 리틀 존의 어깨에 기댔다. 눈을 크게 뜨고 미련이 남는 듯 아쉬운 눈길로 로빈이 오랫동안 창 밖을 쳐다보고 있는 동안 고개를 숙인 채 앉아 있던 리틀 존의 눈에서는 뜨거운 눈물이 하염없이 흘러내려 가슴 위로 떨어졌다. 이제 곧 헤어져야 할 시간이 가까워오고 있다는 것을 알았기 때문이다.

잠시 후, 로빈 후드는 자기를 위해서 자기의 활에 시위를 꿰고 화살통에서 가장 매끄럽고 좋은 화살을 꺼내달라고 했다. 리틀 존은 대장을 불편하게 하거나 앉아 있던 곳에서 일어나지 않은 채 그대로 지시에 따랐다. 로빈 후드는 손가락으로 자신의 활을 사랑스러운 듯이 두드렸고 활을 손에 느끼는 순간 희미하게 미소 지었다. 그런 다음 자신의 손가락 끝이 너무도 잘 알고 있던 시위의 적당한 위치에 화살을 쟀다.

"리틀 존, 리틀 존, 내 소중한 친구여. 내가 이 세상 누구보다도 사랑했던 리틀 존, 잘 들어 주게. 이 화살이 떨어지는 곳에 내 무덤을 만들어 주게. 머리는 동쪽으로 두어 내 안식처가 늘 푸른 신록을 볼 수 있고 내 피곤한 육신이 방해받지 않도록 해 주게."

그렇게 말을 마친 로빈 후드는 마지막 힘을 내어 갑자기 몸을 일으켜 똑바로 앉았다. 예전의 힘이 되돌아온 것처럼 보일 정도로 활시위를 귀까지 잡아당긴 후 로빈 후드는 열린 창문 밖으로 화살을 쏘았다. 화살이 날아가는 동안 로빈의 손은 활과 함께 천천히 내려앉아 무릎 위로 떨어졌고 몸 역시 천천히 가라앉아 리틀 존의 다정한 팔 위로 내려앉았다. 하지만 날개 달린 화살이 활에서 빠져나가듯이 그의 육신에서도 무엇인가가 빠져나갔다.

몇 분 동안 리틀 존은 미동도 않은 채 그대로 앉아 있었다. 하지만 잠시 후 안고 있던 로빈의 시신을 부드럽게 내려놓고 로빈의 두 팔을 가슴에 접어 올려준 뒤 얼굴을 덮어 주었다. 그리고 뒤돌아 단 한 마디도 없이 방을 나왔다.

가파른 계단에서 리틀 존은 수녀원장과 직급이 높은 다른 수녀들과 맞닥뜨렸다. 그들에게 리틀 존은 깊고 떨리는 목소리로 말했다. "당신들 모두 저 방에 이십 보 이내로 다가가기만 했다가는 이 수녀원은 당신들 머리 위로 무너져 내려 돌 한 무더기 남아있지 않게 될 줄 아시오. 나는 한다면 하는 사람이니까 내 말을 잘 새겨들으시오."

그렇게 말하며 리틀 존은 돌아서 그들을 떠나갔다. 그들은 리틀 존이 수녀원 마당을 재빨리 가로질러 땅거미가 지는 황혼을 뚫고 숲 속으로 사라지는 것을 지켜보았다.

다음날 다가오는 첫 새벽의 회색 여명이 동쪽으로 어두운 하늘을 조금씩

로빈 후드는 열린 창문 밖으로 화살을 쏘았다.

밝히기 시작할 때 리틀 존과 다른 일원 여섯 명이 수녀원 안뜰을 가로질러 급히 뛰어왔다. 리틀 존이 한 말에 잔뜩 겁을 집어먹고 수녀들은 보이지 않는 곳으로 이미 숨어 버렸으므로 그들은 아무도 볼 수 없었다. 그들이 돌계단을 뛰어올라 달려간 뒤 곧 커다란 통곡소리가 들려왔다. 잠시 후 울음소리가 멎더니 가파르고 굽이진 계단으로 무거운 것을 들어 나르는 사내들의 질질 끄는 발걸음 소리가 들려왔다. 그들이 그렇게 수녀원에서 나와 그곳의 문을 넘어서는데 아직 새벽 어둠에 싸여 있던 숲 속의 빈터에서 마치 많은 사람들이 그늘 속에 숨어 슬픔에 찬 음성으로 들먹거리는 것처럼 커다란 통곡소리가 들려왔다.

로빈 후드는 아름다운 요크 주의 커크레스 수녀원에서 그렇게 죽었다. 그는 자신을 죽인 사람들에게까지 자비로운 마음을 보여 주었다. 살아 생전에도 늘 죄인에 대해 자비와, 약한 자들에게는 연민을 보여 주었으므로 어쩌면 당연한 결과였다.

로빈의 사후 그의 동료들은 모두 뿔뿔이 흩어졌지만 그다지 큰 불행은 겪지 않았다. 전의 주 장관보다는 더 너그럽고 그들을 잘 모르는 사람이 새로 부임했고, 일원들이 모두 여기저기로 흩어졌기 때문이었다. 그들은 평온하게 조용히 살았으므로 많은 사람들이 살아남아 이 이야기를 자신들의 자손 대대로 후대에 전하게 된 것이라고 한다.

누군가는 커크레스에 있는 어떤 묘비 위에 오래된 비명이 쓰여 있다고 했다. 고대 영어로 적혀 있는 그 비문을 옮기면 다음과 같다.

> 여기 이 작은 돌 아래
> 헌팅던 백작, 로버트 잠들다
> 그처럼 뛰어난 궁사 없었나니,
> 사람들은 로빈 후드라 불렀노라.
> 그와 그의 동지 같은 사람들,

잉글랜드에서 다시는 보지 못하리니.

1247년 12월 24일

그리고 친애하는 독자들이여, 이제 우리의 즐거운 여정도 모두 끝이 났으므로 우리 또한 헤어져야만 할 것 같다. 여기 로빈 후드의 무덤에서 발길을 돌려 각자 자신의 갈 길로 가기 바란다.

해설

로빈 후드는 이렇게 말했다. "아주 오래 전에 살았던 고귀한 위인들에 대해 들으면 사람들에게 유익할 것이다. 누군가 그러한 이야기들을 듣는다면, 그의 영혼은 이렇게 말하리라. '그 알량한 취미는 한 옆으로 밀어두고 할 일을 찾아 나서라.' 사실, 인간은 자신의 자아처럼 고귀하게 행동하기란 불가능할지 모른다. 그러나 적어도 노력함으로써 인간은 더 나아지는 것이다 ⋯."

— 로빈 후드와 앨런 어 데일

의심할 여지 없이 19세기에 톰 소여(Tom Sawyer)와 그의 친구들의 모험을 체험한 미국 소년이라면 미합중국의 대통령이 되는 쪽보다 셔우드 숲에서 일년 동안 추방자로 지내는 쪽을 선호하지 않을 소년이 거의 없었을 것이다. 오늘날에는 이상하게 들릴지 모르지만, 미국이라는 국가가 새롭게 태어난 그 시기에 많은 사람들은 미국이 역사와 독자적인 문화가 없는 젊은 나라라는 사실에 탄식했다. 그들은 새로운 나라에서 아서 왕과 원탁의 기사나 로빈 후드와 그의 부하들에 필적할 만한 모험 이야기를 전혀 발견할 수 없었다. 이들 양키들은 영국의 통치로부터 독립을 선언했을지는 모르지만 유럽의 취향까지 완전히 버릴 준비는 되어 있지 않았다. 그래서 그들은 앤 여왕 양식의 복고풍 의상을 받아들이고, 허드슨 강을 따라 고딕 양식의 성을 모방한 건축물들을 지었던 것이다. 제임스 맥닐 휘슬러(James McNeil Whistler)와 헨리 제임스(Henry James)처럼 자신들이 보는 것을 미국식 촌스러움으로 몹시 혐오스러워하여 자신의 조국을 간단하게 떠나버린 사람들도 있었다. 그러므로 19세기 미국의 소년들이 자라면서 자양분으로 흡입했던 많은 신화들이 가구나 그림과 함께 유럽에서 수입된 것은 전혀 놀랄 일이 아니다.

이 의견을 인정하는 데에 반대 의견이 있을 수 있겠지만 어린이들을 위한 로빈 후드 전설을 가장 근사하게 개작한 작품은 바로 어느 미국인의 작품이다. 『노팅엄 주에서의 유명한 로빈 후드의 즐거운 모험』(*The Merry Adventures of Robin Hood of Great Renown, in Nottinghamshire*)의 작가 하워드 파일은 오늘날 미국 삽화의 아버지며, 앤드류 와이어스(Andrew Wyeth)와 그 계파의 작품에 남아있는 양키 예술에서 브랜디와인(Brandywine) 강풍(江風) 전통의 창시자로 일반적으로 인정받고 있다. 그럼에도 불구하고 파일의 다양한 작품 중에서 진정으로 미국적이라고 확실하게 이야기할 수 있는 것은 거의 없다. 그는 자신의 동시대에 별로 호감을 느끼지 못했고, 설령 그가 조국의 역사를 생각했다 해도 그것은 일반적으로 미국에 있는 요크타운(Yorktown)보다 앞선 역사였다. 파일의 뛰어난 이 작품은 중세의 기사들과 그들의 귀부인들, 남미 해안에 침몰하던 해적들과 마법사와 동화 속 공주들에 대한 이야기들에서 뽑아낸 갖가지 모험 이야기들로 가득 차 있다.

델라웨어의 윌밍턴에서 스베덴보리교(Swedenborgianism, 스웨덴의 종교적 신비 철학자 신봉주의)가 가미된 독실한 퀘이커 가문에서 태어난 파일은 영국의 역사와 문학을 향유하며 자라났다. 언젠가 파일은 자신의 유년 시절에 대해 이렇게 회고한 적이 있다. "나의 어머니는 그 당시 좋다고 생각되는 양서들과 훌륭한 그림들을 무척 좋아하셨다. 그리고 어머니 자신만 좋아하는 데서 그친 것이 아니라 나 역시 그것들을 좋아하도록 각별한 관심을 기울이셨다." 여기서 파일에게 "좋은 책들"이란 『천로역정』(*Pilgrim's Progress*), 『로빈슨 크루소』(*Robinson Crusoe*), 『골동품 가게』(*The Old Curiosity Shop*), 『아이반호』(*Ivanhoe*), 『바다의 아이들』(*Water Babies*), 『한여름밤의 꿈』(*A Midsummer Night's Dream*), 토머스 퍼시(Thomas Percy)의 『고대 영국 시풍』(*Reliques of Ancient English Poetry*) 등이었다.

1853년부터 1910년까지 일생을 통하여 파일의 마음은 자신이 아직 방문한 적이 없는 나라들의 과거에 가 있었다. 파일의 동시대인이었던 동판화가이자 비평가인 조지프 페늘(Joseph Pennell)은 파일을 이렇게 보았다. "하워드 파일은 로빈 후드에서 그 자신도 모르는 어느 나라의 아름다운 이상을 보여 주었다." 그러나 그 이유는 파일이 동화를 썼을 때 그가 옛 대륙 유럽에 대해서 직접적으로 몰랐기 때문만은 아니었다. 생애 말기에 이르러 유럽을 직접 돌아본 후(그는 피렌체에서 사망했다), 그가 깨달은 현실은 이제껏 상상으로 그려내던 장밋빛이 아니었다. 파일은 로마를 혐오했다. 유적들은 "아무런 형태도 없고 … 추하고 비위에 거슬릴 뿐이다. 나는 그 유적들 속에서 아름다운 것은 하나도 발견하지 못하고, 풍화에 바랜 과거의 잔재들과 잊혀진 시대를 보았을 뿐이다." 피렌체는 "우리 미국의 이상과 비교한다면 더럽고 곧 넘어질 듯이 방치되어 있다." 다른 지역들은 파일에게 "시신, 특히 과거의 해골로 가득 찬 커다란 납골당"을 연상시켰다.

그래서 1876년에 이 젊은 예술가 파일이 어린이 잡지에 실릴 만한 주제들을 찾아보던 중 자신이 유년기에 사랑했던 영웅들을 다시 찾은 것은 결코 놀랄 만한 일이 아니었다. 그 즈음에 파일은 여러 잡지사에 삽화와 원고가 채택되는 성공을 거두자 뉴욕으로 이사를 했고, 가장 인기 있던 어린이 잡지사인 〈세인트 니콜라스〉(*Saint Nicholas*)에서는 로빈 후드와 그 부하들의 삶에서 나온 에피소드에 관심이 있을지 모른다고 생각했다. 이에 대해 파일은 어머니에게 편지를 썼다. "어린이들은 로빈 후드의 특별한 모험에 대해 분명한 생각이 없어도 로빈 후드에 대해 알고 싶어 하는 경향이 있어요. 그리고 삽화를 그려 넣으면 얼마나 멋지겠어요."

파일은 어머니에게 퍼시의 『고대 영국 시풍』과 로빈 후드의 초기 역사와 모험에 대해 서술된 다른 작품들도 보내달라고 부탁했다. 하지만 유감스럽게도 자신의 삽화를 곁들인 동화와 우화 몇 편을 〈세인트 니콜라스〉에 보낸 후 파일은 그곳의 편집자인 메리 메이프스 도지(Mary Mapes Dodge)와는 보는 시각이 서로 다르다는 것을 알고 자신의 작품은 더 이상 그 잡지사에서 환대 받지 못한다는 사실을 인정했다.

그런데 다행스럽게도 마침 하퍼 형제(Harper Brothers)가 1879년에 자신들의 어린이용 잡지 〈하퍼스 영 피플〉(*Harper's Young People*)을 창간하게 되었고, 파일은 이미 〈하퍼 월간지〉(*Harper's Monthly*)와 〈주간지〉(*Weekly*)에 작품을 게재하고 있었으므로 마침내 그 새로운 잡지에 정기적으로 작품을 기고하기 시작했다. 파일은 로빈 후드의 전설에 대한 관심을 버리지 않았고 〈하퍼스 영 피플〉에 기고한 초기 작품들 중에는 원래 〈세인트 니콜라스〉사에 기고하려고 의도했던 것들을 개작한 것도 있었다. 『로빈 후드의 즐거운 모험』 중에서 두 개의 에피소드는 하퍼의 어린이 주간지 1883년 1월 9일자와 16일자 발행분에 실렸다. 그러나 왕실 삼림 감독관들과의 싸움과 다리 위에서 리틀 존과의 만남을 이야기한 두 편의 발췌록은 그 당시 파일이 미국 어린이 독자들을 위해 준비하고 있던 재미의 맛보기에 지나지 않았다.

그리고 그해 크리스마스에 찰스 스크리브너(Charles Scribner)의 아들들 (하퍼 형제가 아닌 것이 좀 이상하지만) 출판사가 하워드 파일의 『로빈 후드의 즐거운 모험』을 책의 형태로 완전하게 발간했다. 훌륭하게 장식된 양각 무늬가 새겨진 완전 가죽으로 화려하게 표지를 장정하고, 독특한 선의 삽화로 장식한 책이었다. 이 책은 곧 30세의 파일을 당시 미국의 뛰어난 동화작가로 우뚝 서게 해 주었다. 그는 단 7년이라는 짧은 시간 안에 명인으로 확실하게 성장했다. 초기에 잡지에 실렸던 펜과 잉크로 정성 들여 작업한 그의 스케치들은 그가 동시대의 영국 삽화의 마법에 빠져 있을 때 힘과 세련미를 갖추게 해 주었다. 파일은 라파엘로 이전 학파(Pre-Raphaelites)와 그 후계자들에 매료되어 있었고, 동화책의 3대 작가들은 런던의 컬러 인쇄업자 에드먼드 에번스(Edmund Evans)와 관계를 맺고 있었다. 소년 소녀들을 위한 첫번째 결실인, 구전 가요에 삽화를 곁들인 작품 『양키 두들』(*Yankee Doodle*,

1881)에서 파일은 정말로 월터 크레인(Walter Crane), 케이트 그린어웨이(Kate Greenaway), 랜돌프 칼데콧(Randolph Caldecott)의 작품들과 경쟁하려고 애썼다. 이 작품에서 파일은 그린어웨이의 의상과 칼데콧의 18세기 혼을 크레인의 빛나는 장식 감각과 결합시켰다. 그러나 불행하게도 『양키 두들』의 칼라 인쇄는 작가 자신이나 출판사의 기대에 미치지 못했으므로 파일은 다시는 칼라로 어린이 그림책을 펴내지 않았다.

그럼에도 불구하고 파일은 낙담하지 않았다. 로빈 후드를 기획하면서 그는 다시 영국으로 눈길을 돌려 크레인의 최근 판 『그림 형제 동화집에서 발췌한 가족의 이야기』(Household Stories from the Collection of the Brothers Grimm)를 눈여겨보았다. 옛 민화들을 소개한 그 책에서 파일은 같은 시기의 영국 작가들의 작품의 일반적인 형식을 따라 흑백으로 꽉 찬 디자인에 앞부분과 권말만 장식적으로 보완한 작품을 만들었다. 그럼에도 불구하고 『로빈 후드의 즐거운 모험』은 그림 형제 풍의 영국 동화집을 맹목적으로 모사한 작품은 아니었다. 오히려 반대로, 파일은 책을 꾸미는데 장식적인 가능성에는 크레인보다도 관심을 덜 두고, 자신의 힘이 넘치는 그림들에서 유명한 민요의 역동적인 순간들을 잡아내었다. 크레인을 포함하여 영국의 비평가들은 미국인들과 마찬가지로 파일의 그러한 역작에 감명을 받았다.

라파엘로 이전 학파의 수장인 윌리엄 모리스(William Morris)까지도 파일의 작품이 나오기 전에는 "미국에서는 예술적으로 뛰어난 것은 나올 수 없다"고 생각했었다고 시인해야만 했다. 그런데 불행하게도 작가와 출판업자들이 책의 생산비용을 잘못 계산하는 바람에 책값은 당시 출판업계에서 받아들일 수 있는 가격보다 높게 책정되었다. 하지만 판매가 점차 신장된 결과, 결국 파일의 『로빈 후드의 즐거운 모험』은 하퍼 출판사의 확고한 재고 목록에 오르는 작품이 되었고, 그 뒤 1백 년에 이르는 긴 시간 동안 몇몇 다른 판형으로 재판됐다. 그리고 절판된 경우는 단 한 번도 없었다.

후세 사람들은 파일의 본문에는 삽화보다 그리 애정을 보이지 않았다. 추

천 도서 목록에서는 요즘 들어 점차 옛 전설들을 개작한 다른 작품들이 파일의 작품을 대체하고 있다. 심지어 그의 고전적인 삽화들조차 수정주의 비평가인 존 로 타운센드(John Rowe Townsend)로부터 공격을 받았다. 예를 들어 타운센드는 『어린이들을 위한 글』(*Written for Children*, 1965)에서 파일을 다소 신랄하게 비판했다. "나로서는 파일이 그 즐거운 옛 시대를 묘사한 것이 잘 납득이 가지 않는다고 고백할 수밖에 없다. 나는 그 옛 시대가 파일의 그림들이 함축하고 있는 것보다는 덜 유쾌하고 그다지 건전하지 않다고 생각하기 때문이다." 그럼에도 불구하고 파일은 자신의 『로빈 후드의 즐거운 모험』에서 사실성을 제기한 적이 없었다. 결국 그는 역사를 쓰고 있었던 것이 아니었다. 서문에서 파일은 이러한 이야기들이 "상상의 나라"에서 "유명한 이름을 지닌 어느 고장"이 무대이며, "이곳에서는 음산한 안개가 우리의 영혼을 압박하지도 않으며 비조차도 매끄러운 수오리의 등을 스치고 지나는 4월의 소나기 같은 정도로밖에 내리지 않으며 꽃들은 늘 피어있으며 새들은 언제나 즐겁게 지저귄다. 또한 모든 사람들은 길을 가면서 즐거운 노래 한 곡 정도는 늘 흥얼거리며 맥주와 포도주는(정신을 취하게 만들지는 않을 정도로) 시내의 물처럼 늘 흘러 넘친다"고 쓰고 있다.

아니다. 하워드 파일은 중세 세계와 관련하여 전설과 진실 사이의 차이점을 분명히 알고 있었다. 누구든 서구 역사에서 그 시기에 대해 파일이 개인적으로 내린 평가에 대해 알고 싶다면 암흑시대의 어두운 이야기들을 다룬 그의 또 다른 작품 『은손의 오토』(1888)를 읽어야만 한다.

파일은 로빈 후드의 전설에 대한 다른 여러 단편들을 모아 어린이 독자들을 위한 즐거운 형태로 재구성하는 훌륭한 일을 해낸 것이다. 불행하게도 토머스 맬러리(Thomas Malory) 경이 캐멀롯(Camelot)의 전설(아서 왕과 원탁의 기사 이야기 — 역자 주)에 대해 한 것처럼 셔우드 숲에 대한 옛 이야기들을 모두 보존한 사람은 아무도 없었다. 로빈 후드의 모험 대부분이 여기저기 흩어져 있던 대중 민요와 오월제의 노래에서 나온 것들이다. 파일은 자신의 책에 바로 그 "기사들, 사제들, 귀족들, 중산시민들, 지방의 자유민들, 수습기사들, 귀부인들, 처녀들, 지주들, 거지들, 행상인들 등등 옛 가요들에 등장하는 모든 기묘한 인물들 — 수많은 인연의 끈으로 갈라지기도 하고 다시 묶이기도 하는 — 을 소개하기로 마음먹었다. 길을 가면서 노래도 부르는 바로 이러한 쾌활한 인물들을 여기저기에 인용한 것이다."

물론 로빈 후드는 영국 역사에서 보면, 거인 해결사 잭(Jack the Giant Killer)이나 엄지둥이 톰(Tom Thumb)만큼이나 실제 인물이 아닐 수도 있다. 그러나 분명히 영국 역사에서 아서 왕이 있었듯이 학자들은 여러 세기에 걸쳐 셔우드 숲의 유명한 범법자가 실제로는 어떤 인물이었는지 밝혀내기 위해 애써왔다. 의적에 대한 언급은 영국 문학에서 일찍부터 1378년, 『선창가의 시골뜨기』(Piers Plowman)라는 작품에 등장했지만 이 작품이 쓰여진 무렵에는 이미 로빈 후드의 전설이 멀리까지 잘 알려져 있었던 것이 분명하다.

실제로는 로빈 후드가 1160년에 록슬리(Locksley 혹은 Loxley)에서 태어난 헌팅던 백작 로버트 피츠후스(Robert Fitzhooth)라고 주장하는 사람도 있다. 또한 1260년대에 셔우드 숲으로 도망쳤던 로저 고드버드(Roger Godberd)일 수도 있다. 또는 1280년에 활동하던 도둑, 웨이크필드(Wakefield)의 로버트 후드(Robert Hood)라는 사람이거나, 아니면 에드워드 2세(Edward II)가 통치하던 시기인 1323년에 셔우드 숲에서 살았던 요크주의 웨이크필드의 또 다른 로버트 후드일 수도 있다. 아마도 전설 속에 등장하는 로빈 후드는 위에 열거한 사람들 모두일 수도 있고, 전혀 아무도 아닐 수도 있다.

그러나 로빈 후드가 실제로 누구였는가는 중요하지 않다. 로빈 후드의 공적이 사람들 입에 오르내리고 여전히 또 다른 행적들이 수세기에 걸쳐 만들어지는 동안 단순한 범법자에 불과했던 로빈 후드는 16세기 말쯤 되어서는 고귀한 가문에서 태어나 고귀한 행동을 하는 영웅으로 발전하게 된다. 그래서 지금은 로빈 후드의 행적의 시기를 1190년대로 추산하며, 그가 헨리 2세와 그의 왕비 엘레오노르, 그 뒤를 이은 사자심 왕 리처드와 동시대에 살았던 인물 헌팅던 백작이었을 것으로 추정하고 있다. 마이클 드레이턴(Michael Drayton)의 『폴리-올비온』(*Poly-Olbion*, 1622)에 따르면 헌팅던 백작은 "자신이 가진 것을 자주 가난한 사람들에게 나누어 주던" 도둑이 되었다고 한다.

다른 많은 작가들도 로빈 후드의 유명한 행위에 찬사를 보냈다. 셰익스피어는 자신의 두 작품 『베로나의 두 신사』(*Two Gentlemen of Verona*, 1563)와 『당신 좋으실 대로』(*As You Like It*, 1519)에서 로빈 후드와 그의 즐거운 동료들에 대해서 언급했고, 벤 존슨(Ben Jonson)은 1641년에 시작된 가면극 『슬픈 양치기』(*The Sad Shepherd*)와 『로빈 후드 이야기』(*A Tale of Robin Hood*, 그러나 완성하지는 못했다)를 썼다. 월터 스콧 경(Sir Walter Scott)은 『아이반호』(1819)에서 로빈 후드와 탁발수사 턱이 리처드 1세가 십자군 원정을 나가 있는 동안 잉글랜드의 섭정 존 왕이 재위하던 기간의 인물로 확실하게 소개했다. 또한 토머스 피코크(Thomas Peacock)는 『마리안 아가씨』(*Maid Marian*, 1822)라는 해학적인 소설을 썼다. 실제의 전설들은 비주류 민요들이나 1663년에 최초의 인쇄본으로 알려진 『로빈 후드의 영예』(*Robin Hood's Garland*)라는 선집으로 채록되었다. 또한 18세기 이후부터는 셔우드 숲의 유명한 도둑들에 대한 인기 있는 희곡들이 무수히 쏟아져 나왔다.

그러나 파일의 주된 출처는 1765년의 퍼시의 『유집』과 1795년에 처음으로 출간된 조지프 리츤(Joseph Ritson)의 인기 있던 로빈 후드 민요 모음이었다. 물론 어린이들을 위해 기획한, 옛 노래들을 산문으로 개작한 다른 작품들이 파일의 작품 이전에도 있었다. 그 중에서 유명한 것은 프랑스에 "숲속의 로빈" 열풍을 일으킨 알렉상드르 뒤마(Alexander Dumas)의 『도둑들의 왕자』(*Le Prince des voleurs*, 1872)와 『추방자, 로빈 후드』(*Robin Hood le proscrit*, 1873)의 원전이 된 피어스 에건스(Piers Egans)의 『셔우드 숲의 즐거운 사내들, 로빈 후드와 리틀 존』(*Robin Hood and Little John of the Merry Men of Sherwood Forest*, 1840)이다. 그리고 "스티븐 퍼시"(Stephen Percy)라는 이름으로 조지프 쿤델(Joseph Cundell)이 톰 소여와 그 일행들에게 알려진 원전이 된 『로빈 후드와 그의 즐거운 숲의 동료들』(*Robin Hood and His Merry Foresters*, 1841)을 썼다. 그러나 그 유명한 모험을 다룬 이들 초기 작품들 중 어느 것도 파일의 매혹적인 이 작품보다 어린 독자들에게 더 명료하게 다가가진 못했다.

『로빈 후드의 영예』는 결코 영국의 서사시라고 이름 붙일 수 없다. 그것은 단지, 우습기도 하고 반은 진지하기도 한 잡다한 민요들을 뒤섞어 놓은 것에 불과했다. 사실 여부가 의심스러운 것도 있었고 오랜 기간에 걸친 영국 역사를 쓰다 보니 때로는 서로 모순되는 것들도 있었다. 그럼에도 불구하고 파일은 자신의 『로빈 후드의 즐거운 모험』에서 이 다듬어지지 않은 많은 이야기들에 어떠한 일정한 형식을 갖추어 주려고 애썼다. 그는 많은 산재하는 에피소드들을 소설처럼 조리 있는 줄거리 속으로 서로 연결시켰다. 대부분의 옛 민요들처럼 자신의 책에 소개한 대로 로빈 후드의 많은 전설들이 유쾌한 사내들 무리의 구성에 대해 묘사하고 있지만 파일은 리틀 존, 윌 스칼렛, 앨런 어 데일, 탁발수사 턱과 다른 사람들의 즐겁고 개인적인 이야기들을 영국법과 극적으로 충돌하도록 노련하게 대비시키고 있다. 그 중에서도 특히 로빈 후드의 최대 숙적인 노팅엄 주 장관과의 충돌은 압권이다. 파일은 또한 전체 줄거리 속에서, 변장한 채 주 장관의 휘하에 있으면서 겪은 리틀 존의 모험들과 앨런 어 데일과 아름다운 엘렌의 연애 사건, 리의 리처드 경의 비애, 왕비에 대한 로빈의 헌신과, 그가 왕비를 위해 왕의 궁사들을 능가함으로써 초래된 결과 등 여러 개의 이야기들로 특별하게 나누었다.

파일은 또한 탁발수사로 변장한 리틀 존과 거지로 변장한 로빈 후드처럼 서로 관련이 없는 다른 두 이야기들을 두 호탕한 범법자들 사이의 경쟁으로 빈틈없이 한데 묶어 놓았다. (작가는 교묘하게 다음과 같이 결론을 맺고 있다.

"로빈 후드의 모험이 더 재미있었다고 지지하는 사람이 있었는가 하면 리틀 존의 편을 들어주는 사람도 있었다. 나로 말할 것 같으면, 내 생각엔 …. 하지만 여러분은 어느 쪽이 더 마음에 들었는지는 각자의 선택에 맡기겠다.") 파일의 감칠맛 나는 작품 속에서 두 사람이 겪은 모험은 이은 자국 없이, 힘 하나 안 들이고 자연스럽게 한 사람이 겪은 모험에서 다른 사람이 겪은 모험으로 이어진다. 파일의 의도에 비추어 오직 한 에피소드만이 근거가 없어 보인다. 바로 불쌍한 기사, 리의 리처드 경의 이야기에서 덴비 장에 나타난 돈커스터의 데이비드 이야기가 그렇다. 이 부분에서는 잠시 동안 등장한 조연일지라도 로빈 후드나 그의 동료들 누구도 돈커스터의 데이비드에 대한 언급이 없다.

파일의 이야기들 중 로빈의 즐거운 무리에 탁발수사 턱을 소개하는 이야기 하나만 보더라도 미국인 파일이 옛 전설을 얼마나 아름답게 현실화했는지 잘 보여주고 있다. 파운틴 데일 근처에서 탁발수사와 로빈이 만나는 부분은 원전에서는 로빈의 유명하고 유쾌한 행적들과는 동떨어진 별도의 농담에 불과했다. 그러나 파일은 그 에피소드를 영리하게 도입함으로써 탁발수사 턱이 앨런 어 데일을 "비록 신부의 아버지가 안 된다고 말했음에도 불구하고" 아름다운 엘렌과 결혼시키는 사제 역할을 하게 만들었다.

민요에는 단지 그 사건이 "나뭇잎들이 신록으로 변하고 / 꽃들은 상큼하고 화사하게 피어나는 여름날에 일어났다"라고만 언급하고 있다. 그러나 파일은 그 시절과, 로빈 후드가 훌륭한 탁발수사를 만나는 장소를 묘사하는 데 더 시적이었다. "강둑 아래로는 모든 것이 서늘하고 그늘져 있었다. 탄탄한 버드나무가 위로 쭉 뻗지 않고 강물 위로 가지를 드리워 부드러운 잎새로 그늘을 만들며 자라고 있었다. 주위에는 서늘한 곳만 찾아 자라나는 솜털이 무성한 양치류가 서식하고 있었고 흐르는 강의 촉촉한 가장자리를 좋아하는 야생 백리향의 부드러운 냄새가 로빈의 코로 올라왔다." 파일은 자연에 대한 뛰어난 감수성으로 그 장소를 더 풍요롭게 만들었듯이, 탁발수사에 대해서도 그 혈기왕성한 모습을 아주 생생하게 그려내고 있다.

"탄탄하고 강건한 한 사내 … 그의 머리는 공처럼 둥글었고 앞이마까지 낮게 자라난 검은 고수머리로 엉켜 있었다. 그러나 그의 정수리는 사람의 손바닥처럼 매끄럽게 윤이 났고 그 모습과 함께 헐렁한 사제복과 고깔, 묵주만 아니었더라면 그는 결코 사제처럼 보이지 않았다. 볼은 비록 텁수룩한 검은 곱슬 턱수염으로 뒤덮여 있었지만 마치 한겨울의 게처럼 붉고 밝게 빛났고, 턱과 윗입술 역시 붉은 혈색이 돌았다. 그리고 목은 북쪽 지방의 황소처럼 두툼했고, 둥근 머리는 리틀 존과 겨루어도 뒤지지 않을 만큼 두 어깨 사이에 떡 버티고 있었다. 숱 많은 검은 눈썹 아래로는 장난기 가득한 익살로 인해 잠시도 가만히 있지 못하는 작은 회색 두 눈이 춤을 추고 있었다. 누구든 그의 얼굴을 들여다본 사람이라면 그 재미있는 모습에 마음이 즐거워지지 않을 사람이 없었다."

마찬가지로 이 유쾌한 묘사를 읽은 사람이라면 그 선량한 탁발수사에 대한 작가의 커다란 호감을 느끼지 않을 수 없을 것이다.

그러나 파일은 여기에서 그치지 않는다. 그는 루이스 캐럴(Lewis Carroll)의 앨리스(Alice)처럼 어린아이들은 먹고 마시는 문제에 대해서 늘 관심이 많다는 것을 인식하고 있었다. 그래서 파일은 다음과 같은 구절로 시작하여 이 탁발수사에게 근사한 식사를 대접하고 있다. "양파와 고기 냄새가 섞여 맛있는 냄새를 풍기는, 부드러운 연한 양파를 곁들인 다양한 종류의 고기로 만든 커다란 고기 파이를 들고 있었다. 오른손에는 노릇노릇하게 구워진 커다란 빵 덩어리를 든 채 힘차게 씹어먹었고, 가끔 왼손을 파이 속으로 밀어 넣어 고기를 뜯어내곤 했다. 그리고 때때로 옆에 있던 맘지 백포도주가 든 커다란 병을 집어들어 가득 들이마셨다."

파일의 묘사는 어찌나 설득력이 있는지 채식주의자들조차 그 고기 파이에 군침을 흘리고, 술을 입에도 안 대는 사람들조차 그 포도주를 마시고 싶게끔 만들 수 있을 정도였다. 이 맛있어 보이는 구절만 보더라도 이 작가가 언어를 사랑하는 사람이라는 사실이 분명하게 드러난다. 파일의 열정은 모든 감각들을 자극함으로써 어린 독자들을 이야기 속으로 끌어들인다. 파일은 심지어 탁발수사 턱의 네 마리 개들에게 독특한 이름인, "부드러운 입술, 방울 목, 예쁜이, 송곳니"를 지어주는데도 감각기관을 적극 활용한다. 파일의 묘사와는 대조적으로 옛 민요는 탁발수사 턱을 "좋은 갑옷을 걸치고 / 머리에는 강철 투구를 쓰고 / 옆구리에는 넓은 칼과 둥근 방패를 찼네 / 그 모든 것들이 잘 어울렸네"라고 무미건조하게 묘사하고 있다.

물론, 파일이 자신의 작품에서 묘사한 모든 생생한 인물의 모습 중에서 가장 중요한 것은 로빈의 모습이다. 로빈 후드는 옛 민요에서처럼 여전히 강인한 산 사내지만, 파일은 로빈의 성격에 원전에는 없는 깊이와 무게를 더해 주었다. 파일의 로빈 후드는 늘 싸움에 서투르다. 성격은 유쾌한 만큼 성미가 급하므로 그도 단지 인간일 뿐이다. 노련한 궁사일지는 모르나, 모든 무기를 능하게 다룬 것은 아니었다. 리틀 존은 다리 위에서 육척봉에 대해 한 수 가르쳐 주고, 윌 스칼렛은 강타의 맛이 어떤지 보여 주었으며, 탁발수사 턱은 칼을 다루는 솜씨가 로빈과 맞먹는다는 것을 입증했다. 심지어 사자심왕 리처드 왕까지도 단 한 방에 로빈을 쓰러뜨렸다. 그렇다, 파일의 로빈 후드는 슈퍼맨이 아니다. 그는 단지 늘 운명의 여신이 자신의 편만 들어주지는 않는 온후한 사내일 뿐이다.

파일의 작품에서 로빈 후드가 저지른 유일한 범죄는 변명의 여지가 있는 것이었다. 그는 내기에서 실수로 왕의 사슴들을 죽였고 그 결과 자신을 방어하는 과정에서 삼림 감독관을 살해한 것이었다. 비록 믿기 어려워 보이긴 하지만, 그가 보여준 모든 즐거운 모험에서 이 범법자는 자신을 죽이도록 노팅엄의 주 장관이 고용한 현상금 사냥꾼 기스본의 가이와 싸우기 전까지는 결코 다른 사람의 피를 흘린 적이 없었다. 파일의 영웅은 살생하는데 아무런 자부심도 느끼지 않았다. 삼림 감독관이 죽었을 때 이에 대해 파일은 특별히 언급하고 있다. "사람을 죽였다는 자책감이 영혼 위로 솟아올라 마음이 고통스러웠으므로 그 모든 것에 아무런 즐거움도 기쁨도 느낄 수 없었다."

기스본의 가이는 별개의 문제였다. 그는 다른 사람을 죽임으로써 살아가는 악한이었다. 자신도 그 점을 솔직히 시인하고 있다. "100파운드만 준다고 해도 내 형제의 피조차 기꺼이 뿌릴 각오가 되어 있으니까." 그래서 로빈 후드는 자신의 칼을 그 악당에게 깊숙이 찔러 넣고는 아무런 후회도 하지 않는다. "마치 아름다운 고장을 헤집고 다니던 야생 멧돼지를 처치한 것처럼 속이 시원하군." 그러나 피비린내 나긴 했지만 정당하게 벌인 싸움에서 마침내 노팅엄의 주 장관을 죽였을 때는 "그날의 모든 일은 무겁게 그의 마음을 내리 눌렀다. 그래서 그 문제에 계속 집착한 로빈은 결국 열병에 걸리고 말았다."

파일은 이 영웅이 죽음에 이르는 데는 수녀원장의 배신뿐만 아니라 주 장관의 죽음에 대한 자책감 또한 크게 작용했다는 것을 분명히 암시하고 있다. 그럼에도 불구하고 파일은 또한 각 죽음을 매우 생생하게 묘사하고 있다. 그는 마치 이렇게 말하고 있는 것 같다. 살인하지 마라, 하지만 꼭 해야 한다면 영예로운 죽음이 되게 하라! 그것은 파일이 자신의 작품을 통해 일관되게 "흡혈귀"라는 오명을 붙여 주었던 기스본의 가이와 대결하는 싸움 장면에서도 마찬가지다.

반면에, 옛 민요에 나타나는 로빈 후드는 파일의 로빈과 비교했을 때 정신병적인 살인광이다. 민요에서는, 열다섯 명의 삼림감독관들이 내기를 걸었을 때 젊은 로빈이 "자신의 훌륭한 활과 / 화살을 모두 단단히 집어들었다. / 그리고 즐거워하며 웃을 준비를 한 로빈은 / 평원을 가로질렀다." 그리고 그는 열다섯 명 모두에게 화살을 쏜다.

파일의 인물들은 정신적인 삶의 면모를 보여준다. 그들은 양심과 싸웠으며 생각할 줄 알았다. 심지어 노팅엄의 주 장관조차 로빈 후드를 잡는데 혈안이 되었던 데에는 특별한 동기가 있었다. 그 죽은 삼림 감독관이 바로 자신의 친척이었기 때문이다.

파일의 로빈 후드는 엄격한 도덕률에 의거하여 살았다. 이 영웅은 바로 아서 왕이었다. 따라서 로빈 후드의 유쾌한 동료들은 원탁의 기사들처럼 신사적이었다. 파일에 따르면 그들은 "귀족이든, 수도원장이든, 기사든, 대지주든 개의치 않고 자신들이 약탈당한 대로 압제자들을 약탈하겠다고, 그들이 부당한 세금, 혹은 소작료, 혹은 부정한 벌금 등의 명목으로 가난한 사람들로부터 쥐어짜낸 것들을 도로 빼앗겠다고 맹세했다. 그러나 가난한 사람들에 대해서는 도움이 필요하거나 곤경에 빠졌을 때에는 언제든지 도움의 손길을 내밀 것이며 부당하게 빼앗긴 것들을 되돌려 주겠다고 맹세했다. 이외에도 처녀든, 부인이든, 과부든 여인과 아이들에게는 절대로 해를 끼치지 않을 것을 서약했다." 그러므로 노팅엄의 주 장관과 다른 당국자들에게는 셔우드 숲을 해결하는 문제가 바로 지옥의 타락한 천사들을 상대하는 정도로 생각됐던 이 무리들은 실제로는 보이스카우트만큼이나 정직하고 진실했다.

그들은 압제자들을 완력으로 잡는 것이 아니라 은밀하고 영리하게 머리를 써서 잡았다. 그들이 도둑질 중 주로 써먹는 방법은 귀족이나 수습기사, 살찐 수도원장이나 주교 등을 붙잡아 자신들이 푸른 나무 아래서 제공하는 화려한 만찬에 대해 값을 지불하게 만드는 것이었다. 셔우드의 유쾌한 사내들은 돈을 받는 데에만 공정한 것이 아니었다. 심지어 사악한 노팅엄의 주 장관조차도 신사처럼 정중하게 대해야만 했다. 로빈은 주 장관의 은 쟁반을 "하찮은 좀도둑처럼" 훔쳤다고 리틀 존을 혼내 주었다. 그래서 로빈은 다음과 같이 말하며 주 장관의 물건을 되돌려준다. "나는 살찐 사제들과 귀족들에게 재산을 빼앗긴 사람들을 돕고 그들이 몰락시킨 사람들을 일으켜 세우기 위해 그들에게서 십일조를 받고 있소. 하지만 현재로는 당신이 어떤 식으로든 학대한 소작인이 있는지 모르겠소." 그들은 또한 왕의 근위대 궁사들에게도 관대했다. 시합에서 그들을 이겼을 때 로빈 일행은 상으로 받은 금과 사슴을 자신들의 고귀한 맞수에게 양보함으로써 그들의 실력을 인정했다.

파일의 『로빈 후드의 즐거운 모험』은 비록 도둑들을 영웅으로 만들었는지는 모르지만 그럼에도 불구하고 도덕적인 교훈을 주는 책이다. 로빈의 입에서는 걸핏하면 훈계의 말씀이 튀어나온다. "너무 조심하려다 우유를 엎지른다", "하늘의 달을 향해 뛰어오르는 사람은 달을 따진 못해도 진흙 속에 숨겨진 일 페니를 주우려고 구부리는 사람보다 더 높이 뛰어오른다", "너무 풍족하게 살아 비둔해진 자는 피를 흘리게 마련."

로빈의 제일 중요한 현자, 좀 따분한 가퍼 스완톨드는 셔우드 숲에 있는 나무들보다도 더 많은 말씀을 남겼음이 틀림없을 것이다. 훌륭한 퀘이커 교도였던 하워드 파일은 로빈 후드와 그의 유쾌한 동료들의 농담 어디에서도 작은 교훈들을 발견했다. 예를 들면, 로빈이 푸줏간 주인으로 변장하여 주 장관을 골탕먹이는 과정에서도 다음의 교훈을 덧붙인다. "사람은 모름지기 탐욕을 부리고 교활한 수를 쓰려들면 자기 꾀에 넘어가는 법이다."

파일의 작품 속에는 또한 다른 철학적인 여담들도 풍부하다. 방앗간지기 미지의 이야기를 끝낸 후 파일은 이렇게 적고 있다. "이 세상사 모든 일들이 대개 그렇지만 추운 겨울 밤, 여관의 타오르는 난로 옆에서 마을 사람들이 체스를 두는 그 체스 판의 검고 흰 판처럼 흥겨운 일과 안 좋은 일들은 늘 한데 뒤섞이게 마련이다." 파일의 『로빈 후드의 즐거운 모험』은 사실 이 체스 판처럼 흥겨운 일들과 심각한 일들이 한데 뒤범벅이 되어 어우러진다.

심지어 유쾌하던 로빈 후드 자신조차 때로는 철학적으로 변할 때가 있다. 그는 주 장관에게 이렇게 충고한다. "자, 어서들 듭시다! 즐길 수 있을 때 실컷 즐기자고요. 우리의 개똥철학자 스완톨드께서 말했듯이 인간은 한 줌 먼지에 불과하고, 벌레가 갉아먹을 때까지는 이 생에서 잠시 스쳐가는 삶 아니겠어요. 그래서 살아있을 때 열심히 즐겨야 한다고 말하고 싶네요."

로빈은 심지어 침울해지기까지 한다. 파일은 로빈 후드가 리처드 왕을 수년 동안 섬긴 후에 앨런 어 데일과 셔우드 숲으로 귀향하는 과정에서 원전에는 없는 감상적인 신랄함을 도입했다. 파일은 그 부분을 다음과 같이 묘사했다. "길을 따라 지나가는 동안 로빈에게는 자신의 눈길이 가서 머무는 곳에 있는 모든 나뭇가지, 돌멩이 하나가 다 낯이 익은 듯했다. … 그들은 마침내 그렇게 넓은 공터까지 오게 되었고 수년 전 여러 해 동안 그들의 집이 되었던 가지를 넓게 드리운 푸른 나무에 도착했다. 그 나무 아래에 섰을 때는 두 사람 다 아무 말도 할 수 없었다. 로빈은 예전 그대로이면서도 동시에 전혀 다르게 느껴지기라도 하듯, 속속들이 알고 있던 주위의 모든 것들을 둘러보았다. 예전에는 많은 사내들이 부산하게 움직이던 곳이 지금은 아무도 없는 가운데 적막감만이 흐르고 있었기 때문이었다. 로빈이 그렇게 바라보는 동안 삼림과, 잔디밭과 하늘 등 모든 것이 흐르는 눈물 때문에 희뿌옇게 흐릿해졌다. 이 모든 것들 — 그에게는 마치 오른손 새끼손가락처럼 너무 잘 알고 있는 — 을 바라보고 있자니 커다란 그리움이 물밀듯이 밀려들었으므로 흐르는 눈물을 억제할 수 없었다."

그리고 이 책에는 놀랍게도 일관되게 양키즘의 색조가 흐르고 있다. 파일의 로빈 후드는 단지 중세의 톰 페인(Tom Paine, 미국 독립 운동에 지대한 영향을 끼친 정치 선동가 — 역자 주)에 불과하다. 로빈 후드는 "나는 내 스스로 나의 종이 되겠으며, 온 잉글랜드에서 그 어떤 사람도 나의 주인이 될 수는 없다"고 선언하고 있다. 셔우드 숲의 범법자들은 마치 미국의 애국자들이 조지 3세(George III)의 압제를 받았던 것처럼 헨리 2세의 압제에 시달리고 있었다. 파일은 그 부분을 이렇게 설명하고 있다. "배고픈 겨울 동안 먹을 것이 없어 사슴을 잡아먹다가 삼림 감독관들에게 들켰지만 다행히 도망침으로써 겨우 목숨만 부지한 사람도 있었고, 상속권을 박탈당한 채 농장은 셔우드 숲에 있는 왕의 소유로 편입된 사람들도 있었고, 지체 높은 귀족이나 돈 많은 수도원장, 혹은 막강한 대지주들로부터 약탈당한 사람들도 있었다. 모두 이런저런 이유로 폭정과 압제를 피해 셔우드 숲으로 올 수밖에 없었던 사람들이었다." 그들은 미국의 개척자들처럼 폭정으로부터 자유를 찾아 그 숲으로 도망쳤던 것이다. 그 자신이 훌륭한 퀘이커 교도였던 파일은 특권층에 대해 아무런 존경심도 느끼지 않았다.

헨리 2세는 자신이 왜 로빈 후드를 잡아야만 하는지 분명하게 밝히고 있다. 그는 헤리퍼드의 주교에게 묻고 있다. "돈 한 푼, 친구도 하나 없는 불쌍한 악당이 잉글랜드 왕의 법망을 그렇게 쉽사리 빠져나갈 수 있다고 그대는 생각하는가?" 그럼에도 불구하고 로빈과 그의 동료들이 자신들의 국가나 정당한 법에 대해 불충한 것은 아니었다. "하지만, 리처드 왕에 대해서는, 내 말해 두는데, 그분을 위해서라면 자신의 피를 마치 물처럼 하나도 아깝지 않게 쏟아 붓지 않을 사람이 우리 중에는 단 한 사람도 없소. … 우리 용사들은 우리의 행동과 꼭 닮은 그분의 용감한 위업 때문에 그분을 충심으로 좋아한다오."

퀘이커 교도인 파일은 정치적인 특권층만큼이나 종교적 특권층에 대해서도 일말의 존경심을 보이지 않는다. 여기서는 옛 민요들과 인물의 성격이 완전히 일치한다. 헨리 8세가 프로테스탄트가 된 후에 많은 이야기들이 저술되었으므로 그 이야기들 속에는 반(反) 교황적인 교조들이 충분히 내포되어 있다. 민요에서 로빈은 수사로 변장한 리처드 왕에게 이렇게 말한다. "요즘 들어 커다란 권력을 쥐고 흔드는 자들, / 탁발수사들과 수도사들과 그들의 근사한 추종자들, / 그들에게서 주로 전리품을 빼앗아 내겠소." 파일의 영웅은 마찬가지로 성직 계급에 대한 혐오감을 표출하는데, 그가 생각하기에 성직자들은 비겁하게도 애국심이 결여된 자들이었다.

로빈은 변장한 리처드 왕에게 이렇게 말해 준다. "당신들은 누가 통치하든 신경 쓰지 않은 채 당신들의 그 수도원에서 안락하게 누워 있는데 만족할 동안 우리들은 왕의 이익을 위해서라면 기꺼이 목숨조차도 버릴 용의가 있단 말이오." 반 교황주의가 폭발하자 로빈은 외국의 군주, 즉 로마의 왕에게 공물을 바치는 것을 두고 왕 자신조차 비난하려든다. 그는 불쑥 말을 꺼낸다. "하지만 심지어 위대한 우리의 리처드 왕께서도 거룩한 교황에게 전혀 창피해하지 않고 복종하여, 심지어 고행의 수단으로 주먹으로 기꺼이 맞으실지도 모르지."

파일의 인물들 중에서 종교적으로 탐욕을 부리는 가장 냉혹한 인물은 바로 헤리퍼드의 주교다. 로빈은 이 "거짓말쟁이 부정한 사제"에게 묻는다. "사제들이 비단 벨벳을 어디에 쓴단 말이야?" 주교의 가장 못된 악랄한 행위는 바로 리의 리처드 경의 재산을 사취하려는 계획이었다. 탁발수사 턱 역시 이 "뚱보 사제", "사람 잡는 주교", "돈만 삼키는 고리대금업자"를 전혀 존경하지 않았다. "뭐, 가짜 사제라고! 나를 그렇게 불렀겠다! 이 주교야, 똑똑히 보라고. 나도 너 못지않게 거룩한데다 산울타리 아래 가난한 집에서 태어나지만 않았더라면 그까짓 주교쯤 될 수 있었다고. 그리고 내 혀가 우리 훌륭한 영어에만 맞도록 생겨먹었기 때문에 그 망할 놈의 라틴어는 정복하지 못했지만 나도 너처럼 배울 만큼 배웠다고. 일러두는데, 내가 이래 봬도 '주기도문'과 '성모 마리아에게 드리는 기도'는 너보다도 더 매끄럽게 할 수 있다고, 이 뚱보야!"

미국의 애국자였던 파일은 국교(國敎)라는 발상조차 증오했던 것이 분명하지만, 애석하게도 변함없이 계속되는 반(反)로마 가톨릭적인 진술과 함께 그의 화법은 좀 편협한 감이 없지 않아 있다. 그리고 파일은 반(反) 유대인적인 언급도 하고 있다. "유대인이 사람들에게서 은화 자루를 하나씩 받을 때마다 동전의 모서리가 깎여나갔는지 그렇지 않은지 알아내려고 만지작거리듯이 …."

종교적이든, 정치적이든, 금전적이든 권력은 부담으로 다가오게 되어 있다. 돈벌이는 정신에는 독과 같은 존재다. 파일의 책에서 가장 사악한 인물은 바로 "워크섭의 어느 부유한 곡물 도매상으로 그는 여러 번이나 그 지방의 곡식을 전부 사들인 후 기근이 들어 값이 천정부지로 치솟을 때까지 보유하고 있다가 가난한 사람들의 곤궁함을 이용하여 돈을 벌어들였으므로 근방은 물론 멀리 있는 사람들까지도 그에 대해 조금이라도 아는 사람들은 그를 몹시 증오하고 있었다."

돈은 부패하게 마련이다. 심지어 길을 다니며 구걸하는 거지들조차 탐욕스러운 것으로 드러났다. 파일은 무산계급, 중산층, 지배 계급 등 영국 사회의 총체적인 부패를 폭로했다(오직 농부들만이 오염되지 않은 것처럼 보인다). 즐거운 옛 잉글랜드에서 오직 범법자들만이 정직한 사람들이라는 것은 참으로 슬픈 현실이었다. 그래서 미국에서 맥카시(McCarthy) 시절 로빈 후드와 그의 동료들이 말하자면 『허클베리 핀의 모험』처럼 타도의 대상으로 생각된 것도 그리 놀랄 만한 일이 아니다.

자신의 생각과 이상을 흡수 동화하기 위하여 옛 전설들에까지 영역을 확장시키며 파일은 또한 그 전설들에서 방탕한 부분은 제거해 버렸다. 『로빈 후드의 즐거운 모험』에서는 민요에 등장하는 무두장이처럼 말투가 험한 사람이 없다. 민요에서는 무두장이가 로빈을 조롱하며 이렇게 말한다. "너는 똥 누는 것만큼도 활을 쏘지 못할 걸." 파일의 건전한 이야기에 등장하는 욕은 가벼운 정도다. 고작해야 턱이 로빈에게 욕을 하면서 쓴 "이 망할 놈의 자식아" 정도이다. 여기서 할 수 있는 제일 심한 욕이라야 다양한 등짝, "엉덩이"다. 파일의 이 미국 작품에서는 혈기 왕성한 리틀 존이 아가씨들을 단지 바라보는 것만으로 그치는데, 파일의 아가씨들은 옛 민요 중 하나에 등장하는 중년 여인처럼 저속하지 않다.

민요에서 이 중년 여인은 로빈 후드와 옷을 바꿔 입는데, 이렇게 외친다. "물론이죠, 저야 여자인 걸요, 밝히는 주교 나리 / 내 다리를 들어올리고 보면 알잖아요." 심지어 로빈 후드조차 매우 순결하다. 로빈의 연인 처녀 마리안은 어디에서도 보이지 않는다. 그녀는 로빈이 거지로 변장했을 때 단 한 번 지나가는 말로 언급되었을 뿐이다. 파일은 옛 민요들 중 하나에서 이야기된 것처럼 로빈을 티트베리(Titbury) 축제에서 여왕으로 뽑힌 클로린다(Clorinda)와 결혼시키지 않는다. 아마도, 자신의 작품을 주로 소년들을 위한 책으로 기획한 탓에 파일은 링컨 초록색 옷을 걸친 유명한 영웅들이 연애 행각을 벌이는 것은 별로 어울리지 않는다고 생각했던 것 같다. 어쨌든 그들은 노팅엄 주 장관과 다른 일당들과 무시무시한 싸움을 벌이느라 연애에 관련된 에피소드들은 훌쩍 뛰어넘었을 것이다.

분명히 파일의 자의식 강한 고어들은 모든 사람들의 취향에 맞지는 않을 것이다. 이런, 둔스탄 성인에 의하면, 내 생각엔 파일이 "정말로", "아니", "기꺼이" 이런 말들을 남발한 것 같다. 물론 중세 잉글랜드에서는 파일의 유쾌한 사내들 같은 말투를 쓴 사람은 실질적으로 아무도 없었다. 미국인 파일이 자신의 산문에서 표현하려고 애쓴 것은 단지 그가 소위 "솔직하고 소박한 영국인 로빈 후드"라고 부른 인물을 통하여 옛 것에 대한 애착을 보여주려고 한 것이다. 그의 인물들의 말투는 19세기에 연극 무대에서 배우가 옛 영어를 거침없이 퍼부으며 연기하는 방식인 대중적인 연극 무대 어투라고 할 수 있겠다.

『로빈 후드의 즐거운 모험』에서 대화는 이야기에 커다란 활력소가 되고 있다. 특히 즐거운 것은 로빈과 리틀 존 사이에 주고받는 악의 없는 조롱들이다. 굳세고 씩씩한 로빈 후드가 여자같이 한껏 멋을 낸 윌 스칼렛과 대면하는 부분도 19세기 미국의 모든 아동 문학 작품들에서 가장 주목할 만한 대화다. 심지어 이야기를 흐트러뜨리는 민요들과 서정시 ─ 퍼시와 리츤으로부터 직접 차용하거나 개작한 ─ 조차도 이야기에 분위기를 더해준다. 비록 여동생인 캐서린(Katherine)만큼 능숙하지는 못했지만, 그럼에도 불구하고 하워드 파일은 시의 운과 운율에 정통해 있었다(로빈 후드가 다음과 같이 요구한 대목에서 파일은 자신이 시 중에서 어느 분야를 선호하는지 분명히 밝히고 있다. "새들이나 꽃들을 노래한 섬세한 시, 뭐 그런 것보다는 좀 더 활발한 노래를 들었으면 좋았을걸."). 그런데 어처구니없게도 출판사는 이후에 재판된 작품에서는 이러한 시적 여담들의 원고를 삭제해 버렸다.

안타깝게도 요즘에는 다른 작품들이 파일의 고전 작품을 대체하고 있다. 아동 서적계에서의 이러한 경향은 예견된 것이었다. 현재는 두 음절 이상을 넘는 단어는 자칭 아동문학계의 수호자들이라는 사람들에게 공포의 대상으로 간주되고 있다. 그러나『로빈 후드의 즐거운 모험』의 문체는 결코 넘볼 수 없는 것이다. 이 고어체 문체는 역시 지금은 "권위자들"로부터 인기를 잃은

『허클베리 핀의 모험』의 방언체 문체처럼 어린이들의 상상력을 자극하고 어린이들로 하여금 작품에 몰입하게 만든다. 파일처럼 독창적으로 개작한 옛이야기들을 읽을 만큼 운이 좋은 독자들에게 이 작품들은 여전히 매력이 있다. 그들은 분명 파일의 유쾌한 로빈의 의견에 동감할 것이다.

"나라면 이 아름다운 봄날에 온 잉글랜드의 왕이 되기보다는 이 숲 속에서 한가롭게 배회하는 쪽을 택할 것 같아. 이 넓은 세상에 그 어떤 궁전이 지금의 이 달콤한 숲처럼 근사할 것이며, 이 세상의 어느 왕이 물떼새 알과 장어 요리를 먹는다 한들 기름이 살살 도는 사슴 고기와 거품 가득한 맥주를 마시는 내 식욕을 능가하겠어? 가퍼 스완톨드 성인께서도 참으로 적절한 말을 하셨지. '괴로운 마음에 먹는 진수성찬보다도 뱃속 편한 빵 부스러기가 낫다.'"

참으로, 그의 말이 옳다.

— 마이클 패트릭 헌

현대지성 클래식 17

로빈 후드의 모험

1판 1쇄 발행 2018년 2월 9일
1판 2쇄 발행 2023년 6월 23일

발행인 박명곤 **CEO** 박지성 **CFO** 김영은
기획편집 채대광, 김준원, 박일귀, 이승미, 이은빈, 강민형, 이지은, 성도원
디자인 구경표, 임지선
마케팅 임우열, 김은지, 이호, 최고은
펴낸곳 (주)현대지성
출판등록 제406-2014-000124호
전화 070-7791-2136 **팩스** 0303-3444-2136
주소 서울시 강서구 마곡중앙6로 40, 장흥빌딩 10층
홈페이지 www.hdjisung.com **이메일** main@hdjisung.com
제작처 영신사

ⓒ 현대지성 2018

"Inspiring Contents"
현대지성은 여러분의 의견 하나하나를 소중히 받고 있습니다.
원고 투고, 오탈자 제보, 제휴 제안은 main@hdjisung.com으로 보내주세요.

현대지성 홈페이지

현대지성 클래식 살펴보기